W9-AVI-070

Das Buch

Der Osloer Kriminalbeamte Harry Hole wird auf einen Posten beim Staatsschutz versetzt. Eines Tages erhält seine neue Dienststelle Informationen über eine südafrikanische Spezialwaffe, die nach Norwegen importiert wurde. Harry Hole nimmt sich der Sache an und findet bald heraus, dass der Käufer ein alter Mann sein muss. Alle Spuren weisen in die Vergangenheit, auf eine Gruppe von Kollaborateuren, die während des Zweiten Weltkriegs an der Seite der Nationalsozialisten gekämpft haben. Offenbar haben diese Kräfte ein Attentat auf den norwegischen Thronfolger geplant. Es gibt viele potentielle Täter, alte wie neue Nazis, und Harry Hole muss sich in einen tiefen und beängstigend brodelnden Sumpf begeben, um diesen Fall zu lösen.

Der Autor

Jo Nesbø, 1960 geboren, ist Ökonom, Schriftsteller und Musiker und gilt in seinem Heimatland Norwegen als das neue Multitalent. Für seinen ersten Kriminalroman *Der Fledermausmann* wurde er 1997 mit dem Riverton-Preis für den »besten Krimi des Jahres« ausgezeichnet. Mit *Rotkehlchen* gelang ihm der endgültige Durchbruch.

Von Jo Nesbø sind in unserem Hause bereits erschienen:

Der Fledermausmann
Kakerlaken
Die Fährte
Das fünfte Zeichen
Der Erlöser
Schneemann

Jo Nesbø

Rotkehlchen

Roman

Aus dem Norwegischen von
Günther Frauenlob

Ullstein

Besuchen Sie uns im Internet:
www.ullstein-taschenbuch.de

Umwelthinweis:
Dieses Buch wurde auf chlor- und säurefreiem Papier gedruckt.

Ungekürzte Ausgabe im Ullstein Taschenbuch
1. Auflage September 2004
9. Auflage 2009
© für die deutsche Ausgabe Ullstein Buchverlage GmbH, Berlin 2004
© 2003 für die deutsche Ausgabe by Ullstein Heyne List GmbH & Co. KG
© 2000 Jo Nesbø und H. Aschehoug & Co.
Titel der norwegischen Originalausgabe: *Rødstrupe* (H. Aschehoug & Co., Oslo)
Umschlaggestaltung: HildenDesign, München
(nach einer Vorlage von Thomas Jarzina, Köln)
Titelabbildung: Mauritius, Mittenwald
Druck und Bindearbeiten: CPI – Ebner & Spiegel, Ulm
Printed in Germany
ISBN 978-3-548-25885-0

»Aber allmählich fasste er Mut, flog ganz nah hinzu und zog mit seinem Schnabel einen Dorn aus, der in die Stirn des Gekreuzigten gedrungen war.

Aber während er dies tat, fiel ein Tropfen von dem Blute des Gekreuzigten auf die Kehle des Vogels. Der verbreitete sich rasch und färbte alle die kleinen zarten Brustfedern.

Doch der Gekreuzigte öffnete seine Lippen und flüsterte dem Vogel zu:

– Für deine Barmherzigkeit hast du dir nun erworben, nach was die deinen vom ersten Tag der Schöpfung an begehrten.«

Selma Lagerlöf,
Christuslegende

TEIL I

ZU ERDE

Mautstation Alnabru, 1. November 1999

1 Immer wieder flatterte ein grauer Vogel durch Harrys Blickfeld. Er trommelte auf das Lenkrad. Langsame Zeit. Irgendjemand hatte gestern im Fernsehen über die langsame Zeit gesprochen. Das hier war langsame Zeit. Wie am Heiligen Abend, bevor das Christkind kam, oder auf dem elektrischen Stuhl, ehe der Strom eingeschaltet wurde.

Er trommelte noch härter.

Sie hatten auf dem offenen Platz hinter den Kassenhäuschen der Mautstation geparkt. Ellen stellte das Autoradio ein bisschen lauter. Der Reporter sprach mit festlicher, andächtiger Stimme:

»Das Flugzeug landete vor fünfzig Minuten und exakt um 6 Uhr 38 betrat der Präsident norwegischen Boden. Er wurde vom Bürgermeister der Gemeinde Ullensaker willkommen geheißen. Es ist ein schöner Herbsttag hier in Oslo, ein idealer Rahmen für das Gipfeltreffen. Lassen Sie uns noch einmal hören, was der Präsident sagte, als er vor einer halben Stunde mit der Presse zusammentraf.«

Das war die dritte Wiederholung. Harry musste wieder an das stimmliche Durcheinander der Reporterschar denken, die sich gegen die Absperrung drückte. An die Männer in den grauen Anzügen auf der anderen Seite der Barrieren, die nur halbherzig versuchten, nicht wie Secret-Service-Agenten auszusehen. Sie zuckten mit den Schultern, beobachteten die Menschenmenge, überprüften zum zwölften Mal, ob ihr Knopf auch richtig im Ohr saß, beobachteten die Menschen, schoben sich die Sonnenbrillen zurecht, beobachteten die Menschen, ließen ihren Blick ein paar Sekunden lang auf einem Fotografen ruhen, der ein etwas zu langes Teleobjektiv hatte, beobachteten weiter und überprüften zum dreizehnten Mal, ob der Knopf richtig saß. Jemand hieß den Präsidenten auf Englisch willkommen, es wurde still und dann knackte es im Mikrofon.

»*First let me say I'm delighted to be here …*«, sagte der Präsident zum vierten Mal in heiserem, breitem Amerikanisch.

»Ich habe gelesen, dass ein bekannter amerikanischer Psychologe der Meinung ist, der Präsident leide an MPS«, sagte Ellen.

»MPS?«

»Multiple Persönlichkeitsstörung. Dr. Jekyll und Mr Hyde. Der Psychologe behauptet, dass seine normale Persönlichkeit nichts von dem anderen, sexbesessenen Wesen wisse, das es mit all diesen Frauen getrieben hat. Und dass ihn deshalb auch kein Gericht dafür verurteilen könne, unter Eid gelogen zu haben.«

»Is' ja 'n Ding«, sagte Harry und sah zu dem Helikopter auf, der hoch über ihnen in der Luft stand.

Im Radio fragte eine Stimme mit norwegischem Akzent:

»Herr Präsident, das ist der erste Norwegenbesuch eines amtierenden amerikanischen Präsidenten. Was empfinden Sie dabei?«

Pause.

»Es ist sehr schön, wieder hierher zu kommen. Und dass die Führungen des Staates Israel und des palästinensischen Volkes sich hier treffen können, erachte ich als noch wichtiger. Es ist der Schlüssel zu …«

»Erinnern Sie sich an Ihren letzten Besuch in Norwegen, Herr Präsident?«

»Norwegen hat eine wichtige Rolle gespielt.«

Eine Stimme ohne norwegischen Akzent:

»Für wie realistisch halten Sie es als Präsident, dass konkrete Resultate erreicht werden?«

Die Übertragung wurde unterbrochen und durch eine Stimme aus dem Studio fortgesetzt.

»Wir haben es also gehört. Der Präsident ist der Meinung, dass Norwegen eine entscheidende Rolle für … äh, den Frieden im Nahen Osten innehat. Zum jetzigen Zeitpunkt befindet sich der Präsident auf dem Weg nach …«

Harry stöhnte und stellte das Radio aus. »Was ist eigentlich mit diesem Land los, Ellen?«

Sie zuckte mit den Schultern.

»Punkt 27 passiert«, knackte es im Walkie-Talkie auf dem Armaturenbrett.

Er sah sie an.

»Alle auf dem Posten?«, fragte er. Sie nickte.

»Jetzt dauert's nicht mehr lang«, versicherte er. Sie verdrehte die Augen. Das war das fünfte Mal, dass er das sagte, seit der Konvoi in Gardermoen gestartet war. Von ihrem Platz aus konnten sie die leere

Autobahn von der Mautstation bis hinauf nach Trosterud und Furuset überblicken. Das Blaulicht drehte sich gemächlich auf dem Dach. Harry kurbelte die Scheibe hinunter und streckte seine Hand aus dem Fenster, um ein welkes Blatt zu entfernen, das sich unter dem Scheibenwischer verklemmt hatte.

»Ein Rotkehlchen«, sagte Ellen und zeigte nach vorn. »Das ist ein seltener Vogel so spät im Herbst.«

»Wo?«

»Da, auf dem Dach des Kassenhäuschens.«

Harry beugte sich hinunter und sah durch die Windschutzscheibe.

»Aha? Das ist also ein Rotkehlchen?«

»Genau. Aber du kennst wohl kaum den Unterschied zwischen dem da und einer Rotdrossel, oder?«

»Stimmt.« Harry hielt sich die Hand über die Augen. Wurde er langsam kurzsichtig?

»Das ist bei uns ein seltener Vogel, das Rotkehlchen«, sagte Ellen und drehte den Verschluss wieder auf ihre Thermoskanne.

»Aha«, sagte Harry.

»Neunzig Prozent von denen ziehen im Winter nach Süden und nur einige wenige gehen sozusagen das Risiko ein, hier zu bleiben.«

»Soso.«

Es knackte wieder im Funkgerät:

»Posten 62 ans HQ: Zweihundert Meter vor der Abfahrt nach Lørenskog steht ein unbekanntes Auto neben der Straße.«

Eine tiefe Stimme mit Bergener Dialekt antwortete aus dem Hauptquartier:

»Einen Augenblick, 62, das überprüfen wir.«

Stille.

»Habt ihr die Toiletten überprüft?«, fragte Harry und nickte in Richtung der Essotankstelle.

»Ja, die Tankstelle ist geräumt, Kunden und Angestellte sind weg. Nur der Chef ist noch da. Den haben wir im Büro eingeschlossen.«

»Die Kassenhäuschen auch?«

»Alles überprüft, beruhig dich, Harry. Alles ist streng nach Liste abgecheckt. Tja, die wenigen, die hier bleiben, hoffen auf einen milden Winter, verstehst du? Das kann gut gehen, aber wenn ihre Rechnung nicht aufgeht, sterben sie. Du fragst dich jetzt bestimmt, warum sie dann nicht mit den anderen nach Süden ziehen. Ob die, die hier bleiben, einfach faul sind.«

Harry blickte in den Rückspiegel und sah die Wachen zu beiden Seiten der Eisenbahnbrücke. Sie waren schwarz gekleidet, trugen Helme und hatten eine MP5-Maschinenpistole um den Hals hängen. Sogar von hier aus konnte er erkennen, wie angespannt ihre Körper waren.

»Die Sache ist, wenn es ein milder Winter wird, können sie die besten Brutplätze belegen, *ehe* die anderen wieder zurückkommen«, sagte Ellen und versuchte, die Thermoskanne wieder in das überfüllte Handschuhfach zurückzuschieben. »Das ist ein kalkuliertes Risiko, verstehst du? Du machst den *Big Deal* oder gibst den Löffel ab. Das Wagnis eingehen oder nicht. Wenn du es tust, fällst du vielleicht irgendwann nachts steif gefroren von einem Ast und taust erst im nächsten Frühjahr wieder auf. Traust du dich aber nicht, kriegst du womöglich keinen Platz mehr ab, wenn du zurückkommst. Das ist das ewige Dilemma, das man immer mit sich rumträgt.«

»Du hast doch deine schusssichere Weste an, oder?« Harry wandte sich kurz zu Ellen um und sah sie an.

Ellen antwortete nicht, sondern starrte nach vorn auf die Autobahn, während sie langsam den Kopf schüttelte.

»Hast du oder hast du nicht?«

Sie klopfte als Antwort mit ihren Knöcheln auf ihre Brust.

»Die leichte?«

Sie nickte.

»Verdammt, Ellen! Ich hab doch den Befehl gegeben, Bleiwesten anzuziehen, nicht dieses Micky-Maus-Zeug!«

»Weißt du, was diese Secret-Service-Leute tragen?«

»Lass mich raten. Leichte Westen?«

»Genau.«

»Und weißt du, was mir scheißegal ist?«

»Lass mich raten. Der Secret Service?«

»Genau.«

Sie lachte und auch Harry musste lächeln. Es knackte wieder im Funk.

»HQ an Posten 62. Der Secret Service sagt, dass es ein Auto von ihnen ist, das an der Abfahrt nach Lørenskog steht.«

»Posten 62, verstanden.«

»Da siehst du es wieder«, sagte Harry und schlug ärgerlich mit der Hand aufs Lenkrad. »Keine Kommunikation. Diese Amis machen doch immer ihr eigenes Ding. Was hat dieses Auto da oben zu schaffen, ohne dass wir es wissen, häh?«

»Soll wohl überprüfen, ob wir unseren Job richtig machen«, vermutete Ellen.

»Wie *sie* es uns aufgetragen haben.«

»Du hast in jedem Fall das Recht, ein wenig mitzubestimmen, also beklag dich nicht«, sagte sie, »und hör endlich mit diesem Getrommel auf.«

Harry legte seine Finger gehorsam in seinen Schoß. Sie lächelte. Er atmete in einem langen Seufzer aus:

»Jajaja.«

Seine Finger fanden den Schaft seiner Dienstwaffe, einer 38er Smith & Wesson mit sechs Schuss. Im Gürtel hatte er zwei weitere Magazine mit je sechs Schuss. Er tätschelte seinen Revolver in dem sicheren Wissen, dass er zurzeit streng genommen gar nicht befugt war, eine Waffe zu tragen. Vielleicht wurde er wirklich kurzsichtig, denn nach dem vierzigstündigen Kurs im letzten Winter war er durch die Schießprüfung gefallen. Auch wenn so etwas öfter vorkam, war es doch das erste Mal, dass das Harry widerfahren war, und es gefiel ihm ganz und gar nicht. Eigentlich hätte er die Prüfung bloß wiederholen müssen; er war nicht der Einzige, der vier oder fünf Anläufe brauchte, doch Harry hatte das aus irgendeinem Grund immer wieder verschoben.

Wieder knackte es: »Punkt 28 passiert.«

»Das war der vorletzte Punkt im Polizeidistrikt Romerike«, sagte Harry. »Jetzt kommt Karihaugen und dann sind wir dran.«

»Warum können die das nicht so machen wie immer und sagen, wo sich der Konvoi befindet, anstatt diese blöden Nummern anzugeben?«, fragte Ellen vorwurfsvoll.

»Rat doch mal.«

Sie antworteten im Chor: »Secret Service!« und lachten.

»Punkt 29 passiert.«

Er sah auf die Uhr.

»Okay, dann sind die in drei Minuten da. Ich geh jetzt auf die Frequenz vom Osloer Polizeidistrikt. Check noch mal alles ab.«

Es knackte und pfiff im Funkempfänger, während Ellen die Augen schloss, um sich auf die Bestätigungen zu konzentrieren, die ihr der Reihe nach gemeldet wurden. Dann steckte sie das Mikrofon wieder zurück. »Alle auf ihren Plätzen und bereit.«

»Danke. Setz deinen Helm auf.«

»Häh? Also wirklich, Harry.«

»Du hast gehört, was ich gesagt habe.«

»Dann du aber auch!«

»Meiner ist zu klein!«

Eine neue Stimme: »Punkt 1 passiert.«

»Verdammt, manchmal bist du einfach so … unprofessionell.« Ellen drückte sich den Helm auf den Kopf, befestigte den Kinnriemen und streckte dem Innenspiegel die Zunge heraus.

»Ich liebe dich auch«, sagte Harry, während er die Straße vor sich durch das Fernglas beobachtete. »Ich sehe sie.«

Ganz oben auf der Steigung bei Karihaugen blinkte Metall auf. Harry sah bis jetzt nur den ersten Wagen des Konvois, doch er kannte die Reihenfolge: sechs Motorräder mit besonders geschulten Polizisten der norwegischen Escortabteilung, zwei norwegische Begleitfahrzeuge, dann ein Wagen vom Secret Service, gefolgt von zwei exakt gleichen Cadillac Fleetwood Limousinen, Spezialwagen des Secret Service, die beide aus den USA eingeflogen worden waren. In einem davon saß der Präsident. In welchem, war geheim. Vielleicht sitzt er auch in beiden, dachte Harry. Einen für Jekyll und einen für Hyde. Dann kamen die größeren Wagen: Krankenwagen, Kommunikationsfahrzeug und noch mehr Secret-Service-Wagen.

»Alles scheint ruhig zu sein«, bemerkte Harry. Er bewegte sein Fernglas langsam von rechts nach links. Die Luft flimmerte über dem Asphalt, obgleich es ein kühler Novembermorgen war.

Ellen konnte den Umriss des ersten Wagens erkennen. In einer halben Minute sollten sie die Mautstation passiert haben, womit die Hälfte ihres Jobs erledigt wäre. Und in zwei Tagen, wenn dieselben Autos die Mautstation in umgekehrter Richtung erneut passiert hatten, konnten Harry und sie ihre gewohnte Polizeiarbeit wieder aufnehmen. Ihr waren die Toten im Morddezernat lieber, als um drei Uhr nachts aufzustehen und dann mit einem übel gelaunten Harry, dem seine Verantwortung schwer zu schaffen machte, in einem kalten Volvo zu sitzen.

Abgesehen von Harrys gleichmäßigem Atem war es vollkommen still im Auto. Sie überprüfte, ob die Statusanzeigen beider Funkempfänger leuchteten. Die Autokolonne hatte jetzt beinahe die Senke erreicht. Sie nahm sich vor, nach dem Job ins Tørst zu gehen und sich voll laufen zu lassen. Dort gab es einen Typen, mit dem sie neulich geflirtet hatte; er hatte schwarze Locken und braune, fast gefährliche Augen. Er war mager und hatte so einen bohemeartigen, intellektuellen Touch. Vielleicht …

»Was zum Teuf…«

Harry hatte sich bereits das Mikrofon geschnappt. »Im dritten Kassenhäuschen von links steht jemand. Kann mir einer diese Person identifizieren?«

Das Funkgerät antwortete mit knisterndem Schweigen, während Ellens Blick die Reihe der Kassenhäuschen absuchte. Da! Hinter dem braunen Glas erkannte sie den Rücken eines Mannes – kaum vierzig, fünfzig Meter vor ihnen. Im Gegenlicht zeichnete sich sein Profil deutlich ab. Ebenso der kurze Lauf mit dem Zielfernrohr, der über seine Schulter hinausragte.

»Eine Waffe!«, rief sie. »Er hat eine Maschinenpistole!«

»Scheiße!« Harry trat die Autotür auf, packte mit beiden Händen den Rand des Autodaches und schwang sich nach draußen. Ellen starrte auf die Wagenkolonne. Sie war vielleicht noch hundert Meter entfernt. Harry steckte seinen Kopf ins Auto.

»Das ist keiner von uns, aber es kann einer vom Secret Service sein«, sagte er. »Ruf das HQ an.« Er hielt den Revolver bereits in der Hand.

»Harry …«

»Sofort! Und drück die Hupe, wenn sie sagen, dass es einer von denen ist.«

Harry rannte auf das Kassenhäuschen zu. Der Gewehrlauf sah aus wie der Lauf einer Uzi. Die raue Morgenluft brannte in den Lungen.

»Polizei!«, schrie Harry. »Police!«

Keine Reaktion, das dicke Glas sollte den Verkehrslärm von draußen abhalten. Der Mann hatte seinen Kopf jetzt in Richtung Kolonne gedreht und Harry konnte die dunkle Ray-Ban-Sonnenbrille erkennen. Secret Service. Oder jemand, der wie einer vom Secret Service aussehen wollte.

Noch zwanzig Meter.

Wie war er in das verschlossene Häuschen gekommen, wenn er keiner von denen war? Verdammt! Harry konnte bereits die Motorräder hören. Er würde das Häuschen nicht mehr erreichen.

Er entsicherte die Waffe und hoffte, die Hupe des Autos möge die morgendliche Stille an diesem Ort auf der gesperrten Autobahn zerreißen, an den er nie, wirklich niemals gewollt hatte. Der Befehl war klar, doch er konnte den Gedanken einfach nicht von sich weisen: leichte Weste, keine Kommunikation. Schieß, es ist nicht dein Fehler. Ob er Familie hat?

Unmittelbar hinter dem Kassenhäuschen kam jetzt die Kolonne zum Vorschein, und das schnell. In zwei Sekunden würde der Cadillac in Höhe der Mautstation sein. Aus dem linken Augenwinkel sah er eine Bewegung – ein kleiner Vogel, der vom Dach aufflog.

Das Wagnis eingehen oder nicht … dieses ewige Dilemma.

Er dachte an den tiefen Halsausschnitt der Weste und senkte den Revolver ein klein wenig. Das Dröhnen der Motorräder war ohrenbetäubend.

Oslo, Dienstag, 5. Oktober 1999

2 »Genau das ist ja der große Betrug«, sagte der kahl geschorene Mann und warf einen Blick auf das Manuskript. Der Kopf, die Augenbrauen, die kräftigen Unterarme, ja sogar seine gewaltigen Hände, die das Rednerpult umklammerten, waren frisch rasiert und sauber. Er beugte sich zum Mikrofon vor.

»Seit 1945 haben die Feinde des Nationalsozialismus das Feld beherrscht und ihre demokratischen und ökonomischen Prinzipien ausgeübt. Als Folge davon hat die Welt seither nicht einen einzigen Sonnenuntergang ohne kriegerische Auseinandersetzungen gesehen. Selbst hier in Europa haben wir Krieg und Völkermord miterleben müssen. In der Dritten Welt hungern und sterben Millionen – und Europa wird von Massenzuwanderung und dem damit verbundenen Chaos bedroht, von der Not und dem Kampf ums Dasein.«

Er hielt inne und sah sich um. Es war mucksmäuschenstill im Saal, nur einer der Zuhörer in den Reihen hinter ihm klatschte leise

Beifall. Als er erregt fortfuhr, leuchtete die kleine Lampe unter dem Mikrofon verräterisch auf – der Kassettenrecorder empfing verzerrte Signale.

»Nur wenig trennt auch uns von unbekümmertem Reichtum und dem Tag, an dem wir uns auf uns selbst und auf die Gesellschaft um uns herum verlassen müssen. Ein Krieg, eine ökonomische oder ökologische Katastrophe – und das gesamte Netzwerk aus Regeln und Gesetzen, das uns alle so schnell zu passiven Nutznießern des Sozialstaates werden lässt, ist plötzlich verschwunden. Der letzte große Betrug fand am 9. April 1940 statt, als unsere so genannten nationalen Führungspersonen vor dem Feind davonrannten, um ihre eigene Haut zu retten. Und die staatlichen Goldreserven mitnahmen, um in London ein Leben in Luxus zu finanzieren. Jetzt ist der Feind wieder hier. Und diejenigen, die unsere Interessen verteidigen sollten, betrügen uns erneut. Sie lassen den Feind Moscheen in unserer Mitte errichten, erlauben es ihm, die Alten auszurauben und sein Blut mit dem unserer Frauen zu mischen. Es ist ganz einfach unsere Pflicht, unsere Rasse der Nordmänner zu schützen und diejenigen zu eliminieren, die uns betrügen wollen.«

Er blätterte zur nächsten Seite um, doch ein Räuspern vom Podium vor ihm ließ ihn innehalten und aufblicken.

»Danke, ich glaube, wir haben genug gehört«, sagte der Richter und sah über seine Brille. »Hat die Staatsanwaltschaft noch weitere Fragen an den Angeklagten?«

Die Sonne schien schräg in den Saal Nummer 17 des Osloer Justizgebäudes und verschaffte dem Kahlgeschorenen einen trügerischen Heiligenschein. Er trug ein weißes Hemd mit einem schmalen Schlips, vermutlich auf Anraten seines Anwalts, Johan Krohn, der zurückgelehnt dasaß und einen Stift zwischen Zeigefinger und Mittelfinger auf und ab wippen ließ. Krohn missfiel die ganze Situation. Ihm missfiel die Richtung, die die Befragung seines Klienten, Sverre Olsen, genommen hatte, und dessen offenherzige Programmerklärung. Des Weiteren störte es ihn, dass Olsen sich das Recht herausgenommen hatte, seine Hemdsärmel hochzukrempeln, so dass sowohl der Richter als auch die anderen Anklagevertreter die tätowierten Spinnweben an beiden Ellenbogen und die Hakenkreuze am linken Unterarm erkennen konnten. Der rechte Unterarm war mit einer Reihe altnordischer Symbole verziert, darüber stand in schwarzen gotischen Buchstaben VALKYRIA. Valkyria war der Name einer Gruppierung, die zu dem neonazistischen Milieu der Gegend um Nordstrand gehört hatte. Doch was Johan Krohn am meisten ärgerte, war die Tatsache, dass irgendetwas schief lief, irgendetwas an dem ganzen Prozess, er wusste nur nicht genau, was.

Der Staatsanwalt, ein kleiner Mann namens Herman Groth, bog das Mikrofon mit seinem kleinen Finger, an dem ein Ring mit dem Symbol der Anwaltsinnung steckte, zu sich herüber.

»Nur noch ein paar abschließende Fragen, Herr Richter.« Seine Stimme klang weich und gedämpft. Die Lampe unter dem Mikrofon leuchtete grün.

»Als Sie am 3. Januar gegen einundzwanzig Uhr Dennis Kebab in der Dronningsgate betraten, geschah dies also mit der klaren Absicht, Ihre Pflicht zur Verteidigung unserer Rasse, von der Sie gesprochen haben, zu erfüllen?«

Johan Krohn warf sich auf das Mikrofon:

»Mein Klient hat doch bereits gesagt, dass es zu einem Streit zwischen ihm und dem vietnamesischen Besitzer gekommen ist.« Rotes Licht. »Er wurde provoziert«, fügte Krohn hinzu. »Es gibt nicht den geringsten Grund, vorsätzliches Handeln anzunehmen.«

Groth schloss seine Augen halb.

»Wenn das stimmt, was Ihr Verteidiger sagt, Olsen, trugen Sie also ganz zufällig einen Baseballschläger mit sich?«

»Zur Selbstverteidigung«, unterbrach ihn Krohn und breitete resignierend die Arme aus:

»Herr Richter, diese Fragen hat mein Mandant doch alle bereits beantwortet.«

Der Richter rieb sich das Kinn, während er den Verteidiger betrachtete. Alle wussten, dass Johan Krohn jr. einer der emporstrebenden Topverteidiger war, und wohl gerade deshalb stimmte ihm der Richter nur widerwillig zu:

»Ich teile die Meinung des Verteidigers. Wenn die Staatsanwaltschaft keine neuen Aspekte vorbringen kann, möchte ich darum bitten, zu einem Ende zu kommen.«

Groth öffnete seine Augen wieder, so dass ein schmaler weißer Streifen oberhalb und unterhalb der Iris zu erkennen war. Er nickte. Dann hob er mit einer müden Bewegung eine Zeitung hoch.

»Das hier ist die Ausgabe des *Dagbladet* vom 25. Januar. In einem

Interview auf Seite acht sagt einer der Gesinnungsgenossen des Angeklagten …«

»Einspruch …«, fuhr Krohn dazwischen.

Groth seufzte. »Ich nehme meine Äußerung zurück. Lassen Sie mich also von einer männlichen Person sprechen, die rassistisches Gedankengut zum Ausdruck bringt.«

Der Richter nickte, warf Krohn aber gleichzeitig einen warnenden Blick zu. Groth fuhr fort:

»Dieser Mann sagt in einem Kommentar zu dem Überfall auf Dennis Kebab, wir brauchten noch mehr Rassisten vom Schlage eines Sverre Olsen, um Norwegen zurückzugewinnen. Im Interview wird das Wort Rassist wie eine Ehrenbezeichnung verwendet. Halten Sie sich selbst für einen Rassisten?«

»Ja, ich bin Rassist«, bekannte Olsen, ehe Krohn ihn unterbrechen konnte. »In dem Verständnis, das ich von diesem Wort habe.«

»Und das wäre?«, fragte Groth lächelnd.

Krohn ballte die Fäuste unter dem Tisch und sah zu dem Richter und den beiden Anklagevertretern auf dem Podium hinauf. Diese drei sollten über die Zukunft seines Klienten entscheiden und über den Status, den er selbst während der nächsten Monate im Tostrupkeller innehaben würde. Zwei gewöhnliche Vertreter des Volkes mit dessen gewöhnlichem Rechtsempfinden. »Laienrichter« hatten sie sie früher genannt, doch vielleicht hatten sie herausgefunden, dass das zu sehr nach Inkompetenz klang. Der Schöffe zur Rechten des Richters war ein junger Mann in einem billigen Anzug, der kaum aufzublicken wagte. Die junge, etwas füllige Frau auf der anderen Seite des Richters schien nur so zu tun, als wäre sie bei der Sache, während sie den Kopf in den Nacken legte, damit ihr beginnendes Doppelkinn vom Saal aus nicht zu sehen war. Durchschnittliche Norweger. Was wussten diese über Menschen wie Sverre Olsen? Was wollten sie wissen?

Acht Zeugen hatten gesehen, wie Sverre Olsen mit einem Baseballschläger unter dem Arm den Kebabstand betreten hatte und damit nach ein paar kurzen Schimpfworten auf den Kopf des Inhabers Ho Dai, eines vierzigjährigen Vietnamesen, eingeschlagen hatte, der 1978 als einer der Boat People nach Norwegen gekommen war. Er war dabei so brutal vorgegangen, dass Ho Dai nie wieder laufen können würde. Als Olsen zu reden begann, war Johan Krohn jr. in Gedanken bereits damit beschäftigt, die Berufung vor der Großen Strafkammer zu formulieren.

»Rass-ismus«, las Olsen, nachdem er in seinen Papieren gefunden hatte, wonach er gesucht hatte, »ist ein ewiger Kampf gegen erbliche Krankheiten, Degenerierung und Ausrottung, verbunden mit dem Traum und der Hoffnung auf eine gesündere Gesellschaft mit mehr Lebensqualität. Rassenvermischung ist eine Form des bilateralen Völkermordes. In einer Welt, in der geplant ist, Genbanken zu errichten, um selbst den winzigsten Käfer zu erhalten, wird es allgemein akzeptiert, Menschenrassen miteinander zu vermischen – und damit auszuradieren –, die sich über Jahrtausende entwickelt haben. In einem Artikel der renommierten amerikanischen Zeitschrift *American Psychologist* aus dem Jahre 1972 warnten fünfzig namhafte amerikanische und europäische Wissenschaftler vor der Verheimlichung der erbtheoretischen Argumentation.«

Olsen hielt inne, ließ seinen Blick durch den Saal Nummer 17 schweifen und hob den rechten Zeigefinger. Er hatte sich dem Staatsanwalt zugewendet, so dass Krohn die bleiche Sieg-Heil-Tätowierung auf dem kahl geschorenen Hautwulst zwischen Hinterkopf und Nacken erkennen konnte, ein stummer Aufschrei und ein grotesker, merkwürdiger Kontrast zu der kühlen Rhetorik. In der Stille, die nun folgte, entnahm Krohn dem Lärm, der vom Flur hereinschallte, dass man im Saal 18 bereits Mittagspause machte. Einige Sekunden vergingen. Krohn erinnerte sich an etwas, was er gelesen hatte, dass nämlich Adolf Hitler bei den Massenaufmärschen oftmals Kunstpausen von bis zu drei Minuten eingelegt haben soll. Als Olsen fortfuhr, klopfte er mit seinen Fingern im Takt, als wollte er den Anwesenden jedes Wort und jeden Satz einhämmern.

»Jeder, der glaubt, dass dort draußen kein Rassenkampf vor sich geht, ist entweder blind oder ein Verräter.«

Er nahm einen Schluck aus dem Wasserglas, das der Gerichtsdiener vor ihn hingestellt hatte.

Der Staatsanwalt schritt ein.

»Und in diesem Rassenkampf sind Sie und Ihre Anhänger, von denen sich einige hier im Saal befinden, die Einzigen, die das Recht zum Angriff haben?«

Buhrufe ertönten von den Skinheads in den Bankreihen.

»Wir greifen nicht an, wir verteidigen uns«, widersprach Olsen. »Das ist das Recht und die Pflicht aller Rassen.«

Jemand aus dem Saal warf ihm ein paar Worte zu, die Olsen aufnahm und mit einem Lächeln wiedergab.

»Auch ein Rassenfremder kann in Tat und Wahrheit ein rassenbewusster Nationalsozialist sein.«

Gelächter und lauter Beifall von den Zuhörern. Der Richter bat um Ruhe und sah dann den Staatsanwalt fragend an.

»Das war alles«, sagte Groth.

»Hat der Verteidiger noch weitere Fragen?«

Krohn schüttelte den Kopf.

»Dann bitte ich den ersten Zeugen der Staatsanwaltschaft herein.«

Der Staatsanwalt nickte dem Gerichtsdiener zu, der die Tür hinten im Saal öffnete, den Kopf nach draußen steckte und etwas sagte. Das Kratzen eines Stuhlbeines war zu hören, ehe sich die Tür weit öffnete und ein kräftiger Mann den Saal betrat. Krohn registrierte, dass der Mann eine etwas zu kleine Anzugjacke trug, schwarze Jeans und ebenso schwarze Doc-Martens-Stiefel. Der athletische, schlanke Körper hätte auf ein Alter von etwa Anfang dreißig schließen lassen. Doch die rot unterlaufenen Augen mit den hervortretenden Tränensäcken und die blasse Haut mit den dünnen Äderchen deuteten eher in Richtung fünfzig.

»Polizeiobermeister Harry Hole?«, fragte der Richter, als der Mann im Zeugenstand Platz genommen hatte.

»Ja.«

»Den Papieren entnehme ich, dass Ihre Privatadresse nicht angegeben ist?«

»Geheim.« Hole deutete mit dem Daumen über seine Schulter. »Ich hatte zu Hause Besuch.«

Erneut ertönten Buhrufe.

»Herr Hole, haben Sie früher schon einmal ausgesagt? Unter Eid, meine ich.«

»Ja.«

Krohns Kopf schnellte nach oben wie bei den Plastikhunden, die einige Autofahrer hinten auf der Hutablage platziert haben. Er begann, fieberhaft seine Dokumente zu durchstöbern.

»Sie arbeiten als Ermittler im Morddezernat«, sagte Groth. »Was haben Sie mit diesem Fall zu tun?«

»Wir sind von falschen Voraussetzungen ausgegangen«, erwiderte Hole.

»Ach ja?«

»Wir haben nicht damit gerechnet, dass Ho Dai überleben würde. Für gewöhnlich ist man mit zertrümmertem Schädel und dem Verlust von Gehirnmasse dazu nicht mehr in der Lage.«

Krohn sah, wie sich die Gesichter der Schöffen unfreiwillig verzogen. Doch das spielte jetzt keine Rolle. Er hatte den Zettel mit den Namen der Schöffen gefunden. Und da war er: der Fehler.

Karl Johans Gate, 5. Oktober 1999

3 »Sie werden sterben.«

Die Worten klangen noch immer in den Ohren des alten Mannes, als er auf die Treppe hinaustrat und geblendet von der stechenden Herbstsonne stehen blieb. Während sich seine Pupillen langsam zusammenzogen, hielt er sich am Geländer fest und atmete tief und langsam. Er lauschte der Kakophonie der Autos, Straßenbahnen und piepsenden Ampeln. Und den Stimmen – aufgeregten und fröhlichen Stimmen, die vorbeihasteten. Und der Musik. Hatte er jemals zuvor so viel Musik wahrgenommen? Doch nichts vermochte die Worte zu übertönen, die immer wieder sagten: »Sie werden sterben.«

Wie oft hatte er hier draußen auf der Treppe vor der Praxis von Dr. Buer gestanden? Zweimal jährlich über vierzig Jahre hinweg, das hieß achtzigmal. Achtzig gewöhnliche Tage, genau wie heute, doch niemals zuvor war ihm aufgefallen, wie das Leben auf der Straße pulsierte, welche Dynamik, welch gierige Lebenslust hier herrschten. Es war Oktober, doch es kam ihm wie ein Tag im Mai vor. Der Tag, an dem der Frieden begann. Übertrieb er? Er konnte ihre Stimmen hören, ihre Silhouetten durchs Sonnenlicht schreiten sehen, die Umrisse ihrer Gesichter erkennen, die in einem Glorienschein aus weißem Licht verschwanden.

»Sie werden sterben.«

All das Weiße bekam Farbe und wurde zur Karl Johans Gate. Er stieg die Treppenstufen hinunter, blieb stehen und sah nach rechts und links, als könne er sich nicht entscheiden, in welche Richtung er gehen solle. Er versank in Gedanken. Dann zuckte er zusammen, als hätte ihn jemand aufgeschreckt, und begann in Richtung Schloss zu gehen. Seine Schritte waren zögerlich, der Blick niedergeschlagen und um seine magere Gestalt schlotterte der viel zu große Wollmantel.

»Der Krebs hat sich ausgebreitet«, hatte Dr. Buer gesagt.

»So«, hatte er selbst geantwortet, Buer angesehen und sich gefragt, ob man wohl im Medizinstudium lernte, die Brille abzunehmen, wenn man etwas Ernstes sagen musste, oder ob das nur die kurzsichtigen Ärzte taten, um den Ausdruck in den Augen der Patienten nicht sehen zu müssen. Dr. Konrad Buer sah seinem Vater immer ähnlicher, was wohl an der zunehmend hohen Stirn lag und daran, dass ihm die Tränensäcke unter den Augen etwas von der sorgenvollen Aura seines Vaters verliehen.

»Was heißt das?«, hatte der Alte mit einer Stimme gefragt, die er schon seit über fünfzig Jahren nicht mehr gehört hatte. Es war der hohle, kehlige Tonfall eines Mannes, dessen Stimmbänder vor Todesangst erzitterten.

»Nun, die Frage ist, ob ...«

»Bitte, Herr Doktor. Ich habe dem Tod schon früher einmal ins Auge geblickt.«

Er hatte seinen Mund geöffnet, Worte gewählt, die seine Stimme stark wirken ließen. So sollte Dr. Buer sie hören. So wollte er sie selbst hören.

Der Blick des Arztes war über den Tisch geschweift, über den abgenutzten Parkettboden und hatte am Fenster Halt gemacht. Er hatte dort einen Moment verweilt, ehe er zurückgekehrt war und den Blick des alten Mannes erwiderte. Seine Hände hatten einen Lappen gefunden, mit dem sie die Brillengläser ausgiebig putzten.

»Ich weiß, wie Sie ...«

»Sie wissen gar nichts.« Der Alte hatte sein eigenes trockenes Lachen gehört. »Nehmen Sie es mir nicht übel, Dr. Buer, aber das kann ich Ihnen wirklich garantieren: Sie wissen nichts.«

Er hatte konstatiert, wie sehr Buer sich über diese Bemerkung wunderte, und gleich darauf war ihm aufgefallen, dass der Wasserhahn am Waschbecken an der gegenüberliegenden Wand tropfte. Ein neuer Laut, als habe er plötzlich wieder die Wahrnehmungsfähigkeit eines Zwanzigjährigen.

Dann hatte Buer seine Brille wieder aufgesetzt, ein Papier in die Hand genommen, als stünden dort die Worte, die er sagen musste, hatte sich geräuspert und gesagt:

»Sie werden sterben.«

Er blieb bei einer Traube von Menschen stehen und hörte das Klimpern einer Gitarre, begleitet von einer Stimme, die ein Lied sang. Den anderen, die dort standen, kam es sicher alt vor. Er hatte es schon einmal gehört; das mochte gut und gerne ein Vierteljahrhundert her sein, doch ihm kam es so vor, als wäre das gestern gewesen. So war es mit allem – je länger es zurücklag, desto näher und deutlicher erschien es ihm. Er konnte sich jetzt an Begebenheiten erinnern, an die er jahrelang nicht gedacht hatte. Was er früher in seinen Kriegstagebüchern hatte nachlesen müssen, spielte sich jetzt wie ein Film auf seiner Netzhaut ab, sobald er die Augen schloss.

»Ein Jahr sollten Sie aber wohl noch haben.«

Einen Frühling und einen Sommer. Er sah jedes der vergilbten Blätter an den Laubbäumen im Studenterlunden-Park, als habe er neue, stärkere Brillengläser bekommen. 1945 waren es schon die gleichen Bäume gewesen, oder etwa nicht? Doch auf die hatte er an jenem Tag nicht sonderlich geachtet, auf nichts im Besonderen. Die lächelnden Gesichter, die wütenden Mienen, die Rufe, die ihn kaum erreichten, die Tür des Autos, die zugeschlagen wurde – vielleicht hatte er Tränen in den Augen gehabt, denn wenn er an die Flaggen dachte, mit denen die Menschen über die Bürgersteige rannten, dann waren diese rot und irgendwie verschwommen gewesen. Diese Rufe: *Der Kronprinz ist wieder da!*

Er ging den Hügel zum Schloss empor, wo sich ein paar Menschen versammelt hatten, um den Wachwechsel zu beobachten. Das Echo der Befehle des Wachhabenden und das Klacken der Gewehrkolben und Stiefelabsätze hallten an der blassgelben Fassade wider. Videokameras schnurrten und er fing ein paar deutsche Kommentare auf. Ein junges japanisches Pärchen stand eng umschlungen da und betrachtete leicht belustigt das Schauspiel. Er schloss die Augen, versuchte den Geruch der Uniformen und des Waffenöles wahrzunehmen. Aber hier gab es nichts, was so roch, wie sein Krieg gerochen hatte.

Er öffnete seine Augen wieder. Was wussten sie schon, diese schwarz gekleideten Jüngelchen in Uniform, diese Paradefiguren der

Sozialmonarchie, wenn sie ihre symbolischen Handlungen ausführten! Sie waren zu unschuldig, um etwas zu begreifen, und zu jung, um etwas dabei zu fühlen. Erneut musste er an jenen Tag denken, an die jungen, als Soldaten verkleideten Norweger. Man hatte sie Schwedensoldaten genannt. In seinen Augen waren das Zinnsoldaten gewesen, die nicht wussten, wie man eine Uniform trug, und ebenso wenig, wie man einen Kriegsgefangenen behandelte. Sie waren ängstlich und brutal zugleich gewesen. Eine Zigarette im Mundwinkel und die Uniformmütze schief auf dem Kopf, hatten sie sich an ihre neu erworbenen Waffen geklammert und ihre Angst zu betäuben versucht, indem sie den Gefangenen die Gewehrkolben in den Rücken stießen.

»Nazischwein«, hatten sie gerufen, wenn sie zuschlugen, in dem Wissen, man würde sie dafür nicht zur Verantwortung ziehen.

Er holte tief Luft, spürte den warmen Herbsttag, doch da kamen auch schon die Schmerzen. Er taumelte einen Schritt zurück. Wasser in den Lungen. In zwölf Monaten, vielleicht sogar schon eher, würden die Geschwüre und Entzündungen Wasser absondern, das sich in seinen Lungen sammeln würde. Das, hieß es, sei das Schlimmste.

»Sie werden sterben.«

Jetzt kam der Herbst, so voller Kraft, dass diejenigen, die ihm am nächsten standen, unwillkürlich einen Schritt zurücktraten.

Außenministerium, Victoria-Terrasse, 5. Oktober 1999

4 Staatssekretär Bernt Brandhaug schritt über den Flur. Vor dreißig Sekunden hatte er sein Büro verlassen und in weiteren fünfundvierzig würde er den Sitzungssaal erreichen. Er hob seine Schultern in dem Jackett, spürte, dass sie es vollständig ausfüllten und dass sich seine Rückenmuskeln gegen den Stoff spannten. *Latissimus dorsi* – Langlaufmuskulatur. Er war sechzig Jahre alt, sah aber keinen Tag älter als fünfzig aus. Nicht dass ihn sein Äußeres sehr beschäftigt hätte, doch er war sich bewusst, dass er ein attraktiver Mann war. Und dafür reichten schon das Training, das er liebte, ein paar Besuche im Solarium während des Winters und das kontinuierliche Auszupfen der wenigen grauen Haare in seinen mittlerweile buschig gewordenen Augenbrauen.

»Hei, Lise«, rief er, als er am Kopierer vorbeiging. Die junge Amtsanwärterin zuckte zusammen und konnte ihm gerade noch ein blasses Lächeln zuwerfen, ehe er um die nächste Ecke verschwunden war.
Lise hatte vor kurzem ihr Juraexamen abgelegt, sie war die Tochter
eines Studienfreundes. Erst vor ein paar Wochen hatte sie hier angefangen. Doch vom ersten Augenblick an war ihr klar gewesen, dass
der Staatssekretär, der hochrangigste Angestellte im Auswärtigen
Amt, wusste, wer sie war. Wäre sie für ihn zu haben? Wahrscheinlich.
Aber es musste nicht sein. Nicht notwendigerweise.

Er hörte das Geräusch der Stimmen, noch ehe er die geöffnete
Tür erreichte. Er sah auf die Uhr. Fünfundsiebzig Sekunden. Dann
war er drinnen, ließ rasch seinen Blick durch den Sitzungssaal
schweifen und konstatierte, dass alle einberufenen Instanzen anwe-
send waren.

»Sie sind also Bjarne Møller«, rief er und lächelte breit, als er
einem hochgewachsenen, dünnen Mann, der neben der Polizeipräsidentin Anne Størksen saß, die Hand entgegenstreckte.

»Sie sind PAC, nicht wahr, Møller? Ich habe gehört, dass Sie bei
der Holmenkollstafette sowohl eine Berg- als auch eine Taletappe
gelaufen sind.«

Das war eine von Brandhaugs Methoden. Er verschaffte sich ein
paar Informationen, die nicht im Lebenslauf standen, wenn er bestimmte Menschen zum ersten Mal traf. Das machte sie unsicher. Es
freute ihn besonders, dass es ihm gelungen war, die Bezeichnung
PAC zu benutzen – die interne Abkürzung für Polizeiabteilungschef.
Brandhaug setzte sich, zwinkerte seinem alten Freund Kurt Meirik,
dem Leiter des polizeilichen Überwachungsdienstes, PÜD, zu und
betrachtete dann die anderen, die am Tisch saßen.

Noch wusste niemand, wer den Vorsitz übernehmen sollte, denn es
war eine Sitzung, bei der gleichrangige Beamte versammelt waren, die
das Polizeipräsidium, den Nachrichtendienst, die Bereitschaftstruppen
und das Auswärtige Amt repräsentierten. Das Büro des Ministerpräsidenten hatte die Sitzung einberufen, doch es stand außer Frage, dass
die operationelle Verantwortung beim Osloer Polizeidistrikt mit Polizeipräsidentin Anne Størksen und beim Überwachungsdienst, vertreten durch Kurt Meirik, lag. Der Sekretär des Ministerpräsidenten
schien die Leitung der Sitzung übernehmen zu wollen.

Brandhaug schloss die Augen und lauschte.

Das Summen der Stimmen ebbte langsam ab, ein Stuhlbein kratzte über den Boden. Papier raschelte, Stifte klickten – bei derart wichtigen Sitzungen kamen die meisten Abteilungschefs in Begleitung eigener Referenten, um eine Unterstützung zu haben, falls der Sitzungsverlauf eine unerwünschte Wendung nahm und man sich mit gegenseitigen Schuldzuweisungen belastete. Jemand räusperte sich, doch das kam von der falschen Seite des Raumes und war darüber hinaus kein Räuspern, mit dem man einen Eröffnungssatz einleitete. Jemand holte Luft, um zu sprechen.

»Lassen Sie uns beginnen«, sagte Brandhaug und öffnete die Augen.

Alle Köpfe wandten sich ihm zu. Es war jedes Mal das Gleiche. Der halb geöffnete Mund des überrumpelten Sekretärs, das schiefe Lächeln von Frau Størksen, die begriffen hatte, was vor sich gegangen war, und die ausdruckslosen Gesichter all der anderen, die keine Ahnung davon hatten, dass der Kampf bereits entschieden war.

»Ich heiße Sie herzlich zur ersten Koordinationssitzung willkommen. Unsere Aufgabe ist es, vier der wichtigsten Männer der Welt nach Norwegen und wieder zurückzubringen, und das in mehr oder minder lebendigem Zustand.«

Höfliches Grinsen allerseits.

»Am Montag, dem 1. November, werden PLO-Chef Jassir Arafat, der israelische Ministerpräsident Ehud Barak und der russische Präsident Wladimir Putin kommen und last but not least wird in genau fünfundzwanzig Tagen um exakt 6 Uhr 15 die Airforce One mit dem amerikanischen Präsidenten an Bord auf dem Osloer Flughafen Gardermoen landen.«

Brandhaug ließ seinen Blick über die Gesichter der Anwesenden schweifen. Seine Augen blieben auf dem Neuen haften, Bjarne Møller.

»Sofern es dann nicht zu nebelig ist«, sagte er, erntete Gelächter und bemerkte zu seiner Genugtuung, dass Møller einen Augenblick lang seine Nervosität vergaß und mitlachte. Brandhaug lächelte zurück und zeigte seine kräftigen Zähne, die nach der letzten kosmetischen Behandlung beim Zahnarzt noch ein wenig weißer leuchteten.

»Wir wissen noch nicht genau, wie viele eintreffen werden«, fuhr Brandhaug fort. »In Australien wurde der Präsident von zweitausend Menschen begleitet, in Kopenhagen waren es siebzehnhundert.«

Gemurmel an den Tischen.

»Nach meiner Erfahrung sollten wir aber realistischerweise von etwa siebenhundert ausgehen.«

Brandhaug sagte das im sicheren Wissen, dass seine »Vermutung« bald bestätigt werden würde, da er erst vor einer Stunde ein Fax mit der Liste der siebenhundertzwölf Teilnehmer bekommen hatte.

»Manch einer von Ihnen fragt sich sicher, wozu der Präsident so viele Menschen auf einem zweitägigen Gipfeltreffen benötigt. Die Antwort ist einfach. Wir haben es hier mit der guten alten Rhetorik der Macht zu tun. Siebenhundert, wenn diese Zahl stimmt, ist genau die Anzahl Männer, die Kaiser Friedrich III. mit sich führte, als er im Jahre 1468 nach Rom zum Papst zog, um diesem klar zu machen, wer der mächtigste Mann auf Erden sei.«

Noch mehr Gelächter. Brandhaug zwinkerte Anne Størksen zu. Den Satz hatte er in der *Aftenposten* gefunden. Er klatschte in die Hände.

»Ich brauche Ihnen nicht zu erklären, wie wenig Zeit zwei Monate sind, und so werden wir uns von nun an jeden Tag um zehn Uhr hier zu unseren täglichen Koordinationssitzungen zusammenfinden. Bis diese vier Männer unseren Zuständigkeitsbereich wieder verlassen haben, gilt es, alles andere zurückzustellen. Urlaub oder andere Abwesenheiten stehen nicht zur Debatte. Ebenso Krankmeldungen. Gibt es Fragen, ehe wir fortfahren?«

»Nun, ich glaube …«, begann der Sekretär des Staatsministers.

»Depressionen eingeschlossen«, unterbrach ihn Brandhaug, und Bjarne Møller lachte unfreiwillig laut.

»Nun, wie …«, versuchte er es erneut.

»Bitte, Meirik«, rief Brandhaug.

»Was?«

PÜD-Chef Kurt Meirik hob seinen blanken Schädel und blickte zu Brandhaug hinüber.

»Sie wollten etwas über Ihre Einschätzung möglicher Bedrohungen sagen?«, fragte Brandhaug.

»Ach so, ja«, sagte Meirik, »ich habe Kopien anfertigen lassen.«

Meirik stammte aus Tromsø und sprach eine merkwürdige Mischung seines angestammten Dialekts mit dem Hochnorwegischen. Er nickte der Frau zu, die neben ihm saß. Brandhaug ließ seinen Blick auf ihr ruhen. Sie war ungeschminkt und hatte ihre kurzen braunen Haare mit einer unkleidsamen Spange nach oben gesteckt. Auch ihre Kleidung war betont schlicht. Doch obgleich sie ihr Gesicht in diese übertrieben seriösen Falten gelegt hatte, die er so oft bei Businessfrauen beobachtet hatte – wohl aus Angst, sonst nicht ernst genommen zu werden –, gefiel ihm, was er sah. Ihre Augen waren braun und freundlich und ihre hohen Wangenknochen gaben ihr ein fast aristokratisches Aussehen.

Er hatte sie zuvor schon einmal gesehen, doch diese Frisur war neu. Wie war noch mal ihr Name – er hatte biblisch geklungen –, Rakel? Vielleicht war sie gerade geschieden, die neue Frisur konnte ein Hinweis darauf sein. Sie beugte sich zu der Aktentasche hinunter, die zwischen ihr und Meirik stand, und Brandhaugs Blick wanderte automatisch zu dem Ausschnitt ihrer Bluse; doch es waren zu viele Knöpfe geschlossen, um etwas zu offenbaren. Ob sie Kinder im schulpflichtigen Alter hatte? Ob sie etwas dagegen hätte, sich tagsüber in einem im Zentrum gelegenen Hotel einzumieten? Ob ihr Macht einen besonderen Kick gab?

»Geben Sie uns einfach einen kurzen mündlichen Kommentar, Meirik«, verlangte Brandhaug.

»Ja, gut.«

»Ich möchte nur kurz noch etwas anmerken ...«, warf der Sekretär des Ministerpräsidenten dazwischen.

»Lassen wir Meirik erst ausreden, und dann darfst du so viel reden, wie du willst, Bjørn.«

Es war das erste Mal, dass Brandhaug den Vornamen des Sekretärs benutzt hatte.

»Das PÜD erachtet die Gefahr für ein Attentat oder einen anderen Anschlag als gegeben«, erklärte Meirik.

Brandhaug musste lächeln. Aus den Augenwinkeln erkannte er, dass auch die Polizeipräsidentin dieser Meinung war. Ein kluges Mädchen, Juraexamen und dann eine makellose bürokratische Karriere. Vielleicht sollte er sie und ihren Mann einmal zum Forellenessen nach Hause einladen. Brandhaug und seine Frau wohnten in Nordberg direkt am Wald in einer geräumigen Massivholzvilla. Man konnte sich direkt vor der Garage die Skier anschnallen. Bernt Brandhaug liebte diese Villa. Seine Frau fand sie zu düster; sie sagte immer, all das dunkle Holz drücke ihr aufs Gemüt, sie habe Angst vor der Dunkelheit. Und auch den Wald rundherum mochte sie nicht. Doch ja, eine Einladung zum Essen. Solide Holzbalken und selbst gefangene Forellen. Das wären die richtigen Signale.

»Ich möchte Sie daran erinnern, dass vier amerikanische Präsidenten durch Attentate ums Leben gekommen sind. Abraham Lincoln 1865, James Garfield 1881, John F. Kennedy 1963 und …«

Er wandte sich der Frau mit den hohen Wangenknochen zu, die den Namen mit den Lippen formte.

»Ach ja, William McKinley …«

»1901«, sagte Brandhaug, lächelte verbindlich und sah auf die Uhr.

»Genau. Doch es hat über die Jahre noch viel mehr Anschläge gegeben. Sowohl Harry Truman als auch Gerald Ford und Ronald Reagan waren zu ihren Amtszeiten Ziele von Attentätern.«

Brandhaug räusperte sich: »Du vergisst, dass auch auf den derzeitigen Präsidenten vor einigen Jahren geschossen worden ist, beziehungsweise auf sein Haus.«

»Das ist richtig. Doch diese Vorfälle rechnen wir gar nicht mit, das würde sonst viel werden. Ich glaube, sagen zu dürfen, dass es in den letzten zwanzig Jahren keinen amerikanischen Präsidenten gegeben hat, auf den nicht in seiner Amtszeit mindestens zehn Attentate geplant worden sind; nur wurden die potentiellen Attentäter jeweils geschnappt und der Presse keine Mitteilung davon gemacht.«

»Warum nicht?«

Der Polizeiabteilungschef Bjarne Møller glaubte, die Frage nur gedacht zu haben, und war ebenso überrascht wie die anderen, seine Stimme zu hören. Er schluckte, als er bemerkte, dass sich ihm alle zuwandten, und versuchte, sich weiterhin auf Meirik zu konzentrieren. Doch ohne es zu wollen, wanderte sein Blick zu Brandhaug. Der Staatssekretär zwinkerte ihm beruhigend zu.

»Nun, wie Sie wissen, ist es üblich, vereitelte Attentate vor der Presse geheim zu halten«, sagte Meirik und nahm seine Brille ab. Sie ähnelte der Brille von Horst Tappert, ein Modell aus einem Versandhauskatalog, das dunkler wurde, wenn man in die Sonne kam.

»Seitdem man begriffen hat, dass Attentate mindestens ebenso ansteckend sind wie Selbstmorde. Außerdem ist es in unserer Branche üblich, die Arbeitsmethoden nicht offen zu legen.«

»Welche Pläne gibt es für die Bewachung?«, unterbrach ihn der Sekretär.

Die Frau mit den hohen Wangenknochen reichte Meirik einen Zettel, der wieder die Brille aufsetzte und zu lesen begann.

»Am Donnerstag kommen acht Männer vom Secret Service. Dann

beginnen wir, die Hotels abzuchecken, die Reiseroute und all die Leute zu überprüfen, die sich in der Nähe des Präsidenten aufhalten werden, und außerdem die norwegischen Polizisten zu schulen, die zum Einsatz kommen sollen. Wir werden zusätzliche Kräfte aus Romerike, Asker und Bærum anfordern.«

»Und wo sollen die eingesetzt werden?«, fragte der Sekretär.

»Hauptsächlich beim Personen- und Objektschutz. Da sind die amerikanische Botschaft, das Hotel, in dem die Mitreisenden wohnen, der Wagenpark ...«

»Kurz gesagt, all die Orte, an denen sich der Präsident nicht aufhält?«

»Darum kümmern wir uns vom PÜD selbst. Und der Secret Service ebenfalls.«

»Ich dachte immer, Personenschutz sei nicht gerade deine Lieblingsbeschäftigung, Kurt?«, bemerkte Brandhaug mit einem Grinsen.

Diese Erinnerung zwang Kurt Meirik zu einem angestrengten Lächeln. Während der Osloer Minenkonferenz, 1998, hatte sich das PÜD mit Hinweis auf die von ihm erarbeitete Bedrohungsanalyse, die nur eine geringe Gefahr sah, geweigert, eigenes Schutzpersonal abzustellen. Am zweiten Tag der Konferenz hatte die Ausländerbehörde das Auswärtige Amt darauf aufmerksam gemacht, dass einer der Norweger, der auf Anweisung des PÜD als Chauffeur für die kroatische Delegation arbeitete, bosnischer Muslim war. Er war bereits in den siebziger Jahren nach Norwegen gekommen und seit langem norwegischer Staatsbürger. Doch im Jahre 1993 waren seine Eltern und vier Geschwister von Kroaten bei Mostar in Bosnien-Herzegowina ermordet worden.

Als die Wohnung des Mannes durchsucht wurde, fand man zwei Handgranaten und ein Bekennerschreiben. Die Presse hatte davon natürlich nie Wind bekommen, doch die nachfolgende Untersuchung war bis zur Regierungsebene gegangen, und Kurt Meiriks weitere Karriere hatte so lange am seidenen Faden gehangen, bis Bernt Brandhaug persönlich eingeschritten war. Die Sache war unter den Teppich gekehrt worden, nachdem der Polizist, der den Mann überprüft hatte, von sich aus gekündigt hatte. Brandhaug erinnerte sich nicht mehr an den Namen des Polizisten, doch die Zusammenarbeit mit Meirik war seither reibungslos verlaufen.

»Bjørn!«, rief Meirik und klatschte in die Hände. »Jetzt sind wir gespannt darauf, was du uns sagen wolltest. Bitte.«

Brandhaugs Blick glitt rasch an Meiriks Mitarbeiterin vorbei, doch nicht zu rasch, um nicht zu bemerken, dass sie ihn ansah. Das heißt, sie sah zwar in seine Richtung, doch ihre Augen waren ausdruckslos und abwesend. Er erwog kurz, ihrem Blick standzuhalten, um herauszubekommen, wie sie reagieren würde, wenn sie plötzlich bemerkte, dass er ihren Blick erwiderte, doch er ließ es dann sein. Ihr Name war doch Rakel, oder?

Slottsparken, 5. Oktober 1999

5 »Bist du tot?«
Der alte Mann öffnete die Augen und sah den Umriss eines Kopfes über sich, doch das Gesicht verschwand im weißen Glorienschein. War sie das, war sie bereits gekommen, um ihn zu holen?

»Bist du tot?«, wiederholte die helle Stimme.

Er antwortete nicht, denn er wusste nicht, ob seine Augen geöffnet waren oder ob er bloß träumte, oder, wie die Stimme vermutete, tot war.

»Wie heißt du?«

Der Kopf bewegte sich und er sah stattdessen Baumkronen und blauen Himmel. Er hatte geträumt. Etwas aus einem Gedicht. »Deutsche Bomber über uns.« Nordahl Grieg. Über den König, der nach England floh. Seine Pupillen begannen, sich wieder an das Licht zu gewöhnen, und er erinnerte sich daran, dass er sich ins Gras des Schlossparks gesetzt hatte, um auszuruhen. Er musste eingeschlafen sein. Ein kleiner Junge hockte neben ihm und ein paar braune Augen sahen ihn unter einem schwarzen Pony hinweg an.

»Ich heiße Ali«, sagte der Junge.

Ein Pakistanerkind? Der Junge hatte eine merkwürdige Stupsnase.

»Ali bedeutet Gott«, sagte der Junge. »Was bedeutet dein Name?«

»Ich heiße Daniel«, antwortete der alte Mann und lächelte. »Das ist ein biblischer Name. Er bedeutet *Gott ist mein Richter.*«

Der Junge sah ihn an.

»Du bist also Daniel?«

»Ja«, erwiderte der Mann.

Der Junge schaute ihn unverwandt an und der Alte wurde verlegen. Der Kleine glaubte vielleicht, er sei ein Penner, so wie er in seinen Kleidern, den Mantel als Decke über sich, in der Sonne lag.

»Wo ist deine Mutter?«, fragte er, um dem Blick des Jungen zu entgehen.

»Dort.« Der Junge drehte sich um und zeigte nach hinten. Zwei dunkle kräftige Frauen saßen ein Stück von ihm entfernt im Gras. Vier Kinder spielten um sie herum.

»Dann bin ich dein Richter, ja«, sagte der Junge.

»Was?«

»Ali ist Gott, oder? Und Gott ist der Richter von Daniel. Und ich heiße Ali und du heißt …«

Der Alte hatte seine Hand ausgestreckt und Alis Nase gepackt. Der Junge heulte auf vor Schreck. Er sah, wie sich die Köpfe der beiden Frauen ihm zuwandten und sich eine von ihnen bereits erhob. Dann ließ er die Nase des Jungen los.

»Ist das deine Mutter, Ali?«, fragte er und nickte in Richtung der sich nähernden Frau.

»Mama!«, rief der Junge. »Guck mal, ich bin der Richter über diesen Mann!«

Die Frau rief dem Kind etwas auf Urdu zu. Der Alte lächelte sie an, doch sie wich seinem Blick aus und starrte bloß ihren Sohn an, der schließlich gehorchte und zu ihr hinüberging. Als sie sich umdrehte, huschte der Blick der Frau über ihn, als wäre er unsichtbar. Er hatte Lust, ihr zu erklären, dass er kein Bettler war, sondern mitgeholfen hatte, diese Gesellschaft aufzubauen. Er hatte sein Bestes getan, alles gegeben, bis er nichts mehr zu geben hatte und nur noch Platz machen konnte, beiseite treten, aufgeben. Doch er vermochte es nicht, er war müde und wollte einfach nur nach Hause. Ausruhen und dann weitersehen. Es war an der Zeit, dass einige andere ihre Rechnungen beglichen.

Er hörte nicht, was der kleine Junge ihm nachrief, als er ging.

6 Ellen Gjelten sah zu dem Mann auf, der zur Tür hereingeplatzt kam.

»Guten Morgen, Harry.«

»Verdammt!«

Harry trat gegen den Mülleimer neben seinem Schreibtisch, so dass dieser neben Ellen an die Wand krachte und dann wegrollte, während sich sein Inhalt auf dem Linoleumboden verteilte: zerrissene Berichtsentwürfe (Ekeberg-Mordsache), eine leere Zigarettenpackung (Camel – zollfrei), ein grüner Joghurtbecher, eine Zeitung, eine benutzte Kinokarte (Filmtheater: *Fear & Loathing in Las Vegas*), ein nicht benutzter Tippschein, eine Bananenschale, ein Musikmagazin (MOJO, Nr. 69, Februar 1999, mit einem Bild von Queen auf dem Cover), eine Colaflasche (Plastik, 0,5 Liter) und ein gelber Post-it-Zettel mit einer Telefonnummer, die anzurufen er eine Zeit lang ernsthaft erwogen hatte.

Ellen sah von ihrem PC auf und begutachtete den Müll auf dem Boden. »Du schmeißt die MOJO-Ausgaben weg, Harry?«, fragte sie.

»Verdammt!«, wiederholte Harry, riss sich die enge Anzugjacke herunter und warf sie quer durch das zwanzig Quadratmeter große Büro, das er sich mit Ellen Gjelten teilte. Die Jacke traf die Garderobe, glitt aber zu Boden.

»Was ist los?«, fragte Ellen und streckte die Hand aus, um den schwankenden Garderobenständer festzuhalten.

»Ich hab das hier in meinem Postfach gefunden.«

Harry wedelte mit einem Dokument herum.

»Sieht aus wie ein Gerichtsurteil.«

»Genau.«

»Die Dennis-Kebab-Sache?«

»Ja.«

»Und?«

»Sie geben Sverre Olsen die Höchststrafe. Dreieinhalb Jahre.«

»Aber dann solltest du doch eigentlich bester Laune sein.«

»Ich war es etwa eine Minute lang. Bis ich das hier gelesen habe.«

Harry hielt ein Fax hoch.

»Was ist das?«

»Als Krohn heute Morgen seine Kopie des Urteils erhielt, antwortete er uns mit dem Hinweis, dass er auf Grund eines Verfahrensfehlers Einspruch gegen das Urteil einlegen werde.«

Ellen sah aus, als hätte sie irgendwelche Schmerzen im Mund.

»Oje.«

»Er fordert die Aufhebung des Urteils. Es ist nicht zu glauben, aber dieser Krohn packt uns mit einem Verfahrensfehler bei der Vereidigung.«

»Wie das denn?«

Harry stellte sich ans Fenster.

»Die Schöffen müssen nur beim ersten Mal vereidigt werden, doch das muss im Gerichtssaal erfolgen, bevor das Verfahren beginnt. Krohn hat bemerkt, dass die eine Schöffin neu war. Und dass der Richter darauf verzichtet hat, sie im Gerichtssaal zu vereidigen.«

»Das nenn ich Absicherung.«

»Jetzt heißt es im Urteil, der Richter habe die Frau unmittelbar vor Beginn des Verfahrens in seinem Zimmer vereidigt. Er begründet das mit Zeitnot und neuen Verordnungen.«

Harry knüllte das Fax zusammen und warf es in hohem Bogen in Richtung Ellens Papierkorb, den er um einen halben Meter verfehlte.

»Und jetzt?«, fragte Ellen und schoss das Fax in Harrys Bürobereich zurück.

»Das ganze Urteil wird für ungültig erklärt werden und Sverre Olsen wird mindestens anderthalb Jahre lang ein freier Mann sein, bis die Sache wieder vor Gericht kommt. Und wie immer wird dann das Urteil wegen der Belastung des Angeklagten durch die lange Wartezeit etcetera wesentlich milder ausfallen. Mit den acht Monaten Untersuchungshaft, die er ja schon hinter sich hat, ist Sverre Olsen quasi jetzt schon ein freier Mann.«

Harry sprach nicht mit Ellen, sie kannte alle Details. Er redete mit seinem eigenen Spiegelbild im Fenster und sprach die Worte laut aus, um zu hören, ob sie so vielleicht mehr Sinn machten. Dann fuhr er sich mit beiden Händen über seinen verschwitzten Kopf, auf dem noch vor kurzem kurze blonde Haare gesprossen waren. Es gab einen konkreten Grund dafür, dass er auch diese noch abrasiert hatte: Letzte Woche war er wiedererkannt worden. Ein Junge mit schwarzer Strickmütze, Nike-Schuhen und Homey-Hosen, die so groß waren, dass der Schritt zwischen den Knien hing, war zu ihm herübergekommen, während seine Kumpels im Hintergrund kicherten, und hatte ihn gefragt, ob er nicht dieser Bruce-Willis-Typ aus Australien sei. Es lag drei – drei! – Jahre zurück, dass er die Titelseiten der Tageszeitungen geschmückt und sich in TV-Shows mit seinen Geschichten darüber lächerlich gemacht hatte, wie er in Sydney einen Serienmörder zur Strecke gebracht hatte. Harry hatte sich daraufhin sofort alle Haare abrasiert. Ellen hatte ihm vorgeschlagen, sich einen Bart wachsen zu lassen.

»Das Schlimmste ist, dass ich mir, verdammt noch mal, sicher bin, dass dieser Winkeladvokat das Spiel durchschaut hat, noch ehe das Urteil gesprochen wurde, und mit einem einzigen Wort dafür hätte sorgen können, dass die Vereidigung doch noch vor Ort stattfand. Aber der hat bloß dagesessen, sich die Hände gerieben und abgewartet.«

Ellen zuckte mit den Schultern.

»So etwas kommt vor. Gute Arbeit eines Verteidigers. So manches muss auf dem Altar der Rechtssicherheit geopfert werden. Reiß dich zusammen, Harry.«

Sie sagte das mit einer Mischung aus Sarkasmus und Nüchternheit.

Harry legte seine Stirn an das kühle Glas. Noch einer dieser unerwartet warmen Oktobertage. Er fragte sich, wo Ellen, diese frisch gebackene Ermittlerin mit dem blassen, süßen Puppengesicht, dem kleinen Mund und den kugelrunden Augen, dieses Pokerface gelernt hatte. Sie stammte aus gutem Hause und war, wie sie selbst sagte, ein verwöhntes Einzelkind, das sogar auf einem Schweizer Internat gewesen war. Wer weiß, vielleicht bereitete gerade so eine Erziehung optimal auf das raue Leben vor.

Harry legte den Kopf in den Nacken und atmete aus. Dann öffnete er einen Knopf an seinem Hemd.

»Mehr, mehr«, flüsterte Ellen, wobei sie mit Händen und Füßen vorsichtig applaudierte.

»Im Neonazimilieu nennen sie ihn den Batman-Typ.«

»Verstehe, die Baseballkeule – *bat*.«

»Nicht den Nazi – diesen Anwalt.«

»Echt? Na, das ist ja interessant. Heißt das, dass er schön, reich, und total verrückt ist und einen Waschbrettbauch und ein cooles Auto hat?«

Harry lachte. »Du solltest eine eigene TV-Show haben, Ellen. Der heißt so, weil er jedes Mal gewinnt, wenn er einen ihrer Fälle übernimmt. Außerdem ist er verheiratet.«

»Ist das sein einziges Minus?«

»Das – und dass er uns jedes Mal an der Nase herumführt«, erklärte Harry und goss sich einen Becher von Ellens selbst gemischtem Kaffee ein, den sie beim Einzug ins Büro vor fast zwei Jahren mitgebracht hatte. Harrys Gaumen hatte sich so daran gewöhnt, dass ihm das übliche Zeug mittlerweile nicht mehr schmeckte.

»War er Richter am Obersten Gerichtshof?«, fragte sie.

»Noch ehe er vierzig war.«

»Verdient er tausend Kronen?«

»*Done.*«

Sie lachten und prosteten sich mit den Pappbechern zu.

»Könnte ich diese MOJO-Ausgabe haben?«, fragte sie.

»In der Heftmitte sind Bilder von Freddy Mercurys zehn schlimmsten Posen: nackter Oberkörper, Hüfthalter und so weiter, das ganze Programm. Viel Spaß.«

»Ich mag Freddy Mercury – mochte.«

»Ich habe nicht gesagt, dass ich ihn nicht mochte.«

Der kaputte blaue Bürostuhl, der sich schon seit langem mit der niedrigsten Sitzposition zufrieden gab, quietschte vor Protest, als Harry sich gedankenverloren nach hinten lehnte. Er zog einen gelben Zettel mit Ellens Schrift zu sich heran.

»Was ist das?«

»Lies doch. Møller will dich sprechen.«

Harry trabte über den Flur, während er sich den zusammengekniffenen Mund und die zwei tief besorgten Falten vorstellte, die im Gesicht seines Chefs zu sehen sein würden, wenn dieser zu hören bekam, dass Sverre Olsen wieder auf freiem Fuß war.

Am Kopierer hob eine junge rotwangige Frau rasch den Kopf und lächelte Harry zu, als er vorbeiging. Er kam nicht dazu zurückzulächeln. Vermutlich eine der neuen Sekretärinnen. Ihr Parfüm war süß und schwer und irritierte ihn. Er sah auf den Sekundenzeiger seiner Uhr.

Soso, Parfüm begann ihn jetzt also schon zu irritieren. Was war eigentlich mit ihm geschehen? Ellen hatte behauptet, ihm fehle der angeborene Auftrieb, der den meisten Leuten von alleine wieder auf die Beine half. Nach seiner Rückkehr aus Bangkok war er so lange down gewesen, dass er fast die Hoffnung aufgegeben hatte, jemals wieder hochzukommen. Alles war kalt und dunkel gewesen, alle Eindrücke irgendwie dumpf. Als ob er sich tief unter Wasser befunden hätte. Wenn jemand mit ihm sprach, waren die Worte wie Luftblasen gewesen, die aus den Mündern der Menschen quollen und nach oben ins Nichts entschwanden. So muss es sein, wenn man ertrinkt, hatte er gedacht und gewartet. Dann hatte er es noch einmal geschafft.

Dank Ellen.

Sie war in den ersten Wochen nach seiner Rückkehr für ihn eingesprungen, wenn er sich außerstande gefühlt hatte zu arbeiten und nach Hause gegangen war. Und sie hatte aufgepasst, dass er nicht in den Bars versackte, hatte ihm befohlen, sich selbst anzuhauchen, wenn er spät zur Arbeit kam, und ihm erklärt, was an welchem Tag zu tun oder zu lassen war. Ein paarmal hatte sie ihn auch wieder nach Hause geschickt. Es hatte seine Zeit gedauert. Und als sie an einem Freitag zum ersten Mal feststellen konnte, dass er eine ganze Woche lang nüchtern zum Dienst erschienen war, hatte sie zufrieden genickt. Zu guter Letzt hatte er sie geradeheraus gefragt, warum sie, die von der Polizeihochschule kam und sogar eine juristische Ausbildung absolviert und bestimmt eine interessante Zukunft vor sich hatte, sich freiwillig diesen Mühlstein um den Hals gebunden hatte. Begriff sie denn nicht, dass er ihrer Karriere eher hinderlich war? Hatte sie Schwierigkeiten, normale Freunde zu finden?

Sie hatte ihn daraufhin mit ernster Miene angesehen und gesagt, dass sie das bloß täte, um von seiner Erfahrung zu profitieren, und dass er der beste Ermittler des ganzen Dezernats sei. Geschwätz, natürlich, aber es schmeichelte ihm dennoch. Außerdem war Ellen derart enthusiastisch und ehrgeizig in ihrer Ermittlungsarbeit, dass es kaum möglich war, sich nicht davon anstecken zu lassen. Im letzten halben Jahr hatte Harry sogar wieder begonnen, richtig gute Arbeit zu leisten. So wie bei Sverre Olsen.

Dort hinten war die Tür von Møller. Harry nickte im Vorbeigehen einem uniformierten Beamten zu, der jedoch so tat, als sähe er ihn nicht.

Als Teilnehmer von Big Brother hätte er sicher schlechte Karten gehabt, schoss es Harry durch den Kopf. Es hätte sicher kaum einen

Tag gedauert, bis alle sein schlechtes Karma bemerkt und ihn nach dem ersten Ratschlag nach Hause geschickt hätten. Mein Gott, jetzt begann er tatsächlich schon, die Terminologie dieses Scheißprogramms von TV3 zu übernehmen. So erging es einem, wenn man jeden Abend fünf Stunden vor der Glotze hing. Aber wenn er daheim in der Sofiesgate vor dem Fernseher saß, ging er wenigstens nicht in Schrøder's Restaurant.

Er klopfte zweimal unter dem Türschild von Bjarne Møller, PAC.

»Komm rein!«

Harry sah auf die Uhr. Fünfundsiebzig Sekunden.

Møllers Büro, 9. Oktober 1999

7 Dezernatsleiter Bjarne Møller hing in seinem Stuhl und seine langen Beine ragten unter dem Schreibtisch hervor. Er hatte seine Hände hinter dem Kopf gefaltet, einem wahren Prachtexemplar, das frühere Rassenforscher als Langschädel bezeichnet hätten. Zwischen Ohr und Schulter klemmte ein Telefonhörer. Die Haare waren kurz geschnitten, eine Art Fassonschnitt, den Hole erst kürzlich mit Kevin Costners Frisur in *Bodyguard* verglichen hatte. Møller hatte *Bodyguard* nicht gesehen. Er war seit fünfzehn Jahren nicht mehr im Kino gewesen, denn das Schicksal hatte seine Tage mit zu wenig Stunden ausgestattet, ihn selbst aber mit etwas zu viel Verantwortungsgefühl sowie zwei Kindern und einer Frau, die ihn nicht immer verstanden.

»Dann machen wir das so«, sagte Møller jetzt, legte den Hörer auf und sah Harry über den Schreibtisch hinweg an, auf dem sich Akten, überfüllte Aschenbecher und Papptassen türmten. Auf der Tischplatte markierte ein Foto von zwei Jungengesichtern mit Kriegsbemalung irgendwie das logische Zentrum in all dem Chaos.

»Da bist du ja, Harry.«

»Hier bin ich, Chef.«

»Ich war bei einer Besprechung im Außenministerium für das Gipfeltreffen im November hier in Oslo. Der amerikanische Präsident kommt ... aber du liest ja Zeitung, Harry. Kaffee?«

Møller war aufgestanden und mit großen Schritten zu dem Archivschrank gegangen. Auf einem dicken Stapel Akten thronte eine Kaffeemaschine und spuckte eine zähflüssige Substanz aus.

»Danke, Chef, aber …«

Es war zu spät und Harry nahm den dampfenden Becher entgegen.

»Ganz besonders freue ich mich auf den Besuch des Secret Service, zu dem wir sicher ein herzliches Verhältnis bekommen, wenn wir uns erst einmal richtig kennen gelernt haben.«

Ironie war nicht gerade Møllers Stärke. Das war aber nur *eine* der Eigenschaften, die Harry an seinem Chef so schätzte.

Møller zog die Knie an, bis sie von unten gegen die Tischplatte drückten. Harry lehnte sich zurück, um die zerbeulte Camel-Packung aus seiner Hosentasche zu ziehen, und sah Møller mit hochgezogenen Augenbrauen an, der kurz nickte und ihm einen der vollen Aschenbecher zuschob.

»Es wird in meiner Verantwortung liegen, den Weg von und nach Gardermoen zu sichern. Außer dem Präsidenten kommen ja Barak …«

»Barak?«

»Ehud Barak. Der israelische Ministerpräsident.«

»Gibt es etwa schon wieder so ein glorioses Oslo-Abkommen?«

Entmutigt sah Møller zu der blauen Rauchsäule hoch, die sich bis zur Decke wand.

»Erzähl mir bloß nicht, dass du das nicht mitbekommen hast, Harry, dann muss ich mir noch mehr Sorgen um dich machen, als ich es ohnehin schon tue. Das stand doch auf allen Titelseiten der letzten Woche.«

Harry zuckte mit den Schultern.

»Das liegt an den unzuverlässigen Zeitungsboten. Reißt tatsächlich Löcher in meine Allgemeinbildung. Das ist ein echtes Handicap im gesellschaftlichen Leben.«

Harry probierte noch einen winzigen Schluck von dem Kaffee, gab dann aber auf und stellte den Becher zur Seite.

»Und im Liebesleben.«

»Ach ja?« Møller sah Harry mit einem Blick an, als wüsste er nicht, ob er sich auf das, was jetzt kommen würde, freuen oder es fürchten sollte.

»Klar. Wer findet schon einen Mann von Mitte dreißig sexy, der den Background aller Big-Brother-Teilnehmer kennt, nicht aber die Namen eines einzigen Ministers? Oder des israelischen Kanzlers.«

»Ministerpräsidenten.«

»Verstehst du, was ich meine?«

Møller unterdrückte ein Lachen. Er musste immer so schnell lachen. Und er mochte diesen leicht angeschlagenen Beamten mit den großen Ohren, die wie zwei bunte Schmetterlingsflügel von seinem kahlen Schädel abstanden. Obgleich Harry ihm mehr als genug Probleme bereitet hatte. Als frisch gebackener PAC hatte er als Erstes lernen müssen, wie wichtig es für einen höheren Beamten mit Karriereplänen war, sich den Rücken freizuhalten. Als sich Møller nun räusperte, um die besorgte Frage zu stellen, auf die er eine Antwort haben wollte – auch wenn ihm davor graute –, zog er deshalb zuerst die Augenbrauen zusammen, um Harry zu zeigen, dass seine Besorgnis professioneller Natur war und nicht auf bloße Freundschaft zurückzuführen war.

»Ich habe gehört, dass du wieder in Schrøder's Restaurant verkehrst, Harry. Stimmt das?«

»Weniger als jemals zuvor, Chef. Es gibt so viel Interessantes im Fernsehen.«

»Aber du sitzt ab und an dort?«

»Sie mögen es dort nicht, wenn man steht.«

»Lass den Unsinn. Trinkst du wieder?«

»Minimal.«

»Wie minimal?«

»Wenn ich noch weniger trinke, schmeißen die mich raus.«

Dieses Mal konnte Møller sein Lachen nicht mehr zurückhalten.

»Ich brauche drei Verbindungsoffiziere für die Streckenabsicherung«, sagte er. »Jeder davon wird zehn Mann der verschiedenen Polizeidistrikte in Akershus befehligen sowie ein paar Kadetten von der Abschlussklasse der Polizeihochschule.«

»Ich dachte an Tom Waaler …«

Waaler. Ein Rassist, ein Arschloch und auf direktem Wege zum Befehlshabenden, sobald die Stelle ausgeschrieben werden würde. Harry hatte genug über Waalers Diensteinstellung gehört, um zu wissen, dass er alle Vorurteile, die Menschen gegen die Polizei hatten, bestätigte; nur ein Punkt traf nicht zu: Waaler war nicht dumm. Die Erfolge, die er als Ermittler vorweisen konnte, waren derart aufsehenerregend, dass sogar Harry einsah, dass Waaler die unweigerliche Beförderung verdiente.

»Und Weber …«

»Der alte Miesepeter?«

»… und dich, Harry.«

»*Say it again?*«

»Du hast richtig gehört.«

Harry schnitt eine Grimasse.

»Hast du etwas dagegen?«, fragte Møller.

»Natürlich habe ich etwas dagegen.«

»Warum? Das ist wirklich ein ehrenvoller Auftrag, Harry.«

»Ach ja?« Harry drückte seine Zigarette wütend im Aschenbecher aus. »Oder ist das der nächste Schritt im Rehabilitierungsprozess?«

»Wie meinst du das?« Bjarne Møller sah verletzt aus.

»Ich weiß, dass du dich einigen guten Ratschlägen widersetzt und dich mit mehreren Menschen angelegt hast, als du mich nach Bangkok wieder aufgenommen hast. Und ich bin dir dafür ewig dankbar. Aber was soll das jetzt? *Verbindungsoffizier.* Hört sich an wie der Versuch, all den Zweiflern zu beweisen, dass du Recht hattest und sie Unrecht. Dass Hole völlig auf der Höhe ist und dass man ihm Verantwortung übertragen kann.«

»Und?«

Bjarne Møller hatte die Hände wieder hinter seinen langen Schädel gelegt.

»Und?«, äffte Harry ihn nach. »Bin ich wieder nur noch ein kleines Rädchen im Getriebe?«

Møller seufzte resigniert.

»Wir sind doch alle nur kleine Rädchen. Überall gibt es einen versteckten Plan. Der hier ist auch nicht schlechter als die anderen. Mach deinen Job gut und es soll weder dein noch mein Schaden sein. Ist das denn so schwierig?«

Harry schnaubte, wollte etwas sagen, hielt inne, setzte wieder an, gab dann aber auf. Er schnippte eine neue Zigarette aus dem Päckchen.

»Nur, dass ich mich wie ein Pferd auf der Rennbahn fühle. Und dass mir Verantwortung nicht gut tut.«

Er ließ die Zigarette schlapp zwischen seinen Lippen hängen, ohne sie anzuzünden. Er schuldete Møller diesen Gefallen, doch was, wenn er versagte? Hatte Møller an diese Möglichkeit gedacht? *Verbindungsoffizier.* Er war jetzt schon lange trocken, doch er musste noch immer vorsichtig sein. Verflucht, war er nicht Ermittler geworden, um niemanden unter sich zu haben? Und möglichst wenige über sich? Harry biss in den Filter seiner Zigarette.

Sie hörten draußen auf dem Flur am Kaffeeautomaten jemanden sprechen. Es schien Waaler zu sein. Dann folgte das perlende Lachen einer Frau. Die neue Sekretärin vielleicht. Noch immer hatte er ihr Parfüm in der Nase.

»Scheiße«, sagte Harry. *Scheiße.* Zwei Silben, die die Zigarette in seinem Mund zweimal auf- und abwippen ließ.

Møller hatte die Augen geschlossen, während Harry nachdachte. Jetzt öffnete er sie ein wenig:

»Kann ich das als ein ›Ja‹ deuten?«

Harry stand auf, ohne noch etwas zu sagen.

Mautstation Alnabru, 1. November 1999

8 Der graue Vogel flatterte wieder durch Harrys Blickfeld. Er drückte den Finger gegen den Abzug seiner Smith & Wesson, während er über den Lauf auf den regungslosen Rücken hinter dem Glas starrte. Jemand hatte gestern im Fernsehen über die langsame Zeit gesprochen.

Die Hupe, Ellen. Drück auf diese verdammte Hupe, das muss einer vom Secret Service sein.

Langsame Zeit, wie an Weihnachten, bevor das Christkind kommt.

Das erste Motorrad befand sich jetzt auf Höhe der Kassenhäuschen und das Rotkehlchen war noch immer ein dunkler Fleck am äußersten Rand seines Blickfeldes. Die Zeit auf dem elektrischen Stuhl, bevor der Strom …

Harry drückte den Abzug. Einmal, zweimal, dreimal.

Und dann ging alles wahnsinnig schnell. Das farbige Glas wurde weiß, prasselte in einem Kristallregen auf den Asphalt, und er konnte gerade noch erkennen, wie ein Arm hinter dem unteren Fensterrahmen herabsackte, ehe das summende Geräusch teurer amerikanischer Autos erklang – und wieder leiser wurde.

Er starrte auf das Häuschen. Ein paar gelbe Blätter, die der Konvoi aufgewirbelt hatte, flatterten durch die Luft und kamen auf dem grauen Gras neben der Straße zur Ruhe. Er starrte auf das Häuschen. Es war wieder still geworden, und einen Augenblick gelang es ihm, sich vorzustellen, es wäre eine ganz normale norwegische Mautstation an einem ganz normalen Herbsttag mit einer ganz normalen Essotankstelle im Hintergrund. Die kalte Morgenluft roch sogar normal – nach verrottendem Laub und Autoabgasen. Vielleicht war nichts von alledem wirklich geschehen, dachte er.

Er starrte noch immer auf das Häuschen, als der klagende, unnachgiebige Laut einer Hupe den Tag durchschnitt.

TEIL II

GENESIS

1942

9 Feuerschein erleuchtete den grauen Nachthimmel und ließ ihn wie eine schmutzige Zeltplane aussehen, die nach allen Richtungen über die trostlose, nackte Landschaft um sie herum gespannt worden war. Vielleicht hatten die Russen eine Offensive gestartet, vielleicht taten sie aber auch nur so, das wusste man immer erst hinterher. Gudbrand lag am Rand des Schützengrabens, er hatte die Beine unter sich gezogen, hielt das Gewehr mit beiden Händen und lauschte dem fernen, dumpfen Dröhnen, während er auf die herabsinkenden Lichtflecken starrte. Er wusste, dass er nicht ins Feuer schauen sollte, denn dann wurde man nachtblind und konnte die russischen Heckenschützen nicht sehen, die dort vorne im Niemandsland durch den Schnee robbten. Doch er konnte sie ohnehin nicht sehen, hatte nie auch nur einen einzigen gesehen, sondern bloß wie die anderen auf Befehl geschossen. Wie jetzt.

»Da liegt er!«

Das war Daniel Gudeson, der Einzige von ihnen, der in einer Stadt aufgewachsen war. Die anderen kamen aus ländlichen Gegenden, deren Ortsbezeichnungen auf -dal endeten. Es waren breite Täler und tiefe, schattige, menschenleere, so wie Gudbrands Heimat. Anders als bei Daniel. Daniel Gudeson mit der hohen, blanken Stirn, den funkelnden blauen Augen und dem strahlenden Lächeln. Er sah aus, wie aus einem Werbeplakat ausgeschnitten. Er entstammte einem Ort mit Aussicht.

»Etwa zwei Meter, rechts vom Gebüsch«, sagte Daniel.

Gebüsch? Es gab hier in der zerbombten Landschaft doch keine Büsche. Oder vielleicht doch, denn die anderen schossen. Jede fünfte Kugel flog wie eine Feuerfliege in einer Parabel. Leuchtspurmunition. Die Kugel schoss ins Dunkel, schien dann aber plötzlich müde zu werden, denn sie wurde langsamer und landete einfach irgendwo dort draußen. So sah es jedenfalls aus. Gudbrand dachte, dass eine derart langsame Kugel unmöglich jemanden töten konnte.

»Er kommt davon!«, rief eine verbitterte, hasserfüllte Stimme. Das war Sindre Fauke. Sein Gesicht war über der Tarnuniform kaum zu erkennen und seine kleinen, eng zusammenstehenden Augen starrten ins Dunkel. Er stammte von einem abgelegenen Hof ganz oben im Gudbrandsdal. So blass wie er war, lag der Hof vermutlich in einem engen Seitental, in dem die Sonne nie den Boden erreichte. Gudbrand wusste nicht, warum sich Sindre als Frontkämpfer gemeldet hatte. Doch er hatte gehört, dass seine Eltern und seine beiden Brüder Anhänger der Nationalen Sammlung waren und dass sie dort zu Hause eine Binde um den Arm trugen und alle im Dorf denunzierten, die sie für Juden hielten. Daniel meinte, sie würden alle irgendwann selbst die Peitsche zu spüren bekommen, diese Denunzianten und Kriegsgewinnler, die nur auf ihren Vorteil bedacht waren.

»Nicht doch«, sagte Daniel leise, er hatte seine Wange an den Gewehrkolben gepresst. »Keiner dieser Scheißbolschewiken kommt davon!«

»Er hat erkannt, dass wir ihn gesehen haben«, knurrte Sindre. »Er zieht sich in die Senke zurück.«

»Nicht doch«, widersprach Daniel und zielte.

Gudbrand starrte in die grauweiße Finsternis. Weißer Schnee, weiße Tarnuniformen, weißer Feuerschein. Der Himmel wurde wieder erleuchtet. Schatten huschten über den verharschten Schnee. Gudbrand starrte wieder nach oben. Gelbe und rote Lichtreflexe am Horizont, gefolgt von entferntem Dröhnen. Das war ebenso unwirklich wie im Kino, nur dass es dreißig Grad unter Null waren und es niemanden gab, um den man seinen Arm hätte legen können. Sollte es dieses Mal wirklich eine Offensive sein?

»Du bist zu langsam, Gudeson, der ist weg.« Sindre spuckte in den Schnee.

»Nicht doch«, sagte Daniel noch leiser und zielte und zielte. Dann: Ein hohes, heulendes Pfeifen, ein Warnschrei, und Gudbrand warf sich, die Hände über dem Kopf, auf den eisigen Boden des Schützengrabens. Die Erde erzitterte. Es regnete braune, steif gefrorene Erdklumpen, von denen einer auf Gudbrands Helm knallte, so dass er ihm über die Augen nach unten rutschte. Er wartete, bis er sich sicher war, dass nicht noch mehr vom Himmel kam, und schob seinen Helm zurecht. Es war ruhig geworden und ein feiner weißer Schneefilm klebte auf seinem Gesicht. Es hieß, dass man die Granate, die einen traf, nicht zu hören bekam, doch Gudbrand hatte oft genug gesehen, was pfeifende Granaten anrichten konnten, um zu wissen, dass das nicht stimmte. Ein neuerlicher Feuerschein erhellte den Schützengraben, und er sah die weißen Gesichter der anderen und ihre Schatten, die am Rand des Schützengrabens auf ihn zuzukriechen schienen, als das Licht verlosch. Doch wo war Daniel?

»Daniel!«

»Ich hab ihn erwischt«, sagte Daniel. Er lag noch immer oben auf dem Rand des Schützengrabens. Gudbrand traute seinen Ohren nicht.

»Was sagst du da?«

Daniel ließ sich in den Graben gleiten und schüttelte Schnee und Erdklumpen ab. Er grinste breit.

»Keiner dieser Scheißrussen wird heute Abend einen unserer Kundschafter erschießen. Tormod ist gerächt.« Er drückte seine Hacken in die Wand des Schützengrabens, um nicht auf dem Eis auszurutschen.

»Vergiss es!« Das war Sindre. »Vergiss es, du hast ihn nicht getroffen, Gudeson. Ich hab gesehen, wie der Russe da in der Senke verschwunden ist.«

Seine kleinen Augen huschten vom einen zum anderen, wie um zu fragen, ob wirklich jemand von ihnen Daniels Prahlereien glaubte.

»Stimmt«, sagte Daniel. »Aber in zwei Stunden wird es hell, und der wusste, dass er bis dahin verschwunden sein musste.«

»Exakt, und das hat er ein bisschen zu früh versucht, nicht wahr, Daniel«, beeilte sich Gudbrand zu sagen. »Er ist auf der anderen Seite wieder hochgeklettert, nicht wahr, Daniel?«

»Früh oder nicht früh«, grinste Daniel. »Ich hätte ihn so oder so gekriegt.«

»Jetzt halt aber deine prahlerische Klappe, Gudeson«, fauchte Sindre.

Daniel zuckte mit den Schultern und überprüfte das Magazin. Dann drehte er sich um, hängte sich das Gewehr über die Schulter, trat mit dem Stiefel in die gefrorene Wand des Grabens und schwang sich nach oben.

»Gib mir deinen Spaten, Gudbrand.«

Daniel nahm den Spaten entgegen und stand auf. In der weißen Winteruniform zeichnete sich seine Silhouette vor dem schwarzen Himmel und den Lichtflecken ab, die sich wie ein Heiligenschein um seinen Kopf legten.

Er sieht aus wie ein Engel, dachte Gudbrand.

»Was, zum Teufel, hast du vor, Mann?«, rief Edvard Mosken, ihr Unteroffizier. Der besonnene Mjøndaler erhob selten seine Stimme, wenn es um solche alten Hasen wie Daniel, Sindre oder Gudbrand ging. Es waren meistens die Neuankömmlinge, die von ihm zurechtgewiesen wurden, wenn sie Fehler machten. Die Standpauken, die sie erhielten, hatten schon manch einem das Leben gerettet. Jetzt starrte Edvard Mosken mit seinem einen aufgerissenen Auge, das er nie schloss, zu Daniel empor. Nicht einmal im Schlaf schloss er dieses Auge, das hatte Gudbrand selbst gesehen.

»Komm in die Deckung, Gudeson«, rief der Unteroffizier.

Doch Daniel lächelte bloß und war im nächsten Augenblick verschwunden; nur sein weißer Atem blieb noch ein paar Sekunden lang über ihnen hängen. Dann verlosch der Lichtschein am Himmel wieder und es wurde dunkel.

»Gudeson!«, rief Edvard und kletterte auf den Rand. »Verdammt!«

»Kannst du ihn sehen?«, fragte Gudbrand.

»Wie vom Erdboden verschluckt.«

»Was wollte er denn mit dem Spaten?«, fragte Sindre und sah Gudbrand an.

»Keine Ahnung«, erwiderte Gudbrand. »Vielleicht will er den Stacheldraht durchbrechen.«

»Wofür soll das denn gut sein?«

»Was weiß ich.«

Gudbrand mochte Sindres stechenden Blick nicht, da er ihn an einen anderen Bauern in der Kompanie erinnerte, der irgendwann verrückt geworden war und eines Nachts in seine Schuhe gepinkelt hatte, ehe er Wache hatte. Man hatte ihm alle Zehen amputieren müssen. Aber der war jetzt in Norwegen, vielleicht war er doch nicht ganz so verrückt gewesen. Er hatte jedenfalls genau so einen stechenden Blick gehabt.

»Vielleicht macht er einen Spaziergang im Niemandsland«, spottete Gudbrand.

»Ich weiß, was auf der anderen Seite des Stacheldrahtes ist, und frage mich, verdammt noch mal, was er da will.«

»Vielleicht hat ihn die Granate am Kopf getroffen«, meinte Hallgrim Dale. »Vielleicht ist er durchgedreht.«

Hallgrim Dale war der Jüngste von ihnen, er war gerade erst achtzehn Jahre alt. Keiner wusste, warum er sich gemeldet hatte. Abenteuerlust, glaubte Gudbrand. Dale behauptete, er bewundere Hitler, aber er hatte keine Ahnung von Politik. Daniel meinte zu wissen, Dale sei einem geschwängerten Mädchen davongelaufen.

»Wenn der Russe noch lebt, wird Gudeson erschossen, ehe er fünfzig Meter weit gekommen ist«, verkündete Edvard Mosken.

»Daniel hat ihn getroffen«, flüsterte Gudbrand.

»Dann wird er von einem der anderen erschossen«, beharrte Edvard, schob seine Hände in die Tarnjacke und fischte eine dünne Zigarette aus der Brusttasche. »Es wimmelt heute Nacht von denen da draußen.«

Er hielt das Streichholz versteckt in der Hand, als er es gegen die Schachtel schlug. Das Schwefelköpfchen entzündete sich beim zweiten Versuch, und es gelang Edvard, die Zigarette anzuzünden. Wortlos sog er einmal tief den Rauch ein und reichte sie weiter. Alle nahmen schnell einen Zug und gaben sie dann an den Nächsten weiter. Niemand sagte ein Wort, sie schienen in ihre Gedanken versunken zu sein; doch Gudbrand wusste, dass sie lauschten – so wie er.

Es vergingen zehn Minuten, ohne dass sie etwas hörten.

»Wahrscheinlich bombardieren sie den Ladogasee von den Flugzeugen aus«, sagte Hallgrim Dale.

Sie alle hatten die Gerüchte gehört, dass die Russen über den zugefrorenen Ladogasee aus Leningrad flüchteten. Doch dass das Eis so fest war, bedeutete auch, dass General Schukow Nachschub in die belagerte Stadt bekommen konnte.

»Die werden da drinnen sicher bald vor Hunger ohnmächtig«, meinte Dale und nickte in Richtung Osten.

Doch das hatte Gudbrand schon gehört, als er vor fast einem Jahr hierher geschickt worden war; trotzdem beschossen sie einen, kaum dass man den Kopf über den Rand des Schützengrabens hob. Im letzten Winter waren jeden Tag russische Deserteure mit erhobenen Händen zu ihnen herübergekommen, die genug hatten und für ein bisschen Wärme und etwas Essen die Seite wechselten. Doch jetzt kamen immer weniger Fahnenflüchtige, und die zwei armen Kerle mit den eingefallenen Wangen, die letzte Woche übergelaufen waren, hatten sie mit ungläubigen Augen angesehen, als sie erkannten, dass ihre Gegner ebenso mager waren wie sie selbst.

»Zwanzig Minuten. Er kommt nicht mehr«, stellte Sindre fest. »Er ist tot. Wie ein saurer Hering.«

»Halt dein Maul!« Gudbrand trat einen Schritt auf Sindre zu, der sogleich die Schultern straffte. Doch obgleich Sindre mindestens einen Kopf größer war, hatte er ganz offensichtlich wenig Lust auf eine Prügelei. Er dachte wohl an den Russen, den Gudbrand vor wenigen Wochen getötet hatte. Wer hätte gedacht, dass der freundliche, vorsichtige Gudbrand einen solchen Mut, solche Wildheit in sich hatte? Der Russe war zwischen zwei Lauschposten unbemerkt bis in ihren Schützengraben vorgedrungen und hatte in den beiden ersten Bunkern die Menschen im Schlaf massakriert. In dem einen waren Holländer gewesen und in dem anderen Australier. Dann war er in ihren Bunker gekommen. Es waren die Läuse, denen sie ihr Leben verdankten.

Und Läuse gab es überall, doch besonders dort, wo es warm war, wie unter den Armen, dem Gürtel, im Schritt und an den Knöcheln. Gudbrand, der der Tür am nächsten lag, hatte nicht schlafen können. Ihn quälten die Lauswunden, wie sie es nannten, die er an den Beinen hatte. Es waren offene Wunden in der Größe eines Fünf-Öre-Stücks, an deren Rändern die Läuse dicht an dicht saßen und sich labten. Gudbrand hatte in einem verzweifelten Versuch, sie abzuschaben, gerade das Bajonett genommen, als sich der Russe in der Türöffnung aufbaute und losballerte. Gudbrand hatte zwar nur dessen Silhouette gesehen, aber sofort am Umriss des erhobenen Moskin-Nagant-Gewehres erkannt, dass es sich um einen Feind handelte. Einzig mit dem stumpfen Bajonett hatte Gudbrand den Russen derart zerstückelt, dass kein Tropfen Blut mehr in ihm war, als sie ihn später in den Schnee hinaustrugen.

»Beruhigt euch, Jungs«, sagte Edvard und zog Gudbrand zur Seite. »Du solltest ein bisschen ausruhen, Gudbrand, du bist doch schon vor einer Stunde abgelöst worden.«

»Ich gehe nach draußen und sehe nach ihm«, erklärte Gudbrand.

»Nein, das tust du nicht!«, widersprach Edvard.

»Doch, ich ...«

»Das ist ein Befehl!« Edvard schüttelte ihn an der Schulter. Gudbrand versuchte, sich loszureißen, doch der Unteroffizier hielt ihn fest.

Gudbrands Stimme überschlug sich und zitterte vor Verzweiflung: »Vielleicht ist er verwundet! Vielleicht hängt er einfach nur im Stacheldraht fest!«

Edvard klopfte ihm besänftigend auf die Schulter. »Es wird bald hell«, sagte er, »dann werden wir herausfinden, was geschehen ist.«

Er warf einen kurzen Blick auf die anderen Männer, die die Szene wortlos beobachtet hatten. Sie begannen mit den Füßen im Schnee zu trampeln und leise miteinander zu flüstern. Gudbrand sah, wie Edvard zu Hallgrim Dale hinüberging und leise etwas zu ihm sagte. Dale hörte ihm zu und warf dann einen Blick auf Gudbrand. Gudbrand wusste, was das zu bedeuten hatte. Es war ein Befehl, auf ihn aufzupassen. Vor einer Weile war das Gerücht aufgekommen, dass er und Daniel mehr als nur gute Freunde seien. Und dass man ihnen nicht trauen könne. Mosken hatte sie geradeheraus gefragt, ob sie den Plan hätten, gemeinsam zu desertieren. Sie hatten das natürlich verneint, doch jetzt nahm Mosken wohl an, dass Daniel diese Gelegenheit zur Flucht genutzt hatte! Und dass Gudbrands Wunsch, nach seinem Kameraden zu »suchen«, nur ein Teil ihres Plans war, gemeinsam auf die andere Seite zu kommen. Gudbrand hätte am liebsten gelacht. Natürlich war es angenehm, an die verheißungsvollen Versprechungen von Essen, Wärme und Frauen zu denken, die die russischen Lautsprecher in einschmeichelndem Deutsch über die Schlachtfelder schickten. Doch wer glaubte schon daran? »Wollen wir wetten, ob er wiederkommt?« Das war Sindre. »Um drei Essensrationen, was meinst du?«

Gudbrand ließ seinen Arm sinken und spürte das Bajonett am Gürtel unter seiner Tarnuniform.

»*Nicht schießen, bitte!*«

Gudbrand wirbelte herum und erblickte über sich ein rotwangiges Gesicht unter einer russischen Uniformmütze, das ihn vom Rand des Schützengrabens aus anlächelte. Dann schwang sich der Mann hinüber und sprang mit einer angedeuteten Telemarklandung auf das Eis am Boden.

»Daniel!«, rief Gudbrand.

»Hoi!«, sagte Daniel und hob die Uniformmütze an. »*Dobre Wetscha.*«

Die Männer standen wie festgefroren da und starrten ihn an.

»Edvard«, rief Daniel, »du solltest unseren Holländern ein bisschen Dampf machen. Die haben mindestens fünfzig Meter zwischen den Lauschposten dort hinten.«

Edvard stand ebenso perplex da wie die anderen.

»Hast du den Russen begraben, Daniel?« Gudbrands Gesicht leuchtete vor Aufregung.

»Begraben?«, sagte Daniel. »Ich hab sogar das Vaterunser gesprochen und ihm ein Liedchen gesungen. Seid ihr denn schwerhörig? Ich bin sicher, dass die auf der anderen Seite es gehört haben.«

Dann kletterte er wieder auf den Rand, hob die Arme in die Luft und begann mit warmer, fester Stimme zu singen: »Ein feste Burg ist unser Gott ...«

Die Männer begannen zu jubeln, und Gudbrand lachte derart, dass ihm die Tränen über die Wangen rollten.

»Verdammter Teufel, Daniel!«, platzte Dale heraus.

»Nicht Daniel. Nenn mich ...« Daniel nahm die russische Uniformmütze ab und las, was auf der Innenseite des Futters stand. »... Urias. Der konnte sogar schreiben. Na ja, Bolschewik war er trotzdem.«

Er sprang in den Schützengraben hinunter und sah sich um.

»Es hat doch wohl niemand etwas gegen einen ordentlichen Judennamen, oder?«

Einen Augenblick lang waren alle still, dann brach Gelächter los, und die ersten begannen, »Urias« auf den Rücken zu klopfen.

Leningrad, 31. Dezember 1942

10 Es war kalt auf dem Maschinengewehrposten. Gudbrand trug alle seine Kleider, trotzdem klapperten seine Zähne. Er hatte jedes Gefühl in Fingern und Zehen verloren. Am schlimmsten waren die Beine. Er hatte die neuen Fußfelle um sie gewickelt, doch die halfen nicht viel.

Er starrte ins Dunkel. Sie hatten an diesem Abend nicht viel vom Iwan gehört, vielleicht feierte er Silvester. Vielleicht gab es etwas Gutes zu essen. Lamm mit Weißkohl. Oder geräuchertes Hammelfleisch. Gudbrand wusste natürlich, dass die Russen kein Fleisch hatten. Trotzdem musste er ans Essen denken. Sie selbst hatten nur das übliche Brot und eine Linsensuppe bekommen. Das Brot hatte einen deutlichen Grünschimmer gehabt, doch auch daran hatten sie sich gewöhnt. Und wenn es so schimmelig war, dass es auseinander zu fallen drohte, kochten sie es gemeinsam mit der Suppe auf.

»An Weihnachten haben wir wenigstens noch eine Wurst bekommen«, brummte Gudbrand.

»Psst«, machte Daniel.

»Heute Abend ist dort draußen keiner, Daniel. Die hocken irgendwo beim Hirschmedaillon. Mit dicker brauner Wildsauce und Preiselbeeren. Und Mandelkartöffelchen.«

»Fang nicht wieder mit deinem Gerede vom Essen an. Sei still und pass auf, ob du jemanden siehst.«

»Ich, ich sehe niemanden, Daniel, niemanden!«

Sie kauerten sich zusammen und zogen die Köpfe ein. Daniel trug die russische Uniformmütze. Der Stahlhelm mit dem Waffen-SS-Abzeichen lag neben ihm. Gudbrand begriff, warum. Irgendetwas an der Form des Helmes brachte den eiskalten, immerwährenden Wind dazu, vorne an der Kante unter den Helm zu blasen und ein unablässiges, nervtötendes Sausen zu produzieren, das besonders auf Lauschposten reichlich störend war.

»Was ist denn mit deinen Augen los?«, fragte Daniel.

»Nichts. Ich sehe nur nachts nicht besonders gut.«

»Ist das alles?«

»Und farbenblind bin ich auch ein bisschen.«

»Ein *bisschen* farbenblind?«

»Rotgrün. Ich kann das nicht auseinander halten, die Farben fließen irgendwie ineinander. Ich hab zum Beispiel nie eine einzige Beere gesehen, wenn wir in den Wald gingen, um Preiselbeeren für den Sonntagsbraten …«

»Kein Wort mehr vom Essen, habe ich gesagt!«

Sie wurden still. In der Ferne knatterte ein Maschinengewehr. Das Thermometer zeigte fünfundzwanzig Grad minus. Im vergangenen Winter hatten sie mehrere Nächte hintereinander fünfundvierzig Grad unter null gehabt. Gudbrand tröstete sich damit, dass sich die Läuse bei dieser Kälte wenigstens ruhig verhielten; sie würden erst wieder zu jucken anfangen, wenn seine Wache zu Ende war und er auf dem Lager unter seine Decke kriechen konnte. Doch sie ertrugen die Kälte besser als er, diese Viecher. Einmal hatte er einen Versuch gemacht und seine Unterhose drei Tage hintereinander im Schnee liegen lassen. Als er die Hose anschließend wieder mit in den Bunker nahm, war sie ein hart gefrorenes Brett. Doch als er sie vor dem Ofen wieder auftaute, erwachte das wimmelnde, krabbelnde Leben in seiner Hose von neuem. Vor lauter Verzweiflung hatte er sie ins Feuer geworfen.

Daniel räusperte sich:

»Wie habt ihr denn diesen Sonntagsbraten gegessen?«

Gudbrand ließ sich nicht zweimal bitten.

»Zuerst hat Vater den Braten andächtig wie ein Pastor aufgeschnitten, während wir Kinder mucksmäuschenstill dasaßen und ihm zusahen. Dann hat Mutter jedem von uns zwei Scheiben auf den Teller gelegt und eine braune Soße darüber gegossen, die so dick war, dass sie immer wieder rühren musste, damit sie nicht klumpig wurde. Und dazu gab es dann eine Riesenmenge frischen, knackig grünen Rosenkohl. Du solltest deinen Helm aufsetzen. Daniel, denk doch an die Granatsplitter.«

»Denk doch an die ganzen Granaten. Erzähl weiter.«

Gudbrand schloss die Augen und ein Lächeln zeichnete sich auf seinen Lippen ab.

»Als Nachtisch gab es Zwetschgenpudding. Oder Brownies. Das war etwas Besonderes, Mutter hatte das Rezept aus Brooklyn mitgebracht.«

Daniel spuckte in den Schnee. Normalerweise hatten sie jetzt im Winter jeweils nur eine Stunde Wache, doch sowohl Sindre Fauke als auch Hallgrim Dale hatten Fieber und lagen auf ihren Pritschen, und so hatte Edvard Mosken, der Unteroffizier, entschieden, die Wachzeiten auf zwei Stunden auszudehnen, bis sie wieder vollzählig waren.

Daniel legte seine Hand auf Gudbrands Schulter.

»Du sehnst dich nach zu Hause, nicht wahr? Nach deiner Mutter?«

Gudbrand lachte, spuckte an der gleichen Stelle wie Daniel in den Schnee und schaute zu den Sternen am Himmel hoch. Es raschelte im Schnee und Daniel hob seinen Kopf.

»Ein Fuchs«, sagte er nur.

Es war unglaublich, aber sogar hier, wo jeder Quadratmeter zerbombt war und die Minen dichter lagen als die Pflastersteine auf der Karl Johans Gate, gab es Tiere. Nicht viele, aber sie hatten sowohl Hasen als auch Füchse gesehen. Und den einen oder anderen Iltis. Natürlich versuchten sie zu schießen, was sie sahen, alles war in ihren Kochtöpfen willkommen. Dann aber war einer der Deutschen erschossen worden, als er einen Hasen holen wollte. Das brachte die Kommandeure auf die Idee, die Russen würden die Hasen vor den

Schützengräben aussetzen, um ihre Gegner ins Niemandsland zu locken. Als ob die Russen freiwillig Hasen ausgesetzt hätten!

Gudbrand betastete seine wunden Lippen und sah auf seine Uhr. Noch eine Stunde bis zur Ablösung. Er verdächtigte Sindre, sich Tabak in den Mastdarm gestopft zu haben, um Fieber zu bekommen; so etwas war ihm zuzutrauen.

»Warum seid ihr aus Amerika zurückgekommen?«, fragte Daniel.

»Wegen dem Börsenkrach. Mein Vater hatte seine Arbeit auf der Werft verloren.«

»Na, siehst du«, sagte Daniel. »So ist der Kapitalismus. Die kleinen Leute leiden, während die Reichen nur noch reicher werden, egal, ob es mit der Wirtschaft bergauf oder bergab geht.«

»Tja, so ist das nun mal.«

»Bis jetzt war das so, aber jetzt wird alles anders werden. Wenn wir den Krieg gewinnen, hat Hitler sicher eine kleine Überraschung für diese Leute. Und dein Vater braucht sich um seinen Arbeitsplatz keine Sorgen mehr zu machen. Du solltest wirklich auch in die Partei eintreten.«

»Glaubst du das wirklich?«

»Du etwa nicht?«

Gudbrand widersprach Daniel nicht gerne, und so zuckte er nur mit den Schultern, doch Daniel wiederholte die Frage.

»Natürlich glaube ich das«, antwortete Gudbrand. »Aber ich denke doch zuallererst an Norwegen. Damit die Bolschewiken nicht zu uns ins Land kommen. Wenn sie kommen, werden wir jedenfalls zurück nach Amerika gehen.«

»In ein kapitalistisches Land?« Daniels Stimme klang jetzt schärfer. »In eine Demokratie, die in den Händen der Reichen liegt und Spielball des Zufalls und irgendwelcher korrupter Anführer ist?«

»Lieber das als Kommunismus.«

»Die Demokratien haben ausgespielt, Gudbrand. Schau dir doch nur Europa an. England und Frankreich sind doch schon lange vor dem Krieg vor die Hunde gegangen – Arbeitslosigkeit und Ausbeutung auf der ganzen Linie. Es gibt nur zwei Leute, die stark genug sind, Europas Absturz in das Chaos zu verhindern, und das sind Hitler und Stalin. Eine andere Wahl haben wir nicht. Ein Brudervolk oder die Barbaren. Es gibt nur wenige bei uns zu Hause, die begriffen haben, was für ein Glück wir hatten, dass die Deutschen zuerst zu uns gekommen sind, und nicht Stalins Schlächter.«

Gudbrand nickte. Es war nicht nur das, was Daniel sagte, sondern auch die Art, wie er es sagte. Mit einer solchen Überzeugung.

Plötzlich brach es los und der Himmel vor ihnen war taghell von all den Explosionen. Der Boden zitterte, und gelber Lichtschein wurde von braunem Erd- und Schneeregen abgelöst, der sich wie von selbst in die Luft zu werfen schien, wenn die Granaten einschlugen.

Gudbrand lag bereits, die Hände über dem Kopf, auf dem Boden des Schützengrabens, als das Ganze ebenso schnell vorüber war, wie es angefangen hatte.

Er sah nach oben zum Rand, hinter das Maschinengewehr, wo Daniel aus vollem Hals lachte.

»Was machst du?«, rief Gudbrand. »Gib das Signal, dass die Leute wieder hochkommen können!«

Doch Daniel lachte nur noch lauter. »Mein lieber, lieber Freund«, rief er und hatte Tränen in den Augen. »Frohes neues Jahr!«

Daniel deutete auf die Uhr und es begann Gudbrand zu dämmern. Daniel hatte anscheinend auf das Neujahrsfeuerwerk der Russen gewartet, denn jetzt schob er seine Hand in den Schnee, der vor dem Wachposten aufgetürmt war, um das Maschinengewehr zu tarnen.

»Brandy«, rief er und hob eine Flasche mit einer braunen Flüssigkeit triumphierend in die Höhe. »Die hab ich schon seit drei Monaten aufbewahrt. Nimm einen Schluck.«

Gudbrand hatte sich auf die Knie aufgerichtet und lachte Daniel an.

»Du zuerst!«, rief Gudbrand.

»Sicher?«

»Ganz sicher, alter Freund, du hast sie aufbewahrt. Aber trink nicht alles.«

Daniel schlug an den Flaschenhals, so dass der Korken heraussprang, und hob die Flasche an.

»Auf Leningrad, im Frühling trinken wir im Winterpalast«, proklamierte er und nahm die russische Uniformmütze ab. »Und im Sommer sind wir wieder zu Hause und werden in unserem geliebten Norwegen wie Helden empfangen.«

Er hielt sich die Flasche an den Mund, legte den Kopf in den

Nacken, und die braune Flüssigkeit gluckste und tanzte im Flaschenhals. Es blinkte, als sich das Licht des herabsinkenden Feuerscheins auf dem Glas spiegelte – in den nächsten Jahren sollte Gudbrand noch oft daran denken und sich fragen, ob es die Spiegelungen auf der Flasche gewesen waren, die der russische Heckenschütze gesehen hatte. Im nächsten Augenblick hörte Gudbrand ein hohes ploppendes Geräusch und dann explodierte die Flasche in Daniels Hand. Es regnete Glassplitter und Brandy, und Gudbrand schloss automatisch die Augen. Er spürte, dass sein Gesicht nass wurde, etwas rann über seine Lippen, und er streckte spontan die Zunge heraus und fing ein paar Tropfen auf. Es schmeckte nach fast nichts, bloß nach Alkohol und etwas anderem – etwas Süßlichem, Metallischem. Es war zähflüssig, sicher auf Grund der Kälte, dachte Gudbrand und öffnete wieder die Augen. Er konnte Daniel nicht sehen, er war nicht mehr oben am Rand des Schützengrabens. Er hatte sich wohl hinter das Maschinengewehr geduckt, als ihm klar wurde, dass sie gesehen worden waren, dachte Gudbrand, doch er spürte, dass sein Herz zu rasen begann.

»Daniel!«

Keine Antwort.

»Daniel!«

Gudbrand rappelte sich auf und kroch zum Rand. Daniel lag auf dem Rücken, den Patronengürtel unter dem Kopf und die Uniformmütze auf dem Gesicht. Der Schnee um ihn herum war voller Blut und Brandy. Gudbrand hob die Uniformmütze hoch. Daniel sah mit aufgerissenen Augen in den Sternenhimmel. Er hatte ein großes, starrendes Loch mitten auf der Stirn. Gudbrand hatte noch immer diesen süßen, metallischen Geschmack im Mund, und er spürte, dass ihm übel wurde.

»Daniel!«

Es war nur noch ein Flüstern zwischen seinen trockenen Lippen. So wie Daniel dalag, erinnerte er Gudbrand an einen kleinen Jungen, der Engel in den Schnee hatte zeichnen wollen, dabei aber ganz plötzlich in Schlaf gefallen war. Mit einem Aufschrei warf er sich auf die Sirene und drehte die Kurbel, und während die Lichter zu Boden sanken, erhob sich der durchdringende Klageschrei der Sirene in den Himmel.

Das durfte doch nicht sein, war alles, was Gudbrand denken konnte.

Ooooooooo-oooooooo …!

Edvard und die anderen waren herausgekommen und standen hinter ihm. Jemand rief seinen Namen, doch Gudbrand hörte nichts, er drehte die Kurbel immer und immer wieder im Kreis. Schließlich trat Edvard neben ihn und legte seine Hand auf die Kurbel. Gudbrand ließ los, drehte sich aber nicht um, sondern blieb wie angewurzelt stehen und starrte auf den Rand des Schützengrabens und auf den Himmel darüber, während die Tränen an seinen Wangen festfroren.

»Das durfte doch nicht sein«, flüsterte er.

Leningrad, 1. Januar 1943

11 Daniel hatte bereits Eiskristalle unter der Nase und in den Augen- und Mundwinkeln, als sie ihn wegtrugen. Manchmal ließen sie die Toten einfach liegen, bis sie in der Kälte starr wurden, denn dann waren sie leichter zu tragen. Doch Daniel hatte das Maschinengewehr blockiert und so war er von zwei Männern ein paar Meter weit zu einer Ausbuchtung im Schützengraben geschleppt worden. Dort hatten sie ihn auf zwei leere Munitionskisten gelegt, die sie zum Feuermachen zur Seite geschafft hatten. Hallgrim Dale hatte ihm einen Leinensack über den Kopf gezogen, damit sie das tote Gesicht mit dem hässlichen Grinsen nicht zu sehen brauchten. Edvard hatte im Nord-Abschnitt angerufen und erklärt, wo Daniel lag. Man hatte ihm zugesagt, noch im Laufe der Nacht zwei Leichenträger zu schicken. Dann hatte der Unteroffizier Sindre vom Krankenlager gescheucht, um gemeinsam mit Gudbrand Wache zu stehen. Als Erstes mussten sie das voll gespritzte Maschinengewehr reinigen.

»Sie haben Köln in Schutt und Asche gelegt«, sagte Sindre.

Sie lagen Seite an Seite am Rand des Schützengrabens in der kleinen Vertiefung, von der aus sie das Niemandsland beobachten konnten. Gudbrand bemerkte, wie unangenehm es ihm war, Sindre so nah zu sein.

»Und Stalingrad geht zum Teufel«, brummte Sindre.

Gudbrand spürte nichts in der Kälte, so als ob sein Kopf und sein

Körper voller Watte wären und ihn nichts mehr etwas anginge. Das Einzige, was er spürte, war das eiskalte Metall, das auf seiner Haut brannte, und die steifen Finger, die ihm nicht mehr gehorchen wollten. Er versuchte es erneut. Der Schaft und der Abzugsmechanismus des Maschinengewehres lagen bereits neben ihm auf der Wolldecke, die über den Schnee gebreitet worden war, doch das Schlussstück war schwieriger zu lösen. In Sennheim hatten sie geübt, das Maschinengewehr mit verbundenen Augen auseinander und zusammenzubauen. Sennheim im schönen, warmen deutschen Elsass. Wie anders war es, wenn man nicht mehr fühlen konnte, was die Finger taten.

»Hast du nicht gehört?«, fragte Sindre. »Die Russen werden uns kriegen. Genau wie Gudeson.«

Gudbrand dachte an den deutschen Wehrmachtskapitän, der sich so über Sindre amüsiert hatte, als dieser erzählt hatte, er stamme von einem Hof unweit von Toten.

»Toten? Wie im Totenreich?«, hatte der Kapitän gelacht.

Das Schlussstück rutschte ihm aus der Hand.

»Verflucht!« Gudbrands Stimme zitterte. »Das ist das Blut, die Teile sind festgefroren.«

Er zog seine Handschuhe aus, hielt die Spitze der kleinen Sprühflasche mit Waffenöl an das Schlussstück und drückte. Die Kälte hatte die goldfarbene Flüssigkeit zäh und dickflüssig werden lassen, doch er wusste, dass das Öl Blut auflöste. Das Waffenöl hatte ihm einmal bei einer Ohrenentzündung geholfen.

Sindre lehnte sich plötzlich zu Gudbrand hinüber und knibbelte mit dem Fingernagel an einer Patrone.

»In Jesu Namen«, sagte er. Er sah zu Gudbrand auf und grinste ihn mit braunen Streifen auf den Zähnen an. Sein blasses, unrasiertes Gesicht war Gudbrand derart nah, dass er den faulen Atem riechen konnte, den sie alle nach einer Weile bekommen hatten. Sindre hielt den Finger hoch.

»Wer hätte gedacht, dass Daniel so viel Hirn hatte, was?«

Gudbrand wendete sich ab.

Sindre studierte seine Fingerkuppe. »Hat er aber nicht oft benutzt. Sonst wär er an diesem Abend nicht aus dem Niemandsland zurückgekehrt. Ich hab gehört, wie ihr darüber geredet habt überzulaufen. Ihr wart ja … richtig gute Freunde, ihr zwei.«

Gudbrand hörte zuerst nicht hin, die Worte waren zu weit entfernt. Dann erreichte ihn das Echo, und er spürte plötzlich, wie die Wärme in seinen Körper zurückfand.

»Die Deutschen werden nicht zulassen, dass wir uns zurückziehen«, sagte Sindre. »Wir werden hier sterben, jeder von uns. Ihr hättet gehen sollen. Die Bolschewiken sind sicher nicht so hart, wie es Hitler ist, gegen solche wie Daniel und dich. So gute Freunde, meine ich.«

Gudbrand antwortete nicht. Er spürte die Wärme jetzt bis in seine Fingerspitzen.

»Wir haben uns überlegt, heute Nacht überzulaufen«, bekannte Sindre. »Hallgrim Dale und ich. Bevor es zu spät ist.«

Er wandte sich im Schnee herum und blickte Gudbrand an.

»Guck nicht so entsetzt, Johansen«, sagte er und grinste. »Warum, glaubst du, waren wir so krank?«

Gudbrand zog die Zehen in seinen Stiefeln an. Er konnte sie jetzt wirklich spüren. Es war warm und gut. Aber da war doch noch etwas.

»Willst du mitkommen, Johansen?«, fragte Sindre.

Läuse! Ihm war warm, doch er spürte keine Läuse! Sogar das Sausen unter dem Helm war verstummt.

»Du hast also diese Gerüchte verbreitet«, sagte Gudbrand.

»Häh? Was für Gerüchte?«

»Daniel und ich haben darüber gesprochen, nach Amerika zu gehen, nicht zu den Russen überzulaufen. Und auch nicht jetzt, sondern *nach* dem Krieg.«

Sindre zuckte mit den Schultern, sah auf die Uhr und richtete sich auf den Knien auf.

»Ich werde dich erschießen, wenn du es versuchst«, drohte Gudbrand.

»Und womit?«, fragte Sindre und nickte zu den Waffenteilen hin, die auf der Decke lagen. Ihre Gewehre lagen im Bunker, und sie wussten beide, dass Gudbrand sie nicht holen konnte, ehe Sindre verschwunden war.

»Bleib hier und stirb, wenn du willst, Johansen. Du kannst Dale grüßen und ihm sagen, dass er nachkommen soll.«

Gudbrand schob seine Hand in die Uniform und zog das Bajonett. Das Mondlicht blinkte auf der stählernen Klinge. Sindre schüttelte den Kopf.

»Kerle wie du und Gudeson sind Träumer. Leg das Messer weg und komm lieber mit. Die Russen erhalten jetzt Verstärkung über den Ladogasee. Frisches Fleisch.«

»Ich bin kein Verräter«, erklärte Gudbrand.

Sindre stand auf.

»Wenn du versuchst, mich mit diesem Bajonett zu töten, wird uns der holländische Lauschposten hören und Alarm schlagen. Benutz deinen Kopf. Wem von uns werden sie wohl glauben, wenn es darum geht, wer den anderen an der Flucht gehindert hat? Dir, wo es bereits Gerüchte gibt, du wolltest abhauen, oder mir, einem Parteimitglied?«

»Setz dich wieder hin, Sindre Fauke.«

Sindre lachte.

»Du tötest mich nicht, Gudbrand. Ich gehe jetzt. Gib mir fünfzig Meter, ehe du Alarm schlägst, dann gehst du auf Nummer sicher.«

Sie starrten einander an. Kleine, weiche Schneeflocken sanken zwischen ihnen zu Boden. Sindre lächelte:

»Mondlicht und Schneefall gleichzeitig, das kommt selten vor, nicht wahr?«

Leningrad, 2. Januar 1943

12 Der Schützengraben, in dem die vier Männer standen, lag zwei Kilometer nördlich ihres eigenen Frontabschnitts. Er verlief in einem rückwärts gewandten Bogen und beschrieb beinahe eine Schlaufe. Der Mann in der Offiziersuniform stand vor Gudbrand und trampelte mit den Beinen. Es schneite und oben auf seine Uniformmütze hatte sich eine dünne Schicht Schnee gelegt. Edvard Mosken stand neben dem Offizier und starrte Gudbrand an. Das eine Auge hatte er weit aufgerissen, das andere halb zusammengekniffen.

»So«, schnarrte der Offizier, »er hat sich also zu den Russen abgesetzt?«

»Ja«, wiederholte Gudbrand.

»Warum?«

»Das weiß ich nicht.«

Der Offizier starrte vor sich hin und sog an seinen Zähnen. Daraufhin nickte er Edvard zu und murmelte ein paar Worte zu seinem Rottenführer, dem deutschen Unteroffizier, der mit ihm gekommen war. Dann grüßten sie. Der Schnee knirschte, als sie gingen.

»Das war's wohl«, sagte Edvard. Er sah noch immer Gudbrand an.

»Ja«, sagte Gudbrand.

»Das war ja keine große Untersuchung.«

»Nein.«

»Wer hätte das gedacht.« Das eine aufgerissene Auge starrte Gudbrand noch immer tot an.

»Hier desertieren ja ständig welche«, sagte Gudbrand. »Da können sie wohl kaum jeden Fall untersu...«

»Ich meinte, wer hätte das von Sindre erwartet. Dass er auf eine solche Idee kommen würde.«

»Nein, da hast du Recht«, stimmte Gudbrand zu.

»Und dann so wenig geplant. Einfach loszulaufen.«

»Ja, wirklich.«

»Schade, das mit dem Maschinengewehr.« Edvards Stimme war kalt vor Sarkasmus.

»Ja.«

»Und du konntest nicht einmal die Holländer warnen?«

»Ich habe ja gerufen, aber es war zu spät. Es war dunkel.«

»Der Mond hat doch geschienen«, konterte Edvard.

Sie starrten einander an.

»Weißt du, was ich glaube?«, fragte Edvard.

»Nein.«

»Doch, das weißt du, ich sehe es dir an. Warum, Gudbrand?«

»Ich habe ihn nicht getötet.« Gudbrand hatte seinen Blick fest auf Moskens Zyklopenauge geheftet. »Ich habe versucht, es ihm auszureden. Er wollte nicht auf mich hören. Ist einfach losgerannt, was sollte ich tun?«

Sie atmeten beide schwer und standen gebeugt im Wind, der die Atemwolken vor ihren Mündern sogleich wegriss.

»Ich weiß noch, wann du das letzte Mal so ausgesehen hast wie jetzt, Gudbrand. Das war in der Nacht, als du den Russen im Bunker getötet hast.«

Gudbrand zuckte mit den Schultern. Edvard legte Gudbrand seine Hand auf den Arm. Sein Handschuh war voller Eis.

»Hör mal. Sindre war kein guter Soldat. Vielleicht nicht einmal ein guter Mensch. Doch wir sind Menschen mit einer Moral, und wir müssen versuchen, uns ein gewisses Niveau zu erhalten, unsere Ehre zu bewahren, verstehst du?«

»Kann ich jetzt gehen?«

Edvard sah Gudbrand an. Die Gerüchte, dass Hitler nicht mehr an allen Fronten siegte, waren auch bis zu ihnen vorgedrungen. Trotzdem nahm der Strom norwegischer Freiwilliger immer noch zu und Daniel und Sindre waren bereits durch zwei Jungen aus Tynset ersetzt worden. Immer wieder neue, junge Gesichter. Einige blieben in der Erinnerung, andere waren ausgelöscht, sobald sie verschwanden. Daniel war einer von denen, an die Edvard sich erinnern würde, das wusste er. Und ebenso sicher war er sich, dass Sindres Gesicht bald ausgelöscht sein würde. Ausgelöscht. Edvard junior würde in wenigen Tagen zwei Jahre alt werden. Er versuchte nicht länger daran zu denken.

»Ja, geh nur«, sagte er. »Und zieh den Kopf ein.«

»Ja natürlich«, antwortete Gudbrand. »Ich werd mich schon ducken.«

»Weißt du noch, was Daniel gesagt hat?«, fragte Edvard mit einer Art Lächeln. »Wir würden hier derart gebeugt herumstolpern, dass wir sicher einen Buckel hätten, wenn wir nach Norwegen zurückkehren.«

Ein Maschinengewehr lachte knatternd in der Ferne.

Leningrad, 3. Januar 1943

13 Gudbrand schreckte aus dem Schlaf hoch. Er blinzelte ein paarmal im Dunkeln, sah aber nur die Konturen des Bettes über sich. Es roch nach nassem Holz und Erde. Hatte er geschrien? Die Kameraden behaupteten, von seinen Schreien nicht mehr aufzuwachen. Langsam beruhigte sich sein Puls wieder, dann kratzte er sich an einer Seite. Die Läuse schliefen wohl nie.

Es war der gleiche Traum wie immer, der ihn geweckt hatte, und noch immer spürte er die Pfoten auf der Brust, sah die gelben Augen und die weißen Raubtierzähne, die nach Blut stanken und zwischen denen der Sabber hervorquoll. Und er hörte den vor Todesangst keuchenden Atem. War das sein Atem oder der des Tieres? Das war sein Traum: Er schlief und war irgendwie gleichzeitig auch wach, doch er konnte sich nicht rühren. Die Kiefer des Tieres wollten sich eben um seine Kehle legen, als er von dem Geknatter der Maschinenpistole an der Tür geweckt wurde und gerade noch sah, wie das Tier von der Decke seines Bettes an die Erdwand des Bunkers geschleudert und von Kugeln durchsiebt wurde. Dann wurde es still. Es lag dort auf dem Boden, ein blutiger, unförmiger, pelziger Klumpen. Ein Iltis. Und dann trat der Mann in der Türöffnung aus dem Dunkel in den schmalen Streifen Mondlicht, so dass ein Teil seines Gesichts erhellt wurde. Doch in dieser Nacht war etwas in seinem Traum anders gewesen. Wie immer quoll Rauch aus der Mündung der Waffe und der Mann lächelte auch wie immer, doch er hatte ein großes schwarzes Loch in der Stirn. Und als er sich ihm zuwandte, konnte Gudbrand durch das Loch den Mond am Himmel sehen.

Als Gudbrand die kalte Zugluft von der Tür spürte, drehte er den Kopf und erstarrte, als er die dunkle Gestalt wahrnahm, die in der Türöffnung stand. Träumte er noch immer? Die Gestalt trat in den Raum, doch es war zu düster, als dass Gudbrand hätte erkennen können, wer es war.

Die Gestalt blieb plötzlich stehen.

»Bist du wach, Gudbrand?« Die Stimme war laut und deutlich. Es war Edvard Mosken. Aus den anderen Betten kam ärgerliches Brummen. Edvard kam an Gudbrands Bett.

»Du musst aufstehen«, sagte er.

Gudbrand stöhnte. »Das kann nicht sein. Ich bin doch gerade erst abgelöst worden. Dale ist …«

»Er ist zurück.«

»Wie meinst du das?«

»Dale ist gerade zu mir gekommen und hat mich geweckt. Daniel ist zurück.«

»Wovon redest du?«

Gudbrand sah nur Edvards weißen Atem in der Finsternis. Dann schwang er seine Beine aus dem Bett und zog die Stiefel unter der Decke hervor. Er hatte sie immer dort, wenn er schlief, damit die feuchten Sohlen nicht gefroren. Er zog seinen Mantel an, den er über die dünne Decke gelegt hatte, und folgte Edvard nach draußen. Die

Sterne blinkten über ihnen, doch der Nachthimmel begann im Osten langsam hell zu werden. Irgendwo hörte er klagendes Schluchzen, ansonsten war es merkwürdig still.

»Holländische Frischlinge«, brummte Edvard. »Sie sind gestern angekommen und gerade von ihrem ersten Ausflug ins Niemandsland zurückgekehrt.«

Dale stand in einer sonderbaren Stellung mitten im Graben: Der Kopf war zur Seite geneigt und die Arme vom Körper weggestreckt. Er hatte sich einen Schal um den Hals gewickelt und das magere Gesicht mit den tief liegenden Augen ließ ihn wie einen Bettler aussehen.

»Dale!«, kam es laut von Edvard. Dale wachte auf.

»Zeig es uns.«

Dale ging voraus. Gudbrand spürte, wie sein Herz schneller schlug. Die Kälte biss ihm in die Haut, doch noch war das warme, traumschwere Gefühl, das er beim Aufstehen gehabt hatte, nicht vollends weggefroren. Der Graben war so schmal, dass sie hintereinander gehen mussten, und er spürte Edvards Blick im Rücken.

»Hier«, sagte Dale und machte eine Handbewegung.

Der Wind pfiff einen rauen Ton unter der Helmkante. Auf den Munitionskisten lag eine Leiche mit steif vom Körper abstehenden Gliedmaßen. Der Schnee, der in den Schützengraben hineingeweht worden war, lag in einer dünnen Schicht auf der Uniform. Ein Brennholzsack war um den Kopf gewickelt worden.

»Verdammt«, brummte Dale. Er schüttelte den Kopf und stampfte mit den Füßen.

Edvard sagte nichts. Gudbrand begriff, dass er auf ein Wort von ihm wartete. »Warum haben ihn die Leichenträger nicht geholt?«, fragte er schließlich.

»Sie *haben* ihn geholt«, sagte Edvard. »Sie waren gestern Nachmittag hier.«

»Und warum haben sie ihn dann wieder zurückgetragen?« Gudbrand spürte, dass Edvard ihn ansah.

»Keiner weiß etwas von einem Befehl, ihn wieder zurückzubringen.«

»Vielleicht ein Missverständnis?«, mutmaßte Gudbrand.

»Vielleicht.« Edvard fischte eine dünne, nur halb gerauchte Zigarette aus der Tasche, drehte sich aus dem Wind und zündete sie im

Schutz seiner Hände mit einem Streichholz an. Nach ein paar Zügen gab er sie weiter und sagte:

»Diejenigen, die ihn geholt haben, schwören, dass sie ihn im Nordsektor in eines der Massengräber gelegt haben.«

»Wenn das wahr ist, müsste er doch begraben sein?«

Edvard schüttelte den Kopf.

»Sie werden erst dann begraben, wenn sie verbrannt sind. Das Feuer entzünden sie aber nur tagsüber, damit die Russen keinen Anhaltspunkt haben, auf den sie zielen könnten. Außerdem sind die neuen Massengräber nachts offen und unbewacht. Jemand muss Daniel dort heute Nacht geholt haben.«

»Verdammt«, wiederholte Dale, nahm die Zigarette und sog den Rauch tief ein.

»Dann stimmt es also, dass sie die Leichen verbrennen?«, fragte Gudbrand. »Warum, bei dieser Kälte?«

»Das kann ich dir sagen«, brummte Dale. »Wegen dem Eis. Die Temperaturschwankungen führen dazu, dass die Leichen im Frühjahr nach oben an die Oberfläche gepresst werden.« Widerwillig gab er die Zigarette weiter. »Wir haben Vorpenes im letzten Winter unmittelbar hinter unseren Stellungen begraben und im Frühjahr sind wir dann wieder über ihn gestolpert. Das heißt, über das, was die Füchse übrig gelassen hatten.«

»Die Frage ist«, sagte Edvard, »wie ist Daniel hier gelandet?«

Gudbrand zuckte mit den Schultern.

»Du hattest die letzte Wache, Gudbrand.« Edvard hatte wieder ein Auge zugekniffen und starrte ihn an. Gudbrand ließ sich viel Zeit mit der Zigarette. Dale räusperte sich.

»Ich bin hier viermal vorbeigegangen«, versicherte Gudbrand und gab die Zigarette weiter. »Da war er nicht hier.«

»Du hättest es während deiner Wache bis hinauf zum nördlichen Sektor schaffen können. Und hier drüben im Schnee sind Schlittenspuren.«

»Die können von den Leichenträgern stammen«, entgegnete Gudbrand.

»Die Spuren führen über die letzten Stiefelabdrücke. Und du sagst, du wärst hier viermal vorbeigegangen.«

»Verflucht, Edvard, ich sehe doch auch, dass Daniel da liegt!«, platzte Gudbrand hervor. »Natürlich hat ihn jemand hierher transportiert, und das höchstwahrscheinlich auf einem Schlitten. Aber wenn du mir eben zugehört hast, muss dir doch klar werden, dass dieser Mensch gekommen sein muss, *nachdem* ich das letzte Mal hier war.«

Edvard antwortete nicht, sondern zog Dale verärgert den letzten Rest der Kippe aus den geschürzten Lippen und betrachtete missbilligend die nassen Stellen auf dem Zigarettenpapier. Dale spuckte eine Tabakfaser aus und schielte zu ihm hinüber.

»Warum, in Gottes Namen, sollte ich auf so eine Idee kommen?«, fragte Gudbrand. »Und wie sollte ich es schaffen, eine Leiche aus dem Nordsektor mit einem Schlitten hierher zu schleppen, ohne von anderen Kundschaftern gestoppt zu werden?«

»Du hättest durch das Niemandsland gehen können.«

Gudbrand schüttelte ungläubig den Kopf. »Hältst du mich für vollkommen verrückt, Edvard? Was soll ich denn mit Daniels Leiche?«

Edvard nahm die letzten zwei Züge von der Zigarette, spuckte die Kippe in den Schnee und drückte sie mit dem Stiefel aus. Das machte er immer, auch wenn er nicht wusste, warum; er mochte den Anblick vor sich hin qualmender Kippen einfach nicht. Der Schnee knirschte, als er seinen Stiefelabsatz hin und her drehte.

»Nein, ich glaube nicht, dass du Daniel hierher geschleppt hast«, sagte Edvard. »Denn ich glaube nicht, dass das Daniel ist.«

Dale und Gudbrand traten verwundert einen Schritt zurück.

»Natürlich ist das Daniel«, widersprach Gudbrand.

»Oder jemand mit dem gleichen Körperbau«, sagte Edvard. »Und mit der gleichen Kompaniekennung auf der Uniform.«

»Aber der Sack«, stotterte Dale.

»Kannst du diese Brennholzsäcke voneinander unterscheiden?«, fragte Edvard höhnisch, sah dabei aber Gudbrand an.

»Das ist Daniel«, beharrte Gudbrand und schluckte. »Ich erkenne seine Stiefel wieder.«

»Du meinst also, wir sollten einfach die Leichenträger anrufen und sie bitten, ihn wieder wegzuschaffen?«, fragte Edvard. »Ohne genauer nachzusehen? Damit hattest du wohl gerechnet, nicht wahr?«

»Zum Teufel mit dir, Edvard.«

»Ich bin mir nicht so sicher, ob der es diesmal wirklich auf mich abgesehen hat, Gudbrand. Nimm ihm den Sack ab, Dale!«

Dale starrte verwirrt auf die beiden Männer, die sich wie zwei kampfbereite Stiere fixierten.

»Hast du nicht gehört?«, rief Edvard. »Schneid den Sack herunter!«

»Ich möchte lieber nicht …«

»Das ist ein Befehl!«

Dale zögerte noch immer, sah vom einen zum anderen und dann zu der steifen Gestalt auf den Munitionskisten. Dann zuckte er mit den Schultern, knöpfte seine Tarnjacke auf und schob die Hand hinein.

»Warte!«, sagte Edvard. »Frag doch, ob du dir Gudbrands Bajonett leihen kannst.«

Jetzt sah Dale wirklich verwirrt aus. Er blickte Gudbrand fragend an, der aber den Kopf schüttelte.

»Was soll das heißen?«, fragte Edvard, der noch immer vor Gudbrand stand. »Es gibt den Befehl, das Bajonett immer zu tragen, und du hast keins bei dir?«

Gudbrand antwortete nicht.

»Du, der du mit diesem Bajonett der reinste Vollstrecker bist, Gudbrand, du hast es doch nicht zufällig verloren, oder?«

Gudbrand antwortete noch immer nicht.

»So etwas aber auch. Dann musst du wohl deins benutzen, Dale.«

Gudbrand hätte seinem Unteroffizier am liebsten dieses große, starrende Auge ausgerissen. Rattenführer, das würde zu ihm passen! Eine Ratte mit Rattenaugen und Rattengehirn. Begriff er denn gar nichts?

Sie hörten ein knirschendes Geräusch hinter sich, als das Bajonett durch den Sack schnitt, dann folgte ein Seufzer von Dale. Beide wirbelten sie herum. Im fahlen Licht des anbrechenden Tages starrte sie ein weißes Gesicht mit wahnsinnigem Grinsen und einem dritten, weit aufgerissenen Auge in der Stirn an. Es war Daniel, da gab es keinen Zweifel.

Außenministerium, 4. November 1999

14 Bernt Brandhaug sah auf seine Uhr und runzelte die Stirn. Zweiundachtzig Sekunden, sieben mehr als gewöhnlich. Dann trat er über die Türschwelle des Sitzungszimmers, schmetterte ein gewollt frisches »Guten Morgen« und lächelte mit seinem berühmten weißen Lächeln den vier Gesichtern zu, die sich ihm zuwandten.

Auf der einen Seite des Tisches saß Kurt Meirik vom PÜD gemeinsam mit Rakel, der Frau mit der unkleidsamen Haarspange, der ambitiösen Bekleidung und dem strengen Gesichtsausdruck. Es fiel ihm auf, dass ihre Kleider ein wenig zu teuer für eine Sekretärin waren. Er vertraute noch immer seiner Intuition, die ihm sagte, dass sie geschieden war, doch vielleicht war sie reich verheiratet gewesen. Oder hatte reiche Eltern. Dass sie hier wieder auftauchte, bei einer Sitzung, deren Inhalt Brandhaug als vertraulich eingestuft hatte, deutete darauf hin, dass sie eine wichtigere Position im PÜD einnahm, als er zuerst angenommen hatte. Er entschloss sich, mehr über sie herauszufinden.

Auf der anderen Seite des Tisches saß Anne Størksen zusammen mit diesem langen, dünnen Dezernatsleiter – wie war doch gleich sein Name? Erst brauchte er mehr als achtzig Sekunden bis zum Sitzungszimmer und jetzt erinnerte er sich nicht einmal mehr an den Namen. Wurde er langsam alt?

Er hatte den Gedanken noch nicht zu Ende gedacht, als ihm wieder die Geschehnisse des letzten Abends ins Gedächtnis kamen. Er hatte Lise, die junge Amtsanwärterin im Außenministerium, zu einer Art Arbeitsessen eingeladen, wie er es genannt hatte. Anschließend hatte er sie auf einen Drink ins Continental eingeladen, wo er auf den Namen des Außenministeriums über ein Zimmer verfügte, das für besonders vertrauliche Sitzungen gedacht war. Lise hatte sich nicht lange geziert, sie war ein ehrgeiziges Mädchen. Aber es war ein missglücktes Tête-à-Tête gewesen. Alt? Ein einmaliger Lapsus, ein Glas zu viel, vielleicht, aber nicht zu alt. Brandhaug schob den Gedanken weg und setzte sich.

»Danke, dass Sie alle so schnell kommen konnten«, begann er. »Die vertrauliche Natur dieses Treffens muss ich natürlich nicht unterstreichen; ich tue es aber dennoch, weil in diesem Punkt vielleicht nicht jeder der Anwesenden so viel Erfahrung hat.«

Er warf allen außer Rakel einen schnellen Blick zu und signalisierte so, dass dieser Hinweis auf sie gemünzt war. Dann wandte er sich an Anne Størksen.

»Wie läuft es eigentlich mit Ihrem Mann?«

Die Polizeipräsidentin sah ihn leicht verwirrt an.

»Mit Ihrem *Polizei-Mann*!«, beeilte sich Brandhaug zu präzisieren. »Hieß er nicht Hole?«

Sie nickte Møller zu, der sich zweimal räuspern musste, ehe er zu sprechen begann.

»Den Umständen entsprechend gut. Er war natürlich … erschrocken, aber … nun ja.« Er zuckte mit den Schultern, wie um zu verstehen zu geben, dass er nicht wusste, was er sonst noch sagen sollte.

Brandhaug zog seine frisch gezupften Augenbrauen hoch.

»Aber doch wohl nicht so erschrocken, dass er eine undichte Stelle darstellen könnte, oder?«

»Wohl kaum«, antwortete Møller. Aus den Augenwinkeln sah er, dass die Polizeipräsidentin ihren Kopf rasch in seine Richtung drehte. »Das glaube ich nicht. Er ist sich über die delikate Natur dieser Sache im Klaren. Und er ist natürlich instruiert, über die Vorkommnisse völliges Stillschweigen zu bewahren.«

»Das Gleiche gilt auch für die anderen Polizisten, die vor Ort waren«, fügte Anne Størksen hinzu.

»Dann wollen wir hoffen, dass alles unter Kontrolle ist,« sagte Brandhaug. »Ich möchte Sie jetzt kurz über den weiteren Stand der Dinge informieren. Ich hatte gerade ein langes Gespräch mit dem amerikanischen Botschafter, und ich glaube, sagen zu können, dass wir uns über die Kernpunkte dieser tragischen Sache einig geworden sind.«

Er ließ seinen Blick über die Anwesenden schweifen. Alle sahen ihn gespannt an und warteten darauf, was er, Bernt Brandhaug, ihnen zu sagen hatte. Es fehlte nicht mehr viel, und die schlechte Laune, die er noch vor wenigen Sekunden verspürt hatte, wäre wie ausgewischt.

»Der Botschafter konnte mir berichten, dass der Zustand des Secret-Service-Agenten, den Ihr Mann …« – er nickte Møller und der Polizeipräsidentin zu – »… an der Mautstation angeschossen hat, stabil ist und er sich außer Lebensgefahr befindet. Er hat Verletzungen an der Wirbelsäule und innere Blutungen, aber die schusssichere Weste rettete ihm das Leben. Ich bedaure, dass wir diese Information nicht früher erhalten haben, doch aus verständlichen Gründen hat es über diese Sache nur ein Minimum an Kommunikation gegeben. Nur das Allernotwendigste wurde an einige wenige Involvierte weitergegeben.«

»Wo ist er?« Møller hatte diese Frage gestellt.

»Das brauchen Sie, streng genommen, eigentlich nicht zu wissen, Møller.«

Er blickte Møller an, der ein verwundertes Gesicht machte. Eine Sekunde lang herrschte drückende Stille im Raum. Es war immer etwas peinlich, wenn jemand daran erinnert werden musste, dass sie nicht mehr erfahren durften, als für die Verrichtung ihrer Arbeit unbedingt nötig war. Brandhaug lächelte und breitete bedauernd die Hände aus, als wollte er sagen: *Ich verstehe ja, dass Sie fragen, aber so ist es.* Møller nickte und senkte seinen Blick.

»Ich darf wohl so viel sagen, dass er nach der Operation in ein deutsches Militärkrankenhaus geflogen worden ist«, sagte Brandhaug.

»Gut.« Møller kratzte sich am Hinterkopf. »Äh …«

Brandhaug wartete.

»Es ist doch wohl in Ordnung, dass Hole das erfährt? Dass der Agent wieder gesund werden wird, meine ich. Das wird das Ganze für ihn … äh … leichter machen.«

Brandhaug sah Møller an. Er konnte diesen Dezernatsleiter einfach nicht richtig einschätzen.

»Das ist in Ordnung«, meinte er.

»Worüber sind Sie sich mit dem Botschafter einig geworden?« Das war Rakel.

»Ich werde gleich darauf eingehen«, sagte Brandhaug erleichtert. Eigentlich war das der nächste Punkt, doch er liebte es nicht, auf diese Art unterbrochen zu werden. »Erst möchte ich aber noch Møller und die Osloer Polizei dafür loben, wie schnell sie bei dieser Sache reagiert haben. Wenn der Bericht stimmt, dauerte es nur zwölf Minuten, bis der Agent in ärztlicher Behandlung war.«

»Hole und seine Kollegin, Ellen Gjelten, haben ihn zum Aker Krankenhaus gefahren«, berichtete Anne Størksen.

»Bewundernswert rasche Auffassungsgabe«, konstatierte Brandhaug. »Diese Ansicht teilt auch der amerikanische Botschafter.«

Møller und die Polizeipräsidentin sahen sich an.

»Des Weiteren hat der Botschafter mit dem Secret Service gesprochen. Es ist keine Rede davon, die Sache aus Sicht der Amerikaner strafrechtlich weiterzuverfolgen. Natürlich nicht.«

»Natürlich«, stimmte Meirik ihm zu.

»Wir sind uns auch darüber einig geworden, dass der eigentliche Fehler auf Seiten der Amerikaner liegt. Der Agent hätte sich niemals in diesem Kassenhäuschen befinden dürfen. Das heißt – schon – aber der norwegische Verbindungsoffizier vor Ort hätte auf alle Fälle darüber informiert werden müssen. Der norwegische Polizist, der den Posten betreute, an dem der Agent sich Zugang zum Areal verschafft hat, und der dem Verbindungsoffizier hätte Bericht erstatten müssen – pardon: sollen –, hatte sich streng nach Vorschrift verhalten und bloß die Papiere des Agenten überprüft. Es war ja der Befehl ausgegeben worden, dass der Secret Service zu allen gesicherten Arealen Zutritt haben sollte, und der Polizist sah deshalb keinen Grund, eine Meldung zu machen. Im Nachhinein kann man natürlich sagen, dass er es hätte machen *müssen*.«

Er sah Anne Størksen an, die anscheinend nichts einzuwenden hatte.

»Die guten Neuigkeiten sind, dass es vorläufig so aussieht, als ob nichts an die Öffentlichkeit gedrungen wäre. Ich habe Sie aber nicht zu dieser Sitzung gebeten, um darüber zu diskutieren, was wir im Falle eines *Best-Case-Szenarios* zu tun haben, denn dann brauchten wir uns einfach nur mucksmäuschenstill zu verhalten. Denn aller Voraussicht nach müssen wir dieses *Best-Case-Szenario* ausschließen. Es wäre direkt naiv zu glauben, dass die Informationen über eine solche Schießerei nicht irgendwann früher oder später durchsickern.«

Bernt Brandhaug bewegte seine Handflächen auf und ab, als wollte er seinen Satz in mundgerechte Portionen aufteilen.

»Abgesehen von den rund gerechnet zwanzig Personen im PÜD, Außenministerium und in der Koordinationsgruppe, die über die Sache Bescheid wissen, waren etwa fünfzehn Polizisten Zeugen des Geschehens vor Ort. Ich will über keinen von ihnen ein schlechtes Wort sagen, sie halten sich bestimmt im Großen und Ganzen an ihre Schweigepflicht. Doch das sind einfache Polizisten ohne viel Erfahrung in Dingen dieser Geheimhaltungsstufe. Dazu kommen noch die Personen im Reichshospital, im Flugdienst, von der Mautgesellschaft Fjellinjen AS und vom Hotel Plaza, die alle mehr oder weniger Grund haben, sich zu fragen, was da eigentlich vor sich gegangen ist. Wir haben auch keine Garantie dafür, dass nicht jemand aus den Gebäuden in der Nähe der Mautstation die Wagenkolonne mit einem

Fernglas beobachtet hat. Ein einziges Wort von einem der Betroffenen und ...«

Er blies die Wangen auf, um eine Explosion anzudeuten.

Es wurde still an den Tischen, bis Møller sich räusperte.

»Und was wäre so schlimm daran ... wenn das bekannt würde?«

Brandhaug nickte, als wolle er sagen, dass diese Frage gar nicht so dumm war, doch genau damit überzeugte er Møller vom Gegenteil.

»Die Vereinigten Staaten von Amerika sind etwas mehr als nur einfache Alliierte«, begann Brandhaug mit einem kaum sichtbaren Lächeln. Er sagte das in dem Tonfall, in dem man einem Ausländer erzählt, dass Norwegen einen König hat und Oslo die Hauptstadt des Landes ist.

»1920 war Norwegen eines der ärmsten Länder Europas und das wären wir ohne die Hilfe der USA vermutlich noch immer. Vergessen Sie die Rhetorik der Politiker. Die Emigration, der Marshall-Plan, Elvis und die Finanzierung des Ölabenteuers haben Norwegen vermutlich zu dem proamerikanischsten Staat der Welt werden lassen. Wir, die wir hier sitzen, haben lange dafür gearbeitet, um auf den Platz der Karriereleiter zu kommen, auf dem wir uns heute befinden. Doch sollte es einem von unseren Politikern zu Ohren kommen, dass einer der hier Anwesenden die Schuld daran trägt, dass der amerikanische Präsident einer Gefahr ausgesetzt war ...«

Brandhaug ließ den Rest des Satzes unausgesprochen, während sein Blick durch den Raum wanderte.

»Unser Glück ist«, fuhr er fort, »dass die Amerikaner eher bereit sind, den Fehler eines einzelnen Secret-Service-Agenten einzuräumen, als die grundlegenden Kooperationsprobleme mit einem seiner nächsten Alliierten einzugestehen.«

»Das heißt«, sagte Rakel, ohne von dem Block vor sich aufzusehen, »dass wir keinen norwegischen Sündenbock brauchen.«

Dann hob sie ihren Kopf und sah Bernt Brandhaug direkt an.

»Wir brauchen ganz im Gegenteil einen norwegischen Helden, nicht wahr?«

Brandhaug sah sie mit einer Mischung aus Verwunderung und Interesse an. Verwunderung, weil sie so schnell begriffen hatte, worauf er hinauswollte, und Interesse, weil ihm jetzt absolut klar war, dass er sie auf der Liste haben musste.

»Das ist richtig. An dem Tag, an dem publik wird, dass ein norwegischer Polizist einen Secret-Service-Agenten niedergeschossen hat, müssen wir unsere Version parat haben«, erklärte er. »Und diese Version muss zum Ausdruck bringen, dass auf unserer Seite kein Fehler passiert ist, sondern dass unser Verbindungsoffizier – ganz im Gegenteil – seine Befehle befolgt und seine Pflicht erfüllt hat und die Schuld einzig und allein beim Secret-Service-Agenten liegt. Das ist eine Version, mit der sowohl wir als auch die Amerikaner leben können. Die Herausforderung wird darin liegen, den Medien das glaubhaft zu vermitteln. Und in diesem Zusammenhang ...«

»... brauchen wir einen Helden«, ergänzte die Polizeipräsidentin. Sie nickte; auch sie hatte begriffen, was er meinte.

»Sorry«, sagte Møller. »Bin ich der Einzige hier, der nicht ganz mitkommt?« Er machte den etwas unglücklichen Versuch, ein kurzes Lachen anzufügen.

»Der Beamte zeigte Entschlossenheit in einer Situation, die eine potentielle Bedrohung für den Präsidenten darstellte«, erklärte Brandhaug. »Wenn der Mann in dem Kassenhäuschen ein Attentäter gewesen wäre, wovon er aufgrund der aktuellen Vorschriften ausgehen musste, hätte er dem Präsidenten das Leben gerettet. Die Tatsache, dass sich diese Person später nicht als Attentäter entpuppte, ändert nichts an diesem Sachverhalt.«

»Das ist richtig«, bestätigte Anne Størksen. »In einer solchen Situation sind die Befehle wichtiger als die persönlichen Einschätzungen.«

Meirik sagte nichts, nickte aber zustimmend.

»Gut«, sagte Brandhaug. »Der ›Punkt‹, wie du das nennst, Bjarne, ist also, die Presse, unsere Vorgesetzten und alle anderen Beteiligten davon zu überzeugen, dass wir nicht eine Sekunde im Zweifel gewesen sind, dass unser Verbindungsoffizier das Richtige getan hat. Der ›Punkt‹ ist, dass wir uns bereits jetzt so verhalten müssen, als ob er eine wahre Heldentat vollbracht hätte.«

Brandhaug bemerkte Møllers Bestürzung.

»Wenn wir den Beamten jetzt nicht befördern, haben wir fast schon eingeräumt, dass es ein Fehler von ihm war zu schießen und dass die Sicherheitsmaßnahmen während des Präsidentenbesuches nicht ausreichend waren.«

An den Tischen wurde genickt.

»Ergo ...«, fuhr Brandhaug fort. Er liebte dieses Wort. Das war ein

Wort in einer Rüstung, fast unüberwindlich, denn es erhob den Anspruch logischer Autorität. *Daraus folgt …*

»Ergo geben wir ihm eine Medaille?« Das war wieder Rakel.

Brandhaug spürte einen Anflug von Irritation. Es war die Art, wie sie »Medaille« sagte. Als schrieben sie hier das Manuskript für eine Komödie, bei der allerlei amüsante Vorschläge willkommen waren. Als ob seine Ausführungen komödiantisch wären.

»Nein«, sagte er langsam und mit Nachdruck. »Keine Medaille. Medaillen und Orden haben zu wenig Gewicht, die geben uns nicht die Glaubwürdigkeit, die wir brauchen.« Er lehnte sich zurück und legte die Hände hinter seinen Kopf.

»Lasst uns den Kerl befördern. Geben wir ihm einen Posten als Kommissionsleiter.«

Es folgte ein langes Schweigen.

»Kommissionsleiter?« Bjarne Møller starrte Brandhaug noch immer ungläubig an. »Weil er einen Secret-Service-Agenten niedergeschossen hat?«

»Das hört sich vielleicht ein bisschen makaber an, aber denk mal nach.«

»Das …« Møller blinzelte und sah aus, als wolle er eine ganze Menge dazu sagen, doch dann schloss er seinen Mund wieder.

»Er braucht ja vielleicht nicht alle Funktionen innezuhaben, die ein Kommissionsleiter gewöhnlich hat«, hörte Brandhaug die Polizeipräsidentin sagen. Ihre Worte kamen vorsichtig. Als ob sie einen Faden durch ein Nadelöhr schöbe.

»Auch darüber haben wir uns schon Gedanken gemacht, Anne«, antwortete er und legte etwas Gewicht auf den Namen. Er benutzte zum ersten Mal ihren Vornamen. Eine ihrer Augenbrauen zuckte leicht, doch sie schien nichts dagegen zu haben. Er fuhr fort:

»Es bleibt aber ein Problem: Wenn alle Kollegen dieses schießwütigen Verbindungsoffiziers diese Ernennung auffällig finden und mit der Zeit begreifen, dass der Titel bloß Staffage ist, sind wir genauso weit wie jetzt – bestenfalls. Denn wenn sie erst auf die Idee kommen, dass es sich dabei um ein Ablenkungsmanöver handeln könnte, werden die Gerüchte gleich wieder kursieren; und dann sieht es so aus, als hätten wir bewusst etwas kaschieren wollen, nämlich dass wir – ihr – dieser Polizist – einen Fehler gemacht haben. Wir müssen ihm daher einen Posten verschaffen, bei dem es glaubwürdig ist, dass niemand konkret Einblick erhält, was er dort eigentlich tut. Mit anderen Worten: eine Beförderung kombiniert mit einer Versetzung an einen abgeschirmteren Ort.«

»Abgeschirmt, ohne Einblick von außen.« Rakel lächelte schief. »Das hört sich so an, als wollten sie ihn in unsere Obhut übergeben, Brandhaug.«

»Was meinst du, Kurt?«, fragte Brandhaug.

Kurt Meirik kratzte sich hinter dem Ohr und machte ein amüsiertes Gesicht.

»Ja doch«, sagte er. »Wir finden schon irgendeine Aufgabe für einen Kommissionsleiter, glaube ich.«

Brandhaug nickte. »Das wäre eine große Hilfe.«

»Ja, wir müssen einander doch helfen, wo wir können.«

»Wunderbar«, sagte Brandhaug, lächelte breit und signalisierte mit einem Blick auf die Uhr an der Wand, dass die Sitzung vorüber war. Stuhlbeine schabten über den Boden.

Sankthanshaugen, 4. November 1999

15

»*Tonight we're gonna party like it's nineteen-ninety-nine!*«

Ellen sah zu Tom Waaler hinüber, der gerade eine Kassette in die Anlage geschoben und die Lautstärke derart aufgedreht hatte, dass das Armaturenbrett zu zittern begann. Die durchdringende Falsettstimme des Sängers stach in Ellens Trommelfelle.

»Geil, was?«, schrie Tom über die Musik hinweg. Ellen wollte ihn nicht verletzen und nickte deshalb bloß. Nicht dass sie glaubte, dass Tom Waaler leicht zu verletzen war, doch sie wollte sich mit ihm gutstellen, solange es nur ging. Sie hoffte, dass ihr das gelingen würde, bis das Gespann Tom Waaler – Ellen Gjelten wieder aufgelöst wurde. Der PAC, Bjarne Møller, hatte jedenfalls gesagt, das sei nur vorübergehend. Alle wussten, dass Tom im Frühling zum Kommissionsleiter befördert werden würde.

»Negertunte«, rief Tom.

Ellen antwortete nicht. Es regnete so heftig, dass sich das Wasser sogar bei der schnellsten Scheibenwischereinstellung wie ein Weichzeichner auf die Windschutzscheibe des Streifenwagens legte und die Gebäude im Ullevålsveien wie weiche Märchenhäuser aussehen ließ, die langsam vor- und zurückschwankten. Møller hatte sie heute Morgen losgeschickt, um Harry zu suchen. Sie hatten bereits in seiner Wohnung in der Sofiesgate geklingelt und festgestellt, dass er nicht zu Hause war. Oder nicht aufmachen wollte, das heißt nicht in der Lage war zu öffnen. Ellen befürchtete das Schlimmste. Sie sah zu den Menschen nach draußen, die über die Bürgersteige hasteten. Auch diese hatten bizarre, verdrehte Formen wie in den Zerrspiegeln auf dem Jahrmarkt.

»Fahr die nächste rechts rein und halt dann an«, sagte sie. »Du kannst im Auto warten, ich schau nach.«

»Gerne«, sagte Waaler. »Besoffene sind für mich das Schlimmste.«

Sie sah ihn von der Seite an, doch sein Gesichtsausdruck verriet nicht, ob er generell die Vormittagsklientel in Schrøder's Restaurant meinte oder speziell an Harry dachte. Er hielt das Auto an einer Bushaltestelle vor dem Haus an, und als Ellen ausstieg, sah sie, dass auf der anderen Seite der Straße ein Café eröffnet hatte. Vielleicht gab es das auch schon länger und sie hatte es nur nicht bemerkt. Hinter den großen Fenstern saßen junge Menschen mit Rollkragenpullovern auf Barhockern und lasen ausländische Zeitungen oder starrten einfach nur mit großen weißen Kaffeebechern in den Händen nach draußen in den Regen, während sie sich vermutlich Gedanken darüber machten, ob sie das richtige Nebenfach gewählt hatten, das passende Designersofa, die richtige Freundin, den besten Buchclub und die passende Stadt in Europa.

In der Tür von Schrøder's wäre sie beinahe mit einem Mann in einem Islandpullover zusammengestoßen. Der Alkohol hatte fast das Blau aus seiner Iris gespült und die Hände des Mannes waren groß wie Bratpfannen und schwarz vor Dreck. Ellen nahm den süßlichen Gestank von Schweiß und Alkohol wahr, als er an ihr vorbeitorkelte. Drinnen herrschte stille Vormittagsstimmung. Nur vier Tische waren besetzt. Ellen war schon einmal hier gewesen, vor langer Zeit, und soweit sie das beurteilen konnte, war alles unverändert. An den Wänden hingen große Bilder von dem alten Oslo und gemeinsam mit den braunen Wänden und dem Glasdach in der Mitte des Raumes gaben sie dem Lokal einen Touch von englischem Pub. Allerdings nur ein klein bisschen, wenn man ehrlich sein wollte. Die Holztische und

Sofaecken erinnerten dagegen eher an den Rauchersalon einer alten Møre-Küstenfähre. Am anderen Ende des Schankraumes stand eine Bedienung mit einem Geschirrtuch an einem der Tische und rauchte, während sie Ellen gleichgültig musterte. Harry saß mit gesenktem Kopf ganz hinten in der Ecke am Fenster. Ein großer, leerer Bierkrug stand vor ihm.

»Hei«, sagte Ellen und setzte sich auf den Stuhl gegenüber.

Harry blickte auf und nickte. Als hätte er dagesessen und auf sie gewartet. Sein Kopf sackte wieder nach unten.

»Wir haben versucht, dich zu finden. Wir waren schon bei dir zu Hause.«

»War ich zu Hause?« Er sagte das ganz trocken, ohne zu lächeln.

»Ich weiß nicht. Bist du zu Hause, Harry?« Sie nickte in Richtung Glas.

Er zuckte mit den Schultern.

»Er wird es überleben«, sagte sie.

»Hab ich auch gehört, Møller hat mir eine Nachricht auf den Anrufbeantworter gesprochen.« Seine Aussprache war überraschend deutlich. »Er hat nichts davon gesagt, wie schwer die Verletzungen sind. Verdammt viele Nerven in so einem Rückgrat, nicht wahr?«

Er legte den Kopf zur Seite, doch Ellen antwortete nicht.

»Vielleicht ist er nur gelähmt«, sagte Harry und schnippte an das leere Glas. »Prost.«

»Du bist nur noch heute krankgeschrieben«, sagte sie. »Morgen erwarten wir dich wieder im Dienst.«

Er hob seinen Kopf eine Spur an. »Ich bin krankgeschrieben?«

Ellen schob ein kleines Plastikmäppchen über den Tisch. Die Rückseite eines rosafarbenen Papiers war zu erkennen.

»Ich habe mit Møller gesprochen. Und Doktor Aune. Bring die Kopie von diesem Attest mit. Møller sagte, es sei ganz normal, ein paar Tage auszusetzen, wenn man jemanden im Dienst niedergeschossen hat. Aber komm bitte morgen.«

Sein Blick wanderte zum Fenster mit den bunten Glasfliesen. Wahrscheinlich hatte man die aus Diskretion dort angebracht, damit die Menschen hier drinnen von außen nicht gesehen werden konnten.

»Also? Kommst du?«, fragte sie.

»Tja.« Er sah sie mit dem verschleierten Blick an, den sie noch aus den Zeiten kannte, als er gerade aus Bangkok zurückgekommen war. »Ich würde nicht allzu viel darauf setzen.«

»Komm trotzdem. Es warten ein paar amüsante Überraschungen auf dich.«

»Überraschungen?« Harry lachte leise. »Was, meine Liebe, soll das denn schon sein? Frühpensionierung? Ehrenvoller Abschied? Will mir der Präsident das *Purple Heart* überreichen?«

Er hob seinen Kopf weit genug an, so dass Ellen seine blutunterlaufenen Augen sehen konnte. Sie seufzte und wendete sich zum Fenster. Hinter dem Glas glitten konturlose Autos wie in einem psychedelischen Film vorbei.

»Warum tust du dir das an, Harry? Du weißt – ich weiß – *alle* wissen, dass es nicht dein Fehler war! Sogar der Secret Service räumt ein, dass es deren Fehler war, uns nicht zu informieren. Und dass wir – du richtig gehandelt hast.«

Harry sprach leise, ohne sie anzusehen: »Glaubst du, seine Familie sieht das auch so, wenn er im Rollstuhl nach Hause kommt?«

»Verdammt, Harry!« Ellen hatte ihre Stimme erhoben und bemerkte aus dem Augenwinkel, dass die Frau an dem Tisch sie mit steigendem Interesse beobachtete. Sie witterte vermutlich einen heftigen Streit.

»Irgendeiner hat halt immer Pech und bleibt auf der Strecke, Harry. So ist das eben, da hat keiner wirklich Schuld dran. Wusstest du, dass jedes Jahr sechzig Prozent der gesamten Population der Heckenbraunellen sterben? Sechzig Prozent! Wenn man innehalten und darüber nachdenken würde, was das soll, würde man ganz schnell zu diesen sechzig Prozent gehören, ohne es vorher zu merken, Harry.«

Harry antwortete nicht, saß bloß da und nickte zu der karierten Decke mit den schwarzen Brandlöchern von Zigaretten hin.

»Ich werde mich für meine Worte hassen, Harry, aber tu mir den Gefallen und komm morgen. Komm einfach, ich werde nicht mit dir reden und du musst mich auch nicht anhauchen, okay?«

Harry steckte seinen kleinen Finger durch eines der Brandlöcher. Dann schob er sein leeres Glas zur Seite, so dass es eines der anderen Löcher abdeckte. Ellen wartete.

»Sitzt Waaler da draußen im Auto?«, fragte Harry.

Ellen nickte. Sie wusste, wie wenig sich die beiden mochten. Dann hatte sie eine Idee, zögerte, ging dann aber das Risiko ein.

»Er hat übrigens zweihundert Kronen gewettet, dass du nicht auf-
tauchst.«

Harry lachte wieder sein leises Lachen. Dann hob er seinen Kopf,
stützte das Kinn auf die Hände und sah sie an.

»Du bist wirklich eine schlechte Lügnerin, Ellen. Aber danke für
den Versuch.«

»Zum Teufel mit dir.«

Sie holte tief Luft, wollte etwas sagen, entschloss sich dann aber
anders. Sie sah Harry lange an. Dann holte sie noch einmal Luft.

»Scheißegal. Eigentlich sollte Møller dir das sagen, aber jetzt sag
ich es dir: Sie geben dir eine Stellung als Kommissionsleiter im PÜD.«

Harrys Lachen summte leise wie der Motor eines Cadillac Fleetwood: »Okay, mit ein bisschen Übung kann aus deinen Lügen vielleicht doch noch etwas werden.«

»Es stimmt!«

»Das ist unmöglich.« Sein Blick wanderte wieder aus dem Fenster.

»Warum? Du bist einer der besten Ermittler und hast dich gerade
als handlungsfähiger Polizist erwiesen; du hast Jura studiert, du ...«

»Das ist unmöglich, sage ich. Selbst wenn jemand auf diese absolut verrückte Idee gekommen sein sollte.«

»Aber warum?«

»Aus einem ganz einfachen Grund. Waren das nicht sechzig
Prozent von diesen Vögeln da?«

Er zog die Decke mitsamt dem Glas über den Tisch.

»Heckenbraunellen«, sagte sie.

»Genau. Und woran sterben die?«

»Wie meinst du das?«

»Die legen sich ja wohl nicht einfach hin.«

»Hunger. Raubtiere. Kälte. Erschöpfung. Vielleicht fliegen sie gegen ein Fenster. Alles Mögliche.«

»Okay. Aber ich glaube, dass keiner von ihnen von einem norwegischen Polizisten in den Rücken geschossen wird, der nicht einmal
das Recht hatte, eine Waffe zu tragen, weil er die Schießprüfung nicht
bestanden hat. Einem Beamten, der, wenn das publik würde, auf der
Stelle angeklagt und zu ein bis drei Jahren verknackt würde. Ein verdammt übler Leumund für einen Kommissionsleiter, findest du
nicht auch?«

Er hob sein Glas und stellte es neben der Decke auf die Plastiktischplatte.

»Welche Schießprüfung?«, fragte sie leichthin.

Er sah sie scharf an und sie erwiderte seinen Blick mit ruhiger, sachlicher Miene.

»Was meinst du?«, fragte er.

»Ich weiß nicht, wovon du redest, Harry.«

»Du weißt verdammt gut, dass …«

»Soweit ich weiß, hast du die Schießprüfung dieses Jahr bestanden. Und das meint auch Møller. Er ist heute Morgen sogar zum Schießplatz gegangen, um das beim Schießtrainer zu überprüfen. Sie haben im Computer dein Datenblatt überprüft. Nach allem, was sie sehen konnten, hattest du mehr als genug Punkte. Die machen keinen zum Kommissionsleiter im PÜD, der Secret-Service-Agenten niederschießt, ohne eine saubere Schießkarte zu haben, weißt du.«

Sie grinste Harry breit an, der jetzt eher verwirrt als angetrunken aussah.

»Aber ich habe keine Schießkarte!«

»Doch, doch, du hast sie bloß verlegt. Du wirst sie schon finden, Harry.«

»Jetzt hör mal, ich …«

Er hielt plötzlich inne und starrte auf das Plastikmäppchen vor sich auf dem Tisch. Ellen stand auf.

»Dann sehen wir uns morgen um neun, Herr Kommissionsleiter?«

Harry konnte als Antwort nur stumm nicken.

Radisson SAS, Holbergs Plass, 5. November 1999

16 Betty Andresen hatte so eine helle, lockige Dolly-Parton-Frisur, die wie eine Perücke aussah. Es war keine Perücke, und die Haare waren auch das Einzige an ihr, was an Dolly Parton erinnerte. Betty Andresen war groß und dünn, und wenn sie lächelte, wie jetzt gerade, öffnete sie ihren Mund nur ganz wenig, so dass ihre Zähne kaum zum Vorschein kamen. Dieses Lächeln galt dem alten Mann, der an der Rezeption des Radisson

SAS Hotels am Holbergs Plass stand. Es war keine gewöhnliche Rezeptionstheke, sondern eine von mehreren »Multifunktionsinseln« mit Computerbildschirmen, wodurch sie mehrere Gäste gleichzeitig bedienen konnte.

»Guten Morgen«, sagte Betty Andresen. An der Hotelfachschule in Stavanger hatte sie gelernt, beim Grüßen immer die Tageszeit zu berücksichtigen. In einer Stunde würde sie »guten Tag« sagen, dann »einen schönen Nachmittag« wünschen und schließlich »guten Abend«. Und wenn sie zu guter Letzt in ihre Zweizimmerwohnung im Stadtteil Torshov zurückkehrte, wünschte sie sich nichts sehnlicher, als jemanden zu haben, dem sie »gute Nacht« wünschen könnte.

»Ich möchte mir gerne ein Zimmer anschauen, das so hoch wie möglich liegt.«

Betty Andresen starrte auf die nassen Schultern des Mannes. Draußen schüttete es. Ein Wassertropfen klammerte sich zitternd an die Hutkrempe des alten Mannes.

»Sie wollen sich ein Zimmer anschauen?«

Betty Andresens Lächeln wich nicht von ihren Lippen. Das hatte sie gelernt und daran hielt sie fest; alle sollten wie Gäste behandelt werden, bis das Gegenteil unwiderruflich feststand. Dennoch war sie sich im Klaren darüber, dass das, was dort vor ihr stand, ein weiteres Exemplar der Gattung Alter-Mann-auf-Besuch-in-der-Hauptstadt-der-gerne-die-Aussicht-vom-SAS-Hotel-genießen-möchte-ohne-dafür-zu-bezahlen war. Solche kamen immer wieder, vor allem im Sommer. Und sie kamen nicht nur wegen der Aussicht. Einmal hatte eine alte Frau darum gebeten, sich die Palace Suite in der zweiundzwanzigsten Etage anschauen zu dürfen, so dass sie sie ihren Freundinnen beschreiben und erzählen konnte, sie hätte dort gewohnt. Sie hatte Betty sogar fünfzig Kronen dafür geboten, sie im Gästebuch einzutragen, um einen Beweis zu haben.

»Einzel- oder Doppelzimmer?«, fragte Betty. »Raucher oder Nichtraucher?«

Die meisten begannen bereits da zu stammeln.

»Das ist mir egal«, sagte der Alte. »Das Wichtigste ist die Aussicht. Ich möchte mir ein Zimmer anschauen, dessen Fenster nach Südwesten gehen.«

»Ja, dann können Sie die ganze Stadt überblicken.«

»Genau. Welches ist Ihr bestes Zimmer?«

»Das beste ist natürlich die Palace Suite, aber warten Sie, ich kann nachschauen, ob nicht noch ein normales Zimmer frei ist.«

Sie trommelte über die Tastatur und wartete darauf, dass er anbiss. Es dauerte nicht lange.

»Ich möchte mir gerne die Suite anschauen.«

Natürlich willst du das, dachte sie. Sie sah den alten Mann noch einmal an. Betty Andresen war keine unfreundliche Frau. Wenn es der größte Wunsch eines alten Mannes war, einmal die Aussicht vom SAS-Hotel zu genießen, würde sie ihm diesen Wunsch nicht verwehren.

»Dann werfen wir einen Blick in die Suite«, sagte sie und setzte ihr strahlendstes Lächeln auf, das eigentlich ihren Stammgästen vorbehalten war.

»Sind Sie zu Besuch in Oslo?«, fragte sie beiläufig, aber höflich, als sie im Aufzug standen.

»Nein«, erwiderte der Alte. Er hatte weiße buschige Augenbrauen, was sie an ihren verstorbenen Vater erinnerte.

Betty drückte den Knopf im Aufzug, die Türen schlossen sich und der Lift setzte sich in Bewegung. Sie würde sich nie daran gewöhnen, es war wie in den Himmel gesaugt zu werden. Dann glitten die Türen wieder auseinander, und wie immer erwartete sie fast, eine andere Welt zu betreten, doch es war immer die gleiche alte Welt. Sie gingen durch tapezierte Flure, deren Farbe zu den Fußböden und der teuren, langweiligen Kunst an den Wänden passte. Dann schob sie die Keycard ins Schloss der Suite, sagte »bitte sehr« und hielt dem Alten die Tür auf, der mit einem, wie sie meinte, erwartungsvollen Blick an ihr vorbeischlüpfte.

»Die Palace Suite ist einhundertfünf Quadratmeter groß«, erklärte Betty. »Sie hat zwei Schlafzimmer, jedes mit Kingsize-Bett, und zwei Bäder mit Whirlpool und Telefon.«

Sie trat in das Zimmer, in dem der Alte am Fenster stand.

»Die Möbel sind von dem dänischen Designer Poul Henriksen entworfen worden«, fuhr sie fort und strich mit der Hand über die hauchdünne Glasplatte des Salontisches. »Möchten Sie sich die Bäder anschauen?«

Der Alte antwortete nicht. Er trug noch immer seinen klitschnassen Hut, und in der Stille, die folgte, hörte Betty, wie ein Tropfen auf das Kirschholzparkett klatschte. Sie stellte sich neben ihn. Von hier aus sahen sie alles, was wert war, gesehen zu werden: das Rathaus, das

Nationaltheater, das Schloss, den Storting und die Festung Akershus. Unter ihnen lag der Schlosspark, in dem sich die Bäume mit ihren schwarzen steifen Hexenfingern in einen bleigrauen Himmel reckten.

»Sie sollten lieber an einem schönen Frühlingstag hierher kommen«, sagte Betty.

Der Alte drehte sich um und blickte sie verständnislos an, und ihr wurde klar, was sie gerade gesagt hatte. Ebenso gut hätte sie hinzufügen können: *Sie kommen ja doch nur, um die Aussicht zu genießen.*

Sie lächelte, so gut sie konnte.

»Wenn das Gras grün ist und Blätter an den Bäumen im Schlosspark sind. Dann ist es wirklich schön.«

Er schaute sie an, schien aber mit den Gedanken ganz woanders zu sein.

»Da haben Sie Recht«, meinte er schließlich. »Bäume bekommen Blätter, daran habe ich nicht gedacht.«

Er zeigte auf das Fenster.

»Lassen die sich öffnen?«

»Nur ein bisschen«, erwiderte Betty, erleichtert darüber, dass er das Thema gewechselt hatte. »Sie müssen den Handgriff dort umdrehen.«

»Warum nur ein bisschen?«

»Damit niemand auf dumme Ideen kommt.«

»Dumme Ideen?«

Er warf ihr einen raschen Blick zu. War der Alte etwa ein bisschen senil?

»Aus dem Fenster springen«, sagte sie. »Selbstmord begehen. Es gibt doch viele unglückliche Menschen, die …«

Sie machte eine Handbewegung, die zeigen sollte, was unglückliche Menschen tun könnten.

»Und das ist dann eine dumme Idee?« Der Alte rieb sich das Kinn. War da ein Lächeln hinter seinen Falten? »Auch wenn man unglücklich ist?«

»Ja«, sagte Betty mit Nachdruck. »Auf jeden Fall in meinem Hotel. Und während meiner Schicht.«

»In meiner Schicht«, wiederholte der Alte amüsiert. »Das war gut, Betty Andresen.«

Sie zuckte zusammen, als sie ihren Namen hörte. Natürlich hatte er den auf ihrem Namensschild gelesen. Mit seinen Augen war also alles in Ordnung, so klein, wie die Buchstaben im Vergleich zu dem Wort EMPFANGSDAME waren. Sie tat so, als sehe sie diskret auf ihre Uhr.

»Ja«, sagte er, »Sie haben wohl anderes zu tun, als die Aussicht zu zeigen.«

»Ja, das stimmt«, bekräftigte sie.

»Ich nehme es«, sagte der Alte.

»Wie bitte?«

»Ich nehme das Zimmer. Nicht für heute Nacht, aber ...«

»Sie nehmen das Zimmer?«

»Ja, man kann es doch mieten, oder?«

»Äh, ja, aber ... es ist sehr teuer.«

»Ich bezahle gerne im Voraus.«

Der Alte zog eine Geldbörse aus der Innentasche seines Mantels und nahm ein Bündel Scheine heraus.

»Nein, nein, so habe ich das nicht gemeint. Aber siebentausend Kronen, wollen Sie sich nicht lieber ein normales Zimmer ...«

»Mir gefällt dieses Zimmer«, beharrte der Alte. »Zählen Sie bitte sicherheitshalber nach.«

Betty starrte auf die Tausendernoten, die er ihr entgegenstreckte.

»Wir können die Bezahlung regeln, wenn Sie kommen«, sagte sie.

»Äh, wann wollen Sie ...«

»Wie Sie es mir geraten haben, Betty. Im Frühling.«

»Ah ja. Irgendein spezielles Datum?«

»Natürlich.«

Polizeipräsidium, 5. November 1999

17 Bjarne Møller seufzte und sah aus dem Fenster. Seine Gedanken schweiften ab, wie so oft in der letzten Zeit. Der Regen hatte aufgehört, doch der Himmel hing noch immer tief und bleigrau über dem Polizeipräsidium im Osloer Stadtteil Grønland. Ein Hund lief über die braune leblose Rasenfläche vor dem Gebäude. In Bergen gab es eine freie PAC-Stelle. Die Bewerbungsfrist lief nächste Woche ab. Von einem Kollegen dort oben hatte er gehört, dass es im Herbst in Bergen in der Regel nur zweimal regnete. Von September bis November und von November bis Neu-

jahr. Immer mussten sie übertreiben, diese Bergener. Er war dort gewesen, ihm hatte die Stadt gefallen. Sie war weit von den Politikern in Oslo entfernt und sie war klein. Das gefiel ihm.

»Was?« Møller drehte sich um und bemerkte Harrys resignierten Blick.

»Du warst gerade dabei, mir zu erzählen, dass es mir gut täte, ein wenig Veränderung in mein Leben zu bringen.«

»Ja?«

»Deine Worte, Chef.«

»Ach ja, stimmt. Wir müssen aufpassen, dass wir nicht in alten Gewohnheiten verharren, damit nicht alles zur Routine wird. Wir müssen weiter, uns entwickeln. Mal an einen anderen Ort.«

»Ein anderer Ort. Das PÜD liegt bloß drei Etagen höher.«

»Weg von all dem anderen. Der Chef vom PÜD, Meirik, meint, du wärst genau der Richtige für diese Stelle.«

»Müssen solche Stellen nicht ausgeschrieben werden?«

»Mach dir darüber keine Gedanken, Harry.«

»Aber ich darf mich doch wohl fragen, warum in aller Welt ihr mich im PÜD haben wollt? Sehe ich aus wie ein Spion?«

»Nein, nein.«

»Nein?«

»Doch, natürlich, nein, also … warum nicht?«

»Warum nicht?«

Møller kratzte sich heftig am Hinterkopf. Sein Gesicht hatte Farbe bekommen.

»Verdammt, Harry, wir bieten dir einen Job als Kommissionsleiter an, fünf Lohnstufen höher, keine Nachtdienste mehr und ein bisschen Respekt von den Newcomern. Das ist doch was, Harry.«

»Ich mag die Nachtdienste.«

»Niemand mag Nachtdienste.«

»Und warum gebt ihr mir nicht die Kommissionsleiterstelle hier bei uns?«

»Harry! Tu mir den Gefallen und sag ja!«

Harry fingerte an dem Pappbecher herum. »Chef«, sagte er, »wie lange kennen wir zwei uns?«

Møller hob warnend den Zeigefinger. »Jetzt fang nicht damit an. Ich will nichts davon hören, was wir alles zusammen durchgemacht haben …«

»Sieben Jahre. Und in diesen sieben Jahren habe ich Leute verhört, die vermutlich zu den dümmsten gehören, die hier in der Stadt
herumrennen. Trotzdem ist mir keiner begegnet, der schlechter lügt
als du. Mag sein, dass ich dumm bin, aber ein paar graue Zellen habe ich noch, und die sagen mir, dass es wohl kaum meine Akte ist, die
mir zu dieser Beförderung verholfen hat. Und auch nicht, dass sich
ganz plötzlich herausstellt, dass ich eines der besten Ergebnisse bei
der jährlichen Schießprüfung hatte. Sondern dass es etwas damit zu
tun hat, dass ich einen Secret-Service-Agenten abgeknallt habe. Du
brauchst jetzt nichts zu sagen, Chef.«

Møller, der gerade seinen Mund geöffnet hatte, klappte die Kiefer
zusammen und verschränkte stattdessen demonstrativ seine Arme.
Harry fuhr fort:

»Ich versteh ja, dass nicht du hier Regie führst. Und auch wenn
mir nicht alles klar ist, hab ich doch Phantasie genug, mir den Rest
zusammenzureimen. Und wenn ich Recht habe, bedeutet das, dass
meine eigenen Vorstellungen und Wünsche bezüglich meiner Karriere im Polizeidienst von untergeordnetem Interesse sind. Also gib
mir nur eine Antwort. Habe ich überhaupt eine Wahl?«

Møller blinzelte mit den Augen. Er dachte wieder an Bergen. An
schneefreie Winter. Sonntagsspaziergänge mit Frau und Kindern auf
Fløyen. Einem Ort, an dem es sich lohnte aufzuwachsen. Ein paar
gutmütige Lausbubenstreiche und ein bisschen Hasch, aber keine
Bandenkriminalität, keine Vierzehnjährigen, die sich den goldenen
Schuss setzten.

»Nein«, antwortete er.

»Gut«, sagte Harry. »Das dachte ich mir.« Er knüllte den Pappbecher zusammen und zielte auf den Papierkorb. »Fünf Lohnstufen,
sagtest du?«

»Und ein eigenes Büro.«

»Gut abgeschirmt von den anderen, vermute ich.« Er warf mit
langsamer Armbewegung. »Werden die Überstunden bezahlt?«

»In dieser Lohnklasse nicht, Harry.«

»Dann muss ich zusehen, dass ich um vier Uhr nach Hause komme.« Der Pappbecher fiel einen halben Meter vor dem Papierkorb zu
Boden.

»Das geht sicher in Ordnung«, sagte Møller mit einem winzigen
Lächeln.

18 Es war ein klarer, kalter Abend. Das Erste, was dem alten Mann auffiel, als er aus der U-Bahn-Haltestelle nach oben kam, war, wie viele Menschen noch auf den Straßen waren. Er hatte gedacht, das Zentrum wäre so spät am Abend verwaist, doch auf der Karl Johan Gate schossen die Taxis im Licht der Neonlampen hin und her und die Menschen schoben sich über die Gehsteige. An einer Ampel blieb er stehen und wartete gemeinsam mit einer Gruppe dunkelhäutiger Jugendlicher, die in einer merkwürdigen, klackernden Sprache miteinander redeten. Er nahm an, dass sie Pakistaner waren. Vielleicht auch Araber. Seine Gedanken wurden unterbrochen, als die Ampel auf Grün sprang. Zielstrebig ging er über die Straße und hinauf in Richtung der hell angestrahlten Schlossfassade. Sogar hier gab es Menschen, die meisten von ihnen waren jung, mochten die Götter wissen, wo sie alle herkamen. Er blieb vor der Statue von Karl Johan stehen und atmete tief durch. Der alte König saß auf seinem Pferd und blickte in Richtung Storting und der Macht, die er von dort in das Schloss hinter sich zu verlagern versucht hatte.

Es hatte schon seit einer Woche nicht mehr geregnet, und das trockene Laub raschelte, als der alte Mann den Weg nach rechts verließ und zwischen die Bäume trat. Er legte seinen Kopf in den Nacken und schaute nach oben zwischen den nackten Zweigen hindurch, die sich vor dem Sternenhimmel über ihm abzeichneten. Ein Vers kam ihm in den Sinn:

Ulm' und Pappel, Birk' und Eich',
schwarze Zweige, tot und bleich

Er dachte, es wäre besser gewesen, wenn an diesem Abend der Mond nicht geschienen hätte. Andererseits war es jetzt leicht zu finden, was er suchte: die dicke Eiche, an die er seinen Kopf gelehnt hatte, nachdem er erfahren hatte, dass sein Leben sich dem Ende näherte. Er folgte dem Stamm mit seinen Augen nach oben bis in die Baumkrone. Wie alt mochte der Baum sein? Zweihundert Jahre? Dreihundert? Der Baum war vielleicht bereits groß und mächtig gewesen, als sich Karl Johan zum norwegischen König hatte ausrufen lassen. Egal: Alles

Leben hatte einmal ein Ende. Das seine, das des Baumes, ja selbst das des Königs. Er stellte sich hinter den Baum, so dass er vom Weg aus nicht gesehen werden konnte, und nahm seinen Rucksack ab. Dann kauerte er sich hin, öffnete seinen Rucksack und leerte den Inhalt aus: drei Flaschen einer Glyfosatlösung, die der Verkäufer von Jernia im Kirkevei Round-up genannt hatte, und eine Pferdespritze mit kräftiger Stahlnadel, die er in der Sphinx-Apotheke bekommen hatte. Er hatte behauptet, er benötige die Spritze, um Essen zuzubereiten, um Fett ins Fleisch zu spritzen, doch das war ganz unnötig gewesen, denn der Verkäufer hatte ihn nur gleichgültig angesehen und ihn sicher bereits vergessen, noch ehe er zur Tür hinausgegangen war.

Der alte Mann sah sich rasch um, ehe er die lange Stahlnadel durch den Korken der ersten Flasche drückte und dann den Kolben der Spritze hochzog, so dass diese sich mit der klaren Flüssigkeit füllte. Er tastete sich zu einer Stelle vor, an der ein kleiner Riss in der Rinde war, und schob die Spritze hinein. Es ging nicht so einfach, wie er geglaubt hatte; er musste sehr fest drücken, um die Nadelspitze in die harte Rinde hineinzubekommen. Es wäre nutzlos, die Substanz von außen in die Rinde zu spritzen. Er musste bis ins Kambium, ins Innere der Rinde, wo das Leben pulsierte. Er drückte mit noch mehr Kraft gegen die Spritze. Die Nadel zitterte. Verdammt! Sie durfte nicht abbrechen, er hatte nur diese eine. Die Nadel glitt ein wenig weiter, doch nach ein paar Zentimetern steckte sie vollkommen fest. Trotz der kühlen Temperatur rann ihm der Schweiß von der Stirn. Er packte erneut zu und wollte noch mehr Kraft aufwenden, als plötzlich das Laub neben dem Weg raschelte. Er ließ die Spritze los. Das Geräusch kam näher. Er schloss die Augen und hielt die Luft an. Die Schritte gingen unmittelbar an ihm vorbei. Als er die Augen wieder öffnete, erkannte er zwei Gestalten, die in Richtung Aussichtspunkt und Frederiksgate hinter den Büschen verschwanden. Er atmete aus und wandte sich wieder seiner Tätigkeit zu. Er legte seine ganze Kraft in die Spritze, mochte sie halten oder nicht, und drückte gegen den Kolben. Und gerade, als er meinte, die Halterung der Nadel würde zerbrechen, schob sie sich ins Holz. Der alte Mann wischte sich den Schweiß ab. Der Rest war leicht.

Nach zehn Minuten hatte er zwei Flaschen der Lösung in den Baum gespritzt und auch die dritte Flasche war fast leer; da hörte er sich nähernde Stimmen. Zwei Gestalten umrundeten die Büsche;

es musste sich um die gleichen handeln, die eben dort verschwunden waren.

»He!« Das war eine Männerstimme.

Der Alte reagierte instinktiv, er rappelte sich auf und stellte sich vor den Baum, so dass sein langer Mantel die Spritze, die noch immer in der Rinde steckte, verdeckte. Im nächsten Augenblick wurde er von einem Lichtstrahl geblendet. Er hielt sich die Hände schützend vors Gesicht.

»Mach das Licht aus, Tom«, sagte eine Frau.

Das Licht verschwand und er sah den Kegel der Lampe zwischen den Bäumen hindurchtanzen.

Die zwei, ein Mann und eine Frau, waren dicht an ihn herangetreten. Die Frau, etwa dreißig Jahre alt, mit schönen, wenn auch alltäglichen Zügen, hielt ihm eine Karte dicht vor das Gesicht, so dass er im schwachen Mondlicht ihr Bild erkennen konnte; sie war darauf etwas jünger und machte ein ernstes Gesicht. Auch ihren Namen vermochte er halb zu entziffern: Ellen Soundso.

»Polizei«, sagte sie. »Entschuldigen Sie, wir wollten Sie nicht erschrecken.«

»Was tun Sie hier mitten in der Nacht?«, fragte der männliche Polizist. Sie trugen beide Zivil, und unter der schwarzen Strickmütze konnte er ein hübsches junges Gesicht mit kalten blauen Augen erkennen, die ihn anstarrten.

»Ich mache nur einen Spaziergang«, antwortete der Alte und hoffte, dass das Zittern in seiner Stimme nicht zu hören war.

»Aha«, sagte der Polizist mit Namen Tom. »In einem langen Mantel hinter einem Baum im Park. Wissen Sie, wie das für mich aussieht?«

»Hör auf, Tom!« Das war die Frau. »Es tut mir Leid«, sagte sie, an den Alten gewandt. »Vor ein paar Stunden hat sich hier im Park ein Überfall ereignet, ein kleiner Junge wurde verprügelt. Haben Sie etwas gesehen oder gehört?«

»Ich bin gerade erst gekommen«, erwiderte der alte Mann und konzentrierte sich auf die Frau, um dem forschenden Blick des Mannes nicht begegnen zu müssen. »Ich habe nichts gesehen. Nur den Kleinen und den Großen Wagen.« Er deutete zum Himmel. »Das ist ja schrecklich, wurde er schlimm verletzt?«

»Ziemlich. Entschuldigen Sie die Störung«, lächelte sie. »Noch einen schönen Abend.«

Sie verschwanden; der Alte schloss die Augen und sank, an den Stamm hinter sich gelehnt, zu Boden. Im nächsten Augenblick wurde er am Jackenkragen nach oben gezerrt und spürte einen warmen Atem an seinem Ohr. Dann hörte er die Stimme des jungen Mannes:

»Wenn ich dich jemals auf frischer Tat ertappe, schneide ich ihn dir ab! Hast du gehört? Ich verabscheue solche Typen wie dich!«

Die Hände ließen den Mantelkragen los und er verschwand.

Der Alte sank wieder zu Boden und spürte, wie die Feuchtigkeit des nassen Erdreichs durch seine Kleider drang. In seinem Kopf summte eine Stimme immer wieder den gleichen Vers:

Ulm' und Pappel, Birk' und Eich',
schwarzer Umhang, tot und bleich

Herbert's Pizza, Youngstorget, 12. November 1999

19 Sverre Olsen kam herein, nickte den Jungs am Ecktisch zu, holte sich am Tresen ein Bier und nahm es mit an den Tisch. Nicht an den Ecktisch, sondern an seinen eigenen Tisch. Es war bereits seit mehr als einem Jahr sein Tisch, genauer gesagt, seit er den Gelben in Dennis Kebab aufgemischt hatte. Er war früh dran und es war noch kaum jemand da, doch bald würde sich die kleine Pizzeria an der Ecke von Torggata und Youngstorget füllen. Heute sollte nämlich die Sozialhilfe ausgezahlt werden. Er sah zu den Jungs in der Ecke hinüber. Dort saßen drei vom harten Kern, doch zurzeit sprach er nicht mit ihnen. Sie gehörten der neuen Partei an – der Nationalen Allianz – und es war eine Art ideologische Unstimmigkeit entstanden. Er kannte sie aus der Jugendbewegung der Vaterlandspartei, sie waren echte Patrioten, aber jetzt schienen sie in die Reihen der Abweichler abzudriften. Roy Kvinset, sein Kopf war makellos rasiert, trug wie immer seine alte, enge Jeans, Springerstiefel und ein weißes T-Shirt mit dem rot-weiß-blauen Logo der Nationalen Allianz. Doch Halle war neu. Er hatte sich die Haare schwarz gefärbt und den Scheitel mit Gel zur Seite gekämmt. Sein Bart aber provozierte die Menschen am meisten – eine schwarze, zierlich rasierte Bürste, eine exakte Kopie des Führers. Die weiten Reithosen und hohen Reitstiefel hatte er durch grüne Tarnhosen ersetzt. Gregersen war der Einzige, der wie ein gewöhnlicher Jugendlicher aussah: kurze Jacke, Kinnbart und Sonnenbrille in den Haaren. Er war ohne Zweifel der Klügste von ihnen.

Sverre ließ seinen Blick weiter durch das Lokal schweifen. Ein Mädchen und ein Kerl stopften eine Pizza in sich hinein. Er hatte sie noch nie gesehen, doch sie sahen nicht wie Polizeispitzel aus. Und auch nicht wie Journalisten. Oder waren sie vom Monitor? Letzten Winter hatte er einen Monitor-Fritzen entlarvt, einen Typen mit ängstlichen Augen, der sich ein paarmal zu oft hier hereingewagt hatte, den Besoffenen gespielt und versucht hatte, mit den Jungs ins Gespräch zu kommen. Sverre hatte den Verrat gerochen und dann hatten sie den Kerl mit nach draußen genommen und ihm den Pullover vom Leib gerissen. Auf seinem Bauch waren ein Kassettenrecorder und ein Mikrofon festgeklebt gewesen. Er hatte zugegeben, vom Monitor zu sein, noch ehe sie Hand an ihn gelegt hatten. Todesangst. Das waren verdammte Trottel, diese Monitor-Fritzen. Sie hielten diese Kinderei, diese freiwillige Überwachung der Faschoszene für etwas wirklich Wichtiges, Gefährliches und sich selbst wohl für heimliche Agenten, die sich ständig in Lebensgefahr befanden. Na ja, was das anging, unterschieden sie sich eigentlich kaum von einigen in seinen eigenen Reihen, das musste er wohl einräumen. Der Kerl war sich auf jeden Fall sicher gewesen, sie würden ihn umbringen, und hatte dermaßen Angst, dass er sich voll pisste. Im wahrsten Sinne des Wortes. Sverre hatte den dunklen Streifen bemerkt, der aus seinem Hosenbein über den Asphalt rann. Daran erinnerte er sich am deutlichsten, wenn er an diesen Abend dachte. In dem spärlich beleuchteten Hinterhof hatte das kleine Rinnsal Urin richtiggehend geglitzert, als es auf den tiefsten Punkt des Terrains zufloss.

Sverre Olsen entschloss sich, in dem Pärchen nur zwei hungrige Jugendliche zu sehen, die beim Vorbeigehen zufällig die Pizzeria entdeckt hatten. Die Geschwindigkeit, mit der sie aßen, deutete darauf hin, dass auch sie bemerkt hatten, was für eine Klientel hier verkehrte, und so schnell wie möglich wieder nach draußen wollten. Am Fenster saß ein alter Mann mit Hut und Mantel. Vielleicht ein Alkoholiker, auch wenn seine Kleider etwas anderes vermuten ließen. Doch so sahen sie in den ersten Tagen ja oft aus, nachdem sie von der

Heilsarmee eingekleidet worden waren – gebrauchte gute Kleider und Anzüge, die lediglich nicht mehr richtig modisch waren. Während er ihn ansah, hob der Alte plötzlich den Kopf und erwiderte seinen Blick. Das war kein Alkoholiker. Der Mann hatte funkelnde blaue Augen und Sverre sah automatisch weg. Verdammt, was glotzte der Alte so!

Sverre konzentrierte sich auf sein Bier. Es war an der Zeit, mal wieder ein bisschen Geld zu verdienen. Die Haare wachsen zu lassen, damit sie die Tätowierung in seinem Nacken verdeckten, ein langärmliges Hemd anzuziehen und loszulegen. Jobs gab es genug. Scheißjobs. Die angenehmen, gut bezahlten Jobs hatten die Nigger längst besetzt. Die Schwulen, Heiden und Nigger.

»Darf ich mich setzen?«

Sverre blickte auf. Es war der Alte, der sich über ihn beugte. Sverre hatte nicht einmal bemerkt, dass er herübergekommen war.

»Das ist mein Tisch«, brummte Sverre abweisend.

»Ich möchte nur kurz mit Ihnen reden.« Der Alte legte eine Zeitung zwischen sich und ihn auf den Tisch und setzte sich schräg vor ihm auf einen Stuhl. Sverre starrte ihn wachsam an.

»Immer mit der Ruhe, ich bin einer von euch«, sagte der Alte.

»Und was heißt, einer von *uns*?«

»Einer von denen, die hier verkehren. Nationalsozialisten.«

»Ach ja?«

Sverre fuhr sich mit der Zunge über die Lippen und führte sein Glas an den Mund. Der Alte saß reglos da und sah ihn an. Er schien alle Zeit der Welt zu haben. Das hatte er vielleicht auch, er schien an die siebzig zu sein. Wenn nicht noch älter. Konnte das einer der alten Kumpanen vom Zorn 88 sein? Einer der scheuen Hintermänner, von denen Sverre nur gehört, die er aber nie zu Gesicht bekommen hatte?

»Ich benötige einen Dienst.« Der Alte sprach leise.

»Ach ja?«, sagte Sverre erneut. Doch er klang nicht mehr ganz so herablassend wie noch kurz zuvor. Man konnte ja nie wissen.

»Eine Waffe«, sagte der Alte.

»Wie – eine Waffe?«

»Ich brauche eine. Können Sie mir helfen?«

»Warum sollte ich?«

»Werfen Sie einen Blick in die Zeitung. Auf Seite achtundzwanzig.«

Sverre zog die Zeitung zu sich herüber und behielt den Alten beim Blättern im Auge. Auf Seite achtundzwanzig stand ein Artikel über Neonazis in Spanien. Von dem alten Scheißpatrioten Even Juul, na, herzlichen Dank. Das große Schwarzweißbild von einem jungen Mann, der ein Gemälde hochhielt, das General Franco zeigte, war zum Teil von einer Tausendernote verdeckt.

»Falls Sie mir helfen können…«, sagte der Alte.

Sverre zuckte mit den Schultern.

»… warten weitere neuntausend.«

»Ach ja?« Sverre nahm noch einen Schluck und sah sich dann im Lokal um. Das junge Pärchen war gegangen, doch Halle, Gregersen und Kvinset saßen noch immer in der Ecke. Und bald würden die anderen kommen, und es würde unmöglich werden, ein auch nur ansatzweise diskretes Gespräch zu führen. Zehntausend Kronen.

»Was für eine Waffe?«

»Ein Gewehr.«

»Das sollte sich machen lassen.«

Der Alte schüttelte den Kopf.

»Ein Märklin-Gewehr.«

»Märklin?«

Der Alte nickte.

»Wie die Modelleisenbahn?«, fragte Sverre.

Ein Spalt öffnete sich in dem faltigen Gesicht unter dem Hut. Der Alte lächelte wohl.

»Wenn Sie mir nicht helfen können, dann sagen Sie es gleich. Sie können den Tausender behalten und wir reden nicht mehr über die Sache. Ich werde aufstehen und gehen und wir sehen uns nie mehr wieder.«

Sverre spürte einen kurzen Adrenalinschub. Das war nicht dieses alltägliche Geschwätz über Äxte, Jagdflinten oder Dynamitstangen, hier ging es um etwas Richtiges. Der Kerl war von der richtigen Sorte.

Die Tür öffnete sich. Sverre blickte über die Schulter des Alten. Es war keiner der Jungs, bloß der alte Säufer mit dem roten Islandpullover. Er konnte nerven, wenn er ein Bier schnorren wollte, doch ansonsten war der ungefährlich.

»Ich werde sehen, was ich tun kann«, sagte Sverre und griff nach dem Tausender.

Sverre bekam nicht einmal mit, was geschah; eine Hand schlug wie eine Adlerklaue auf die seine und nagelte sie auf dem Tisch fest.

»Danach habe ich nicht gefragt.« Die Stimme klang kalt und brüchig wie eine Eisscholle.

Sverre versuchte, seine Hand freizubekommen, doch es gelang ihm nicht. Jetzt konnte er sich nicht einmal gegen diesen Alten zur Wehr setzen!

»Ich habe gefragt, ob Sie mir helfen können, und ich will ein Ja oder Nein hören. Ist das klar?«

Sverre spürte den alten Jähzorn in sich hochschießen, seinen alten Feind und Freund.

Doch noch konnte er den anderen Gedanken nicht verdrängen: zehntausend Kronen. Es gab einen Mann, der ihm helfen konnte, einen ganz speziellen Mann. Es würde nicht billig werden, doch er hatte das Gefühl, dass der Alte auch mit einer Provision nicht knauserig sein würde.

»Ich … ich kann Ihnen helfen.«

»Wann?«

»In drei Tagen. Hier. Gleicher Treffpunkt.«

»Unsinn! Sie kriegen so ein Gewehr nicht innerhalb von drei Tagen.« Der Alte ließ ihn los. »Gehen Sie aber zu dem, der Ihnen helfen kann, und der soll dann zu dem gehen, der ihm wiederum weiterhelfen kann. Wir treffen uns hier in drei Tagen, um über Ort und Zeit der Lieferung zu reden.«

Sverre war imstande einhundertundzwanzig Kilo zu stemmen, wie konnte ihn da dieser alte, magere Kerl …

»Geben Sie weiter, dass das Gewehr bei Lieferung bar in norwegischen Kronen bezahlt werden wird. Sie erhalten den Rest von ihrem Geld in drei Tagen.«

»Ach ja? Was, wenn ich nur das Geld …?«

»Dann komme ich wieder und töte Sie.«

Sverre rieb sich die Handgelenke. Er wollte keine weiteren Details wissen.

Ein eiskalter Wind fegte über den Gehsteig vor dem Telefonhäuschen am Torggata Bad, als Sverre mit zitternden Fingern die Nummer wählte. Verdammt, wie kalt es war! Zu allem Überfluss hatte er auch noch Löcher in beiden Stiefeln. Der Hörer am anderen Ende der Leitung wurde abgenommen.

»Ja?«

Sverre Olsen schluckte. Warum fühlte er sich bei dieser Stimme immer so verflucht unwohl?

»Ich bin es, Olsen.«

»Rede.«

»Es gibt jemanden, der ein Gewehr haben will. Ein Märklin-Gewehr.«

Keine Antwort.

»Genau wie die Modelleisenbahn«, fügte Sverre hinzu.

»Ich weiß, was ein Märklin ist, Olsen.« Die Stimme am anderen Ende war flach und neutral, doch Sverre konnte die Verachtung nicht überhören. Er sagte nichts, denn obgleich er den Mann am anderen Ende hasste, war seine Furcht doch stärker; er scheute sich nicht einmal, sich das einzugestehen. Dieser Mann hatte den Ruf, gefährlich zu sein. Nur die wenigsten in der Szene hatten von ihm gehört und nicht einmal Sverre selbst wusste seinen richtigen Namen. Doch über seine Verbindungen hatte er Sverre und seine Kumpane mehr als einmal aus Schwierigkeiten befreit. Natürlich geschah das im Dienst der Sache und nicht etwa, weil er irgendwelche warmen Gefühle für Sverre hegte. Hätte Sverre sonst irgendjemanden gekannt, der ihm in dieser Sache weiterhelfen konnte, hätte er sich bestimmt an den gewendet.

Die Stimme: »Wer hat angefragt und wofür will er die Waffe haben?«

»Ein alter Kauz, ich habe ihn niemals zuvor gesehen. Behauptete, einer von uns zu sein. Und ich habe mich nicht erkundigt, auf wen er es abgesehen hat. Auf niemanden, vielleicht. Vielleicht will er das Gewehr nur zum ...«

»Halt dein Maul, Olsen. Sah er aus, als ob er Geld hätte?«

»Er war gut gekleidet. Und er gab mir einen Tausender, bloß um zu hören, ob ich ihm helfen kann oder nicht.«

»Er gab dir einen Tausender, damit du die Klappe hältst, und nicht, um irgendeine Antwort zu hören.«

»Hm.«

»Interessant.«

»Ich treffe ihn in drei Tagen wieder. Dann will er wissen, ob wir es hinkriegen.«

»*Wir*?«

»Ich meine ...«

»Ob *ich* es hinkriege, meinst du.«

»Natürlich, aber …«

»Was zahlt er dir für den Rest des Jobs?«

Sverre zögerte. »Zehn Lappen.«

»Das Gleiche kriegst du von mir. Zehn Scheine. Wenn es zu dem Handel kommt. Verstanden?«

»Verstanden.«

»Für was bekommst du die zehn Lappen?«

»Damit ich die Klappe halte.«

Sverres Zehen waren vollkommen gefühllos, als er auflegte. Er brauchte neue Stiefel. Er blieb stehen und sah einer leeren, willenlosen Chipstüte nach, die der Wind aufgewirbelt hatte und jetzt in Richtung Storgata zwischen den Autos hindurchwehte.

Herbert's Pizza, Youngstorget, 15. November 1999

20 Der alte Mann ließ die Glastür von Herbert's Pizza hinter sich ins Schloss fallen. Auf dem Gehsteig blieb er stehen und wartete. Eine Pakistanerin schob einen Kinderwagen an ihm vorbei, um ihren Kopf hatte sie einen Schal gewickelt. Vor seinen Augen rauschten die Autos vorüber, in deren Seitenfenstern er sein eigenes flackerndes Spiegelbild und die großen Glasfenster der Pizzeria erkennen konnte. Links vom Eingang war das Glas teilweise mit weißem Klebeband verklebt. Es sah aus, als hätte jemand versucht, die Scheibe einzutreten. Das Muster der weißen Sprünge im Glas erinnerte an ein Spinnennetz. Hinter dem Glas konnte er Sverre Olsen erkennen, der noch immer an dem Tisch saß, an dem sie die Details besprochen hatten. Am Containerhafen in Bjørvika in drei Wochen. Pier 4. Nachts um zwei. Codewort: *Voice of an Angel.* Das war sicher der Name eines Popsongs. Er hatte ihn noch nie gehört, aber der Titel passte irgendwie. Der Preis war hingegen weniger passend gewesen: siebenhundertfünfzigtausend. Doch er wollte darüber nicht diskutieren. Die Frage war bloß, ob sie ihren Teil der Abmachung einhalten oder ihn dort unten am Containerhafen ausrauben würden. Er hatte an ihre Loyalität appelliert, als er dem jungen Neonazi sagte, er sei früher Frontkämpfer gewesen, doch er war sich nicht sicher, ob der ihm geglaubt hatte. Oder ob das eine Rolle spielte. Er

hatte sich sogar eine Geschichte ausgedacht, wo er gedient hatte, falls der Junge Fragen stellen sollte. Doch das hatte er nicht getan.

Noch mehr Autos fuhren vorüber. Sverre Olsen war sitzen geblieben, doch jemand anders hatte sich dort drinnen erhoben und wankte auf den Ausgang zu. Der Alte erinnerte sich an ihn, der war das letzte Mal auch dort gewesen. Und heute hatte er ihn die ganze Zeit beobachtet. Die Tür ging auf. Er wartete. Es gab eine Lücke zwischen den Autos, doch er konnte hören, dass der Mann unmittelbar hinter ihm stehen geblieben war. Dann kam es:

»Verdammt, ist er es wirklich?«

Die Stimme war ganz eigenartig, rauchig und tief von langen Jahren mit Suff, Zigaretten und wenig Schlaf.

»Kenne ich Sie?«, fragte der Alte, ohne sich umzudrehen.

»Das denke ich doch, ja.«

Der Alte drehte den Kopf, sah ihn eine Sekunde lang an und wandte sich wieder ab.

»Mir kommen Sie nicht bekannt vor.«

»Ach nein! Kennst du deinen alten Kriegskameraden nicht mehr?«

»Welcher Krieg?«

»Wir haben doch für die gleiche Sache gekämpft, du und ich.«

»Wenn du meinst. Was willst du?«

»Hä?«, fragte der Säufer. Er hatte eine Hand hinter sein Ohr gelegt.

»Ich hab gefragt, was du willst«, wiederholte der Alte lauter.

»Wollen, was soll ich schon wollen. Es ist doch wohl normal, dass alte Bekannte mal einen Plausch halten, oder? Besonders, wenn man sich so lange nicht gesehen hat. Noch dazu, wenn man dachte, der andere wäre tot.«

Der Alte drehte sich um.

»Sehe ich tot aus?«

Der Mann mit dem roten Islandpullover sah ihn mit wässrig blauen Augen an, die fast wie türkisfarbene Murmeln wirkten. Sein Alter war unmöglich zu bestimmen. Er konnte vierzig oder achtzig sein. Doch der alte Mann wusste, wie alt der Säufer war. Wenn er sich konzentrierte, kam er vielleicht sogar noch auf dessen Geburtsdatum. Mit den Geburtstagen hatten sie es im Krieg ganz genau gehalten.

Der Säufer kam einen Schritt näher.

»Nein, du siehst nicht tot aus. Krank, ja, aber nicht tot.«

Er streckte ihm eine riesige, dreckige Pranke entgegen, und der Alte roch sofort den süßlichen Dunst, eine Mischung aus Schweiß, Urin und Erbrochenem.

»Was? Willst du deinem alten Kameraden nicht mal die Hand geben?« Die Stimme klang wie ein Todesröcheln.

Der Alte drückte die ausgestreckten Finger leicht und kurz. Er zog seine Handschuhe nicht aus.

»So, ja«, sagte er. »Jetzt haben wir uns die Hand gegeben. Wenn es nicht noch um etwas anderes geht, werde ich mich jetzt wieder auf den Weg machen.«

»Etwas anderes, ja vielleicht.« Der Säufer schwankte vor und zurück, während er versuchte, den Alten zu fokussieren. »Ich frage mich nur, was ein Mann wie du in diesem Rattenloch zu suchen hat. Das is' doch nicht verwunderlich, dass man sich das fragt, oder, hä? Der hat sich wohl nur verlaufen, habe ich das letzte Mal gedacht, als ich dich hier sah. Aber du hast schließlich bei diesem üblen Burschen gesessen und mit ihm geredet, von dem sie sagen, dass er andere mit einem Baseballschläger bearbeitet. Und als du heute wieder hier warst …«

»Ja?«

»Da habe ich mir gedacht, dass ich einen dieser Journalisten fragen sollte, die ab und zu hierher kommen, ob er eine Ahnung hat, was so ein stattlicher Kerl wie du in diesem Milieu zu suchen hat. Diese Schnüffler wissen alles. Und was sie nicht wissen, das kriegen sie irgendwie raus. Zum Beispiel, wie das möglich ist, dass ein Mann, von dem alle glaubten, er sei im Krieg gestorben, plötzlich wieder lebendig ist. Die kriegen ihre Informationen wirklich verdammt schnell. So schwups.«

Er versuchte vergeblich, mit den Fingern zu schnippen.

»Und dann landet das alles in der Zeitung, weißt du.«

Der Alte seufzte. »Gibt es etwas, womit ich dir helfen kann?«

»Sieht das so aus?« Der Säufer breitete die Arme aus und grinste ihn mit seinem lückenhaften Gebiss an.

»Ich verstehe«, sagte der Alte und sah sich um. »Lass uns ein paar Schritte gehen. Ich mag keine Zuschauer.«

»Hä?«

»Ich mag keine Zuschauer.«

»Nein, was soll das jetzt werden?«

Der Alte legte seine Hand leicht auf die Schulter des anderen.

»Lass uns hier hineingehen.«

»*Show me the way*, Kamerad«, sang der Säufer heiser und lachte.

Sie traten in den Hauseingang neben Herbert's Pizza, in dem sich große, graue, übervolle Müllsäcke stapelten und sie von der Straße abschirmten.

»Du hast doch noch niemandem erzählt, dass du mich gesehen hast, oder?«

»Biste verrückt, hab doch erst gedacht, ich seh Gespenster. Ein Geist am helllichten Tage. Und das auch noch bei Herbert.«

Er lachte rasselnd, doch das Lachen verwandelte sich rasch in einen gurgelnden, nassen Husten. Er beugte sich vor und stützte sich an der Wand ab, bis sich der Husten legte. Dann richtete er sich wieder auf und wischte sich den Schleim aus den Mundwinkeln.

»Nein, verdammt, ich hab nichts gesagt, die hätten mich doch sonst nur eingesperrt.«

»Was ist denn ein angemessener Preis für dein Schweigen?«

»Angemessen, tja. Ich hab ja gesehen, dass sich dieser Schläger den Tausender aus der Zeitung geschnappt hat, die du mithattest …«

»Ja?«

»Ein paar davon würden ja eine Weile reichen, das ist sicher.«

»Wie viel?«

»Wie viel hast du denn?«

Der Alte seufzte, sah sich noch einmal um, um sich zu vergewissern, dass es keine Zeugen gab. Dann knöpfte er seinen Mantel auf und schob seine Hand hinein.

Sverre Olsen ging mit langen Schritten über den Youngstorget und schwang die grüne Plastiktüte hin und her. Vor zwanzig Minuten hatte er blank und mit löchrigen Stiefeln bei Herbert gesessen, und jetzt ging er hier mit glänzend neuen, hohen Springerstiefeln, die er bei Top Secret in der Henrik Ibsen Gate gekauft hatte. Und dann hatte er auch noch den Umschlag, in dem acht nagelneue Tausender steckten. Und zehn weitere sollten kommen. Es war schon merkwürdig, wie schnell sich alles ändern konnte. Noch im Herbst war er auf dem Weg in den Bau gewesen, als seinem Anwalt quasi in letzter

Minute die dicke Matrone aufgefallen war, die der Richter am falschen Ort vereidigt hatte!

Sverre hatte derart gute Laune, dass er darüber nachdachte, ob er Halle, Gregersen und Kvinvik an seinen Tisch einladen und ihnen ein Bier spendieren sollte. Nur um zu sehen, wie sie reagierten. Ja, verdammt!

Er überquerte die Pløensgate vor einer Pakistanerin mit Kinderwagen und grinste sie vielsagend an. Er war schon fast an der Tür von Herbert's Pizza, als ihm einfiel, dass es keinen Sinn hatte, eine Plastiktüte mit ausrangierten Stiefeln mit sich herumzuschleppen. Er trat in einen Hauseingang, hob den Deckel einer der schweren Mülltonnen hoch und legte die Tüte hinein. Auf dem Weg nach draußen fielen ihm zwei Beine auf, die zwischen zwei weiter hinten stehenden Tonnen herausragten. Er sah sich um. Niemand auf der Straße. Niemand im Hinterhof. Wer war das? Ein Säufer, ein Junkie? Er trat einen Schritt näher. Die Mülltonnen hatten Räder, und dort, wo die Beine herausragten, waren sie ganz dicht aneinander geschoben worden. Er spürte, wie sein Puls schneller ging. Manche Junkies wurden wütend, wenn man sie störte. Sverre stellte sich ein wenig seitlich vor die Tonne und trat gegen sie, so dass sie zur Seite rollte.

»Verdammte Scheiße!«

Es war seltsam, dass Sverre Olsen, der beinahe selbst einen Mann getötet hatte, noch nie zuvor einen Toten gesehen hatte. Und ebenso seltsam war es, dass seine Beine fast unter ihm nachgegeben hätten. Der Mann, der an die Wand gelehnt dasaß und mit offenen Augen in die unterschiedlichsten Richtungen starrte, war so tot, wie es nur möglich war. Die Todesursache war offensichtlich. Der klaffende rote Spalt in seinem Hals verriet, wo man ihm die Kehle durchgeschnitten hatte. Das Blut sickerte nur noch langsam heraus, doch zu Beginn musste es heftig aus dem Körper gepumpt worden sein, denn der rote Islandpulli des Mannes war von Blut durchtränkt. Der Gestank von Müll und Urin war überwältigend, und Sverre spürte gerade noch den Geschmack von Galle, bevor es in seinem Hals emporschoss; zwei Bier und eine Pizza. Schließlich lehnte er sich an eine Mülltonne und kotzte auf den Asphalt. Seine Stiefelspitzen waren gelb von Erbrochenem, doch das bemerkte er nicht. Er starrte bloß auf das kleine rote Rinnsal, das in der schwachen Beleuchtung glänzte, während es auf den tiefsten Punkt des Terrains zufloss.

21 Ein russischer YAK-1-Jagdflieger donnerte über Edvard Moskens Kopf hinweg, während er durch den Schützengraben hastete.

Die Jagdbomber richteten für gewöhnlich nur wenig Schaden an, denn es hatte den Anschein, als hätten die Russen keine Bomben mehr. Kürzlich hatte er gehört, die russischen Piloten seien mit Handgranaten ausgestattet worden, mit denen sie beim Überflug ihre Stellungen zu treffen versuchten.

Edvard war im Nordabschnitt gewesen, um die Briefe für seine Leute zu holen und die letzten Neuigkeiten zu hören. Den ganzen Herbst über hatten sie deprimierende Nachrichten über Niederlagen und Rückzüge an der gesamten Ostfront erhalten. Bereits im November hatten die Russen Kiew zurückerobert und im Oktober wären die südlichen Einheiten der Deutschen um ein Haar am Schwarzen Meer eingeschlossen worden. Dass Hitler die Ostfront geschwächt hatte, indem er Truppen an die Westfront abgezogen hatte, machte die Sache nicht leichter. Doch das Beunruhigendste hatte Edvard heute erfahren: Vor zwei Tagen hatte Generalleutnant Gusew eine gewaltige Offensive bei Oranienbaum im Süden des Finnischen Meerbusens begonnen. Edvard erinnerte sich an Oranienbaum. Das war ein kleiner Brückenkopf, an dem sie bei ihrem Marsch auf Leningrad einfach vorbeimarschiert waren. Sie hatten ihn den Russen gelassen, denn er war ohne strategischen Wert gewesen. Jetzt war es den Russen still und heimlich gelungen, eine ganze Armee um Kronstadt herum zu versammeln, und den Berichten zufolge wurden die deutschen Stellungen fortlaufend von den Katjuschas bombardiert. Der ehemals so dichte Kiefernwald sei ein einziges hölzernes Trümmerfeld. Auch sie hatten die Musik der Stalinorgeln während der letzten Nächte in der Ferne gehört, doch dass es so schlecht stand, hatte er nicht geahnt.

Edvard hatte seinen Gang auch dazu genutzt, um im Lazarett vorbeizugehen, um nach einem seiner Leute zu schauen, der im Niemandsland auf eine Mine getreten war und einen Fuß verloren hatte. Die Krankenschwester jedoch, eine kleine estländische Frau mit traurigen Augen in tiefen, dunklen Höhlen, die so blau waren, dass ihr Gesicht fast wie eine Maske aussah, hatte nur den Kopf geschüttelt und das deutsche Wort gesagt, mit dem sie vermutlich die meiste Übung hatte: »*Tot*.«

Edvard musste sehr niedergeschlagen ausgesehen haben, denn sie hatte irgendwie versucht, ihn aufzumuntern, und ihm ein Bett gezeigt, in dem ein anderer Norweger lag.

»*Leben*«, hatte sie gesagt und ihn angelächelt. Doch ihre Augen waren dabei noch immer voller Trauer.

Edvard kannte den schlafenden Mann in dem Bett nicht, doch als er den glänzenden weißen Ledermantel sah, der über dem Stuhl hing, wusste er plötzlich, wer dort lag: Das war der Kompaniechef Lindvig vom Regiment Norge höchstpersönlich. Eine Legende. Und jetzt lag er hier! Er entschloss sich, seinen Jungen diese Neuigkeit vorzuenthalten.

Wieder donnerte ein Jagdbomber über seinen Kopf hinweg. Wo kamen plötzlich all diese Flugzeuge her? Noch letzten Herbst hatte es so ausgesehen, als hätten die Russen keine mehr.

Er umrundete die nächste Ecke und sah Dale mit gekrümmtem Rücken vor sich stehen.

»Dale!«

Dale drehte sich nicht um. Seit der Granatendetonation, bei der er im November ohnmächtig geworden war, hörte er nicht mehr besonders gut. Er sprach auch nicht mehr viel und hatte stattdessen diesen glasigen, abwesenden Blick, den Männer mit Granatenschock oft bekamen. Dale hatte in der ersten Zeit über Kopfschmerzen geklagt, doch der Sanitätsoffizier, der nach ihm gesehen hatte, hatte gemeint, er könne nicht viel für ihn tun und dass das mit der Zeit von selbst vorüberginge. Der Mangel an Soldaten sei so groß, dass sie es sich nicht erlauben könnten, gesunde Menschen ins Lazarett zu schicken.

Edvard legte einen Arm auf Dales Schulter, der sich so schnell und kraftvoll umdrehte, dass Edvard auf dem Eis, das in der Sonne weich und glatt geworden war, den Halt verlor. Auf jeden Fall ist es ein milder Winter, dachte Edvard und musste lachen, als er auf dem Rücken lag, doch sein Lachen blieb ihm im Halse stecken, als er in Dales Gewehrmündung schaute.

»Passwort!«, schrie Dale. Über dem Korn sah Edvard ein weit aufgerissenes Auge.

»He, hallo, Dale, ich bin's!«

»Passwort!«

»Nimm das Gewehr weg! Ich bin's, Edvard, verdammt noch mal!«

»Passwort!«

»Gluthaufen!«

Edvard spürte die Panik in sich hochkriechen, als er sah, wie sich Dales Finger um den Abzug krümmte. Hörte er ihn denn nicht?

»Gluthaufen!«, schrie er aus vollen Lungen. »Gluthaufen, verdammt noch mal!«

»Falsch! Ich schieße!«

Mein Gott, der Mann war verrückt! In diesem Moment fiel Edvard ein, dass sie an diesem Morgen das Passwort geändert hatten, nachdem er zum Nordabschnitt aufgebrochen war. Dales Finger drückte gegen den Abzug, doch der wollte sich nicht weiter bewegen lassen. Eine merkwürdige Falte zeichnete sich über dem Auge ab. Dann entsicherte er die Waffe und legte erneut an. Sollte es so enden? Musste er nach allem, was er überlebt hatte, durch die Kugel eines unter Schock stehenden Landsmannes sterben? Edvard starrte in die schwarze Gewehrmündung und wartete auf den Feuerstoß. Würde er ihn sehen können? Jesus im Himmel. Er sah an der Gewehrmündung vorbei in den blauen Himmel, vor dem sich ein schwarzes Kreuz abzeichnete, ein russischer Jagdflieger. Er war zu hoch, als dass er ihn hätte hören können. Dann schloss er die Augen.

»Engelsstimme!«, rief jemand ganz in der Nähe.

Edvard öffnete die Augen und sah Dale zweimal hinter der Kimme blinzeln.

Es war Gudbrand. Er hatte sein Mund an Dales Ohr gelegt und brüllte ihm das Wort hinein.

»Engelsstimme!«

Dale ließ das Gewehr sinken. Dann grinste er Edvard an und nickte. »Engelsstimme«, wiederholte er.

Edvard schloss die Augen wieder und atmete aus.

»Ist Post da?«, fragte Gudbrand.

Edvard rappelte sich auf und gab den Stapel Papiere an Gudbrand weiter. Dale hatte noch immer das Lächeln auf den Lippen, doch sein Gesicht sah dabei leer aus. Edvard umklammerte Dales Gewehrmündung und richtete sich auf, sein Gesicht dicht vor ihm.

»Ist jemand im Schützengraben, Dale?«

Er wollte das mit normaler Stimme sagen, doch es wurde nur ein raues, heiseres Krächzen.

»Er kann dich nicht hören«, erklärte Gudbrand, während er die Briefe durchblätterte.

»Ich wusste nicht, dass es ihm so schlecht geht«, sagte Edvard und wedelte mit seiner Hand vor Dales Gesicht herum.

»Er sollte nicht hier sein. Hier ist ein Brief von seiner Familie. Zeig ihm den, dann weißt du, was ich meine.«

Edvard nahm den Brief und hielt ihn Dale vor die Nase, doch er musste erkennen, dass dieser nach einem flüchtigen Lächeln wieder starr und abwesend vor sich hin glotzte.

»Du hast Recht«, sagte er. »Der ist fertig.«

Gudbrand reichte Edvard einen Brief. »Wie geht es zu Hause?«, fragte er.

»Ach, du weißt schon«, antwortete Edvard und betrachtete lange den Brief.

Gudbrand wusste nichts, denn seit dem letzten Winter hatte er mit Edvard nicht mehr allzu viel gesprochen. Es war verwunderlich, doch selbst hier und unter diesen Umständen war es möglich, sich aus dem Weg zu gehen, wenn man es sich nur stark genug wünschte. Nicht dass Gudbrand Edvard nicht mochte, ganz im Gegenteil, er hatte Respekt vor dem Mjøndaler, den er nicht nur für einen klugen Mann hielt, sondern auch für einen mutigen Soldaten, der den Neuankömmlingen im Lager immer wieder Halt gab. Im Herbst hatten sie Edvard zum Scharführer gemacht, was im norwegischen Heer dem Sergeanten entsprach, doch seine Verantwortung war die gleiche. Im Spaß hatte Edvard gesagt, sie beförderten ihn doch nur, weil alle anderen Sergeanten tot seien, weshalb sie so viele Mützen übrig hätten.

Gudbrand hatte oft gedacht, dass sie beide unter anderen Bedingungen gute Freunde hätten werden können. Doch was letzten Winter geschehen war, Sindres Flucht und das geheimnisvolle Wiederauftauchen von Daniels Leiche, hatte die ganze Zeit über zwischen ihnen gestanden.

Der dumpfe Laut einer entfernten Explosion zerriss die Stille, gefolgt vom Geknatter der Maschinengewehre.

»Es wird wohl immer heftiger«, sagte Gudbrand, mehr fragend als feststellend.

»Ja«, sagte Edvard. »Das ist die verfluchte Wärme. Unser Nachschub sitzt im Matsch fest.«

»Müssen wir uns zurückziehen?«

Edvard zuckte mit den Schultern. »Ein paar Meilen vielleicht. Aber wir kommen wieder.«

Gudbrand hielt sich die Hand über die Augen und blickte nach Osten. Er hatte keine Lust zurückzukommen. Er hatte Lust, nach Hause zurückzukehren, um zu sehen, ob es dort ein Leben für ihn gab.

»Hast du das norwegische Straßenschild unten am Lazarett gesehen, das mit dem Sonnenkreuz?«, fragte er. »Und dem Pfeil, der den Weg entlang nach Osten zeigt und auf dem ›Leningrad 5 Kilometer‹ steht?«

Edvard nickte.

»Erinnerst du dich, was auf dem Pfeil steht, der nach Westen weist?«

»Oslo«, sagte Edvard. »2611 Kilometer.«

»Das ist weit.«

»Ja, das ist weit.«

Dale hatte Edvard sein Gewehr überlassen. Er saß auf dem Boden und hatte seine Hände vor sich im Schnee vergraben. Sein Kopf hing wie ein geknickter Löwenzahn zwischen seinen schmalen Schultern. Wieder hörten sie eine Explosion, dieses Mal näher.

»Danke, dass du …«

»Keine Ursache«, beeilte sich Gudbrand zu versichern.

»Ich habe Olaf Lindvig im Lazarett gesehen«, sagte Edvard. Er wusste nicht, warum er es gesagt hatte. Vielleicht, weil Gudbrand neben Dale derjenige der Truppe war, der genauso lange wie er selbst dabei war.

»War er …?«

»Nur leicht verwundet, glaube ich. Ich habe seinen weißen Waffenrock gesehen.«

»Es heißt, er sei ein guter Mann.«

»Ja, wir haben viele gute Männer.«

Sie blieben still voreinander stehen.

Edvard räusperte sich und steckte eine Hand in die Tasche.

»Ich hab ein paar russische Zigaretten aus dem Nordabschnitt mitgebracht. Wenn du Feuer hast …«

Gudbrand nickte, knöpfte seine Tarnjacke auf, fand die Streichhölzer und zündete eines auf dem groben Papier an. Als er wieder aufblickte, sah er zuerst nur Edvards weit aufgerissenes Zyklopenauge. Es starrte über seine Schulter. Dann hörte er den heulenden Laut.

»Runter!«, schrie Edvard.

Im nächsten Augenblick lagen sie auf dem Eis und über ihnen zerriss der Himmel mit einem kreischenden Laut. Gudbrand konnte gerade noch das Heck des russischen Jagdbombers sehen, der längs über ihren Schützengraben donnerte. Er flog so tief, dass der Schnee vom Boden aufgewirbelt wurde. Dann war er verschwunden und alles war wieder still.

»Was war das denn …?«, flüsterte Gudbrand.

»Gott im Himmel«, stöhnte Edvard, wälzte sich auf die Seite und lachte Gudbrand an. »Ich konnte den Piloten erkennen, er hatte die Glashaube zurückgeschoben und lehnte sich aus dem Cockpit. Der Iwan ist verrückt geworden.« Er lachte derart, dass sich seine Stimme überschlug. »Was ist das nur für ein Tag.«

Gudbrand starrte auf das zerbrochene Streichholz, das er noch immer in den Händen hielt. Dann begann auch er zu lachen.

»Hehe«, sagte Dale und sah die zwei von seinem Platz am Rand des Schützengrabens aus an. »Hehe.«

Gudbrand warf einen kurzen Blick zu Edvard hinüber und dann brüllten sie vor Lachen. Sie lachten derart laut, dass sie das merkwürdige Geräusch, das sich näherte, zu Beginn gar nicht wahrnahmen.

Kack – Kack …

Es hörte sich an, als schlüge jemand langsam mit einer Hacke auf das Eis.

Kack …

Dann hörten sie ein Knallen, Metall auf Metall, und Gudbrand und Edvard drehten sich zu Dale um, der langsam seitlich in den Schnee sackte.

»Himmel noch mal …«, begann Gudbrand.

»Granaten!«, schrie Edvard.

Gudbrand reagierte instinktiv auf Edvards Rufen und rollte sich am Boden zusammen, doch während er dalag, erblickte er den Stab, der sich einen Meter vor ihm im Kreis drehte. An dem einen Ende war ein Metallklumpen befestigt. Er spürte, wie sein Körper erstarrte, als er begriff, was geschehen sollte.

»Komm da weg!«, brüllte Edvard hinter ihm.

Es stimmte, die russischen Piloten warfen also wirklich Handgranaten aus dem Flugzeug! Gudbrand lag auf dem Rücken und versuchte, sich wegzuschieben, doch weder Arme noch Beine fanden auf dem nassen Eis Halt.

»Gudbrand!«

Die Granate drehte sich noch immer, hüpfte und tanzte über das Eis, und Gudbrand konnte seinen Blick nicht davon losreißen. Vier Sekunden vom Entsichern bis zur Explosion, hatten sie das nicht in Sennheim gelernt? Die Russen hatten vielleicht andere Granaten, vielleicht waren es da sechs? Oder acht? Die hier drehte sich jedenfalls immer weiter wie einer der großen roten Kreisel, die sein Vater ihm in Brooklyn gebaut hatte. Gudbrand drehte sie, und Sonny und sein kleiner Bruder standen daneben und zählten, wie lange sie sich drehten. »*Twenty-one, twenty-two* ...« Ihre Mutter rief ihnen aus dem Fenster in der dritten Etage zu, das Essen sei fertig und er solle hochkommen, weil Vater jeden Augenblick nach Hause käme. »Nur noch ein bisschen«, rief er ihr zu. »Der Kreisel dreht sich noch!« Doch sie hörte ihn nicht, sie hatte das Fenster bereits wieder geschlossen. Edvard schrie nicht mehr, es war ganz plötzlich vollkommen still geworden.

Dr. Buers Wartezimmer, 22. Januar 1999

22 Der Alte sah auf die Uhr. Er saß jetzt seit einer Viertelstunde im Wartezimmer. Früher, zu Konrad Buers Zeiten, hatte er nie warten müssen. Konrad hatte nicht mehr Patienten angenommen, als sein Zeitplan zuließ.

Am anderen Ende des Raumes saß ein Mann. Dunkelhäutig, afrikanisch. Er blätterte in einer Illustrierten, und der Alte stellte fest, dass er sogar aus dieser Entfernung jeden Buchstaben auf der Titelseite lesen konnte. Etwas über die Königsfamilie. War es das, was der Afrikaner las? Der Gedanke war absurd.

Der Afrikaner blätterte um. Er hatte einen Bart, der sich an den Seiten nach unten zog, genau wie der Kurier, den der Alte in der vergangenen Nacht getroffen hatte. Es war eine kurze Begegnung gewesen. Der Kurier war in einem Volvo, sicher ein Leihwagen, am Containerhafen angekommen. Er hatte angehalten, die Fensterscheibe hatte sich mit einem summenden Ton gesenkt und dann hatte der

Mann das Passwort gesagt: *Voice of an Angel.* Und der hatte genau so einen Bart gehabt. Und sorgenvolle Augen. Er hatte sogleich erklärt, dass er die Waffe aus Sicherheitsgründen nicht im Auto habe, sondern dass sie noch ein Stück fahren müssten, um sie zu holen. Der Alte hatte gezögert, dachte aber, dass sie, falls sie ihn ausrauben wollten, das an Ort und Stelle im Containerhafen hätten erledigen können. So hatte er sich in den Wagen gesetzt und sie waren losgefahren, zu allem Überfluss zum Radisson SAS Hotel am Holberg Plass. Er hatte Betty Andresen hinter der Rezeption gesehen, als sie hineingingen, doch sie hatte nicht in seine Richtung geschaut.

Der Kurier hatte das Geld im Koffer gezählt und dabei die Zahlen auf Deutsch gemurmelt. Da hatte ihn der Alte gefragt, wo er herkäme. Der Kurier hatte ihm geantwortet, dass seine Eltern aus einem kleinen Ort im Elsass stammten; daraufhin war der Alte auf die Idee gekommen, ihm zu sagen, dass er schon einmal in dieser Gegend gewesen sei, in Sennheim. Eine Idee.

Nachdem er im Internet in der Universitätsbibliothek so viel über diese Märklin-Waffe gelesen hatte, war das eigentliche Gewehr fast eine Enttäuschung gewesen. Es sah aus wie eine gewöhnliche Jagdflinte, nur etwas größer. Der Kurier hatte ihm gezeigt, wie er die Waffe zusammensetzen und auseinander nehmen musste, und ihn »Herr Urias« genannt. Dann hatte der Alte die demontierte Waffe in eine große Schultertasche gelegt und war mit dem Aufzug zur Rezeption hinuntergefahren. Einen Augenblick lang hatte er erwogen, zu Betty Andresen hinüberzugehen und sie zu bitten, ihm ein Taxi zu rufen. Noch eine Idee.

»Hallo!«

Der Alte sah auf.

»Ich glaube, wir sollten auch Ihre Ohren überprüfen.«

Doktor Buer stand in der Türöffnung und hatte ein joviales Lächeln aufgesetzt. Er geleitete ihn in das Untersuchungszimmer. Die Säcke unter den Augen des Arztes schienen noch größer geworden zu sein.

»Ich habe Ihren Namen drei Mal gerufen.«

Ich vergesse meinen Namen, dachte der Alte. Vergesse alle meine Namen.

Der Alte entnahm der helfenden Hand des Doktors, dass dieser schlechte Neuigkeiten hatte.

»Ich habe die Ergebnisse der Tests bekommen, die wir gemacht haben«, sagte er. Schnell, noch ehe er sich richtig hingesetzt hatte. Als wollte er die schlechten Nachrichten so rasch wie möglich hinter sich bringen.

»Es hat sich ausgebreitet.«

»Natürlich hat es sich ausgebreitet«, erwiderte der Alte. »Ist das nicht die Natur der Krebszellen? Sich auszubreiten?«

»Äh… ja, natürlich.« Buer wischte ein unsichtbares Staubkorn vom Schreibtisch.

»Der Krebs ist wie wir«, sagte der Alte. »Tut nur, was er tun muss.«

»Ja«, sagte Doktor Buer. Er sah in seiner zusammengesunkenen Sitzhaltung krampfhaft entspannt aus.

»Sie tun auch nur, was Sie tun müssen, Herr Doktor.«

»Da haben Sie Recht.« Der Arzt lächelte und fasste sich an die Brille. »Wir überlegen noch immer, wie es mit einer Chemotherapie wäre. Das würde Sie natürlich schwächen, aber ihr Leben … äh …«

»Verlängern?«

»Ja.«

»Wie viel Zeit bleibt mir noch ohne so eine Therapie?«

Buers Adamsapfel hüpfte auf und ab. »Etwas weniger, als wir zuerst angenommen haben.«

»Und das heißt?«

»Das heißt, dass sich der Krebs von der Leber über die Blutbahn bis zum …«

»Halten Sie den Mund und sagen Sie mir, wie lange.«

Doktor Buer blickte ihn dumpf an.

»Sie hassen diesen Job, nicht wahr?«, fragte der Alte.

»Wie bitte?«

»Nichts. Ein Datum, bitte.«

»Das ist unmöglich vorher …«

Doktor Buer zuckte zusammen, als die Faust des Alten so hart auf die Tischplatte knallte, dass der Hörer vom Telefon rutschte. Er öffnete seinen Mund, um etwas zu sagen, hielt aber inne, als er den zitternden Zeigefinger des Alten sah. Dann seufzte er, nahm seine Brille ab und fuhr sich müde mit der Hand über das Gesicht.

»Sommer. Juni. Vielleicht früher. Maximal August.«

»Gut«, sagte der Alte. »Das reicht gerade. Und die Schmerzen?«

»Können jederzeit anfangen. Sie bekommen Medikamente.«

»Werde ich funktionieren?«

»Schwer zu sagen. Das kommt auf die Schmerzen an.«

»Ich brauche Medikamente, die mich funktionieren lassen. Das ist wichtig. Verstehen Sie?«

»Alle schmerzstillenden Mitt ...«

»Schmerzen verkrafte ich gut. Ich brauche nur etwas, was mich bei Bewusstsein hält, damit ich denken kann, rational handeln.«

Frohe Weihnachten. Das hatte Doktor Buer als Letztes gesagt. Der Alte stand auf der Treppe. Zuerst hatte er nicht begriffen, warum die Stadt so voller Menschen war, doch nachdem er an das bevorstehende Fest erinnert worden war, sah er die Panik in den Augen der Vorbeihastenden, die auf der Suche nach den letzten Weihnachtsgeschenken waren. Am Egertorget waren die Menschen bei einem Poporchester zusammengelaufen. Ein Mann in der Uniform der Heilsarmee ging mit einer Sammelbüchse herum. Ein Junkie trampelte den Schnee platt, während sein Blick wie die Flamme einer Kerze flatterte, die beinahe ausgeblasen wurde. Zwei Teenager, Freundinnen, gingen Arm in Arm an ihm vorbei. Sie hatten rote Wangen und platzten fast vor Geheimnissen über Jungs und der Erwartung des Lebens, das vor ihnen lag. Und diese Kerzen. In jedem verdammten Fenster brannten Kerzen. Er wandte sein Gesicht zum Osloer Himmel, eine warme, gelbliche Kuppel aus reflektiertem Stadtlicht. Mein Gott, wie er sich nach ihr sehnte. Nächstes Weihnachten, dachte er. Nächstes Weihnachten feiern wir gemeinsam, mein Schatz.

112

Teil III

Urias

23 Helena Lang ging mit raschen Schritten in Richtung Saal 4 und schob den Rollwagen vor sich her. Die Fenster waren geöffnet und sie atmete tief ein, füllte Kopf und Lungen mit dem Duft frisch geschnittenen Grases. Heute lag keine Spur von Zerstörung und Tod in der Luft. Ein Jahr war vergangen, seit Wien das erste Mal bombardiert worden war. In den letzten Wochen waren die Bomben in jeder klaren Nacht gefallen. Obgleich das Rudolph II. Hospital einige Kilometer vom Zentrum entfernt im grünen Wienerwald lag, hatte der Rauch der brennenden Stadt den Duft des Sommers erstickt.

Helena bog um eine Ecke und lächelte Doktor Brockhard an, der stehen blieb und wohl ein Gespräch beginnen wollte, doch sie ging schnell weiter. Brockhards Augen sahen hinter seiner Brille immer so steif und starr aus; ihr war unbehaglich zumute, wenn sie mit ihm allein war. Manchmal hatte sie den Eindruck, dass sie Brockhard auf dem Flur nicht zufällig begegnete. Ihrer Mutter wäre sicher die Luft weggeblieben, hätte sie gesehen, wie Helena diesem jungen, vielversprechenden Arzt aus dem Wege ging, noch dazu, da Brockhard einer angesehenen Wiener Familie entstammte. Doch Helena mochte weder Brockhard noch dessen Familie oder die Versuche ihrer Mutter, sie selbst als Mittel dafür zu benutzen, wieder Eingang in die gute Gesellschaft zu finden. Die Mutter gab dem Krieg die Schuld für das, was geschehen war. An ihm lag es, dass Helenas Vater, Henrik Lang, seine jüdischen Geldgeber so plötzlich verloren hatte und damit seine anderen Schuldner nicht so schnell wie geplant auszahlen konnte. Aber durch die Finanzkrise hatte er improvisieren müssen und seine jüdischen Bankiers dazu verleitet, ihm die vom Staat beschlagnahmten Schuldverschreibungen zu überschreiben. Und jetzt saß Henrik Lang im Gefängnis, weil er mit dem Staatsfeind, den jüdischen Kräften, konspiriert hatte.

Im Gegensatz zu ihrer Mutter vermisste Helena ihren Vater mehr als die gesellschaftliche Stellung, die sie gehabt hatten. Die aufwendigen Empfänge, die sie gegeben hatten, fehlten ihr zum Beispiel überhaupt nicht, ebenso wenig die dümmlichen, oberflächlichen Gespräche oder die ständigen Versuche, sie mit einem der reichen, verwöhnten Jüngelchen zu verkuppeln.

Sie sah auf ihre Armbanduhr und beeilte sich. Ein kleiner Vogel hatte sich durch die offenen Fenster auf den Flur verirrt; doch jetzt hockte er unbekümmert auf einem der Lampenschirme, die von der hohen Decke herabhingen, und sang. Manchmal kam es Helena vollkommen unbegreiflich vor, dass dort draußen ein Krieg tobte. Das lag vielleicht am Wald, an den dichten Reihen der Fichten, die alles, was sie hier oben nicht sehen wollten, fern hielten. Doch betrat man einen der Säle, begriff man sogleich, dass das ein trügerischer Frieden war. Mit ihren zerschundenen Körpern und zerfetzten Seelen brachten die verwundeten Soldaten den Krieg hierher. Zu Beginn hatte sie ihren Geschichten gelauscht; sie hatte fest geglaubt, dass sie mit ihrem Glauben und ihrer Kraft in der Lage sein sollte, ihnen aus ihrer Verzweiflung herauszuhelfen. Doch alle schienen sie die gleichen, alptraumartigen Geschichten zu erzählen, die davon handelten, was ein Mensch hier auf Erden aushalten kann und muss und welche Erniedrigungen es mit sich bringt, einfach nur leben zu wollen. Nur die Toten kamen unbeschadet davon. Schließlich hatte Helena aufgehört, den Soldaten zuzuhören. Sie tat nur so, während sie ihre Verbände wechselte, die Temperatur maß und ihnen die Medizin oder das Essen gab. Und wenn sie schliefen, versuchte sie, sie nicht anzusehen, denn ihre Gesichter erzählten die Geschichten auch noch im Schlaf weiter. Sie konnte das Leiden in bleichen jungen Kindergesichtern erkennen, die Grausamkeit in verbitterten, verschlossenen Gesichtern und die Sehnsucht nach dem Tod in den schmerzverzerrten Zügen des einen Mannes, der soeben erfahren hatte, dass ihm das Bein abgenommen werden musste.

Trotzdem ging sie heute mit leichten, raschen Schritten. Vielleicht, weil es Sommer war oder weil ihr gerade erst ein Arzt erzählt hatte, wie hübsch sie an diesem Morgen aussah. Vielleicht aber auch wegen des norwegischen Patienten in Saal 4, der sie gleich anlächeln und ihr in seinem merkwürdigen, lustigen Deutsch einen »Guten Morgen« wünschen würde. Dann würde er frühstücken und ihr lange Blicke zuwerfen, während sie von Bett zu Bett ging, um die anderen Patienten zu versorgen und jedem einzelnen ein paar aufmunternde Worte zu sagen. Und bei jedem fünften oder sechsten Bett würde sie seinen Blick erwidern und, falls er lächelte, würde sie sein Lächeln erwidern und dann weiterarbeiten, als wäre nichts geschehen. Nichts. Und doch war es so viel. Es waren die Gedanken an diese kleinen Augenblicke, die ihr durch die Tage halfen und ihr die Kraft gaben zu lachen, wenn der vom Feuer entstellte Kapitän Hadler im Bett neben der Tür Witze machte und fragte, ob sie ihm nicht bald seine Genitalien von der Front zurückschicken würden.

Sie drückte die Schwingtür von Saal 4 auf. Das Sonnenlicht, das in den Raum strahlte, brachte all das Weiß – Wände, Decken und Laken – zum Leuchten. So musste es sein, wenn man ins Paradies kam, dachte sie.

»Guten Morgen, Helena!«

Sie lächelte ihn an. Er saß auf einem Stuhl neben seinem Bett und las in einem Buch.

»Gut geschlafen, Urias?«, fragte sie leicht.

»Wie ein Bjørn«, antwortete er.

»Bjørn?«

»Ja, wie heißen die auf Deutsch – sie schlafen im Winter ...«

»Ach, ein Bär.«

»Ja, Bär.«

Sie lachten beide. Helena wusste, dass sie von den anderen Patienten beobachtet wurden und dass sie bei ihm nicht mehr Zeit verbringen durfte als bei den anderen.

»Und der Kopf? Es geht jetzt jeden Tag ein bisschen besser, oder?«

»Ja, es geht immer besser. Irgendwann werde ich wieder genauso schön sein, wie ich einmal war, du wirst schon sehen.«

Sie erinnerte sich daran, wie er ausgesehen hatte, als sie ihn eingeliefert hatten. Es war absolut unvorstellbar gewesen, dass jemand mit einem derartigen Loch in der Stirn überleben konnte. Sie stieß mit der Teekanne an seinen Becher, so dass dieser fast umgestürzt wäre.

»Na, na!«, lachte er. »Du warst wohl gestern bis spät in die Nacht tanzen?«

Sie sah auf. Er zwinkerte ihr zu.

»Ja«, sagte sie und ärgerte sich sogleich, dass sie gelogen hatte.

»Was tanzt ihr hier in Wien?«

»Ich war gar nicht tanzen, ich bin bloß spät ins Bett gekommen.«

»Ihr tanzt wohl Walzer, oder? Wiener Walzer.«

»Ja, stimmt«, sagte sie und konzentrierte sich auf das Thermometer.

»So«, sagte er und stand auf. Dann begann er zu singen. Die anderen sahen von ihren Betten auf. Er sang in einer unbekannten Sprache, doch mit einer warmen, schönen Stimme. Und die Patienten, denen es am besten ging, feuerten ihn an und lachten, als er mit kleinen, vorsichtigen Walzerschritten neben dem Bett tanzte, so dass sich der Gürtel seines Morgenmantels um ihn schwang.

»Komm wieder hierher, Urias, sonst schicke ich dich zurück an die Ostfront«, rief sie streng.

Er machte gehorsam kehrt und setzte sich. Er hieß nicht Urias, doch er hatte darauf bestanden, dass sie ihn so nannten.

»Kennst du den Rheinländer?«, fragte er.

»Rheinländer?«

»Das ist ein Tanz, den wir uns aus dem Rheinland geliehen haben. Soll ich ihn dir zeigen?«

»Du bleibst hier sitzen, bis du wieder gesund bist!«

»Und dann gehe ich mit dir nach Wien und zeige dir den Rheinländer.«

Die Stunden, die er in den letzten Tagen in der Sonne auf der Veranda verbracht hatte, verliehen seiner Haut bereits einen leicht bräunlichen Teint und hoben den Glanz seiner weißen Zähne hervor.

»Ich finde, du hörst dich bereits gesund genug an, um wieder zurückgeschickt zu werden«, parierte sie, doch sie konnte nichts dagegen tun, dass ihr das Blut in die Wangen geschossen war. Sie stand auf, um ihre Runde zu machen, als sie seine Hand an der ihren spürte.

»Sag ja«, flüsterte er.

Sie winkte ihn mit einem hellen Lachen weg und ging zum nächsten Bett, doch ihr Herz sang wie ein kleiner Vogel in ihrer Brust.

»Nun?«, fragte Doktor Brockhard und sah von seinen Papieren auf, als sie in sein Büro kam, und wie gewöhnlich wusste sie nicht, ob dieses *Nun* eine Frage war oder bloß ein dahingesagtes Wort. Deshalb erwiderte sie nichts und blieb an der Tür stehen.

»Sie haben nach mir rufen lassen, Herr Doktor?«

»Warum bestehst du immer auf diesem *Sie*, Helena?« Brockhard seufzte lächelnd. »Mein Gott, wir kennen uns doch schon von Kind auf.«

»Womit kann ich Ihnen dienen?«

»Ich habe mich entschlossen, den Norweger in Saal 4 wieder gesundzuschreiben.«

»Aha.«

Sie verzog keine Miene, warum sollte sie auch? Die Menschen waren hier, bis sie wieder gesund waren, und dann verschwanden sie wieder. Die Alternative hieß sterben. Das war das Leben in einem Krankenhaus.

»Ich habe den Bescheid vor fünf Tagen an die Wehrmacht weitergeleitet. Wir haben bereits seinen neuen Marschbefehl erhalten.«

»Das ging aber schnell.« Ihre Stimme war fest und ruhig.

»Ja, die suchen verzweifelt Leute. Wir befinden uns im Krieg, wie du weißt.«

»Ja«, sagte sie und verschwieg, was sie dachte: Wir befinden uns im Krieg, und du hockst hier mit deinen zweiundzwanzig Jahren tausend Kilometer von der Front entfernt und machst die Arbeit, die ein Siebzigjähriger tun könnte. Dank Brockhard senior.

»Ich dachte, du könntest ihm diese Nachricht überbringen. Ihr scheint ja gut miteinander auszukommen.«

Sie bemerkte, dass er sie beobachtete.

»Was gefällt dir eigentlich so gut an ihm, Helena? Was unterscheidet ihn von den vierhundert anderen Soldaten, die wir hier im Krankenhaus haben?«

Sie wollte protestieren, doch er kam ihr zuvor.

»Entschuldige, Helena, das geht mich natürlich nichts an. Ich bin nur so neugierig. Ich …«

Er klemmte einen Stift zwischen seine Fingerkuppen und drehte sich zum Fenster.

»… frage mich, was du in so einem ausländischen Glücksritter siehst, der sein eigenes Land verrät, um die Gunst der Sieger zu erlangen. Wenn du begreifst, was ich meine … Wie geht es eigentlich deiner Mutter?«

Helena schluckte, ehe sie antwortete:

»Sie brauchen sich um meine Mutter keine Sorgen zu machen. Geben Sie mir den Marschbefehl, ich werde ihn überbringen.«

Brockhard wandte sich ihr zu. Er nahm einen Brief, der vor ihm auf dem Schreibtisch lag.

»Er soll zur dritten Panzerdivision nach Ungarn. Du weißt, was das heißt.«

Sie runzelte die Stirn. »Dritte Panzerdivision? Er ist freiwilliger Waffen-SS-Mann. Was soll er in der regulären Wehrmacht?«

Brockhard zuckte mit den Schultern.

»In diesen Zeiten müssen wir leisten, was wir können, und die Aufgaben erledigen, die uns gestellt werden. Oder bist du anderer Meinung, Helena?«

»Wie meinen Sie das?«

»Er gehört zur Infanterie, nicht wahr? Das heißt, er wird hinter diesen Tanks laufen und nicht in ihnen sitzen. Ein Freund, der in der Ukraine war, hat mir erzählt, dass sie jeden Tag so viele Russen erschießen, dass ihre Maschinengewehre heißlaufen, und dass ganze Berge von Leichen herumliegen, trotzdem aber immer weitere kommen, als würde das kein Ende nehmen.«

Es gelang ihr nur mit Mühe, sich zu beherrschen und Brockhard den Brief nicht aus den Händen zu reißen und zu zerfetzen.

»Eine junge Frau wie du sollte realistisch sein und sich nicht zu sehr an einen Mann binden, den sie aller Wahrscheinlichkeit nach nicht wiedersehen wird. Der Schal steht dir übrigens sehr gut, Helena. Ist das ein Familienstück?«

»Ich bin überrascht und dankbar für Ihr Mitgefühl, Herr Doktor, aber ich versichere Ihnen, dass Ihre Sorge vollkommen unbegründet ist. Ich hege keine besonderen Gefühle für diesen Patienten. Das Mittagessen muss ausgetragen werden, wenn Sie mich also entschuldigen würden ...«

»Helena, Helena ...« Brockhard schüttelte den Kopf und lächelte. »Hältst du mich wirklich für blind? Glaubst du, ich kann leichten Herzens zusehen, welche Sorgen dir das bereitet? Die enge Freundschaft unserer Familien verbindet uns, Helena. Sonst würde ich nicht derart vertraulich mit dir sprechen. Du musst schon entschuldigen, aber du hast sicher bemerkt, dass ich warme Gefühle für dich habe, und ...«

»Halt!«

»Was?«

Helena hatte die Tür hinter sich geschlossen und sprach jetzt lauter.

»Ich bin freiwillig hier, Brockhard, ich bin keine von Ihren Krankenschwestern, mit denen Sie Ihre Spielchen treiben können. Geben Sie mir den Brief und sagen Sie mir, was Sie wollen, sonst gehe ich jetzt sofort.«

»Liebe Helena.« Brockhard hatte sein Gesicht in besorgte Falten gelegt. »Begreifst du nicht, dass es deine Entscheidung ist?«

»Meine Entscheidung?«

»Eine Gesundmeldung ist eine sehr subjektive Sache. Besonders wenn es eine solche Kopfverletzung betrifft.«

»Das weiß ich.«

»Ich könnte ihn noch drei Monate krankschreiben, und wer weiß, ob es dann überhaupt noch eine Ostfront gibt?«

Sie sah Brockhard verständnislos an.

»Du liest doch fleißig in der Bibel, Helena. Du kennst die Geschichte von König David, der Batseba begehrt, obgleich diese mit einem seiner Soldaten vermählt ist, nicht wahr? So befiehlt er seinen Generälen, diesen Ehemann in die erste Reihe zu stellen, als sie in den Krieg ziehen, damit er stirbt und König David um sie freien kann.«

»Was hat das damit zu tun?«

»Nichts, nichts. Helena. Ich würde nicht auf die Idee kommen, deinen Auserwählten an die Front zu schicken, wenn er nicht gesund genug wäre. Oder irgendjemand anderen. Genau das meine ich. Und da du den Gesundheitszustand dieses Patienten mindestens genauso gut kennst wie ich, dachte ich, dass ich vielleicht auf deinen Rat hören sollte, bevor ich mich endgültig entscheide. Wenn du der Meinung bist, dass er noch nicht gesund genug ist, sollte ich vielleicht eine neuerliche Krankmeldung an die Wehrmacht schicken.«

Es dämmerte ihr langsam.

»Oder, Helena?«

Sie konnte es kaum fassen: Er wollte Urias als Druckmittel einsetzen, um sie zu bekommen. Hatte er das schon lange ausgeheckt? Lief er seit Wochen herum und wartete nur auf den richtigen Zeitpunkt? Und was wollte er eigentlich von ihr? Sie zur Frau oder als Geliebte?

»Nun?«, fragte Brockhard.

Die Gedanken rasten durch ihren Kopf und versuchten einen Weg aus dem Labyrinth zu finden. Doch er hatte alle Wege versperrt. Natürlich. Er war nicht dumm. Solange Brockhard Urias für sie krankschrieb, musste sie alles tun, was Brockhard wollte. Der Marschbefehl wäre nur ausgesetzt. Erst wenn Urias fort war, würde Brockhard keine Macht mehr über sie haben. Macht? Mein Gott, sie kannte diesen Norweger doch kaum. Und sie hatte keine Ahnung, was er für sie empfand.

»Ich …«, begann sie.

»Ja?«

Er hatte sich interessiert nach vorne gebeugt. Sie wollte weiterreden, wollte sagen, was nötig war, um frei zu sein, doch etwas hielt sie zurück. Es dauerte eine Sekunde, bis sie begriff, was es war. Es waren die Lügen. Ihre Freiheit wäre eine Lüge, es war eine Lüge, dass sie nicht wusste, was Urias für sie empfand, eine Lüge, dass sich die Menschen immer unterwerfen mussten, um zu überleben, all das stimmte nicht. Sie biss sich auf die Unterlippe, als sie merkte, dass diese zu zittern begann.

Bislett, Silvester 1999

24 Es war halb zwölf, als Harry an der Holbergsgate vor dem Radisson SAS Hotel aus der Straßenbahn stieg und registrierte, dass sich die tief stehende Vormittagssonne einen Augenblick lang in den Fenstern des Schwesternwohnheims des Reichshospitals spiegelte, ehe sie wieder hinter den Wolken verschwand. Er war zum ersten Mal im Büro gewesen. Um aufzuräumen, um sicherzustellen, dass er auch alles mitgenommen hatte. So hatte er es sich selbst jedenfalls eingeredet. Doch seine wenigen persönlichen Sachen hatten in der einen Plastiktüte Platz gefunden, die er tags zuvor von zu Hause mitgenommen hatte. Die Flure waren leer gewesen. Wer keinen Dienst hatte, war zu Hause, um die letzte große Party des Jahrtausends vorzubereiten. Eine Luftschlange hing noch über dem Stuhlrücken und erinnerte ihn an das kleine gestrige Abschiedsfest; dahinter hatte Ellen gestanden, natürlich. Bjarne Møllers nüchterne Abschiedsworte hatten nicht recht zu ihren blauen Ballons und dem kerzengeschmückten Sahnekuchen gepasst. Die kleine Rede war trotzdem nett gewesen. Wahrscheinlich ahnte der Abteilungschef, dass Harry es ihm nie verziehen hätte, wenn er schwülstig oder sentimental geworden wäre. Und Harry musste sich eingestehen, dass er ziemlich stolz gewesen war, als Møller ihm zu seinem Posten als Kommissionsleiter im PÜD gratuliert und ihm Glück gewünscht hatte. Nicht einmal Tom Waalers sarkastisches Grinsen und sein leichtes Kopfschütteln in der hinteren Reihe der Zuschauer an der Tür hatten dieses Gefühl zu zerstören vermocht.

Heute war er wohl bloß ins Büro gegangen, um dort ein letztes Mal zu sitzen, auf dem quietschenden kaputten Bürostuhl in dem Raum, in dem er beinahe sieben Jahre verbracht hatte. Harry schüttelte den Gedanken ab. Gefühlsduselei, war das auch ein Zeichen dafür, dass er begann, alt zu werden?

Harry ging die Holbergsgate hinauf und bog rechts in die Sofiesgate ein. Die meisten Gebäude dieser engen Straße waren Arbeiterhäuser der Jahrhundertwende und nicht besonders gut instand gehalten. Doch nachdem die Immobilienpreise gestiegen waren und die Mittelklassejugend, die nicht das Geld hatte, in Majorstua zu wohnen, hier eingezogen war, hatte das Viertel eine kosmetische Aufwertung erfahren. Jetzt gab es nur noch ein Gebäude, dessen Fassade in den letzten Jahren nicht restauriert worden war: Nummer 8. Harrys. Das war Harry vollkommen gleichgültig.

Er öffnete die Tür und schloss den Briefkasten am Fuß der Treppe auf. Ein Sonderangebot für Pizza und ein Briefumschlag vom Stadtkämmerer in Oslo, den er sogleich als die Mahnung für sein Parkknöllchen vom letzten Monat identifizierte. Er fluchte, während er die Treppe hinaufstieg. Für einen Spottpreis hatte er von einem Onkel, den er eigentlich gar nicht kannte, einen fünfzehn Jahre alten Ford Escort gekauft. Ein wenig rostig, und auch die Kupplung war nicht mehr neu, aber dafür hatte er ein schnittiges Sonnendach. Bis jetzt hatte er aber öfter Knöllchen und Werkstattrechnungen als Wind in den Haaren gehabt. Außerdem sprang das Ding oft nicht an, so dass er immer, die Kühlerhaube nach vorn, am Hang parken musste, um es in Schwung zu bringen.

Er öffnete seine Wohnungstür und ging hinein. Es war eine spartanisch eingerichtete Zweizimmerwohnung. Ordentlich, sauber und ohne Teppiche auf den blank gescheuerten Holzdielen. Der einzige Wandschmuck waren ein Bild von seiner Mutter und Søs und ein altes Kinoplakat, das er mit sechzehn Jahren am Symra-Kino geklaut hatte. Es gab keine Pflanzen, Kerzen oder kitschige Nippesfiguren. Er hatte einmal eine Pinnwand montiert, an die er Postkarten, Bilder und irgendwelche schlauen Sprüche hängen wollte, wenn er auf etwas stieß. So etwas hatte er bei anderen zu Hause gesehen. Doch als er bemerkte, dass er niemals Postkarten bekam und eigentlich auch keine Fotos machte, hatte er ein Bjørneboe-Zitat ausgeschnitten:

Und diese immer schnellere Produktion von Pferdestärken ist wiederum
Ausdruck für unser immer besseres Verständnis der Naturgesetze: dieses
Verständnis = Angst.

Harry erkannte mit einem Blick, dass er keine Nachrichten auf dem
Anrufbeantworter hatte (noch so eine unnütze Investition), knöpfte
sein Hemd auf, legte es in den Wäschekorb und nahm ein neues von
dem ordentlichen Stapel im Schrank.

Harry ließ den Anrufbeantworter an (vielleicht rief ja jemand von
der Meinungsumfrage an) und verließ seine Wohnung wieder.

Ohne Sentimentalität kaufte er bei Ali die letzten Zeitungen dieses Jahrtausends und überquerte dann die Dovregate. In der Walde-
mar Thranes Gate hasteten die Menschen mit ihren letzten Einkäu-
fen nach Hause zum großen Millenniumsabend. Harry fror in
seinem Mantel, bis er über die Türschwelle von Schrøder's Restaurant
trat und ihm die feuchte Wärme der Menschen entgegenschlug. Es
war reichlich voll – dann bemerkte er, dass sein Lieblingstisch gerade frei wurde, und lief schnell darauf zu. Der alte Mann, der von
dem Tisch aufgestanden war, setzte seinen Hut auf, sah Harry unter
weißen buschigen Augenbrauen kurz an und nickte ihm stumm zu,
ehe er ging. Der Tisch stand am Fenster und war tagsüber einer der
wenigen Plätze, an denen es in dem schwach beleuchteten Lokal hell
genug war, um Zeitung zu lesen. Er hatte sich kaum hingesetzt, als
Maja auch schon zur Stelle war.

»Hei, Harry.« Sie wischte mit einem grauen Lappen über die
Tischdecke. »Das Tagesgericht?«

»Wenn der Koch heute nüchtern ist.«

»Ist er. Was zu trinken?«

»Dann ja.« Er sah auf. »Was kannst du heute empfehlen?«

»Also.« Sie stemmte die Hände in die Hüften und proklamierte
laut und deutlich: »Was auch immer die Menschen glauben mögen,
diese Stadt hat tatsächlich das sauberste Trinkwasser des ganzen Landes. Und die besten Wasserleitungen finden sich in Gebäuden, die um
die Jahrhundertwende herum gebaut worden sind, wie dieses hier.«

»Wer hat dir das erzählt, Maja?«

»Na, du doch, Harry.« Ihr Lachen war heiser und herzlich. »Das
Wasser scheint dir übrigens gut zu bekommen, Harry.« Das sagte sie
leise, ehe sie die Bestellung notierte und verschwand.

Die meisten Presseorgane waren voller Millenniumsstoff und so begann Harry, in der größten Tageszeitung zu blättern. Auf Seite sechs fiel sein Blick auf die große Abbildung eines einsamen Wegweisers mit einem aufgemalten Sonnenkreuz. *Oslo 2611 km,* stand auf dem einen Pfeil, *Leningrad 5 km* auf dem anderen.

Der Artikel stammte von Even Juul, einem Geschichtsprofessor. Die Schlagzeile war kurz: *Die Voraussetzungen für den Faschismus angesichts der wachsenden Arbeitslosigkeit in Westeuropa.*

Harry hatte Juuls Namen früher schon in der Zeitung gelesen. Er war eine Kapazität, was die norwegische Okkupation und die Nationale Sammlung anging. Harry blätterte durch den Rest der Zeitung, fand aber nichts Interessantes mehr und blätterte zurück zu Juuls Artikel. Es war ein Kommentar zu einem früheren Artikel über die starke Stellung der Neonazis in Schweden. Juul schrieb, dass der Neonazismus, der in ganz Europa während des wirtschaftlichen Aufschwungs der neunziger Jahre zurückgedrängt worden war, jetzt erneut mit frischer Kraft aufblühe. Ein Kennzeichen dieser neuen Welle sei, dass sie stärker ideologisch fundiert sei. Während es bei dem Neonazismus in den achtziger Jahren vor allem um Mut und Gruppenzugehörigkeit gegangen sei, mit uniformähnlicher Kleidung, rasierten Köpfen und archaischen Schlagworten wie »Sieg Heil«, sei die neue Welle stärker organisiert. Sie habe einen finanzkräftigen Background und basiere nicht so sehr auf einzelnen vermögenden Anführern oder Sponsoren. Außerdem sei die neue Bewegung nicht bloß eine Reaktion auf bestimmte Phänomene der Gesellschaft, wie die Arbeitslosigkeit oder die Einwanderung, schrieb Juul. Es gehe ihr vielmehr auch darum, eine Alternative zur Sozialdemokratie aufzuzeigen. Das Stichwort sei Aufrüstung: moralisch, militärisch und rassenmäßig. Der Niedergang des Christentums wurde als Beispiel für den moralischen Verfall angeführt, neben der Ausbreitung des HI-Virus und dem steigenden Drogenmissbrauch. Und auch das Feindbild sei teilweise neu: Die EU-Vorkämpfer, die die nationalen Grenzen und die Grenzen der Rassen durchbrächen, die NATO, die den russischen und slawischen Untermenschen die Hand biete, und der neue asiatische Kapitaladel, der die Rolle der Juden als Bankiers der Welt übernommen habe.

Maja kam mit dem Essen.

»Kartoffelknödel?«, fragte Harry und starrte auf die grauen

Klumpen, die unter einer Thousand-Islands-Tunke auf einem Bett aus Chinakohl lagen.

»Nach Art des Hauses Schrøder«, sagte Maja. »Reste von gestern. Prost Neujahr.«

Harry hielt die Zeitung hoch, um essen zu können. Gerade hatte er den ersten Bissen der zelluloseartigen Substanz verschlungen, als er eine Stimme hinter der Zeitung hörte:

»Das ist wirklich zu schrecklich, das.«

Harry sah an der Zeitung vorbei. Am Nachbartisch saß der Mohikaner und schaute ihn direkt an. Vielleicht hatte er die ganze Zeit schon dort gesessen, Harry hatte ihn jedenfalls nicht bemerkt, als er hereingekommen war. Sie nannten ihn Mohikaner, weil er vermutlich der Letzte seiner Art war. Er war Marinesoldat gewesen, war zweimal torpediert worden und alle seine Freunde waren seit langem tot, das jedenfalls hatte ihm Maja erzählt. Sein langer, struppiger Bart hing in sein Bierglas und er trug wie immer, egal ob es Sommer oder Winter war, seinen Mantel. Auf seinem Gesicht, das so mager war, dass es wie ein Schädel aussah, zeichnete sich das Adernetz in roten Linien auf der weißen Haut ab. Die roten triefenden Augen blickten Harry durch müde Hautfalten an.

»Zu schrecklich!«, wiederholte er.

Harry hatte in seinem Leben genug Betrunkene erlebt, um nicht weiter darauf zu achten, was die Stammkunden von Schrøder zu melden hatten, aber jetzt war es anders. In all den Jahren, die er hierher ging, waren das nämlich die ersten verständlichen Worte, die der Mohikaner von sich gegeben hatte. Selbst seit der Nacht im letzten Winter, in der Harry ihn an einer Hauswand in der Dovregate schlafend gefunden und ihn vermutlich vor dem Tod durch Erfrieren gerettet hatte, hatte ihm der Mohikaner immer nur ein Kopfnicken gegönnt. Doch es sah so aus, als hätte er alles gesagt, was er sagen wollte, denn er presste die Lippen zusammen und konzentrierte sich auf sein Glas. Harry sah sich um, ehe er sich zum Tisch des Mannes vorbeugte.

»Erinnerst du dich an mich, Konrad Åsnes?«

Der Alte grunzte und starrte ohne zu antworten vor sich hin.

»Ich habe dich letzten Winter da unten auf der Straße in einem Haufen Schnee schlafend gefunden. Bei minus achtzehn Grad.«

Der Mohikaner verdrehte die Augen.

»Es gibt da keine Straßenbeleuchtung, ich hätte dich fast übersehen. Du hättest draufgehen können, Åsnes.«

Der Mohikaner kniff ein rotes Auge zusammen und starrte Harry missmutig an, ehe er sein Glas hob.

»Ja, dafür sei dir wärmstens gedankt.«

Er trank vorsichtig. Dann senkte er sein Glas langsam wieder in Richtung Tisch und zielte, als wäre es wichtig, damit das Glas an einem bestimmten Punkt auf dem Tisch stand.

»Diese Banditen sollte man erschießen«, sagte er.

»Ach ja? Wen meinst du denn?«

Der Mohikaner deutete mit einem krummen Zeigefinger auf Harrys Zeitung. Harry drehte sie um. Auf der Vorderseite prangte ein großes Bild von einem kahl geschorenen schwedischen Neonazi.

»An die Wand mit denen!« Der Mohikaner schlug mit der flachen Hand auf den Tisch und ein paar Gesichter wandten sich ihnen zu. Harry versuchte ihm zu verstehen zu geben, dass er leiser sprechen sollte.

»Das sind bloß Jugendliche, Åsnes. Reg dich ab. Heute ist Silvester.«

»Jugendliche? Was glaubst du denn, was wir waren? Das hat die Deutschen nicht zurückgehalten. Kjell war neunzehn. Oscar zweiundzwanzig. Erschießt die, bevor es sich ausbreitet, sage ich. Das ist eine Krankheit, die muss man ganz am Anfang bekämpfen.«

Er deutete mit zitterndem Zeigefinger auf Harry.

»Einer von denen hat da gesessen, wo du jetzt sitzt. Du als Polizist solltest rausgehen und sie festnehmen!«

»Woher weißt du, dass ich Polizist bin?«, fragte Harry überrascht.

»Ich lese Zeitung. Du hast irgendwo dort unten in einem Land einen Typen erschossen. Ganz gut so, aber warum nicht auch hier ein paar abknallen?«

»Du redest heute aber viel, Åsnes.«

Der Mohikaner kniff seinen Mund zusammen und warf Harry einen letzten mürrischen Blick zu, bevor er sich wieder zur Wand drehte und das Gemälde vom Youngstorget studierte. Harry sah, dass das Gespräch beendet war, bedeutete Maja, dass sie mit dem Kaffee kommen sollte, und blickte auf die Uhr. Gleich hinter der nächsten Ecke wartete ein neues Jahrtausend. Um vier würde Schrøder's wegen einer privaten Silvesterfeier geschlossen, so stand es jedenfalls auf dem Plakat an der Eingangstür. Harry ließ seinen Blick über die bekannten Gesichter schweifen. Soweit er das sehen konnte, waren alle Gäste gekommen.

Rudolph II. Hospital, Wien, 8. Juni 1944

25 Saal 4 war voller Schlafgeräusche. Dennoch war es in dieser Nacht stiller als gewöhnlich, denn niemand jammerte vor Schmerz oder erwachte schreiend aus einem Alptraum. Helena hatte auch keinen Fliegeralarm in Wien gehört. Wenn heute Nacht keine Bomben fielen, würde das hoffentlich alles erleichtern. Sie hatte sich in den Schlafsaal geschlichen, sich an das Fußende des Bettes gestellt und ihn beobachtet. Er saß dort im Lichtkegel der Leselampe und war so von dem Buch gefangen, das er las, dass er sie nicht bemerkte. Und sie stand außerhalb, im Dunkel. Mit all dem Wissen der Dunkelheit.

Er wurde auf sie aufmerksam, als er umblättern wollte. Er lächelte und legte sogleich das Buch zur Seite.

»Guten Abend, Helena. Ich dachte, du hättest heute keinen Nachtdienst.«

Sie legte den Zeigefinger an die Lippen und kam näher.

»Woher willst du wissen, wer Nachtdienst hat?«

Er lächelte.

»Ich weiß nicht, wann die anderen Dienst haben. Ich weiß nur, wann du da bist.«

»Soso.«

»Mittwoch, Freitag und Sonntag, dann Montag und Donnerstag, dann wieder Mittwoch, Freitag und Sonntag. Hab keine Angst, das ist bloß ein Kompliment. Für was soll man seinen Kopf hier denn sonst gebrauchen? Ich weiß auch, wann Hadler sein Klistier kriegt.«

Sie lachte leise.

»Aber du weißt nicht, dass du gesundgeschrieben worden bist, oder?«

Er sah sie überrascht an.

»Du sollst nach Ungarn«, flüsterte sie. »Zur dritten Panzerdivision.«

»Panzerdivision? Aber das ist doch die Wehrmacht. Die können mich doch gar nicht einziehen, ich bin Norweger!«

»Das weiß ich.«

»Und was soll ich in Ungarn, ich …«

»Psst, du weckst noch die anderen auf, Urias. Ich habe den Marschbefehl gelesen. Ich fürchte, wir können da nicht viel tun.«

»Aber das muss ein Fehler sein. Das …«

Er fegte das Buch von der Bettdecke, so dass es auf den Boden knallte. Helena beugte sich hinunter und hob es auf. Unter dem Titel *The Adventures of Huckleberry Finn* war ein zerlumpter Junge auf einem Holzfloß abgebildet. Urias war wirklich aufgebracht.

»Das ist nicht mein Krieg«, sagte er mit zusammengepressten Lippen.

»Das weiß ich auch«, flüsterte sie und legte das Buch in seine Tasche, die unter dem Stuhl stand.

»Was tust du?«, fragte er leise.

»Du musst mir zuhören, Urias, die Zeit ist knapp.«

»Zeit?«

»Der Wachhabende macht in einer halben Stunde seine Runde. Bis dahin musst du dich entschlossen haben.«

Er zog den Schirm der Leselampe etwas weiter nach unten, um sie im Dunkel besser sehen zu können.

»Was geht hier vor, Helena?«

Sie schluckte.

»Und warum trägst du heute keine Uniform?«, wollte er wissen.

Davor hatte sie sich am meisten gefürchtet. Nicht davor, ihre Mutter zu belügen und zu behaupten, dass sie für ein paar Tage zu ihrer Schwester nach Salzburg führe. Nicht davor, den Sohn des Försters zu überreden, sie zum Hospital zu fahren und vor der Tür zu warten. Nicht einmal davor, von all ihren Sachen Abschied zu nehmen, der Kirche und ihrem Leben im Wienerwald. Sondern davor, ihm alles sagen zu müssen. Dass sie ihn liebte und dass sie bereit war, ihr Leben und ihre Zukunft aufs Spiel zu setzen. Denn sie könnte sich geirrt haben. Nicht in Bezug auf das, was er für sie empfand, da war sie sich sicher. Aber was seinen Charakter anging. Würde er genug Mut und Entschlossenheit haben für das, was sie vorschlagen würde? Er hatte zumindest begriffen, dass es nicht sein Krieg war, den sie dort unten im Süden gegen die Rote Armee ausfochten.

»Wir sollten eigentlich Zeit haben, um uns besser kennen zu lernen, wir zwei«, sagte sie und legte ihre Hand auf die seine. Er griff sie und hielt sie fest.

»Aber den Luxus haben wir nicht«, fuhr sie fort und drückte seine Hand. »In einer Stunde fährt ein Zug nach Paris. Ich habe zwei Fahrkarten besorgt. Mein Lehrer wohnt dort.«

»Dein Lehrer?«

»Das ist eine lange und komplizierte Geschichte, aber er wird uns aufnehmen.«

»Wie meinst du das, uns aufnehmen?«

»Wir können bei ihm wohnen. Er wohnt alleine. Und es gibt, soweit ich weiß, keine Freunde, mit denen er sich umgibt. Hast du einen Pass?«

»Was? Ja …«

Er sah aus, als wäre er aus allen Wolken gefallen, als fragte er sich, ob er über seinem Buch von dem zerlumpten Jungen eingeschlafen war und das alles nur träumte.

»Ja, ich habe einen Pass.«

»Gut. Die Reise dauert zwei Tage, wir haben Platzkarten und ich habe genügend Proviant mitgenommen.«

Er holte tief Luft:

»Warum Paris?«

»Das ist eine große Stadt, eine Stadt, in der es möglich ist, zu verschwinden. Hör zu, ich hab ein paar Sachen von meinem Vater unten im Auto, da kannst du Zivilkleider anziehen. Seine Schuhgröße …«

»Nein.« Er hob seine Hand und ihr leiser, erregter Redefluss erstarb sogleich. Sie hielt die Luft an und starrte in sein nachdenkliches Gesicht.

»Nein«, wiederholte er flüsternd. »Das wäre dumm.«

»Aber …« Sie glaubte, plötzlich einen Eisklumpen im Bauch zu haben.

»Es ist besser, in Uniform zu reisen«, erklärte er. »Ein junger Mann in Zivil würde nur Misstrauen wecken.«

Sie war so glücklich, dass sie kein Wort mehr über die Lippen brachte, und drückte seine Hand noch fester. Ihr Herz sang so laut und wild, dass sie glaubte, es dämpfen zu müssen.

»Noch eine Sache«, sagte er und schwang seine Beine leise aus dem Bett.

»Ja?«

»Liebst du mich?«

»Ja.«

»Gut.«

Er hatte bereits seine Jacke angezogen.

PÜD, Polizeipräsidium, 21. Februar 2000

26 Harry sah sich um. Ordentliche, übersichtliche Regale, in denen die Ordner brav in chronologischer Reihenfolge angetreten waren. An den Wänden hingen Diplome und Belobigungen für eine geradlinige Karriere. Ein Schwarzweißbild eines jüngeren Kurt Meirik, der in der Majorsuniform des Heeres König Olaf grüßte, hing direkt hinter dem Schreibtisch. Das musste jedem, der hereinkam, auffallen. Es war dieses Bild, das Harry studierte, als sich hinter ihm die Tür öffnete.

»Tut mir Leid, dass Sie warten mussten, Hole. Nehmen Sie doch Platz.«

Das war Meirik. Harry hatte keine Anstalten gemacht aufzustehen.

»Nun«, sagte Meirik und setzte sich hinter seinen Schreibtisch. »Wie war Ihre erste Woche bei uns?«

Meirik saß mit gestrecktem Rücken da und entblößte eine Reihe gelblicher großer Zähne, was den Verdacht nahe legte, dass er das Lächeln in seinem Leben nicht allzu oft geübt hatte.

»Ziemlich langweilig«, antwortete Harry.

»Haha.« Meirik sah überrascht aus. »So schlimm wird es doch wohl nicht gewesen sein.«

»Ihr habt hier eindeutig besseren Kaffee als wir da unten.«

»Im Dezernat für Gewaltdelikte, meinen Sie.«

»Tut mir Leid«, sagte Harry. »Es dauert eine Weile, sich daran zu gewöhnen, dass ›wir‹ jetzt PÜD bedeutet.«

»Ja, ja, wir müssen wohl ein bisschen Geduld haben. Das gilt in der einen wie in der anderen Hinsicht, nicht wahr, Hole?«

Harry nickte. Kein Grund, gegen Windmühlen zu kämpfen. Jedenfalls nicht schon im ersten Monat. Wie erwartet hatte er ein Büro ganz am Ende eines langen Flures bekommen, so dass er die anderen, die dort arbeiteten, nicht häufiger als unbedingt nötig sah. Seine Arbeit bestand darin, die Berichte der regionalen PÜD-Abteilungen zu lesen und zu entscheiden, ob etwas darunter war, das weiterverfolgt werden musste. Und Meiriks Order war ganz klar: Wenn es sich nicht um wirkliche Bagatellen handelte, musste alles weitergeleitet werden. Harry hatte also gewissermaßen die Funktion eines Müllfilters. In dieser Woche waren drei Berichte auf seinem Schreibtisch gelandet. Er hatte versucht, sie langsam zu lesen, doch es gab Grenzen, wie sehr man das in die Länge ziehen konnte. Einer der Berichte stammte aus Trondheim und betraf das neue Abhörmaterial, das niemand zu bedienen verstand, nachdem der dortige Abhörexperte in den Ruhestand gegangen war. Harry hatte ihn weitergeleitet. Der zweite Bericht handelte von einem deutschen Geschäftsmann in Bergen, der jetzt nicht mehr verdächtigt wurde, weil er tatsächlich die Ladung Gardinenstangen geliefert hatte, wegen der er ins Land gekommen war. Der dritte stammte aus der Region Østland, vom Polizeidistrikt Skien. Es waren Beschwerden von Hüttenbesitzern in Siljan eingegangen, die am letzten Wochenende Schüsse gehört hatten. Da zurzeit keine Jagdsaison war, war ein Beamter dorthin gefahren, um die Sache zu untersuchen, und hatte im Wald leere Geschosshülsen einer unbekannten Marke gefunden. Sie hatten die Hülsen an die Ballistik-Abteilung der Kriminalpolizei geschickt. Die hatte ihnen mitgeteilt, es handele sich vermutlich um die Munition eines Märklin-Gewehres, einer sehr seltenen Waffe.

Harry hatte den Bericht weitergeleitet, sich aber zuerst selbst eine Kopie gemacht.

»Ja, worüber ich mit Ihnen sprechen wollte, ist ein Flugblatt, das uns vor kurzem in die Hände geraten ist. Die Neonazis wollen am Nationalfeiertag, am 17. Mai, in den Moscheen hier in Oslo Unruhe stiften. Irgendein beweglicher muslimischer Feiertag fällt in diesem Jahr auf den 17. Mai, und eine ganze Anzahl ausländischer Eltern verbietet es ihren Kindern, im Kinderumzug mitzugehen, weil sie in die Moschee müssen.«

»Maulud.«

»Was?«

»Maulud. Der Feiertag. Das ist das muslimische Weihnachten.«

»Sie kennen sich damit aus?«

»Nein, aber im letzten Jahr bin ich von meinen Nachbarn zum Essen eingeladen worden. Das sind Pakistani. Sie fanden es so traurig, dass ich an Maulud alleine zu Hause saß.«

»Ach ja? Hm.« Meirik setzte seine Horst-Tappert-Brille auf. »Ich habe das Flugblatt hier. Sie schreiben, es sei ein Hohn für das Gastland, am 17. Mai etwas anderes als den Nationalfeiertag zu feiern. Und dass die Farbigen Sozialhilfe beanspruchten, ohne auch nur eine norwegische Bürgerpflicht zu erfüllen.«

»Zum Beispiel beim Umzug brav ›hurra‹ zu rufen«, sagte Harry und holte sein Zigarettenpäckchen hervor. Er hatte den Aschenbecher oben auf dem Bücherregal erblickt und Meirik nickte bei Harrys fragendem Blick. Harry zündete eine Zigarette an, inhalierte den Rauch und versuchte, sich vorzustellen, wie die gierigen Blutgefäße an seinen Lungenwänden das Nikotin in sich aufsaugten. Das Leben verkürzte sich somit, und der Gedanke daran, wohl niemals mit dem Rauchen aufzuhören, erfüllte ihn mit einer seltsamen Zufriedenheit. Sich nicht um die Warnung auf der Zigarettenpackung zu kümmern war vielleicht nicht die ausgefallenste Art, sich zu widersetzen, aber es war eine, die Harry sich leisten konnte.

»Schauen Sie mal, was Sie herausfinden können«, sagte Meirik.

»Okay. Aber ich muss Sie warnen. Ich kann mich nur schwer zurückhalten, wenn es um diese Kahlköpfe geht.«

»Haha.« Meirik zeigte wieder seine großen gelben Zähne, und Harry erkannte, an was er ihn erinnerte: an ein gut dressiertes Pferd.

»Haha.«

»Es gibt noch eine andere Sache«, sagte Harry. »Die betrifft den Bericht über die Munition, die in Siljan gefunden worden ist. Die aus der Märklin-Waffe.«

»Ja, ich glaube, ich habe davon gehört.«

»Ich habe ein paar eigene Nachforschungen angestellt.«

»Ja?«

Harry bemerkte den kühlen Ton.

»Ich habe das Waffenregister des letzten Jahres überprüft. Es gibt keine registrierte Märklin-Waffe in Norwegen.«

»Das überrascht mich nicht. Die Liste ist sicher auch schon von anderen hier im PÜD gecheckt worden, nachdem sie den Bericht weitergeleitet haben, Hole. Das ist doch nicht Ihr Job, das wissen Sie.«

»Vielleicht nicht. Aber ich wollte sichergehen, dass der Betreffende die Sache an Interpol weitergeleitet hat.«

»Interpol? Warum denn das?«

»Diese Waffen werden von niemandem nach Norwegen importiert. Sie ist also geschmuggelt worden.«

Harry zog einen Computerausdruck aus seiner Brusttasche.

»Das hier ist eine Versandliste, die Interpol im letzten November bei einer Razzia bei einem illegalen Waffenhändler in Johannesburg gefunden hat. Sehen Sie hier: Märklin-Gewehr. Und da steht der Bestimmungsort: Oslo.«

»Hm. Wo haben Sie das her?«

»Interpol-File im Internet. Zugänglich für alle im PÜD. Alle, die sich damit abgeben wollen.«

»Ach wirklich?« Meirik ließ seinen Blick einen Moment lang auf Harry ruhen, ehe er den Ausdruck genauer unter die Lupe nahm.

»Gut und schön, aber Waffenschmuggel ist nicht unsere Sache, Hole. Wenn Sie wüssten, wie viele illegale Waffen jedes Jahr von der Waffenabteilung beschlagnahmt werden ...«

»Sechshundertelf«, sagte Harry.

»Sechshundertelf?«

»Bis jetzt in diesem Jahr. Und das nur im Polizeidistrikt Oslo. Zwei von drei stammen von Kriminellen, hauptsächlich leichte Handfeuerwaffen, Gewehre oder abgesägte Schrotflinten. Im Durchschnitt eine pro Tag. In den neunziger Jahren hat sich das fast verdoppelt.«

»Schön, dann verstehen Sie ja sicher, dass wir uns im PÜD nicht schwerpunktmäßig mit dieser unregistrierten Flinte in Biskerud herumschlagen können.«

Meirik konnte sich kaum noch beherrschen. Harry blies den Rauch durch den Mund aus und sah zu, wie er zur Decke stieg.

»Siljan liegt in Telemarken«, sagte er.

Meiriks Kiefermuskulatur arbeitete.

»Hole, haben Sie das Zollwesen angerufen?«

»Nein.«

Meirik sah auf seine Armbanduhr, ein dickes, unelegantes Stahlteil, das, wie Harry vermutete, ein Geschenk für viele Dienstjahre war.

»Dann schlage ich vor, dass Sie das tun. Das ist eine Sache für die. Jetzt habe ich aber wirklich anderes ...«

»Wissen Sie, was eine Märklin-Waffe ist, Meirik?«

Harry sah, wie sich die Augenbrauen des PÜD-Chefs auf und ab bewegten, und er fragte sich, ob es nicht bereits zu spät war. Er spürte bereits den Luftzug der Windmühlen.

»Das ist nicht unbedingt meine Sache, Hole. Das sollten Sie mit …«

Kurt Meirik schien plötzlich klar zu werden, dass er Holes einziger Vorgesetzter war.

»Eine Märklin-Waffe«, erklärte Harry, »ist ein deutsches halbautomatisches Jagdgewehr, das Projektile mit sechzehn Millimeter Durchmesser braucht, größere als jedes andere Gewehr. Sie ist gedacht für die Jagd auf Großwild wie Wasserbüffel oder Elefanten. Die erste Waffe wurde 1970 gebaut, doch alles in allem wurden nur dreihundert Exemplare produziert, ehe die deutschen Behörden 1973 den Verkauf dieser Waffen verboten. Der Grund war, dass dieses Gewehr mit ein paar einfachen Handgriffen und einem Märklin-Zielfernrohr zu einem vollprofessionellen Mordwerkzeug wird, und 1973 war es bereits die begehrteste Attentatswaffe. Von den dreihundert Waffen befanden sich auf jeden Fall hundert in den Händen von Killern und Terrororganisationen wie der Baader-Meinhof-Bande oder den Roten Brigaden.«

»Hm. Hundert, sagen Sie? Das heißt, dass zwei von dreien die Waffe für den Zweck benutzen, für den sie gedacht war – die Jagd.«

»Aber das ist keine Waffe für die Elchjagd oder sonst irgendeine Jagd, die in Norwegen üblich wäre, Meirik.«

»Ach, warum nicht?«

Harry fragte sich, was Meirik davon abhalten mochte, ihn rauszuschmeißen. Und warum er selbst so versessen darauf war, eine solche Situation heraufzubeschwören. Vielleicht war gar nichts an der Sache dran, vielleicht wurde er nur einfach alt und müde. Egal, Meirik führte sich wie ein gut bezahltes Kindermädchen auf, das es nicht wagte, den Lausebengel hart anzufassen. Harry beobachtete die lange Asche seiner Zigarette, die sich langsam nach unten krümmte.

»Zum einen ist die Jagd in Norwegen traditionell keine Sache nur für Millionäre. Eine Märklin-Waffe kostet inklusive Zielfernrohr an die einhundertfünfzigtausend deutsche Mark, das heißt genauso viel wie ein nagelneuer Mercedes. Und jede Patrone kostet neunzig Mark. Zum anderen sieht ein Elch, der von einem Sechzehn-Millimeter-

Geschoss getroffen worden ist, aus, als wäre er von einem Zug angefahren worden. Eine verdammt schmutzige Sache.«

»Haha.« Meirik hatte sich anscheinend entschlossen, seine Taktik zu ändern. Jetzt lehnte er sich nach hinten und verschränkte die Finger hinter seinem blanken Schädel, als wollte er zeigen, dass er nichts dagegen habe, noch ein bisschen von Hole unterhalten zu werden. Harry stand auf, nahm den Aschenbecher oben vom Regal und setzte sich wieder.

»Natürlich ist es möglich, dass die Patrone von irgendeinem fanatischen Waffensammler stammt, der nur sein neues Gewehr getestet hat, und dass es jetzt in einem Glasschrank in einer Villa irgendwo in Norwegen hängt und nie mehr verwendet werden wird. Aber dürfen wir davon ausgehen?«

Meirik bewegte seinen Kopf langsam von einer Seite zur anderen. »Sie schlagen also vor, dass wir davon ausgehen sollten, dass sich derzeit ein professioneller Killer in Norwegen befindet?«

Harry schüttelte den Kopf.

»Ich schlage bloß vor, dass ich einmal nach Skien hinunterfahre und mir den Ort anschaue. Außerdem zweifle ich daran, dass das ein Profi gewesen ist.«

»Warum?«

»Profis räumen hinter sich auf. Leere Hülsen zurückzulassen ist fast wie eine Visitenkarte zu deponieren. Aber wenn es ein Amateur ist, der dieses Märklin-Gewehr besitzt, macht mich das auch nicht ruhiger.«

Meirik ließ mehrere Hm-Laute hören. Dann nickte er.

»Okay. Und unterrichten Sie mich, wenn Sie etwas über die Pläne unserer Neonazis herausbekommen.«

Harry drückte seine Zigarette aus. *Venice, Italy* stand auf der Seite des gondelförmigen Aschenbechers.

Linz, 9. Juni 1944

27 Die fünfköpfige Familie stieg aus dem Zug und plötzlich hatten sie das ganze Abteil für sich. Als sich der Zug langsam wieder in Bewegung setzte, nahm Helena am Fenster Platz, doch es war so dunkel, dass sie kaum etwas sehen

konnte, nur die Konturen der Gebäude, die nahe der Gleise standen. Er saß ihr direkt gegenüber und beobachtete sie mit einem Lächeln auf den Lippen.

»Das Verdunkeln beherrscht ihr in Österreich aber wirklich gut«, bemerkte er. »Ich kann nicht ein einziges Licht sehen.«

Sie seufzte. »Wir sind gut darin, Befehle zu befolgen.«

Sie sah auf die Uhr. Es war bald zwei.

»Als Nächstes kommt Salzburg«, sagte sie. »Das liegt direkt an der Grenze zu Deutschland und dann ...«

»München, Zürich, Basel, Frankreich und Paris. Das hast du schon dreimal gesagt.«

Er beugte sich vor und drückte ihre Hand.

»Du wirst schon sehen, es wird alles gut gehen. Komm her zu mir.«

Sie stand auf, ohne seine Hand loszulassen, setzte sich neben ihn und lehnte ihren Kopf gegen seine Schulter. In der Uniform sah er so verändert aus.

»Dieser Brockhard hat also noch einmal für eine Woche eine Krankmeldung weitergeschickt?«

»Ja, er wollte sie gestern Nachmittag auf die Post geben.«

»Warum eine derart kurze Verlängerung?«

»Tja, so kann er die Situation – und mich – besser kontrollieren. Jede Woche müsste ich ihm einen Grund geben, deine Krankmeldung zu verlängern, verstehst du?«

»Ja, ich verstehe«, sagte er, und sie sah, wie seine Kiefer arbeiteten.

»Lass uns jetzt nicht mehr über Brockhard reden«, bat sie. »Erzähl mir lieber eine Geschichte.«

Sie strich ihm über die Wange und er seufzte schwer. »Welche willst du hören?«

»Egal.«

Die Geschichten. Damit hatte er ihre Aufmerksamkeit im Krankenhaus geweckt. Sie waren so anders als die Geschichten der anderen Soldaten. Urias' Geschichten erzählten von Mut, Kameradschaft und Hoffnung. Wie die von dem Iltis, der auf dem Brustkorb seines schlafenden Kameraden gekauert hatte, bereit, ihm die Kehle durchzubeißen. Es waren fast zehn Meter bis dort und der Bunker war mit seinen dunklen Erdwänden beinahe kohlrabenschwarz gewesen. Doch er hatte keine Wahl gehabt, sein Gewehr ans Kinn gerissen und gefeuert, bis das Magazin leer war. Den Iltis hatten sie am nächsten

Tag zu Mittag gegessen. Es waren viele solcher Geschichten gewesen. Helena erinnerte sich nicht an alle, doch sie wusste noch, dass sie begonnen hatte zuzuhören. Seine Geschichten waren lebendig und amüsant, und bei einigen wusste sie nicht, ob sie ihm glauben sollte oder nicht. Sie wollte es aber gerne, denn sie waren wie ein Gegengift gegen die anderen Geschichten über die aussichtslosen Schicksale und den sinnlosen Tod.

Während der verdunkelte Zug sich langsam auf neu verlegten Schienen durch die Nacht bewegte, erzählte Urias von dem einen Mal, als er einen russischen Heckenschützen im Niemandsland erschossen und dem atheistischen Bolschewiken anschließend ein christliches Begräbnis mit Psalmgesang und allem, was dazugehörte, hatte zuteil werden lassen.

»Ich konnte hören, dass sie drüben auf der russischen Seite applaudierten«, erzählte Urias, »so schön habe ich an diesem Abend gesungen.«

»Wirklich?«, lachte sie.

»Schöner, als du es jemals in der Staatsoper gehört hast.«

»Du Lügner.«

Urias zog sie an sich und sang ihr leise ins Ohr:

Tritt ans Feuer in den Kreis der Kameraden,
sieh in die Flammen, so golden und rot,
wollen wir weiter mit Siegen uns laden,
braucht es Treue auf Leben und Tod.
In der Flammen leuchtendem Spiel
siehst du Norwegens alte Zeit,
Mann und Frau, sie streben zum Ziel,
dein Volk in Arbeit und Streit.

Siehst unsere Väter um die Freiheit ringen,
Opfer bringen, Frau und Mann,
Tausend um Tausend ihr Leben bringen,
für den Kampf um unser Land.
Siehst Männer ihr Tagwerk verrichten,
in diesem Land im harten Norden,
und mit Arbeit und Kraft
für den Schutz unsrer Erd und Heimat sorgen.

Siehst Norweger, deren Namen und Wort
in Sagen und Liedern leuchten und singen
und denen man in Süd und Nord
jahrein, jahraus Ehr will erbringen,
doch der Größte der Großen war der eine,
der sie hisste, die rotgelbe Fahne,
auf dass uns unser Feuer, das deine und meine,
an unseren Führer Quisling gemahne.

Urias wurde still und starrte wie abwesend aus dem Fenster. Helena verstand, dass seine Gedanken weit weg waren, und ließ ihn in Ruhe. Sie legte ihre Arme um seinen Oberkörper.

Ratterta-Ratterta-Ratterta

Es hörte sich an, als liefe jemand unter ihnen auf den Schienen, jemand, der sie zurückzuhalten versuchte.

Sie hatte Angst. Nicht so sehr vor dem Unbekannten, das vor ihr lag, sondern vor dem unbekannten Mann, an den sie sich schmiegte. Jetzt, da er so nah war, schien all das, was sie aus der Ferne gesehen hatte und was ihr so vertraut geworden war, entschwunden zu sein.

Sie lauschte seinen Herzschlägen, doch das Geratter der Schienen war zu laut. Sie konnte nur hoffen, dass sich dort drinnen ein Herz befand. Sie lächelte über sich selbst und ein freudiger Schauer lief durch ihren Körper. Wie herrlich, herrlich verrückt sie war! Sie wusste absolut nichts von ihm, er hatte so wenig über sich selbst gesprochen, sondern immer nur diese Geschichten erzählt.

Seine Uniform roch nach Stockflecken, und einen Augenblick lang dachte sie daran, dass so auch die Uniformen der Männer riechen mussten, die eine Weile tot auf dem Schlachtfeld gelegen hatten. Oder die beerdigt worden waren. Doch wo kamen diese Gedanken her? Sie war die ganze Zeit so angespannt gewesen, dass sie erst jetzt bemerkte, wie müde sie war.

»Schlaf ein wenig«, sagte er als Antwort auf ihre Gedanken.

»Ja«, erwiderte sie. Sie glaubte in der Ferne einen Fliegeralarm zu hören, als die Welt um sie herum verschwand.

»Was?«

Sie hörte ihre eigene Stimme, spürte, dass Urias sie schüttelte, und schrak auf. Als sie den uniformierten Mann in der Abteiltür sah, dachte sie zuerst, sie seien verloren, wieder eingefangen von ihren Häschern.

»Die Fahrscheine, bitte.«

»Oh«, entfuhr es ihr. Sie versuchte, sich zusammenzureißen, spürte aber den prüfenden Blick des Schaffners auf sich, während sie fieberhaft ihre Tasche durchwühlte. Dann fand sie endlich die gelben Pappbilletts, die sie in Wien gekauft hatte, und reichte sie ihm. Er kontrollierte sie, während er sich im Gleichklang mit dem Schwanken des Zuges hin und her bewegte. Es dauerte ein wenig länger, als es Helena lieb war.

»Sie wollen nach Paris?«, fragte er. »Gemeinsam?«

»Das wollen wir«, sagte Urias.

Der Schaffner war ein älterer Mann. Er sah die zwei an.

»Sie sind kein Österreicher, wie ich höre.«

»Nein, Norweger.«

»Oh, Norwegen, dort soll es schön sein, habe ich gehört.«

»Ja, das stimmt.«

»Dann haben Sie sich freiwillig gemeldet, um für Hitler zu kämpfen?«

»Ja, ich war an der Ostfront, im Norden.«

»Ach ja? Wo denn da?«

»Bei Leningrad.«

»Und jetzt wollen Sie nach Paris. Gemeinsam mit Ihrer …?«

»Freundin.«

»Freundin, genau. Dann sind Sie auf Fronturlaub?«

»Ja.«

Der Schaffner knipste die Fahrscheine ab.

»Aus Wien?«, fragte er Helena und reichte ihr die Billetts. Sie nickte.

»Ich sehe, Sie sind Katholikin«, sagte er und deutete auf das Kruzifix, das sie an einer Kette auf der Bluse trug. »Wie meine Frau.«

Er beugte sich nach hinten und blickte über den Gang des Wagens. Dann fragte er, an Urias gewandt:

»Hat Ihnen Ihre Freundin den Stephansdom in Wien gezeigt?«

»Nein. Ich habe im Krankenhaus gelegen und leider nicht so viel von der Stadt zu sehen bekommen.«

»Aha, dann war das sicher ein katholisches Krankenhaus, nicht wahr?«

»Ja, das Rudo …«

»Ja«, fiel ihm Helena ins Wort. »Ein katholisches Krankenhaus.«

»Hm.«

Warum wollte der Schaffner nicht gehen?, fragte sich Helena.

Der Mann räusperte sich wieder.

»Ja?«, fragte Urias schließlich.

»Es geht mich ja nichts an, aber ich hoffe, Sie haben daran gedacht, Ihre Urlaubsbescheinigung mitzunehmen.«

»Urlaubsbescheinigung?«, fragte Helena. Sie war bereits zweimal mit ihrem Vater nach Frankreich gereist und war nicht auf die Idee gekommen, dass sie andere Papiere als ihre Ausweise benötigen könnten.

»Ja, für Sie ist das kein Problem, Fräulein, doch für Ihren Freund in Uniform ist es von größter Bedeutung, dass er Papiere bei sich führt, aus denen hervorgeht, wo er stationiert ist und wohin er will.«

»Aber natürlich haben wir die«, versicherte sie hastig. »Sie glauben doch nicht etwa, dass wir uns ohne sie auf den Weg gemacht haben?«

»Nein, nein«, beeilte sich der Schaffner zu sagen. »Ich wollte Sie nur daran erinnern. Es ist gerade erst ein paar Tage her …«

Er blickte jetzt den Norweger an.

»… da haben sie einen jungen Mann geschnappt, der keine Papiere für den Ort hatte, an den er wollte, und natürlich sind sie davon ausgegangen, einen Deserteur vor sich zu haben. Sie haben ihn mit auf den Bahnsteig genommen und erschossen.«

»Ist das Ihr Ernst?«

»Leider, ja. Ich wollte Sie damit nicht erschrecken, aber Krieg ist Krieg. Aber bei Ihnen ist ja alles in Ordnung, Sie müssen sich also keine Sorgen machen, wenn Sie kurz hinter Salzburg an den deutschen Grenzübergang kommen.«

Der Wagen machte einen kleinen Schlenker und der Schaffner musste sich am Türrahmen festhalten. Die drei Menschen sahen sich stumm an.

»Das ist dann die erste Kontrolle«, fragte Urias schließlich, »hinter Salzburg?«

Der Schaffner nickte.

»Danke«, sagte Urias.

Der Schaffner räusperte sich.

»Ich hatte einen Sohn in Ihrem Alter. Er ist an der Ostfront gefallen. Bei Dnerp.«

»Das tut mir Leid.«

»Nun ja, entschuldigen Sie, dass ich Sie geweckt habe, junges Fräulein. Mein Herr.«

Er legte die Hand an die Mütze und war verschwunden.

Helena überprüfte, dass die Tür wirklich geschlossen war. Dann verbarg sie ihr Gesicht in den Händen.

»Wie konnte ich so naiv sein«, schluchzte sie.

»Na, na«, sagte er und legte ihr den Arm um die Schulter. »Ich hätte an diese Bescheinigung denken müssen. Ich wusste doch, dass ich mich nicht einfach frei bewegen darf.«

»Und wenn du ihnen sagst, dass du krankgeschrieben bist und Lust auf eine Reise nach Paris hattest? Das ist doch ein Teil des Dritten Reiches, das ist doch …«

»Dann werden sie das Krankenhaus anrufen, und Brockhard wird ihnen sagen, dass ich abgängig bin.«

Sie lehnte sich an ihn und weinte in seinem Schoß. Er strich ihr über die glatten braunen Haare.

»Außerdem hätte ich wissen müssen, dass das zu fantastisch ist, um wahr zu sein«, sagte er. »Ich meine – ich und Schwester Helena in Paris.«

Sie hörte das Lächeln in seiner Stimme.

»Nein, ich werde wohl bald in meinem Krankenbett aufwachen und denken, herrje, was für ein Traum! Und mich darauf freuen, dass du mit dem Frühstück kommst. Außerdem hast du morgen Nachtdienst, das hast du doch wohl nicht vergessen? Dann kann ich dir erzählen, wie Daniel den Schweden zwanzig Essensrationen geklaut hat.«

Sie streckte ihm ihr tränennasses Gesicht entgegen.

»Küss mich, Urias.«

Siljan, Telemark, 22. Februar 2000

28 Harry sah noch einmal kurz auf die Uhr und gab dann vorsichtig mehr Gas. Der Termin war um vier Uhr gewesen, also vor einer halben Stunde. Kam er erst nach Einbruch der Dämmerung, wäre die ganze Tour umsonst gewesen.

Was noch an Spikes aus dem Gummi der Reifen ragte, grub sich mit einem kratzenden Laut ins Eis. Obgleich er erst vierzig Kilometer über diese kurvige vereiste Landstraße gefahren war, kam es ihm so vor, als sei es bereits Stunden her, dass er die Haupstraße verlassen hatte. Die billige Sonnenbrille, die er an der Shell-Tankstelle gekauft hatte, war auch nicht von großem Nutzen. Seine Augen brannten von dem hellen Schneelicht.

Schließlich erblickte er den Polizeiwagen mit dem Skiener Kennzeichen am Straßenrand. Er bremste behutsam, parkte unmittelbar dahinter und nahm die Skier vom Dach. Sie stammten von einem Skihersteller aus der Gegend von Trondheim, der vor fünfzehn Jahren in Konkurs gegangen war. Ungefähr in der Zeit musste Harry auch dieses Wachs aufgetragen haben, das jetzt als graue zähe Masse unter den Skiern haftete. Er fand die Spuren, die von der Straße in Richtung Hütte führten. Genau so hatte man ihm das beschrieben. Die Skier klebten wie angeleimt auf der Loipe; sie hätten sich geweigert zu gleiten, selbst wenn er es versucht hätte. Die Sonne stand tief über den Fichten, als er die Hütte erreichte. Auf der Treppe der dunklen Blockhütte saßen zwei Männer in Anoraks und ein Junge, den Harry, der sich mit Jugendlichen nicht auskannte, irgendwo zwischen zwölf und sechzehn einordnete.

»Ove Bertelsen?«, fragte Harry. Er stützte sich schwer auf seine Stöcke. Er war außer Atem.

»Hier«, sagte einer der Männer, erhob sich und streckte Harry seine Hand entgegen. »Und das ist Wachtmeister Folldal.«

Der andere Mann nickte ihm gemessen zu.

Harry begriff, dass es sich bei dem Jungen um denjenigen handeln musste, der die Geschosshülsen gefunden hatte.

»Angenehm, mal aus der stickigen Luft in Oslo herauszukommen, nicht wahr?«, fragte Bertelsen.

Harry kramte seine Zigaretten heraus.

»In Skien ist es doch wohl kaum besser, würde ich meinen.«

Folldal nahm seine Dienstmütze ab und streckte seinen Rücken.

Bertelsen lächelte. »Was auch immer die Leute glauben, die Luft in Skien ist sauberer als in allen anderen norwegischen Städten«, erklärte er.

Harry schirmte das Streichholz mit der Hand ab und entzündete die Zigarette.

»Ja dann. Ich werde versuchen, mir das zu merken. Habt ihr etwas gefunden?«

»Es ist gleich hier in der Nähe.«

Die drei schnallten ihre Skier an und stapften dann hinter Folldal her über eine Loipe, die sie zu einer Lichtung im Wald führte. Folldal deutete mit seinem Stock auf einen schwarzen Stein, der zwanzig Zentimeter hoch aus dem niedrigen Schnee herausragte.

»Der Junge hat die leeren Hülsen im Schnee neben dem Stein gefunden. War sicher ein Jäger, der hier ein paar Trockenübungen gemacht hat. Man sieht noch die Skispuren daneben. Es hat seit einer Woche nicht mehr geschneit, es können also gut die Spuren des Schützen sein. Sieht aus, als hätte er diese breiten Telemarkski benutzt.«

Harry kauerte sich hin. Er fuhr mit dem Finger an der Stelle am Stein entlang, an der die Skispur vorbeiführte.

»Hm. Oder alte Holzski.«

»Ach ja?«

Harry hielt einen winzigen hellen Holzsplitter in die Höhe.

»Wie auch immer«, sagte Folldal und sah zu Bertelsen hinüber.

Harry wandte sich an den Jungen. Er trug weite Lodenhosen, die überall Taschen hatten, und hatte seine Wollmütze tief in die Augen gezogen.

»Auf welcher Seite des Steins hast du die Hülsen gefunden?«

Der Junge zeigte es ihm. Harry schnallte die Skier ab, ging um den Stein herum und legte sich auf den Rücken in den Schnee. Der Himmel war wie immer an klaren Wintertagen kurz vor Sonnenuntergang hellblau geworden. Dann drehte er sich auf die Seite und sah über den Stein hinweg. Er blickte über die offene Lichtung in den Wald. Am Waldrand standen vier Baumstümpfe.

»Habt ihr Kugeln oder irgendwelche Anzeichen für Schüsse gefunden?«

Folldal kratzte sich im Nacken. »Sie meinen, ob wir jeden Baum im Umkreis von einem halben Kilometer untersucht haben?«

Bertelsen legte ihm den Handschuh diskret auf den Mund. Harry schnippte die Asche von seiner Zigarette und beobachtete die Glut.

»Nein, ich meine, ob ihr die vier Stümpfe dort hinten überprüft habt.«

»Und warum sollten wir uns gerade die angucken?«, fragte Folldal.

»Weil Märklin das größte Jagdgewehr der Welt produziert hat. Ein Gewehr von fünfzehn Kilo Gewicht lädt nicht gerade zum Schießen im Stehen ein. Man sollte also davon ausgehen, dass er sich hier auf dem Stein abgestützt hat. Das Märklin-Gewehr wirft die Hülsen auf der rechten Seite aus. Wenn die Hülsen also auf dieser Seite des Steins lagen, hat er in die Richtung geschossen, aus der wir gekommen sind. Es wäre also nicht erstaunlich, wenn er irgendein Zielobjekt auf den Stümpfen dort platziert hätte, nicht wahr?«

Bertelsen und Folldal sahen einander an.

»Dann sollten wir wohl mal gucken«, meinte Bertelsen.

»Wenn das kein Riesenborkenkäfer ist …«, sagte Bertelsen drei Minuten später, »ist das ein gewaltiges Einschussloch.«

Er kniete sich in den Schnee und steckte seinen Finger in einen der Stümpfe.

»Verdammt, die Kugel ist tief eingedrungen, ich kann sie nicht spüren.«

»Schau mal hinein«, sagte Harry.

»Warum denn?«

»Um zu überprüfen, ob sie das Holz nicht vollkommen durch-schlagen hat«, antwortete Harry.

»Quer durch diesen dicken Fichtenstumpf?«

»Schau hinein und sag mir, ob du Licht siehst.«

Harry hörte Folldal hinter sich schnauben. Bertelsen legte sein Auge an das Loch.

»Jesus Maria …«

»Siehst du was?«, rief Folldal.

»Ob du's glaubst oder nicht, ich sehe den ganzen Fluss.«

Harry wandte sich an Folldal, der sich umgedreht hatte und auf den Boden spuckte.

Bertelsen rappelte sich auf. »Was nützt dir eine schusssichere Weste, wenn du von so einer Kugel getroffen wirst?«, stöhnte er.

»Nichts«, erwiderte Harry. »Das Einzige, was da noch hilft, ist ein Panzer.« Er drückte seine Zigarette auf dem trockenen Stumpf aus und korrigierte sich: »Ein *dicker* Panzer.«

Er blieb stehen und rieb seine Skier über den Schnee unter sich.

»Wir sollten mal mit den Leuten in der Nachbarhütte reden«, meinte Bertelsen. »Vielleicht hat jemand was gesehen. Oder muss gestehen, im Besitz einer solchen Höllenwaffe zu sein.«

»Nach der Waffenamnestie letztes Jahr ...«, begann Folldal, doch er verstummte, als er bemerkte, dass Bertelsen ihn ansah.

»Können wir sonst noch etwas für Sie tun?«, fragte Bertelsen Harry.

»Ja«, sagte Harry und schielte finster in Richtung Straße. »Etwas dagegen, ein Auto anzuschieben?«

Rudolph II. Hospital, Wien, 23. Juni 1944

29 Helena Lang hatte ein *Déjà-vu*-Erlebnis. Die Fenster standen auf und der warme Sommermorgen erfüllte die Korridore mit dem Duft frisch geschnittenen Grases. In den letzten zwei Wochen waren jede Nacht Bomben gefallen, doch sie roch keinen Rauch. Sie hielt einen Brief in den Händen. Einen wunderbaren Brief! Sogar die verbitterte Oberschwester musste lächeln, als Helena ihr »guten Morgen« zurief.

Doktor Brockhard blickte überrascht von seinen Papieren auf, als Helena ohne anzuklopfen in sein Büro stürmte.

»Nun?«, fragte er.

Er nahm seine Brille ab und richtete seinen starren Blick auf sie. Für einen kurzen Moment sah sie seine nasse Zunge, ehe seine Lippen den Brillenbügel umschlossen. Sie setzte sich.

»Christopher«, begann sie. Sie hatte seinen Vornamen nicht mehr benutzt, seit sie Kinder gewesen waren. »Ich muss dir etwas erzählen.«

»Schön«, sagte er. »Genau darauf warte ich.«

Sie wusste, worauf er wartete: eine Erklärung, warum sie seinem Wunsch, ihn in seiner Wohnung im Hauptgebäude des Krankenhausareals zu besuchen, noch nicht nachgekommen war, obgleich er die Krankmeldung bereits zum zweiten Mal verlängert hatte. Helena hatte das auf die Bomben geschoben und gesagt, sie könne es nicht wagen, vor die Tür zu treten. Daraufhin hatte er sich erboten, sie im Sommerhaus ihrer Mutter zu besuchen, was sie aber entschieden abgelehnt hatte.

»Ich werde dir alles erzählen«, sagte sie.

»Alles?«, fragte er mit einem schwachen Lächeln.

Nein, dachte sie. *Fast* alles.

»An dem Morgen, als Urias …«

»Er heißt nicht Urias, Helena.«

»Erinnerst du dich an den Morgen, an dem er verschwunden war und ihr Alarm geschlagen habt?«

»Natürlich.«

Brockhard legte seine Brille neben den Zettel, der vor ihm lag. Der Bügel der Brille beschrieb eine exakte Parallele zum Rand des Blattes. »Ich habe darüber nachgedacht, sein Verschwinden der Militärpolizei zu melden. Aber dann tauchte er ja mit dieser Geschichte auf, er habe sich die halbe Nacht im Wald herumgetrieben.«

»Das hat er nicht. Er ist mit dem Nachtzug aus Salzburg gekommen.«

»Was?« Brockhard lehnte sich im Stuhl zurück. Er verzog keine Miene; er liebte es nicht, seine Überraschung zu zeigen.

»Am Abend hatte er den Spätzug aus Wien genommen. In Salzburg hat er anderthalb Stunden gewartet und ist dann mit dem Nachtzug wieder zurückgefahren. Um neun Uhr war er am Hauptbahnhof.«

»Hm.« Brockhard konzentrierte sich auf den Stift, den er in den Händen hielt. »Und warum hat er eine derart idiotische Reise unternommen?«

»Tja«, sagte Helena, ohne sich bewusst zu sein, dass sie lächelte. »Du erinnerst dich vielleicht daran, dass auch ich an diesem Morgen zu spät gekommen bin.«

»Äh …«

»Auch ich bin aus Salzburg gekommen.«

»Was du nicht sagst.«

»Doch.«

»Das musst du mir jetzt aber erklären, Helena.«

Sie tat es und beobachtete dabei Brockhards Fingerkuppen. Ein Blutstropfen hatte sich unmittelbar unter der Feder gebildet.

»Ich verstehe«, sagte Brockhard, als sie geendet hatte. »Ihr wolltet also nach Paris. Und wie lange dachtet ihr euch da verstecken zu können?«

»Es ist wohl deutlich geworden, dass wir nicht allzu viel nachgedacht haben. Aber Urias meinte, wir sollten in die USA gehen. Nach New York.«

Brockhard lachte trocken. »Du bist doch ein vernünftiges Mädchen, Helena. Ich begreife ja, dass dich dieser Landesverräter mit seinen groben Lügen über Amerika verwirrt hat. Aber weißt du was?«

»Nein.«

»Ich vergebe dir.«

Und als er ihren überraschten Gesichtsausdruck wahrnahm, fuhr er fort: »Ja, ich vergebe dir. Man sollte dich vielleicht bestrafen, aber ich weiß, wie rastlos junge Mädchenherzen manchmal sein können.«

»Ich will keine Vergebung, ich …«

»Wie geht es deiner Mutter? Das muss hart für sie sein, jetzt, wo ihr allein seid. Hat dein Vater nicht drei Jahre bekommen?«

»Vier. Sei so gut und hör mir zu, Christopher.«

»Ich bitte dich, jetzt nichts zu sagen oder zu tun, was du hinterher bereuen könntest, Helena. Was du bis jetzt gesagt hast, ändert nichts an unserer Abmachung. Es bleibt alles beim Alten.«

»Nein!« Helena war so heftig aufgesprungen, dass der Stuhl hinter ihr umstürzte, und knallte ihm den Brief, den sie in den Händen zerknüllt hatte, auf den Schreibtisch.

»Sieh selbst! Du hast keine Macht mehr über mich, oder über Urias.«

Brockhard warf einen Blick auf das Schreiben. Das braune offene Kuvert sagte ihm nichts. Er fischte den Zettel heraus, setzte seine Brille auf und begann zu lesen:

Waffen-SS
Berlin, 21. Juni

Wir haben ein Anschreiben vom Oberkommandierenden des norwegischen Polizeidepartements, Jonas Lie, erhalten, Sie sobald als möglich für Ihren weiteren Dienst an die Polizei in Oslo abzukommandieren. Ausgehend davon, dass Sie norwegischer Staatsbürger sind, sehen wir keinen Grund, diesem Wunsch nicht nachzukommen. Dieser Befehl entkräftet damit alle früheren Marschbefehle sowie die Überstellung zur Wehrmacht. Genauere Angaben über Ort und Zeit werden Ihnen vom norwegischen Polizeidepartement mitgeteilt werden.
Heinrich Himmler,
Oberkommandierender der Schutzstaffel (SS)

Brockhard musste sich die Unterschrift zweimal anschauen. Heinrich Himmler persönlich! Dann hielt er das Schreiben gegen das Licht.

»Ruf doch an und lass es auf seine Echtheit überprüfen, aber glaub mir, es ist echt«, sagte Helena spitz.

Durch das offene Fenster hörte er das Vogelgezwitscher aus dem Garten. Er räusperte sich zweimal, ehe er antwortete:

»Ihr habt also einen Brief an den Polizeipräsidenten in Oslo geschrieben?«

»Nicht ich, Urias. Ich habe nur die Adresse herausgefunden und den Brief eingeworfen.«

»Du hast ihn eingeworfen?«

»Ja, das heißt nein, ich habe telegrafiert.«

»Einen ganzen Brief?«

»Ja.«

»Soso. Das muss ein Vermögen gekostet haben.«

»Ja, das hat es, aber es eilte ja.«

»Heinrich Himmler …«, sagte er mehr zu sich selbst als zu ihr.

»Es tut mir Leid, Christopher.«

Wieder dieses trockene Lachen.

»Ach ja? Hast du nicht genau das erreicht, was du wolltest, Helena?«

Sie überhörte die Frage und zwang sich dazu, freundlich zu lächeln.

»Ich möchte dich um einen Gefallen bitten, Christopher.«

»Ja?«

»Urias möchte, dass ich mit ihm nach Norwegen reise. Ich brauche ein Empfehlungsschreiben vom Krankenhaus, um eine Ausreisegenehmigung zu bekommen.«

»Und jetzt hast du Angst, ich könnte dir einen Strich durch die Rechnung machen?«

»Dein Vater sitzt im obersten Rat des Krankenhauses.«

»Ja, ich könnte dir Probleme bereiten.« Er rieb sich das Kinn. Sein steifer Blick hatte sich auf einen Punkt auf ihrer Stirn gerichtet.

»Du kannst uns aber auf keinen Fall aufhalten, Christopher. Urias und ich lieben uns. Verstehst du?«

»Warum sollte ich einem Soldatenflittchen einen Gefallen tun?«

Helenas Mund blieb offen stehen. Obgleich sie ihn verachtete und obgleich sie wusste, dass er im Affekt sprach, traf sie das Wort wie eine Ohrfeige. Doch noch ehe sie antworten konnte, verzog Brockhard sein Gesicht, als hätte ihn selbst diese Ohrfeige getroffen.

»Verzeih mir, Helena. Ich … verdammt!« Er drehte ihr abrupt den Rücken zu.

Am liebsten wäre Helena gegangen, doch sie fand nicht die passenden Worte, um sich loszureißen. Seine Stimme klang angestrengt, als er fortfuhr:

»Ich wollte dir nicht wehtun, Helena.«

»Christopher …«

»Du verstehst nicht. Ich sage das nicht aus Hochmut, doch ich habe Qualitäten, die auch du mit der Zeit hättest schätzen lernen können. Vielleicht bin ich zu weit gegangen, aber denk daran, dass ich die ganze Zeit über nur dein Bestes im Sinn hatte.«

Sie starrte auf seinen Rücken. Der Arztkittel war eine Nummer zu groß für seine schmalen, abfallenden Schultern. Sie musste an den Christopher denken, den sie als Kind gekannt hatte. Er hatte schöne schwarze Locken gehabt und stets einen ordentlichen Anzug getragen, obgleich er erst zwölf Jahre alt war. Einen Sommer lang war sie sogar in ihn verliebt gewesen – oder stimmte das etwa nicht?

Er atmete aus, lang und zitternd. Sie ging einen Schritt auf ihn zu, entschied sich dann aber wieder anders. Warum sollte sie Mitleid mit diesem Mann haben? Doch, sie wusste, warum. Weil ihr eigenes Herz vor Glück überfloss, ohne dass sie selbst viel dafür getan hatte. Während Christopher Brockhard, der jeden Tag seines Lebens versuchte, das Glück zu bezwingen, für immer ein einsamer Mann sein würde.

»Christopher, ich muss jetzt gehen.«

»Ja. Natürlich. Tu, was du tun musst, Helena.«

Sie drehte sich um und ging zur Tür.

»Und ich tue, was ich tun muss«, sagte er.

Polizeipräsidium, 24. Februar 2000

30 Wright fluchte. Er hatte alle Knöpfe ausprobiert, um das Bild des Tageslichtprojektors scharf zu stellen, doch vergebens.

Eine Stimme räusperte sich:

»Kann es nicht sein, dass das Bild unscharf ist, Wright, dass es also gar nicht am Projektor liegt?«

»Nun, das ist auf jeden Fall Andreas Hochner«, sagte Wright und schirmte das Licht mit der Hand ab, um die Anwesenden sehen zu können. Der Raum hatte keine Fenster, und so war es stockdunkel, wenn das Licht ausgeschaltet wurde. Nach allem, was Wright gehört hatte, sollte dieses Zimmer auch abhörsicher sein – was immer das bedeutete.

Außer ihm selbst, Andreas Wright, Leutnant des militärischen Überwachungsdienstes, waren nur noch drei weitere Personen im Raum: Major Bård Ovesen vom militärischen Überwachungsdienst, Harry Hole, der Neue vom PÜD, und der PÜD-Chef selbst, Kurt Meirik. Hole war es gewesen, der ihm den Namen des Waffenschiebers in Johannesburg gefaxt hatte. Und ihn seither Tag für Tag nach weiteren Informationen gefragt hatte. Tatsächlich gab es einige im PÜD, die der Ansicht waren, der militärische Überwachungsdienst sei eine Art Hilfsbehörde für das PÜD, doch die kannten sicher das Behördenprofil nicht, aus dem klar hervorging, dass es sich um gleichwertige Organisationen handelte, die zusammenarbeiten sollten. Wright wusste darüber Bescheid. Und so hatte er dem Neuen erklärt, dass Sachen, die keine Priorität hatten, warten mussten. Eine halbe Stunde später hatte sich Meirik persönlich bei ihm gemeldet und ihn davon unterrichtet, dass dieser Vorgang eben doch bevorzugt zu behandeln sei. Warum hatten sie das nicht gleich sagen können?

Das unscharfe Schwarzweißbild auf der Leinwand zeigte einen Mann, der gerade ein Restaurant verließ. Es sah aus, als wäre es durch ein Autofenster aufgenommen worden. Der Mann hatte ein großflächiges, grobes Gesicht mit dunklen Augen und eine große, breite Nase, unter der ein schwarzer Bart herabhing.

»Andreas Hochner, geboren 1954 in Simbabwe, Sohn deutscher Eltern«, las Wright auf dem Ausdruck, den er mitgenommen hatte. »Früher Söldner im Kongo und in Südafrika; er ist vermutlich seit Mitte der achtziger Jahre als Waffenschieber aktiv. Mit neunzehn war er gemeinsam mit sechs anderen angeklagt, einen schwarzen Jungen in Kinshasa ermordet zu haben, doch er wurde aus Mangel an Beweisen freigesprochen. Zweimal verheiratet und zweimal geschieden.

Sein Arbeitgeber in Johannesburg steht unter dem Verdacht, Luftabwehrraketen nach Syrien geliefert und chemische Waffen aus dem Irak gekauft zu haben. Es wird behauptet, er hätte während des Bosnienkrieges Spezialgewehre an Karadzic geliefert und Heckenschützen bei der Belagerung von Sarajewo ausgebildet, doch diese Behauptungen konnten bis jetzt nicht bestätigt werden.«

»Lass die Details doch bitte weg«, sagte Meirik und sah auf die Uhr. Sie ging immer nach, hatte aber eine nette Eingravierung vom Oberkommando des Militärs auf der Rückseite.

»Schön«, sagte Wright und blätterte interessiert weiter. »Andreas Hochner ist eine von vier Personen, die im Dezember während einer Razzia bei einem Waffenhändler in Johannesburg festgenommen worden sind. In diesem Zusammenhang wurde eine kodierte Bestellliste beschlagnahmt, auf der eine Bestellung nach Oslo ging. Ein Gewehr der Marke Märklin. Und ein Datum, der 21. Dezember. Das ist alles.«

Es wurde still, nur das Rauschen des Ventilators im Projektor war zu hören. Jemand räusperte sich im Dunkeln, es hörte sich an wie Bård Ovesen. Wright schirmte das Licht ab.

»Woher wissen wir, dass dieser Hochner die Schlüsselfigur ist?«, fragte Ovesen.

Harry Holes Stimme war aus dem Dunkel zu hören:

»Ich habe mit Polizeiinspektor Esaias Burne in Hillbrow, Johannesburg, gesprochen. Er sagte mir, dass sie die Wohnungen der Betroffenen durchsucht und dabei bei Hochner einen interessanten Pass gefunden hätten: sein Bild, aber ein ganz anderer Name.«

»Ein Waffenschmuggler mit einem gefälschten Pass ist nicht gerade … etwas Außergewöhnliches«, meinte Ovesen.

»Ich denke eher an einen der Stempel, den sie gefunden haben. Oslo, Norway. Am 10. Dezember.«

»Er ist also in Oslo gewesen«, sagte Meirik. »Auf der Kundenliste der Gesellschaft steht ein Norweger und wir haben die Geschosshülsen dieser Superwaffe gefunden. Wir können also davon ausgehen, dass Andreas Hochner in Norwegen gewesen ist und dass der Handel stattgefunden hat. Doch wer ist der Norweger auf der Liste?«

»Die Bestellliste ist leider kein üblicher Post-Bestellschein mit vollem Namen und Adresse.« Das war wieder Harrys Stimme. »Der Kunde in Oslo wird als ›Urias‹ geführt, ganz sicher ein Kode-Name.

Und laut Burne in Johannesburg ist Hochner nicht sonderlich interessiert daran, irgendetwas zu erzählen.«

»Ich dachte, die Polizei in Johannesburg hätte effektive Verhörmethoden«, warf Ovesen ein.

»Schon möglich, aber Hochner riskiert vermutlich mehr, wenn er den Mund aufmacht, als wenn er schweigt. Die Kundenliste ist lang …«

»Ich habe gehört, dass sie in Südafrika Strom einsetzen«, sagte Wright. »Zwischen den Beinen, an den Brustwarzen und … ja. Tut verflucht weh. Apropos, kann irgendeiner hier das Licht anmachen?«

»In Anbetracht einer Sache, bei der es unter anderem um den Verkauf von chemischen Waffen an Saddam Hussein geht, ist eine Dienstreise mit einem Gewehr nach Oslo ziemlich unbedeutend«, erklärte Harry. »Ich glaube leider auch, dass sich die Südafrikaner den Strom für wichtigere Fragen aufheben, um es einmal so zu sagen. Außerdem ist es nicht sicher, dass Hochner weiß, wer Urias ist. Und solange wir nicht wissen, wer er ist, müssen wir uns die nächste Frage stellen: Welche Pläne hat er? Ein Attentat, ein Terroranschlag?«

»Oder ein Raub«, sagte Meirik.

»Mit einer Märklin-Waffe?«, fragte Ovesen. »Da kann man gleich mit Kanonen auf Spatzen schießen.«

»Vielleicht ein Attentat im Drogenmilieu«, schlug Wright vor.

»Nun«, sagte Harry. »Man brauchte nur eine Pistole, um Schwedens bestgesicherte Person zu erschießen. Und der Palme-Mörder wurde nie gefasst. Warum also ein Gewehr für mehr als eine halbe Million Kronen, um jemanden hier zu erschießen?«

»Was meinst du, Harry?«

»Vielleicht ist das Ziel gar kein Norweger, sondern jemand von außen. Einer, der ständig im Fadenkreuz des Terrors steht, zu Hause aber zu gut geschützt ist, als dass man dort ein Attentat vornehmen könnte. Vielleicht glauben sie, dass es leichter ist, ihn in einem kleinen, friedlichen Land mit dementsprechenden Sicherheitsvorkehrungen zu ermorden.«

»Aber wen?«, fragte Ovesen. »Im Moment sind keine ausländischen Politiker mit hohem Gefährdungsrisiko in Norwegen.«

»Und es ist auch keiner unterwegs«, fügte Meirik hinzu.

»Vielleicht liegt das erst in der ferneren Zukunft«, sagte Harry.

»Aber die Waffe kam doch schon vor einem Monat«, wandte Ovesen ein. »Es macht doch keinen Sinn, dass ausländische Terroristen mehr als einen Monat vor einem Attentat ins Land reisen.«

»Vielleicht sind es keine Ausländer, sondern Norweger.«

»Es gibt niemanden in Norwegen, der einen solchen Auftrag ausführen könnte«, sagte Wright, während er tastend nach dem Lichtschalter an der Wand suchte.

»Genau«, stimmte Harry zu. »Und das ist das Problem.«

»Problem?«

»Stell dir einen ausländischen Terroristen vor, der es auf eine bestimmte Person in seinem Land abgesehen hat, und dass diese Person nach Norwegen reisen wird. Jeder Schritt, den dieser Terrorist in seinem Land macht, wird doch vom Geheimdienst verfolgt. Um das Risiko zu minimieren, könnte der Betreffende doch ein Milieu in Norwegen kontaktieren, das die gleichen Ziele verfolgt wie er selbst. Dass dieses Milieu aus Amateuren besteht, ist eigentlich ein Vorteil, denn so weiß der Terrorist, dass die Mittäter nicht den Verfassungsschutz im Nacken haben.«

»Die leeren Geschosshülsen könnten darauf hindeuten, dass es ein Amateur ist«, meinte Meirik.

»Der Terrorist und der Amateur werden sich darüber einig, dass der Terrorist einen teuren Waffenkauf finanziert und danach alle Verbindungen abbricht. Dann gibt es keine Spur, die sich zum Terroristen zurückverfolgen lässt. So hat er einen Prozess in Gang gesetzt, ohne selbst ein Risiko einzugehen, von den Kosten einmal abgesehen.«

»Aber was, wenn der Amateur doch nicht in der Lage ist, den Auftrag auszuführen?«, fragte Ovesen. »Oder stattdessen die Waffe weiterverkauft und sich mit dem Geld aus dem Staub macht?«

»Das ist natürlich möglich. Wir müssen jedoch davon ausgehen, dass der Auftraggeber diesen Amateur für sehr motiviert hält. Vielleicht hat er auch ein persönliches Motiv, so dass er bereit ist, sein eigenes Leben aufs Spiel zu setzen, um den Auftrag durchzuführen.«

»Amüsante Hypothese«, fand Ovesen. »Und wie willst du die überprüfen?«

»Das geht nicht. Ich rede von einem Menschen, von dem wir nichts wissen. Wir wissen nicht, wie er denkt, und nicht einmal, ob er rational handelt.«

»Na prima«, sagte Meirik. »Gibt es noch andere Theorien, warum diese Waffe in Norwegen gelandet sein kann?«

»Haufenweise«, erwiderte Harry. »Aber das ist die übelste.«

»Jaja«, seufzte Meirik. »Schließlich ist es unser Job, Gespenster zu jagen. Wir sollten also versuchen, mit diesem Hochner zu reden. Ich werde mal telefonieren und ... oh.«

Wright hatte den Schalter gefunden und der Raum war plötzlich in weißes, grelles Licht getaucht.

Sommerresidenz der Familie Lang, Wien, 25. Juni 1944

31 Helena stand im Schlafzimmer und betrachtete sich selbst im Spiegel. Am liebsten hätte sie das Fenster geöffnet, damit sie die Schritte auf dem Kiesweg, der zum Haus führte, hören konnte, doch ihre Mutter nahm es mit der Verdunklung sehr genau. Sie sah auf das Bild ihres Vaters, das auf dem Toilettentischchen vor dem Spiegel stand. Immer wieder fiel ihr auf, wie jung und unschuldig er auf diesem Bild aussah.

Sie hatte sich die Haare wie üblich mit einer einfachen Spange hochgesteckt. Sollte sie sie anders tragen? Beatrice hatte Mutters rotes Musselinkleid umgenäht, so dass es zu Helenas schlanker, lang gestreckter Figur passte. In diesem Kleid war die Mutter dem Vater einst begegnet. Der Gedanke war absonderlich, fern und tat doch irgendwie weh. Vielleicht empfand Helena das so, weil ihre Mutter, wenn sie über diese Zeit sprach, immer wie über zwei vollkommen andere Menschen redete – zwei schöne, glückliche Menschen, die glaubten, auf dem richtigen Weg zu sein.

Helena löste die Spange und schwang ihren Kopf hin und her, so dass ihr die braunen Haare über das Gesicht fielen. Die Türglocke klingelte. Sie hörte Beatrice' Schritte unten in der Halle. Helena ließ sich nach hinten auf das Bett fallen, es kribbelte in ihrem Bauch. Sie konnte es nicht ändern – es war, als sei sie wieder vierzehn und bis über die Ohren in eine Sommerbekanntschaft verschossen! Sie hörte gedämpfte Stimmen von unten, Mutters scharfe, nasale Stimme und das Klirren der Kleiderbügel, als Beatrice den Mantel an die Garderobe hängte. Mantel!, dachte Helena. Er hatte einen Mantel angezogen, obgleich es einer dieser schwülen, stickigen Sommerabende war, die sonst erst immer im August kamen.

Sie wartete angespannt, dann hörte sie ihre Mutter rufen:

»Helena!«

Sie stand vom Bett auf, steckte ihre Haare wieder auf, betrachtete ihre Hände und sagte ein paarmal hintereinander zu sich selbst: Ich habe keine großen Hände, ich habe keine großen Hände. Dann warf sie einen letzten Blick auf ihr Spiegelbild – sie war hübsch! –, holte zitternd Luft und trat durch die Tür.

»Hele…«

Mutters Ruf verstummte plötzlich, als Helena oben auf der Treppe zum Vorschein kam. Vorsichtig setzte sie ihren Fuß auf die oberste Treppenstufe; auf den hohen Absätzen, mit denen sie sonst die Treppe hinunterrannte, fühlte sie sich mit einem Mal unsicher und wackelig.

»Dein Gast ist gekommen«, sagte die Mutter.

Dein Gast. Unter anderen Umständen hätte sich Helena vielleicht davon irritieren lassen, wie ihre Mutter betonte, dass sie diesen ausländischen einfachen Soldaten nicht als Gast des Hauses betrachtete. Doch es herrschten besondere Zeiten, und Helena hätte ihre Mutter dafür küssen können, dass sie es ihnen nicht noch schwieriger machte.

Helena sah zu Beatrice hinüber. Die alte Haushaltshilfe lächelte, doch sie hatte den gleichen melancholischen Blick wie die Mutter. Dann sah Helena zu ihm hinüber. Seine Augen strahlten, so dass sie glaubte, die Wärme seines Blickes auf der Haut zu spüren, und sie senkte ihre Augen und betrachtete seinen braunen, frisch rasierten Hals, den Kragen mit dem Zeichen der SS auf der schwarzen gebügelten Uniform, die im Zug noch so verknittert gewesen war. In den Händen hielt er einen Strauß Rosen. Sie wusste, dass Beatrice ihm bereits angeboten hatte, sie in eine Vase zu stellen, doch er hatte dankend abgelehnt, damit Helena sie zuerst sehen konnte.

Sie stieg eine Stufe weiter hinunter. Ihre Hand ruhte leicht auf dem Geländer. Es ging jetzt einfacher. Sie hob ihren Kopf, umschloss alle drei mit ihrem Blick und erkannte mit einem Mal, dass dies auf merkwürdige Weise der schönste Augenblick in ihrem Leben war. Denn sie wusste, was sie sahen, und spiegelte sich darin.

Die Mutter sah sich selbst, ihren eigenen verlorenen Traum und ihre Jugend, Beatrice sah das Mädchen, das sie wie ihre eigene Tochter erzogen hatte, und er sah die Frau, die er so voller Inbrunst liebte, dass es sich nicht einmal durch gute Manieren und skandinavische Scheu verbergen ließ.

»Du bist wunderschön«, formte Beatrice mit den Lippen. Helena zwinkerte ihr zu. Dann war sie unten.

»Du hast also auch im Dunkeln den Weg gefunden?«, sagte sie lächelnd zu Urias.

»Ja«, erwiderte er laut und klar, und in dem mit Steinplatten ausgelegten hohen Raum hallte seine Antwort wie in einer Kirche wider.

Die Mutter sprach mit ihrer scharfen, leicht schrillen Stimme, während Beatrice wie ein freundliches Gespenst in das Speisezimmer schwebte und entschwand. Helena konnte ihren Blick nicht von der Brillantkette losreißen, die ihre Mutter um den Hals trug, ihr kostbarster Schmuck, der nur zu ganz besonderen Anlässen herausgeholt wurde.

Man hatte eine Ausnahme gemacht und die Tür zum Garten einen Spaltbreit offen gelassen. Die Wolken hingen so tief, dass ihnen die Bomben in dieser Nacht vielleicht erspart bleiben würden. Die Zugluft, die durch die Tür hereinströmte, ließ die Kerzen flackern, und die Schatten tanzten über die Porträts der ernst dreinblickenden Männer und Frauen mit Namen Lang.

Die Mutter hatte ihm ausführlich erklärt, wer die Abgebildeten waren und aus welchen Familien ihre Ehegatten stammten. Urias hatte ihr mit einem, wie Helena meinte, kleinen sarkastischen Lächeln zugehört, doch das war in dem Halbdunkel nur schlecht zu erkennen gewesen. Mutter hatte gesagt, dass sie sich verpflichtet fühle, jetzt im Krieg Strom zu sparen. Natürlich erwähnte sie mit keinem Wort ihre neue wirtschaftliche Situation und auch nicht, dass Beatrice die Letzte des ehemals vierköpfigen Personals war.

Urias legte die Gabel zur Seite und räusperte sich. Die Mutter hatte sich ans eine Ende des langen Esstisches gesetzt. Die Jungen saßen einander gegenüber, während Helena am anderen Ende Platz genommen hatte.

»Das war wirklich köstlich, Frau Lang.«

Es war ein einfaches Essen gewesen. Nicht so einfach, dass es beleidigend wirkte, doch sicher auch nicht so außerordentlich, dass er sich als Ehrengast hätte fühlen können.

»Das war Beatrice«, sagte Helena eifrig. »Sie macht die besten Wiener Schnitzel von ganz Österreich. Haben Sie es anderswo schon einmal gegessen?«

»Nur ein einziges Mal, glaube ich. Und das war ganz sicher nicht so gut wie dieses hier.«

»Das, was Sie gegessen haben, war sicher Schweinefleisch. Hier im Haus verwenden wir aber nur Kalbfleisch. Oder, falls es das nicht gibt, Kapaun«, erklärte die Mutter.

»Ich kann mich an kein Fleisch erinnern«, sagte er und lächelte. »Ich glaube, das waren vor allem Eier und Semmelbrösel.«

Helena lachte leise und bekam von ihrer Mutter einen raschen Blick zugeworfen.

Das Gespräch hatte während des Essens immer wieder gestockt, doch nach den langen Pausen hatte Urias ebenso oft das Wort ergriffen wie die Mutter oder Helena. Noch ehe sie ihn zum Essen eingeladen hatte, hatte Helena beschlossen, dass sie sich nicht darum kümmern würde, was ihre Mutter meinte. Urias war höflich, doch er war ein Mann, der von einfachen Bauern abstammte; ihm fehlte das Raffinement und die feinen Manieren, die so typisch für eine Erziehung in einem großbürgerlichen Haus waren. Aber es gab kaum Grund, sich Sorgen zu machen. Helena war sogar ziemlich überrascht, wie leicht und weltgewandt Urias sich gab.

»Sie haben sicher vor, nach Ende des Krieges zu arbeiten?«, erkundigte sich die Mutter und führte das letzte Stück Kartoffel zum Mund.

Urias nickte und wartete geduldig auf die nächste unvermeidliche Frage, während Frau Lang kaute.

»Und was für eine Arbeit wird das sein, wenn ich fragen darf?«

»Postbote. Vor dem Krieg hat man mir jedenfalls eine solche Stellung versprochen.«

»Post austragen? Wohnen die Menschen in Ihrem Land nicht schrecklich weit auseinander?«

»So schlimm ist das auch nicht. Wir lassen uns dort nieder, wo es möglich ist. An den Fjorden, in den Tälern und an anderen Orten, wo man Schutz vor Wind und Wetter findet. Und bei uns gibt es ja auch Städte und größere Orte.«

»Was Sie nicht sagen. Interessant. Darf ich fragen, ob Sie vermögend sind?«

»Mutter!« Helena starrte ihre Mutter ungläubig an.

»Ja, meine Liebe?« Die Mutter wischte sich den Mund mit der Serviette ab und gab Beatrice ein Zeichen abzuräumen.

»Das hört sich ja wie ein Verhör an.« Helenas dunkle Augenbrauen bildeten ein »V« auf ihrer weißen Stirn.

»Ja«, sagte die Mutter, lächelte Urias strahlend an und hob ihr Glas. »Das ist ein Verhör.«

»Ich verstehe Sie, Frau Lang. Helena ist Ihre einzige Tochter. Es ist Ihr gutes Recht, ja ich möchte sogar sagen, Ihre Pflicht, sich ein Bild von dem Mann zu machen, den sie sich ausgesucht hat.«

Frau Langs schmale Lippen waren bereits geschürzt, um einen Schluck zu trinken, doch das Weinglas verharrte vor ihr in der Luft.

»Ich bin nicht vermögend«, fuhr Urias fort. »Aber ich bin arbeitswillig, weiß meinen Kopf zu gebrauchen und werde es bestimmt schaffen, sowohl mich als auch Helena und vielleicht auch noch weitere Personen zu versorgen … Ich verspreche Ihnen, mich so gut es nur geht um sie zu kümmern, Frau Lang.«

Helena hätte zu gerne gekichert, doch gleichzeitig war sie auch merkwürdig aufgeregt.

»Mein Gott!«, platzte die Mutter heraus und stellte ihr Glas wieder auf den Tisch. »Sie gehen aber wirklich rasch zur Sache, junger Mann.«

»Ja.« Urias nahm einen Schluck und betrachtete sein Glas lange. »Ich muss sagen, das ist wirklich ein ausgezeichneter Wein, Frau Lang.«

Helena versuchte, ihm unter dem Tisch einen Tritt zu geben, doch der Eichentisch war zu breit.

»Aber das ist eine besondere Zeit. Und sie ist kurz.« Er stellte das Glas ab, doch sein Blick ruhte noch immer darauf. Die Andeutung eines Lächelns, das Helena erkannt zu haben glaubte, war verschwunden.

»Es hat Abende gegeben wie heute, Frau Lang, an denen ich mit meinen Kameraden zusammengesessen und geredet habe. Über all das, was wir in der Zukunft tun wollten, wie das neue Norwegen aussehen sollte, und über all die Träume, große und kleine, die wir zu verwirklichen gedachten. Und ein paar Stunden später lagen sie tot auf dem Schlachtfeld.«

Er hob seine Augen und sah Frau Lang direkt an.

»Ich gehe rasch vor, weil ich eine Frau gefunden habe, die ich will und die auch mich will. Der Krieg tobt, und alles, was ich Ihnen über meine Zukunftspläne erzählen könnte, ist Augenwischerei. Mir bleibt eine Stunde, um ein Leben zu leben, Frau Lang. Und auch Ihnen bleibt vielleicht nicht mehr.«

Helena warf rasch einen Blick auf ihre Mutter. Sie saß wie versteinert da.

»Ich habe heute einen Brief vom norwegischen Polizeidepartement erhalten. Ich soll mich im Kriegslazarett in der Sinsen-Schule in Oslo zur Untersuchung melden. Ich reise in drei Tagen ab. Und ich habe vor, Ihre Tochter mitzunehmen.«

Helena hielt die Luft an. Das laute Ticken der Wanduhr dröhnte durch den Raum. Die Diamanten ihrer Mutter glitzerten unablässig, während die Muskeln unter der faltigen Haut an ihrem Hals zuckten. Ein plötzlicher Windhauch, der durch die Tür aus dem Garten hereinwehte, drückte die Flammen nieder. Schatten tanzten zwischen den dunklen Möbeln über die Tapete. Nur der Schatten von Beatrice an der Tür zur Küche schien vollkommen still zu stehen.

»Apfelstrudel«, sagte die Mutter, wobei sie Beatrice einen Wink gab. »Eine Spezialität aus Wien.«

»Ich möchte Ihnen nur noch einmal versichern, dass ich mich wirklich darauf freue«, sagte Urias.

»Ja, das sollten Sie«, sagte die Mutter und lächelte sarkastisch …
»Der ist mit Äpfeln aus unserem eigenen Garten gemacht.«

Johannesburg, 28. Februar 2000

32 Die Hillbrow Polizeistation lag im Zentrum von Johannesburg. Sie sah aus wie eine Festung mit Stacheldrahtrollen auf den Mauern und Stahlnetzen vor den Fenstern, die schmal wie Schießscharten waren.

»Zwei Tote, Schwarze, letzte Nacht in unserem Zuständigkeitsbereich«, erzählte Esaias Burne, während er Harry durch ein Labyrinth von weißen Korridoren mit abblätterndem Putz und altem Linoleum führte. »Haben Sie das große Carlton-Hotel gesehen? Geschlossen. Die Weißen sind schon längst in die Vorstädte evakuiert worden, jetzt können wir uns nur noch selbst erschießen.«

Esaias zog seine Hose höher. Er war schwarz, groß, kräftig und übergewichtig. Sein weißes Nylonshirt hatte Schweißflecken unter den Armen.

»Andreas Hochner sitzt zur Zeit in einem Gefängnis außerhalb der Stadt, wir nennen es Sin City«, sagte er. »Wir haben ihn heute für diese Verhöre hierher geholt.«

»Interessieren sich noch andere für ihn?«, fragte Harry.

»Da wären wir«, verkündete Esaias und trat durch eine Tür. Sie kamen in einen Raum, in dem zwei Männer mit verschränkten Armen standen und durch ein braunes Fenster starrten.

»Verspiegelt«, flüsterte Esaias. »Er kann uns nicht sehen.«

Die zwei vor dem Fenster nickten Esaias und Harry zu und machten Platz.

Sie blickten in einen kleinen, schwach beleuchteten Raum, in dessen Mitte ein Stuhl und ein kleiner Tisch standen. Auf dem Tisch standen ein überfüllter Aschenbecher und ein Mikrofon in einer Halterung. Der Mann auf dem Stuhl hatte dunkle Augen und einen dicken schwarzen Schnauzbart, der an den Mundwinkeln herabhing. Trotz Wrights unscharfen Bildern erkannte Harry ihn sofort wieder.

»Der Norweger?«, murmelte einer der beiden Männer und machte eine Kopfbewegung in Harrys Richtung. Esaias Burne nickte.

»Okay«, sagte der Mann, an Harry gerichtet, doch ohne dabei den Gefangenen aus den Augen zu lassen. »Er gehört dir, Norweger. Du hast zwanzig Minuten.«

»Im Telefax stand ...«

»Scheiß auf das Telefax, Norweger. Weißt du, wie viele Länder mit diesem Kerl reden wollen oder ihn ausgeliefert haben wollen?«

»Äh, nein.«

»Sei froh, dass du überhaupt mit ihm reden kannst«, sagte der Mann.

»Warum ist er bereit, mit mir zu sprechen?«

»Woher sollen denn wir das wissen? Frag ihn selbst.«

Harry versuchte, ruhig zu atmen, als er den kleinen, engen Raum betrat. An der gemauerten Wand, über die sich rote Roststreifen zogen, hing eine Uhr. Sie zeigte halb zwölf. Harry dachte an die Polizisten, die ihn mit Argusaugen beobachteten. Vielleicht war es das, was ihn derart feuchte Hände bekommen ließ. Die Gestalt auf dem Stuhl saß zusammengesunken mit halb geschlossenen Augen da.

»Andreas Hochner?«

»Andreas Hochner?«, wiederholte der Mann auf dem Stuhl flüsternd, hob seinen Kopf und sah aus, als hätte er gerade jemanden erblickt, den er am liebsten zertreten würde. »Nein, der ist zu Hause und fickt deine Mutter.«

Harry setzte sich vorsichtig hin. Er glaubte, das Gelächter hinter dem schwarzen Spiegel hören zu können.

»Ich bin Harry Hole von der norwegischen Polizei«, sagte er leise. »Sie waren bereit, mit uns zu sprechen.«

»Norwegen?«, sagte Hochner skeptisch. Er beugte sich vor und sah sich Harrys Ausweis genau an. Dann lächelte er etwas abwesend.

»Entschuldige, Hole, man hat mir nicht gesagt, dass es heute Norwegen sein würde, verstehst du. Ich habe auf euch gewartet.«

»Wo ist dein Anwalt?« Harry legte seine Mappe auf den Tisch, öffnete sie und nahm das Blatt mit den Fragen und den Notizblock heraus.

»Vergiss ihn, ich traue dem Kerl nicht. Ist das Mikrofon an?«

»Ich weiß es nicht. Ist das wichtig?«

»Ich will nicht, dass uns diese Nigger zuhören. Ich bin bereit, einen Deal einzugehen. Mit dir. Mit Norwegen.«

Harry sah von seinem Blatt auf. Die Uhr über Hochners Kopf tickte. Drei Minuten waren vergangen. Irgendetwas sagte ihm, dass es alles andere als sicher war, ob ihm wirklich die vereinbarte Zeit zugestanden wurde.

»Was für einen Deal?«

»Ist das Mikrofon an?«, zischte Hochner durch die Zähne.

»Was für einen Deal?«

Hochner verdrehte die Augen. Dann beugte er sich über den Tisch und flüsterte schnell:

»In Südafrika gilt die Todesstrafe für die Sachen, die man mir vorwirft. Verstehst du, auf was ich hinauswill?«

»Vielleicht, sprich weiter.«

»Ich kann dir ein paar Dinge über den Mann in Oslo sagen, wenn du mir garantierst, dass sich deine Regierung bei diesen Niggern hier für meine Begnadigung einsetzt. Weil ich euch geholfen habe, nicht wahr? Eure Ministerpräsidentin war doch hier, sie und Mandela haben sich in den Armen gelegen. Diese ANC-Bonzen, die jetzt das Land regieren, mögen Norwegen. Ihr unterstützt sie, habt uns boykottiert, als diese Niggerkommunisten euch darum gebeten haben. Sie werden auf euch hören, verstehst du?«

»Warum kannst du nicht mit der hiesigen Polizei einen solchen Handel machen?«

»Verflucht!« Hochners Faust knallte auf den Tisch, so dass der Aschenbecher hochflog und es anschließend Kippen regnete. »Kapierst du denn überhaupt nichts, du Scheißbulle? Die glauben, ich hätte Niggerjungs auf dem Gewissen.«

Seine Hände umklammerten die Tischplatte und er starrte Harry mit weit aufgerissenen Augen an. Dann fiel sein Gesicht gleichsam zusammen und faltete sich wie ein löchriger Fußball. Er verbarg sein Gesicht in den Händen.

»Die wollen mich doch bloß hängen sehen!«

Ein tiefes Schluchzen war zu hören. Harry beobachtete ihn. Wer konnte wissen, wie viele Stunden sie Hochner mit Verhören wachgehalten hatten, ehe er selbst hierher gekommen war. Er atmete tief ein. Dann beugte er sich über den Tisch, nahm mit der einen Hand das Mikrofon und zog mit der anderen den Stecker heraus.

»*Deal*, Hochner. Wir haben vielleicht zehn Sekunden. Wer ist Urias?«

Hochner sah ihn durch die Finger an.

»Was?«

»Schnell, Hochner, die werden gleich hier sein!«

»Er … ist ein alter Kerl, sicher über siebzig. Ich habe ihn nur einmal gesehen, bei der Übergabe.«

»Wie sah er aus?«

»Alt, wie gesagt …«

»Irgendwelche Merkmale?«

»Er trug Mantel und Hut. Und es war mitten in der Nacht in einem schlecht beleuchteten Containerhafen. Blaue Augen, glaube ich, mittelgroß …«

»Über was habt ihr gesprochen? Schnell!«

»Zuerst haben wir englisch geredet, sind dann aber zum Deutschen übergegangen, als er bemerkte, dass ich deutsch kann. Ich habe ihm erzählt, dass meine Eltern aus dem Elsass kamen. Er sagte, er sei selbst dort gewesen, in Sennheim.«

»Was hat er für einen Auftrag?«

»Keine Ahnung. Aber das ist ein Amateur, der hat viel geredet, und als er das Gewehr hatte, sagte er, es sei das erste Mal seit über fünfzig Jahren, dass er eine Waffe in den Händen halte. Er sagte, er hasse …«

Die Tür des Raumes wurde aufgerissen.

»Hasse was?«, rief Harry.

Im gleichen Augenblick spürte er eine Hand, die sich um seine Kehle legte und zudrückte. Eine Stimme fauchte ihm ins Ohr:

»Was, zum Teufel, tun Sie da?«

Harry hielt Hochners Blick stand, während sie ihn rücklings zur Tür zerrten. Hochners Blick war glasig geworden und sein Adamsapfel hüpfte auf und ab. Harry konnte sehen, dass sich seine Lippen bewegten, doch er konnte ihn nicht verstehen.

Dann fiel die Tür ins Schloss.

Harry rieb sich den Nacken, während Esaias ihn zum Flughafen fuhr. Sie saßen bereits zwanzig Minuten im Auto, ehe Esaias etwas sagte.

»Wir sind seit sechs Jahren an dieser Sache dran. Die Liste dieses Waffenschiebers umfasst zwanzig Länder. Wir haben uns immer vor dem gefürchtet, was heute geschehen ist – dass jemand mit diplomatischer Hilfe lockt, um irgendwelche Informationen zu bekommen.«

Harry zuckte mit den Schultern.

»Und wenn schon? Ihr habt ihn gefasst und eure Sache gut gemacht, Esaias, jetzt müsst ihr euch nur noch die Auszeichnung abholen. Welche Absprachen dann getroffen werden wegen Hochner und der Regierung, ist doch nicht mehr eure Sache.«

»Du bist Polizist, Harry, du weißt, wie es ist, wenn Verbrecher frei abziehen können, Leute, die nicht einmal mit der Wimper zucken, wenn sie jemanden umbringen, und von denen du genau weißt, dass sie, kaum dass sie wieder auf der Straße sind, da weitermachen, wo sie aufgehalten worden sind.«

Harry antwortete nicht.

»Du weißt das doch? Ja? Gut, denn dann habe ich einen Vorschlag. Es hörte sich an, als hättest du von Hochner bekommen, was du wolltest. Das heißt, es liegt jetzt an dir, ob du den Deal einhältst oder nicht. *Understand – izzit?*«

»Ich mach nur meinen Job, Esaias, und ich kann Hochner später als Zeugen gebrauchen. Tut mir Leid.«

Esaias schlug so hart auf das Lenkrad, dass Harry zusammenzuckte.

»Lass mich dir etwas erzählen, Harry. Vor der Wahl 1994, als wir noch eine weiße Minderheitsregierung hatten, hat Hochner zwei schwarze Mädchen erschossen, beide elf Jahre alt. Er stand in einer schwarzen Township namens Alexandria auf einem Wasserturm und hat auf den Schulhof geschossen. Wir glauben, dass irgendwelche Leute von der Afrikaner Volkswag, der Apartheidspartei, dahinter standen. Die Schule leistete Widerstand, denn sie hatte drei weiße Schüler. Er verwendete Singapur-Kugeln, die gleichen, die sie in Bosnien benutzt haben. Die öffnen sich nach hundert Metern und bohren sich wie ein Bohrer durch alles, was sie treffen. Beiden schoss er in den Hals, und da war es ausnahmsweise mal egal, dass es – wie immer in schwarzen Townships – eine Stunde dauerte, bis ein Krankenwagen auftauchte.«

Harry antwortete nicht.

»Aber du irrst dich, wenn du glaubst, dass wir auf Rache aus sind, Harry. Wir haben begriffen, dass es nicht möglich ist, eine neue Gesellschaft auf der Grundlage des Hasses aufzubauen. Deshalb hat die erste demokratisch gewählte schwarze Regierung des Landes eine Kommission eingerichtet, die sich um die Übergriffe während der Apartheid kümmerte. Dabei ging es nicht um Rache, sondern um Bekenntnis und Vergebung. Das hat viele Wunden geheilt und der ganzen Gesellschaft gut getan. Doch gleichzeitig sind wir im Begriff, den Kampf gegen die Kriminalität zu verlieren, besonders hier in Joeburg, wo die Dinge vollkommen außer Kontrolle geraten sind. Wir sind eine junge, verletzbare Nation, Harry, und wenn es mit uns weitergehen soll, müssen wir beweisen, dass Recht und Ordnung eine Bedeutung haben und dass das Chaos nicht als Entschuldigung für weitere Verbrechen herhalten darf. Jeder hier erinnert sich an die Morde von 1994 und alle verfolgen die Sache jetzt in den Zeitungen. Deshalb ist diese Sache wichtiger als deine oder meine private Agenda, Harry.«

Er ballte seine Faust und schlug noch einmal aufs Lenkrad.

»Es geht nicht darum, dass wir uns als Richter über Leben und Tod aufspielen, sondern darum, dem einfachen Volk den Glauben an die Gerechtigkeit zurückzugeben. Und manchmal braucht es die Todesstrafe, um ihnen diesen Glauben zu geben.«

Harry schnippte eine Zigarette aus dem Päckchen, öffnete das Fenster einen Spaltbreit und blickte zu den gelben Schlackehügeln hinaus, die die monotone, trockene Landschaft durchbrachen.

»Was sagst du dazu, Harry?«

»Dass du Gas geben musst, damit ich mein Flugzeug noch kriege, Esaias.«

Esaias schlug derart hart auf das Lenkrad, dass Harry sich wunderte, wie das Rad es aushielt.

Lainzer Tiergarten, Wien, 27. Juni 1944

33 Helena saß allein auf dem Rücksitz von André Brockhards schwarzem Mercedes. Das Auto rauschte langsam zwischen den mächtigen Rosskastanien hindurch, die die Allee auf beiden Seiten säumten. Sie waren auf dem Weg zu den Ställen im Lainzer Tiergarten.

Ihr Blick schweifte über die grünen Lichtungen. Hinter ihnen hing eine Staubwolke über dem trockenen Kiesweg und selbst mit geöffnetem Fenster war es unerträglich heiß im Wagen.

Ein paar Pferde, die im Schatten am Rand des Buchenwaldes grasten, hoben die Köpfe, als das Auto vorbeifuhr.

Helena liebte den Lainzer Tiergarten. Vor dem Krieg hatte sie in diesem großen Waldgebiet auf der Südseite des Wienerwalds oft ihre Sonntage verbracht; sie hatte mit ihren Eltern, Onkeln oder Tanten gepicknickt oder war mit Freunden ausgeritten.

Sie war auf alles vorbereitet gewesen, als sie am Morgen von der alten Schwester im Krankenhaus den Bescheid erhalten hatte, André Brockhard wolle sie sprechen und ihr am Vormittag einen Wagen schicken. Seit sie das Empfehlungsschreiben der Krankenhausleitung und die Ausreisegenehmigung in den Händen hatte, war sie wie auf Wolken gegangen, und so war ihr erster Gedanke gewesen, diese Gelegenheit zu nutzen, um Christophers Vater für die Hilfe zu danken. Doch dann dachte sie daran, dass André Brockhard sie wohl kaum zu sich gebeten hatte, damit sie sich bei ihm bedanken könnte.

Immer mit der Ruhe, Helena, dachte sie. Sie können uns jetzt nicht mehr aufhalten. Morgen früh sind wir weg von hier.

Am vorigen Tag hatte sie zwei Koffer mit Kleidern und ihren liebsten Sachen gepackt. Als Letztes hatte sie das Kruzifix, das über ihrem Bett hing, in den Koffer gelegt. Die Spieldose, die sie von ihrem

Vater erhalten hatte, stand noch immer auf dem Toilettentischchen. Es war merkwürdig, wie wenig ihr jetzt Sachen bedeuteten, von denen sie sich freiwillig nie hatte trennen wollen. Beatrice hatte ihr geholfen und sie hatten über alte Zeiten geredet, während sie den Schritten der Mutter lauschten, die unten auf dem Flur auf und ab marschierte. Es würde ein harter, schwieriger Abschied werden. Doch jetzt dachte sie nur noch an heute Abend. Urias hatte nämlich gesagt, es sei wirklich unverzeihlich, wenn er nicht etwas von Wien zu sehen bekäme, ehe er fortging, und dann hatte er sie zum Essen eingeladen. Wohin, wusste sie nicht, er hatte ihr nur geheimnisvoll zugezwinkert und gefragt, ob sie sich wohl noch einmal das Auto des Försters leihen könnte.

»Da wären wir, Fräulein Lang«, sagte der Chauffeur und deutete nach vorn, wo die Allee an einem Springbrunnen endete. Über dem Wasser balancierte ein vergoldeter Amor auf einem Bein auf einer Kugel aus Speckstein. Dahinter lag ein graues steinernes Herrschaftshaus. Auf jeder Seite des Gebäudes standen zwei lang gestreckte, niedrige Holzhäuser, die gemeinsam mit einem weiteren einfachen Steinhaus den Innenhof hinter dem Hauptgebäude umringten.

Der Chauffeur hielt den Wagen an, stieg aus und öffnete Helena die Tür.

André Brockhard hatte an der Tür des Herrschaftshauses gewartet. Jetzt kam er auf sie zu und seine blanken Reitstiefel glänzten in der Sonne. André Brockhard war weit über fünfzig, doch sein Gang war so schwungvoll wie der eines Jugendlichen. Wegen der Wärme hatte er seine rote Wolljacke aufgeknöpft, doch er wusste wohl auch, dass sein athletischer Körper so besser zur Geltung kam. Die Reithosen lagen eng um seine muskulösen Beine. Brockhard senior erinnerte mit keiner Faser an seinen Sohn.

»Helena!« Seine Stimme war genauso herzlich und warm, wie es bei Menschen möglich ist, die so mächtig sind, dass sie selbst entscheiden, wann eine Situation herzlich und warm sein soll. Es war lange her, dass sie ihn das letzte Mal gesehen hatte, doch es kam Helena so vor, als sähe er aus wie immer: die weißen Haare, die hochgewachsene Gestalt, die majestätische Nase und die blauen Augen, die sie ansahen. Der herzförmige Mund ließ erkennen, dass dieser Mann auch eine weiche Seite haben konnte, doch die hatte er den meisten bislang vorenthalten.

»Wie geht es Ihrer Mutter? Ich hoffe, es war nicht zu dreist von mir, Sie auf diese Weise von der Arbeit wegzulotsen«, sagte er und reichte ihr kurz und trocken die Hand. Ohne auf eine Antwort zu warten, fuhr er fort:

»Ich muss mit Ihnen sprechen und war der Meinung, dass es eilte.« Er breitete seine Hände aus. »Ja, hier waren Sie wohl schon einmal.«

»Nein«, sagte Helena und blinzelte ihm lächelnd entgegen.

»Nicht? Ich dachte, Chistopher hätte Sie irgendwann einmal hierher mitgebracht. Als Kinder wart ihr doch unzertrennlich.«

»Da spielt Ihnen Ihre Erinnerung wohl einen kleinen Streich, Herr Brockhard. Christopher und ich, wir kannten uns wohl, aber ...«

»Wirklich? Aber dann muss ich Sie herumführen. Lassen Sie uns zu den Ställen hinuntergehen.«

Er legte seine Hand leicht auf ihren Rücken und steuerte sie in Richtung der lang gestreckten Holzgebäude. Der Kies knirschte unter ihren Schritten.

»Es ist so traurig, was mit Ihrem Vater geschehen ist, Helena. Es tut mir wirklich Leid. Ich wäre froh, etwas für Sie und Ihre Frau Mutter tun zu können.«

Sie hätten uns wie sonst immer zu Ihrem Weihnachtsempfang einladen können, dachte Helena, sagte aber nichts. Im Grunde war es ihr ganz recht gewesen. So war ihr wenigstens das Gezeter ihrer Mutter erspart geblieben, doch auch mitzukommen.

»Janic!«, rief Brockhard einen schwarzhaarigen Jungen an, der in der Sonne an der Wand stand und Zaumzeug putzte. »Hol Venezia.«

Der Junge verschwand im Stall, und Brockhard blieb stehen und schlug sich mit der Peitsche leicht über das Knie, während er mit den Füßen auf und ab wippte. Helena warf einen Blick auf ihre Armbanduhr.

»Ich fürchte, ich kann nicht so lange bleiben, Herr Brockhard. Mein Dienst ...«

»Ja, natürlich, ich verstehe. Dann will ich gleich zur Sache kommen.«

Von drinnen hörten sie hitziges Gewieher und das Geklapper von Hufen auf Holzplanken.

»Wie Sie vielleicht wissen, haben Ihr Vater und ich ein paar Geschäfte miteinander gemacht. Vor seinem traurigen Konkurs, natürlich.«

»Das weiß ich.«

»Ja, und Sie wissen auch, dass Ihr Vater eine Menge Schulden hatte. Das war ja indirekt der Grund für all das, was dann geschehen ist. Ich meine diese unglückliche …« Er suchte nach dem richtigen Wort und fand es:

»… *Affinität* zu den jüdischen Wucherern, die hat ihm ja wirklich nicht gut getan.«

»Sie meinen Joseph Bernstein?«

»Ich kann mir die Namen dieser Menschen nicht merken.«

»Das sollten Sie aber, er war doch ein häufiger Gast bei Ihren Weihnachtsempfängen.«

»Joseph Bernstein?« André Brockhard lachte, doch das Lachen gelangte nicht bis in seine Augen. »Das muss viele Jahre her sein.«

»Weihnachten 1938, vor dem Krieg.«

Brockhard nickte und warf einen ungeduldigen Blick in Richtung Stalltür.

»Sie erinnern sich genau, Helena. Das ist löblich. Christopher kann jemanden mit einem guten Kopf gebrauchen. Da er hin und wieder den seinen verliert, meine ich. Ansonsten ist er ein guter Junge, das werden Sie schon merken.«

Helena spürte, wie ihr Herz heftiger zu schlagen begann. Sollte doch etwas schief laufen? Brockhard senior sprach zu ihr wie zu einer zukünftigen Schwiegertochter. Sie spürte jedoch, dass sie nicht ängstlich, sondern wütend wurde. Als sie wieder sprach, wollte sie eigentlich einen freundlicheren Ton anschlagen, aber die Wut hatte sich wie ein Würgegriff um ihre Kehle gelegt und ließ ihre Stimme hart und metallisch klingen:

»Ich hoffe, da ist kein Missverständnis entstanden, Herr Brockhard.«

Brockhard musste den Klang ihrer Stimme bemerkt haben, auf jeden Fall war nicht mehr viel von der Wärme verblieben, mit der er sie empfangen hatte, als er erwiderte: »Dann sollten wir dieses Missverständnis aus dem Weg räumen. Ich möchte gerne, dass Sie einen Blick auf dieses Dokument werfen.«

Er zog ein Blatt Papier aus der Innentasche seiner roten Jacke, entfaltete ihn und reichte ihn ihr.

Bürgschaft stand ganz oben auf dem Dokument, das wie ein Vertrag aussah. Ihre Augen huschten über die enge Schrift. Sie verstand nicht viel von alldem, außer dass das Haus ihrer Eltern im Wienerwald erwähnt wurde und dass der Name ihres Vaters und der von André Brockhard sowie deren Unterschriften auf dem Blatt standen. Sie sah ihn fragend an.

»Eine Bürgschaft«, sagte sie.

»Genau«, nickte er. »Als Ihr Vater erkannte, dass die Kredite der Juden eingezogen werden würden und damit auch die seinen, kam er zu mir und bat mich um eine Bürgschaft für einen größeren Refinanzierungskredit in Deutschland. Leider war ich so weich und ließ mich breitschlagen. Ihr Vater war ein stolzer Mann, und damit die Bürgschaft nicht wie ein bloßer Gefallen aussah, bestand er darauf, dass die Sommerresidenz, in der Sie und Ihre Mutter jetzt wohnen, als Sicherheit für die Bürgschaft eingesetzt wurde.«

»Warum für die Bürgschaft und nicht für den Kredit?«

Brockhard sah sie überrascht an.

»Gute Frage. Der Wert des Hauses war nicht groß genug für den Kredit, den Ihr Vater benötigte.«

»Aber André Brockhards Unterschrift reichte aus?«

Er lächelte und fuhr sich mit einer Hand über seinen breiten Stiernacken, auf dem eine dünne Schweißschicht glänzte.

»Ich habe das eine oder andere Besitztum in Wien.«

Eine grobe Untertreibung. Jeder wusste, dass André Brockhard gewaltige Aktienanteile an zwei der größten österreichischen Industriegesellschaften besaß. Nach dem Anschluss – Hitlers Einmarsch 1938 – hatte die Gesellschaft ihre Produktion von Werkzeug und Maschinen auf Waffen umgestellt und Brockhard war vielfacher Millionär geworden. Und jetzt wusste Helena, dass ihm auch das Haus gehörte, in dem sie wohnte. Sie spürte, wie sich ein harter Klumpen in ihrem Bauch bildete.

»Aber machen Sie doch nicht so ein bekümmertes Gesicht, meine liebe Helena«, sagte Brockhard, nun wieder mit Wärme in der Stimme. »Ich denke doch nicht daran, Ihrer Frau Mutter das Haus zu nehmen.«

Doch der Klumpen in Helenas Bauch wurde größer. Ebenso gut hätte er hinzufügen können: »Oder meiner eigenen Schwiegertochter.«

»Venezia!«, platzte er plötzlich heraus.

Helena wandte sich zur Stalltür, wo der Stalljunge aus dem Schatten trat und ein leuchtend weißes Pferd herausführte. Obgleich ein wahrer Gedankensturm durch Helenas Kopf raste, vergaß sie bei diesem Anblick für einen kurzen Augenblick all ihre Sorgen. Das war das schönste Pferd, das sie jemals gesehen hatte. Wie ein überirdisches Geschöpf stand es vor ihr.

»Ein Lipizzaner«, erklärte Brockhard. »Die bestdressierte Pferderasse der Welt. 1562 von Maximilian II. aus Spanien importiert. Sie waren doch sicher mit Ihrer Mutter schon einmal in der Spanischen Reitschule und haben sich die Dressurvorführungen angeschaut, nicht wahr?«

»Ja, natürlich.«

»Das ist wie Ballett, finden Sie nicht auch?«

Helena nickte. Sie konnte ihre Augen nicht von dem Tier losreißen.

»Bis Ende August sind die hier im Lainzer Tiergarten und machen Sommerferien. Leider dürfen die Tiere nur von den Reitern der Spanischen Reitschule geritten werden. Untrainierte Reiter könnten ihnen Fehler beibringen. Jahre exaktester Dressurarbeit könnten dann umsonst gewesen sein.«

Das Pferd war gesattelt. Brockhard nahm die Zügel und der Stalljunge entfernte sich. Das Tier stand vollkommen still da.

»Manche behaupten, es sei grausam, Pferden Tanzschritte beizubringen, und dass es Tierquälerei sei, sie Dinge zu lehren, die angeblich wider ihre Natur sind. Wer das sagt, hat diese Tiere nicht beim Training gesehen, aber das habe ich, und ich kann Ihnen versichern, die Pferde lieben das. Wissen Sie, warum?«

Er strich dem Pferd über das Maul.

»Weil das die Ordnung der Natur ist. Gott hat es in seiner Weisheit so eingerichtet, dass das unterlegene Geschöpf nie glücklicher sein kann, als wenn es einem überlegenen dienen und gehorchen kann. Man braucht sich doch nur Kinder und Erwachsene anzuschauen. Mann und Frau. Selbst in den so genannten demokratischen Ländern treten die Schwachen freiwillig die Macht an eine Elite ab, die stärker und klüger ist als sie selbst. Und weil wir alle Geschöpfe Gottes sind, liegt es in der Verantwortung der überlegenen Geschöpfe, dafür zu sorgen, dass sich die Unterlegenen unterwerfen.«

»Um sie glücklich zu machen?«

»Genau, Helena. Sie verstehen viel für eine so … junge Frau.«

Sie konnte nicht sagen, welches Wort er stärker betonte.

»Es ist wichtig, dass man erkennt, wo sein Platz ist, sowohl für die, die vorne stehen, als auch für die anderen. Widersetzt man sich, wird man auf lange Sicht nie glücklich.«

Er tätschelte den Hals des Pferdes und sah in Venezias große braune Augen.

»Du bist keine, die sich widersetzt, nicht wahr?«

Helena begriff, dass er damit sie meinte, und schloss die Augen, während sie versuchte, tief und ruhig zu atmen. Sie wusste, dass das, was sie jetzt sagen würde, von entscheidender Bedeutung für ihr ganzes Leben wäre, und dass sie sich nicht von ihrer augenblicklichen Wut hinreißen lassen durfte.

»Nicht wahr?«

Plötzlich wieherte Venezia und warf den Kopf zur Seite, so dass Brockhard auf dem Kies ausrutschte, das Gleichgewicht verlor und sich am Zügel unter dem Hals des Pferdes festklammerte. Der Stallbursche kam herbeigestürzt, doch noch bevor er zur Stelle war, hatte Brockhard mit schweißnassem, rotem Gesicht wieder Halt unter den Füßen bekommen. Verärgert hieß er den Jungen zu verschwinden. Helena konnte sich ein Lächeln nicht verkneifen und vielleicht bemerkte Brockhard es. Jedenfalls hob er seine Peitsche in Richtung des Pferdes, besann sich dann aber wieder und ließ sie sinken. Er formte ein paar Worte mit seinem herzförmigen Mund, was Helena noch mehr amüsierte. Dann trat er zu ihr und legte seine Hand noch einmal leicht, aber doch spürbar auf ihren Rücken.

»Wir haben genug gesehen und auf Sie wartet eine wichtige Arbeit, Helena. Lassen Sie mich Sie zum Wagen begleiten.«

Sie stellten sich an die Treppe, während sich der Chauffeur ins Auto setzte, um vorzufahren.

»Ich hoffe und rechne damit, Sie hier bald wiederzusehen, Helena«, sagte er und nahm ihre Hand. »Meine Gattin bat mich übrigens, Ihrer Mutter die besten Grüße auszurichten. Ich glaube, sie sprach sogar davon, Sie beide an einem der nächsten Wochenenden zum Essen einzuladen. Ich weiß nicht mehr genau, wann, aber Sie werden sicher von ihr hören.«

Helena wartete, bis der Chauffeur ausgestiegen war und ihr die Tür geöffnet hatte, ehe sie sagte:

»Wissen Sie, warum das dressierte Pferd Sie fast zu Boden geworfen hätte, Herr Brockhard?«

Sie blickte ihn an und erkannte, wie ihm die Hitze wieder in die
Augen stieg.

»Weil Sie ihm direkt in die Augen gesehen haben. Pferde erachten
Augenkontakt als etwas Herausforderndes, als ob man sie oder ihre
Stellung in der Herde nicht respektiert. Wenn das Tier den Augenkontakt nicht vermeiden kann, muss es auf andere Weise reagieren,
unter anderem, indem es Aufruhr stiftet. Ohne Respekt zu zeigen,
kommen Sie auch bei der Dressur nicht weit, egal, wie überlegen
Ihre Art auch sein mag; das wird Ihnen jeder x-beliebige Tierpfleger
bestätigen. Für einige Arten ist es unerträglich, keinen Respekt zu bekommen. Im argentinischen Hochgebirge gibt es eine Wildpferde-
rasse, die sich den nächsten Abhang hinunterstürzt, wenn ein
Mensch sie zu reiten versucht. Leben Sie wohl, Herr Brockhard.«

Sie setzte sich auf den Rücksitz des Mercedes und atmete zitternd
aus, als sich die Tür weich hinter ihr schloss. Als sie über die Allee im
Lainzer Tiergarten fuhren, schloss sie die Augen und sah André
Brockhards versteinerte Gestalt im Staub hinter sich verschwinden.

Wien, 28. Juni 1944

34 »Guten Abend, meine Herrschaften.«
Der kleine, magere Oberkellner verbeugte sich tief,
und Helena kniff Urias in den Arm, weil dieser sein Lachen nicht
zurückhalten konnte. Sie hatten den ganzen Weg vom Hospital
lachen müssen, weil sie so ein Aufsehen erregten. Als sich nämlich
gezeigt hatte, welch elender Chauffeur Urias war, hatte Helena ver-
langt, dass er jedes Mal am Straßenrand anhielt, wenn ihnen auf der
schmalen Fahrbahn ein Wagen entgegenkam. Doch stattdessen hatte
Urias pausenlos gehupt, was dazu führte, dass die entgegenkommenden Fahrzeuge an die Seite fuhren oder ganz einfach stehen
blieben. Glücklicherweise waren nicht mehr viele Autos in Wien unterwegs, weshalb sie noch vor halb acht mit heiler Haut in der Weihburggasse im Zentrum ankamen.

Der Oberkellner warf einen raschen Blick auf Urias Uniform, ehe er mit einer besorgten Falte auf der Stirn seine Reservierungsliste durchging. Helena blickte über seine Schulter hinweg. Kristalllüster hingen von der geschwungenen gelben Decke herab, die von weißen korinthischen Säulen getragen wurde, und das Summen und Lachen der Stimmen wurde kaum von der Musik des Orchesters übertönt.

Das ist also das Restaurant »Zu den drei Husaren«, dachte sie erwartungsvoll. Die drei Stufen draußen schienen sie von einer kriegsgezeichneten Stadt auf magische Weise in eine Welt geführt zu haben, in der Bomben und derartige Schrecknisse nur zweitrangig waren. Richard Strauss und Arnold Schönberg waren hier sicher Stammgäste gewesen, denn dies war der Ort, an dem sich die reichen, kultivierten und freisinnigen Bürger Wiens trafen. So freisinnig, dass es ihrem Vater nie in den Sinn gekommen war, seine Familie mit hierher zu nehmen.

Der Oberkellner räusperte sich. Helena erkannte, dass ihm Urias' Vizekorporalswürden nicht imponiert hatten. Vielleicht stolperte er aber auch über den seltsamen ausländischen Namen auf der Liste.

»Ihr Tisch ist bereit, folgen Sie mir bitte«, sagte er, nahm zwei Speisekarten mit, lächelte ihnen kurz zu und ging ihnen voran. Das Restaurant war brechend voll.

»Bitte sehr.«

Urias sah Helena mit leicht resigniertem Blick an. Sie hatten einen ungedeckten Tisch neben der Schwingtür zur Küche bekommen.

»Ihr Kellner wird gleich hier sein«, sagte der Oberkellner und verschwand. Helena sah sich um und begann zu lachen.

»Schau mal«, sagte sie. »Da ist unser ursprünglicher Tisch.«

Urias drehte sich um. Und ganz richtig, oben vor dem Orchesterpodium war ein Kellner bereits damit beschäftigt, einen freien, für zwei Personen gedeckten Tisch abzuräumen.

»Tut mir Leid«, sagte er. »Ich glaube, ich habe das Wort ›Major‹ vor meinen Namen gesetzt, als ich hier angerufen habe. Ich habe darauf vertraut, dass deine Schönheit meinen mangelnden Offiziersgrad überstrahlen würde.«

Er nahm ihre Hand und genau in diesem Moment begann das Orchester einen lustigen *Csárdás* zu spielen.

»Den spielen sie sicher für uns«, sagte er.

»Vielleicht.« Sie schlug die Augen nieder. »Wenn nicht, ist das aber auch nicht wichtig. Das, was du da hörst, ist Zigeunermusik. Diese

Musik ist schön, wenn sie von Zigeunern gespielt wird. Siehst du hier irgendwelche Zigeuner?«

Er schüttelte den Kopf, ohne seinen Blick abzuwenden. Er betrachtete aufmerksam ihr Gesicht, als sei es wichtig, jeden einzelnen Ausdruck, jede Hautfalte und jedes Haar in sich aufzunehmen.

»Sie sind alle weg«, sagte sie. »Die Juden auch. Glaubst du, dass an den Gerüchten etwas dran ist?«

»Welche Gerüchte?«

»Über die Konzentrationslager.«

Er zuckte mit den Schultern.

»Im Krieg gibt es immer irgendwelche Gerüchte. Was mich angeht, so würde ich mich in Hitlers Gefangenschaft wohl ziemlich sicher fühlen.«

Das Orchester begann ein dreistimmiges Lied zu spielen und einige der Zuhörer sangen mit.

»Was ist das?«, fragte Urias.

»Ein *Verbunkos*«, erwiderte Helena. »Eine Art Soldatenlied, genau wie das norwegische Lied, das du im Zug gesungen hast. Mit den Liedern sollten junge ungarische Männer für den Rákóczi-Krieg angeworben werden. Worüber lachst du?«

»Über all die merkwürdigen Sachen, die du weißt. Verstehst du auch, was die singen?«

»Ein bisschen. Hör auf zu lachen.« Sie kicherte. »Beatrice ist Ungarin und sie hat mir immer vorgesungen; da habe ich ein paar Worte aufgeschnappt. Es geht darin um vergessene Helden und Ideale und so etwas.«

»Vergessen.« Er drückte ihre Hand. »Genau wie es dieser Krieg einmal sein wird.«

Der Kellner hatte sich unbemerkt dem Tisch genähert und räusperte sich diskret, um auf seine Anwesenheit aufmerksam zu machen.

»Möchten die Herrschaften etwas bestellen?«

»Ich glaube, ja«, antwortete Urias. »Was können Sie heute empfehlen?«

»Hähnchen.«

»Kleine Hähne? Hört sich gut an. Vielleicht möchten Sie uns einen guten Wein empfehlen? Helena?«

Helenas Augen suchten die Speisekarte ab.

»Warum stehen da keine Preise?«, fragte sie.

»Der Krieg, Fräulein. Sie ändern sich von Tag zu Tag.«

»Und was kosten die Hähnchen?«

»Fünfzig Schilling.«

Aus den Augenwinkeln sah Helena, wie blass Urias wurde.

»Ich habe Appetit auf Gulaschsuppe«, sagte sie schnell. »Wir haben doch gerade gegessen, und ich habe gehört, Sie verständen sich hier so gut auf ungarische Rezepte. Willst du sie nicht auch kosten, Urias? Zwei große Essen am Tag sind doch nicht gesund.«

»Ich …«, begann Urias.

»Und einen leichten Wein«, fügte Helena hinzu.

»Zwei Gulaschsuppen und einen leichten Wein?«, fragte der Kellner mit hochgezogenen Augenbrauen.

»Sie haben mich sicher verstanden.« Sie gab ihm die Speisekarte und schenkte ihm ein strahlendes Lächeln. »Herr Ober.«

Sie sahen sich in die Augen, bis der Kellner in der Küche verschwunden war, dann brachen sie in Gelächter aus.

»Du bist verrückt!«, lachte er.

»Ich? Ich hab dich doch nicht mit weniger als fünfzig Schilling in der Tasche ins ›Drei Husaren‹ zum Essen eingeladen!«

Er holte ein Taschentuch hervor und beugte sich über den Tisch nach vorn. »Wissen Sie was, Fräulein Lang?«, fragte er, während er ihr die Freudentränen von der Wange tupfte. »Ich liebe Sie. Ja wirklich, das tue ich.«

In diesem Moment ging der Fliegeralarm los.

Wenn Helena später an diesen Abend zurückdachte, fragte sie sich oft, ob ihre Erinnerung sie nicht trog, ob die Bomben wirklich so dicht gefallen waren, wie sie glaubte, und ob sich wirklich alle umgedreht hatten, als sie den Mittelgang im Stephansdom entlang gegangen waren. Doch obgleich diese Nacht in Wien wie von einem unwirklichen Schleier verhüllt war, hinderte sie das nicht daran, sich an kalten Tagen ihr Herz mit den glücklichen Erinnerungen zu wärmen. Immer wieder dachte sie an den kurzen Augenblick in dieser Sommernacht zurück. Manchmal musste sie dann lachen, während ihr an anderen Tagen Tränen über die Wangen rollten, ohne dass sie jemals hätte sagen können, warum sie so reagierte.

Als der Fliegeralarm losging, verstummten alle anderen Geräusche. Eine Sekunde lang erstarrte das ganze Restaurant wie zu Eis,

dann erschallten die ersten Flüche unter dem vergoldeten Decken-
gewölbe.

»Diese Hunde!«

»Verflucht! Es ist doch erst acht!«

Urias schüttelte den Kopf.

»Die Engländer müssen verrückt sein«, sagte er. »Es ist ja noch
nicht einmal dunkel.«

Plötzlich standen an allen Tischen Kellner, während der Oberkellner von Tisch zu Tisch ging und irgendwelche kurzen Anweisungen gab.

»Sieh mal«, sagte Helena. »Da liegt bald das ganze Restaurant in
Trümmern, und die denken an nichts anderes als daran, dass auch jeder Gast seine Rechnung zahlt, ehe er sich in Sicherheit bringt.«

Ein Mann in einem dunklen Anzug kletterte aufs Podium, wo das
Orchester seine Instrumente zusammenpackte.

»Hören Sie bitte!«, rief er. »Wir ersuchen alle, die bereits bezahlt
haben, sich sogleich in den nächsten Schutzraum zu begeben. Er befindet sich neben der Weihburggasse 20. Bitte Ruhe, hören Sie mir
zu! Wenn Sie nach draußen kommen, gehen Sie nach rechts und
dann zweihundert Meter die Straße hinunter. Achten Sie auf die
Männer mit den roten Armbinden, die werden Ihnen zeigen, wo Sie
hinmüssen. Und keine Panik, es dauert noch eine Weile, bis die Flugzeuge hier sind.«

Im gleichen Moment war der erste Einschlag zu hören. Der Mann
auf dem Podium versuchte noch etwas zu sagen, doch die Stimmen
und Schreie im Restaurant übertönten ihn. Er gab auf, bekreuzigte
sich, sprang vom Podium und verschwand.

Menschen hasteten zum Ausgang, vor dem sich bereits zahlreiche,
von Angst gezeichnete Menschen zusammendrängten. An der Garderobe stand eine Frau und schrie: »Mein Regenschirm«, doch es
war keine Garderobiere mehr zu sehen. Eine erneute Detonation,
dieses Mal näher. Helena sah zu dem verlassenen Nachbartisch hinüber, auf dem zwei halb volle Weingläser aneinander klirrten, als der
Raum erzitterte. Ein hoher zweistimmiger Ton erklang. Zwei jün-
gere Frauen lotsten einen reichlich betrunkenen Mann zum Ausgang. Sein Hemd war aus der Hose gerutscht und er hatte ein seliges
Lächeln auf den Lippen.

Binnen zweier Minuten war das Restaurant vollkommen leer und eine seltsame Stille senkte sich über sie. Alles, was sie hörten, war das leise Schluchzen der Frau an der Garderobe. Sie hatte aufgehört, nach ihrem Schirm zu rufen, und ihren Kopf auf den Tresen gestützt. Halb volle Teller und geöffnete Flaschen standen überall auf den weißen Tischtüchern. Urias hielt noch immer Helenas Hand. Ein neuerliches Dröhnen ließ die Kristalllüster erzittern. Die Frau an der Garderobe schrak hoch und stürzte schreiend nach draußen.

»Endlich allein«, sagte Urias.

Die Erde unter ihnen zitterte und feiner Staub von vergoldetem Putz glitzerte in der Luft. Urias stand auf und streckte seine Arme aus.

»Unser bester Tisch ist gerade frei geworden, Fräulein. Wenn es Ihnen recht ist …«

Sie nahm seinen Arm, stand auf und gemeinsam schritten sie aufs Podium zu. Sie nahm den hohen Pfeiflaut kaum war. Das Donnern der darauf folgenden Explosion war ohrenbetäubend und ließ den Putz wie einen Sandsturm von den Mauern rieseln. Auch die großen Fenster zur Weihburggasse wurden eingedrückt. Das Licht erlosch.

Urias entzündete die Kerzen des Kandelabers, der auf dem Tisch stand, schob ihr den Stuhl zurecht, hob die zusammengefaltete Serviette zwischen Daumen und Zeigefinger an und entfaltete sie mit einem Schwung in der Luft, ehe er sie auf ihren Schoß gleiten ließ.

»Hähnchen und Prädikatswein?«, fragte er, während er diskret die Glassplitter von Tisch, Unterteller und ihren Haaren wischte.

Vielleicht waren es das Licht und der vergoldete Staub, der in der Luft glitzerte, während es draußen dunkel wurde, vielleicht war es der kühle Luftzug, der durch die geöffneten Fenster hereindrang und dem heißen, pannonischen Sommer eine Atempause bescherte. Vielleicht war aber auch nur ihr eigenes Herz, das Blut, das mit voller Wucht durch ihre Adern pulsierte, der Grund, dass sie diese Stunde intensiver als je irgendetwas zuvor erleben konnte. Denn sie erinnerte sich an Musik, und das war ja nicht möglich, wo doch das Orchester zusammengepackt hatte und geflüchtet war. War diese Musik nur ein Traum? Erst viele Jahre später, kurz bevor sie eine Tochter zur Welt bringen sollte, kam sie durch Zufall darauf, was es war, das sie an Musik hatte denken lassen. Der Vater ihrer Tochter hatte über die neue Wiege ein Mobile aus farbigen Glaskugeln gehängt. Eines Abends war er mit der Hand durch das Mobile gefahren, sie hatte die Musik sofort erkannt. Und begriffen, was es gewesen war. Es waren die Kristalllüster im »Drei Husaren«, die für sie gespielt hatten – ein feines, helles Glockenspiel –, als sie mit den Bewegungen der Erde schaukelten. Und Urias marschierte dazu immer wieder in die Küche, trug Salzburger Nockerln auf und drei Flaschen Heurigen aus dem Weinkeller, wo er auch einen der Köche mit einer Flasche im Schoß entdeckt hatte. Der Koch hatte nicht einmal versucht, Urias daran zu hindern, sich zu bedienen, sondern hatte ganz im Gegenteil anerkennend genickt, als Urias ihm die Flasche zeigte, die er ausgewählt hatte.

Dann schob er die vierzig Schilling, die er bei sich hatte, unter den Kandelaber und sie gingen in den milden Juniabend hinaus. In der Weihburggasse war es vollkommen still, doch die Luft war voller Rauch, Staub und Erde.

»Lass uns einen Spaziergang machen«, schlug Urias vor.

Ohne dass einer von ihnen ein Wort gesagt hatte, wohin sie gehen sollten, wandten sie sich nach rechts zur Kärntner Straße und standen plötzlich auf dem dunklen, menschenleeren Stephansplatz.

»Mein Gott«, sagte Urias. Die riesige Kathedrale vor ihnen erfüllte die noch junge Nacht.

»Ist das der Stephansdom?«, fragte er.

»Ja.« Helena legte den Kopf in den Nacken und ließ ihren Blick am Südturm emporgleiten. Die schwarzgrüne Spitze des Kirchendaches ragte in den Himmel, an dem die ersten Sterne zum Vorschein gekommen waren.

Das Nächste, an das sich Helena erinnerte, war, dass sie plötzlich in der Kirche standen. Sie sah die weißen Gesichter der Menschen vor sich, die dort Zuflucht gesucht hatten, und hörte das Weinen von Kindern und die Orgelmusik. Arm in Arm gingen sie zum Altar hinauf – oder hatte sie auch das nur geträumt? Stimmte es nicht, dass er sie plötzlich an sich gedrückt und gesagt hatte, sie müsse die Seine werden, und dass sie geflüstert hatte »ja, ja, ja«, während das Kirchenschiff die Worte aufnahm und sie unter der hohen Decke emporwarf zu den Tauben und dem Gekreuzigten, wo die Worte immer wieder erklangen, bis sie wahr sein mussten? Ob es geschehen war oder nicht – diese Worte trugen mehr Wahrheit in sich als diejenigen, die seit dem Gespräch mit André Brockhard auf ihrer Zunge lagen.

»Ich kann nicht mit dir gehen.«

Auch das wurde gesagt, aber wann, wo?

Sie hatte es noch am gleichen Nachmittag ihrer Mutter erzählt – dass sie nicht gehen würde, ihr aber keinen Grund genannt. Die Mutter hatte sie zu trösten versucht, doch Helena hatte den Laut der scharfen, selbstgerechten Stimme nicht ertragen und sich in ihrem Schlafzimmer eingeschlossen. Dann war Urias gekommen, hatte an die Tür geklopft, und sie hatte sich entschlossen, nicht mehr zu denken, sondern sich einfach fallen zu lassen, ohne Angst zu haben und an diesen bodenlosen Abgrund zu denken. Vielleicht hatte er es sofort bemerkt, als sie die Tür öffnete, vielleicht hatten sie dort auf der Türschwelle ein stilles Abkommen getroffen, den Rest ihres Lebens in den Stunden zu leben, die ihnen noch verblieben, ehe der Zug abfuhr.

»Ich kann nicht mit dir gehen.«

Der Name André Brockhard hatte wie Galle auf ihrer Zunge gebrannt und sie hatte ihn ausgespuckt. Gemeinsam mit alldem anderen: der Bürgschaft, der Sorge, ihre Mutter könnte auf die Straße gesetzt werden und ihr Vater kein anständiges Zuhause haben, wenn er zurückkam. Auch Beatrice hatte niemanden, zu dem sie gehen konnte. Ja, es wurde alles gesagt, doch wann? Hatte sie es ihm dort in der Kathedrale erzählt? Oder nachdem sie durch die Gassen in die Philharmonikerstraße gelaufen waren, wo die Bürgersteige von Mauerwerk und Glassplittern übersät waren und ihnen die gelben Flammen, die aus den Fenstern des alten Konditorhauses loderten, den Weg wiesen? Sie stürzten in die prunkvolle, doch jetzt menschenleere und dunkle Hotelhalle, entzündeten ein Streichholz, nahmen irgendeinen Schlüssel von der Wand hinter der Rezeption und rannten die Treppe hinauf, auf denen die dicken Teppiche jeden Laut erstickten, so dass sie wie Gespenster aussahen, die auf der Jagd nach Zimmer 342 durch die Korridore huschten. Dann lagen sie einander in den Armen, rissen sich die Kleider vom Leib, als ob auch diese in Flammen stünden, und als sein Atem auf ihrer Haut brannte, kratzte sie ihn bis aufs Blut und legte ihre Lippen auf seine Wunden. Sie wiederholte die Worte, bis sie wie eine Beschwörung klangen: »Ich kann nicht mit dir gehen.«

Als die Entwarnung signalisierte, dass die Bombardierung für dieses Mal zu Ende war, lagen sie fest umschlungen auf blutigen Laken, und sie weinte und weinte.

Danach war alles wie ein Mahlstrom aus Körpern, Schlaf und Träumen ineinander verwoben. Wann sie sich liebten und wann sie nur träumte, dass sie sich liebten, wusste sie nicht. Sie war mitten in der Nacht von dem Regen aufgewacht und hatte instinktiv gewusst, dass er fort war. Sie war ans Fenster getreten und hatte auf die Straßen hinuntergestarrt, die von Asche und Erde freigespült wurden. Das Wasser strömte bereits über die Bürgersteige und ein herrenloser Regenschirm segelte über die Straße in Richtung Donau. Dann war sie zurück zum Bett gegangen und hatte sich wieder hingelegt. Doch als sie wieder aufwachte, war es draußen hell gewesen, die Straßen waren trocken und er lag neben ihr und hielt den Atem an. Sie sah auf die Uhr auf dem Nachttischchen. Noch zwei Stunden, bis der Zug fuhr. Sie streichelte ihm über die Stirn.

»Warum atmest du nicht?«, flüsterte sie.

»Ich bin gerade aufgewacht, du atmest auch nicht.«

Sie schmiegte sich an ihn. Er war nackt, aber warm und verschwitzt.

»Dann sind wir wohl tot.«

»Ja«, sagte er bloß.

»Du warst weg.«

»Ja.«

Sie spürte, dass er zitterte.

»Aber jetzt bist du zurück«, sagte sie.

TEIL IV

FEGEFEUER

35 Harry parkte neben einer Baracke an der einzigen abschüssigen Straße, die er auf dem ebenen Kaigelände in Bjørvika finden konnte. Ein plötzlicher Warmlufteinbruch hatte den Schnee schmelzen lassen und die Sonne schien. Es war ganz einfach ein schöner Tag. Er ging zwischen den Containern hindurch, die wie gigantische Legosteinchen übereinander gestapelt in der Sonne warteten und scharfe Schatten auf den Asphalt zeichneten. Die Buchstaben und Zeichen verrieten, dass sie aus fernen Gefilden stammten: Taiwan, Buenos Aires oder Kapstadt. Harry stand an der Kaimauer und schloss die Augen, während er den Geruch von Salzwasser, sonnengewärmtem Teer und Diesel wahrnahm. Als er sie wieder öffnete, glitt die Dänemarkfähre in sein Blickfeld. Sie sah aus wie ein Kühlschrank. Ein Kühlschrank, der immer die gleichen Menschen in einem zeitvertreiberischen Pendelverkehr hin- und hertransportierte.

Er wusste, dass es zu spät war, um noch Spuren von dem Treffen zwischen Hochner und Urias zu finden; ja es war nicht einmal sicher, dass sie sich an diesem Containerhafen getroffen hatten. Ebenso gut hätte es Filipstad gewesen sein können. Trotzdem hatte er gehofft, der Ort könne ihm etwas sagen, seiner Phantasie den notwendigen Impuls geben.

Er trat an einen Reifen, der über die Kaimauer hinausragte. Vielleicht sollte er sich ein Boot anschaffen, so dass er im Sommer mit Vater und Søs aufs Meer hinausfahren konnte? Der Vater musste ein bisschen rauskommen, der früher so gesellige Mann war seit Mamas Tod vor acht Jahren ein richtiger Einsiedler geworden. Und Søs kam ohne fremde Hilfe nicht weit, auch wenn man oft vergessen konnte, dass sie unter dem Down-Syndrom litt.

Ein Vogel tauchte zwischen den Containern hinab. Blaumeisen fliegen mit bis zu achtundzwanzig Kilometern pro Stunde. Das hatte ihm Ellen erzählt. Stockenten mit bis zu zweiundsechzig. Beide kamen etwa gleich gut zurecht. Nein, das mit Søs war nicht gefährlich, um Vater machte er sich größere Sorgen.

Harry versuchte, sich zu konzentrieren. Alles, was Hochner gesagt hatte, hatte er in seinem Bericht vermerkt, Wort für Wort, doch jetzt versuchte er, sich an sein Gesicht zu erinnern, um herauszufinden, was dieser Mann *nicht* gesagt hatte. Wie sah Urias aus? Viel hatte Hochner nicht sagen können, doch wenn man eine Person beschreiben soll, beginnt man in der Regel mit dem Auffälligsten, mit dem, was diesen Menschen von anderen unterscheidet. Und das Erste, was Hochner an Urias aufgefallen war, waren dessen blaue Augen gewesen. Wenn Hochner blaue Augen an sich nicht als etwas Spezielles betrachtete, musste das heißen, dass Urias weder eine sichtbare Behinderung hatte noch irgendwie absonderlich sprach oder ging. Er sprach sowohl deutsch als auch englisch und war an einem Ort in Deutschland gewesen, der Sennheim hieß. Harry sah der Dänemarkfähre nach, die in Richtung Drøbak glitt. War Urias ein Seemann? Schwer zu glauben. Harry hatte in einem Atlas nachgeschaut, sogar in einem für Deutschland, hatte aber kein Sennheim finden können. Vielleicht hatte Hochner das einfach erfunden. Vermutlich unwichtig.

Hochner hatte gesagt, dass Urias voller Hass gewesen sei. Dann war seine Vermutung vielleicht richtig, dass die Person, nach der sie suchten, ein persönliches Motiv hatte. Doch was hasste er?

Die Sonne verschwand hinter dem Höhenzug. Die Brise vom Oslofjord frischte sofort auf und wurde kalt. Harry schlang den Mantel enger um sich und ging in Richtung Auto zurück. Und die halbe Million, hatte Urias die von einem Auftraggeber oder war das ein Kauf mit eigenem Geld?

Er nahm das Mobiltelefon. Ein Nokia, winzig klein, erst zwei Wochen alt. Er hatte sich lange dagegen gewehrt, doch Ellen hatte ihn schließlich überredet, sich eins anzuschaffen. Er wählte ihre Nummer.

»Hei, Ellen, ich bin's, Harry. Bist du allein? Okay. Konzentrier dich mal, bitte. Ja, wir machen das Spiel, bist du bereit?«

Sie hatten das schon oft gemacht. »Das Spiel« lief so, dass er ihr Stichworte gab. Keine Hintergrundinformation, keinen Hinweis, wo es in seiner Gedankenkette hakte, nur Bruchstücke von Informationen, ein bis fünf Worte lang, in zufälliger Reihenfolge. Sie hatten diese Methode mit der Zeit entwickelt. Die wichtigste Regel war, dass es mindestens fünf Hinweise sein mussten, aber auch nicht mehr als zehn. Harry war auf diese Idee gekommen, nachdem er mit Ellen um einen Nachtdienst gewettet hatte. Er hatte nicht geglaubt, dass es Ellen gelingen würde, sich an die Reihenfolge der Karten in einem

Kartenspiel zu erinnern, das sie nur zwei Minuten lang betrachtet hatte, also zwei Sekunden pro Karte. Er hatte drei Nachtdienste verloren, ehe er sich geschlagen gab. Danach hatte sie ihm die Methode erklärt, mit der sie sich erinnerte. Sie sah die Karten nicht als Karten an, sondern hatte von vornherein eine Person oder ein Geschehnis mit jeder Karte verknüpft. Auf diese Weise entstand eine Art Geschichte, wenn sie durch die Karten blätterte. Dann hatte er versucht, ihre Kombinationsgabe auch für die Arbeit zu nutzen. Manchmal mit verblüffenden Resultaten.

»Ein Mann, siebzig Jahre alt«, sagte Harry langsam. »Norweger. Eine halbe Million Kronen. Verbittert. Blaue Augen. Eine Märklin-Waffe. Spricht deutsch. Keine Gebrechen. Waffenschmuggel am Containerhafen. Schießtraining unweit von Skien. Das war's.«

Er setzte sich ins Auto.

»Nichts? Dachte ich mir. Okay. Einen Versuch war's aber wert. Danke trotzdem. Mach's gut.«

Harry steckte im dichten Verkehr vor dem Postgirohochhaus, als ihm plötzlich etwas in den Sinn kam und er noch einmal anrief.

»Ellen? Ich bin's noch mal. Du, ich habe eine Sache vergessen. Bist du bereit? *Hat mehr als fünfzig Jahre keine Waffe mehr in den Händen gehalten.* Ich wiederhole: *Hat mehr als fünfzig* … ja, ich weiß, dass das mehr als vier Worte sind. Noch immer nichts? Scheiße, jetzt hab ich die Ausfahrt verpasst! Bis bald, mach's gut.«

Er legte das Handy auf den Beifahrersitz und konzentrierte sich auf das Fahren. Er war gerade wieder aus dem Kreisverkehr heraus, als das Telefon klingelte.

»Harry. Was? Wie in aller Welt bist du denn darauf gekommen? Ja doch, ja doch, nein, werd jetzt nicht wütend, Ellen, ich vergess einfach manchmal, dass du auch nicht immer weißt, was in deiner Birne so vor sich geht. Gehirn. In deinem großen, wunderbaren Hirn, Ellen. Und ja, jetzt, wo du es sagst, ist es einleuchtend. Ich danke dir.«

Er legte auf und erinnerte sich im gleichen Moment daran, dass er ihr diese drei Nachtdienste noch immer schuldete. Jetzt, da er nicht mehr im Dezernat für Gewaltverbrechen arbeitete, musste er sich etwas anderes einfallen lassen. Vielleicht drei Sekunden lang dachte er darüber nach, was dieses »andere« sein konnte.

36 Die Tür ging auf und Harry blickte in ein Paar scharfe blaue Augen in einem faltigen Gesicht.

»Harry Hole, Polizei«, sagte er. »Ich habe heute Morgen angerufen.«

»Jawohl.«

Die grauweißen Haare des Mannes waren über der hohen Stirn glatt nach hinten gekämmt und er trug einen Schlips unter der Strickjacke. Even und Signe Juul stand auf dem Briefkasten am Tor des roten Zweifamilienhauses, das in einer ruhigen Villengegend im Norden des Zentrums lag.

»Bitte, kommen Sie herein, Herr Hole.«

Die Stimme war ruhig und sicher und irgendetwas an der Körperhaltung von Professor Juul ließ ihn jünger aussehen, als er sein konnte. Harry hatte Nachforschungen angestellt und war dabei auf den Hinweis gestoßen, dass der Geschichtsprofessor an der Heimatfront gekämpft hatte. Und obgleich Even Juul pensioniert war, galt er noch immer als *die* Koryphäe in Sachen norwegischer Besatzungsgeschichte und Nationaler Sammlung.

Harry beugte sich hinunter, um seine Schuhe auszuziehen. An der Wand vor ihm hingen alte, leicht verblichene Schwarzweißbilder in kleinen Rahmen. Eins von ihnen zeigte eine junge Frau in Krankenschwesteruniform. Ein anderes einen jungen Mann in einem weißen Frack.

Sie traten in ein Wohnzimmer, wo ein ergrauter Airedaleterrier zu bellen aufhörte und Harry stattdessen pflichtbewusst beschnupperte, ehe er sich wieder neben Juuls Lehnsessel legte.

»Ich habe einige Ihrer Artikel über Faschismus und Nationalsozialismus im *Dagbladet* gelesen«, begann Harry, als sie sich gesetzt hatten.

»Ist das wahr, euch gibt es also?«, erwiderte Juul lächelnd.

»Es scheint Ihnen ein Anliegen zu sein, vor dem heutigen neuen Nationalismus zu warnen.«

»Nicht zu warnen, ich will bloß ein paar historische Parallelen andeuten. Eine historische Verantwortung muss man aufdecken, nicht verurteilen.«

Juul zündete sich eine Pfeife an.

»Manch einer glaubt, Richtig und Falsch seien feste Größen. Das stimmt nicht, sie ändern sich mit der Zeit. Die Aufgabe der Historiker ist es zuallererst einmal, die historische Wahrheit zu finden, die Aussage der Quelle, und diese zu präsentieren, objektiv und leidenschaftslos. Wenn die Historiker über die Mängel der Menschen richten würden, würde unsere Arbeit für die Nachwelt wie tote Fossilien aussehen – Abdrücke der seinerzeit Rechtschaffenen.«

Eine blaue Rauchsäule stieg nach oben. »Aber deshalb sind Sie wohl nicht gekommen?«

»Wir fragen uns, ob Sie uns eventuell helfen könnten, einen Mann zu finden.«

»Sie haben das bereits am Telefon gesagt. Wer ist dieser Mann?«

»Das wissen wir nicht. Aber wir nehmen an, dass er blaue Augen hat, Norweger ist und über siebzig Jahre alt. Und er spricht deutsch.«

»Und?«

»Das ist alles.«

Juul lachte. »Ja, da habt ihr aber reichlich Auswahl.«

»Nun, es gibt hundertachtundfünfzigtausend Männer in diesem Land, die über siebzig sind, und ich schätze, etwa hunderttausend davon haben blaue Augen und sprechen deutsch.«

Juul zog seine Augenbrauen hoch. Harry lächelte dumm.

»Statistisches Jahrbuch. Ich hab zum Spaß mal nachgeschaut.«

»Und warum glauben Sie dann, dass ich Ihnen helfen kann?«

»Darauf komme ich noch. Dieser Mann soll einem anderen gegenüber geäußert haben, dass er seit mehr als fünfzig Jahren kein Gewehr mehr in den Händen gehalten hat. Ich dachte, das heißt, meine Kollegin dachte, dass mehr als fünfzig gleichzeitig weniger als sechzig heißt.«

»Logisch.«

»Ja, sie denkt sehr … logisch. Lassen Sie uns einmal davon ausgehen, dass es sich um fünfundfünfzig Jahre handelt. Da landen wir mitten im Zweiten Weltkrieg. Er ist um die zwanzig und hält also ein Gewehr in den Händen. Alle Norweger, die ein Gewehr besaßen, mussten dieses an die Deutschen abliefern. Wo war er folglich?«

Harry streckte drei Finger in die Höhe.

»Entweder war er im Widerstand oder er ist nach England geflohen oder er war im Dienst der Deutschen irgendwo an der Front. Er spricht besser deutsch als englisch. Das bedeutet …«

»Ihre Kollegin meint also, er müsse ein Frontkämpfer gewesen sein?«, fragte Juul.

»Genau zu dem Schluss ist sie gekommen.«

Juul zog an seiner Pfeife.

»Auch viele der Widerstandskämpfer mussten deutsch lernen«, wand er ein. »Um sich einzuschleichen, zu spionieren und so weiter. Und Sie vergessen die Norweger bei der schwedischen Polizei.«

»Die Schlussfolgerung ist demnach zu gewagt?«

»Tja, lassen Sie mich mal laut denken«, sagte Juul. »Rund fünfzehntausend Norweger haben sich freiwillig als Frontkämpfer gemeldet, siebentausend davon wurden eingezogen und bekamen somit eine Waffe. Das sind viel mehr als die, die nach England gegangen sind und sich dort zum Dienst gemeldet haben. Und auch wenn sich zum Schluss des Krieges viele Norweger für den Widerstand engagiert haben, so haben doch nur wenige eine Waffe in den Händen gehalten.«

Juul lächelte.

»Gehen wir vorläufig noch davon aus, dass Sie Recht haben. Diese Frontkämpfer stehen heute natürlich nicht als frühere Waffen-SS-Leute im Telefonbuch, aber ich denke, Sie haben herausgefunden, wo Sie suchen müssen?«

Harrry nickte.

»Im Archiv der Landesverräter. Nach Namen archiviert, mit all den Daten von den Rechtsverfahren damals. Ich bin das die letzten Tage durchgegangen. Ich dachte, dass einige vielleicht gestorben wären, so dass wir zu einer brauchbaren Anzahl kämen. Aber falsch.«

»Ja, das sind zähe Teufel«, lachte Juul.

»Und jetzt komme ich darauf, warum wir Sie angerufen haben. Sie kennen den Hintergrund der Frontkämpfer besser als alle anderen. Ich möchte, dass Sie mir helfen zu verstehen, wie so ein Mann denkt, was ihn antreibt.«

»Danke für das Vertrauen, Hole, aber ich bin Historiker und weiß nicht mehr über die Beweggründe der einzelnen Menschen als jeder andere. Wie Sie vielleicht wissen, war ich im Widerstand, in der Milorg, und das qualifiziert mich nicht gerade, mich in die Gedanken eines Frontkämpfers zu versetzen.«

»Ich glaube, dass Sie trotzdem einiges wissen, Juul.«

»Wirklich?«

»Ich glaube, Sie wissen, was ich meine. Ich habe mich recht intensiv über Sie erkundigt.«

Juul zog an seiner Pfeife und sah Harry an. In der Stille, die folgte, bemerkte Harry jemanden in der Tür. Er drehte sich um und erblickte eine ältere Frau. Sie hatte milde, ruhige Augen, die Harry ansahen.

»Wir unterhalten uns gerade, Signe«, sagte Even Juul.

Sie nickte Harry munter zu, öffnete ihren Mund, als wollte sie etwas sagen, hielt aber inne, als sie den Blick ihres Mannes wahrnahm. Dann nickte sie wieder, schloss leise die Tür und war verschwunden.

»Sie wissen es also?«, fragte Juul.

»Ja, sie war Krankenschwester an der Ostfront, nicht wahr?«

»Bei Leningrad. Von 1942 bis zum Rückzug im März 1943.« Er legte seine Pfeife beiseite. »Warum sind Sie auf der Suche nach diesem Mann?«

»Um ehrlich zu sein, das wissen wir noch nicht ganz genau. Aber es kann sich um ein Attentat handeln.«

»Hm.«

»Wonach sollen wir also suchen? Nach einem Sonderling? Einem Mann, der noch immer überzeugter Nazi ist? Einem Kriminellen?«

Juul schüttelte den Kopf.

»Die meisten Frontkämpfer haben ihre Strafe abgesessen und sich dann wieder in die Gesellschaft integriert. Viele von ihnen haben sich überraschend gut geschlagen, trotz der Brandmarkung als Landesverräter. Aber vielleicht ist das gar nicht so erstaunlich, denn es zeigt sich ja immer wieder, dass es Leute mit gewissen Ressourcen sind, die in kritischen Situationen wie so einem Krieg Stellung beziehen.«

»Der, nach dem wir suchen, kann also jemand sein, der es im Leben zu etwas gebracht hat?«

»Durchaus.«

»Eine Stütze der Gesellschaft?«

»Nein, die Türen zu den national wichtigen Positionen in Wirtschaft und Politik waren ihm wohl versperrt.«

»Aber er kann selbständig tätig gewesen sein, Firmengründer. Auf jeden Fall jemand, der genug Geld verdient hat, um sich eine Waffe für eine halbe Million zu kaufen. Auf wen kann er es abgesehen haben?«

»Muss das unbedingt etwas mit seinem Frontkämpferhintergrund zu tun haben?«

»Irgendetwas sagt mir, dass es so ist.«

»Ein Rachemotiv, meinen Sie?«

»Ist das so unwahrscheinlich?«

»Nein, auf keinen Fall. Viele Frontkämpfer betrachten sich selbst als die wahren Patrioten in diesem Krieg. Aus dem Blickwinkel von 1940 haben sie zum Besten der Nation gehandelt. Dass wir sie dann als Landesverräter verurteilt haben, erachten sie als den reinsten Justizmord.«

»Also?«

Juul kratzte sich hinter dem Ohr.

»Tja. Die Richter von damals sind heute zum größten Teil tot. Und das Gleiche gilt für die Politiker, die die Grundlagen für diese Verfahren geschaffen haben. Die Rachetheorie steht auf wackeligen Füßen.«

Harry seufzte.

»Sie haben Recht. Ich versuche nur, mir ein Bild aus den wenigen Puzzleteilen zu machen, die ich habe.«

Juul sah rasch auf die Uhr. »Ich verspreche Ihnen, über die Sache nachzudenken, aber ich weiß wirklich nicht, ob ich Ihnen helfen kann.«

»Trotzdem danke«, sagte Harry und erhob sich. Dann fiel ihm etwas ein und er zog einen Stapel zusammengefalteter Zettel aus seiner Jackentasche.

»Ich habe eine Kopie von der Aussage des Zeugen in Johannesburg gemacht. Könnten Sie einmal einen Blick darauf werfen? Vielleicht finden Sie ja etwas Wichtiges.«

Juul sagte ja, schüttelte aber gleichzeitig den Kopf.

Als Harry im Flur seine Schuhe anziehen wollte, deutete er auf das Bild des jungen Mannes in dem weißen Anzug.

»Sind Sie das?«

»In der Mitte des vorigen Jahrhunderts, ja«, lachte Juul. »Das ist vor dem Krieg in Deutschland aufgenommen worden. Ich sollte in die Fußstapfen meines Vaters und Großvaters treten und dort Medizin studieren. Als der Krieg ausbrach, habe ich mich auf den Weg nach Hause gemacht, und irgendwo sind mir meine ersten Geschichtsbücher in die Hände gefallen. Danach war es zu spät: Ich war abhängig geworden.«

»Sie haben die Medizin also fallen gelassen?«

»Kommt drauf an, wie man es betrachtet. Ich wollte eine Erklärung dafür finden, wie ein Mensch, eine Ideologie so viele andere Menschen verführen konnte. Und vielleicht auch – eine Medizin finden.«

Er lachte. »Ich war damals sehr, sehr jung.«

Continental Hotel, zweite Etage, 1. März 2000

37 »Schön, dass wir uns auf diese Weise treffen können«, sagte Bernt Brandhaug und hob sein Weinglas.

Sie prosteten sich zu und Aud Hilde lächelte den Staatssekretär an.

»Und nicht nur dienstlich«, fügte er hinzu und hielt ihrem Blick stand, bis sie die Augen niederschlug. Brandhaug betrachtete sie. Sie war nicht direkt schön, hatte etwas zu grobe Züge und war vielleicht ein wenig rundlich. Doch sie hatte ein charmantes, gewinnendes Wesen, und wenn sie mollig war, dann auf eine jugendliche Weise.

Sie hatte ihn am Vormittag vom Personalbüro aus wegen irgendeiner Sache angerufen, die sie, wie sie sagte, nicht richtig zu handhaben wisse, und noch ehe sie mehr dazu hatte sagen können, hatte er sie zu sich hinauf ins Büro gebeten. Kaum war sie bei ihm oben angelangt, hatte er sich entschlossen, Zeitmangel vorzugeben und vorgeschlagen, die Angelegenheit lieber bei einem Essen nach der Arbeit zu besprechen.

»Ein paar Abwege dürfen wir uns als Staatsangestellte wohl auch mal leisten«, hatte er geraunt. Sie dachte vermutlich, er meinte das Essen.

Bis jetzt war alles gut gegangen. Der Oberkellner hatte ihm den üblichen Tisch gegeben, und soweit er das sehen konnte, waren keine bekannten Gesichter im Restaurant.

»Ja, es geht also um diese merkwürdige Sache von gestern«, sagte sie und ließ sich vom Kellner die Serviette auf den Schoß legen. »Wir bekamen Besuch von einem älteren Mann, der behauptete, wir würden ihm Geld schulden. Das Außenministerium also. Fast zwei Millionen Kronen verlangte er und verwies auf ein Schreiben, das er 1970 geschickt hatte.«

Sie verdrehte die Augen. Sie sollte sich ein bisschen weniger schminken, dachte Brandhaug.

»Sagte er, warum wir ihm angeblich Geld schulden?«

»Er sagte, er sei bei der Kriegsmarine gewesen. Es ging um ein Nortraschiff und darum, dass seine Heuer nicht ausbezahlt worden sei.«

»Ach ja, ich glaube, dann weiß ich, worum es geht. Was hat er sonst noch gesagt?«

»Dass er nicht mehr länger warten könne. Dass wir ihn und die anderen Mitglieder der Kriegsmarine betrogen hätten. Und dass Gott uns für unsere Sünden strafen würde. Ich weiß nicht, ob er getrunken hatte oder krank war; er sah auf jeden Fall nicht gut aus. Er hatte einen Brief bei sich, der 1944 vom norwegischen Generalkonsul in Bombay unterzeichnet worden war, der ihm stellvertretend für den norwegischen Staat garantierte, dass ihm die Kriegsrisikozulage für die vier Jahre als Steuermann der norwegischen Handelsflotte nachträglich ausbezahlt werden würde. Hätte es diesen Brief nicht gegeben, hätten wir ihn natürlich gleich vor die Tür gesetzt und Sie nicht mit dieser Bagatelle behelligt.«

»Du kannst zu mir kommen, wann immer du willst, Aud Hilde«, sagte Brandhaug und spürte plötzlich eine panische Unsicherheit: Hieß sie wirklich Aud Hilde?

»Armer Mann«, fuhr er dann fort und signalisierte dem Kellner, dass sie noch mehr Wein wollten. »Das Traurige an dieser Sache ist, dass er natürlich Recht hat. Die Nortraship-Flotte war geschaffen worden, um den Teil der norwegischen Handelsflotte zu verwalten, den die Deutschen nicht bereits eingezogen hatten. Es war eine Organisation mit teils politischen, teils ökonomischen Interessen. Die Briten zum Beispiel bezahlten hohe Beträge als Risikozuschuss an Nortraship, um norwegische Schiffe nutzen zu können. Doch anstatt dass diese an die Mannschaften ausbezahlt wurden, verschwanden die Gelder direkt in den Kassen des Staates und der Reederei. Und hier ist von vielen hundert Millionen Kronen die Rede. Die Matrosen strebten einen Prozess an, um ihr Geld zu bekommen, aber 1954 haben sie vor dem Höchsten Gerichtshof verloren. Erst 1972 bestätigte das Storting, dass ihnen diese Gelder zustünden.«

»Er habe sicher deshalb nichts bekommen, weil er im Chinesischen Meer von den Japanern und nicht von den Deutschen torpediert worden sei, behauptete der Mann.«

»Hat er seinen Namen genannt?«

»Konrad Åsnes. Warten Sie, ich kann Ihnen den Brief zeigen. Er hat alles ausgerechnet mit Zins und Zinseszins.«

Sie beugte sich über ihre Tasche. Ihre Oberarme zitterten leicht. Sie sollte ein bisschen mehr Sport treiben, dachte Brandhaug. Vier Kilo weniger und Aud Hilde wäre vollschlank statt … mollig.

»Ist schon gut«, wehrte er ab. »Den brauche ich nicht zu sehen. Nortraship betrifft das Handelsministerium.«

Sie sah zu ihm auf.

»Er bestand darauf, dass wir es seien, die ihm die Gelder schuldeten. Er hat uns eine Frist von vierzehn Tagen gegeben.«

Brandhaug lachte.

»Hat er das? Und warum hat er es nach sechzig Jahren plötzlich so eilig?«

»Das hat er nicht gesagt. Er meinte nur, wir müssten die Konsequenzen schon selber tragen, wenn wir nicht bezahlten.«

»Ach du lieber Gott.« Brandhaug wartete, bis der Kellner ihnen beiden eingeschenkt hatte, dann beugte er sich über den Tisch. »Ich hasse diese Konsequenzen, du nicht auch?«

Sie lachte unsicher.

Brandhaug hob sein Glas.

»Ich frage mich nur, wie wir die Sachen handhaben sollen«, sagte sie.

»Vergiss es«, sagte er. »Aber auch ich frage mich etwas, Aud Hilde.«

»Was denn?«

»Ob du schon das Zimmer gesehen hast, über das wir hier im Hotel verfügen können?«

Aud Hilde lachte wieder und schüttelte den Kopf.

SATS Fitnesscenter, Ila, 2. März

38 Harry strampelte und schwitzte. Das Studio verfügte über achtzehn hypermoderne Ergometerfahrräder, alle besetzt von urbanen, größtenteils gut aussehenden

Menschen, die auf die stummen Fernsehapparate starrten, die von der Decke herabhingen. Harry sah auf Elisa aus Big Brother, die mit tonlosen Lippen sagte, dass sie Poppe nicht ausstehen konnte. Harry wusste das. Es war eine Wiederholung.

»*That don't impress me much!*«, hallte es aus den Lautsprechern.

Nun ja, dachte Harry, der weder die dröhnende Musik noch den rasselnden Laut mochte, der irgendwo aus seinen Lungen zu kommen schien. Im Fitnessraum des Polizeipräsidiums hätte er gratis trainieren können, doch Ellen hatte ihn überredet, sich stattdessen im SATS anzumelden. Er hatte sich einverstanden erklärt, sich aber geweigert, als sie versucht hatte, ihn auch noch dazu zu bringen, sich in einen Aerobic-Kurs einzuschreiben. Sich gemeinsam mit einer Schar Menschen, die diese Lalla-Musik mochten, auch noch im Takt zu dieser Lalla-Musik zu bewegen, während sie von einem krampfhaft grinsenden Vorturner mit Kommentaren wie *no pain, no gain* angefeuert wurden, war für Harry eine unbegreifliche Form freiwilliger Selbsterniedrigung. Das Gute am SATS war, dass man hier gleichzeitig trainieren und Big Brother sehen konnte und darüber hinaus nicht im gleichen Raum wie Tom Waaler sein musste, der beinahe seine gesamte Freizeit im Trainingsraum der Polizei zu verbringen schien. Harry blickte sich kurz um und konstatierte, dass er auch heute Abend wieder der Älteste war. Die meisten im Raum waren Mädchen mit Walkman-Stöpseln in den Ohren, die in regelmäßigen Abständen Blicke in seine Richtung warfen. Nicht weil sie ihn ansahen, sondern weil neben ihm Norwegens populärster Stand-up-Komiker in einem grauen Pullover saß, unter dessen jugendlichem Pony nicht eine einzige Schweißperle zum Vorschein kam. Ein Hinweis blinkte auf Harrys Speedometer-Kontrolle auf: *You're training well.*

»*But dressing badly*«, dachte Harry und warf einen Blick auf seine ausgeleierte, verwaschene Trainingshose, die er wegen des Handys, das auf dem Hosenbund steckte, immer wieder hochziehen musste. Auch die ausgetretenen Adidas-Schuhe waren weder neu genug, um modern, noch alt genug, um wieder hip zu sein. Das Joy-Division-T-Shirt, das ihm früher einmal eine gewisse Vertrauenswürdigkeit gegeben hatte, legte jetzt nur noch Zeugnis davon ab, dass sein Träger schon ein paar Jahre lang nicht mehr verfolgte, was in der Musik-Szene so lief. Aber ganz – ganz – *out* fühlte sich Harry trotzdem nicht, denn es begann zu piepen, und er bemerkte, dass sich siebzehn mitleidige Blicke, inklusive der des Stand-up-Komikers, auf ihn richteten. Er fingerte die schwarze kleine Höllenmaschine von seinem Hosenbund.

»Hole.«

Okay, so you're a rocket scientist, that don't impress ...

»Hier spricht Juul, störe ich.«

»Nein, das ist nur die Musik.«

»Sie schnaufen ja wie ein Walross, rufen Sie mich zurück, wenn es Ihnen besser passt.«

»Es ist mir recht jetzt, ich bin bloß in einem Fitnesscenter.«

»Ach so. Ich habe gute Neuigkeiten. Ich habe Ihren Bericht aus Johannesburg gelesen. Warum haben Sie mir nicht gesagt, dass er in Sennheim war?«

»Urias? Ist das wesentlich? Ich war mir nicht einmal sicher, ob ich den Namen richtig verstanden hatte. Ich habe nämlich in einem deutschen Atlas gesucht, aber kein Sennheim gefunden.«

»Die Antwort auf Ihre Frage lautet – ja. Das ist wesentlich. Wenn Sie sich bislang fragten, ob der Mann, nach dem Sie suchen, Frontkämpfer war, dann müssen Sie sich diese Frage jetzt nicht mehr stellen. Das ist hundertprozentig sicher. Sennheim ist ein kleiner Ort, und die einzigen Norweger, von denen ich weiß, dass sie jemals dort waren, sind dort im Krieg gewesen. Im Trainingslager, ehe sie an die Ostfront gingen. Warum Sie Sennheim in keinem deutschen Atlas gefunden haben, ist auch einfach zu erklären: Sennheim liegt nicht in Deutschland, sondern im Elsass, in Frankreich.«

»Aber ...«

»Das Elsass war in der Vergangenheit mal französisch, mal deutsch, deshalb spricht man dort deutsch. Dass unser Mann in Sennheim war, reduziert die Zahl möglicher Personen beträchtlich. Nur die Norweger der Regimente Nordland und Norge sind dort geschult worden. Und noch besser – ich kann Ihnen den Namen einer Person geben, die in Sennheim war und die sicher kooperieren wird.«

»Wirklich?«

»Ein Frontkämpfer aus dem Regiment Nordland. 1944 hat er sich freiwillig zur Heimatfront gemeldet.«

»Aha.«

»Er ist auf einem abgelegenen Hof aufgewachsen und seine Eltern und älteren Brüder waren fanatische NS-Anhänger. Er wurde dazu gedrängt, sich freiwillig zum Frontdienst zu melden. Er selbst war nie ein überzeugter Nazi und 1943 desertierte er bei Leningrad. Eine kurze Zeit saß er bei den Russen im Gefängnis. Dann kämpfte er sogar eine Weile für sie, ehe es ihm gelang, über Schweden wieder nach Norwegen zu kommen.«

»Sie haben einem Frontkämpfer vertraut?«

Juul lachte. »Ja, voll und ganz.«

»Warum lachen Sie?«

»Das ist eine lange Geschichte.«

»Ich habe viel Zeit.«

»Wir haben ihm den Befehl gegeben, einen aus seiner eigenen Familie zu liquidieren.«

Harry hörte auf zu strampeln. Juul räusperte sich.

»Als wir ihn in der Nordmarka nördlich des Ullevålseters fanden, glaubten wir seine Geschichte zuerst nicht. Wir hielten ihn für einen Spion und wollten ihn schon erschießen. Doch wir hatten Verbindungen zum Osloer Polizeiarchiv und konnten seine Geschichte überprüfen; und da zeigte es sich, dass er tatsächlich als vermisst galt und verdächtigt wurde, an der Front desertiert zu sein. Sein Familienhintergrund stimmte, und er hatte Papiere, die zeigten, dass er der war, für den er sich ausgab. Doch all das konnte natürlich von den Deutschen so gedreht worden sein, und so entschlossen wir uns, ihn zu testen.«

Pause.

»Und?«, fragte Harry.

»Wir versteckten ihn in einer Hütte, wo er sowohl von uns als auch von den Deutschen isoliert war. Jemand schlug vor, wir sollten ihm den Befehl geben, einen seiner NS-Brüder zu liquidieren. Im Grunde eigentlich, um zu sehen, wie er reagierte. Er sagte nicht ein Wort, als wir ihm den Befehl gaben, doch als wir am nächsten Tag zur Hütte kamen, war er fort. Wir waren sicher, dass er fortgelaufen war, aber zwei Tage später tauchte er wieder auf. Er sagte, er hätte mal bei seiner Familie im Gudbrandsdal vorbeigeschaut. Einige Tage später erhielten wir die Nachricht von unseren Leuten dort oben. Den einen Bruder hatte man im Heu gefunden, den anderen im Stall. Die Eltern lagen im Wohnzimmer.«

»Mein Gott«, sagte Harry. »Der Mann muss doch verrückt gewesen sein.«

»Wahrscheinlich. Das waren wir alle. Es war Krieg. Wir haben im

Übrigen nie darüber gesprochen, damals nicht und seither auch nicht. Sie sollten das auch nicht …«

»Natürlich nicht. Wo wohnt er?«

»Hier in Oslo. Holmenkollen, glaube ich.«

»Und er heißt?«

»Fauke. Sindre Fauke.«

»Gut. Ich werde Kontakt mit ihm aufnehmen. Danke, Juul.«

Auf dem Fernsehschirm sandte Poppe in extremem Close-up einen tränenreichen Gruß nach Hause. Harry befestigte das Handy an der Kordel der Trainingshose, zog sie hoch und machte sich auf in Richtung Kraftraum.

… whatever, that don't impress me much …

House of Singles, Hegdehaugsveien, 2. März 2000

39 »Wollqualität Super 110«, erklärte die Verkäuferin und hielt die Jacke vor dem alten Mann hoch. »Das Beste, leicht und doch extrem haltbar.«

»Sie soll nur einmal benutzt werden«, erwiderte der Alte und lächelte.

»Oh«, sagte sie leicht verwirrt. »Dann haben wir etwas Günstigeres …«

»Die ist schon gut.« Er betrachtete sich im Spiegel.

»Klassischer Schnitt«, versicherte ihm die Verkäuferin. »Das Klassischste, was wir haben.«

Voller Schrecken betrachtete sie den Alten, der sich plötzlich zusammengekrümmt hatte.

»Fehlt Ihnen etwas, soll ich …«

»Nein, nein, das war nur ein Stich. Das geht vorbei.« Der Alte richtete sich auf. »Wie schnell können Sie die Hose umnähen?«

»Bis Mittwoch nächster Woche. Wenn es nicht eilt. Brauchen Sie den Anzug für einen speziellen Anlass?«

»Ja, so ist es. Aber Mittwoch ist in Ordnung.«

Er bezahlte sie mit Hundertern. Beim Zählen sagte sie:

»Das kann ich Ihnen garantieren, da haben Sie einen Anzug, der ein Leben lang hält.«

Sein Lachen schallte noch in ihren Ohren, als er den Laden längst verlassen hatte.

Holmenkollåsen, 3. März 2000

40 Auf dem Hollmenkollveien in Besserud fand Harry die Hausnummer, die er suchte, an einem großen dunkel gebeizten Holzhaus, das im Schatten gewaltiger Fichten stand. Ein Kiesweg führte zum Haus, und Harry fuhr bis auf den Hofplatz, wo er den Wagen wendete. Er wollte in der abschüssigen Auffahrt parken, doch als er in den ersten Gang schaltete, stotterte der Motor plötzlich und erstarb. Harry fluchte und drehte den Zündschlüssel, doch ohne Erfolg.

Er stieg aus dem Auto und ging zum Haus hoch, als eine Frau aus der Tür trat. Sie hatte ihn offensichtlich nicht gehört und blieb mit einem fragenden Blick auf der Treppe stehen.

»Guten Morgen«, sagte Harry und nickte in Richtung seines Wagens. »Ist nicht mehr ganz frisch, braucht … Medizin.«

»Medizin?« Ihre Stimme klang tief und warm.

»Ja, ich glaube, es hat sich einen dieser Grippeviren eingefangen, die im Umlauf sind.«

Die Frau lächelte. Sie schien um die dreißig zu sein; sie trug eines dieser lässigen schwarzen und doch so eleganten Capes, das Harry instinktiv als sündhaft teuer einstufte.

»Ich wollte gerade gehen«, sagte die Frau. »Möchten Sie zu uns?«

»Ich denke, ja. Sindre Fauke?«

»Fast«, sagte sie. »Aber Sie kommen ein paar Monate zu spät. Mein Vater ist hinunter in die Stadt gezogen.«

Harry war näher gekommen und sah, dass sie schön war. Und die Art, wie sie sprach und wie sie ihm so direkt in die Augen sah, deutete auf eine gewisse Selbstsicherheit hin. Eine berufstätige Frau, vermutete er. Mit einer Tätigkeit, die einen kühlen Kopf erforderte. Immobilienmaklerin, Abteilungsleiterin in einer Bank, Politikerin oder so etwas. Auf jeden Fall gut situiert, dessen war er sich ganz sicher. Es war nicht nur das Cape oder dieser Prachtbau von Haus hinter ihr, sondern etwas an ihrer Haltung und den hohen, aristokratischen Wangenknochen. Sie ging die Treppenstufen hinunter und stellte ein Bein vor das andere, als ginge sie über eine Linie. Es sah so leicht aus. Sie hat früher bestimmt Ballettstunden genommen, dachte Harry.

»Kann ich Ihnen irgendwie helfen?«

»Ich komme von der Polizei.« Er begann in seiner Jackentasche nach seinem Ausweis zu suchen, doch sie winkte lächelnd ab.

»Ja, also, ich würde mich gerne mit Ihrem Vater unterhalten.«

»Warum?«

»Wir suchen nach einer Person. Und ich hoffe, dass Ihr Vater uns weiterhelfen kann.«

»Nach wem suchen Sie?«

»Das kann ich nicht sagen.«

»Gut.« Sie nickte, als sei das ein Test gewesen, den Harry soeben bestanden hatte.

»Aber wenn das heißt, dass er nicht mehr hier wohnt …«, sagte Harry und schaute auf ihre Hände. Sie waren schlank. Von den Klavierstunden, dachte Harry. Und sie hatte Lachfältchen an den Augen. Vielleicht war sie doch schon über dreißig?

»Das tut er nicht mehr«, sagte sie. »Er ist nach Majorstua gezogen. Vibesgate 18. Sie finden ihn dort oder in der Universitätsbibliothek, denke ich.«

Universitätsbibliothek. Sie sprach dieses Wort so deutlich aus, dass nicht eine Silbe verloren ging.

»Vibesgate 18. Okay, dann weiß ich Bescheid.«

»Schön.«

»Ja.«

Harry nickte. Und nickte. Wie einer dieser Hunde, die manche Leute hinten auf der Hutablage in ihren Autos haben. Sie lächelte mit zusammengepressten Lippen und zog beide Augenbrauen hoch, wie um zu sagen, ja, das war's dann wohl, und dass die Sitzung geschlossen sei, wenn nicht noch irgendjemand eine Frage hätte.

»Dann weiß ich Bescheid«, wiederholte Harry.

Ihre Augenbrauen waren schwarz und ebenmäßig. Sicher gezupft, dachte Harry, unauffällig gezupft.

»Ich muss jetzt gehen«, sagte sie. »Meine Straßenbahn …«

»Dann weiß ich Bescheid«, sagte Harry zum dritten Mal, ohne Anstalten zu machen, gehen zu wollen.

»Ich hoffe, Sie finden ihn – meinen Vater, meine ich.«

»Das werden wir wohl.«

»Dann einen schönen Tag noch.« Der Kies knirschte unter ihren Sohlen, als sie losging.

»Ich habe ein kleines Problem …«, sagte Harry.

»Herzlichen Dank für Ihre Hilfe«, sagte Harry.

»Nichts zu danken«, erwiderte sie. »Und Sie sind sicher, dass das nicht ein zu großer Umweg ist?«

»Ganz und gar nicht, ich muss, wie gesagt, in die gleiche Richtung«, versicherte Harry und schielte besorgt auf die dünnen und zweifelsohne teuren Lederhandschuhe, die grau vor Schmutz vom Hinterteil des Escorts waren.

»Die Frage ist bloß, ob dieses Auto noch so lange hält«, fügte er hinzu.

»Es scheint einiges durchgemacht zu haben, ja«, lachte sie und zeigte auf ein Loch im Armaturenbrett, wo ein Knäuel aus roten und gelben Leitungen die Stelle markierte, wo das Radio hätte sein sollen.

»Ein Einbruch«, erklärte Harry. »Deshalb lässt sich die Tür auch nicht mehr abschließen, die haben auch das Schloss kaputtgemacht.«

»Dann haben jetzt alle freien Zutritt?«

»Ja, so ist das wohl, wenn man alt genug ist.«

Sie lachte. »Wirklich?«

Er musterte sie noch einmal kurz. Vielleicht gehörte sie zu denen, deren Äußeres sich mit dem Alter nicht wesentlich veränderte, die von zwanzig bis fünfzig wie dreißig aussahen. Er mochte ihr Profil, die klaren Linien. Ihre Haut hatte einen warmen, natürlichen Ton und nicht diese trockene, matte Sonnenbräune, die sich die Frauen ihres Alters im Februar so gerne kauften. Sie hatte das Cape aufgeknöpft, so dass er ihren langen, schlanken Hals erkennen konnte. Wieder blickte er auf ihre Hände, die ruhig in ihrem Schoß lagen.

»Es ist rot«, sagte sie ruhig.

Harry trat abrupt auf die Bremse.

»Tut mir Leid«, stotterte er.

Was war denn mit ihm los? Blickte er auf ihre Hände, um zu überprüfen, ob sie einen Ehering trug? Mein Gott!

Er sah sich um und erkannte plötzlich, wo sie sich befanden.

»Stimmt etwas nicht?«, fragte sie.

»Nein, nein.« Die Ampel sprang auf Grün und er gab Gas. »Ich habe nur schlechte Erinnerungen an diesen Ort.«

»Ich auch«, sagte sie. »Ich bin vor ein paar Jahren hier mit dem Zug vorbeigefahren, als kurz zuvor ein Polizeiwagen über die Schienen und direkt in die Mauer dort vorne gerast war.« Sie deutete nach vorn. »Es war schrecklich. Einer der Polizisten hing noch immer wie gekreuzigt am Schrankenpfosten. Ich habe danach viele Nächte nicht schlafen können. Man sagte, der Polizist, der am Steuer gesessen hatte, wäre betrunken gewesen.«

»Wer sagte das?«

»Jemand, mit dem ich studiert habe. Von der Polizeihochschule.«

Sie fuhren durch Frøen. Vindern lag hinter ihnen. Weit hinter ihnen, entschied Harry.

»Dann sind Sie auf die Polizeihochschule gegangen?«, fragte er.

»Nein, sind Sie verrückt?« Sie lachte wieder. Harry mochte dieses Lachen. »Ich habe an der Universität Jura studiert.«

»Ich auch«, sagte er. »Wann waren Sie dort?«

Schneidig, schneidig, Hole.

»Zweiundneunzig war ich fertig.«

Harry rechnete, addierte und subtrahierte Jahre. Mindestens dreißig also.

»Und Sie?«

»Neunzig«, antwortete Harry.

»Dann erinnern Sie sich vielleicht an das Konzert von den Raga Rockers beim Jura-Festival achtundachtzig?«

»Na klar, ich war da. Im Garten.«

»Ich auch! War das nicht fantastisch?« Sie sah ihn an. Ihre Augen glänzten.

Wo? Fragte er sich. Wo warst du?

»Ja, es war toll.« Harry erinnerte sich kaum noch an das Konzert. Allerdings erinnerte er sich plötzlich auch an all die aufgedonnerten Mädels, die immer auftauchten, wenn Raga spielte.

»Aber wenn wir zur selben Zeit studiert haben, haben wir sicher viele gemeinsame Bekannte«, sagte sie.

»Das bezweifle ich. Ich war damals Polizist und hab nicht so zum Studentenmilieu gehört.«

Schweigend überquerten sie die Industrigate.

»Sie können mich hier absetzen«, sagte sie.

»Wollen Sie hier hin?«

»Ja.«

Er hielt am Bürgersteig an und sie wandte sich ihm zu. Eine verirrte Haarsträhne hing ihr ins Gesicht. Ihr Blick war weich und gleichzeitig so angstlos. Braune Augen. Plötzlich und vollkommen unerwartet packte ihn ein wilder Gedanke: Er wollte sie küssen.

»Danke«, sagte sie und lächelte.

Sie betätigte den Türhebel. Nichts geschah.

»Entschuldigung«, sagte Harry, beugte sich über sie und sog ihren Duft ein. »Das Schloss ...« Er gab der Tür einen kräftigen Stoß, sie öffnete sich. Er fühlte sich, als hätte er getrunken.

»Vielleicht sehen wir uns ja noch mal«, sagte sie.

»Ja, vielleicht.«

Er hatte Lust, sie zu fragen, wohin sie musste, wo sie arbeitete, ob ihr der Job gefiel, was sie sonst noch mochte, ob sie einen Lebensgefährten hatte, ob sie sich vorstellen könne, mit ihm auf ein Konzert zu gehen, auch wenn es nicht Raga wäre. Doch glücklicherweise war es zu spät, sie tänzelte bereits mit graziösen Schritten über den Bürgersteig in der Sporveisgate.

Harry seufzte. Er hatte sie vor dreißig Minuten getroffen und wusste nicht einmal, wie sie hieß. Vielleicht begann die Midlifecrisis bei ihm einfach ein bisschen früher als gewöhnlich.

Dann sah er in den Rückspiegel und machte eine alles andere als korrekte Kehrtwende. Die Vibesgate war ganz in der Nähe.

Vibesgate, Majorstua, 3. März 2000

41 Ein Mann stand in der Tür und lächelte breit, als Harry schnaufend in der vierten Etage ankam.

»Viele Treppen, ich weiß«, sagte der Mann und reichte ihm die Hand. »Sindre Fauke.«

Die Augen waren noch immer jung, während sein Gesicht ansonsten so aussah, als hätte es zwei Weltkriege durchgemacht. Mindestens. Die spärlichen weißen Haare waren glatt nach hinten gekämmt und er trug ein rotes Holzfällerhemd unter der offenen Strickjacke. Sein Händedruck war fest und warm.

»Ich habe gerade Kaffee gekocht«, sagte er. »Und ich weiß, was Sie wollen.«

Sie gingen in die Stube, die wie ein Arbeitszimmer eingerichtet war. Auf einem Schränkchen stand ein Computer, überall lagen Papiere. Auf den Tischen und am Rande des Fußbodens stapelten sich Zeitschriften und Bücher.

»Ich habe hier noch keine richtige Ordnung«, erklärte er und räumte Harry einen Platz auf dem Sofa frei.

Harry sah sich um. Keine Bilder an den Wänden, nur ein Kalender von RIMI mit Bildern aus der Nordmarka.

»Ich arbeite an einem größeren Projekt, das hoffentlich mal ein Buch wird. Eine Kriegsgeschichte.«

»Gibt es so ein Buch nicht bereits?«

Fauke lachte schallend. »Ja, das können Sie wohl sagen. Nur darin stimmt nicht alles. Und dies hier handelt von meinem Krieg.«

»Aha. Warum tun Sie das?«

Fauke zuckte mit den Schultern.

»Auch wenn es prätentiös klingt – es liegt in der Verantwortung von uns, die wir beteiligt waren, unsere Erfahrungen an die kommenden Generationen weiterzugeben, ehe wir das Zeitliche segnen. So sehe ich das zumindest.«

Fauke verschwand in der Küche und rief von dort aus ins Wohnzimmer:

»Even Juul hat mich angerufen und mir angekündigt, dass ich Besuch bekommen würde. Polizeilicher Überwachungsdienst, nicht wahr?«

»Ja, aber Juul sagte mir, Sie würden am Holmenkollen wohnen.«

»Even und ich haben nicht so viel Kontakt, und ich habe meine Telefonnummer behalten, weil dieser Umzug nur vorübergehend ist. Bis ich mit diesem Buch fertig bin.«

»Nun, ich habe ja hergefunden. Ich habe Ihre Tochter getroffen, Sie hat mir diese Adresse gegeben.«

»Dann war sie also zu Hause? Ja, sie wird den Job wohl bald aufgeben.«

Welchen Job, wollte Harry fragen, doch dann dachte er daran, dass das wohl auffällig klingen würde.

Fauke kam mit einer großen dampfenden Kaffeekanne und zwei Tassen zurück.

»Schwarz?« Er stellte eine Tasse vor Harry auf den Tisch.

»Ja, gerne.«

»Gut, denn Sie haben keine Wahl.« Fauke lachte, so dass er beim Einschütten beinahe den Kaffee verschüttet hätte.

Harry fand es erstaunlich, wie wenig ihn Fauke an dessen Tochter erinnerte. Er hatte weder ihre kultivierte Art zu sprechen oder sich zu benehmen noch ihre Züge oder den dunklen Teint. Nur die Stirn war die Gleiche. Hoch, mit einer blauen dicken Ader, die quer darüber verlief.

»Sie haben ein großes Haus dort oben«, sagte er stattdessen.

»Nur Instandhalten und Schneeschieben«, antwortete Fauke, probierte den Kaffee und schmatzte zufrieden. »Düster und bedrückend und weit weg. Ich mag diesen Holmenkollhügel nicht. Dort wohnen doch nur Snobs, das ist nichts für einen zugereisten Gudbrandsdaler wie mich.«

»Und warum verkaufen Sie es dann nicht?«

»Meiner Tochter gefällt es. Sie ist ja dort aufgewachsen. Sie wollten über Sennheim sprechen, oder?«

»Ihre Tochter wohnt alleine dort?«

Harry hätte sich die Zunge abbeißen können. Fauke nahm einen Schluck aus seiner Tasse und behielt den Kaffee lange im Mund.

»Sie wohnt dort mit einem Jungen, Oleg.«

Sein Blick war abwesend und er lächelte nicht mehr.

Harry zog ein paar rasche Schlussfolgerungen. Zu rasch vielleicht, doch wenn er Recht hatte, war dieser Oleg der Grund dafür, warum Sindre Fauke nun in Majorstua wohnte. Sie lebte also nicht allein, er sollte sie vergessen. Auch in Ordnung, dachte er.

»Ich kann Ihnen nicht allzu viel sagen. Wie Sie wissen, arbeiten wir …«

»Ist schon klar.«

»Gut. Ich möchte gerne hören, was Sie über die Norweger wissen, die in Sennheim waren.«

»Oh, wir waren viele, wissen Sie.«

»Diejenigen, die heute noch leben.«

Fauke musste lächeln.

»Nicht, dass ich morbid wäre, aber das macht es wesentlich leichter. Wir starben wie die Fliegen an der Ostfront. Durchschnittlich sechzig Prozent meiner Einheit jedes Jahr.«

»Wahnsinn, die Sterberate der Heckenbraunellen, äh …«

»Ja?«

»Ach nichts, reden Sie bitte weiter.«

Harry starrte beschämt in seine Kaffeetasse.

»Der Punkt ist, dass man im Krieg verdammt schnell lernen muss«, fuhr Fauke fort. »Überlebst du die ersten sechs Monate, ist die Chance, den ganzen Krieg zu überleben, plötzlich um ein Vielfaches höher. Du trittst nicht auf Minen, hältst dich im Schützengraben dicht am Boden und wachst auf, wenn du den Ladegriff eines Mosin-Nagant-Gewehres hörst. Und du weißt, dass es keinen Platz für Helden gibt und dass die Angst dein bester Freund ist. Nach sechs Monaten waren wir deshalb eine kleine Gruppe überlebender Norweger, die erkannten, dass sie den Krieg vielleicht überleben würden. Und die meisten von uns waren in Sennheim gewesen. Nachdem der Krieg weiter fortgeschritten war, hatten sie die Trainingslager weiter ins deutsche Landesinnere verlegt. Oder die Freiwilligen kamen direkt aus Norwegen. Wer direkt kam und keine Ausbildung hatte …«

Fauke schüttelte den Kopf.

»Die starben?«, ergänzte Harry.

»Wir konnten uns nicht mal deren Namen merken. Was sollte das Ganze? Das war schwer zu begreifen, aber noch 1944 kamen Freiwillige direkt an die Ostfront. Da wussten wir schon längst, wie es ausgehen würde. Die armen Teufel dachten wohl, sie könnten Norwegen retten.«

»Wenn ich richtig informiert bin, waren Sie 1944 aber nicht mehr da?«

»Das stimmt, ich bin desertiert. Silvester 1943. Ich habe zweifachen Verrat begangen.« Fauke lächelte. »Und bin zweimal im falschen Lager gelandet.«

»Sie haben für die Russen gekämpft?«

»Ein bisschen. Ich war Kriegsgefangener. Wir waren am Verhungern. Eines Morgens fragte uns jemand auf Deutsch, ob sich einer von uns mit dem Funk auskannte. Ich wusste ein wenig Bescheid und hob meine Hand. Es stellte sich heraus, dass in einem Regiment die ganze Funkabteilung tot war. Alle. Am nächsten Tag habe ich das Funktelefon bedient, während wir in Estland die Stellungen meiner früheren Kameraden stürmten. Das war bei Narva …«

Fauke hob seine Tasse an und legte beide Hände um sie.

»Ich lag auf einer Anhöhe und sah zu, wie die Russen eine deutsche Maschinengewehrstellung stürmten. Die Deutschen mähten sie einfach nieder. Hundertundzwanzig Mann und vier Pferde türmten sich vor ihnen, bis das Maschinengewehr schließlich heißlief. Die Russen töteten sie mit den Bajonetten, um Munition zu sparen. Von Anfang bis Ende dieses Sturmlaufs verging maximal eine halbe Stunde. Hundertundzwanzig Tote. Und dann kam die nächste Stellung dran. Und da lief es ganz genauso.«

Harry konnte sehen, dass die Tasse leicht zitterte.

»Ich begriff, dass ich sterben würde. Und das für eine Sache, an die ich nicht glaubte. Ich glaubte weder an Stalin noch an Hitler.«

»Warum gingen Sie an die Ostfront, wenn Sie nicht an die Sache glaubten?«

»Ich war damals achtzehn Jahre alt. Ich war auf einem Hof weit oben im Gudbrandsdal aufgewachsen, wo wir außer den nächsten Nachbarn eigentlich nie jemanden sahen. Wir lasen keine Zeitung, hatten keine Bücher – ich wusste nichts. Was ich über Politik wusste, hatte ich von meinem Vater. Wir waren die Einzigen unserer Familie, die noch in Norwegen waren; alle anderen waren in den zwanziger Jahren nach Amerika ausgewandert. Meine Eltern und auch beide Nachbarhöfe waren überzeugte Quisling-Anhänger und NS-Mitglieder. Ich hatte zwei ältere Brüder, zu denen ich in jeglicher Hinsicht aufblickte. Sie waren Mitglieder der norwegischen Kampftruppe, und es war ihre Aufgabe, die Jugend hier im Land für die Partei zu rekrutieren. Sonst hätten auch sie sich für den Frontdienst gemeldet. Das hatten sie mir jedenfalls gesagt. Erst später habe ich erfahren, dass sie Spitzel anwarben. Doch da war es zu spät, da war ich bereits an der Front.«

»Sie wurden also an der Front bekehrt?«

»Ich würde das nicht bekehren nennen. Die meisten von uns Freiwilligen dachten doch zuallererst an Norwegen und weniger an die Politik. Für mich kam der Wendepunkt, als ich erkannte, dass ich für den Krieg eines anderen Landes kämpfte. So einfach war das eigentlich. Und so gesehen war es auch nicht besser, für die Russen zu kämpfen. Im Juni 1944 hatte ich Dienst im Hafen von Tallinn, wo es mir gelang, mich an Bord eines schwedischen Rot-Kreuz-Schiffes zu schmuggeln. Ich vergrub mich im Kohlenkeller und blieb dort drei Tage. Ich holte mir eine Kohlenmonoxydvergiftung, aber ich kam nach Stockholm. Von dort gelangte ich zur norwegischen Grenze, die ich ohne fremde Hilfe überquerte. Da war es August.«

»Warum ohne fremde Hilfe?«

»Die wenigen, die ich in Schweden kannte, vertrauten mir nicht, meine Geschichte klang wohl zu fantastisch. Aber das war in Ordnung, auch ich habe keinem mehr vertraut.«

Er lachte wieder laut.

»Ich versteckte mich also und überlebte irgendwie. Die eigentliche Grenzüberquerung war ein Kinderspiel. Sie können mir glauben, es war gefährlicher, in Leningrad unsere Essensrationen zu holen, als während des Krieges von Schweden nach Norwegen zu kommen. Noch einen Kaffee?«

»Danke. Warum blieben Sie nicht einfach in Schweden?«

»Eine gute Frage. Die ich mir selber oft gestellt habe.«

Er fuhr sich mit einer Hand über das dünne weiße Haar.

»Ich war von dem Wunsch nach Rache besessen, verstehen Sie. Ich war jung, und wenn man jung ist, hat man oft diese Zwangsvorstellung von Gerechtigkeit, dass es das ist, wozu wir Menschen berufen sind. Ich war ein junger Mann mit großen inneren Konflikten, als ich an der Ostfront war, und vielen meiner Frontkameraden gegenüber habe ich mich wie ein Drecksack verhalten. Trotzdem, oder vielleicht gerade deshalb, wollte ich all die rächen, die ihr Leben für die Lügen hingaben, mit denen sie uns zu Hause gefüttert hatten. Und Rache für mein eigenes zerstörtes Leben, das ich für verloren hielt. Was ich mir wünschte, war, mit denen abzurechnen, die unser Land wirklich betrogen hatten. Heute würden die Psychologen das wohl Kriegspsychose nennen und mich auf der Stelle einliefern. Stattdessen ging ich nach Oslo, obgleich ich keinen Ort hatte, wo ich hinkonnte; und die einzigen Papiere, die ich besaß, hätten mich sofort vor ein Standgericht gebracht, wo man mich als Deserteur erschossen hätte. Nachdem ich mit einem Lastwagen nach Oslo gekommen war, ging ich hinauf in die Nordmarka. Ich schlief unter den Fichten und ernährte mich drei Tage lang nur von Beeren, bis sie mich fanden.«

»Die Heimatfront.«

»Wenn ich Even Juul richtig verstanden habe, hat er Ihnen den Rest erzählt.«

»Ja.« Harry fingerte an seiner Tasse herum. Die Liquidierung. Das war einfach unvorstellbar und war auch jetzt, da er dem Mann gegenüber saß, nicht zu verstehen. Es hatte die ganze Zeit dort herumgespukt, ganz vorne in seinem Hirn, seit Harry Fauke lächelnd in der Tür hatte stehen sehen und sie sich die Hände geschüttelt hatten. *Dieser Mann hat zwei Brüder und seine Eltern hingerichtet.*

»Ich weiß, was Sie denken«, sagte Fauke. »Ich war ein Soldat, der den Befehl erhalten hatte zu liquidieren. Wenn ich den Befehl nicht erhalten hätte, hätte ich es nicht getan. Aber eines weiß ich: Sie gehörten zu denen, die uns verraten haben.«

Fauke sah Harry direkt an. Die Tasse zitterte nicht mehr.

»Sie fragen sich wohl, warum ich alle getötet habe, obgleich ich nur den Befehl hatte, einen zu liquidieren«, fuhr er fort. »Das Problem war, dass sie nicht gesagt hatten, wen ich töten sollte. Sie überließen es mir, Richter über Leben und Tod zu sein. Und das habe ich nicht verkraftet. So habe ich sie alle getötet. An der Front hatte es einen Kerl gegeben, den wir Rotkehlchen nannten. Genau wie der Vogel. Er hatte mir beigebracht, dass es die humanste Art war, mit dem Bajonett zu töten. Die Halsschlagader führt vom Herzen direkt ins Gehirn, und wenn man diese Verbindung durchtrennt, entweicht der Sauerstoff aus dem Gehirn, und das Opfer stirbt sofort den Hirntod. Das Herz pumpt noch drei oder vier Mal und dann bleibt es stehen. Das Problem ist, dass das nicht so leicht ist. Gudbrand, den wir Rotkehlchen nannten, war ein Meister darin, doch ich kämpfte zwanzig Minuten mit meiner Mutter und fügte ihr doch nur Fleischwunden zu. Zu guter Letzt musste ich sie erschießen.«

Harry hatte einen trockenen Mund. »Ich verstehe«, sagte er heiser.

Die sinnlosen Worte blieben in der Luft hängen. Harry schob die Kaffeetasse in die Mitte des Tisches und zog einen Notizblock aus seiner Lederjacke.

»Vielleicht sollten wir über die reden, mit denen Sie in Sennheim waren?«

Sindre Fauke erhob sich abrupt.

»Tut mir Leid, Herr Hole. Ich wollte das nicht so kalt und grausam darstellen. Lassen Sie mich eines klar machen, ehe wir weitersprechen: Ich bin kein grausamer Mann, das ist nur meine Art, mich damit auseinander zu setzen. Ich hätte Ihnen das nicht zu erzählen brauchen, aber ich habe es trotzdem getan. Weil ich es nicht außer

Acht lassen kann. Deshalb schreibe ich auch dieses Buch. Ich muss das jedes Mal, wenn dieses Thema zur Sprache kommt oder auch nur angeschnitten wird, aufs Neue durchleben. Um ganz sicher zu sein, dass ich nicht davor weglaufe. An dem Tag, an dem ich die Flucht ergreife, hätte die Angst ihren ersten Sieg errungen. Ich weiß nicht, warum das so ist. Ein Psychologe könnte das sicher erklären.«

Er seufzte.

»Aber jetzt habe ich gesagt, was es darüber zu sagen gibt. Sicher schon viel zu viel. Noch einen Kaffee?«

»Nein danke«, lehnte Harry ab.

Fauke setzte sich wieder. Er stützte sein Kinn auf die geballten Fäuste.

»Also, Sennheim. Der harte norwegische Kern. Wenn ich mich selbst mitzähle, dreht es sich eigentlich bloß um fünf Leute. Und einer von ihnen, Daniel Gudeson, starb ja in der gleichen Nacht, in der ich verschwand. Vier also. Edvard Mosken, Hallgrim Dale, Gudbrand Johansen und ich. Der Einzige, den ich nach dem Krieg einmal gesehen habe, ist Edvard Mosken, unser Anführer. Das war im Sommer 1945. Er bekam drei Jahre wegen Landesverrats. Von den anderen weiß ich nicht einmal, ob sie überlebt haben. Aber ich erzähle Ihnen gerne, was ich über sie weiß.«

Harry blätterte um und begann auf einem neuen, sauberen Blatt seines Notizblockes.

PÜD, 3. März 2000

42 G-u-d-b-r-a-n-d J-o-h-a-n-s-e-n. Harry tippte die Buchstaben auf der Tastatur. Ein Junge vom Land. Laut Fauke ein freundlicher, etwas weicher Typ, der zu diesem Daniel Gudeson, der beim Wachdienst erschossen worden war, aufsah und in ihm irgendwie einen Großer-Bruder-Ersatz hatte. Harry drückte auf ENTER und das Programm begann zu arbeiten.

Er schaute währenddessen auf die Wand. Auf ein kleines Bild von Søs. Sie schnitt eine Grimasse; das tat sie immer, wenn sie fotografiert wurde. In den Sommerferien vor vielen Jahren. Der Schatten der Fotografin fiel auf ihr weißes T-Shirt: Mama.

Ein leises Piepen des Computers signalisierte, dass die Suche abgeschlossen war, und er richtete seinen Blick wieder auf den Bildschirm.

Das Volksregister hatte zwei Gudbrand Johansen registriert, doch die Geburtsdaten verrieten, dass beide unter sechzig waren. Sindre Fauke hatte ihm die Namen buchstabiert; es konnte also kein Schreibfehler sein. Das konnte nur heißen, dass er den Namen gewechselt hatte, im Ausland lebte oder vielleicht tot war.

Harry versuchte den Nächsten. Den Anführer aus dem Mjøndal. Vater eines kleinen Kindes. E-d-v-a-r-d M-o-s-k-e-n. Ausgestoßen von seiner Familie, weil er sich zum Frontdienst gemeldet hatte. Doppelklick auf *Suche.* Plötzlich ging die Deckenbeleuchtung an. Harry drehte sich um.

»Sie brauchen doch Licht, wenn Sie so spät noch arbeiten.« Kurt Meirik stand in der Tür, den Finger auf dem Lichtschalter. Er kam herein und setzte sich auf die Tischkante.

»Gibt's was Neues?«

»Wir suchen nach einem Mann, der weit über siebzig ist. Vermutlich ein früherer Frontkämpfer.«

»Ich rede von diesen Neonazis am 17. Mai.«

»Oh.« Der PC gab erneut ein Piepen von sich.

„Ich bin noch nicht dazu gekommen, mich intensiver darum zu kümmern.«

Zwei Edvard Mosken erschienen auf dem Schirm. Der eine war 1942 geboren, der andere 1921.

»Am Mittwoch gibt es ein Abteilungsfest«, sagte Meirik.

»Ich habe die Einladung mit der Post bekommen.« Harry klickte auf 1921 und die Adresse des älteren Mosken erschien. Er wohnte in Drammen.

»Der Personalchef sagt, Sie hätten sich noch nicht angemeldet. Ich wollte mich nur versichern, dass Sie kommen.«

»Warum sollte ich?«

Harry tippte die Geburtsnummer von Edvard Mosken ins Strafregister.

»Wir möchten, dass sich alle Mitarbeiter über die Abteilungsgrenzen hinweg kennen lernen. Ich habe Sie bis jetzt auch noch nie in der Kantine gesehen.«

»Hier im Büro fühle ich mich am wohlsten.«

Kein Treffer. Er versuchte es im SSP-Register, in dem alle aufgeführt wurden, die irgendwann einmal mit der Polizei zu tun gehabt hatten. Sie mussten nicht unbedingt verurteilt worden sein, es konnte sich auch um Verdächtige handeln, Menschen, die angezeigt oder selbst Opfer eines Verbrechens geworden waren.

»Es ist gut, dass Sie sich so engagieren, aber Sie dürfen sich hier nicht einmauern. Sehe ich Sie also am Mittwoch, Harry?«

ENTER.

»Mal sehen. Ich habe noch eine andere Verabredung, die ich schon seit langem getroffen habe«, log Harry.

Wieder Fehlanzeige. Da er sich ohnehin schon in die SSP-Datenbank eingeloggt hatte, tippte er den Namen des dritten Frontkämpfers ein, den Fauke ihm gegeben hatte. H-a-l-l-g-r-i-m D-a-l-e. Ein Opportunist, laut Fauke. Vertraute darauf, dass Hitler den Krieg gewann und diejenigen belohnte, die sich für die richtige Seite entschieden hatten. Bereute es bereits, als sie in Sennheim ankamen, doch da konnte er nicht mehr zurück. Harry hatte mit dem Namen irgendetwas verbunden, als Fauke ihn erwähnte, und dieses Gefühl meldete sich auch jetzt wieder.

»Lassen Sie mich ein wenig deutlicher werden«, sagte Meirik. »Ich befehle Ihnen zu kommen.«

Harry blickte auf. Meirik lächelte.

»Ein Spaß«, erklärte er. »Aber es wäre nett, Sie zu sehen. Einen schönen Abend noch.«

»Gute Nacht«, murmelte Harry und wandte sich wieder dem Schirm zu. Ein Hallgrim Dale, geboren 1922. ENTER.

Der Bildschirm füllte sich mit Text. Noch eine Seite und noch eine.

Es sind hinterher also nicht alle so gut zurechtgekommen, dachte Harry. Hallgrim Dale, Wohnort Schweigaardsgate, Oslo, war so etwas wie ein alter Bekannter der Polizei. Harrys Augen glitten über den Bildschirm nach unten. Vagabundieren, Trunkenheit, Ruhestörung, Mundraub, eine Prügelei. Viel, aber nichts wirklich Ernstes. Das Beeindruckendste ist, dass er noch am Leben ist, dachte Harry und registrierte, dass Dale erst im August zur Ausnüchterung eingesessen hatte. Er kramte das Osloer Telefonbuch hervor, suchte Dales Nummer und wählte sie. Während er darauf wartete, dass sich jemand meldete, öffnete er im PC wieder das Volksregister und fand den anderen Edvard Mosken, geboren 1942. Auch er hatte eine Adresse in Drammen. Er notierte die Geburtsnummer und ging zurück ins Strafregister.

»Diese Telefonnummer ist nicht vergeben. Dies ist eine Meldung von Telenor. Diese Telefonnummer ist …«

Harry war nicht überrascht. Er legte auf.

Edvard Mosken junior war einmal verurteilt worden. Eine lange Haftstrafe, er saß noch immer ein. Weswegen? Drogen, tippte Harry, und drückte ENTER. Etwa ein Drittel aller Häftlinge sitzt wegen Drogen. Da, da stand es ja: Haschisch-Schmuggel. Vier Kilo. Vier Jahre ohne Bewährung.

Harry gähnte und streckte sich. War er dabei, etwas herauszufinden, oder saß er bloß hier herum und stocherte in den Daten, weil der einzige andere Ort, an den er gerne gegangen wäre, Schrøder's Restaurant war, wo er es heute nicht übers Herz gebracht hätte, einen Kaffee zu trinken? Was für ein Scheißtag. Er fasste alles zusammen: Gudbrand Johansen existierte nicht, jedenfalls nicht in Norwegen. Edvard Mosken wohnte in Drammen und hatte einen Sohn, der wegen Drogenschmuggel einsaß. Und Hallgrim Dale war ein Säufer und ganz sicher nicht der Typ, der mal so eben über eine halbe Million verfügte.

Harry rieb sich die Augen.

Sollte er im Telefonbuch unter Fauke nach einer Nummer am Holmenkollveien suchen? Er stöhnte.

Sie wohnt nicht allein. Und sie hat Geld. Und Klasse. Kurz gesagt: all das, was du nicht hast.

Er tippte die Geburtsnummer von Hallgrim Dale in die SSP-Datenbank. ENTER. Die Maschine surrte und mahlte.

Eine lange Liste. Noch mehr von dem Zeug. Armer Säufer.

Sie haben beide Jura studiert. Und sie mag auch die Raga Rockers.

Moment. Der letzte Eintrag führte Dale als »Betroffenen«. Hatte ihn jemand verprügelt? ENTER.

Vergiss die Frau. So, jetzt war sie vergessen. Sollte er Ellen anrufen und fragen, ob sie Lust hatte, ins Kino zu gehen, sie den Film aussuchen lassen? Nein, besser, er ging ins Fitnesscenter. Zum Ausschwitzen.
Es leuchtete ihm vom Bildschirm entgegen:

HALLGRIM DALE. 151199. MORD.

Harry hielt die Luft an. Er war überrascht, doch warum hielt sich seine Überraschung so in Grenzen? Er klickte zweimal auf Details. Es brummte und schnarrte. Doch dieses eine Mal waren seine eigenen Gehirnwindungen schneller als die des Computers, denn als das Bild erschien, war es ihm bereits gelungen, den Namen am richtigen Ort einzuordnen.

SATS, 3. März 2000

43 »Ellen.«
»Hei, ich bin's.«

»Wer?«

»Harry. Und tu nicht so, als gäbe es andere Männer, die dich anrufen und sich mit *ich bin's* melden.«

»Zum Teufel mit dir. Wo steckst du? Was ist das für eine grässliche Musik?«

»Ich bin im SATS.«

»Was?«

»Ich fahre Fahrrad. Bald sind's acht Kilometer.«

»Nur dass ich das richtig verstehe, Harry: Du sitzt auf einem Fahrrad im SATS und telefonierst gleichzeitig mit einem Handy?« Sie betonte die Wörter SATS und Handy.

»Ist irgendetwas daran nicht richtig?«

»Mein Gott, Harry.«

»Ich versuch schon den ganzen Abend, dich zu erreichen. Erinnerst du dich an den Mord, mit dem du und Tom Waaler im November zu tun hattet? Hallgrim Dale?«

»Natürlich. Die Kripo hat das beinahe sofort übernommen. Warum?«

»Ich bin mir nicht sicher, aber es könnte etwas mit diesem Frontkämpfer zu tun haben, den ich suche. Was kannst du mir zu der Geschichte sagen?«

»Das ist Arbeit, Harry. Ruf mich morgen früh im Büro an.«

»Nur ein paar Worte, Ellen, los.«

»Einer der Köche von Herbert's Pizza fand Dale im Hauseingang. Er lag mit durchschnittener Kehle zwischen den Mülltonnen. Die Spurensicherung fand nichts. Der Arzt, der die Obduktion leitete, meinte im Übrigen, es sei ein verdammt glatter Schnitt gewesen, der reinste chirurgische Eingriff.«

»Wer, glaubst du, kann das getan haben?«

»Keine Ahnung. Kann natürlich einer der Neonazis gewesen sein, aber das glaube ich nicht.«

»Warum nicht?«

»Wenn du jemanden direkt vor deiner Stammkneipe umbringst, bist du entweder naiv oder dumm. Doch der ganze Mord wirkte so sauber, so durchdacht. Es gab kein Zeichen eines Kampfes, keine Spuren, keine Zeugen. Alles deutete darauf hin, dass der Mörder genau wusste, was er tat.«

»Motiv?«

»Schwer zu sagen. Dale hatte bestimmt Schulden, aber sicher nicht so viel, dass es sich gelohnt hätte, ihn deshalb unter Druck zu setzen. Soweit wir wissen, hatte er nichts mit Drogen zu tun. Wir haben seine Wohnung durchsucht, aber auch dort war nichts, bloß leere Flaschen. Wir haben mit seinen Saufbrüdern geredet. Aus unerfindlichen Gründen hatte er wohl bei diesen Trinker-Frauen einen Stein im Brett.«

»Trinker-Frauen?«

»Ja, die, die immer mit den Säufern herumhängen. Du kennst die doch und weißt, was ich meine.«

»Ja, aber … Trinker-Frauen.«

»Du hängst dich immer an den falschen Sachen auf, Harry, und das kann manchmal ganz schön nerven, weißt du? Vielleicht solltest du …«

»Sorry, Ellen. Du hast wie immer Recht, ich werde mich umgehend bessern. Erzähl weiter.«

»Im Alkimilieu gibt es einen regen Partnerwechsel, wir können also nicht ausschließen, dass es etwas mit Eifersucht zu tun hatte. Weißt du übrigens, wen wir zum Verhör hier hatten? Deinen alten Freund Sverre Olsen. Der Koch hat ihn zur Mordzeit in Herbert's Pizza gesehen.«

»Und?«

»Alibi. Er hat den ganzen Tag dort verbracht und war nur zehn Minuten draußen, um etwas einzukaufen. Der Verkäufer in dem Laden, wo er war, konnte das bestätigen.«

»Er hätte es schaffen können …«

»Ja, das würde dir so passen, wenn er das gewesen wäre. Aber, Harry …«

»Vielleicht hatte Dale noch etwas anderes als Geld.«

»Harry …«

»Vielleicht wusste er etwas über jemanden.«

»Ihr mögt diese Konspirationstheorien da oben im sechsten Stock, nicht wahr? Aber können wir morgen darüber reden, Harry?«

»Seit wann kümmerst du dich so genau um deine Arbeitszeiten?«

»Ich bin schon im Bett.«

»Um halb elf?«

»Ich bin nicht allein.«

Harry hörte auf zu strampeln. Er war nicht auf die Idee gekommen, dass die Menschen um ihn herum zuhören könnten. Er sah sich um. Glücklicherweise trainierte zu dieser späten Stunde nur noch eine Hand voll Leute.

»Ist das dieser Künstlertyp aus dem Tørst?«, flüsterte er.

»Hm.«

»Und wie lange treibt ihr es schon miteinander?«

»Eine Weile.«

»Warum hast du nichts gesagt?«

»Du hast nicht gefragt.«

»Liegt er jetzt neben dir?«

»Hm.«

»Ist er gut?«

»Hmm.«

»Hat er schon gesagt, dass er dich liebt?«

»Hm.«

Pause.

»Denkst du an Freddie Mercury, wenn ihr …«

»Gute Nacht, Harry.«

Harrys Büro, 6. März 2000

44 Die Uhr an der Rezeption zeigte 8.30 Uhr, als Harry zur Arbeit kam. Es war keine eigentliche Rezeption, sondern eher eine Art Eingangsbereich, der als Schleuse fungierte. Und

die Chefin der Schleuse war Linda, die von ihrem PC aufblickte und ihm fröhlich einen guten Morgen wünschte. Linda war länger als jeder andere im PÜD. Streng genommen war sie die Einzige, zu der Harry Kontakt halten musste, um seine tägliche Arbeit zu verrichten. Neben ihrer Tätigkeit als Schleusenchefin fungierte diese kleine fünfzigjährige Frau mit dem losen Mundwerk nämlich auch noch als Gemeinschaftssekretärin, Empfangsdame und Mädchen für alles. Harry hatte ein paarmal darüber nachgedacht, dass er sich als Spion einer fremden Macht an Linda wenden würde, wenn er etwas über den PÜD erfahren wollte. Außerdem war sie, abgesehen von Meirik, die Einzige im PÜD, die wusste, woran Harry arbeitete. Er hatte nicht die geringste Ahnung, was die anderen über ihn dachten. Während seiner äußerst seltenen Besuche in der Kantine – um einen Joghurt oder Zigaretten zu kaufen (die sie, wie sich herausstellte, nicht verkauften) – hatte er die Blicke von den Tischen bemerkt. Doch er hatte sie nicht zu deuten versucht, sondern sich lediglich beeilt, zurück in sein Büro zu kommen.

»Da war ein Anruf für Sie«, sagte Linda. »Hat englisch gesprochen, lassen Sie mich nachsehen …«

Sie zog einen gelben Zettel vom Rand des Bildschirms.

»Hochner.«

»Hochner?«, platzte es aus Harry heraus.

Linda warf etwas verunsichert noch einmal einen Blick auf den Zettel. »Doch, das hat sie gesagt.«

»*Sie? Er*, meinen Sie wohl.«

»Nein, das war eine Frau. Sie sagte, sie wolle es noch einmal versuchen …« Linda drehte sich um und warf einen Blick auf die Uhr hinter sich an der Wand. »… jetzt. Sie schien Sie ziemlich dringend sprechen zu wollen. Wo ich Sie schon hier habe, Harry – haben Sie eigentlich schon die Runde gemacht und sich vorgestellt?«

»Hatte noch keine Zeit, nächste Woche, Linda.«

»Sie sind nun schon einen ganzen Monat hier. Gestern fragte mich Steffensen, wer denn der große blonde Kerl sei, den er auf der Toilette getroffen habe.«

»Ja und, was haben Sie ihm geantwortet?«

»Ich sagte, das sei *on a need to know basis*.«

Sie lachte. »Und Sie haben am Mittwoch auf dieses Abteilungsfest zu kommen!«

»Das habe ich verstanden«, murmelte er und nahm zwei Zettel aus seinem Postfach mit. Der eine sollte ihn an das Fest erinnern und der andere beinhaltete eine interne Notiz über die neue Vertrauensmann-Verordnung. Beide segelten in den Papierkorb, kaum dass er sein Büro betreten hatte.

Dann setzte er sich, drückte am Anrufbeantworter auf REC und PAUSE und wartete. Nach etwa dreißig Sekunden klingelte das Telefon.

»*Harry Hole speaking.*«

»Härri? Spicking?« Es war Ellen.

»Sorry, ich dachte, es wäre jemand anders.«

»Er ist ein Tier«, fuhr sie fort, noch ehe er mehr sagen konnte. »Faking anbilivebell, also.«

»Wenn du über das redest, was ich glaube, solltest du vielleicht besser aufhören, Ellen.«

»Langweiler. Wer soll denn übrigens anrufen?«

»Eine Frau.«

»Endlich!«

»Vergiss es. Vermutlich eine Verwandte oder die Frau von einem, den ich verhört habe.«

Sie seufzte. »Und wann willst du mal wen treffen, Harry?«

»Du bist wohl verliebt, was?«

»Richtig geraten, du etwa nicht?«

»Ich?«

Ellens freudiger Ausruf stach ihm ins Ohr.

»Du hast nicht gleich geantwortet, Harry! Jetzt hab ich dich. Wer ist es, wer?«

»Hör auf, Ellen!«

»Sag, dass ich Recht hab!«

»Ich hab niemanden getroffen, Ellen.«

»Lüg Muttern nicht an!«

Harry lachte. »Erzähl mir lieber noch mehr über Hallgrim Dale. Wie weit sind die Nachforschungen?«

»Keine Ahnung. Red mit der Kripo.«

»Das werde ich, aber was sagt dir deine Intuition über den Mörder?«

»Dass das ein Professioneller war, kein Affektmörder. Und obwohl ich gesagt habe, dass der Mord so sauber wirkte, glaube ich trotzdem nicht, dass er genau geplant war.«

»Nicht?«

»Der Mord ist effektiv durchgeführt worden und es gab auch keine Spuren. Doch der Tatort war schlecht, man hätte ihn von der Straße oder vom Hinterhof aus beobachten können.«

»Du, es klingelt auf der anderen Leitung, ich rufe dich später zurück.«

Harry drückte auf den Aufnahmeknopf des Anrufbeantworters und kontrollierte, dass der Kassettenrecorder lief, ehe er die andere Leitung freischaltete.

»Harry.«

»*Hello, my name is Constance Hochner.*«

»*How do you do, Miss Hochner?*«

»Ich bin die Schwester von Andreas Hochner.«

»Ich verstehe.«

Trotz der schlechten Verbindung konnte er hören, wie nervös sie war. Trotzdem kam sie gleich zur Sache.

»Sie haben ein Abkommen mit meinem Bruder getroffen, *Mister Hole*. Und Sie haben Ihren Teil dieses Abkommens nicht eingehalten.«

Sie sprach mit einem seltsamen Akzent, dem gleichen wie Andreas Hochner. Harry versuchte automatisch, sie sich vorzustellen, eine Angewohnheit, die er schon seit Beginn seiner Tätigkeit als Ermittler hatte.

»Miss Hochner, ich kann erst dann etwas für Ihren Bruder tun, wenn ich seine Aussagen überprüft habe. Bisher haben wir nichts finden können, was sie bestätigen könnte.«

»Aber warum sollte er lügen, Herr Hole? Ein Mann in seiner Situation?«

»Genau deshalb, Frau Hochner. Wenn er nichts weiß, könnte er doch verzweifelt genug sein, so zu tun, als wisse er doch etwas.«

Es entstand eine Pause in der knisternden Verbindung … wo? In Johannesburg?

Constance Hochner sprach wieder.

»Andreas hat mich gewarnt, dass Sie vielleicht so etwas sagen würden. Ich rufe Sie an, um Ihnen mitzuteilen, dass ich weitere Informationen von meinem Bruder habe, die für Sie von Interesse sein könnten.«

»Aha.«

»Aber Sie erhalten diese Informationen erst, wenn sich Ihre Regierung um die Sache meines Bruders kümmert.«

»Wir tun, was wir können.«

»Wir werden wieder Kontakt mit Ihnen aufnehmen, wenn wir merken, dass Sie uns helfen.«

»Sie wissen doch, dass das so nicht läuft, Frau Hochner. Erst müssen wir die Resultate der Informationen sehen, die wir bekommen haben, und dann können wir ihm helfen.«

»Mein Bruder braucht Garantien. Die Verhandlung gegen ihn beginnt in zwei Wochen.«

Ihre Stimme stockte mitten im Satz, und Harry merkte, dass sie den Tränen nahe war.

»Ich kann Ihnen nur mein Wort geben, dass ich tun werde, was in meiner Macht steht, Frau Hochner.«

»Ich kenne Sie nicht, Sie verstehen nicht. Die werden Andreas zum Tode verurteilen. Die …«

»Mehr kann ich Ihnen nicht anbieten.«

Sie begann zu weinen. Harry wartete. Nach einer Weile wurde sie ruhiger.

»Haben Sie Kinder, Frau Hochner?«

»Ja«, schluchzte sie.

»Und Sie wissen, was man Ihrem Bruder vorwirft?«

»Natürlich.«

»Dann verstehen Sie auch, dass er zum Ausgleich möglichst viele Pluspunkte braucht. Wenn er uns durch Sie helfen kann, einen Attentäter aufzuhalten, hat er etwas Gutes getan. Und das haben dann auch Sie, Frau Hochner.«

Sie atmete schwer in den Hörer. Einen Augenblick lang glaubte Harry, sie würde wieder zu weinen beginnen.

»Versprechen Sie mir, alles zu tun, was Sie können, Herr Hole? Mein Bruder hat nicht all das getan, was man ihm vorwirft.«

»Ich verspreche es.«

Harry hörte seine eigene Stimme. Ruhig und fest. Doch gleichzeitig knetete er den Hörer.

»Okay«, sagte Constance Hochner leise. »Andreas lässt Ihnen ausrichten, dass der Mann, der die Waffe in dieser Nacht am Hafen entgegengenommen hat, nicht der gleiche ist, der sie bestellt hat. Der Auftraggeber sei so etwas wie ein fester Kunde, ein jüngerer Mann. Er spricht gut englisch mit skandinavischem Akzent. Und er bestand darauf, dass Andreas seinen Kodenamen ›Prinz‹ verwendete. Andreas meinte, Sie sollten im Waffenmilieu suchen.«

»Ist das alles?«

»Andreas hat ihn noch nie gesehen. Er sagte aber, er würde ihn jederzeit an seiner Stimme erkennen, wenn Sie ihm eine Aufnahme schicken.«

»Gut«, sagte Harry und hoffte, dass sie nicht spürte, wie enttäuscht er war. Er schob automatisch die Schultern nach hinten, als wollte er sich größer machen, ehe er ihr die Lüge servierte. »Wenn ich etwas herausfinde, werde ich versuchen, von hier aus ein paar Fäden zu ziehen.« Die Worte brannten wie Ätznatron in seinem Mund.

»Ich danke Ihnen, Herr Hole.«

»Tun Sie das nicht, Frau Hochner.«

Den letzten Satz wiederholte er zweimal für sich selbst, ehe er auflegte.

»Das ist ja eine Scheiße«, sagte Ellen, als sie die Geschichte über die Familie Hochner gehört hatte.

»Versuch mal zu vergessen, dass du verliebt bist, und nutz deine besonderen Fähigkeiten«, sagte Harry, »die Stichworte habe ich dir jedenfalls gegeben.«

»Waffenschmuggel, Stammkunde, Prinz, Waffenmilieu. Das sind nur vier.«

»Das ist alles, was ich habe.«

»Warum sage ich nur ja zu so etwas?«

»Weil du mich liebst. Jetzt muss ich aber los.«

»Warte. Erzähl mir von dieser Frau, die du …«

»Ich hoffe nur, deine Intuition ist besser, wenn es um Verbrechen geht, Ellen, mach's gut.«

Harry wählte die Nummer in Drammen, die er über die Auskunft erfahren hatte.

»Mosken.« Eine feste Stimme.

»Edvard Mosken?«

»Ja, mit wem spreche ich?«

»Polizei-Kommissionsleiter Hole, Überwachungsdienst. Ich habe ein paar Fragen.« Harry bemerkte, dass er sich zum ersten Mal mit seinem neuen Titel vorgestellt hatte. Irgendwie kam ihm auch das wie eine Lüge vor.

»Ist etwas mit meinem Sohn?«

»Nein. Ist es Ihnen recht, wenn ich morgen gegen zwölf Uhr bei Ihnen vorbeischaue, Herr Mosken?«

»Ich bin Rentner. Und allein. Es gibt kaum einen Zeitpunkt, der nicht passt, Herr Kommissar.«

Harry rief Even Juul an und unterrichtete ihn von dem, was geschehen war.

Er dachte darüber nach, was Ellen über den Mord an Hallgrim Dale gesagt hatte, als er zur Kantine ging, um sich einen Joghurt zu holen. Er wollte bei der Kripo anrufen, um neuere Informationen zu erhalten, doch er hatte das Gefühl, dass Ellen ihm bereits alles Wichtige gesagt hatte. Egal. Die statistische Wahrscheinlichkeit, in Norwegen ermordet zu werden, betrug ungefähr ein zehntel Promille. Wenn eine Person, nach der man sucht, als Leiche in einer vier Monate alten Mordsache auftaucht, kann man nur schwer an einen Zufall glauben. Konnte der Mord irgendwie mit dem Kauf des Märklin-Gewehres zusammenhängen? Es war kaum zehn Uhr und Harry hatte bereits Kopfschmerzen. Er hoffte nur, dass Ellen ihm irgendetwas über diesen Prinzen liefern würde. Irgendetwas. Damit man irgendwo anfangen konnte.

Sogn, 6. März 2000

45 Nach der Arbeit fuhr Harry zu den betreuten Sozialwohnungen nach Sogn hinauf. Søs wartete bereits in der Tür auf ihn, als er ankam. Sie war ein bisschen dicker geworden im letzten Jahr, doch ihr Freund, Henrik, der ein Stück weiter auf dem gleichen Flur wohnte, mochte das so, beteuerte sie.

»Aber Henrik ist ja auch Mongo.«

Sie pflegte das immer zu sagen, wenn sie Henriks kleine Eigenheiten zu erklären versuchte. Sie selbst war nicht Mongo. Irgendwo verlief dort eine unsichtbare, aber doch scharfe Grenze. Und Søs erklärte Harry gerne, wer von den Bewohnern Mongo war und wer nur beinahe.

Sie erzählte Harry die üblichen Dinge, was Henrik in der letzten Woche gesagt hatte (was manchmal ziemlich überraschend sein konnte), was sie im Fernsehen gesehen hatten, was sie gegessen hatten und wo sie ihren nächsten Urlaub verbringen wollten. Sie planten immer irgendwelche Reisen. Dieses Mal sollte es nach Hawaii gehen, und Harry musste einfach lächeln, als er sich Søs und Henrik in Hawaiihemden auf dem Flughafen von Honolulu vorstellte.

Er fragte, ob sie mit Vater gesprochen hätte, und sie erzählte, dass er sie vor zwei Tagen besucht habe.

»Das ist schön«, sagte Harry.

»Ich glaube, er hat Mama jetzt vergessen«, sagte Søs, »das ist gut so.«

Harry blieb eine Weile sitzen und dachte über ihre Worte nach. Dann klopfte Henrik an und sagte, Hotel Caesar beginne in drei Minuten auf TV 2. Harry zog seinen Mantel an und versprach, sie bald anzurufen.

Der Verkehr stockte wie üblich an der Ampel beim Ullevål-Stadion, und er bemerkte zu spät, dass er wegen der Baustelle auf der Ringstraße rechts hätte abbiegen müssen. Er dachte an Constance Hochners Worte. Dass Urias einen Mittelsmann benutzt hatte, vermutlich einen Norweger. Das bedeutete, dass jemand dort draußen wusste, wer Urias war. Er hatte bereits Linda gebeten, die geheimen Archive nach einem Prinzen zu durchstöbern, war sich aber ziemlich sicher, dass sie nichts finden würde. Er hatte ein bestimmtes Gefühl, dass dieser Mann klüger war als der Durchschnittsverbrecher. Wenn es stimmte, was Andreas Hochner sagte, dass der Prinz nämlich ein Stammkunde sei, bedeutete das, dass es ihm gelungen war, einen eigenen Kundenstamm aufzubauen, ohne dass das PÜD oder irgendjemand anders das bemerkt hatte. So etwas brauchte Zeit und Vorsicht, List und Disziplin – nichts davon war charakteristisch für die Banditen, die Harry kannte. Natürlich war es auch möglich, dass es einfach nur Glück war, dass er bis jetzt nicht aufgefallen war. Oder er hatte eine Position, die ihn schützte. Constance Hochner hatte gesagt, dass er gut englisch sprach. Er konnte Diplomat sein, zum Beispiel – jemand, der ein- und ausreisen konnte, ohne am Zoll gestoppt zu werden.

Harry nahm die Ausfahrt Slemdalsvei und fuhr in Richtung Holmenkollen hoch.

Sollte er Meirik bitten, Ellen vorübergehend ins PÜD zu versetzen? Er wies diesen Gedanken sofort wieder von sich. Es schien Meirik wichtiger zu sein, dass er Neonazis zählte und an geselligen Zusammenkünften teilnahm, als Gespenster aus Kriegszeiten zu jagen.

Harry hatte ihr Haus schon erreicht, ehe er begriff, wohin er gefahren war. Er hielt den Wagen an und spähte zwischen den Bäumen hindurch. Von der Hauptstraße aus, auf der er stand, waren es fünfzig, sechzig Meter bis zum Haus. Die Lichter in der ersten Etage brannten.

»Idiot«, sagte er laut zu sich selbst und erschrak beim Klang seiner eigenen Stimme. Er wollte weiterfahren, als er sah, dass die Haustür aufging und Licht auf die Treppe fiel. Der Gedanke daran, dass sie sein Auto sehen und wiedererkennen könnte, versetzte ihn augenblicklich in Panik. Er schaltete in den Rückwärtsgang, um still und vorsichtig nach oben aus dem Blickfeld zu entschwinden, doch er gab zu wenig Gas, so dass der Motor ausging. Er hörte Stimmen. Ein großer Mann in einem dunklen, langen Mantel war auf die Treppe getreten. Er sprach, doch derjenige, mit dem er sprach, war durch die Tür verborgen. Dann beugte er sich durch die Tür nach vorn und Harry konnte ihn nicht mehr sehen.

Jetzt küssen sie sich, dachte er. *Ich bin zum Holmenkollen hochgefahren, um einer Frau nachzuspionieren, mit der ich fünfzehn Minuten geredet habe, und zu beobachten, wie sie ihren Lebensgefährten küsst.*

Dann ging die Tür zu und der Mann setzte sich in einen Audi, fuhr zur Hauptstraße und dann an Harry vorbei.

Auf dem Weg nach Hause fragte sich Harry, wie er sich selbst bestrafen konnte. Es musste eine harte Strafe sein, etwas, was eine abschreckende Wirkung für die Zukunft hatte. Eine Aerobicstunde im SATS.

Drammen, 7. März 2000

46 Harry hatte nie richtig verstanden, warum Drammen immer so negativ dargestellt wurde. Die Stadt war nicht gerade eine Schönheit, aber auch nicht schlimmer als die anderen aus den Nähten geplatzten Kleinstädte Norwegens. Er über-

legte, noch einen Kaffee im Restaurant Børsen zu trinken, doch die Uhr sagte ihm, dass dafür nicht genug Zeit war.

Edvard Mosken wohnte in einem roten Holzhaus mit Aussicht auf die Trabrennbahn. Ein älterer Mercedes-Geländewagen parkte vor der Garage. Mosken selbst stand in der Tür. Er betrachtete Harrys Ausweis lange, ehe er sagte:

»1965 geboren? Sie sehen aber älter aus, Herr Hole?«

»Schlechte Gene.«

»Schlecht für Sie.«

»Tja, mit vierzehn hat man mich schon in Filme gelassen, die nur für Erwachsene waren.«

Es war unmöglich zu erkennen, ob Edvard Mosken für Humor empfänglich war. Er gab Harry ein Zeichen hereinzukommen.

»Sie wohnen allein?«, fragte Harry, während Mosken ihn ins Wohnzimmer führte. Die Wohnung war sauber und ordentlich, doch nur mit wenigen persönlichen Dingen ausgestattet. Es war diese Art übertriebene Sauberkeit, die manche Männer anstreben, wenn sie allein bestimmen können. Es erinnerte Harry an seine eigene Wohnung.

»Ja. Meine Frau hat mich nach dem Krieg verlassen.«

»Verlassen?«

»Aus dem Staub gemacht, abgehauen, weg!«

»Ich verstehe. Kinder?«

»Ich hatte einen Sohn.«

»Hatte?«

Edvard Mosken blieb stehen und drehte sich um.

»Drücke ich mich unklar aus, Herr Hole?«

Die eine weiße Augenbraue war angehoben und zeichnete einen scharfen Winkel auf die hohe, klare Stirn.

»Mein Fehler«, sagte Harry, »ich bin manchmal schwer von Begriff.«

»Okay. Ich *habe* einen Sohn.«

»Danke. Was haben Sie vor Ihrer Rente gemacht?«

»Ich hatte ein paar Lastwagen. Mosken-Transport. Hab die Firma vor sieben Jahren verkauft.«

»Lief sie gut?«

»Ging so. Die Käufer haben den Namen beibehalten.«

Sie setzten sich gegenüber an den Wohnzimmertisch. Harry verstand, dass von Kaffee nicht die Rede war. Edvard saß vorgebeugt, die Hände über Kreuz auf dem Schoß, als wollte er sagen: *Lassen Sie uns das hinter uns bringen.*

»Wo waren Sie in der Nacht vom 22. Dezember?«

Harry hatte sich unterwegs entschlossen, mit dieser Frage zu beginnen. Indem er seine einzige Karte ausspielte, ehe Mosken die Möglichkeit hatte, das Terrain zu sondieren und festzustellen, dass sie nichts in der Hand hatten, konnte er allenfalls darauf hoffen, eine Reaktion hervorzurufen, die ihm etwas sagen konnte: ob Mosken vielleicht etwas zu verbergen hatte.

»Werde ich wegen irgendetwas verdächtigt?«, fragte Mosken. Sein Gesicht verriet nicht mehr als leichte Verwunderung.

»Es wäre schön, wenn Sie einfach nur auf die Frage antworten würden, Herr Mosken.«

»Wie Sie wollen. Ich war hier.«

»Das kam aber schnell.«

»Wie meinen Sie das?«

»Sie mussten nicht gerade lange nachdenken.«

Mosken schnitt eine Grimasse. Sein Mund zeichnete die Parodie eines Grinsens, während seine Augen Harry einfach resigniert ansahen.

»Wenn Sie mal so alt sind wie ich, werden Sie sich an die Abende erinnern, an denen Sie *nicht* alleine zu Hause gesessen haben.«

»Sindre Fauke hat mir eine Liste der Norweger gegeben, die im Trainingslager in Sennheim waren. Gudbrand Johansen, Hallgrim Dale, Sie und Fauke selbst.«

»Sie haben Daniel Gudeson vergessen.«

»Hab ich das? Ist er nicht im Krieg gefallen?«

»Doch.«

»Warum erwähnen Sie ihn dann?«

»Weil er mit uns zusammen in Sennheim war.«

»Wenn ich Fauke richtig verstanden habe, waren weit mehr Norweger in Sennheim, aber nur Sie vier haben letztlich den Krieg überlebt.«

»Das ist richtig.«

»Warum erwähnen Sie dann ausgerechnet Gudeson?«

Edvard Mosken starrte Harry an. Dann schweifte sein Blick ab.

»Weil er so lange dabei war. Wir dachten, er würde überleben. Ja, wir glaubten, Daniel Gudeson sei unsterblich. Er war kein gewöhnlicher Mann.«

»Wussten Sie, dass Hallgrim Dale tot ist?«

Mosken schüttelte den Kopf.

»Sie wirken nicht sonderlich überrascht.«

»Warum sollte ich überrascht sein? Inzwischen bin ich mehr überrascht, wenn ich höre, dass noch jemand von denen lebt.«

»Und wenn ich Ihnen sage, dass er ermordet wurde?«

»Tja, das ist natürlich etwas anderes. Warum erzählen Sie mir das?«

»Was wissen Sie über Hallgrim Dale?«

»Nichts. Das letzte Mal, dass ich ihn gesehen habe, war bei Leningrad. Da hatte er einen Granatenschock.«

»Sind Sie nicht gemeinsam zurückgereist?«

»Wie Dale und die anderen nach Hause gekommen sind, weiß ich nicht. Ich selbst wurde im Winter 1944 von einer Handgranate verletzt, die ein russischer Jagdflieger in den Schützengraben geworfen hatte.«

»Ein Jagdflieger? Aus einem Flugzeug?«

Mosken lächelte schief und nickte.

»Als ich im Lazarett aufwachte, war der Rückzug in vollem Gange. Im Spätsommer 1944 war ich schließlich im Lazarett in der Sinsen-Schule in Oslo. Dann kam die Kapitulation.«

»Seit dieser Verwundung haben Sie keinen der anderen wiedergesehen?«

»Nur Sindre. Drei Jahre nach dem Krieg.«

»Nachdem Sie Ihre Strafe abgesessen hatten?«

»Ja. Wir trafen uns ganz zufällig in einem Restaurant.«

»Was halten Sie von seiner Desertion?«

Mosken zuckte mit den Schultern.

»Er hatte wohl seine Gründe. Auf jeden Fall hat er die Seite gewechselt, als noch nicht klar war, wie es ausgehen würde. Das ist mehr, als was man von den meisten Norwegern sagen kann.«

»Wie meinen Sie das denn?«

»Im Krieg hatten wir ein Sprichwort: Wer mit der Entscheidung wartet, wird sich auf jeden Fall richtig entscheiden. Weihnachten 1943 sahen wir wohl, dass wir auf verlorenem Posten standen, doch niemand wusste wirklich, wie schlecht es stand. Man kann Sindre wohl kaum den Vorwurf machen, ein Wetterfähnchen zu sein. Wie die hier zu Hause, die den ganzen Krieg über den Arsch nicht hochgekriegt haben und sich dann, ein paar Monate vor Kriegsende, scharenweise zur Heimatfront gemeldet haben. Wir haben sie immer nur die *Heiligen der letzten Tage* genannt. Einige davon gehören heute zu denen, die sich öffentlich über den heldenmutigen Kriegseinsatz der Norweger für die richtige Sache auslassen.«

»Denken Sie an jemand Spezielles?«

»Man denkt doch immer an den einen oder anderen, der im Nachhinein mit einer schillernden Heldenglorie ausgestattet wurde. Aber das ist nicht so wichtig.«

»Wie steht's mit Gudbrand Johansen? Erinnern Sie sich an ihn?«

»Naürlich. Er hat mir da am Ende das Leben gerettet. Er …«

Mosken biss sich auf die Unterlippe. Als hätte er schon zu viel gesagt, dachte Harry.

»Was ist mit ihm geschehen?«

»Mit Gudbrand? Wenn ich das wüsste. Die Granate … da waren Gudbrand, Hallgrim Dale und ich im Schützengraben, als dieses Ding über das Eis auf uns zugerutscht kam und Dale auf den Helm knallte. Ich weiß nur noch, dass Gudbrand am nächsten war, als sie explodierte. Als ich aus dem Koma aufwachte, konnte mir keiner sagen, was mit Gudbrand oder Dale geschehen war.«

»Wie meinen Sie das? Waren die verschwunden?«

Moskens Augen schweiften zum Fenster.

»Das geschah am gleichen Tag, als die russische Offensive so richtig losging. Das waren, vorsichtig ausgedrückt, chaotische Verhältnisse. Der Schützengraben, in dem das geschehen war, war längst in die Hände der Russen gefallen, als ich aufwachte, und das Regiment war an einen anderen Ort befehligt worden. Wenn Gudbrand überlebt hat, ist er vermutlich ins Lazarett des Regimentes Nordland gekommen, im Nordabschnitt. Desgleichen Dale, wenn er verletzt worden ist. Ich muss wohl auch dort gewesen sein, aber als ich aufgewacht bin, war ich bereits an einem anderen Ort.«

»Gudbrand Johansen steht nicht im Volksregister.«

Mosken zuckte mit den Schultern.

»Dann hat ihn diese Granate wohl getötet. Davon bin ich ohnehin ausgegangen.«

»Sie haben also niemals versucht, ihn zu finden?«

Mosken schüttelte den Kopf.

Harry blickte sich um auf der Suche nach irgendetwas, was darauf hindeuten konnte, dass Mosken Kaffee im Haus hatte – eine Kanne, eine Tasse. Auf dem Kamin stand die Fotografie von einer Frau in einem goldenen Rahmen.

»Sind Sie aufgebracht über das, was nach dem Krieg mit Ihnen und den anderen Frontkämpfern geschehen ist?«

»Was die Strafe angeht – nein. Da bin ich Realist. Der Prozess verlief so, wie er verlaufen musste. Das war politisch notwendig. Ich hatte einen Krieg verloren. Ich beklage mich nicht.«

Edvard Mosken lachte plötzlich wie eine krächzende Elster, und Harry wusste nicht, warum. Dann wurde er wieder ernst.

»Was wehtat, war, dass wir als Landesverräter abgestempelt wurden. Aber ich tröste mich damit, dass wir, die wir dort waren, wissen, dass wir unser Land unter Einsatz unseres Lebens verteidigt haben.«

»Ihre damaligen politischen Ansichten waren …«

»Ob ich heute noch die gleichen Ansichten habe?«

Harry nickte und Mosken lächelte trocken.

»Die Frage ist leicht zu beantworten, Herr Kommissar. Nein. Ich habe mich geirrt. So einfach ist das eigentlich.«

»Sie haben später keinen Kontakt mehr zum Neonazimilieu gehabt?«

»Gott bewahre, nein! Oben in Hokksund gab es ja vor ein paar Jahren solche Versammlungen, und irgendeiner dieser Idioten hat mich damals auch angerufen und gefragt, ob ich kommen und über den Krieg berichten wolle. Ich glaube, sie nannten sich ›Blood and Honour‹, oder irgend so etwas.«

Mosken beugte sich über den Salontisch vor. Auf einer Ecke des Tisches waren ein paar Magazine peinlich genau parallel zur Tischkante übereinander gestapelt.

»Auf was ist das PÜD dieses Mal eigentlich aus? Wollen Sie gegen die Neonazis ermitteln? Dann sind Sie bei mir an der falschen Adresse.«

Harry war sich nicht sicher, wie viel er schon jetzt erzählen sollte. Doch seine Antwort war ehrlich:

»Ich weiß nicht genau, auf was wir aus sind.«

»Das hört sich vertraut an.«

Er krächzte wieder sein Elsterlachen. Es war ein hoher, unangenehmer Laut.

Harry sollte später zu dem Schluss kommen, dass es wohl die Kombination aus diesem höhnischen Lachen und dem Fehlen des Kaffees war, die ausschlaggebend für die Art und Weise war, wie er seine nächste Frage formulierte.

»Was glauben Sie, wie es für Ihre Kinder war, mit einem Vater aufzuwachsen, der eine Vergangenheit als Nazi hat? Glauben Sie, dass das auch ein Grund dafür sein könnte, dass Edvard Mosken junior heute eine Strafe wegen Drogenhandels absitzt?«

Harry ärgerte sich sogleich über sich selbst, als er die Wut und den Schmerz in den Augen des Alten wahrnahm. Er wusste, dass er das, was er hatte erfahren wollen, auch ohne diesen Schlag unter die Gürtellinie herausbekommen hätte.

»Diese Gerichtsverhandlung war eine einzige Farce!«, fauchte Mosken. »Der Verteidiger, den sie meinem Sohn gaben, war der Enkel des Richters, der mich nach dem Krieg verurteilt hat. Sie versuchen, meine Kinder zu bestrafen, um ihre eigene Scham über das, was sie im Krieg getan haben, zu vertuschen. Ich …«

Er hielt plötzlich inne. Harry wartete auf eine Fortsetzung. Doch es kam keine. Plötzlich und ganz unerwartet spürte er die Hunde dort unten in seinem Bauch an den Leinen zerren. Sie hatten sich schon eine ganze Weile nicht mehr gemeldet. Sie wollten einen Drink.

»Einer der *Heiligen der letzten Tage*?«, fragte Harry.

Mosken zuckte mit den Schultern. Harry verstand, dass dieses Thema für heute beendet war. Mosken sah auf die Uhr.

»Haben Sie noch etwas vor?«, fragte Harry.

»Ich will noch runter zu meiner Hütte.«

»Aha? Ist die weit weg?«

»Grenland. Ich möchte da sein, ehe es dunkel wird.«

Harry stand auf. Im Flur blieben sie stehen und suchten nach ein paar passenden Abschiedsworten, als Harry plötzlich etwas in den Sinn kam.

»Sie sagten, Sie seien im Winter 1944 bei Leningrad verwundet worden und schließlich im Spätsommer im Lazarett in der Sinsen-Schule in Oslo gelandet. Wo waren Sie in der Zwischenzeit?«

»Wie meinen Sie das?«

»Ich habe gerade eines der Bücher von Even Juul gelesen. Er ist Kriegshistoriker.«

»Ich weiß gut, wer Even Juul ist«, sagte Mosken mit einem unergründlichen Lächeln.

»Er schreibt, dass das Regiment Norge im März 1944 in Krasnoje Selo aufgelöst worden sei. Wo befanden Sie sich von März 1944 bis Sie nach Oslo kamen?«

Mosken sah Harry lange an. Dann öffnete er die Haustür und blickte nach draußen.

»Es beginnt zu frieren«, sagte er. »Sie sollten vorsichtig fahren.«

Harry nickte. Mosken richtete sich auf, hielt sich die Hand über die Augen und starrte in Richtung der leeren Trabrennbahn. Die feine Kiesbahn zeichnete ein graues Oval in den schmutzigen Schnee.

»Ich befand mich an Orten, die früher einmal Namen hatten«, antwortete Mosken. »Doch sie waren derart verändert, dass sie niemand mehr wiedererkannte. Auf unseren Karten waren nur Wege eingezeichnet, Wasserflächen und Minenfelder, keine Namen. Wenn ich sage, dass ich in Pärnu in Estland war, ist das vielleicht richtig. Ich weiß es nicht und das weiß auch wohl sonst niemand. Frühjahr und Sommer 1944 lag ich auf einer Trage, hörte Maschinengewehrsalven und dachte an den Tod. Nicht daran, wo ich war.«

Harry fuhr am Fluss entlang und blieb vor der Stadtbrücke an einer roten Ampel stehen. Die andere Brücke, über die die Europastraße 18 führte, spannte sich wie eine Klammer über das Land und versperrte die Sicht auf den Drammensfjord. Okay, vielleicht war doch nicht alles so geglückt in Drammen. Harry hatte sich eigentlich vorgenommen, auf dem Rückweg in der Børse einen Kaffee zu trinken, war dann aber weitergefahren. Ihm war eingefallen, dass es dort auch Bier gab.

Die Ampel wurde grün. Harry gab Gas.

Edvard Mosken hatte sehr heftig auf die Frage nach seinem Sohn reagiert. Harry entschloss sich, einmal nachzusehen, wer der Richter im Fall Mosken gewesen war. Dann warf er einen letzten Blick via Rückspiegel auf Drammen. Doch, es gab bestimmt schlimmere Städte.

47 Ellen war nichts eingefallen. Harry war hinunter in ihr Büro gegangen und saß in seinem alten, knarrenden Stuhl. Sie hatten einen neuen Mann eingestellt, einen jungen Kerl vom Lehnsmannbüro in Steinkjer, der in einem Monat kommen sollte.

»Ich bin keine Hellseherin«, sagte sie, als sie Harrys enttäuschten Gesichtsausdruck bemerkte. »Und ich habe heute früh bei der Morgenbesprechung auch die anderen gefragt, keiner weiß etwas von einem Prinzen.«

»Wie sieht's mit der Waffenabteilung aus? Die sollten doch die Waffenschmuggler kennen.«

»Harry!«

»Ja?«

»Ich arbeite nicht mehr für dich.«

»*Mit* mir.«

»Dann halt *mit* dir. Ich hatte immer den Eindruck, für dich zu arbeiten, du Grobian.«

Harry stieß sich ab und drehte sich mit dem Stuhl im Kreis. Vier Runden. Öfter hatte er es nie geschafft. Ellen verdrehte die Augen.

»Okay, ich hab auch bei den Waffenleuten angerufen«, bekannte sie. »Die wissen auch nichts von einem Prinzen. Warum kriegst du da oben im PÜD keinen Assistenten?«

»Die Sache hat keine Priorität. Meirik lässt mich weitermachen, doch im Grunde will er bloß wissen, was sich die Neonazis für den Nationalfeiertag vorgenommen haben.«

»Eines der Stichworte war Waffenmilieu. Ich kann mir kaum etwas Waffenfixierteres vorstellen als diese Neonazis. Warum fängst du nicht da an, dann schlägst du zwei Fliegen mit einer Klappe?«

»Da hab ich auch schon drüber nachgedacht.«

Ryktet, Grensen, 7. März

48 Even Juul stand auf der Treppe, als Harry bei dem Haus vorfuhr.

Burre stand neben ihm und zerrte am Halsband.

»Das ging aber schnell«, meinte Juul.

»Ich hab mich gleich nach dem Telefonat ins Auto gesetzt«, sagte Harry. »Kommt Burre mit?«

»Nein, ich habe ihn beim Warten nur ein bisschen mit an die frische Luft genommen. Geh rein, Burre!«

Der Hund blickte mit flehenden Augen zu Juul empor.

»Sofort!«

Burre zuckte zurück und verschwand nach drinnen. Sogar Harry war bei dem plötzlichen Ausruf zusammengezuckt.

»Dann können wir«, sagte Juul.

Harry sah ein Gesicht hinter der Küchengardine, als sie losfuhren.

»Es ist heller geworden«, sagte Harry.

»Wirklich?«

»Die Tage, meine ich, sie werden länger.«

Juul nickte, ohne zu antworten.

»Es gibt eine Sache, über die ich immer wieder nachgedacht habe«, sagte Harry. »Die Familie von Sindre Fauke, wie ist die zu Tode gekommen?«

»Das habe ich doch erzählt. Er hat sie getötet.«

»Ja, aber wie?«

Even Juul sah Harry lange an, ehe er antwortete:

»Sie wurden erschossen. Durch den Kopf.«

»Alle vier?«

»Ja.«

Sie fanden schließlich einen Parkplatz in Grensen und gingen von dort zu dem Lokal, von dem Juul am Telefon gesprochen hatte und das er ihm so dringend hatte zeigen wollen.

»Das ist also das Ryktet?«, fragte Harry, als sie in das dunkle, fast leere Café kamen. Nur wenige Menschen saßen an den Tischen. Harry und Juul bestellten einen Kaffee und setzten sich ans Fenster. Zwei alte Männer saßen an einem Tisch weiter im Inneren des Lokals. Sie hielten in ihrem Gespräch inne und schielten zu ihnen herüber.

»Erinnert mich an ein Café, in das ich hin und wieder mal gehe«, sagte Harry und nickte in Richtung der beiden Alten.

»Die Unverbesserlichen«, erklärte Juul. »Alte Nazis und Frontkämpfer, die noch immer glauben, im Recht gewesen zu sein. Hier hocken sie und schreien ihre Verbitterung über den großen Verrat heraus, über die Regierung Nygaardsvold und den allgemeinen Zustand der Welt. Jedenfalls diejenigen von ihnen, die noch nicht das Zeitliche gesegnet haben. Die Reihen lichten sich, wie ich sehe.«

»Noch immer politisch engagiert?«

»Oh, ja doch, die sind noch immer wütend. Über die Entwicklungshilfe, die Kürzung des Verteidigungshaushalts, weibliche Pastoren, die Schwulen-Ehe, unsere neuen Mitbürger und und und. Sie können sich selber vorstellen, was diese Jungs alles aufregt. Im Grunde ihrer Seele sind das noch immer Faschisten.«

»Und Sie meinen, Urias könnte hier verkehren?«

»Wenn das irgendeine Art Rachefeldzug gegen die Gesellschaft ist, die Urias im Sinn hat, findet er hier jedenfalls Gleichgesinnte. Es gibt natürlich noch mehr Treffpunkte für Frontkämpfer; zum Beispiel gibt es jedes Jahr so genannte Kameradschaftstreffen hier in Oslo, zu denen sie aus dem ganzen Land anreisen – Soldaten und all die anderen, die an der Ostfront waren. Aber diese Kameradschaftstreffen haben einen ganz anderen Stil als dieses Loch hier. Das sind einfach Zusammenkünfte, bei denen der Gefallenen gedacht wird und es ansonsten verboten ist, über Politik zu sprechen. Nein, wenn ich auf der Suche nach einem Frontkämpfer mit Rachegelüsten wäre, würde ich hier an diesem Ort beginnen.«

»War Ihre Frau bei einem dieser – wie nannten Sie es – *Kameradschaftstreffen*?«

Juul sah Harry verwundert an. Dann schüttelte er langsam den Kopf.

»Nur so ein Einfall«, sagte Harry. »Ich dachte nur, sie könnte mir vielleicht etwas erzählen.«

»Das glaube ich nicht«, erwiderte Juul schroff.

»Gut. Gibt es eine Verbindung zwischen den Unverbesserlichen, wie Sie sie nennen, und den Neonazis?«

»Warum fragen Sie danach?«

»Ich habe einen Tipp bekommen, dass Urias einen Mittelsmann benutzt hat, um diese Märklin-Waffe zu erhalten, eine Person aus dem Waffenmilieu.«

Juul schüttelte den Kopf.

»Die meisten Frontkämpfer würden sich wehren, wenn sie hörten, dass Sie sie als Gesinnungsgenossen der Neonazis bezeichnen. Obgleich diese immer einen gewaltigen Respekt vor den Frontkämpfern haben. Für sie verkörpern die Frontkämpfer ihren ultimativen Traum – ihr Land und ihre Rasse mit Waffengewalt zu verteidigen.«

»Wenn sich also ein Frontkämpfer eine Waffe beschaffen wollte, könnte er mit der Hilfe der Neonazis rechnen?«

»Er würde vermutlich auf ein gewisses Wohlwollen stoßen, ja. Doch er müsste wissen, mit wem er sprechen soll. Nicht jeder könnte ihm eine derart spezielle Attentatswaffe beschaffen wie die, nach der Sie suchen. Es ist sehr bezeichnend, dass die Polizei in Hønefoss neulich bei einer Razzia in der Garage von ein paar Neonazis einen alten, rostigen Datsun gefunden hat, der voll gestopft war mit selbst gemachten Keulen, Holzspeeren und ein paar stumpfen Äxten. Der Großteil dieses Milieus befindet sich im wahrsten Sinne des Wortes in der Steinzeit.«

»Und wo beginne ich dann mit der Suche nach einem Mann dieses Milieus, der Kontakte zu internationalen Waffenhändlern hat?«

»Das Problem ist eigentlich nicht die Größe des Milieus. *Fritt Ord*, die Zeitung der Nationalisten, spricht ganz offen davon, dass es etwa fünfzehnhundert Nationalsozialisten und Nationaldemokraten in Norwegen gibt. Wenn Sie aber bei Monitor anfragen, dieser freiwilligen Organisation, die die Rechtsnationalen beobachtet, werden die Ihnen sagen, dass es maximal fünfzig wirklich aktive gibt. Nein, das Problem ist, dass die Hintermänner, die, die wirklich die Fäden in den Händen halten, nicht zu sehen sind. Die laufen nicht in Springerstiefeln herum oder haben Hakenkreuze auf die Oberarme tätowiert, um es so zu sagen. Sie haben vielleicht eine Position in der Gesellschaft, die es ihnen ermöglicht, sich für ihre Sache einzusetzen, doch dafür dürfen sie auf keinen Fall auffallen.«

Eine tiefe Stimme knurrte plötzlich hinter ihnen:

»Wie kannst du es wagen, hierher zu kommen, Even Juul?«

Gimle Kino, Bygdøy Allee, 7. März

49 »Was habe ich also gemacht?«, fragte Harry Ellen und schob sie in der Schlange weiter nach vorne. »Ich hatte gerade überlegt, ob ich mich bei einem dieser griesgrämigen Alten erkundigen sollte, ob sie jemanden kennen, der zurzeit irgendwelche Attentatspläne hegt und deshalb eine Waffe gekauft hat, die aus dem Rahmen fällt. Und in diesem Augenblick stand einer von ihnen bei uns am Tisch und fragte mit einer Grabesstimme: ›Wie kannst du es wagen, hierher zu kommen, Even Juul?‹«

»Und was hast du gemacht?«, wollte Ellen wissen.

»Nichts. Ich saß einfach da und beobachtete, wie Even Juuls Gesicht entgleiste. Er sah aus, als hätte er einen Geist gesehen. Es war ganz offensichtlich, dass die zwei sich kannten. Das war übrigens schon die zweite Person, die ich heute getroffen habe, die behauptete, Even Juul zu kennen. Edvard Mosken hat das auch behauptet.«

»Ist das so erstaunlich? Juul schreibt für die Zeitung, er ist oft im Fernsehen, das ist einfach eine profilierte Persönlichkeit.«

»Da hast du wohl Recht. Auf jeden Fall stand Even Juul auf und marschierte schnurstracks aus dem Lokal. Ich musste ihm regelrecht hinterherrennen. Juul war vollkommen blass, als ich ihn draußen auf der Straße einholte. Aber als ich fragte, behauptete er, nicht zu wissen, wer der Mann im Ryktet war. Danach fuhr ich ihn nach Hause, und er sagte mir gerade noch auf Wiedersehen, ehe er aus dem Auto stieg. Er wirkte irgendwie vollkommen außer sich. Ist zehnte Reihe okay?«

Harry beugte sich zur Kasse hinunter und bat um zwei Karten.

»Ich bin skeptisch.«

»Warum?«, fragte Ellen. »Weil ich den Film ausgesucht habe?«

»Im Bus habe ich gehört, wie eine Kaugummi kauende Göre zu ihrer Freundin sagte, *Alles über meine Mutter* sei ganz nett. Dieses ›nett‹.«

»Was soll das heißen?«

»Wenn diese Mädchen sagen, ein Film sei nett, kriege ich immer so ein *Grüne-Tomaten-Feeling*. Serviert man euch Mädels eine triefende Schnulze, die weniger Gehalt hat als eine Oprah-Winfrey-Show, meint ihr gleich, ihr hättet einen warmherzigen, intelligenten Film gesehen. Popcorn?«

Er schob sie in der Kinoschlange weiter.

»Du bist echt kaputt, Harry. Ein kaputter Mensch. Und weißt du was: Kim war eifersüchtig, als ich ihm sagte, ich wolle mit einem Kollegen ins Kino.«

»Na, herzlichen Glückwunsch.«

»Ach ja, ehe ich es vergesse«, sagte sie, »ich habe den Namen dieses Verteidigers herausgefunden, der Edvard Mosken junior vertreten hat. Und den seines Großvaters, der bei den Landesverrats-Prozessen beteiligt war.«

»Ja?«

Ellen lächelte.

»Johan Krohn und Kristian Krohn.«

»Interessant.«

»Ich habe mit dem Staatsanwalt gesprochen, der bei der Verhandlung gegen Mosken dabei war. Mosken senior ist regelrecht Amok gelaufen, als das Gericht seinen Sohn für schuldig erklärte. Er hat Krohn tätlich angegriffen und lauthals behauptet, dass sich Krohn und sein Großvater gegen die Familie Mosken verschworen hätten.«

»Sehr aufschlussreich.«

»Ich hab mir eine große Tüte Popcorn verdient, meinst du nicht auch?«

Alles über meine Mutter war viel besser, als Harry befürchtet hatte. Doch mitten im Film, während des Begräbnisses von Rosa, musste Harry trotzdem eine tränennasse Ellen stören und fragen, wo Grenland liege. Sie antwortete ihm, dass das die Gegend um Porsgrunn und Skien sei, und durfte sich den Rest des Films in Frieden ansehen.

Oslo, 8. März 2000

50 Harry sah, dass der Anzug zu klein war. Er sah es, aber er verstand es nicht. Er hatte, seit er achtzehn war, nicht mehr zugenommen, und der Anzug hatte perfekt gepasst, als er ihn 1990 bei Dressman für die Examensfeier gekauft hatte. Trotzdem sah er im Aufzugspiegel, dass zwischen der Hose und den schwarzen Doc Martens seine Socken hervorguckten. Das war wieder eines dieser unerklärlichen Mysterien.

Die Türen des Aufzugs glitten auseinander, und Harry hörte die Musik und das laute Reden und Lachen von Männern und Frauen, das ihm durch die geöffnete Kantinentür entgegenschallte. Er sah auf die Uhr. Viertel nach acht. Elf Uhr sollte reichen, dann konnte er wohl nach Hause gehen.

Er hielt die Luft an, trat in die Kantine und sah sich um. Es war eine typisch norwegische Kantine – ein viereckiger Raum mit einem Glastresen (an dessen Ende man das Essen bestellte), hellen Möbeln aus irgendeinem Fjordtal und Rauchverbot. Das Festkomitee hatte sein Bestes gegeben, um all das Alltägliche mit Ballons und roten Decken zu kaschieren. Trotz des leichten zahlenmäßigen Übergewichts der Männer war das Geschlechterverhältnis auf jeden Fall ausgeglichener als bei den Festlichkeiten im Dezernat für Gewaltverbrechen. Es sah aus, als wäre es den meisten bereits gelungen, sich eine ganze Menge Alkohol zu sichern. Linda hatte etwas von diversen »Vorhergehenwirnoch...«-Verabredungen erzählt, und Harry war froh, dass ihn niemand dazu eingeladen hatte.

»Wie gut du in einem Anzug aussiehst, Harry!«

Das war Linda. Er erkannte die Frau in dem eng sitzenden Kleid kaum wieder, das ihre überflüssigen Pfunde, aber ebenso ihre üppige Weiblichkeit betonte. Sie hielt ein Tablett mit orangefarbenen Getränken vor ihm in die Höhe.

»Äh ... nein danke, Linda.«

»Sei kein Frosch, Harry. It's a party!«

»*Tonight we're gonna party like it's nineteen-ninety-nine ...*«, heulte Prince.

Ellen beugte sich auf dem Fahrersitz vor und stellte das Radio leiser.

Tom Waaler sah sie von der Seite an.

»Nur ein bisschen laut«, sagte sie. Und dachte, dass es nur noch drei Wochen waren, bis der Lehnsmannbeamte aus Steinkjer an Ort und Stelle war und sie nicht mehr mit Waaler zusammenarbeiten musste.

Es war nicht die Musik. Die quälte sie nicht. Und er war ganz sicher auch kein schlechter Polizist.

Es waren die Telefongespräche. Nicht dass Ellen Gjelten nicht Verständnis für eine gewisse Pflege des Sexuallebens hatte, doch jedes zweite Mal, wenn sein Handy klingelte, war das eine Frau, die, wie sie dem Gespräch entnehmen konnte, sitzen gelassen wurde, dies bereits hinter sich hatte oder der es bald bevorstand. Bei Letzteren waren die Telefonate am widerwärtigsten. Diese Frauen hatte er noch nicht ganz abgelegt, und er sprach mit ihnen mit einer ganz speziellen Stimme, bei der Ellen immer am liebsten losgeschrien hätte: Tu's nicht! Er ist nicht gut für dich! Hau ab! Ellen Gjelten war eine großherzige Person, die menschliche Schwächen leicht verzieh. Bei Tom Waaler hatte sie kaum Schwächen ausgemacht, doch auch nicht viel Menschlichkeit. Sie mochte ihn ganz einfach nicht.

Sie fuhren am Tøyenparken vorbei. Waaler hatte einen Tipp bekommen, dass jemand Ayub, den pakistanischen Gangleader, den sie seit dem Überfall im letzten Dezember im Schlosspark suchten, im Alladin, dem persischen Restaurant in der Hausmannsgate, gesehen hatte. Ellen wusste, dass sie zu spät kamen; sie würden einfach nur herumfragen, ob jemand wusste, wo Ayub war. Sie würden keine Antwort bekommen, doch sie hätten sich auf jeden Fall gezeigt und damit bewiesen, dass sie ihn nicht in Frieden lassen würden.

»Warte im Auto«, sagte Waaler, »ich gehe hinein und schau mich mal um.«

»Okay.«

Waaler zog den Reißverschluss seiner Lederjacke hinunter.

Um die Muskeln zu zeigen, die er sich im Trainingsraum des Polizeipräsidiums antrainiert hatte, dachte Ellen. Oder gerade so viel von dem Schulterhalfter, dass sie erkannten, dass er bewaffnet war. Die Beamten des Dezernats für Gewaltverbrechen hatten die uneingeschränkte Erlaubnis, Waffen zu tragen, doch sie wusste, dass Waaler etwas anderes als seine Dienstwaffe bei sich trug. Ein großkalibriges Ding, sie hatte keine Lust gehabt, Details zu erfragen. Nach Autos sprach Waaler am liebsten über Handfeuerwaffen und da waren ihr sogar die Autos noch lieber. Sie selbst trug keine Waffe. Nur, wenn es ihr befohlen wurde, wie bei dem Präsidentenbesuch im letzten Herbst.

Etwas regte sich ganz hinten in ihrem Kopf. Doch der Gedanke wurde sogleich von einer digitalen Dudel-Version von *Napoleon und sein Heer* abgewürgt: Waalers Mobiltelefon klingelte. Ellen öffnete die Tür, um ihm nachzurufen, doch er war bereits in der Tür des Alladin verschwunden.

Eine langweilige Woche lag hinter ihnen. Ellen konnte sich an keine ähnlich öde Woche erinnern, seit sie in den Polizeidienst getreten war. Sie befürchtete, das könne damit zu tun haben, dass sie plötzlich ein Privatleben hatte. Plötzlich machte es Sinn, nicht zu spät am Abend nach Hause zu kommen, und Samstagsdienste, wie an diesem

Abend, waren plötzlich zu einem Opfer geworden. Das Mobiltelefon spielte *Napoleon* zum vierten Mal.

Eine der Verschmähten? Oder eine, der es noch bevorstand? Wenn Kim sie jetzt fallen lassen würde ... Doch das würde er nie tun. Das wusste sie ganz einfach.

Napoleon und sein Heer, zum fünften Mal.

In zwei Stunden war ihre Schicht vorüber und sie wollte nach Hause, duschen und dann hinüber zu Kim in die Helgesensgate. So geil, wie sie war, würde sie kaum fünf Minuten brauchen. Sie kicherte.

Das sechste Mal! Sie nahm das Telefon, das unter der Handbremse lag.

»Dies ist der Anschluss von Tom Waaler. Herr Waaler ist zur Zeit leider nicht zu erreichen, Sie können aber nach dem Signalton eine Nachricht hinterlassen!«

Das Ganze sollte eigentlich ein Scherz werden und sie wollte ursprünglich auch gleich danach ihren Namen sagen, doch aus irgendeinem Grund verharrte sie und lauschte dem schweren Atem am anderen Ende der Leitung. Vielleicht wegen der Spannung, vielleicht, weil sie einfach neugierig war. Auf jeden Fall war ihr plötzlich klar, dass der Anrufer wirklich glaubte, mit dem Anrufbeantworter verbunden zu sein und auf den Signalton wartete! Sie drückte auf eine der Nummerntasten. *Piep.*

»Hei, hier ist Sverre Olsen.«

»Hei, Harry, das ist ...«

Harry drehte sich um, doch der Rest von Kurt Meiriks Satz wurde vom Dröhnen des Basses verschluckt, als der selbst ernannte DJ die Musik aufdrehte, die unmittelbar hinter Harry aus dem Lautsprecher dröhnte:

That don't impress me much ...

Harry war erst seit zwanzig Minuten auf dem Fest, hatte aber bereits zweimal auf die Uhr gesehen und es überdies geschafft, sich gleich viermal zu fragen, ob der Mord an einem versoffenen Frontkämpfer etwas mit dem Kauf der Märklin-Waffe zu tun haben konnte. Wer vermochte so schnell und effektiv mit einem Messer umzugehen, dass er am helllichten Tage mitten in Oslo in einem Hauseingang einen Mord begehen konnte? Wer war der Prinz? Hatte das Urteil über Moskens Sohn etwas mit der Sache zu tun? Wo war der fünfte norwegische Frontkämpfer, Gudbrand Johansen, abgeblieben? Und warum hatte Mosken nach dem Krieg nicht versucht, Gudbrand Johansen zu finden, wenn dieser ihm doch, wie Mosken behauptete, das Leben gerettet hatte?

Jetzt stand er in einer Ecke neben dem Lautsprecher mit einem Munkholm in einem Glas, um sich nicht die Fragen anhören zu müssen, warum er alkoholfreies Bier trank, und beobachtete ein paar der jüngeren PÜD-Angestellten beim Tanzen.

»Tut mir Leid, ich hab nichts verstanden«, sagte Harry.

Kurt Meirik drehte einen orangefarbenen Drink in den Händen. Er sah in seinem blau gestreiften Anzug noch schlanker aus als sonst. Und der saß wie angegossen, jedenfalls soweit Harry das beurteilen konnte. Harry zog seine Jackenärmel nach unten; ihm war klar, dass man sein Hemd bis weit über die Manschettenknöpfe sehen konnte. Meirik beugte sich noch weiter zu ihm herüber.

»Ich versuch dir zu sagen, dass das hier die Chefin der Auslandsabteilung ist, Polizeiinspektorin …«

Harry wurde auf die Frau an Meiriks Seite aufmerksam. Schlanke Gestalt. Rotes einfaches Kleid. Er spürte eine schwache Vorahnung.

So you got the looks, but have you got the touch …

Braune Augen. Hohe Wangenknochen. Ein dunkler Teint. Kurze, dunkle Haare, die das schmale Gesicht einrahmten. In ihren Augen lag bereits ein Lächeln. Er wusste noch, dass sie schön war, aber doch nicht so … hinreißend. Es war das einzige Wort, das ihr wirklich gerecht wurde: hinreißend. Er wusste, dass ihn die Tatsache, dass sie jetzt vor ihm stand, eigentlich maßlos überraschen sollte, doch irgendwie lag auch wieder eine gewisse Logik darin, so dass er innerlich nicken konnte, als würde er die ganze Situation wiedererkennen.

»… Rakel Fauke«, sagte Meirik.

»Wir kennen uns bereits«, sagte Harry.

»Oh?«, erwiderte Meirik überrascht.

Beide sahen sie an.

»Ja, das stimmt«, bestätigte sie. »Aber ich glaube nicht, dass wir so weit gekommen sind, uns gegenseitig vorzustellen.«

Sie reichte ihm die Hand mit diesem leichten Winkel im Handgelenk, der ihn wieder an Klavier- und Ballettstunden denken ließ.

»Harry Hole«, sagte er.

»Aha«, antwortete sie. »Natürlich sind das Sie. Vom Dezernat für Gewaltverbrechen, nicht wahr?«

»Richtig.«

»Ich wusste nicht, dass Sie der neue Kommissionsleiter im PÜD sind, als wir uns begegneten. Hätten Sie etwas gesagt, dann …«

»Was dann?«, fragte Harry.

Sie neigte den Kopf ein wenig zur Seite.

»Ja, was dann?« Sie lachte. Ihr Lachen ließ dieses idiotische Wort erneut in Harrys Hirn emporploppen: hinreißend.

»Dann hätte ich Ihnen auf jeden Fall erzählt, dass wir am gleichen Ort arbeiten«, sagte sie. »Für gewöhnlich dränge ich anderen nicht auf, wo und was ich arbeite. Es gibt dann immer so viele merkwürdige Fragen. Ihnen geht es doch sicher genauso.«

»Ja, in der Tat«, erwiderte Harry.

Sie lachte wieder. Harry fragte sich, was geschehen musste, damit sie immer so lachte.

»Wie kommt es, dass ich Sie hier noch nie gesehen habe?«, fragte sie.

»Harry hat sein Büro ganz hinten auf dem Flur«, erklärte Kurt Meirik.

»Aha«, sie nickte kurz, anscheinend voller Verständnis, doch dieses Lächeln funkelte noch immer in ihren Augen. »Das Büro ganz hinten im Flur, so so.«

Harry nickte düster.

»Nun gut«, sagte Meirik. »Dann kennt ihr euch jetzt, wir waren auf dem Weg zur Bar, Harry.«

Harry wartete auf eine Einladung. Sie kam nicht.

»Bis später«, sagte Meirik.

Verständlich, dachte Harry. Es gab wohl einige, die heute Abend dieses kameradschaftliche Vom-Chef-zum-Untergeordneten-Schulterklopfen vom PÜD-Chef und der Polizeiinspektorin erhalten sollten. Er stellte sich mit dem Rücken zum Lautsprecher, warf ihr aber dennoch einen verstohlenen Blick nach. Sie hatte ihn wiedererkannt. Sie hatte sich daran erinnert, dass sie sich einander nicht vorgestellt hatten. Er leerte den Rest des Glases in einem Schluck. Es schmeckte nach nichts.

»There's something else: the afterworld ...«

Waaler warf die Autotür hinter sich zu.

»Keiner hat mit ihm gesprochen, ihn gesehen oder je von Ayub gehört«, verkündete er. »Fahr zu.«

»Na dann«, sagte Ellen, warf einen Blick in den Spiegel und fuhr vom Straßenrand los.

»Wie ich höre, fängst du auch an, Prince zu mögen, oder?«

»Ach ja?«

»Du hast die Musik auf jeden Fall lauter gestellt, als ich draußen war.«

»Oh.« *Sie musste Harry anrufen.*

»Stimmt etwas nicht?«

Ellen starrte steif nach vorne auf den nassen schwarzen Asphalt, der im Licht der Straßenlaternen glitzerte.

»Was sollte denn nicht stimmen?«

»Ich weiß nicht, du siehst so aus, als wäre irgendetwas geschehen.«

»Nee, da war nichts, Tom.«

»Hat jemand angerufen? – He!« Tom zuckte im Sitz zusammen und stützte sich mit beiden Händen am Armaturenbrett ab. »Hast du den Wagen denn nicht gesehen?«

»Sorry.«

»Soll ich übernehmen?«

»Das Fahren? Wieso denn?«

»Na, du fährst wie eine ...«

»Eine was?«

»Vergiss es. Ich hab gefragt, ob jemand angerufen hat.«

»Nein, keine Anrufe, Tom. Das hätte ich doch sonst gesagt, oder?« *Sie musste Harry anrufen, schnell.*

»Warum hast du dann mein Handy ausgestellt?«

»Was?« Ellen starrte ihn entsetzt an.

»Guck auf die Straße, Gjelten. Ich habe gefragt, warum ...«

»Ich sage doch, es hat niemand angerufen. Du hast das Handy wohl selbst ausgemacht!«

Ohne es zu wollen, war ihre Stimme so laut geworden, dass sie ein Klirren in ihren eigenen Ohren hörte.

»Okay, Gjelten«, sagte er. »Reg dich ab, ich hab ja bloß gefragt.«

Ellen versuchte zu tun, was er sagte. Gleichmäßig zu atmen und sich nur auf den Verkehr vor sich zu konzentrieren. Am Kreisverkehr bog sie nach links in die Vahlsgate ab. Es war Samstagabend, doch die Straßen in diesem Teil der Stadt waren beinahe menschenleer. Grün. Nach rechts über die Jens Bjelkes Gate. Dann links in die Tøyengate und in die Garage des Polizeipräsidiums. Die ganze Zeit über spürte sie Toms prüfenden Blick.

Harry hatte nicht ein einziges Mal auf die Uhr gesehen, seit er Rakel Fauke begegnet war. Er hatte sogar mit Linda die Runde gemacht und ein paar seiner Kollegen begrüßt. Das Gespräch war ihm aber schwer gefallen. Sie fragten nach seinem Aufgabengebiet und nach der Beantwortung dieser Frage hakte es immer. Vermutlich ein ungeschriebenes Gesetz im PÜD, nicht zu viel zu fragen. Oder es war ihnen allen vollkommen egal. Aber sei's drum, er interessierte sich ja auch nicht sonderlich für die anderen. Er war wieder an seinem Platz vor dem Lautsprecher. Ein paarmal hatte er den roten Schimmer ihres Kleides wahrgenommen; sie schien auch umherzulaufen und kaum lange mit jemandem zu reden. Sie hatte nicht getanzt, dessen war er sich ganz sicher.

Mein Gott, ich führe mich wie ein Teenager auf, dachte er.

Dann sah er doch auf die Uhr. Halb zehn. Er könnte zu ihr hinübergehen, ein paar Worte sagen und die Reaktion abwarten. Und wenn nichts geschah, konnte er einfach das Weite suchen, den Tanz hinter sich bringen, den er Linda versprochen hatte, und nach Hause gehen. *Wenn nichts geschah…* Was bildete er sich eigentlich ein? Eine quasi verheiratete Polizeiinspektorin! Er brauchte einen Drink. Nein. Noch einmal sah er auf seine Uhr. Ihn schauderte bei dem Gedanken an den Tanz, in den er eingewilligt hatte. Nach Hause in seine Wohnung. Die meisten waren glücklich und voll. Doch auch in nüchternem Zustand hätten wohl nur die wenigsten bemerkt, dass der neue Kommissionsleiter von ganz hinten im Flur verschwunden war. Er könnte einfach durch die Tür schlendern und den Fahrstuhl nach unten nehmen. Und draußen wartete dann ja auch noch sein treuer Escort. Linda sah ohnehin so aus, als vergnügte sie sich auf der Tanzfläche. Sie hielt einen jungen Beamten umklammert, der sie mit leicht verschmitztem Lächeln herumschwang.

»Das Raga-Konzert beim Jura-Festival hatte mehr Pep, findest du nicht auch?«

Er spürte, wie sein Herz schneller schlug, als er ihre dunkle Stimme neben sich hörte.

Tom hatte sich in Ellens Büro neben ihren Stuhl gestellt.

»Tut mir Leid, wenn ich im Auto ein bisschen grob war«, sagte er.

Sie hatte ihn nicht kommen hören und zuckte zusammen. Sie hielt den Hörer in der Hand, hatte die Nummer aber noch nicht gewählt.

»Ach, das war doch nichts«, sagte sie. »Weißt du, ich bin heute nicht so gut drauf ... du weißt schon.«

»Prämenstruell?«

Sie sah zu ihm hoch und erkannte, dass das kein Witz war, sondern dass er wirklich versuchte, verständnisvoll zu wirken.

»Mag sein«, erwiderte sie. Warum war er jetzt in ihr Büro gekommen, das tat er doch sonst nie?

»Die Schicht ist um, Gjelten.« Er warf einen Blick auf die Uhr an der Wand. Sie zeigte zehn Uhr. »Ich hab meinen Wagen hier. Komm, ich bring dich nach Hause.«

»Danke, aber ich muss noch mal telefonieren. Fahr ruhig schon.«

»Privatgespräch?«

»Nein, das ist nur ...«

»Dann warte ich hier.«

Waaler ließ sich in Harrys alten Bürostuhl fallen, der vor Protest aufschrie. Ihre Blicke begegneten sich. Verdammt! Warum hatte sie nicht gesagt, es sei ein Privatgespräch? Jetzt war es zu spät. Begriff er, dass sie etwas bemerkt hatte? Sie versuchte, seinen Blick zu deuten, doch ihre besonderen Fähigkeiten schienen verloren gegangen zu sein, als die Panik von ihr Besitz ergriffen hatte. Panik? Sie wusste jetzt, warum sie sich in der Gesellschaft von Tom Waaler nie wohl gefühlt hatte. Das war nicht seine Gefühlskälte, seine Einstellung zu Frauen, Farbigen, Punks und Schwulen oder seine Vorliebe, wann immer es möglich und gestattet war, Gewalt anzuwenden. Aus dem Stegreif hätte sie zehn andere Polizeibeamte aufzählen können, die Tom Waaler in diesen Dingen kaum nachstanden; aber dennoch hatte sie immer irgendetwas Positives an ihnen gefunden, so dass sie mit ihnen ausgekommen war. Doch mit Tom Waaler war das anders, und jetzt wusste sie, warum: Sie hatte Angst vor ihm.

»Ach«, sagte sie. »Das kann bis Montag warten.«

»Gut.« Er stand wieder auf. »Dann gehen wir.«

Waaler hatte einen dieser japanischen Sportwagen, die für Ellen wie billige Ferrarikopien aussahen. Er hatte Schalensitze, die Ellens Schultern zusammendrückten, und Lautsprecher, die das halbe Auto auszufüllen schienen. Der Motor brummte leise und das Licht der Straßenlaternen huschte durch das Coupé, als sie den Trondheimsveien hochfuhren. Eine Falsettstimme, die sie mittlerweile kannte, tönte aus den Lautsprechern:

… I only wanted to be some kind of a friend, I only wanted to see you bathing …

Prince. Der Prinz.

»Du kannst mich hier rauslassen«, sagte Ellen und zwang ihre Stimme, natürlich zu klingen.

»Kommt gar nicht in Frage«, entgegnete Waaler und sah in den Spiegel. »Tür-zu-Tür-Service. Wohin musst du?«

Sie widersetzte sich ihrem Drang, die Tür aufzureißen und einfach auszusteigen.

»Hier nach links«, sagte Ellen und zeigte die Richtung an.

Sei bitte zu Hause, Harry.

»Jens Bjelkes Gate«, las Waaler laut auf dem Straßenschild an der Hauswand und bog ab.

Die Straßenbeleuchtung war hier sparsamer und die Bürgersteige menschenleer. Aus den Augenwinkeln sah Ellen kleine Lichtquadrate über sein Gesicht huschen. Wusste er, dass sie es wusste? Und sah er, dass sie die Hand in der Tasche hatte und das schwarze Fläschchen mit dem Gasspray umklammerte, das sie in Deutschland gekauft und ihm im Herbst gezeigt hatte, als er behauptete, sie brächte sich selbst und ihre Kollegen in Gefahr, wenn sie keine Waffe trug? Und hatte er nicht diskret angedeutet, dass er ihr eine handliche, kleine Pistole besorgen könne, die sie überall am Körper verstecken könne und die zudem nicht registriert sei, so dass man nicht auf sie kommen würde, sollte ihr einmal ein »Unglück« widerfahren? Sie hatte sich damals nicht viel dabei gedacht, sondern das Ganze eher für einen seiner leicht makabren Macho-Sprüche gehalten und darüber gelacht.

»Du kannst da vorne neben dem roten Auto halten.«

»Aber Nummer vier kommt doch erst im nächsten Block«, wandte er ein.

244

Hatte sie ihm erzählt, dass sie im Haus Nummer vier wohnte? Vielleicht. Vielleicht hatte sie das einfach vergessen. Sie fühlte sich durchsichtig, wie eine Qualle, so dass er ihr Herz sehen konnte, das viel zu schnell schlug.

Der Motor surrte im Leerlauf. Er hatte angehalten. Sie suchte fieberhaft nach dem Türgriff. Verfluchte japanische Schnickschnack-Designer! Warum konnten sie nicht einfach einen simplen, verständlichen Türgriff bauen?

»Dann sehen wir uns Montag«, hörte sie Waaler hinter sich sagen, als sie den Hebel fand, nach draußen taumelte und die giftige Februarluft von Oslo inhalierte, als wäre sie nach einem langen, kalten Aufenthalt unter Wasser endlich wieder an der Oberfläche. Das Letzte, was sie hörte, ehe die schwere Haustür hinter ihr ins Schloss fiel, war der glatte, ölige Laut von Waalers Auto, das noch immer im Leerlauf lief.

Sie stürmte die Treppe hinauf, wobei sie die Stiefel hart auf jeder Stufe aufsetzte und ihren Schlüsselbund wie eine Wünschelrute vor sich hielt. Dann war sie in ihrer Wohnung. Während sie Harrys Nummer wählte, versuchte sie, sich Wort für Wort an Sverre Olsens Nachricht zu erinnern:

Hier ist Sverre Olsen. Ich warte noch immer auf die zehn Riesen, die ich als Kommission für die Kanone für den Alten bekommen sollte. Bitte um Rückruf.

Dann hatte er aufgelegt.

Im Bruchteil einer Sekunde hatte sie die Zusammenhänge verstanden. Das fünfte Stichwort in dem Rätsel, wer der Mittelsmann im Märklin-Handel war. Ein Polizist. Tom Waaler. Natürlich. Zehntausend Kronen Kommission für einen Unterhändler wie Olsen, das musste ein dickes Geschäft sein. Der Alte. Waffenfixiertes Milieu. Rechtsextreme Sympathien. Der Prinz – ein kommender Kommissionsleiter. Es war glasklar, derart einleuchtend, dass sie eine Sekunde lang schockiert darüber war, dass sie es mit ihren Fähigkeiten, zwischen den Zeilen lesen zu können, was anderen verborgen war, nicht eher verstanden hatte. Sie wusste, dass sie schon längst paranoid war, doch sie konnte sich nicht gegen den Gedanken wehren, als sie darauf wartete, dass Waaler wieder aus dem Restaurant kam: Tom Waaler hatte alle Möglichkeiten, auf der Karriereleiter weiter nach oben zu steigen und seine Fäden, im Schutze der Schwingen der

Macht, von immer wichtigeren Positionen aus zu spinnen. Weiß Gott, mit wem er sich im Polizeipräsidium bereits verbündet hatte. Wenn sie nachdachte, blieben natürlich weit mehr, die bei so etwas niemals mitmachen würden. Doch der Einzige, dem sie hundertprozentig, wirklich *hundert*prozentig vertraute, war Harry.

Endlich kam sie durch. Es klingelte. Seine Leitung war nie besetzt. Los, Harry!

Sie wusste auch, dass es bloß eine Frage der Zeit sein würde, wann Waaler mit Olsen reden und somit herausfinden würde, was geschehen war. Sie zweifelte nicht eine Sekunde lang, dass sie dann in Lebensgefahr war. Sie musste schnell handeln und konnte sich keinen einzigen Fehler erlauben. Eine Stimme fuhr in ihre Gedanken:

»Sie sind mit dem Anrufbeantworter von Harry Hole verbunden. Hinterlassen Sie mir eine Nachricht.«

Piep.

»Verflucht, Harry! Hier ist Ellen. Wir haben ihn jetzt. Ich ruf dich auf dem Handy an.«

Sie klemmte den Hörer zwischen Schulter und Kinn, schlug ihr Telefonverzeichnis unter H auf, ließ den Hörer wegrutschen, so dass er mit einem Knall auf dem Boden aufschlug, fluchte und fand schließlich Harrys Handynummer. Zum Glück hat er das Telefon immer dabei, dachte sie, während sie die Nummer wählte.

Ellen Gjelten wohnte in der dritten Etage eines frisch renovierten Hauses, gemeinsam mit einer zahmen Kohlmeise namens Helge. Die Wohnung hatte fünfzig Zentimeter dicke Steinwände und war doppelt verglast. Trotzdem konnte sie schwören, das mahlende Geräusch eines Autos im Leerlauf zu hören.

Rakel Fauke lachte.

»Wenn du Linda einen Tanz versprochen hast, kommst du nicht mit ein paar müden Drehungen davon.«

»Nun, die Alternative heißt abhauen.«

Es entstand eine Pause, und Harry wurde plötzlich bewusst, dass man das Letzte, was er gesagt hatte, auch missverstehen konnte. Er beeilte sich zu fragen:

»Wie bist du zum PÜD gekommen?«

»Über Russisch«, antwortete sie. »Ich habe beim Verteidigungsministerium Russischkurse belegt und danach zwei Jahre als Dolmetscherin in Moskau gelebt. Kurt Meirik hat mich bereits damals rekrutiert. Nach dem Jurastudium habe ich gleich auf Lohnstufe fünfunddreißig im PÜD angefangen. Ich glaubte, einen Goldesel gefunden zu haben.«

»Und stimmte das denn nicht?«

»Bist du verrückt? Heute verdienen die, mit denen ich studiert habe, bereits das Dreifache von dem, was ich hier jemals verdienen kann.«

»Du hättest aufhören und eine Arbeit wie sie annehmen können.«

Sie zuckte mit den Schultern. »Meine Arbeit gefällt mir. Das können nicht alle sagen.«

»Da sagst du was.«

Pause.

Da sagst du was. War er wirklich nicht zu mehr in der Lage?

»Und wie ist es mit dir, Harry? Gefällt dir dein Job?«

Sie standen noch immer zur Tanzfläche gewandt da, doch Harry bemerkte ihren Blick und sah, wie sie ihn mit den Augen maß. Eine Fülle von Gedanken raste durch seinen Kopf. Dass sie kleine Lachfältchen an Augen und Mund hatte, dass Moskens Hütte nicht weit von dem Ort entfernt war, wo sie die leeren Geschosshülsen des Märklin-Gewehres gefunden hatten, dass laut *Dagbladet* vierzig Prozent aller in Städten lebenden Frauen untreu waren, dass er Even Juuls Frau fragen musste, ob sie sich an drei norwegische Soldaten aus dem Regiment Norge erinnerte, die von einer aus einem Flugzeug abgeworfenen Handgranate verwundet oder getötet worden waren, und dass er bei dem Sonderverkauf an Neujahr bei Dressman, den sie auf TV3 angekündigt hatten, hätte zuschlagen sollen. Doch ob ihm sein Job gefiel?

»Manchmal«, sagte er.

»Was gefällt dir am besten daran?«

»Ich weiß nicht. Hört sich das blöd an?«

»Ich weiß nicht.«

»Es ist nicht so, dass ich mir nicht schon Gedanken gemacht hätte, warum ich Polizist geworden bin. Ich habe darüber nachgedacht. Und ich weiß es nicht. Vielleicht gefällt es mir einfach, böse Buben und Mädchen zu jagen.«

»Und was tust du, wenn du nicht gerade Jagd auf böse Buben oder Mädchen machst?«, fragte sie.

»Mir Big Brother ansehen.«

Sie lachte wieder. Und Harry wusste, dass er bereit war, die idiotischsten Sachen zu sagen, wenn er sie so zum Lachen bringen konnte. Er riss sich zusammen und erzählte einigermaßen ernsthaft über seine derzeitige Lebenssituation, doch da er peinlich darauf bedacht war, die unangenehmen Sachen auszulassen, hatte er nicht viel zu sagen. Und schließlich, als sie noch immer interessiert schien, half er sich mit Vater und Søs weiter. Warum sprach er zu guter Letzt immer von Søs, wenn ihn jemand bat, von sich zu erzählen?

»Hört sich nach einem tollen Mädchen an«, sagte sie.

»Sie ist wundervoll«, stimmte Harry zu. »Und mutig. Hat nie vor irgendetwas Angst. Eine Testpilotin des Lebens.«

Harry erzählte von dem einen Mal, als sie per Telefon ein Gebot für eine Wohnung in der Jacob Aals Gate eingereicht hatte, weil sie ein Bild der Wohnung auf den Immobilienseiten der *Aftenposten* gesehen hatte. Die Tapete auf dem Bild hatte sie an ihr Kinderzimmer in Oppsal erinnert. Und für zwei Millionen Kronen hatte sie den Zuschlag bekommen, der Rekordpreis für den Quadratmeter in diesem Sommer in Oslo.

Rakel Fauke lachte derart, dass sie Tequila auf Harrys Anzugjacke schüttete.

»Aber das Beste an ihr ist, dass sie jedes Mal, wenn sie einen Crash macht, wieder aufsteht, sich den Dreck von den Kleidern bürstet und schnurstracks das nächste Selbstmordkommando angeht.«

Sie wischte das Revers seiner Jacke mit einem Taschentuch trocken.

»Und du, Harry, was tust du, wenn du einen Crash gemacht hast?«

»Ich? Tja. Ich verhalte mich wohl eine Weile ruhig. Und dann rappel ich mich wieder auf, man hat ja keine Alternative.«

»Wie wahr«, sagte sie.

Er blickte rasch hoch, um zu sehen, ob sie sich über ihn lustig machte. Humor tanzte in ihren Augen. Sie strahlte Stärke aus, und er bezweifelte, dass sie viel Erfahrungen mit Crash-Landungen hatte.

»Jetzt ist es an dir, etwas zu erzählen«, sagte Harry.

Rakel hatte keine Schwester, auf die sie verweisen konnte. So erzählte sie von ihrer Arbeit.

»Aber wir fangen nur selten jemanden«, sagte sie. »Die meisten

Sachen klären sich im Einvernehmen am Telefon oder auf einer Cocktailparty in irgendeiner Botschaft.«

Harry grinste schief.

»Und wie wurde die Sache mit dem Secret-Service-Agenten, den ich niedergeschossen habe, geregelt?«, fragte er. »In einem Telefongespräch oder bei einer Cocktailparty?«

Sie sah ihn nachdenklich an, während sie ihre Hand in ihr Glas schob und einen Eiswürfel herausnahm. Sie hielt ihn zwischen zwei Fingern hoch. Ein Tropfen Schmelzwasser rann langsam an ihrem Handgelenk hinunter, unter einem dünnen Goldarmband hindurch und weiter in Richtung Ellenbogen.

»Tanzt du, Harry?«

»Wenn ich mich richtig erinnere, habe ich mindestens zehn Minuten dafür verwendet zu erklären, wie sehr ich das hasse.«

Sie legte den Kopf wieder zur Seite.

»Ich meine – tanzt du mit mir?«

»Zu dieser Musik?«

Eine Panflötenversion von *Let it be* troff wie dicker Sirup aus den Lautsprechern.

»Du wirst es schon überleben. Betrachte das als Aufwärmprogramm für den großen Linda-Test.«

Sie legte ihre Hand leicht auf seine Schulter.

»Ist das ein Flirt?«, fragte Harry.

»Wie bitte, Herr Kommissionsleiter?«

»Es tut mir Leid, aber ich bin bei diesen versteckten Signalen so schwerfällig, und deshalb habe ich gefragt, ob das ein Flirt ist.«

»Kann ich mir nicht vorstellen.«

Er legte eine Hand um ihre Taille und machte ein paar vorsichtige Schritte.

»Ein Gefühl, wie die Unschuld zu verlieren«, sagte er. »Aber das ist wohl unvermeidlich – da muss wohl jeder norwegische Mann früher oder später durch.«

»Wovon redest du?«, lachte sie.

»Mit einer Kollegin auf einem Betriebsfest zu *tanzen.*«

»Ich zwinge dich nicht.«

Er lächelte. Es hätte am Ende der Welt sein können, man hätte den Ententanz rückwärts auf einer Ukulele spielen können – für diesen Tanz hätte er alles getan.

»Was hast du da?«, fragte sie.

»Nun, das ist keine Pistole, und ich *freue* mich *wirklich*, dich zu sehen. Aber …«

Harry nahm das Handy von seinem Gürtel und ließ sie los, um es oben auf den Lautsprecher zu legen. Sie streckte ihm die Arme entgegen, als er zurückkam.

»Ich hoffe, hier klaut keiner«, sagte er. Das war ein uralter Witz im Polizeipräsidium und sie musste ihn hundertmal gehört haben, aber dennoch lachte sie weich in sein Ohr.

Ellen ließ Harrys Handy klingeln, bis sich die Box meldete, ehe sie auflegte. Dann wählte sie die Nummer noch einmal. Sie stand am Fenster und sah auf die Straße hinunter. Kein Auto. Natürlich nicht, sie hörte Gespenster. Tom war sicher auf dem Weg nach Hause in sein Bett. Oder in ein anderes Bett.

Nach drei Versuchen gab sie es auf, Harry anzurufen, und rief stattdessen Kim an. Er klang müde.

»Ich hab das Taxi heute Abend um sieben abgeliefert«, sagte er. »Ich bin zwanzig Stunden gefahren.«

»Ich muss nur noch kurz duschen«, sagte sie. »Wollte nur sicher sein, dass du da bist.«

»Du hörst dich gestresst an.«

»Ach, es ist nichts. Ich bin in einer Dreiviertelstunde da. Ich werd wohl ein paarmal bei dir telefonieren müssen und bleib dann bis morgen.«

»Schön, kannst du vielleicht im 7-Eleven im Markveien vorbeischauen und noch Zigaretten kaufen?«

»Okay. Ich nehm ein Taxi.«

»Warum das denn?«

»Das erklär ich dir später.«

»Du weißt doch, dass heute Samstagabend ist. Das kannst du vergessen, du kommst bei der Taxizentrale niemals durch. Und es dauert doch nur vier Minuten, bis hierher zu laufen.«

Sie zögerte.

»Du?«, fragte sie.

»Ja?«

»Liebst du mich?«

Sie hörte sein leises Lachen und stellte sich seine halb geschlossenen schläfrigen Augen und den mageren, beinahe ausgemergelten Körper unter der Decke in seiner miserablen Wohnung in der Helgesensgate vor. Von der Wohnung aus konnte man den Akerselva sehen. Er hatte alles. Und einen Augenblick lang vergaß sie Tom Waaler fast. Aber nur fast.

»Sverre!«

Sverre Olsens Mutter stand am Fuß der Treppe und brüllte aus vollem Hals. Solange er denken konnte, hatte sie das so getan.

»Sverre, Telefon!«

Sie schrie, als ob sie Hilfe brauchte, als wäre sie am Ertrinken.

»Ich nehm hier oben ab, Mama!«

Er hob die Beine vom Bett, nahm den Hörer vom Tisch und wartete auf das Klicken, das verriet, dass seine Mutter unten aufgelegt hatte.

»Hallo?«

»Ich bin es.« Prince im Hintergrund. Immer Prince.

»Hab ich mir gedacht«, sagte Sverre.

»Warum?«

Die Frage kam sehr scharf. So scharf, dass Sverre sich sogleich in der Defensive fühlte, als ob er es wäre, der Schulden hatte, und nicht umgekehrt.

»Sie rufen wohl wegen meiner Nachricht an?«, fragte Sverre.

»Ich rufe an, weil ich gerade die Liste der bei mir eingegangenen Anrufe überprüfe. Daraus entnehme ich, dass du heute Abend um 20 Uhr 23 mit jemandem gesprochen hast. Von was für einer Nachricht schwafelst du?«

»Wegen der Kohle. Ich werd langsam klamm, und Sie haben mir doch versprochen …«

»Mit wem hast du geredet?«

»Hä? Na, mit der Tussi auf Ihrem Anrufbeantworter. Ziemlich gerissen. Ist das eine Neue …?«

Keine Antwort. Bloß leise Prince. *You sexy motherfucker …* Die Musik wurde plötzlich ausgestellt.

»Sag mir genau, was du gesagt hast.«

»Ich hab bloß gesagt, dass …«

»Nein! Genau. Wort für Wort.«

Sverre gab es so exakt wie möglich wieder.

»Ich hab mir schon gedacht, dass es so etwas sein musste«, sagte der Prinz. »Du hast soeben unsere ganze Aktion an eine Außenstehende verraten, Olsen. Wenn wir dieses Leck nicht sofort schließen, sind wir fertig. Verstehst du?«

Sverre Olsen begriff nichts.

Der Prinz hörte sich wieder ganz ruhig an, als er erklärte, dass sein Handy in falsche Hände geraten sei.

»Das war kein Anrufbeantworter, den du gehört hast, Olsen.«

»Wer war es dann?«

»Nennen wir es den Feind.«

»Monitor? Haben die da Spione, oder?«

»Die Betreffende ist jetzt auf dem Weg zur Polizei. Es ist dein Job, sie zu stoppen.«

»Meiner? Ich will bloß mein Geld und …«

»Halt deine Klappe, Olsen.«

Olsen hielt seine Klappe.

»Es geht um die Sache. Du bist doch ein guter Soldat, oder?«

»Ja, aber …«

»Und ein guter Soldat räumt hinter sich auf, nicht wahr?«

»Ich hab doch bloß die Informationen zwischen dem Alten und Ihnen weitergegeben; Sie sind doch derjenige, der …«

»Insbesondere, wenn man als Soldat eine dreijährige Haftstrafe absitzen müsste, die bloß wegen gewisser Verfahrensfehler zur Bewährung ausgesetzt wurde.«

Sverre konnte sich selbst schlucken hören.

»Woher wissen Sie das?«, erkundigte er sich heiser.

»Kümmer dich nicht darum. Ich will bloß, dass du begreifst, dass du sicher nicht weniger zu verlieren hast als ich oder der Rest der Bruderschaft.«

Sverre antwortete nicht. Das war nicht nötig.

»Sieh das Ganze doch mal positiv, Olsen. Das ist der Krieg. Und da gibt es keinen Platz für Idioten und Verräter. Außerdem belohnt die Bruderschaft ihre Soldaten. Zusätzlich zu den zehntausend kriegst du noch einmal vierzigtausend, wenn der Job erledigt ist.«

Sverre dachte nach. Daran, was er anziehen sollte.

»Wo?«, fragte er.

»Schous Platz in zwanzig Minuten. Nimm mit, was du brauchst.«

»Trinkst du nichts?«, fragte Rakel.

Harry sah sich um. Ihr letzter Tanz war so eng gewesen, dass man langsam auf sie aufmerksam werden konnte. Jetzt hatten sie sich an einen Tisch ganz hinten in der Kantine zurückgezogen.

»Ich habe aufgehört«, sagte Harry.

Sie nickte.

»Das ist eine lange Geschichte«, fügte er hinzu.

»Ich hab's nicht eilig.«

»Heute Abend möchte ich nur lustige Geschichten hören«, sagte er lächelnd. »Lass uns lieber über dich sprechen. Hattest du eine Kindheit, über die es sich zu reden lohnt?«

Harry hatte eigentlich mit einem Lachen gerechnet, doch er erntete nur ein mattes Lächeln.

»Meine Mutter starb, als ich fünfzehn war. Aber abgesehen davon könnte ich über alles sprechen.«

»Tut mir Leid.«

»Das muss dir nicht Leid tun. Sie war eine ungewöhnliche Frau. Aber wir wollten uns doch lustige Geschichten erzählen ...«

»Hast du Geschwister?«

»Nein, es gibt nur mich und meinen Vater.«

»Du musstest dich also alleine um ihn kümmern?«

Sie sah ihn überrascht an.

»Ich weiß, wie das ist«, sagte er. »Ich habe auch meine Mutter verloren. Mein Vater saß jahrelang auf einem Stuhl und starrte die Wand an. Ich musste ihn im wahrsten Sinne des Wortes füttern.«

»Mein Vater besaß eine große Baumarktkette, die er selbst aufgebaut hatte. Ich dachte, das wäre sein ganzes Leben. Doch als Mutter starb, verlor er über Nacht jedes Interesse daran. Er verkaufte seine Anteile, ehe es ganz bergab ging. Und er hielt alle, die er kannte, auf Distanz. Mich eingeschlossen. Er wurde ein verbitterter, einsamer Mann.«

Sie machte eine Geste mit der Hand.

»Ich hatte mein eigenes Leben zu leben, hatte in Moskau einen Mann kennen gelernt, und Vater fühlte sich hintergangen, weil ich einen Russen heiraten wollte. Als ich Oleg mit nach Norwegen brachte, wurde das Verhältnis zwischen mir und meinem Vater sehr schwierig.«

Harry stand auf und kam mit einer Marguerita für sie und einer Cola für sich wieder.

»Schade, dass wir uns während des Jurastudiums nie begegnet sind, Harry.«

»Ich war damals ein ziemlicher Trottel«, sagte Harry. »Ich war aggressiv gegen alle, die nicht die gleichen Platten und Filme mochten wie ich. Keiner konnte mich leiden. Nicht einmal ich selbst.«

»Das glaube ich nicht.«

»Das hab ich aus einem Film geklaut. Der Typ, der das sagte, versuchte, Mia Farrow anzubaggern – also im Film, meine ich. Ich hab nie ausprobiert, wie das im wirklichen Leben wirkt.«

»Nun«, sagte sie und probierte ihre Marguerita, »ich finde, das war ein guter Start. Aber bist du sicher, dass du das mit dem Klauen nicht auch geklaut hast?«

Sie lachten und sprachen über gute und schlechte Filme, gute und schlechte Konzerte, auf denen sie gewesen waren, und mit der Zeit wurde Harry klar, dass er den ersten Eindruck, den er von ihr gehabt hatte, deutlich korrigieren musste. So war sie zum Beispiel mit zwanzig allein rund um die Welt gereist, ein Alter, in dem Harry, was das Erwachsenendasein anging, bislang nur auf eine missglückte Interrailreise und ein aufkommendes Alkoholproblem verweisen konnte.

Sie sah auf die Uhr.

»Elf. Auf mich wartet jemand.«

Harry spürte, wie sich sein Herz zusammenzog.

»Auf mich auch«, sagte er und stand auf.

»Ach ja?«

»Nur das Monster unter meinem Bett. Kann ich dich noch nach Hause bringen?«

Sie lächelte. »Das ist nicht notwendig.«

»Das liegt quasi auf meinem Weg.«

»Wohnst du auch am Holmenkollen?«

»Ganz in der Nähe, oder fast. Bislett.«

Sie lachte.

»Auf der anderen Seite der Stadt also. Dann weiß ich, auf was du aus bist.«

Harry lächelte töricht. Sie legte ihm ihre Hand auf den Arm.

»Ich soll dir wieder helfen, dein Auto anzuschieben, nicht wahr?«

»Scheint weg zu sein, Helge«, sagte Ellen.

Sie stand bereits in ihr Cape gehüllt am Fenster und sah durch die

Gardinen nach draußen. Die Straße unter ihr war leer. Das Taxi, das dort gestanden hatte, war mit drei heftig angetrunkenen Freundinnen verschwunden. Helge antwortete nicht. Der einflügelige Vogel zwinkerte nur zweimal und kratzte sich mit seinem Meisenfuß am Bauch.

Sie versuchte noch einmal, Harry über das Handy zu erreichen, doch die gleiche Frauenstimme wiederholte, dass das Handy ausgeschaltet war oder sich nicht im Sendegebiet befand.

Dann legte Ellen das Tuch über den Käfig, sagte gute Nacht, machte das Licht aus und ging nach draußen. Es war noch immer kein Mensch in der Jens Bjelkes Gate, und sie hastete in Richtung Thorvald Meyers Gate, die, wie sie wusste, an Samstagabenden wie diesem vor Menschen wimmelte. Vor dem Restaurant Frau Hagen nickte sie ein paar Menschen zu, mit denen sie an irgendeinem feuchtfröhlichen Abend hier auf Grünerløkkas Parademeile mal ein paar Worte gewechselt haben musste. Ihr fiel ein, dass sie Kim versprochen hatte, noch Zigaretten zu besorgen, und als sie sich umdrehte, um zurück zum 7-Eleven im Markveien zu gehen, sah sie noch ein Gesicht, an das sie sich schwach erinnerte. Sie lächelte automatisch, als sie bemerkte, dass sie angesehen wurde.

Im 7-Eleven blieb sie stehen und versuchte sich daran zu erinnern, ob Kim Camel oder Camel-Light rauchte, und ihr wurde plötzlich bewusst, wie kurz sie eigentlich erst zusammen waren. Und wie viel sie noch übereinander lernen mussten. Und dass ihr das zum ersten Mal in ihrem Leben keinen Schrecken einjagte, sondern sie mit Freude erfüllte. Sie war ganz einfach verdammt glücklich. Der Gedanke daran, dass er nur drei Häuserblocks entfernt nackt unter einer Decke lag, erfüllte sie mit einer wonnigen, matten Lust. Sie entschied sich für Camel und wartete ungeduldig darauf, an der Reihe zu sein. Draußen auf der Straße beschloss sie, die Abkürzung entlang des Flusses Akerselva zu nehmen.

Wieder fiel ihr auf, wie schnell man selbst in einer großen Stadt von dem reinsten Menschengewimmel in die vollkommene Abgeschiedenheit geraten konnte. Plötzlich waren das Glucksen des Flusses und das Knirschen des Schnees unter ihren Stiefeln das Einzige, was sie hören konnte. Ihre Reue, die Abkürzung genommen zu haben, kam zu spät, als sie wahrnahm, dass sie nicht nur ihre eigenen Schritte hörte. Und jetzt hörte sie auch den Atem, schwer und keuchend. Ängstlich und wütend, dachte Ellen, und wusste im gleichen Augenblick, dass sie in Lebensgefahr war. Sie drehte sich nicht um, sondern begann einfach zu laufen. Die Schritte hinter ihr fielen sofort in den gleichen Takt. Sie versuchte, effektiv und ruhig zu laufen, nicht in Panik zu geraten und keine Kräfte zu vergeuden. *Lauf jetzt nicht wie eine Verrückte,* dachte sie und griff nach dem Gasspray in ihrer Manteltasche, doch die Schritte kamen unerbittlich näher. Sie wollte sich einreden, dass sie gerettet wäre, wenn sie es bis zu dem einsamen Lichtkegel vor ihr auf dem Weg schaffen würde. Und wusste zugleich, dass das nicht stimmte. Genau unter der Laterne wurde sie vom ersten Schlag auf die Schulter getroffen und seitlich in den Schnee geworfen. Der zweite Schlag lähmte ihren Arm und das Gasspray rutschte aus ihren tauben Fingern. Der dritte zerschmetterte ihre Kniescheibe, doch die Schmerzen blockierten den Schrei, der noch immer tief in ihrer Kehle festsaß und die Pulsader an ihrem winterbleichen Hals anschwellen ließ. Sie sah den gleichen Mann, den sie vor Frau Hagen gesehen hatte, und die Polizistin in ihr registrierte automatisch, dass er eine kurze grüne Jacke trug, schwarze Boots und eine Combat-Mütze. Der erste Schlag auf ihren Kopf zerstörte den Sehnerv und sie nahm nur noch das Schwarz der Nacht wahr.

Vierzig Prozent der Heckenbraunellen überleben, dachte sie. *Ich werde den Winter schon irgendwie überstehen.*

Ihre Finger wühlten durch den Schnee, um sich irgendwo festzuhalten. Der nächste Schlag traf ihren Hinterkopf.

Der Winter ist bald vorbei, dachte sie. *Ich werde ihn überleben.*

Harry hielt an der Auffahrt zu Rakel Faukes Villa am Holmenkollveien. Der weiße Mondschein verlieh ihrer Haut einen unwirklichen, leichenblasssen Schimmer, und trotz des Halbdunkels im Auto konnte er aus ihren Augen lesen, dass sie müde war.

»Na dann«, sagte Rakel.

»Tja dann«, sagte Harry.

»Ich würde dich gern noch mit nach oben einladen, aber …«

Harry lachte. »Ich denke, Oleg würde das sicher nicht so gut finden.«

»Oleg schläft friedlich, ich denke eher an die Babysitterin.«

»Babysitterin?«

»Olegs Babysitterin ist die Tochter von einem Kollegen aus dem PÜD. Versteh mich bitte nicht falsch, aber ich will solche Gerüchte auf der Arbeit nicht haben.«

Harry starrte auf die Instrumente im Armaturenbrett. Das Glas des Tachometers hatte einen Sprung, und er hatte das Gefühl, dass die Sicherung des Öllämpchens durchgebrannt war.

»Ist Oleg dein Kind?«

»Ja, was dachtest du denn?«

»Ich dachte, das wäre vielleicht dein Lebensgefährte.«

»Welcher Lebensgefährte?«

Der Zigarettenanzünder war entweder aus dem Fenster geworfen oder zusammen mit dem Radio geklaut worden.

»Ich habe Oleg bekommen, als ich in Moskau war«, erzählte sie. »Sein Vater und ich wohnten zwei Jahre zusammen.«

»Was ist geschehen?«

Sie zuckte mit den Schultern.

»Nichts ist geschehen. Uns ist nur einfach die Liebe abhanden gekommen. Und dann bin ich zurück nach Oslo.«

»Du bist also …«

»Allein erziehende Mutter. Und du?«

»Allein. Sonst nichts.«

»Bevor du bei uns angefangen hast, erwähnte jemand etwas von dir und der Frau, mit der du da unten im Gewaltdezernat das Büro teiltest.«

»Ellen? Nein. Wir sind einfach super miteinander ausgekommen. *Kommen* gut miteinander aus. Sie hilft mir noch immer bei der einen oder anderen Sache.«

»Womit denn?«

»Jetzt bei der Sache, an der ich arbeite.«

»Ach ja, das.«

Sie sah wieder auf ihre Uhr.

»Soll ich dir helfen, die Autotür aufzumachen?«, fragte Harry.

Sie lächelte, schüttelte den Kopf und gab ihr einen Stoß mit der Schulter. Die Tür quietschte in den Scharnieren, als sie aufging.

Es war ruhig am Holmenkollen, nur ein leises Rauschen der Bäume war zu hören. Sie stellte einen Fuß draußen in den Schnee.

»Gute Nacht, Harry.«

»Nur noch eins.«

»Ja?«

»Als ich das letzte Mal hier war, warum hast du mich da nicht gefragt, was ich von deinem Vater wollte? Du hast bloß gefragt, ob du mir helfen könntest.«

»Berufskrankheit. Ich frage nicht nach Sachen, mit denen ich nichts zu tun habe.«

»Bist du noch immer nicht neugierig?«

»Ich bin immer neugierig, ich frage bloß nicht. Um was geht es?«

»Ich suche nach einem Frontkämpfer, mit dem dein Vater gemeinsam im Krieg gewesen sein könnte. Dieser Frontkämpfer hat eine Märklin-Waffe bestellt. Dein Vater wirkte im Übrigen überhaupt nicht verbittert, als ich mit ihm gesprochen habe.«

»Dieses Buchprojekt scheint ihn wieder irgendwie geweckt zu haben. Ich bin selbst überrascht.«

»Vielleicht findet ihr eines Tages wieder zueinander?«

»Vielleicht«, sagte sie.

Ihre Blicke begegneten sich, verhakten sich quasi und kamen nicht voneinander los.

»Flirten wir jetzt?«, fragte sie.

»Kann ich mir nicht vorstellen.«

Er hatte ihre lachenden Augen noch lange vor sich, nachdem er das Auto in Bislett im Parkverbot abgestellt und das Monster unter das Bett zurückgejagt hatte, und er schlief ein, ohne das kleine rote Blinken im Wohnzimmer zu bemerken, das verriet, dass er eine noch nicht abgehörte Nachricht auf dem Anrufbeantworter hatte.

Sverre Olsen schloss die Tür leise hinter sich, zog seine Schuhe aus und schlich die Treppe hoch. Er machte einen großen Schritt über die eine Stufe, die knarrte, wusste aber doch, dass das alles nutzlos war.

»Sverre?«

Das Rufen kam durch die offene Schlafzimmertür.

»Ja, Mama.«

»Wo bist du gewesen?«

»Unterwegs, Mama. Jetzt gehe ich ins Bett.«

Er verschloss seine Ohren für ihre Worte, er kannte sie ja ohnehin. Sie prasselten wie heftiger Schneeregen auf ihn ein und lösten sich auf, sobald sie den Boden erreichten. Dann machte er die Tür seines Zimmers zu und war allein. Er legte sich aufs Bett, starrte an die Decke und ließ die Geschehnisse noch einmal Revue passieren. Es war wie ein Film. Er schloss die Augen, versuchte die Bilder fern zu halten, doch der Film lief einfach weiter.

Er hatte keine Ahnung, wer sie war. Der Prinz hatte ihn, wie abgemacht, am Schous Platz abgeholt und dann in die Straße gefahren, in der sie wohnte. Sie hatten so geparkt, dass sie von ihrer Wohnung aus nicht gesehen werden konnten, selbst aber bemerkten, wenn sie das Haus verließ. Er hatte gesagt, es könne die ganze Nacht dauern, ihn gebeten, sich zu entspannen, diese verfluchte Negermusik angestellt und die Rückenlehne abgesenkt. Aber bereits nach einer halben Stunde war die Haustür aufgegangen, und der Prinz hatte gesagt: »Da ist sie.«

Sverre war ihr nachgehastet, doch er erreichte sie erst, als sie die dunkle Straße bereits verlassen hatte und zu viele Menschen um sie herum waren. Irgendwo hatte sie sich plötzlich umgedreht und ihn direkt angesehen, und er war sich einen Moment lang sicher gewesen, entlarvt zu sein und dass sie das Ende des Baseballschlägers entdeckt hatte, das aus dem Jackenkragen herausragte. Er war so ängstlich gewesen, dass er das Zucken in seinem Gesicht nicht unter Kontrolle hatte; doch später, als sie wieder aus dem 7-Eleven herausgekommen war, hatte sich diese Angst in Wut verwandelt. Er erinnerte sich an das, was unter der Laterne passiert war, aber dennoch fehlten manche Details, wie in dieser Quizshow im Fernsehen, wo man nur ein Stückchen von einem Bild sah und dann raten musste, was man sah.

Er öffnete seine Augen wieder und starrte auf die verzogenen Gipsplatten über der Tür. Wenn er das Geld bekam, würde er einen Dachdecker organisieren und diese undichte Stelle in Ordnung bringen lassen, über die sich Mama so oft aufgeregt hatte. Er bemühte sich, an das Dach zu denken, doch er wusste, dass das bloß ein Versuch war, die anderen Gedanken fern zu halten. Dass etwas nicht stimmte. Dass es dieses Mal anders gewesen war. Nicht wie bei diesem Pakki in Dennis Kebab. Dieses Mädchen war eine ganz gewöhnliche norwegische Frau. Braune kurze Haare, blaue Augen. Sie hätte seine Schwester sein können. Er versuchte sich immer wieder zu sagen, was der Prinz ihm eingehämmert hatte: dass er ein Soldat war, dass es für die Sache war.

Er warf einen Blick auf das Bild, das er unter der Hakenkreuzflagge an die Wand geheftet hatte. Es zeigte den SS-Reichsführer und
Chef der deutschen Polizei Heinrich Himmler an einem Rednerpult,
als dieser 1941 in Oslo war. Er sprach zu den freiwilligen Norwegern,
die in die Waffen-SS aufgenommen wurden. Schwarze Uniformen.
SS-Initialen am Kragen. Vidkun Quisling im Hintergrund. Himmler.
Ehrenvoller Tod am 23. Mai 1945. Selbstmord.

»Verflucht!«

Sverre stellte seine Füße auf den Boden, stand auf und begann ru-
helos auf und ab zu gehen.

Vor dem Spiegel an der Tür blieb er stehen. Fasste sich an den
Kopf. Dann durchwühlte er die Taschen seiner Jacke. Verdammt, wo
war seine Combat-Mütze? Einen Augenblick lang packte ihn die Panik bei dem Gedanken, dass sie neben ihr im Schnee liegen könnte,
doch dann fiel ihm ein, dass er die Mütze noch hatte, als er zum Auto des Prinzen zurückgekommen war. Er atmete aus.

Den Baseballschläger hatte er so entsorgt, wie ihm das der Prinz
empfohlen hatte. Er hatte seine Fingerabdrücke abgewischt und ihn
in den Fluss geworfen. Jetzt durfte er nur nicht auffallen, er musste
einfach abwarten, was geschehen würde. Der Prinz hatte gesagt, er
würde sich darum kümmern, wie er es früher schon getan hatte. Wo
der Prinz arbeitete, wusste Sverre nicht; aber dass er gute Verbindungen zur Polizei hatte, war auf jeden Fall sicher. Er zog sich vor
dem Spiegel aus. Die Tätowierungen auf seiner Haut sahen in dem
weißen Mondlicht, das durch die Gardinen hereinfiel, grau aus. Er
fuhr mit den Fingern über das Eisenkreuz, das um seinen Hals hing.

»Du Hure«, murmelte er. »Du verdammte Kommunistenhure.«

Als er endlich einschlief, begann es im Osten zu dämmern.

Hamburg, 30. Juni 1944

51
Liebe, geliebte Helena,

ich liebe dich mehr als mich selbst, das weißt du jetzt. Auch wenn wir
nur einen kurzen Moment hatten und noch ein langes und glückli-
ches (das weiß ich) Leben vor dir liegt, hoffe ich, dass du mich nie

ganz vergessen wirst. Es ist Abend und ich sitze in einem Schlafsaal am Hamburger Hafen. Draußen fallen die Bomben. Ich bin allein, die anderen haben in Bunkern und Kellern Schutz gesucht und hier gibt es keinen Strom, doch die Brände ringsherum geben mir Licht genug, um zu schreiben.

Kurz vor Hamburg mussten wir den Zug verlassen, weil die Gleise in der Nacht zuvor von Bomben zerstört worden waren. Wir wurden auf Lastwagen in die Stadt gebracht und ein schrecklicher Anblick erwartete uns. Jedes zweite Haus scheint zerstört zu sein, Hunde liefen an den Ruinen entlang und überall hockten magere, zerlumpte Kinder, die den Lastwagen mit großen, leeren Augen hinterherstarrten. Vor kaum zwei Jahren bin ich auf dem Weg nach Sennheim durch Hamburg gereist, doch die Stadt ist nicht mehr wiederzuerkennen. Damals glaubte ich, die Elbe sei der schönste Fluss, den ich jemals gesehen hatte; aber jetzt treiben Plankenreste und Wrackteile in einer braunen Brühe vorbei, und ich hörte jemanden sagen, das Wasser sei von all den Leichen, die darin umhertreiben, vergiftet. Es wurde auch von weiteren Bombenangriffen in den kommenden Nächten gesprochen und dass es an der Zeit sei, das Land zu verlassen. Laut Plan sollte ich heute Abend mit dem Zug weiter nach Kopenhagen, doch diese Zuglinie ist ebenfalls von Bomben zerstört worden.

Entschuldige mein schlechtes Deutsch. Wie du siehst, ist zudem meine Hand nicht ganz ruhig; auch daran sind die Bomben schuld, die das ganze Haus erzittern lassen. Ich habe keine Angst. Wovor sollte ich Angst haben? Von meinem Platz aus bin ich Zeuge eines Phänomens, von dem ich gehört, das ich aber nie gesehen habe – ein Feuertornado. Die Flammen auf der anderen Seite des Hafens scheinen alles in sich aufzusaugen. Ich kann sehen, wie sich einzelne Planken und ganze Blechdächer anheben und in die Flammen fliegen. Und das Wasser – es kocht! Das Wasser unter den Anlegern dort hinten dampft, und wenn irgendeine arme Seele versuchen würde, sich durch einen Sprung ins Wasser zu retten, würde sie bei lebendigem Leibe gegart. Ich habe das Fenster geöffnet, doch die Luft scheint vollkommen ohne Sauerstoff zu sein. Und dieses Brüllen – als ob jemand dort hinten in den Flammen stehen und immer »mehr, mehr, mehr« rufen würde. Es ist unheimlich und erschreckend, aber auf eine merkwürdige Weise lockt es mich auch.

Mein Herz quillt so über vor Liebe, dass ich mich unverwundbar fühle. Dank dir, Helena. Wenn du eines Tages ein Kind bekommen wirst (und ich weiß und will, dass es so sein wird!), möchte ich, dass du ihm meine Geschichte erzählst. Erzähl sie ruhig wie ein Märchen, denn das ist sie wirklich – ein wahres Märchen! Ich habe mich entschlossen, heute Nacht nach draußen zu gehen, um zu sehen, was ich finde und wen ich treffe. Diesen Brief werde ich in meiner metallenen Feldflasche hier auf dem Tisch zurücklassen. Mit dem Bajonett habe ich deinen Namen und deine Adresse eingeritzt, damit diejenigen, die die Flasche finden werden, Bescheid wissen.

Dein Geliebter

Urias

TEIL V

SIEBEN TAGE

52 »*Hei, hier spricht der Anrufbeantworter von Ellen und Helge. Hinterlassen Sie eine Nachricht.*«

»Hei, Ellen, ich bin's, Harry. Wie du hörst, habe ich getrunken, und das tut mir Leid. Wirklich. Doch nüchtern würde ich dich jetzt vermutlich nicht anrufen. Das verstehst du sicher. Ich war heute am Tatort. Du lagst auf dem Weg, der am Akerselva entlangführt, auf dem Rücken. Ein junges Pärchen hat dich kurz nach Mitternacht gefunden. Sie waren auf dem Weg ins Blå. Todesursache: schwere Verletzungen der vorderen Hirnhälfte infolge heftiger Schläge mit einem stumpfen Gegenstand. Du hast auch einen Schlag auf den Hinterkopf erhalten und hast insgesamt drei Schädelbrüche sowie eine zertrümmerte Kniescheibe am linken Knie, darüber hinaus Spuren eines Schlages auf der rechten Schulter. Wir gehen davon aus, dass alle Schläge mit der gleichen Tatwaffe ausgeführt worden sind. Doktor Blix hat den Todeszeitpunkt zwischen dreiundzwanzig und vierundzwanzig Uhr angesetzt. Du sahst aus, als ob ... ich ... warte mal.

Entschuldige. Also, die Spurensicherung hat etwa zwanzig verschiedene Stiefelabdrücke auf diesem Weg gefunden und ein paar im Schnee neben dir, doch diese sind wohl absichtlich verwischt worden. Bis jetzt haben sich keine Zeugen gemeldet, doch wir machen die übliche Runde in der Nachbarschaft. Man kann den Weg ja von vielen Wohnungen aus sehen, und die Kripo meint, es gebe eine Chance, dass jemand etwas beobachtet hat. Ich persönlich halte diese Chance für minimal. Im schwedischen TV lief nämlich eine Wiederholung der schwedischen Big-Brother-Staffel zwischen Viertel vor elf und Viertel vor zwölf. Ein blöder Witz. Ich versuche nur, lustig zu sein, verstehst du? Ach ja, ein paar Meter neben dir haben wir eine blaue Mütze gefunden. Es waren Blutflecken daran, und obgleich du ziemlich stark geblutet hast, meinte Doktor Blix, das Blut könne nicht so weit gespritzt sein. Wenn es dein Blut ist, kann die Mütze also dem Mörder gehören. Wir lassen das Blut gerade analysieren. Die Mütze ist im Labor, um sie auf Haare oder Hautreste zu untersuchen. Wenn der Kerl keinen Haarausfall hat, hat er hoffentlich Schuppen. Haha. Du hast doch Ekman und Friesen nicht vergessen, oder? Ich habe keine weiteren Stichworte für dich, aber sag mir Bescheid, wenn dir etwas in den Sinn kommt. Gab es sonst noch etwas? Ja, Helge hat bei mir ein neues Zuhause gefunden. Ich weiß, dass er sich damit nicht verbessert hat, aber so geht es uns wohl allen, Ellen. Mit Ausnahme von dir, vielleicht. Jetzt werde ich mir noch einen Drink gönnen und genau darüber nachdenken.«

Jens Bjelkes Gate, 10. März 2000

53 »*Hei, hier spricht der Anrufbeantworter von Ellen und Helge. Hinterlassen Sie eine Nachricht.*«

»Hei, hier ist wieder Harry. Ich habe es heute nicht geschafft, zur Arbeit zu gehen, aber ich habe wenigstens Doktor Blix angerufen. Ich bin froh, erfahren zu haben, dass du nicht sexuell missbraucht worden bist und dass alle deine irdischen Güter noch vorhanden sind. Jedenfalls, soweit wir das beurteilen konnten. Das heißt, wir haben kein Motiv, obwohl es natürlich möglich ist, dass der Täter nicht zu dem gekommen ist, was er eigentlich vorhatte. Oder es einfach nicht übers Herz gebracht hat. Heute haben sich zwei Zeugen gemeldet, die dich vor dem Restaurant Frau Hagen gesehen haben. Im 7-Eleven im Markveien ist um 22 Uhr 55 eine Bezahlung mit deiner Karte registriert worden. Dein Freund, dieser Kim, ist den ganzen Tag verhört worden. Er erzählte, du seist auf dem Weg zu ihm gewesen und dass er dich gebeten habe, Zigaretten für ihn mitzubringen. Einer der Kripo-Jungs hat sich daran aufgehängt, dass du eine andere Zigarettenmarke gekauft hast als die, die dein Freund raucht. Außerdem hat er kein Alibi. Es tut mir Leid, Ellen, aber im Moment ist er der Hauptverdächtige.

Ich hatte übrigens gerade Besuch. Sie heißt Rakel und arbeitet im PÜD. Sie ist vorbeigekommen, um zu sehen, wie es mir geht. Das hat sie jedenfalls gesagt. Sie hat hier eine Weile gesessen, aber wir haben nicht viel geredet. Dann ist sie wieder gegangen. Ich glaube, es ist nicht so gut gelaufen.

Ich soll dich von Helge grüßen.«

54 »*Hei, hier spricht der Anrufbeantworter von Ellen und Helge. Hinterlassen Sie eine Nachricht.*«

»Das ist der kälteste März seit Menschengedenken. Das Thermometer zeigt minus achtzehn Grad und die Fenster in diesem Block stammen aus der Jahrhundertwende. Die allgemeine Meinung, dass man nicht friert, wenn man voll ist, ist hochgradig falsch. Ali, mein Nachbar, hat heute Morgen angeklopft. Es stellte sich heraus, dass ich gestern Abend, als ich zurückgekommen bin, auf der Treppe übel gestürzt sein muss und dass er mir ins Bett geholfen hat.

Es muss gegen Mittag gewesen sein, als ich bei der Arbeit ankam, denn die Kantine war ganz voll, als ich meinen Kaffee holte. Ich hatte den Eindruck, dass mich alle anstarrten, aber vielleicht lag das nur an mir. Ich vermisse dich so sehr, Ellen.

Ich hab mir mal die Akte von deinem Freund angeschaut, diesem Kim. Er hat mal eine kurze Strafe wegen Haschischbesitzes abgesessen. Die Kripo glaubt noch immer, dass er es war. Ich habe ihn nie getroffen und ich bin, weiß Gott, kein Menschenkenner. Aber nach allem, was du mir über ihn erzählt hast, scheint er mir nicht der Typ für so etwas zu sein. Ich habe im Labor angerufen, und sie haben mir gesagt, dass sie nicht ein einziges Haar in der Mütze gefunden haben, aber vermutlich ein paar Hautreste. Sie schicken die zur DNA-Analyse. Die Ergebnisse sollen in etwa vier Wochen vorliegen. Weißt du, wie viele Haare ein erwachsener Mensch jeden Tag verliert? Ich habe das nachgeschlagen. Rund einhundertundfünfzig. Doch in der Mütze war nicht ein einziges Haar. Danach bin ich zu Møller hinuntergegangen und habe ihn gebeten, eine Liste von all denen anzufertigen, die in den letzten vier Jahren wegen schwerer Körperverletzung verurteilt worden sind und glatt rasierte Schädel haben.

Rakel war heute mit einem Buch in meinem Büro. *Unsere Singvögel.*

Ein erstaunliches Buch. Glaubst du, Helge mag Hirsekolben? Ich wünsch dir alles Gute.«

55 »*Hei, hier spricht der Anrufbeantworter von Ellen und Helge. Hinterlassen Sie eine Nachricht.*«

»Heute haben sie dich begraben. Ich war nicht da. Deine Angehörigen haben eine würdige Gedenkfeier verdient und ich war nicht sonderlich vorzeigbar. Ich habe stattdessen von Schrøder aus an dich gedacht. Um acht heute Abend habe ich mich ins Auto gesetzt und bin zum Holmenkollveien hochgefahren. Das war eine blöde Idee. Rakel hatte Besuch von einem Kerl, demselben wie neulich. Er stellte sich als irgendjemand im Außenministerium vor und behauptete, dienstlich da zu sein. Ich glaube, er hieß Brandhaug. Rakel schien nicht gerade beglückt über seinen Besuch zu sein, aber vielleicht war das bloß mein Eindruck. Ich hab schnell wieder den Rückzug angetreten, ehe es zu peinlich wurde. Rakel bestand darauf, dass ich ein Taxi nehme. Doch wenn ich aus dem Fenster schaue, sehe ich den Escort unten am Straßenrand; ich kann ihren Rat also wohl kaum befolgt haben.

Es läuft, wie du wohl merkst, etwas chaotisch im Moment. Aber ich war immerhin in der Zoohandlung und habe Vogelfutter gekauft. Sie haben mir da ›Trill‹ empfohlen. Ich habe es genommen.«

56 »*Hei, hier spricht der Anrufbeantworter von Ellen und Helge. Hinterlassen Sie eine Nachricht.*«

»Ich war heute mal im Ryktet. Erinnert an Schrøder's. Die mustern dich jedenfalls nicht von Kopf bis Fuß, wenn du ein Frühstückspils bestellst. Ich habe mich zu einem Alten an den Tisch gesetzt und hab mit etwas Mühe sogar ein Gespräch in Gang gebracht. Ich fragte ihn, was er gegen Even Juul hätte. Er sah mich daraufhin lange an. Es war eindeutig, dass er mich nicht vom letzten Mal wiedererkannte. Doch nachdem ich ihn auf ein Bier eingeladen hatte, erzählte er mir die Geschichte. Der Kerl ist Frontkämpfer gewesen, das wusste ich ja bereits, und er kannte die Frau von Juul, Signe, aus der Zeit, als sie noch Krankenschwester an der Ostfront war. Sie hatte sich freiwillig gemeldet, weil sie die Verlobte eines norwegischen Soldaten im Regiment Norge war. Und nachdem sie 1945 wegen Landesverrats verurteilt worden war, hatte Juul ein Auge auf sie geworfen. Sie wurde zu zwei Jahren verurteilt, doch Juuls Vater, der eine hohe Position in der Arbeiterpartei hatte, sorgte dafür, dass sie bereits nach wenigen Monaten freikam. Als ich den Alten fragte, warum ihn das so aufrege, murmelte er bloß, dass Juul nicht so heilig sei, wie er es immer vorgebe. Genau das Wort hat er benutzt – heilig. Er sagte, Juul sei genau wie die anderen Historiker – er schreibe die Mythen über Norwegen während des Krieges, wie sie die Siegermächte sehen wollten. Der Mann erinnerte sich nicht an den Namen von Signes erstem Verlobten; er wusste nur, dass er für die anderen im Regiment eine Art Held gewesen war.

Anschließend ging ich zur Arbeit. Kurt Meirik war da und sah mich an. Er sagte nichts. Ich rief Bjarne Møller an, und der sagte mir, dass die Liste, um die ich gebeten hatte, dreiundvierzig Namen umfasse. Sind Männer ohne Haare gewalttätiger, was meinst du? Møller hat jedenfalls einen Beamten damit beauftragt, die Alibis der Betreffenden zu checken, um die Anzahl ein bisschen zu reduzieren. Dem vorläufigen Bericht entnehme ich, dass dich Tom Waaler nach Hause gebracht hat und dass du um 22 Uhr 15 in ruhiger Verfassung aus seinem Auto gestiegen bist. Er sagte auch, ihr hättet über alltägliche Dinge gesprochen. Aber als du gemäß Telenor um 22 Uhr 16 meinen Anrufbeantworter angerufen hast, mit anderen Worten also direkt nachdem du die Tür geschlossen hattest, warst du ganz aufgeregt, weil du auf die Spur von irgendetwas gekommen bist. Ich finde das merkwürdig. Bjarne Møller sieht darin nichts Besonderes. Vielleicht liegt das wieder nur an mir.

Lass bald von dir hören, Ellen.«

Jens Bjelkes Gate, 16. März 2000

57 *»Hei, hier spricht der Anrufbeantworter von Ellen und Helge. Hinterlassen Sie eine Nachricht.«*
»Ich bin heute nicht zur Arbeit gegangen. Draußen sind es minus zwölf Grad, in der Wohnung vielleicht ein paar mehr. Das Telefon

klingelte den ganzen Tag, und als ich dann endlich abnahm, war es Doktor Aune. Aune ist ein guter Psychologe; er tut jedenfalls nicht so, als sei er weniger verwirrt über das, was in unseren Köpfen vorgeht, als jeder andere auch. Aunes oft aufgestellte Behauptung, dass der seelische Riss bei jedem Alkoholiker da beginnt, wo der letzte Suff endet, ist eine gute Warnung. Es muss aber nicht unbedingt stimmen. In Anbetracht dessen, was in Bangkok geschehen ist, war er überrascht darüber, dass es mir dieses Mal relativ gut ging. Alles ist relativ. Aune redete unter anderem darüber, dass ein amerikanischer Psychologe zu der Erkenntnis gekommen sei, die menschlichen Lebensläufe seien bis zu einem gewissen Grad erblich, dass sich, sind wir erst in die Rolle unserer Eltern geschlüpft, auch unsere Lebensläufe ähneln. Mein Vater wurde nach Mutters Tod ein Eigenbrötler, ein Sonderling, und jetzt ist Aune besorgt, mit mir könne nach den heftigen Erlebnissen, die ich hatte, das Gleiche geschehen. Du weißt schon – die Sache in Vindern. Und in Sydney. Und jetzt das hier. Ich habe ihm erzählt, wie ich meine Tage zubringe, musste aber lachen, als Doktor Aune sagte, es sei Helge, der mich davon abhalte, die Zügel meines Lebens einfach vollkommen fallen zu lassen. Eine Kohlmeise! Aune ist, wie gesagt, ein guter Mann, aber er sollte diesen Psychologiekram einfach lassen.

Ich hab Rakel angerufen und sie gefragt, ob sie mit mir ausgehen will. Sie sagte, sie würde darüber nachdenken. Ich weiß nicht, warum ich mir das antue.«

Jens Bjelkes Gate, 17. März 2000

58

»... or informiert. Diese Nummer ist nicht vergeben. Telenor informiert. Diese Nummer ist ...«

TEIL VI

BATSEBA

59 Die erste Frühlingsoffensive kam spät. Erst Ende März begann es in den Rinnsteinen zu gurgeln und zu fließen. Im April hatte sich der ganze Schnee bis zum Sognsvann zurückgezogen. Doch dann musste der Frühling wieder den Rückzug antreten. Neuer Schnee rieselte herab, blieb sogar mitten in der Stadt liegen, und es vergingen erneut Wochen, bis die Sonne alles geschmolzen hatte. Hundekot und Müll vom vergangenen Jahr lagen in den Straßen und stanken. Der Wind nahm auf den freien Flächen des Grønlandsleiret und neben der Galerie Oslo Anlauf und wirbelte den Streusand auf, so dass sich die Menschen die Augen rieben und husteten. Man unterhielt sich über die allein erziehende Mutter, die vielleicht eines Tages Königin werden würde, die Fußball-Europameisterschaft und das ungewöhnliche Wetter. Im Polizeipräsidium redete man darüber, was man Ostern gemacht hatte, oder über die mickrigen Lohnerhöhungen und tat ansonsten so, als sei alles wie zuvor.

Nichts war wie zuvor. Harry saß in seinem Büro mit den Beinen auf dem Tisch und sah in den wolkenlosen Tag hinaus. Rentnerinnen mit unkleidsamen Hüten füllten die morgendlichen Bürgersteige, Botendienste fuhren mit ihren Transportern bei Gelb, all die kleinen Dinge, die der Stadt den trügerischen Anschein von Normalität gaben. Er fragte sich das jetzt schon lange: War er der Einzige, der sich nicht täuschen ließ? Sechs Wochen waren vergangen, seit sie Ellen beerdigt hatten, doch wenn er aus dem Fenster sah, bemerkte er keine Veränderung.

Es klopfte an der Tür. Harry antwortete nicht, sie öffnete sich trotzdem. Es war der Abteilungschef Bjarne Møller.

»Ich hab gehört, dass du wieder da bist.«

Harry sah, dass einer der roten Busse an der Haltestelle stehen blieb. Die Reklame auf der Seite warb für die Storebrand Lebensversicherung.

»Kannst du mir sagen, warum, Chef? Die reden von Lebensversicherung, dabei handelt es sich doch eigentlich um eine Todesversicherung.«

Møller seufzte und setzte sich auf den Rand des Schreibtisches.

»Warum gibt es hier nicht noch einen Stuhl, Harry?«

»Die Menschen kommen schneller zur Sache, wenn sie nicht sitzen.« Harry starrte noch immer aus dem Fenster.

»Wir haben dich auf der Beerdigung vermisst, Harry.«

»Ich hatte mich umgezogen«, sagte Harry mehr zu sich selbst als zu Møller. »Bin sicher, dass ich auch auf dem Weg war. Als ich aufblickte und die traurige Versammlung um mich herum bemerkte, glaubte ich sogar einen Augenblick lang, dort zu sein. Bis ich Maja mit dem Trockentuch vor mir sah und erkannte, dass sie auf meine Bestellung wartete.«

»Ich dachte mir schon, dass es so etwas war«, sagte Møller.

Ein Hund lief über den braunen Rasen, die Nase am Boden, den Schwanz nach oben gereckt. Wenigstens einer schätzte den Osloer Frühling.

»Was ist danach passiert?«, fragte Møller. »Wir haben dich eine Weile nicht gesehen.«

Harry zuckte mit den Schultern.

»Ich war beschäftigt. Hab einen neuen Mitbewohner bekommen – eine einflügelige Kohlmeise. Und ich hab zu Hause gehockt und mir alte Telefonmitteilungen angehört. Es stellte sich heraus, dass all die Nachrichten der letzten zwei Jahre auf einem halbstündigen Band Platz hatten. Und alle waren von Ellen. Traurig, nicht wahr? Nun, vielleicht auch nicht so sehr. Das einzig wirklich Traurige war, dass ich bei ihrem letzten Anruf nicht zu Hause war. Wusstest du, dass Ellen ihn entlarvt hatte?«

Zum ersten Mal, seit Møller hereingekommen war, drehte sich Harry um und sah ihn an.

»Du erinnerst dich doch an Ellen, nicht wahr?«

Møller seufzte.

»Wir erinnern uns alle an Ellen, Harry. Und ich erinnere mich an die Nachricht, die sie dir hinterlassen hat, und dass du der Kripo gegenüber geäußert hast, dass sich das auf den Mittelsmann in diesem Waffenhandel bezieht. Dass es uns nicht gelungen ist, den Täter zu finden, bedeutet nicht, dass wir sie vergessen haben, Harry. Sowohl die Kripobeamten als auch wir hier im Dezernat waren wochenlang auf den Beinen, wir haben kaum geschlafen. Wenn du zur Arbeit gekommen wärst, hättest du vielleicht gesehen, wie hart wir gearbeitet haben.«

Møller bereute die Worte, kaum dass er sie ausgesprochen hatte. »Das hab ich nicht so ...«

»Doch, das hast du. Und du hast natürlich Recht.«

Harry fuhr sich mit der Hand über das Gesicht.

»Gestern Abend habe ich mir noch einmal eine von ihren Nachrichten angehört. Ich habe keine Ahnung, warum sie anrief. Die ganze Nachricht war voller Ratschläge, was ich essen sollte, und endete damit, dass ich das Futter für die Vögel nicht vergessen sollte, das Stretching nach dem Training und Ekman und Friesen. Weißt du, wer Ekman und Friesen sind?«

Møller schüttelte nur den Kopf.

»Zwei Psychologen, die herausgefunden haben, dass die Gesichtsmuskeln beim Lächeln eine chemische Reaktion im Hirn auslösen, die einen positiver auf seine Umwelt reagieren lässt und zufriedener mit seinem Leben macht. Sie haben tatsächlich die alte Behauptung bewiesen, dass die Welt, wenn man ihr mit einem Lächeln begegnet, dieses Lächeln erwidert. Sie hat mich dazu gebracht, das eine Weile zu glauben.«

»Traurig, nicht?«

»Verdammt traurig.«

Sie versuchten zu lächeln und saßen eine Weile wortlos da.

»Ich sehe, dass du gekommen bist, um mir etwas zu sagen, Chef. Worum geht es?«

Møller stand vom Schreibtisch auf und begann im Zimmer auf und ab zu gehen.

»Die Liste dieser verdächtigen Glatzköpfe konnte nach der Überprüfung der Alibis auf zwölf reduziert werden. Okay?«

»Okay.«

»Mit den Hautresten, die wir gefunden haben, konnten wir die Blutgruppe desjenigen bestimmen, der die Mütze besaß. Vier von den zwölf haben die gleiche Blutgruppe. Wir haben von diesen vieren Blutproben genommen und zur DNA-Analyse gegeben. Die Resultate sind heute gekommen.«

»Ja und?«

»Nichts.«

Es wurde still im Büro, der einzige Laut kam von Møllers Gummisohlen, die bei jeder Wendung einen leisen Quietschlaut von sich gaben.

»Und die Kripo glaubt nicht mehr an die Theorie, dass es Ellens Geliebter gewesen ist?«, fragte Harry.

274

»Wir haben auch seine DNA überprüft.«

»Wir sind also wieder am Anfang.«

»Mehr oder minder – ja.«

Harry drehte sich wieder zum Fenster. Ein Drosselschwarm flog von der großen Ulme auf und verschwand nach Westen in Richtung Plaza.

»Vielleicht ist die Mütze eine falsche Spur«, sagte Harry. »Mir hat das nie eingeleuchtet, dass ein Täter, der keine anderen Spuren zurücklässt und der sogar seine Stiefelabdrücke im Schnee verwischt hat, so blöd sein soll, nur ein paar Meter neben dem Opfer seine Mütze zu verlieren.«

»Vielleicht. Aber das Blut an der Mütze stammt von Ellen. Da sind wir uns sicher.«

Harry erblickte den Hund, der über die gleiche Spur schnüffelnd wieder zurückkam. Etwa in der Mitte des Rasens blieb er unschlüssig stehen und schnüffelte mit der Nase am Boden, ehe er nach links aus Harrys Blickfeld entschwand.

»Wir müssen an der Mütze festhalten«, sagte Harry. »Zusätzlich zu den Verurteilten sollten wir auch noch all die überprüfen, die wegen Körperverletzung festgenommen oder angeklagt worden sind. Die letzten zehn Jahre. Inklusive Akershus. Und sorge dafür, dass …«

»Harry …«

»Ja …?«

»Du arbeitest nicht mehr im Dezernat für Gewaltverbrechen. Die Ermittlungen werden von der Kripo geleitet. Du bittest mich, meine Nase in fremde Sachen zu stecken.«

Harry sagte nichts, er nickte nur langsam. Sein Blick heftete sich irgendwo auf den Ekeberg.

»Harry?«

»Hast du irgendwann einmal gedacht, dass du eigentlich an einem ganz anderen Ort sein solltest, Chef? Ich meine, schau dir diesen erbärmlichen Frühling an.«

Møller blieb stehen und lächelte.

»Wenn du schon fragst, ich hab mir immer gedacht, dass Bergen eine schöne Stadt ist. Für die Kinder und so. Du weißt schon.«

»Aber du wärst noch immer Polizist, oder?«

»Natürlich.«

»Weil solche wie wir zu nichts anderem taugen, oder?«

Møller zuckte mit den Schultern. »Mag sein.«

»Aber Ellen taugte zu mehr. Ich hab mir oft gedacht, welch gewaltige Vergeudung menschlicher Ressourcen es war, dass sie bei der Polizei arbeitete. Und dass es ihr Job war, böse Buben und Mädchen zu fangen. Das ist doch was für solche wie uns, Møller, das war doch nichts für sie. Verstehst du, was ich meine?«

Møller trat ans Fenster und blieb neben Harry stehen.

»Es wird besser, wenn erst der Mai kommt«, sagte er.

»Ja«, erwiderte Harry.

Die Glocke der Kirche in Oslo-Grønland schlug zweimal.

»Mal sehen, ob ich Halvorsen damit betrauen kann«, sagte Møller.

Außenministerium, 27. April 2000

60 Bernt Brandhaugs langjährige Erfahrung mit Frauen hatte ihn gelehrt, dass es vier Gründe dafür geben konnte, wenn er eine Frau nicht einfach nur haben wollte, sondern haben *musste*: weil sie schöner war als alle anderen, weil sie ihn sexuell besser zufrieden stellte als alle anderen, weil er seine Männlichkeit bei ihr stärker spürte als bei allen anderen oder, und das war am wichtigsten, weil sie nicht ihn, sondern jemand anderen wollte.

Brandhaug war sich bewusst geworden, dass Rakel Fauke eine solche Frau war.

Er hatte sie im Januar einmal unter dem Vorwand angerufen, er benötige eine Einschätzung des neuen Militärattachés in der russischen Botschaft in Oslo. Sie hatte gesagt, sie könne ihm eine Nachricht schicken, doch er hatte darauf bestanden, das mündlich abzuwickeln. Da es Freitagnachmittag war, hatte er vorgeschlagen, sich im Continental zu treffen und das Ganze bei einem Glas Bier an der Bar zu besprechen. So hatte er herausgefunden, dass sie allein erziehende Mutter war. Sie hatte die Einladung nämlich abgelehnt und als Entschuldigung vorgebracht, sie müsse ihren Sohn vom Kindergarten abholen, worauf er munter gefragt hatte:

»Ich kann doch wohl davon ausgehen, dass eine Frau Ihrer Generation einen Mann hat, der sich um so etwas kümmert.«

Obgleich sie es nicht direkt gesagt hatte, war der Antwort zu entnehmen gewesen, dass es einen solchen Mann nicht gab.

Als er auflegte, war er trotz allem mit dem Resultat zufrieden, wenn er auch ein wenig verärgert über sich war, von *ihrer Generation* gesprochen und damit den Altersunterschied betont zu haben.

Als Nächstes rief er Kurt Meirik an, um ihn so diskret wie möglich über Frau Fauke auszufragen. Er war nicht diskret genug, dass Meirik nicht doch Lunte roch, aber das bekümmerte ihn wenig.

Meirik war wie gewöhnlich gut informiert. Rakel hatte über zwei Jahre in Brandhaugs eigener Abteilung als Dolmetscherin in der norwegischen Botschaft in Moskau gearbeitet. Rakel hatte einen Russen geheiratet, einen jungen Professor der Gentechnik, der sie im Sturm genommen und seine Theorien in die Praxis umgesetzt und sie geschwängert hatte. Dass der Professor selbst mit einem Gen für latenten Alkoholismus und violente Argumentationsformen geboren worden war, hatte dazu beigetragen, dass das Glück nur von kurzer Dauer war. Rakel Fauke hatte nicht den Fehler ihrer zahllosen Mitschwestern gemacht und gewartet, hatte nicht versucht zu vergeben oder zu verstehen, sondern hatte unmittelbar nach dem ersten Schlag mit Oleg auf dem Arm die Wohnung verlassen. Ihr Ehemann und seine ziemlich einflussreiche Familie hatten das Sorgerecht für Oleg beansprucht, und ohne ihre diplomatische Immunität wäre es ihr wohl kaum gelungen, gemeinsam mit ihrem Sohn Russland zu verlassen.

Als Meirik erwähnte, dieser Ehemann hätte sie deswegen angezeigt, erinnerte sich Brandhaug an die Vorladung eines russischen Gerichts, die über seinen Schreibtisch gegangen war. Aber sie war damals ja nur Dolmetscherin gewesen, und er hatte die ganze Sache delegiert, ohne sich ihren Namen zu merken. Als Meirik hinzufügte, das Verfahren gehe noch immer zwischen russischen und norwegischen Behörden hin und her, beendete Brandhaug rasch das Gespräch und wählte die Nummer der Rechtsabteilung.

Als er Rakel das nächste Mal anrief, lud er sie ohne irgendwelche Vorwände zum Essen ein. Nachdem auch dies freundlich, aber bestimmt abgelehnt worden war, diktierte er einen Brief an sie, unterschrieben von der Rechtsabteilung des Außenministeriums. Der Brief sagte mit wenigenWorten, dass das Außenministerium in Anbetracht der Länge des Verfahrens daran interessiert sei, zu einer

Lösung in Sachen Sorgerecht zu kommen, wobei man aus menschlichen Gründen besonders an Olegs russische Familie denke. Was bedeutete, dass Rakel Fauke und Oleg vor einen russischen Richter würden treten und sich zu den Vorwürfen würden äußern müssen.

Vier Tage später rief Rakel Brandhaug an und bat ihn, ihn wegen einer Privatangelegenheit sprechen zu dürfen. Er antwortete, er habe viel zu tun, was durchaus der Wahrheit entsprach, und fragte, ob das nicht ein paar Wochen Zeit habe. Als sie ihn mit einem leichten Klirren in der Stimme, das den professionell freundlichen Ton durchdrang, noch einmal bat, ihn so bald wie möglich sprechen zu können, fand er nach einer gewissen Bedenkzeit heraus, dass Freitagnachmittag gegen achtzehn Uhr in der Bar des Continental der einzige noch freie Termin war. Dort bestellte er Gin Tonics, während sie ihm mit der biologisch bedingten Verzweiflung einer Mutter – wie er vermutete – ihr Problem vortrug. Er nickte ernst, tat sein Bestes, um Mitgefühl in seinen Blick zu legen, und wagte es schließlich, seine Hand väterlich beschützend auf die ihre zu legen. Sie erstarrte, doch er tat so, als sei nichts geschehen, und erzählte, dass er sich nicht über die Beschlüsse seiner Abteilungsleiter hinwegsetzen könne, aber dass er natürlich tun werde, was in seiner Macht stehe, um zu verhindern, dass sie vor ein russisches Gericht treten müsse. Er unterstrich auch, dass er in Anbetracht des politischen Einflusses der Familie ihres Exmannes durchaus ihre Einschätzung teile, dass ein mögliches Verfahren zu ihren Ungunsten ausgehen könne. Er saß da, starrte wie verhext in ihre tränennassen Augen und glaubte, nie etwas Schöneres gesehen zu haben. Sie lehnte es dann aber ab, das Treffen mit einem Essen im Restaurant abzuschließen. Der Rest des Abends wurde mit einem Glas Whiskey und dem Pay-TV im Hotelzimmer alles andere als ein Höhepunkt.

Am nächsten Morgen rief Brandhaug den russischen Botschafter an und erzählte, es habe im Außenministerium eine interne Diskussion über das Sorgerecht im Falle Oleg Fauke-Gosew gegeben, und er bat ihn um ein Schreiben, aus dem die aktuelle Position der russischen Behörden hervorging. Der Botschafter hatte noch nie von der Sache gehört, versprach aber, dem Wunsch des Staatssekretärs nachzukommen und den Brief in Form eines Ersuchens zu formulieren. Der Brief, in dem die Russen darum baten, dass Rakel und Oleg vor einem russischen Gericht erscheinen sollten, kam eine Woche später. Brandhaug sandte sogleich eine Kopie an die Rechtsabteilung sowie an Rakel Fauke. Dieses Mal kam ihr Anruf bereits nach einem Tag. Nachdem er sie angehört hatte, sagte Brandhaug, es sei gegen seine diplomatischen Grundsätze, sich in die Sache einzumischen, und dass es ohnehin nicht gut wäre, über so etwas am Telefon zu sprechen.

»Wie Sie wissen, habe ich selbst keine Kinder«, sagte er. »Doch so, wie Sie Oleg beschreiben, muss das ein toller Junge sein.«

»Wenn Sie ihn kennen würden, dann ...«, begann sie.

»Das sollte doch nicht unmöglich sein. Auf den Briefen habe ich ganz zufällig gelesen, dass sie am Holmenkollveien wohnen, und das ist ja von Nordberg nur ein Katzensprung.«

Er bemerkte das Zögern am anderen Ende der Leitung, wusste aber, dass er die besseren Karten hatte.

»Sagen wir, morgen Abend um neun?«

Es entstand eine längere Pause, ehe sie antwortete:

»Kein Sechsjähriger ist um neun noch wach.«

So verabredeten sie sich stattdessen für sechs Uhr. Oleg hatte wie seine Mutter braune Augen und war ein wohlerzogener Junge. Es quälte Brandhaug aber immer mehr, dass Olegs Mutter weder das Thema wechseln noch den Jungen zu Bett bringen wollte. Ja, man konnte den Eindruck haben, der Junge säße wie eine Geisel auf dem Sofa. Und es gefiel Brandhaug auch nicht, dass dieser Junge ihn die ganze Zeit anstarrte. Brandhaug erkannte schließlich, dass Rom auch nicht an einem Tag erbaut worden war, versuchte es aber trotzdem, als er auf der Treppe stand, um zu gehen. Er sah ihr tief in die Augen und sagte:

»Sie sind nicht nur eine schöne Frau, Rakel. Sie sind überdies außergewöhnlich mutig. Ich möchte nur, dass Sie wissen, dass Sie mir sehr viel bedeuten.«

Er war sich nicht ganz sicher, wie er ihren Blick deuten sollte, aber er riskierte es trotzdem, sich vorzubeugen und ihr einen Kuss auf die Wange zu geben. Ihre Reaktion war zweideutig. Ihr Mund lächelte und bedankte sich für das Kompliment, aber ihre Augen waren kalt, als sie hinzufügte:

»Es tut mir Leid, dass ich Sie so lange aufgehalten habe, Herr Brandhaug. Ihre Frau wartet doch bestimmt.«

Seine Andeutungen waren so unzweideutig gewesen, dass er sich entschloss, ihr ein paar Tage Bedenkzeit zu geben; doch es kam kein weiterer Anruf von Rakel Fauke. Stattdessen erreichte ihn ein unerwarteter Brief von der russischen Botschaft, in dem um eine Antwort gebeten wurde. Brandhaug erkannte, dass er mit seinem Anliegen schlafende Hunde in der Sache Oleg Fauke-Gosew geweckt hatte. Bedauerlich, aber da es nun einmal geschehen war, sah er keinen Grund, diesen Umstand nicht auszunutzen. Er rief Rakel direkt im PÜD an und unterrichtete sie über den neuesten Stand der Dinge.

Einige Wochen später befand er sich erneut in der hölzernen Villa am Holmenkollveien, die größer und dunkler als seine eigene war. Dieses Mal, nachdem der Junge im Bett war. Sie wirkte in seiner Gesellschaft viel entspannter als zuvor. Es war ihm sogar gelungen, das Gespräch auf ein etwas persönlicheres Niveau zu bringen, so dass er ohne viel Aufsehen darüber reden konnte, wie platonisch das Verhältnis zwischen ihm und seiner Frau doch geworden sei. Wie wichtig es da sei, ab und zu das Gehirn auszuschalten und auf Körper und Herz zu hören. Da unterbrach ihn das Klingeln der Türglocke plötzlich und gänzlich unwillkommen. Rakel ging hinaus, um zu öffnen, und kam mit diesem hochgewachsenen Mann mit dem fast kahl geschorenen Schädel und den rot unterlaufenen Augen wieder. Rakel stellte ihn als einen Kollegen aus dem PÜD vor. Brandhaug hatte den Namen ohne Zweifel schon einmal gehört, er wusste nur nicht mehr, wo und wann. Nichts an diesem Kerl gefiel ihm. Es passte ihm nicht, unterbrochen worden zu sein, und auch nicht, dass der Kerl angetrunken war und ihn wie Oleg auf dem Sofa sitzend anstarrte, ohne auch nur ein Wort zu äußern. Was ihm aber am meisten missfiel, war Rakels Veränderung. Sie blühte mit einem Mal auf, beeilte sich, Kaffee zu kochen, und lachte überschwänglich über die einsilbigen Kommentare dieses Kerls, als beinhalteten sie geniale Pointen. Und es lag echte Sorge in ihrer Stimme, als sie ihm verbot, mit dem eigenen Wagen nach Hause zu fahren. Das einzig Versöhnliche, das Brandhaug diesem Kerl abgewinnen konnte, war die Tatsache, dass er ganz plötzlich wieder den Rückzug antrat und dass sie kurz darauf seinen Wagen starten hörten, was natürlich bedeuten konnte, dass er anständig genug war, sich selbst zu Tode zu fahren. Der Schaden, den er an der Stimmung angerichtet hatte, war hingegen nicht zu kitten, und schon kurz darauf saß Brandhaug selbst auf dem Weg nach Hause in seinem Wagen. In diesem Moment war ihm seine alte Regel wieder in den Sinn gekommen – dass es nämlich vier mögliche Gründe dafür gibt, dass Männer manchmal das Gefühl haben, eine Frau bekommen zu *müssen*. Und dass es der wichtigste ist, wenn man erkennt, dass sie einen anderen wollen.

Als er am nächsten Tag Kurt Meirik anrief und fragte, wer der große blonde Kerl sei, war er zuerst vollkommen überrascht, dann musste er lachen. Denn das war dieser seltsame Mann, für dessen Beförderung und Eingliederung ins PÜD er selbst gesorgt hatte. Eine Ironie des Schicksals, natürlich, doch auch das Schicksal unterliegt manchmal den Beschlüssen des Departementsrates im Königlich Norwegischen Außenministerium. Als Brandhaug auflegte, hatte er schon wieder bessere Laune, ging pfeifend über den Flur zur nächsten Besprechung und erreichte den Sitzungssaal in weniger als siebzig Sekunden.

Polizeipräsidium, 27. April 2000

61 Harry stand in der Tür seines alten Büros und sah auf einen blonden jungen Mann herab, der auf Ellens Stuhl saß. Er konzentrierte sich derart auf den PC, dass er Harry erst bemerkte, als dieser sich räusperte.

»Sie sind also Halvorsen?«, fragte Harry.

»Ja«, sagte der junge Mann mit einem fragenden Blick.

»Vom Lehnsmannbüro in Steinkjer?«

»Richtig.«

»Harry Hole. Ich habe früher da gesessen, wo Sie jetzt sitzen, nur auf dem anderen Stuhl.«

»Der ist kaputt.«

Harry lächelte. »Das war er schon immer. Bjarne Møller hat Sie gebeten, ein paar Kleinigkeiten in der Ellen-Gjelten-Sache zu überprüfen.«

»Ein paar Kleinigkeiten«, platzte Halvorsen ungläubig heraus. »Ich sitze seit drei Tagen daran und habe kaum geschlafen.«

Harry setzte sich auf seinen alten Stuhl, der an Ellens Tisch geschoben worden war. Zum ersten Mal sah er, wie das Büro aus dieser Perspektive aussah.

»Was haben Sie gefunden, Halvorsen?«

Halvorsen runzelte die Stirn.

»Das ist schon in Ordnung«, sagte Harry. »Ich habe um diese Informationen gebeten. Sie können Møller fragen, wenn Sie wollen.«

Ein Licht schien Halvorsen aufzugehen.

»Natürlich, Sie sind der Hole vom PÜD! Entschuldigen Sie, dass ich so eine lange Leitung hatte.« Ein breites Lächeln zeichnete sich auf dem jugendlichen Gesicht ab. »Ich erinnere mich an diese Australien-Sache. Wie lange ist das jetzt her?«

»Eine ganze Weile. Wie gesagt ...«

»Ach ja, die Liste!« Er tippte mit den Fingerknöcheln auf einen Stapel Computerausdrucke. »Das sind alle, die in den letzten zehn Jahren wegen schwerer Körperverletzung vorübergehend festgenommen, angeklagt oder verurteilt worden sind. Es sind über tausend Namen. Das war schnell erledigt. Das Problem ist aber herauszufinden, wer davon eine Glatze hat; das steht nicht in den Akten. Das kann Wochen dauern ...«

Harry lehnte sich im Stuhl nach hinten.

»Ich verstehe. Es gibt im SSP aber eine Kodierung für die Waffen, die verwendet worden sind. Suchen Sie nach diversen Schlagwaffen. Mal sehen, wie viele dann noch übrig sind.«

»Ich habe auch schon daran gedacht, Møller das vorzuschlagen, als ich sah, wie viele das sind. Die meisten hier auf der Liste haben Messer, Schusswaffen oder einfach bloß ihre Fäuste benutzt. In ein paar Stunden sollte ich eine neue Liste haben.«

Harry stand auf.

»Gut«, sagte er. »Ich erinnere mich nicht an meine Durchwahl hier im Haus, Sie finden sie aber auf der Telefonliste. Und zögern Sie nicht, wenn Sie das nächste Mal einen guten Vorschlag haben. Sagen Sie es einfach. So schlau sind wir hier in der Hauptstadt auch nicht.«

Halvorsen lachte unsicher.

62 Der Regen hatte den ganzen Vormittag die Straßen gepeitscht, ehe die Sonne plötzlich und mit gewaltiger Kraft durch die Wolkendecke brach, so dass der Himmel im Handumdrehen wolkenlos war. Harry hatte die Füße auf den Schreibtisch und die Hände hinter den Kopf gelegt und bildete sich ein, er dächte an die Märklin-Waffe. Doch seine Gedanken hatten einen Abstecher durch das Fenster gemacht und waren den frisch gewaschenen Straßen gefolgt, die jetzt nach nassem, warmem Asphalt rochen, an den Bahnschienen entlang bis ganz hinauf zum Holmenkollen, wo noch immer ein paar graue Schneereste im Schatten der Bäume lagen und wo Rakel, Oleg und er im Zickzack über die matschigen Frühjahrspfade gesprungen waren, um den tiefsten Pfützen auszuweichen. Harry konnte sich dunkel daran erinnern, dass er selbst in Olegs Alter solche Sonntagsspaziergänge unternommen hatte. Wenn er und Søs auf weiten Wanderungen hinterherzockelten, hatte ihr Vater Schokolade an die untersten Zweige gehängt. Søs war noch immer überzeugt davon, dass Schokoriegel auf Bäumen wuchsen.

Oleg hatte bei Harrys ersten beiden Besuchen nicht viel mit ihm geredet. Aber das war in Ordnung; Harry hätte auch nicht gewusst, was er sagen sollte. Aber die Scheu der beiden hatte sich etwas gelegt, als Harry bemerkte, dass Oleg Tetris auf seinem Gameboy hatte. Harry hatte ohne Zurückhaltung sein Bestes gegeben und den Sechsjährigen mit über vierzigtausend Punkten Vorsprung geschlagen. Danach hatte Oleg begonnen, Harry nach allem Möglichen zu fragen, zum Beispiel, warum der Schnee weiß ist, oder andere Sachen, die erwachsenen Männern tiefe Falten auf die Stirn zeichnen, so dass sie sich derart konzentrieren müssen, dass sie ihre Scheu vollkommen vergessen. Letzten Sonntag hatte Oleg einen Hasen im Winterpelz entdeckt und war vorausgelaufen, und Harry hatte Rakels Hand genommen. Sie war außen kalt und innen warm. Sie hatte den Kopf auf die Seite gelegt und ihn angelächelt, während sie den Arm heftig vor- und zurückschwang, als wollte sie sagen: *Wir spielen Spielchen, das ist nicht das wahre Leben.* Er hatte bemerkt, dass sie sich etwas verkrampfte, als sich andere Menschen näherten, und ihre Hand losgelassen. Anschließend hatten sie oben auf dem

Frognerseter einen Kakao getrunken, und Oleg hatte gefragt, warum es Frühling werde.

Er hatte Rakel zum Essen eingeladen. Zum zweiten Mal. Beim ersten Mal hatte sie gesagt, sie müsse darüber nachdenken, und ihn dann angerufen und abgesagt. Auch dieses Mal hatte sie um Bedenkzeit gebeten, aber jedenfalls nicht nein gesagt. Noch nicht.

Das Telefon klingelte. Es war Halvorsen. Er hörte sich müde an und erklärte, er sei gerade erst aufgestanden.

»Ich habe siebzig der einhundertzehn Leute auf der Liste überprüft, die mit irgendwelchen Schlagwerkzeugen andere verletzt haben«, sagte er. »Bis jetzt gibt es acht, die eine Glatze haben.«

»Wie haben Sie das herausgefunden?«

»Ich hab sie angerufen. Es ist unglaublich, wie viele Leute morgens um vier zu Hause sind.«

Halvorsen lachte unsicher, als es an Harrys Ende der Leitung still blieb.

»Sie haben jeden Einzelnen zu Hause angerufen?«, fragte Harry.

»Ja klar«, sagte Halvorsen. »Oder über Handy. Es ist unglaublich, wie viele Leute ein Han…«

Harry fiel ihm ins Wort:

»Und dann haben Sie diese Verbrecher gebeten, der Polizei eine aktuelle Personenbeschreibung von sich zu geben?«

»Nicht ganz. Ich habe behauptet, wir seien auf der Suche nach einem Verdächtigen mit langen roten Haaren, und sie dann gefragt, ob sie sich in letzter Zeit die Haare gefärbt hätten«, sagte Halvorsen.

»Da komme ich nicht ganz mit.«

»Wenn Sie sich eine Glatze geschoren hätten, wie würden Sie reagieren?«

»Hm«, sagte Harry. »Ihr seid ja ein paar Schlauberger da oben in Steinkjer.«

Das gleiche unsichere Lachen.

»Schicken Sie mir die Liste per Fax«, sagte Harry.

»Sie kriegen sie, sobald ich sie zurückhabe.«

»Zurück?«

»Einer der Beamten hier im Dezernat hat sie. Er wartete darauf, als ich kam. Es eilte wohl.«

»Ich dachte, die Gjelten-Sache wäre eine Angelegenheit der Kripo.«

»Anscheinend nicht.«

»Wer war es?«

»Ich glaube, er hieß Vågen, oder so ähnlich«, antwortete Halvorsen.

»Es gibt keinen Vågen bei euch im Dezernat. Meinen Sie Waaler?«

»Das war es, ja«, bestätigte Halvorsen und fügte leicht beschämt hinzu: »Es gibt im Moment so viele neue Namen …«

Harry hätte den jungen Beamten am liebsten dafür ausgeschimpft, dass er Ermittlungsdaten an Menschen weitergab, die er kaum kannte. Doch das war jetzt nicht der Zeitpunkt für harsche Kritik. Der Junge war drei Nächte hintereinander wach geblieben und vermutlich zum Umfallen müde.

»Gute Arbeit«, sagte Harry und wollte auflegen.

»Moment! Ihre Faxnummer?«

Harry starrte aus dem Fenster. Die Wolken zogen sich über dem Ekeberg wieder zusammen.

»Finden Sie auf der Telefonliste«, erwiderte er.

Kaum dass Harry aufgelegt hatte, klingelte das Telefon erneut. Es war Meirik, der ihn bat, *sofort* in sein Büro zu kommen.

»Wie läuft's mit dem Bericht über die Neonazis?«, fragte er, als er Harry in der Tür erblickte.

»Schlecht«, erwiderte Harry und ließ sich auf einen Stuhl fallen. Über Meiriks Kopf hing ein Bild des norwegischen Königspaares, das auf ihn herabschaute. »Das E auf der Tastatur klemmt«, fügte Harry hinzu.

Meirik lächelte ebenso gezwungen wie der Mann auf dem Bild und bat Harry, den Bericht vorläufig zu vergessen.

»Ich brauche Sie für etwas anderes. Gerade hat mich der Sprecher des Norwegischen Gewerkschaftsbundes angerufen. Beinahe die Hälfte aller Führungspersonen haben heute per Fax eine Morddrohung erhalten. Unterzeichnet mit 88. Das ist ein Kürzel für Heil Hitler. Es ist nicht das erste Mal, aber dieses Mal hat die Presse davon Wind bekommen. Es gehen bereits die ersten Anrufe bei uns ein. Uns ist gelungen, den Herkunftsort der Faxe zu bestimmen. Es ist ein öffentliches Faxgerät in Klippan. Deshalb müssen wir die Drohung ernst nehmen.«

»Klippan?«

»Ein kleiner Ort, dreißig Kilometer östlich von Helsingborg.

Sechzehntausend Einwohner, aber Schwedens schlimmstes Nazinest. Es gibt dort Familien, die seit den dreißiger Jahren ohne Unterbrechung hinter den Nazis stehen. Einige der norwegischen Neonazis pilgern dorthin, um zu sehen und zu lernen. Ich möchte, dass Sie eine große Tasche packen, Harry.«

Harry schwante etwas Unangenehmes.

»Wir schicken Sie dorthin, damit Sie ein wenig spionieren, Harry. Sie sollen das Milieu unterwandern. Job, Identität und andere Details liefern wir noch. Seien Sie darauf vorbereitet, dort eine Weile zu bleiben. Unsere schwedischen Kollegen haben Ihnen bereits eine Wohnung beschafft.«

»Spionieren«, wiederholte Harry langsam. Er traute seinen Ohren kaum. »Davon hab ich doch überhaupt keine Ahnung, Meirik. Ich bin Ermittler. Oder haben Sie das vergessen?«

Meiriks Lächeln war gefährlich dünn geworden.

»Das lernen Sie schnell, Harry, das ist keine große Sache. Betrachten Sie das als eine interessante neue Erfahrung.«

»Hm. Wie lange?«

»Ein paar Monate. Maximal sechs.«

»Sechs?«, platzte es aus Harry heraus.

»Sehen Sie das doch positiv, Harry. Sie haben keine Familie, auf die Sie Rücksicht nehmen müssten, keine …«

»Wer sind die anderen im Team?«

Meirik schüttelte den Kopf.

»Kein Team. Nur Sie, so ist das am glaubwürdigsten. Und Sie erstatten Ihre Berichte direkt an mich.«

Harry rieb sich das Kinn.

»Warum ich, Meirik? Sie haben hier doch eine ganze Abteilung von Spionageexperten und Fachleuten für das rechtsextreme Milieu.«

»Einmal muss man anfangen.«

»Und was ist mit der Märklin-Waffe? Wir haben sie zu einem alten Nazi zurückverfolgt, und jetzt kommen diese Morddrohungen, unterzeichnet mit Heil Hitler. Sollte ich nicht lieber mit meiner Arbeit weitermachen und …«

»Es bleibt so, wie ich es gesagt habe, Harry.« Meirik konnte jetzt nicht mehr lächeln.

Irgendetwas stimmte hier nicht. Harry konnte es förmlich riechen, aber er wusste nicht, was es war oder woher der Wind wehte. Er stand auf und Meirik tat das Gleiche.

»Sie fahren am Wochenende«, sagte Meirik. Er reichte ihm die Hand.

Eine merkwürdige Geste, dachte Harry, und das schien in diesem Moment auch Meirik aufgefallen zu sein, denn er sah plötzlich ganz verlegen aus. Doch jetzt war es zu spät, die Hand hing hilflos, mit gespreizten Fingern zwischen ihnen, und Harry drückte sie hastig, um die peinliche Situation hinter sich zu bringen.

Als Harry bei Linda an der Anmeldung vorbeikam, rief sie, dass ein Fax in seinem Postfach liege. Er nahm es mit. Es war Halvorsens Liste. Er ließ seine Augen über die Namen gleiten, während er über den Flur trabte und sich fragte, welchem Teil von ihm es wohl gut tun würde, sechs Monate mit Neonazis in einem Nest in Südschweden zu verbringen. Sicher nicht dem Teil, der nüchtern zu bleiben versuchte. Auch nicht dem Teil, der auf Rakels Antwort wegen des Essens wartete, und ganz sicher nicht dem Teil, der Ellens Mörder finden wollte. Er blieb wie angewurzelt stehen.

Der letzte Name …

Es war nicht überraschend, dass alte Bekannte auf der Liste auftauchten, doch das war etwas anderes. Das war das Geräusch, wenn er seine 38er Smith & Wesson reinigte und die Teile wieder zusammensetzte. Das glatte Klicken, das ihm verriet, dass alles stimmte.

Im Laufe von Sekunden war er in seinem Büro und rief Halvorsen an. Der notierte sich seine Fragen und versprach zurückzurufen, sobald er etwas hätte.

Harry lehnte sich zurück. Er konnte sein Herz schlagen hören. Es war gewöhnlich nicht seine Stärke, Bruchstücke von Informationen zusammenzusetzen, die anscheinend nichts miteinander zu tun hatten. Vielleicht hatte er gerade eine Inspiration. Als Halvorsen eine Viertelstunde später anrief, kam es Harry vor, als hätte er Stunden gewartet.

»Es stimmt«, sagte Halvorsen. »Einer der Stiefelabdrücke, den die Spurensicherung am Tatort gefunden hat, stammt von Springerstiefeln, Marke Combat-Boots, Größe fünfundvierzig. Sie konnten die Marke bestimmen, weil die Stiefel noch fast neu waren.«

»Und wissen Sie, wer Combat-Boots trägt?«

»O ja, die sind Nato-zertifiziert. Eine ganze Reihe Angehöriger des Militärs in Steinkjer haben da immer Sonderbestellungen aufgegeben. Und ich weiß auch, dass die bei diesen englischen Fußballrowdys beliebt sind.«

»Richtig. Skinheads. Bootboys. Neonazis. Haben Sie irgendwelche Fotos gefunden?«

»Vier Stück. Zwei von der Aker Kulturwerkstatt und zwei von einer Demonstration vor dem alternativen Jugendzentrum ›Blitz‹ aus dem Jahre 1992.«

»Trägt er auf einem davon eine Mütze?«

»Ja, auf denen von der Kulturwerkstatt.«

»Ein Combat-Mütze?«

»Lassen Sie mich nachsehen.«

Harry hörte Halvorsens Atem im Hörer. Harry schickte ein stilles Gebet zum Himmel.

»Sieht aus wie ein Béret«, sagte Halvorsen.

»Sind Sie sicher?«, sagte Harry, ohne seine Enttäuschung zu verbergen.

Halvorsen war sicher genug und Harry fluchte laut.

»Aber die Stiefel können uns vielleicht weiterhelfen?«, meinte Halvorsen vorsichtig.

»Der Mörder hat die Stiefel doch bestimmt weggeworfen, sonst wäre er ein Idiot. Und dass er daran gedacht hat, die Spuren im tiefen Schnee zu verwischen, deutet nicht gerade darauf hin.«

Harry zählte seine Knöpfe ab. Wieder hatte er dieses Gefühl, diese plötzliche Sicherheit zu wissen, wer der Täter war, und er war sich im Klaren darüber, dass das gefährlich war. Gefährlich, weil es den Zweifel verjagte, die leisen Stimmen, die einen an die Widersprüche erinnerten, dass das Bild eben doch noch nicht ganz perfekt war. Zweifel sind wie kaltes Wasser, und man will kein kaltes Wasser, wenn man im Begriff ist, einen Mörder zu fangen. Doch Harry war früher schon einmal sicher gewesen – und hatte sich geirrt.

»Die Kommandeure in Steinkjer haben die Combat-Boots direkt in den USA bestellt, es kann also nicht so viele Läden geben, wo man sie hier kaufen kann. Und wenn diese Stiefel fast neu waren …«, sagte Halvorsen.

Harry folgte seinem Gedankengang sofort.

»Gut! Finden Sie heraus, wer die verkauft, und fangen Sie mit diesen Militärshops an. Anschließend machen Sie die Runde mit den Bildern und fragen, ob jemand diesem Typen in der letzten Zeit solche Schuhe verkauft hat.«

»Harry … äh …«

»Ja, ich weiß, ich werde das mit Møller zuerst regeln.«

Harry wusste, dass die Chancen, einen Verkäufer zu finden, der sich an alle Kunden erinnerte, denen er Schuhe verkauft hatte, minimal waren. Die Chancen waren aber vielleicht besser, wenn die Kunden eine Sieg-Heil-Tätowierung im Nacken hatten. Wie auch immer – Halvorsen durfte ruhig lernen, dass neunundneunzig Prozent einer Mordermittlung darin bestanden, am falschen Ort zu suchen. Harry legte auf und rief Møller an. Der Dezernatsleiter hörte sich seine Argumente an. Als Harry fertig war, räusperte sich Møller und sagte:

»Es ist schön zu hören, dass Tom Waaler und du endlich einmal gleicher Meinung seid.«

»Was?«

»Er hat mich vor einer halben Stunde angerufen und ungefähr das Gleiche gesagt wie du jetzt, Harry. Ich habe ihm die Erlaubnis erteilt, Sverre Olsen zum Verhör zu holen.«

»Wahnsinn.«

»Nicht wahr?«

Harry wusste nicht recht, was er sagen sollte. Als Møller fragte, ob er noch *mehr* auf dem Herzen hätte, murmelte Harry nur »Danke« und »Wiederhören« und legte auf. Er starrte aus dem Fenster. Die Rushhour in der Schweigaardsgate hatte gerade erst begonnen. Er suchte sich einen Mann mit einem grauen Mantel und einem altmodischen Hut aus und folgte ihm mit den Augen, bis er außer Sichtweite war. Harry spürte, dass sein Puls jetzt fast wieder ruhig war. Klippan. Er hatte das fast vergessen, doch jetzt kam es wie ein lähmender Kater zurück. Er fragte sich, ob er Rakels interne Nummer wählen sollte, schob den Gedanken aber schnell wieder von sich.

Da geschah etwas Merkwürdiges.

Eine Bewegung am Rand seines Blickfeldes lenkte seine Aufmerksamkeit automatisch auf etwas außerhalb des Fensters. Er erkannte zuerst nicht, was es war, nur dass es sich mit hoher Geschwindigkeit näherte. Er öffnete seinen Mund, doch das Wort oder der Schrei oder was immer es war, was sein Hirn formulieren wollte, kam niemals über seine Lippen. Ein weiches Knallen war zu hören, die Scheibe vibrierte leicht, und Harry saß da und starrte auf einen feuchten Fleck, an dem eine graue Feder hing und im Frühlingswind zitterte. Er blieb noch einen Moment sitzen. Dann nahm er seine Jacke und rannte zum Aufzug.

Krokliveien, Bjerke, 2. Mai 2000

63 Sverre Olsen drehte das Radio lauter. Er blätterte langsam durch die neueste Frauenzeitschrift seiner Mutter und hörte den Nachrichtensprecher über die Drohbriefe reden, die die Leiter des Gewerkschaftsbundes erhalten hatten. Es tropfte unaufhörlich aus dem Loch in der Dachrinne vor dem Wohnzimmerfenster. Er lachte. Das hörte sich an wie eine Glanzleistung von Roy Kvinset. Hoffentlich hatte er dieses Mal weniger Schreibfehler gemacht.

Er sah auf die Uhr. Das würde am Nachmittag sicher das Gesprächsthema in Herbert's Pizza sein. Er war vollkommen blank, aber er hatte in dieser Woche den alten Wilfa-Staubsauger repariert und vielleicht würde ihm die Mutter ja einen Hunderter leihen. Scheiß-Prinz! Vor vierzehn Tagen hatte er das letzte Mal beteuert, Sverre würde sein Geld »in ein paar Tagen« bekommen. Inzwischen begannen schon einige der Leute, denen Sverre selbst Geld schuldete, einen unangenehm drohenden Tonfall anzuschlagen. Und das Schlimmste von allem: Sein Tisch in Herbert's Pizza war von anderen übernommen worden. Die Sache in Dennis Kebab lag mittlerweile lange zurück.

Wenn er bei Herbert's saß, hatte er in der letzten Zeit immer stärker den Wunsch, aufzustehen und herauszuschreien, dass er diese Bullentussi in Grünerløkke platt gemacht hatte. Dass das Blut beim letzten Schlag nur so gespritzt hatte und dass sie mit einem Schrei auf den Lippen gestorben war. Er brauchte ja nicht zu sagen, dass er keine Ahnung davon gehabt hatte, dass sie eine Polizistin war. Oder dass er bei all dem Blut beinahe hätte kotzen müssen.

Scheiß-Prinz, der hatte doch die ganze Zeit gewusst, dass sie eine Polizistin war!

Sverre hatte sich diese Vierzigtausend verdient, da sollte keiner etwas anderes behaupten. Doch was konnte er tun? Nach allem, was geschehen war, hatte ihm der Prinz verboten, ihn anzurufen. Eine Verhaltensmaßregel, hatte er gesagt, bis der größte Aufruhr vorüber wäre.

Die Scharniere der Gartentür kreischten. Sverre stand auf, schaltete das Radio aus und hastete in den Flur. Als er die Treppe hinaufging, hörte er Mutters Schritte draußen auf dem Kies. Dann war er in seinem eigenen Zimmer und hörte ihre Schlüssel in der Tür. Während sie dort unten herumhantierte, stand er mitten in seinem Zimmer und betrachtete sich im Spiegel. Er fuhr sich mit der Hand über den Schädel und spürte, wie die millimeterlangen Haarstoppeln seine Finger bürsteten. Er hatte sich entschlossen. Auch wenn er die Vierzigtausend bekam, würde er sich einen Job suchen. Er war es verdammt leid, hier zu Hause herumzuhängen, und – wenn er die Wahrheit sagen sollte – er war auch die »Kameraden« bei Herbert's leid. Er war es leid, Leuten hinterherzurennen, die doch nichts zustande brachten. Schließlich hatte er die Starkstromleitung in der Berufsschule repariert; alles, was mit Strom zu tun hatte, lag ihm, und viele Elektriker suchten doch Lehrlinge oder Handlanger. In ein paar Wochen würden seine Haare lang genug sein, so dass man die Sieg-Heil-Tätowierung an seinem Hinterkopf nicht mehr sah.

Haare, ja. Plötzlich fiel ihm wieder der Anruf ein, den er heute Nacht bekommen hatte. Der Polizist mit diesem Trondheimer Dialekt, der ihn gefragt hatte, ob er rote Haare hätte! Als Sverre heute Morgen aufgewacht war, hatte er das für einen Traum gehalten, bis seine Mutter ihn beim Frühstück fragte, was das für Leute seien, die um vier Uhr in der Nacht anriefen.

Sverre riss seinen Blick vom Spiegel los und sah sich im Zimmer um. Das Bild vom Führer, die Konzertposter, die Hakenkreuzflagge, die Eisernen Kreuze und das Blood & Honour-Plakat, eine Nachbildung von Joseph Goebbels' alten Propagandaplakaten. Zum ersten Mal empfand er diesen Raum als das Zimmer eines Jugendlichen. Wenn man das Banner durch einen Schal von Manchester United austauschte und das Bild von Heinrich Himmler durch David Beckham ersetzte, hätte man glauben können, ein Vierzehnjähriger wohne hier.

»Sverre!« Das war Mutter.

Er schloss die Augen.

»Sverre!«

Es verschwand nicht, es verschwand nie.

»Ja!«, schrie er so laut, dass sein ganzer Kopf vibrierte.

»Hier ist jemand, der mit dir sprechen will!«

Hier? Mit ihm? Sverre riss die Augen wieder auf und starrte entgeistert in den Spiegel. Wer kam denn hierher? Es wusste doch keiner, dass er hier wohnte. Sein Herz begann zu hämmern. Konnte das wieder dieser Trondheimer Polizist sein?

Er wollte zur Tür gehen, als sich diese öffnete.

»Guten Tag, Olsen.«

Die niedrige Frühlingssonne strahlte ihm durch das Fenster im Treppenhaus entgegen, so dass er nur die Silhouette des Mannes wahrnahm, der in der Türöffnung stand. Doch er hörte sehr genau, wer das war.

»Freust du dich nicht, mich zu sehen?«, fragte der Prinz und schloss die Tür hinter sich. Neugierig sah er sich um. »Ein interessantes Zimmer hast du hier.«

»Wieso hat sie Sie …«

»Ich hab deiner Mutter das hier gezeigt.« Der Prinz wedelte mit einem Ausweis herum, auf dem ein goldenes Reichswappen auf hellblauem Grund prangte. POLIZEI stand auf der anderen Seite.

»Verflucht«, sagte Sverre und schluckte. »Ist der echt?«

»Wer weiß? Beruhig dich, Olsen. Setz dich.«

Der Prinz deutete auf das Bett und setzte sich selbst auf den Schreibtischstuhl.

»Was machen Sie hier?«, fragte Sverre.

»Was glaubst du?« Er lächelte Sverre breit an, der sich auf den äußersten Rand des Bettes gesetzt hatte. »Die Stunde der Abrechnung, Olsen.«

»Die Stunde der Abrechnung?«

Sverre hatte sich noch nicht wieder gesammelt. Woher wusste der Prinz, dass er hier wohnte? Und dieser Polizeiausweis. Als Sverre ihn ansah, wurde ihm plötzlich klar, dass der Prinz wirklich Polizist sein konnte: der gerade Scheitel, die kalten Augen, das solariumgebräunte Gesicht, der trainierte Oberkörper, die kurze Jacke aus weichem schwarzem Leder und die blauen Jeans. Merkwürdig, dass ihm das nicht schon früher aufgefallen war.

»Ja«, sagte der Prinz noch immer lächelnd. »Die Stunde der Abrechnung ist gekommen.«

Er zog einen Umschlag aus der Innentasche seiner Jacke und reichte ihn Sverre.

»Endlich«, erwiderte Sverre mit kurzem, nervösem Grinsen und schob seine Finger in den Umschlag. »Was ist das?«, fragte er und zog ein zusammengefaltetes DIN-A-4-Blatt heraus.

»Das ist eine Liste mit den acht Personen, die das Dezernat für Gewaltverbrechen bald besuchen wird. Sie werden sicher Blutproben nehmen und diese zur DNA-Analyse einschicken, um zu überprüfen, ob sie mit den Hautresten übereinstimmen, die sie an der Mütze gefunden haben, die in der Nähe des Tatorts lag.«

»Meine Mütze? Sie haben doch gesagt, Sie hätten sie in Ihrem Auto gefunden und dann verbrannt.«

Sverre starrte den Prinzen entsetzt an, der bedauernd den Kopf schüttelte.

»Ich bin wohl doch zum Tatort zurückgegangen. Dort stand ein junges entsetztes Pärchen und wartete auf die Polizei. Ich muss die Mütze nur wenige Meter neben der Leiche ›verloren‹ haben.«

Sverre fuhr sich mit beiden Händen mehrmals über den Kopf.

»Du siehst verwirrt aus, Olsen.«

Sverre nickte und versuchte zu lächeln, doch seine Mundwinkel wollten irgendwie nicht gehorchen.

»Möchtest du, dass ich es dir erkläre?«

Sverre nickte wieder.

»Wenn ein Polizeibeamter ermordet wird, hat die Sache erste Priorität, bis der Mörder gefunden ist – egal, wie lange es dauert. Das steht so in keiner Verordnung, aber es werden keine Fragen nach dem Aufwand gestellt, wenn das Opfer aus den eigenen Reihen ist. Das ist das Problem, wenn man Polizisten tötet – die Nachforschungen werden einfach nicht eingestellt, bis man ...«

Er zeigte auf Sverre.

»... den Schuldigen hat. Es ist nur eine Frage der Zeit. Und so habe ich mir erlaubt, die Nachforschungen ein wenig zu beschleunigen, damit wir nicht so lange warten müssen.«

»Aber ...«

»Wahrscheinlich fragst du dich jetzt, warum ich der Polizei geholfen habe, dich zu finden, wo es doch mehr als wahrscheinlich ist, dass du mich verrätst, um deine eigene Strafe zu reduzieren.«

Sverre schluckte. Er versuchte nachzudenken, doch es verknotete sich alles in seinem Kopf.

»Ich begreife ja, dass diese Nuss schwer zu knacken ist«, sagte der Prinz und fuhr mit den Fingern über die Imitation des Eisernen Kreuzes, das an einer Kette an einem Nagel an der Wand hing. »Ich hätte dich natürlich direkt nach dem Mord erschießen können. Doch dann hätte die Polizei verstanden, dass es irgendwelche Hintermänner gibt, die ihre Spuren verwischen wollten, und die Suche fortgesetzt.«

Er nahm die Kette von der Wand und hängte sie sich um den Hals.

»Eine andere Alternative war es, die Sache schnell auf eigene Faust ›zu lösen‹, das heißt, dich bei der Festnahme zu erschießen und alles so zu arrangieren, dass es so aussieht, als hättest du Widerstand geleistet. Das Problem daran war, dass es verdächtig gut aussieht, wenn einer alleine einen solchen Fall löst. Jemand könnte beginnen, Fragen zu stellen, zumal ich derjenige war, der mit Ellen Gjelten zuletzt zusammen war.«

Er hielt inne und lachte.

»Mach nicht so ein ängstliches Gesicht, Olsen! Ich sage doch, dass ich diese Alternative verworfen habe. Ich habe mich im Hintergrund gehalten, mich aber ständig informiert und zugesehen, wie sie dich eingekreist haben. Es war die ganze Zeit über mein Plan einzuspringen, wenn sie dir nah genug gekommen wären, und den Staffelstab auf der letzten Etappe selbst zu übernehmen. Es war übrigens ein Alkoholiker, der jetzt beim PÜD arbeitet, der auf deine Spur gekommen ist.«

»Sind … sind Sie Polizist?«

»Steht mir das?« Der Prinz deutete auf das Eisenkreuz. »Scheiß drauf, ich bin ein Soldat wie du, Olsen. Ein Schiff muss dichte Schotten haben, sonst wird es beim geringsten Leck sinken. Du weißt, was es bedeuten würde, wenn ich dir jetzt meine Identität preisgeben würde!«

Sverres Mund und Hals waren so trocken geworden, dass er nicht mehr zu schlucken vermochte. Er hatte Angst. Todesangst.

»Das würde bedeuten, dass ich dich nicht lebendig aus diesem Zimmer spazieren lassen dürfte. Verstehst du?«

»Ja.« Sverres Stimme war heiser. »M-mein Geld ...«

Der Prinz schob eine Hand in seine Lederjacke und zog eine Pistole heraus.

»Sitz still!«

Er ging zum Bett hinüber, setzte sich neben Sverre und zielte mit der Pistole auf die Tür, wobei er sie mit beiden Händen festhielt.

»Das ist eine Gluck-Pistole, die sicherste Handfeuerwaffe der Welt. Die habe ich gestern aus Deutschland bekommen. Die Fabrikationsnummer ist weggefeilt worden. Auf der Straße zahlt man dafür rund achttausend Kronen. Betrachte sie als erste Rate.«

Sverre zuckte zusammen, als es knallte. Er starrte mit aufgerissenen Augen auf das kleine Loch oben in der Tür. Der Staub tanzte in dem Sonnenlicht, das wie ein Laserstrahl durch das Loch ins Zimmer fiel.

»Nimm sie mal in die Hand«, sagte der Prinz und ließ ihm die Pistole in den Schoß fallen. Dann stand er auf und ging zur Tür. »Halt sie gut fest. Perfekt ausbalanciert, nicht wahr?«

Willenlos legte Sverre seine Finger um den Griff der Waffe. Er spürte den Schweiß unter seinem T-Shirt. *Im Dach ist ein Loch.* Nur daran konnte er denken. Dass die Kugel noch ein Loch gemacht hatte und dass sie noch immer keinen Dachdecker hier gehabt hatten. Dann kam das, worauf er gewartet hatte. Er schloss die Augen.

»Sverre!«

Sie hörte sich an, als würde sie ertrinken. Er umklammerte die Pistole. Sie hörte sich immer so an, als würde sie ertrinken. Dann öffnete er wieder die Augen und sah, wie sich der Prinz langsam wie in Zeitlupe vor der Tür umdrehte und seine Arme nach oben schwangen. In den Händen hielt er eine blanke schwarze Smith & Wesson.

»Sverre!«

Eine gelbe Stichflamme schoss aus der Mündung. Er sah, wie sie unten auf der Treppe stand. Dann traf ihn die Kugel, drang durch seine Stirn, schoss durch den Hinterkopf wieder hinaus, riss die Sieg-Heil-Tätowierung mit, schlug durch die Holzvertäfelung und das Isoliermaterial, ehe sie in der Rückseite der Eternitplatten an der Außenwand des Hauses stecken blieb. Doch da war Sverre Olsen bereits tot.

64 Harry hatte sich von einem Beamten der Spurensicherung einen Becher Kaffee geschnorrt. Jetzt stand er auf der Straße vor dem kleinen hässlichen Haus im Krokliveien im Stadtteil Bjerke und beobachtete einen jungen Beamten, der auf einer Leiter an der Hauswand stand, um das Loch im Dach anzuzeigen, das die Kugel gerissen hatte. Schaulustige standen bereits herum. Zur Sicherheit hatte man die gelben Absperrbänder um das ganze Haus herum gezogen. Der Mann auf der Leiter badete in der Nachmittagssonne, doch das Haus lag in einer Geländesenke und dort, wo Harry stand, war es bereits kalt geworden.

»Und als du gekommen bist, war das gerade erst geschehen?«, hörte Harry eine Stimme hinter sich. Er drehte sich um. Es war Bjarne Møller. Er tauchte immer seltener an den Tatorten auf, doch Harry hatte von einigen gehört, dass Møller ein guter Ermittler gewesen sei. Manch einer hatte auch angedeutet, dass es vielleicht besser gewesen wäre, wenn man ihm diesen Job gelassen hätte. Harry streckte ihm fragend seinen Kaffeebecher entgegen, doch Møller schüttelte den Kopf.

»Ja, ich war wohl so vier, fünf Minuten später hier«, sagte Harry.

»Woher weißt du das?«

»Von der Alarmzentrale. Sie sagten, du hättest angerufen und um Verstärkung gebeten, als Waaler gerade erst die Schießerei gemeldet hatte.«

Harry nickte in Richtung des roten Sportwagens, der vor dem Tor parkte.

»Als ich herkam, sah ich Waalers Japaner. Ich wusste, dass er hierher gefahren war. Das war also in Ordnung. Doch als ich aus meinem Wagen stieg, hörte ich ein seltsames Heulen. Zuerst dachte ich, das sei irgendein Hund in der Nachbarschaft, aber als ich über den Kiesweg ging, erkannte ich, dass das Heulen aus dem Haus kam und dass es kein Hund, sondern ein Mensch sein musste. Ich wollte kein Risiko eingehen und hab gleich die Polizei in Økern alarmiert.«

»Es war die Mutter?«

Harry nickte. »Sie war vollkommen hysterisch. Es dauerte fast eine halbe Stunde, bis sie sie so weit beruhigt hatten, dass sie wieder vernünftig reden konnte. Weber sitzt drinnen in der Stube und redet mit ihr.«

»Der alte, sensible Weber?«

»Weber ist in Ordnung. Auf der Arbeit ist er ein Griesgram, doch in solchen Situationen versteht er es wirklich, mit den Menschen umzugehen.«

»Ich weiß, ich mach nur Witze. Wie kommt Waaler damit zurecht?«

Harry zuckte mit den Schultern.

»Ich verstehe«, sagte Møller. »Das ist ein kalter Fisch. Ist aber gut so. Sollen wir reingehen und uns die Sache mal ansehen?«

»Ich war schon drinnen.«

»Gut, dann mach eine Führung für mich.«

Sie bahnten sich einen Weg in die zweite Etage, während Møller zahlreiche Kollegen grüßte, die er lange nicht gesehen hatte.

Das Zimmer war von weiß gekleideten Spezialisten der Spurensicherung bevölkert. Blitzlichter leuchteten auf. Auf das Bett war schwarze Plastikfolie gelegt worden, auf die sie einen Umriss gezeichnet hatten.

Møller ließ seinen Blick über die Wände schweifen. »Herr Jesus«, murmelte er.

»Sverre Olsen hat nicht für die Arbeiterpartei gestimmt«, sagte Harry.

»Fass nichts an, Bjarne«, rief einer der leitenden Beamten der Spurensicherung. »Du weißt, wie es das letzte Mal ausgegangen ist.«

Das schien Møller zu wissen, auf jeden Fall lachte er freundlich mit.

»Sverre Olsen saß auf dem Bett dort, als Waaler hereinkam«, sagte Harry. »Laut Waaler stand er selbst hier bei der Tür und fragte Olsen, wo er in der Nacht gewesen sei, in der Ellen ermordet worden ist. Olsen habe so getan, als erinnere er sich nicht an das Datum, und so habe er weitergefragt, bis schließlich klar gewesen sei, dass Olsen kein Alibi hatte. Laut Waaler habe er Olsen gebeten, ihn ins Präsidium zu begleiten, um dort seine Aussage aufzunehmen, als dieser plötzlich zur Waffe gegriffen habe, die wohl unter dem Kopfkissen gelegen haben muss. Er habe abgedrückt und die Kugel sei direkt über Waalers Schulter durch die Tür geschlagen – hier ist das Loch – und dann weiter durch das Dach nach draußen. Laut Waaler habe er dann seine Dienstwaffe gezogen und geschossen, ehe Olsen einen weiteren Schuss hätte abgeben können.«

»Schnell reagiert. Und, wie ich gehört habe, auch gut getroffen.«

»Direkt in die Stirn«, sagte Harry.

»Nicht so erstaunlich, vielleicht. Waaler hatte beim Schießtraining im letzten Herbst die besten Resultate.«

»Du vergisst meine Ergebnisse«, gab Harry trocken zu bedenken.

»Wie sieht's aus, Ronald?«, rief Møller dem in Weiß gekleideten Leiter der Spurensicherung zu.

»Klare Sache, würde ich meinen.« Der Beamte stand auf und streckte seinen Rücken mit einem Stöhnen. »Die Kugel, die Olsen getötet hat, haben wir hier hinter der Eternitplatte gefunden. Diejenige, die durch die Tür ging, hat auch noch das Dach durchschlagen. Wir werden sehen, ob wir sie finden, damit die Jungs von der Ballistik-Abteilung morgen auch noch ihren Spaß kriegen. Die Schusswinkel stimmen auf jeden Fall.«

»Hm. Danke.«

»Keine Ursache, Bjarne. Wie geht's übrigens deiner Frau?«

Møller berichtete, wie es seiner Frau ging, unterließ aber die Rückfrage. Nach allem, was Harry wusste, war der Beamte der Spurensicherung auch gar nicht mehr verheiratet. Im letzten Jahr waren vier Männer dieser Abteilung im gleichen Monat geschieden worden.

Draußen vor dem Haus sahen sie Weber. Er stand abseits mit einem Becher Kaffee und beobachtete den Mann auf der Leiter.

»Ist alles gut gegangen, Weber?«, fragte Harry.

Weber blinzelte ihnen entgegen, als müsse er erst in sich hineinfühlen, ob er zu einer Antwort in der Lage war.

»Mit ihr werden wir kein Poblem haben«, antwortete er und sah wieder zu dem Leitermann hinauf. »Natürlich hat sie gesagt, dass sie das nicht verstehen könne, dass ihr Sohn kein Blut sehen konnte und so weiter, doch wir werden keine Schwierigkeiten bekommen, was die Fakten angeht, die hier geschehen sind.«

»Hm.« Møller legte eine Hand auf Harrys Ellenbogen. »Lass uns ein paar Schritte machen.«

Sie schlenderten über die Straße. Es war ein Wohngebiet mit kleinen Häusern, kleinen Gärten und ein paar größeren Wohnblöcken im Hintergrund. Ein paar Kinder strampelten, angelockt von den Polizeisirenen, mit hochroten Gesichtern auf ihren Fahrrädern an ihnen vorbei. Møller wartete, bis sie außer Hörweite der anderen waren.

»Du scheinst nicht sonderlich froh darüber zu sein, dass wir Ellens Mörder geschnappt haben«, sagte er.

»Froh … Erst mal wissen wir noch nicht, ob es wirklich Sverre Olsen gewesen ist. Die DNA-Analyse …«

»Die DNA-Analyse wird beweisen, dass er es war. Was ist los, Harry?«

»Nichts, Chef.«

Møller blieb stehen. »Wirklich?«

»Wirklich.«

Møller nickte zurück in Richtung Haus.

»Meinst du, Olsen ist mit so einer schnellen Kugel zu billig davongekommen?«

»Ich hab doch gesagt, es ist nichts!«, sagte Harry plötzlich deutlich lauter.

»Jetzt spuck's schon aus!«, brüllte Møller.

»Ich finde das Ganze nur verdammt merkwürdig!«

Møller runzelte seine Stirn. »Was ist merkwürdig?«

»Ein erfahrener Polizist wie Waaler.« Harry hatte seine Stimme gedämpft und sprach langsam, wobei er jedes Wort betonte. »Dass er sich entscheidet, alleine mit einem Mordverdächtigen zu reden oder diesen eventuell sogar festzunehmen – das widerspricht allen geschriebenen und ungeschriebenen Regeln.«

»Und was willst du damit sagen? Dass Tom Waaler das provoziert hat? Glaubst du, er hat Olsen dazu gebracht, seine Waffe zu ziehen, damit er Ellen rächen kann, willst du das damit sagen? Hast du deshalb da oben in der zweiten Etage immer ›laut Waaler ist dies‹ und ›laut Waaler ist das geschehen‹ gesagt, als würden wir bei der Polizei den Worten eines Kollegen nicht trauen? Während die halbe Spurensicherung zuhört!«

Sie starrten einander an. Møller war fast genauso groß wie Harry.

»Ich sage bloß, dass das verdammt merkwürdig ist«, sagte Harry und wendete sich ab. »Das ist alles.«

»Das reicht, Harry! Ich weiß nicht, warum du Waaler hierher gefolgt bist, ob du einen Verdacht hattest, dass so etwas geschehen könnte, aber ich will nichts mehr davon hören. Ich will überhaupt keine Andeutung mehr von dir hören, ist das klar?«

Harry betrachtete das gelbe Haus der Familie Olsen. Es war kleiner und hatte keine so hohe Hecke wie die anderen Häuser an der nachmittäglich ruhigen Wohnstraße. Die Hecken der anderen ließen das hässliche eternitverkleidete Haus schutzlos aussehen. Irgendwie ausgeschlossen von den Nachbarhäusern. Es roch nach angebratenem Fleisch und die entfernte metallische Stimme des Sprechers der Trabrennbahn in Bjerke kam und ging mit dem Wind.

Harry zuckte mit den Schultern.

»Sorry. Ich ... du weißt.«

Møller legte ihm seine Hand auf die Schulter.

»Sie war die Beste, ich weiß, Harry.«

Schrøder's Restaurant, 2. Mai 2000

65 Der alte Mann las in der *Aftenposten*. Er hatte sich in die Wetttipps für das Trabrennen vertieft, als er die Bedienung an seinem Tisch bemerkte.

»Hei«, sagte sie und stellte das Halbliterglas Bier vor ihm auf den Tisch. Wie gewöhnlich gab er keine Antwort, sondern sah sie bloß an und zählte ihr das Kleingeld hin. Ihr Alter war unbestimmbar, doch er schätzte irgendetwas zwischen fünfunddreißig und vierzig. Und sie sah aus, als wäre ihr Leben ebenso hart gewesen wie das der Kundschaft, die sie bediente. Aber sie hatte ein freundliches Lächeln. Vertrug wohl einiges. Sie verschwand und er nahm den ersten Schluck Bier, während sein Blick durch das Lokal wanderte.

Er sah auf die Uhr. Dann stand er auf, ging zum Münztelefon hinten im Lokal, warf drei Kronen ein, wählte die Nummer und wartete. Nach drei Rufzeichen wurde der Hörer abgenommen und er hörte ihre Stimme.

»Juul.«

»Signe?«

»Ja.«

Er hörte ihrer Stimme an, dass sie bereits Angst hatte und wusste, wer am Apparat war. Es war das sechste Mal, vielleicht hatte sie das Muster erkannt und wusste, dass er heute anrufen würde?

»Hier ist Daniel«, sagte er.

»Wer ist da? Was wollen Sie?« Ihr Atem ging rasch.

»Sagte ich doch, hier ist Daniel. Ich will nur, dass du wiederholst, was du damals gesagt hast. Weißt du noch?«

»Hören Sie bitte auf damit. Daniel ist tot.«

»Bis in den Tod, Signe. Nicht bis zum Tod, sondern bis in den Tod.«

»Ich ruf die Polizei.«

Er legte auf. Dann zog er Hut und Mantel an und ging langsam in das Sonnenlicht hinaus. Auf dem Sankthanshaugen hatten die Pflanzen bereits die ersten Knospen getrieben. Jetzt würde es nicht mehr lange dauern.

Im Restaurant, 5. Mai 2000

66 Rakels Lachen durchdrang das gleichmäßige Summen der Stimmen, das Klirren der Bestecke und das Geräusch der Kellner, die durch das voll besetzte Restaurant eilten.

»… ich hatte fast Angst, als ich sah, dass ich eine Nachricht auf dem Anrufbeantworter hatte«, sagte Harry. »Du weißt, dieses kleine blinkende Auge. Und dann deine Kommandostimme in meinem Wohnzimmer.«

Er versuchte, tiefer zu sprechen:

»*Hier ist Rakel. Essen, Freitagabend um acht. Denk an den Anzug und das Portemonnaie!* Du hast Helge zu Tode erschreckt. Ich musste ihm zwei Hirsekolben geben, ehe er sich wieder beruhigte.«

»So hab ich das sicher nicht gesagt!«, protestierte sie zwischen zwei Lachern.

»Aber so ähnlich.«

»Nein! Und außerdem ist das deine Schuld, bei dem Text, den du auf dem Anrufbeantworter hast.«

Auch sie versuchte ihre Stimme zu verstellen: »*Hole. Hinterlassen Sie mir eine Nachricht.* Das ist einfach so, so … «

»Gefühllos?«

»Genau!«

Es war ein perfektes Essen, ein perfekter Abend, und jetzt ist die Zeit gekommen, alles kaputtzumachen, dachte Harry.

»Meirik hat mich für einen Spionageauftrag nach Schweden beordert«, verkündete er und fingerte an seinem Wasserglas herum. »Sechs Monate. Ich soll am Wochenende aufbrechen.«

»Oh.«

Er war überrascht, keine Reaktion in ihrem Gesicht erkennen zu können.

»Ich hab heute schon Søs und meinen Vater angerufen und ihnen Bescheid gesagt«, fuhr er fort. »Mein Vater hat geredet. Er hat mir sogar Glück gewünscht.«

»Das ist schön.« Sie lächelte kurz und hatte es eilig, die Dessertkarte zu studieren.

»Oleg wird dich vermissen«, sagte sie leise.

Er sah sie an, konnte ihren Blick aber nicht einfangen.

»Und du?«, fragte er.

»Hier gibt es Bananensplit à la Szechuan«, sagte sie.

»Bestell gleich zwei.«

»Ich werde dich auch vermissen«, murmelte sie und ließ ihren Blick auf die nächste Seite schweifen.

»Wie sehr denn?«

Sie zuckte mit den Schultern.

Er wiederholte die Frage. Und sah, dass sie Luft holte, etwas sagen wollte, dann jedoch wieder ausatmete und aufs Neue Luft holte. Schließlich kam es.

»Tut mir Leid, Harry, aber zurzeit ist in meinem Leben nur Platz für einen Mann. Einen kleinen Mann im Alter von sechs Jahren.«

Es fühlte sich an wie ein Eimer Eiswasser auf dem Kopf.

»Los«, sagte Harry. »Ich kann mich doch nicht *so* täuschen.«

Sie sah mit fragendem Blick von der Speisekarte auf.

»Du und ich«, sagte Harry und beugte sich über den Tisch. »Hier heute Abend. Wir flirten miteinander. Wir haben Spaß. Aber wir wollen doch mehr als das. *Du* willst mehr als das.«

»Vielleicht.«

»Nicht vielleicht. Ganz sicher. Du willst alles.«

»Und dann?«

»*Und dann?* Du musst mir sagen, was *dann* kommt, Rakel. Ich fahre in ein paar Tagen in ein Nest nach Südschweden. Ich bin kein verwöhnter Mann, ich will nur wissen, ob es etwas gibt, zu dem ich im Herbst zurückkehren kann.«

Ihre Augen begegneten sich, und dieses Mal gelang es ihm, ihren Blick festzuhalten. Lange. Schließlich legte sie die Speisekarte beiseite.

»Tut mir Leid. Ich wollte das nicht so. Ich weiß, dass sich das merkwürdig anhört, aber … die Alternative geht nicht.«

»Welche Alternative?«

»Zu tun, wozu ich Lust habe. Dich mit nach Hause zu nehmen, dich auszuziehen und die ganze Nacht zu lieben.«

Sie flüsterte das Letzte leise und schnell. Als sei es etwas, was sie erst ganz am Schluss sagen wollte, was sie dann aber genau so sagen musste: nackt und direkt.

»Und wie sieht's mit einer anderen Nacht aus?«, fragte Harry. »Oder mehreren Nächten? Wie wäre es mit morgen Nacht und der Nacht danach und nächster Woche und …«

»Hör auf!« Sie hatte eine ärgerliche Falte über der Nasenwurzel. »Versteh mich doch, Harry. Es geht nicht.«

»Na dann.« Harry wippte eine Zigarette aus seinem Päckchen und zündete sie an. Er ließ es zu, dass ihre Hand ihm über Wangen und Mund streichelte. Die vorsichtige Berührung rann wie ein Stoß durch seine Nervenbahnen und ließ einen stummen Schmerz zurück.

»Es hat nichts mit dir zu tun, Harry. Ich dachte eine Zeit lang, dass ich es irgendwann einmal tun könnte. Ich bin alle Argumente durchgegangen. Zwei erwachsene Menschen. Keine anderen Beteiligten. Unverbindlich und einfach. Und ein Mann, auf den ich so viel Lust habe wie seit … Olegs Vater nicht mehr. Deshalb weiß ich, dass es nicht bei diesem einen Mal bleiben würde. Und das … das geht nicht.«

Sie hielt inne.

»Hat es etwas damit zu tun, dass Olegs Vater Alkoholiker war?«, fragte Harry.

»Warum fragst du danach?«

»Ich weiß nicht. Das könnte erklären, warum du dich nicht mit mir einlassen willst. Nicht dass man erst mit einem Alkoholiker zusammen gewesen sein muss, um zu kapieren, dass ich eine schlechte Partie bin, aber …«

Sie legte ihre Hand auf seine Lippen.

»Du bist keine schlechte Partie, Harry. Das ist es nicht.«

»Was dann?«

»Es ist das letzte Mal. Das ist es. Wir werden uns nicht mehr wiedersehen.«

Sie sah ihn lange an. Und er erkannte es jetzt: Was in ihren Augenwinkeln blinkte, das waren keine Tränen des Lachens.

»Und der Rest der Geschichte?«, fragte er und versuchte zu lächeln. »Ist das wie alles im PÜD *on a need-to-know-basis?*«

Sie nickte.

Der Kellner kam zu ihrem Tisch herüber, musste aber begriffen haben, dass er ein schlechtes Timing hatte, und verschwand wieder.

Sie öffnete den Mund, wollte etwas sagen. Harry sah, dass sie den Tränen nahe war. Sie biss sich auf die Unterlippe. Dann legte sie die Serviette vor sich auf den Tisch, schob den Stuhl zurück und stand ohne ein Wort auf und ging. Harry blieb sitzen und starrte die Serviette an. Sie muss sie lange in ihrer Faust zusammengeknüllt haben, dachte er, denn der Stoff war zu einer kleinen Kugel zusammengeballt. Er sah zu, wie sich die Serviette langsam wie eine weiße Papierblume entfaltete.

Halvorsens Wohnung, 6. Mai 2000

67 Als Halvorsen vom Klingeln des Telefons geweckt wurde, zeigten die Leuchtziffern des Digitalweckers 1 Uhr 20.

»Hole – hast du schon geschlafen?«

»Nein«, murmelte Halvorsen, ohne die geringste Ahnung, warum er log.

»Ich denke über ein paar Sachen bezüglich Sverre Olsen nach.«

An dem Atem und dem Verkehrslärm im Hintergrund erkannte er, dass Harry irgendwo draußen umherlief.

»Ich weiß, was du sagen willst«, sagte Halvorsen. »Sverre Olsen kaufte ein Paar Combat-Boots im Top Secret in der Henrik Ibsens

Gate. Sie erkannten ihn auf dem Bild und konnten sich sogar an das Datum erinnern. Es zeigte sich nämlich, dass die von der Kripo da gewesen waren, um sein Alibi in der Hallgrim-Dale-Sache vor Weihnachten zu überprüfen. Aber das habe ich dir doch alles schon ins Büro gefaxt.«

»Ich weiß, da komme ich gerade her.«

»Jetzt? Wolltest du heute Abend nicht essen gehen?«

»Mit dem Essen waren wir schnell fertig.«

»Und dann bist du zur *Arbeit* gegangen?«, fragte Halvorsen ungläubig.

»Ja. Dein Fax hat mich nachdenklich gemacht. Könntest du morgen vielleicht ein paar andere Sachen für mich in Erfahrung bringen?«

Halvorsen stöhnte. Zum einen hatte ihm Bjarne Møller unzweideutig zu verstehen gegeben, dass Harry Hole nichts mehr mit der Ellen-Gjelten-Sache zu tun hatte. Zum anderen war es Samstag und der morgige Tag war frei.

»Bist du noch da, Halvorsen?«

»Ja doch.«

»Ich kann mir schon vorstellen, was Møller gesagt hat. Vergiss es. Jetzt hast du *die* Chance, ein bisschen mehr über die Arbeit als Ermittler zu lernen.«

»Harry, das Problem ist …«

»Halt den Mund und hör mir zu, Halvorsen.«

Halvorsen fluchte innerlich. Und hörte zu.

Vibesgate, 8. Mai 2000

68 Der Duft von frisch gebrühtem Kaffee war bis in den Flur zu riechen, wo Harry seine Jacke an eine überladene Garderobe hängte.

»Danke, dass Sie mich so kurzfristig empfangen konnten, Herr Fauke.«

»Ach was«, brummte Fauke aus der Küche. »Ein alter Mann wie ich ist doch froh, wenn er helfen kann. *Wenn* ich überhaupt helfen kann.«

Er goss Kaffee in große Becher und dann setzten sie sich an den Küchentisch. Harry fuhr mit den Fingerkuppen über die raue Oberfläche des dunklen, schweren Eichentisches.

»Aus der Provence«, sagte Fauke unaufgefordert. »Meine Frau liebte französische Bauernmöbel.«

»Ein schöner Tisch. Ihre Frau hatte einen guten Geschmack.«

Fauke lächelte.

»Sind Sie verheiratet, Herr Hole? Nicht? Und Sie sind es auch nicht gewesen? Sie sollten nicht zu lange warten, wissen Sie. Man wird ein Sonderling, wenn man allein ist.«

Er lachte.

»Ich weiß, wovon ich spreche. Ich war schon über dreißig, als sie und ich heirateten. Damals war das spät. Mai 1955.«

Er deutete auf eines der Bilder, das über dem Küchentisch hing.

»Ist das wirklich Ihre Frau?«, fragte Harry. »Ich dachte, das wäre Rakel.«

»Oh, ja, natürlich«, sagte er, nachdem er Harrys Verwirrung bemerkt hatte. »Ich vergesse immer, dass Sie und Rakel sich aus dem PÜD kennen.«

Sie gingen in die Stube, wo die Papierstapel seit dem letzten Mal angewachsen waren und alle Stühle mit Ausnahme des Schreibtischstuhls belagerten. Fauke räumte ihnen einen Platz am überfüllten Salontisch frei.

»Haben Sie etwas über die Namen herausgefunden, die ich Ihnen gegeben habe?«

Harry gab Fauke ein kurzes Resümee.

»Inzwischen sind noch ein paar Elemente hinzugekommen«, sagte er. »Eine Polizistin ist ermordet worden.«

»Ich habe davon in der Zeitung gelesen.«

»Die Sache scheint aber aufgeklärt zu sein, wir warten nur noch auf die Ergebnisse der DNA-Analyse. Glauben Sie an Zufälle, Fauke?«

»Eigentlich nicht.«

»Ich auch nicht. Deshalb beginne ich, mir Fragen zu stellen, wenn die gleichen Personen in Sachen auftauchen, die anscheinend nichts miteinander zu tun haben. An dem Abend, an dem die Polizistin, Ellen Gjelten, ermordet wurde, hat sie mir folgende Nachricht auf den Anrufbeantworter gesprochen: ›Wir haben ihn jetzt.‹ Sie hatte mir geholfen, nach Personen zu suchen, die in Kontakt mit dem Waffenhändler der Märklin-Waffe in Johannesburg standen. Es muss natürlich keine Verbindung zwischen dieser Person und dem Mörder geben, doch der Gedanke liegt nah. Insbesondere, da sie es sehr eilig gehabt haben muss, mit mir zu sprechen. Und sie hörte sich verdammt aufgeregt an. Das kann bedeuten, dass sie bedroht wurde.«

Harry tippte mit dem Zeigefinger auf den Salontisch.

»Einer der Männer auf Ihrer Liste, Hallgrim Dale, wurde letzten Herbst ermordet. In dem Hauseingang, in dem er gefunden wurde, waren unter anderem Reste von Erbrochenem. Man setzte das nicht unmittelbar mit dem Mord in Verbindung, zumal die Blutgruppe des Erbrochenen nicht mit dem Opfer übereinstimmte; aber auch, weil man die Tat als kaltblütig und professionell einstufte und dieses Bild nicht mit einer Person übereinstimmt, die sich am Tatort erbricht. Aber die Kripo konnte natürlich nicht vollkommen ausschließen, dass es das Erbrochene des Mörders war, und schickte deshalb Speichelproben zur DNA-Analyse. Heute früh hat ein Kollege von mir diese Ergebnisse mit den DNA-Proben der Hautreste verglichen, die wir an der Mütze gefunden haben, die am Tatort des Mordes an der Polizistin lag. Sie sind identisch.«

Harry stoppte und sah den anderen an.

»Ich verstehe«, sagte Fauke. »Sie glauben, es könnte sich um ein und denselben Täter handeln?«

»Nein, das glaube ich nicht. Ich glaube bloß, dass es einen Zusammenhang zwischen den Morden gibt und dass es kein Zufall ist, dass sich Sverre Olsen beide Male in der Nähe befunden hat.«

»Warum kann er nicht beide getötet haben?«

»Er kann das natürlich getan haben, aber es gibt einen wesentlichen Unterschied zwischen den Straftaten, die Sverre Olsen früher begangen hat, und dem Mord an Hallgrim Dale. Haben Sie jemals gesehen, welche Verletzungen ein Baseballschläger einem menschlichen Körper zufügen kann? Das weiche Holz zerschlägt die Knochen und bewirkt, dass innere Organe wie Leber und Niere platzen. Doch die Haut ist oft noch unverletzt und die Opfer sterben an inneren Blutungen. Beim Mord an Hallgrim Dale wurde die Halsschlagader durchtrennt. Bei einer solchen Tötungsmethode schießt das Blut nur so heraus. Verstehen Sie?«

»Ja, aber ich weiß nicht, worauf Sie hinauswollen.«

»Sverre Olsens Mutter sagte zu einem unserer Beamten, dass Sverre kein Blut sehen konnte.«

Faukes Kaffeetasse erstarrte auf dem Weg zu seinem Mund. Er stellte sie wieder ab.

»Ja, aber ...«

»Ich weiß, was Sie denken – dass er es trotzdem getan haben kann. Und die Tatsache, dass er kein Blut sehen konnte, würde dann erklären, warum er sich erbrach. Der Punkt ist aber, dass der Mörder nicht zum ersten Mal ein Messer in der Hand hatte. Laut Pathologiebericht war es ein perfekter chirurgischer Schnitt, den nur jemand ausführen kann, der genau weiß, was er will.«

Fauke nickte langsam.

»Jetzt begreife ich, was Sie meinen«, sagte er.

»Sie sehen nachdenklich aus«, sagte Harry.

»Ich glaube, ich weiß, warum Sie hergekommen sind. Sie fragen sich, ob einer der Frontkämpfer aus Sennheim einen solchen Mord ausgeführt haben könnte.«

»Richtig, und könnte das sein?«

»Ja, das wäre möglich.« Fauke legte beide Hände um seine dampfende Kaffeetasse und sein Blick schweifte ab. »Derjenige, den Sie nicht finden konnten. Gudbrand Johansen. Ich habe Ihnen doch erzählt, warum wir ihn Rotkehlchen nannten.«

»Können Sie mir noch mehr über ihn sagen?«

»Ja, aber dann brauchen wir erst einmal noch mehr Kaffee.«

Irisveien, 8. Mai 2000

69 »Wer ist da?«, ertönte es von der anderen Seite der Tür. Die Stimme klang dünn und ängstlich. Harry konnte ihre Konturen durch das raue Glas erkennen.

»Hole, ich habe angerufen.«

Die Tür öffnete sich einen Spalt.

»Es tut mir Leid, ich ...«

»Ist schon gut, ich verstehe.«

Signe Juul öffnete die Tür ganz und Harry trat in den Flur.

»Even ist nicht da«, verkündete sie mit einem entschuldigenden Lächeln.

»Ja, das haben Sie mir schon am Telefon mitgeteilt«, sagte Harry. »Ich möchte gerne mit Ihnen sprechen.«

»Mit mir?«

»Wenn Sie nichts dagegen haben, Frau Juul.«

Die alte Dame ging vor ihm her. Ihre dicken stahlgrauen Haare waren zu einem Knoten geflochten und wurden von einer altmodischen Haarspange zusammengehalten. Und der rundliche, üppige Körper ließ einen unwillkürlich an eine weiche Umarmung und gutes Essen denken.

Burre hob seinen Kopf, als sie ins Wohnzimmer traten.

»Ihr Mann ist also alleine fortgegangen?«, fragte Harry.

»Ja, er darf Burre nicht mit ins Café nehmen«, erklärte sie. »Bitte, setzen Sie sich doch.«

»Ins Café?«

»Ja, damit hat er in der letzten Zeit angefangen«, erwiderte sie lächelnd. »Um Zeitung zu lesen. Er kann besser nachdenken, wenn er nicht bloß zu Hause sitzt, sagt er.«

»Da ist wohl was dran.«

»Bestimmt. Und dort kann man sich wohl auch ein bisschen wegträumen, denke ich.«

»An was für Träume denken Sie?«

»Ach, was weiß ich? Vielleicht stellt man sich vor, man wäre wieder jung und säße in einem Straßencafé in Paris oder Wien.« Wieder dieses schnelle, entschuldigende Lächeln. »Genug davon. Apropos Kaffee …«

»Danke, gerne.«

Harry betrachtete die Wände, während Signe Juul in die Küche ging. Über dem Kamin hing das Porträt eines Mannes mit einem schwarzen Umhang. Bei seinem letzten Besuch war Harry dieses Bild nicht aufgefallen. Der Mann mit dem Umhang stand in leicht dramatischer Positur und schien die Augen auf einen fernen Horizont gerichtet zu haben, der außerhalb der Sichtweite des Malers lag. Harry stand auf und trat näher an das Bild heran. Auf einer kleinen Kupferplatte am Rahmen stand: *Oberarzt Cornelius Juul, 1885 – 1959.*

»Das ist Evens Großvater«, erklärte Signe Juul, die mit einem Kaffeetablett wieder ins Zimmer gekommen war.

»Aha. Sie haben aber viele Porträts hier.«

»Ja«, sagte sie und stellte das Tablett ab. »Das Bild daneben zeigt Evens Großvater mütterlicherseits, Doktor Werner Schumann. Er war 1885 einer der Gründer des Ullevåler Krankenhauses.«

»Und das?«

»Jonas Schumann. Oberarzt am Reichshospital.«

»Und Ihre Verwandten?«

Sie sah ihn verwirrt an. »Wie meinen Sie das?«

»Welche dieser Bilder zeigen Ihre Verwandten?«

»Die ... die hängen woanders. Nehmen Sie Sahne?«

»Nein danke.«

Harry setzte sich. »Ich wollte mit Ihnen über den Krieg sprechen«, sagte er.

»O nein«, platzte es aus ihr heraus.

»Ich verstehe, aber es ist wichtig. Sind Sie einverstanden?«

»Wir werden sehen«, sagte sie und goss sich selbst Kaffee ein.

»Sie waren während des Krieges Krankenschwester ...«

»Frontschwester, ja. Landesverräterin.«

Harry blickte auf. Ihre Augen sahen ihn ruhig an.

»Wir waren insgesamt vierhundert. Alle wurden nach dem Krieg zu Gefängnisstrafen verurteilt. Obwohl das Internationale Rote Kreuz einen Appell an die norwegischen Behörden gerichtet hatte, die Strafverfolgung zu stoppen. Das Norwegische Rote Kreuz hat uns erst 1990 um Entschuldigung gebeten. Evens Vater auf dem Bild dort vorne hatte Verbindungen und konnte meine Strafe verkürzen – unter anderem, weil ich 1945 zwei Verwundeten der Heimatfront geholfen hatte. Und weil ich zu keinem Zeitpunkt Mitglied der Nationalen Sammlung war. Wollen Sie noch mehr wissen?«

Harry starrte in seine Kaffeetasse. Ihm fiel auf, wie still es in diesem Villenviertel Oslos war.

»Es geht mir nicht um Ihre Geschichte, Frau Juul. Erinnern Sie sich an einen norwegischen Frontsoldaten mit Namen Gudbrand Johansen?«

Signe Juul zuckte zusammen, und Harry erkannte, dass er auf etwas gestoßen war.

»Worauf wollen Sie eigentlich hinaus?«, fragte sie mit angespannten Gesichtszügen.

»Hat Ihnen Ihr Mann das nicht schon gesagt?«

»Even erzählt mir nie etwas.«

»Nun, ich versuche mir ein Bild von den norwegischen Frontkämpfern zu machen, die in Sennheim waren, ehe sie an die Front geschickt wurden.«

»Sennheim«, wiederholte sie leise für sich selbst. »Daniel war dort.«

»Ja, ich weiß, dass Sie mit Daniel Gudeson verlobt waren. Sindre Fauke hat es mir gesagt.«

»Wer ist das?«

»Ein früherer Frontkämpfer und späterer Widerstandsaktivist, den Ihr Mann kennt. Es war Fauke, der mir vorgeschlagen hat, mit Ihnen über Gudbrand Johansen zu sprechen. Fauke selbst desertierte, er weiß also nicht, was später mit Gudbrand geschehen ist. Aber ein anderer norwegischer Frontkämpfer, Edvard Mosken, erzählte mir von einer Handgranate, die in einem Schützengraben explodierte. Mosken wusste aber nicht, was danach geschehen ist. Wenn Johansen jedoch überlebte, muss man ja wohl annehmen, dass er in einem Feldlazarett gelandet ist.«

Signe Juul machte ein schmatzendes Geräusch und Burre kam angetrottet, so dass sie ihre Hände in dem dicken, steifen Pelz des Tieres vergraben konnte.

»Ja, ich erinnere mich an Gudbrand Johansen«, sagte sie. »Daniel schrieb ab und zu von ihm, sowohl in den Briefen aus Sennheim als auch auf den Zetteln, die ich im Feldlazarett von ihm bekam. Sie waren sehr unterschiedlich. Ich glaube, dass er für Gudbrand Johansen bald so etwas wie ein großer Bruder war.« Sie lächelte. »Das ging wohl vielen so in Daniels Nähe.«

»Wissen Sie, was mit Gudbrand geschehen ist?«

»Er landete, wie Sie richtig vermutet haben, bei uns im Feldlazarett. Zu diesem Zeitpunkt ging der Frontabschnitt gerade an die Russen verloren. Wir zogen uns in aller Eile zurück. Es kamen auch keine Medikamente mehr bis zur Front durch, alle Wege waren von entgegenkommenden Fahrzeugen blockiert. Johansen hatte schwere Verletzungen, unter anderem einen Granatsplitter unmittelbar über dem Knie. Wir hatten Angst, dass er Wundbrand bekommen könnte und wir das Bein amputieren müssten. Statt auf die ausbleibenden Medikamente zu warten, transportierte man ihn mit dem Strom nach Westen. Das Letzte, was ich von ihm gesehen habe, war ein bärtiges Gesicht unter einer LKW-Plane. Es taute und der Matsch reichte bis zur Achse des Wagens, so dass es fast eine Stunde dauerte, bis er um die erste Kurve herum und außer Sichtweite war.«

Der Hund hatte seinen Kopf in ihren Schoß gelegt und sah mit traurigen Augen zu ihr auf.

»Und das war das Letzte, was Sie von ihm sahen oder hörten?«

Sie hob die dünne Porzellantasse langsam an ihre Lippen, trank einen winzigen Schluck und stellte die Tasse wieder hin. Die Hand zitterte nicht stark, aber sie zitterte.

»Ein paar Monate später habe ich eine Karte von ihm bekommen«, sagte sie. »Er schrieb mir, er hätte noch ein paar Sachen, die Daniel gehörten, unter anderem eine russische Uniformmütze, die, wie ich verstand, eine Art Kriegstrophäe war. Das alles wirkte ein wenig verworren, aber das ist ja so kurz nach einer Kriegsverletzung nicht sehr erstaunlich.«

»Die Karte, haben Sie die …?«

Sie schüttelte den Kopf.

»Erinnern Sie sich noch, wo sie herkam?«

»Nein. Ich weiß nur noch, dass mich der Name an eine grüne, ländliche Gegend denken ließ und dass ich den Eindruck hatte, es ginge ihm dort gut.«

Harry stand auf.

»Und woher wusste dieser Fauke eigentlich von mir?«, fragte sie.

»Nun …« Harry war einen Moment lang unschlüssig, wie er es sagen sollte, doch sie kam ihm zuvor.

»Alle Frontkämpfer haben wohl von mir gehört«, sagte sie und lächelte dünn. »Die Frau, die ihre Seele an den Teufel verkauft hat, um ihre Strafe zu verkürzen. Ist es das, was Sie glauben?«

»Ich weiß es nicht«, antwortete Harry ausweichend. Er fühlte, dass er jetzt rausmusste. Sie waren nur zwei Wohnblocks von der Ringstraße entfernt und doch war es hier leise wie an einem Gebirgssee.

»Ich habe Daniel nie mehr gesehen, nachdem sie mir gesagt hatten, er sei tot«, sagte sie.

Sie fixierte einen imaginären Punkt vor sich.

»Über einen Sanitätsoffizier erhielt ich einen Neujahrsgruß von ihm und drei Tage später las ich seinen Namen auf der Liste der Gefallenen. Ich konnte nicht glauben, dass es wahr ist, weigerte mich, es zu akzeptieren, ehe ich ihn nicht gesehen hatte. Also nahmen sie mich mit zum Massengrab am Nordabschnitt, wo sie die Leichen verbrannten. Ich stieg ins Grab hinunter, trampelte suchend über die verkohlten Körper und starrte in leere schwarze Augenhöhlen. Doch keiner davon war Daniel. Sie sagten, ich könne ihn unmöglich wiedererkennen, doch ich erwiderte nur, dass sie sich irrten. Dann meinten sie, dass er vielleicht in einem der bereits zugeschütteten Gräber liege. Jedenfalls habe ich ihn nie mehr gesehen.«

Sie zuckte zusammen, als Harry sich räusperte.

»Danke für den Kaffee, Frau Juul.«

Sie begleitete ihn in den Flur. Während er an der Garderobe stand und sich die Jacke zuknöpfte, versuchte er, ihre Züge auf den Bildern an der Wand zu erkennen, doch es gelang ihm nicht.

»Müssen wir Even etwas davon erzählen?«, fragte sie, als sie ihm die Tür öffnete.

Harry sah sie erstaunt an.

»Ich meine, muss er wissen, dass wir darüber gesprochen haben?«, beeilte sie sich hinzuzufügen. »Über den Krieg und … Daniel?«

»Nein, nicht, wenn Sie nicht wollen.«

»Er wird ja merken, dass Sie hier waren. Aber können wir nicht einfach sagen, dass Sie auf ihn gewartet haben, dann aber doch wegen irgendetwas gehen mussten?«

Ihr Blick war bittend, aber es lag auch noch etwas anderes darin.

Harry kam erst darauf, was es war, als er in die Ringstraße einbog und das Fenster öffnete, um das befreiende ohrenbetäubende Dröhnen der Autos zu hören, das die Stille aus seinem Kopf blies. Es war Angst. Signe Juul hatte vor etwas Angst.

Brandhaugs Haus, Nordberg, 9. Mai 2000

70 Bernt Brandhaug klopfte mit dem Messer leicht gegen sein Kristallglas, schob den Stuhl zurück und hielt sich die Serviette vor den Mund, während er sich leicht räusperte. Ein winziges Lächeln lag auf seinen Lippen, als amüsiere er sich bereits jetzt über die Pointe der Rede, die er für seine Gäste halten wollte: Polizeipräsidentin Størksen und deren Mann sowie Kurt Meirik nebst Frau.

»Liebe Freunde und Kollegen.«

Aus den Augenwinkeln sah er, wie seine Frau den anderen steif zulächelte, als wollte sie sagen: *Tut mir Leid, dass wir uns das anhören müssen, aber das liegt außerhalb meines Kontrollbereichs.*

An diesem Abend sprach Brandhaug über Freundschaft und Kollegialität. Über die Bedeutung der Loyalität und die Notwendigkeit, die guten Kräfte zu bündeln, um sich gegen Mittelmäßigkeit, Verantwortungslosigkeit und Inkompetenz zu verteidigen, die in jeder Demokratie auf Führungsebenen anzutreffen seien. Natürlich dürfe man nicht erwarten, dass auf politischem Wege gewählte Hausfrauen und Bauern die Komplexität der Fachgebiete verstünden, die sie zu verwalten hatten.

»Die Demokratie ist ihre eigene Belohnung«, sagte Brandhaug, eine Formulierung, die er gestohlen und sich selbst zu eigen gemacht hatte. »Doch das heißt nicht, dass die Demokratie nicht auch Kosten erzeugt. Wenn wir Metallarbeiter zu Ministerpräsidenten machen ...«

Er vergewisserte sich in regelmäßigen Abständen, dass die Polizeipräsidentin auch zuhörte, und machte ein paar Witze über den Demokratisierungsprozess in einigen früheren afrikanischen Kolonien, in denen er selbst Botschafter gewesen war. Doch die Rede, die er schon mehrfach bei anderen Anlässen gehalten hatte, riss ihn heute nicht recht mit. Seine Gedanken waren, wie beinahe immer in den letzten Wochen, ganz woanders: bei Rakel Fauke.

Sie war zur Besessenheit geworden. In der letzten Zeit hatte er sogar daran gedacht, dass er vielleicht versuchen sollte, sie zu vergessen, dass er tatsächlich im Begriff war, zu weit zu gehen, um sie zu bekommen.

Er dachte an die Manöver der letzten Tage. Wäre Kurt Meirik nicht der Chef des PÜD, hätte das alles nicht funktioniert. Als Erstes hatte er diesen Harry Hole von der Bildfläche verschwinden lassen müssen, fort aus der Stadt an einen Ort, wo ihn weder Rakel noch jemand sonst erreichen konnte.

Brandhaug hatte Kurt angerufen und ihm gesagt, sein Kontaktmann beim *Dagbladet* habe erzählt, es gebe Gerüchte in Pressekreisen, dass es während des Präsidentenbesuchs im Herbst zu einem Zwischenfall gekommen sei. Sie müssten handeln, ehe es zu spät sei, und Hole irgendwo verstecken, wo ihn die Presse nicht finden könne. Da sei Kurt doch sicher einer Meinung mit ihm, oder?

Kurt hatte gezögert und zu lamentieren begonnen. Zumindest, bis der schlimmste Aufruhr vorüber sei, hatte Brandhaug gefordert. Brandhaug zweifelte daran, dass Meirik ihm glaubte. Doch das bereitete ihm keine großen Sorgen. Ein paar Tage später hatte ihn Meirik angerufen und berichtet, dass Harry Hole an die Front beordert worden sei, in irgendein gottverlassenes Nest in Schweden. Brandhaug hatte sich buchstäblich die Hände gerieben. Nichts konnte jetzt mehr die Pläne durchkreuzen, die er für sich und Rakel schmiedete.

»Unsere Demokratie ist wie eine schöne, lächelnde, aber doch etwas naive Tochter. Dass die guten Kräfte der Gesellschaft zusammenhalten, hat nichts mit Überheblichkeit oder Machtgier zu tun. Es ist ganz einfach unsere einzige Garantie, dass unsere Tochter, die Demokratie, nicht vergewaltigt und die Leitung nicht von unerwünschten Kräften übernommen wird. Deshalb ist auch die Loyalität, diese fast vergessene Tugend, für Menschen wie uns nicht nur zu wünschen, sondern absolut notwendig, ja eine Pflicht ...«

Sie hatten sich in die tiefen Lehnsessel im Wohnzimmer gesetzt und Brandhaug reichte das Etui mit seinen kubanischen Zigarren herum. Sie waren ein Geschenk des norwegischen Generalkonsuls in Havanna.

»An der Innenseite kubanischer Frauenschenkel gerollt«, hatte er Anne Størksens Ehemann zugeraunt und dabei gezwinkert, doch der schien das nicht ganz begriffen zu haben. Dieser Mann wirkte überhaupt ein bisschen steif und kühl, wie war doch gleich sein Name? Ein Doppelname – mein Gott, hatte er ihn etwa vergessen? Tor Erik! Tor Erik war es.

»Noch einen Cognac, Tor Erik?«

Tor Erik lächelte mit schmalen, zusammengepressten Lippen und schüttelte den Kopf. Sicher so ein asketischer Typ, der jede Woche fünfzig Kilometer joggt, dachte Brandhaug. Alles an diesem Mann war dünn – der Körper, das Gesicht, die Haare. Er hatte den Blick bemerkt, den Tor Erik während der Rede mit seiner Frau gewechselt hatte, als wolle er sie an einen Insiderwitz erinnern. Das musste nicht unbedingt etwas mit der Rede zu tun gehabt haben.

»Vernünftig«, sagte Brandhaug säuerlich. »Morgen ist auch noch ein Tag, nicht wahr?«

Elsa stand plötzlich in der Wohnzimmertür.

»Ein Anruf für dich, Bernt.«

»Wir haben Gäste, Elsa.«

»Vom *Dagbladet*.«

»Ich hebe im Arbeitszimmer ab.«

Es war die Nachrichtenredaktion, eine Frau, deren Namen er nicht kannte. Sie hörte sich jung an, und er versuchte, sie sich vorzustellen. Es ging um die gestrige Demonstration gegen Jörg Haider vor der österreichischen Botschaft in der Thomas Heftyes Gate und gegen die rechtsextremen Freiheitlichen, die in die Regierung gewählt worden waren. Sie brauchte nur ein paar Kommentare für die morgige Ausgabe.

»Herr Brandhaug, halten Sie es für angebracht, jetzt über unsere diplomatischen Verbindungen zu Österreich nachzudenken?«

Er schloss die Augen. Sie fischten, wie sie es manchmal taten; doch sowohl die Presseleute als auch er wussten, dass sie keinen Fisch an den Haken bekommen würden, dazu war er zu erfahren. Er spürte, dass er getrunken hatte, sein Kopf war schwer, und wenn er die Augen schloss, tanzte es im Dunkel hinter seinen Lidern, aber das war kein Problem.

»Das ist eine politische Entscheidung, die nicht im Außenministerium gefällt wird«, sagte er.

Eine Pause entstand. Er mochte ihre Stimme. Sie war blond, das konnte er spüren.

»Aber wenn Sie mit Ihrer reichen internationalen Erfahrung vorhersagen sollten, was die norwegische Regierung tun wird?«

Er wusste, was er antworten sollte, es war so einfach:

Ich mache über so etwas keine Voraussagen.

Nicht mehr und nicht weniger. Es war eigentlich erstaunlich, aber man brauchte gar nicht lange in einer Stellung wie der seinen zu sein, um ganz einfach das Gefühl zu haben, man habe auf all diese Fragen schon einmal geantwortet. Junge Journalisten glaubten in der Regel, sie seien die Ersten, die genau diese Frage stellten, nachdem sie die ganze Nacht darüber gegrübelt hatten. Und alle waren sie beeindruckt, dass er nachzudenken schien, ehe er eine Antwort formulierte, die er vermutlich schon ein Dutzend Mal gegeben hatte.

Ich mache über so etwas keine Voraussagen.

Er war überrascht, dass er die Worte noch nicht gesagt hatte. Doch es lag etwas in ihrer Stimme, das ihm Lust machte, ein wenig entgegenkommender zu sein. *Mit Ihrer reichen Erfahrung,* hatte sie gesagt. Am liebsten hätte er sie gefragt, ob sie selbst auf die Idee gekommen sei, gerade ihn, Bernt Brandhaug, anzurufen.

»Als ranghöchster Beamter des Außenministeriums verhalte ich mich so, dass wir normale diplomatische Beziehungen zu Österreich pflegen können«, sagte er. »Natürlich nehmen wir wahr, dass auch andere Länder in der Welt auf das reagieren, was zurzeit in Österreich geschieht. Doch die Tatsache, dass wir diplomatische Beziehungen zu einem Land unterhalten, heißt ja nicht, dass wir alles für gut halten, was dort geschieht.«

»Nein, wir haben ja auch diverse diplomatische Beziehungen zu Militärdiktaturen«, antwortete die Stimme am anderen Ende. »Warum also reagieren wir gerade auf diese Geschehnisse so heftig?«

»Das hat wohl mit der jüngeren Geschichte Österreichs zu tun.« Er sollte jetzt nichts mehr sagen. Sollte den Mund halten. »Die Verbindungen zum Nationalsozialismus bestehen nun mal. Die meisten Historiker sind sich einig, dass Österreich während des Zweiten Weltkriegs in Wahrheit ein Alliierter von Hitler-Deutschland war.«

»Wurde nicht auch Österreich okkupiert, wie Norwegen?«

Es wurde ihm bewusst, dass er keine Ahnung davon hatte, was heutzutage in den Schulen über den Zweiten Weltkrieg gelehrt wurde. Wirklich keine.

»Wie war doch gleich Ihr Name?«, fragte er. Vielleicht hatte er doch ein Glas zu viel getrunken. Sie sagte ihm ihren Namen.

»Nun ja, Natascha, darf ich Ihnen, ehe wir weiterreden, kurz etwas sagen? Haben Sie vom *Anschluss* gehört? Er bedeutete, dass Österreich nicht wie andere Länder okkupiert wurde. Die Deutschen marschierten im März 1938 einfach ein, es gab fast keinen Widerstand und so blieb es bis Kriegsende.«

»Also fast wie in Norwegen?«

Brandhaug war schockiert. Sie hatte das so unbekümmert vorgebracht, so ganz ohne Scham über ihr eigenes fehlendes Wissen.

»Nein«, sagte er langsam, als spräche er mit einem schwerfälligen Kind. »Nicht wie in Norwegen. In Norwegen haben wir uns verteidigt, und wir hatten die norwegische Regierung und den König in

London, die während der ganzen Zeit weitermachten, Radiosendungen produzierten … und ihre Landsleute zu Hause unterstützten und aufmunterten.«

Er hörte, dass das ein wenig unglücklich formuliert war, und fügte hinzu:

»In Norwegen setzte sich das ganze Volk geeint gegen die Okkupationsmacht zur Wehr. Die wenigen norwegischen Verräter, die deutsche Uniformen anzogen und auf Seiten der Deutschen kämpften, sind als der Abschaum zu betrachten, den es in jedem Land gibt. Doch in Norwegen haben die guten Kräfte zusammengehalten; die fähigen Menschen, die den Widerstandskampf leiteten, bildeten den Kern, der uns den Weg zur Demokratie wies. Diese Menschen waren loyal zueinander, und genau das war es, was Norwegen schließlich rettete. Die Demokratie ist ihre eigene Belohnung. Streichen Sie das, was ich über den König gesagt habe, Natascha.«

»Sie meinen also, alle, die auf Seiten der Deutschen gekämpft haben, seien Abschaum?«

Auf was wollte sie eigentlich hinaus? Brandhaug entschloss sich, dem Gespräch ein Ende zu machen.

»Ich wollte damit nur sagen, dass diejenigen, die während des Krieges Landesverrat begangen haben, froh sein sollten, mit einer Gefängnisstrafe davongekommen zu sein. Ich war als Botschafter in Ländern, wo solche Personen samt und sonders erschossen worden wären, und ich bin mir wirklich nicht sicher, ob wir das nicht besser auch hier in Norwegen hätten tun sollen. Aber zurück zu dem Kommentar, den Sie von mir wollten, Natascha. Also: Das Außenministerium gibt keinen Kommentar zu den Demonstrationen oder den neuen Mitgliedern der österreichischen Regierung ab. Ich habe Gäste, wenn Sie mich jetzt bitte entschuldigen würden, Natascha …«

Natascha hatte Verständnis und er legte auf.

Als er wieder ins Wohnzimmer kam, herrschte Aufbruchstimmung.

»Schon?«, sagte er und lächelte breit, versuchte seine Gäste aber nicht zurückzuhalten. Er war müde.

Er begleitete sie zur Tür, drückte insbesondere die Hand der Polizeipräsidentin und sagte, sie solle nicht zögern, sich an ihn zu wenden, wenn er ihr mit irgendetwas helfen könne. Der Dienstweg sei sicher gut, aber …

Das Letzte, an das er vor dem Einschlafen dachte, war Rakel Fauke. Und ihr Polizist, der aus dem Weg geräumt war. Er schlief mit einem Lächeln auf den Lippen ein, wachte aber mit heftigen Kopfschmerzen auf.

Fredrikstad – Halden, 10. Mai 2000

71 Der Zug war kaum halb voll und Harry hatte einen Fensterplatz erhalten.

Das Mädchen auf dem Sitz hinter ihm hatte den Kopfhörer ihres Walkmans abgenommen, so dass er die Stimme des Sängers hören konnte, nicht aber die Instrumente. Der Abhörexperte, den sie damals in Sydney zu Rate gezogen hatten, hatte Harry erklärt, dass das menschliche Ohr bei geringen Lautstärken diejenigen Frequenzen verstärkt, in denen die menschliche Stimme liegt.

Es war irgendwie tröstlich, dachte Harry, dass das Letzte, was man hörte, ehe es vollkommen still wurde, die Stimmen von Menschen waren.

Regentropfen kämpften sich zitternd quer über die Scheibe. Harry blickte über die flachen nassen Felder und die elektrischen Leitungen, die neben den Gleisen an den Pfosten auf und ab wippten.

Auf dem Bahnsteig in Fredrikstad hatte ein Janitscharen-Orchester gespielt. Der Schaffner hatte ihm erklärt, dass es dort immer vor dem Nationalfeiertag übte.

»Immer dienstags, in dieser Jahreszeit«, sagte er. »Der Dirigent hält die Proben in Anwesenheit von Menschen für realistischer.«

Harry hatte eine Tasche mit ein paar Kleidern gepackt. Die Wohnung in Klippan sollte einfach sein, aber gut ausgestattet. Ein Fernseher, eine Stereoanlage, ja sogar ein paar Bücher.

»*Mein Kampf* und so etwas«, hatte Meirik mit einem Lächeln gesagt.

Er hatte Rakel nicht angerufen. Obgleich es ihm gut getan hätte, ihre Stimme zu hören. Eine letzte menschliche Stimme.

»Nächster Halt, Halden«, schepperte es nasal aus dem Lautsprecher und wurde dann von einem kreischenden falschen Ton abgewürgt, als der Zug bremste.

Harry fuhr mit dem Finger über die Scheibe, während der letzte Gedanke noch in seinem Kopf herumschwirrte. Ein kreischender, falscher Ton. Ein falscher, kreischender Ton. Ein Ton, kreischend und …

Ein Ton ist nicht falsch, dachte er. Ein Ton kann nicht falsch sein, solange er nicht mit anderen Tönen zusammengesetzt wird. Sogar Ellen, die musikalischste Person, die er gekannt hatte, hatte mehrere Stichworte, mehrere Töne gebraucht, um die Musik zu hören. Nicht einmal sie konnte aus einem einzigen Stichwort mit hundertprozentiger Sicherheit erkennen, dass etwas falsch war, einen Fehler, eine Lüge.

Und dennoch sang dieser Ton in seinem Ohr, hoch und kreischend falsch: dass er in Klippan den möglichen Absender eines Faxes ausspionieren sollte, das bisher nur zu ein paar Schlagzeilen in den Zeitungen geführt hatte. Noch an diesem Morgen hatte er die Zeitungen überprüft. Ganz offensichtlich hatten sie die Drohbriefe bereits vergessen, die noch vier Tage zuvor die Überschriften dominiert hatten. Stattdessen brachte das *Dagbladet* etwas über Lasse Kjus, der Norwegen und insbesondere Staatssekretär Bernt Brandhaug hasste, welcher, wenn sie ihn richtig zitierten, gesagt hatte, Landesverräter sollten zum Tode verurteilt werden.

Noch ein anderer Ton war falsch. Aber vielleicht nur deshalb, weil er ihn falsch haben wollte. Rakels Abschied bei diesem Essen, der Ausdruck in ihren Augen, diese halbe Liebeserklärung, ehe sie kurzen Prozess gemacht und ihn mit dem Gefühl zurückgelassen hatte, im freien Fall zu sein, sowie mit der Rechnung über achthundert Kronen, die sie so großzügig hatte übernehmen wollen. Da stimmte doch etwas nicht. Rakel war in Harrys Wohnung gewesen, sie hatte ihn trinken sehen, zugehört, als er mit tränenerstickter Stimme von einer toten Kollegin gesprochen hatte, die er kaum zwei Jahre kannte und die doch der einzige Mensch gewesen zu sein schien, zu dem er jemals eine engere Beziehung gehabt hatte. Es sollte den Menschen erspart bleiben, ihre Mitmenschen derart nackt zu sehen. Warum hatte sie nicht bereits da einen Schlussstrich gezogen, sich selbst gesagt, dass dieser Mann mehr Schwierigkeiten brachte als gut war?

Wie gewöhnlich, wenn sein Privatleben zu aufdringlich wurde, hatte er sich in die Arbeit geflüchtet. Das sei charakteristisch für einen gewissen Typ von Männern, hatte er gelesen. Wohl deshalb hatte er das Wochenende damit verbracht, Verschwörungstheorien zu entwerfen und Gedankengebäude zu errichten, mit deren Hilfe es möglich war, alle Puzzleteile – die Märklin-Waffe, der Mord an Ellen, der Mord an Hallgrim Dale – in einen Topf zu werfen, so dass er sie zu einer übel riechenden Suppe zusammenrühren konnte. Er warf einen Blick auf die aufgeschlagene Zeitung, die auf dem Klapptischchen vor ihm lag – auf ein Bild vom Staatssekretär des Außenministeriums. Irgendwie kam ihm dieser Mensch bekannt vor.

Er fuhr sich mit der Hand über das Gesicht. Aus Erfahrung wusste er, dass das Gehirn seine eigenen Verknüpfungen herzustellen begann, wenn man bei einer Ermittlung nicht weiterkam. Und die Nachforschungen über die Waffe waren abgeschlossen, das hatte ihm Meirik klar zu verstehen gegeben. Er hatte das eine *Un*-Sache genannt. Meirik wollte lieber, dass Harry Berichte über Neonazis schrieb und wurzellose schwedische Jugendliche ausspionierte. Verflucht noch mal!

»… Ausstieg in Fahrtrichtung rechts.«

Was, wenn er einfach ausstieg? Was wäre das Schlimmstmögliche? Solange Außenministerium und PÜD fürchteten, dass etwas über die Schießerei an der Mautstation im vergangenen Jahr herauskommen könnte, konnte ihn Meirik nicht entlassen. Und was Rakel anging … Was Rakel anging, hatte er keine Ahnung.

Der Zug stoppte mit einem letzten Stöhnen und es wurde bedrückend leise im Waggon. Draußen im Gang klapperten Abteiltüren. Harry blieb sitzen. Er hörte den Gesang aus dem Walkman deutlicher. Den hatte er schon oft gehört, er kam nur nicht darauf, wo.

Nordberg und Continental Hotel, 10. Mai 2000

72 Der alte Mann war vollkommen unvorbereitet und es verschlug ihm den Atem, als die Schmerzen plötzlich auftraten. Er krümmte sich am Boden liegend zusammen und schob sich die Faust in den Mund, um nicht zu schreien. So lag er da und versuchte, bei Bewusstsein zu bleiben, während Wogen von Licht und Dunkel ihn durchspülten. Er öffnete und schloss die Augen. Der Himmel wölbte sich über ihm und die Zeit schien schneller zu

verstreichen, Wolken schossen über den Himmel, Sterne schimmerten durch das Blau hindurch und es wurde Nacht und Tag, Nacht und Tag und wieder Nacht. Dann war es vorüber, und er roch wieder die nasse Erde unter sich und wusste, dass er noch am Leben war.

Er blieb noch eine Weile liegen, um wieder zu Atem zu kommen. Der Schweiß klebte das Hemd an seinen Körper. Dann drehte er sich auf den Bauch und sah wieder zum Haus hinunter.

Es war ein großes schwarzes Blockhaus. Er lag dort seit dem Vormittag und wusste, dass nur die Frau zu Hause war. Trotzdem brannte hinter allen Fenstern Licht, sowohl im Erdgeschoss als auch in der ersten Etage. Er hatte gesehen, wie sie die Runde gemacht und alle Lampen angeschaltet hatte, kaum dass es zu dämmern begann, und folgerte daraus, dass sie Angst vor der Dunkelheit hatte.

Auch er hatte Angst. Nicht vor der Dunkelheit, davor hatte er sich nie gefürchtet. Er hatte Angst vor der immer schneller vergehenden Zeit. Und den Schmerzen. Sie waren ein neues Phänomen, das er noch nicht zu kontrollieren gelernt hatte. Er wusste nicht einmal, ob ihm das je gelingen würde. Und die Zeit? Er versuchte, nicht an die Zellen zu denken, die sich teilten und teilten und teilten.

Ein bleicher Mond zeigte sich am Himmel. Er sah auf die Uhr. Halb acht. Bald würde es zu dunkel sein, so dass er bis morgen warten musste. Das bedeutete dann, dass er die ganze Nacht in diesem Unterschlupf zubringen musste. Er betrachtete die Konstruktion, die er gebaut hatte. Sie bestand aus zwei y-förmigen Zweigen, die er so in die Erde gesteckt hatte, dass sie etwa einen halben Meter aus dem Boden herausragten. Zwischen diesen hatte er einen abgeschnittenen Fichtenzweig befestigt. Dann hatte er drei lange Zweige geschnitten, die vom Boden aus mit dem Fichtenzweig verbunden waren. Diese wiederum hatte er mit einer dicken Lage Tannenzweige abgedeckt. So hatte er eine Art Dach, das ihn gegen Regen schützte, ein wenig Wärme gab und ihn tarnte, falls ein Wanderer entgegen aller Erwartungen vom Weg abkommen sollte. Es hatte eine halbe Stunde gedauert, diesen Windschutz zu bauen.

Das Risiko, vom Weg aus oder aus einem der Nachbarhäuser gesehen zu werden, schätzte er als minimal ein. Man musste schon einen ungewöhnlich scharfen Blick haben, um diesen Unterschlupf im dichten Fichtenwald aus dreihundert Metern Entfernung zu erkennen. Zur Sicherheit hatte er darüber hinaus fast die ganze Öffnung mit Zweigen verstellt und zudem noch den Gewehrlauf mit einem Lappen umwickelt, damit die tief stehende Nachmittagssonne nicht auf dem Stahl reflektiert werden konnte.

Noch einmal sah er auf seine Uhr. Wo, zum Teufel, blieb er?

Bernt Brandhaug drehte das Glas in seiner Hand und sah erneut auf seine Uhr.

Wo, zum Teufel, blieb sie?

Sie hatten halb acht ausgemacht, doch jetzt war es bald Viertel vor acht. Er kippte den Rest seines Drinks hinunter und goss sich aus der Whiskeyflasche nach, die er sich hatte heraufbringen lassen. Jameson. Das einzig Gute, was jemals aus Irland gekommen war. Er gönnte sich noch einen. Es war ein unerfreulicher Tag gewesen. Die Schlagzeile im *Dagbladet* hatte dazu geführt, dass sein Telefon den ganzen Tag geklingelt hatte. Manch einer gab ihm zwar Recht, doch schließlich hatte er die Nachrichtenredaktion des *Dagbladet* angerufen und klar zum Ausdruck gebracht, dass er vollkommen falsch zitiert worden sei. Es hatte gereicht, Insiderinformationen über die großen Reden des Außenministers bei der letzten EWR-Konferenz in Aussicht zu stellen. Der Redakteur hatte sich Bedenkzeit erbeten. Nach einer Stunde hatte er zurückgerufen. Es stellte sich heraus, dass diese Natascha ihren Job erst kurz hatte und sie darüber hinaus eingeräumt hatte, sie habe Brandhaug möglicherweise missverstanden. Sie würden nicht dementieren, die Sache aber auch nicht weiterverfolgen. Seine Haut war gerettet.

Brandhaug nahm einen großen Schluck, rollte den Whiskey im Mund herum und spürte das raue und doch weiche Aroma ganz hinten in seiner Nase. Er sah sich um. Wie viele Nächte hatte er hier zugebracht? Wie oft war er in diesem etwas zu großen King-Size-Bett mit Kopfschmerzen von zu vielen Drinks aufgewacht, wie oft hatte er die Frau an seiner Seite, so sie denn noch da war, gebeten, mit dem Fahrstuhl in den Frühstücksraum in der zweiten Etage zu fahren und von dort die Treppe zur Rezeption zu nehmen, damit es so aussah, als käme sie von einer Frühstücksbesprechung und nicht aus einem der Gästezimmer? Nur so zur Sicherheit.

Er goss sich noch einen Whiskey ein.

Mit Rakel würde das anders sein. Sie würde er nicht in den Frühstückssaal schicken.

Es klopfte leicht an der Tür. Er stand auf, warf einen letzten Blick auf das exklusive gelbgoldene Bettzeug, spürte einen Anflug von Angst, den er im gleichen Moment auch schon davonjagte, und ging die vier Schritte zur Tür hinüber. An der Tür warf er einen Blick in den Spiegel, fuhr sich mit der Zunge über die Schneidezähne, befeuchtete einen Finger, korrigierte damit seine Augenbrauen und öffnete.

Sie stand mit offenem Mantel an die Wand gelehnt da. Darunter trug sie ein rotes Wollkleid. Er hatte sie gebeten, etwas Rotes anzuziehen. Ihre Augenlider waren schwer und sie lächelte ironisch und gleichermaßen abwesend. Brandhaug war überrascht, so hatte er sie noch nie gesehen. Es machte fast den Eindruck, als hätte sie getrunken oder irgendwelche Tabletten genommen – ihre Augen sahen ihn trübe an und er erkannte ihre Stimme kaum wieder, als sie undeutlich murmelte, sie hätte das Zimmer beinahe nicht gefunden. Er hakte sich bei ihr ein, doch sie machte sich frei, und so steuerte er sie mit einer Hand auf ihrem Rücken in das Zimmer hinein. Sie ließ sich auf das Sofa fallen.

»Ein Drink?«, fragte er.

»Na klar«, sagte sie nuschelnd. »Oder hättest du es lieber, wenn ich mich gleich ausziehe?«

Brandhaug goss ihr ein Glas ein, ohne zu antworten. Er wusste, was sie vorhatte. Doch wenn sie glaubte, sie könne ihm den Spaß verderben, indem sie die Rolle »gekauft und bezahlt« spielte, täuschte sie sich. Es wäre ihm natürlich am liebsten gewesen, sie hätte die übliche Rolle seiner Eroberungen aus dem Außenministerium gespielt – das unschuldige Mädchen, das dem unwiderstehlichen Charme und der selbstsicheren, maskulinen Sinnlichkeit ihres Chefs erlag. Doch das Wichtigste war, dass sie seinen Wünschen nachgab. Er war zu alt, um an romantische Beweggründe der Menschen zu glauben. Das Einzige, was sie unterschied, war das, worauf sie aus waren: Macht und Karriere oder – in ihrem Fall – das Sorgerecht für ihren Sohn.

Es hatte ihn nie gestört, dass es die Chefs waren, von denen sich die Frauen blenden ließen. Denn das war doch seine Rolle. Er war Staatssekretär Bernt Brandhaug. Sein ganzes Leben hatte er, verdammt noch mal, dafür gearbeitet. Dass Rakel sich mit irgendetwas betäubte und sich wie eine Hure anbot, änderte daran nichts.

»Es tut mir Leid, aber ich muss dich einfach haben«, sagte er und ließ zwei Eiswürfel in ihr Glas fallen. »Wenn du mich erst kennen lernst, wirst du auch meine besseren Seiten sehen. Aber ich will dir trotzdem eine erste Lektion erteilen, eine Idee, wie ich denke und funktioniere.«

Er reichte ihr das Glas.

»Manche Männer kriechen, die Nase am Boden, durchs Leben und begnügen sich mit ein paar Krumen. Wir anderen richten uns auf unseren zwei Beinen auf, gehen zum Tisch und suchen uns unseren rechtmäßigen Platz. Wir sind in der Minderzahl, denn unsere Lebenseinstellung bringt es mit sich, dass wir mitunter brutal sein müssen, und diese Brutalität erfordert die Kraft, sich von unserer Sozialdemokratie und der egalitären Erziehung loszureißen. Doch wenn ich die Wahl habe, so zu sein oder zu kriechen, ziehe ich es vor, mit einer kurzsichtigen Moral zu brechen, die nicht imstande ist, individuellen Handlungen eine Perspektive zu geben. Und ich glaube, tief in deinem Inneren wirst du mich dafür respektieren.«

Sie antwortete nicht, sondern kippte ihren Drink hinunter.

»Hole hat nie ein Problem für dich dargestellt«, sagte sie. »Er und ich sind nur gute Freunde.«

»Ich glaube, du lügst«, entgegnete er und goss ihr etwas zögerlich in das Glas nach, das sie ihm entgegenstreckte. »Und ich muss dich allein haben. Versteh mich nicht falsch; als ich die Bedingung stellte, dass du sofort jeglichen Kontakt zu Hole abbrechen solltest, hatte das weniger mit Eifersucht als mit einer gewissen Reinlichkeit zu tun. Abgesehen davon schadet ihm der kleine Aufenthalt in Schweden, wohin ihn Meirik geschickt hat, sicher nicht.«

Brandhaug lachte kurz.

»Warum siehst du mich so an, Rakel? Ich bin nicht König David und Hole ist nicht … wie sagtest du doch, war der Name von dem, den die Generäle auf Geheiß von König David an die vorderste Front beorderten?«

»Urias«, murmelte sie.

»Genau. Er starb an der Front, nicht wahr?«

»Sonst wäre es keine gute Geschichte«, nuschelte sie in ihr Glas.

»Okay, aber hier soll keiner sterben. Und wenn ich mich recht erinnere, waren König David und Batseba hinterher doch recht glücklich miteinander.«

Brandhaug setzte sich neben sie aufs Sofa und hob ihr Kinn mit einem Finger an.

»Erzähl mir, Rakel, woher kommt es, dass du die Bibel so gut kennst?«

»Gute Erziehung«, antwortete sie, riss sich los und zog sich das Kleid über den Kopf.

Er schluckte und sah sie an. Sie war schön. Sie trug weiße Unterwäsche. Auch darum hatte er sie explizit gebeten. Das unterstrich den goldenen Ton ihrer Haut. Es war nicht zu sehen, dass sie bereits eine Schwangerschaft hinter sich hatte. Doch dass es so war, dass sie nachgewiesenermaßen fruchtbar war und ein Kind an ihrer Brust genährt hatte, machte sie für Bernt Brandhaug nur noch attraktiver. Sie war perfekt.

»Wir haben es nicht eilig«, sagte er und legte eine Hand auf ihr Knie. Ihr Gesicht verriet nichts, doch er spürte, wie sie erstarrte.

»Tu, was du willst«, sagte sie und zuckte mit den Schultern.

»Willst du den Brief nicht zuerst sehen?«

Er nickte in Richtung des braunen Umschlags mit dem Siegel der russischen Botschaft, der mitten auf dem Tisch lag. In dem kurzen Schreiben von Botschafter Wladimir Alexandrow an Rakel Fauke verkündete er, dass die russischen Behörden sie baten, die früheren Vorladungen des Familiengerichts wegen der Sache Oleg Fauke Gosew nicht mehr zu beachten. Die ganze Sache sei aufgrund der langen Wartezeiten am Gericht auf unbestimmte Zeit ausgesetzt. Das war nicht leicht gewesen. Er hatte Alexandrow an ein paar Gefallen erinnern müssen, die die russiche Botschaft Brandhaug noch schuldete. Und ihm als Zugabe noch weitere Dienste versprechen müssen. Ein paar davon waren am äußersten Rande dessen, was sich ein norwegischer Staatssekretär des Außenministeriums erlauben konnte.

»Ich vertraue dir«, sagte sie. »Können wir es hinter uns bringen?«

Sie blinzelte kurz, als seine Hand auf ihre Wange klatschte, doch ihr Kopf tanzte wie bei einer Stoffpuppe hin und her.

Brandhaug rieb sich die Hand, während er sie nachdenklich betrachtete.

»Du bist nicht dumm, Rakel«, sagte er. »Ich gehe also davon aus, dass du verstehst, dass die Sache noch nicht ganz ausgestanden ist. Es dauert noch ein halbes Jahr, bis alles verjährt ist. Es kann jederzeit eine neue Vorladung kommen, das kostet mich bloß ein Telefonat.«

Sie sah ihn an und er entdeckte endlich einen Funken von Leben in ihren toten Augen.

»Ich glaube, eine Entschuldigung wäre jetzt angebracht«, sagte er.

Ihre Brust hob und senkte sich und ihre Nasenflügel bebten. Die Augen füllten sich langsam mit Tränen.

»Nun?«, fragte er.

»Entschuldigung.« Ihre Stimme war kaum hörbar.

»Du musst lauter sprechen.«

»Entschuldigung.«

Brandhaug lächelte.

»Soso, Rakel.« Er wischte ihr eine Träne von der Wange. »Es wird schon gut werden. Wenn du mich erst kennen lernst. Ich will, dass wir Freunde werden. Verstehst du, Rakel?«

Sie nickte.

»Ganz sicher?«

Sie schniefte und nickte noch einmal.

»Gut.«

Er stand auf und öffnete seinen Gürtel.

Es war eine ungewöhnlich kalte Nacht und der Alte hatte sich im Schlafsack verkrochen. Obgleich er auf einer dicken Schicht Tannenzweige lag, strahlte die Kälte vom Boden in seinen Körper. Seine Beine waren steif geworden, und er musste von Zeit zu Zeit hin und her rutschen, um nicht auch das Gefühl im Oberkörper zu verlieren.

Noch immer waren alle Fenster des Hauses erleuchtet, doch draußen war es jetzt so dunkel, dass er durch das Zielfernrohr kaum noch etwas erkennen konnte. Es war aber nicht vollkommen aussichtslos. Wenn der Mann heute Abend nach Hause kam, dann würde er mit dem Auto kommen, und die Außenlampe über dem Garagentor, das in Richtung Wald zeigte, brannte. Der alte Mann blickte durch das Zielfernrohr. Obgleich die Lampe nicht viel Licht abgab, war das Garagentor so hell, dass er davor gut zu erkennen sein würde.

Der Alte drehte sich wieder auf den Rücken. Es war still hier, er würde das Auto hören. Wenn er nur nicht einschlief. Die Schmerzattacke hatte Kraft gekostet. Doch er würde nicht einschlafen. Er war noch nie auf einer Wache eingeschlafen. Nie. Er rief sich seinen Hass ins Gedächtnis und versuchte sich daran zu wärmen. Dies hier war anders, dies hier war nicht wie der andere Hass, der mit schwacher, gleichmäßiger Flamme brannte, seit Jahren schon, und das Unterholz kleiner Gedanken verzehrte und aus dem Weg räumte, so dass er gute Sicht hatte und die Dinge besser verstand. Dieser neue Hass brannte derart lichterloh, dass er sich nicht mehr sicher war, ob er ihn unter Kontrolle hatte oder selbst vom Hass kontrolliert wurde. Er wusste, dass er sich nicht hinreißen lassen durfte, sondern einen kühlen Kopf behalten musste.

Er blickte durch die Zweige über sich in den Sternenhimmel. Es war still. So still und kalt. Er würde sterben. Sie alle würden sterben. Das war ein guter Gedanke, und er versuchte, ihn im Kopf zu behalten. Dann schloss er die Augen.

Brandhaug starrte auf den Kristallleuchter an der Decke. Ein Funken Blau der Blaupunkt-Leuchtreklame wurde von einem Kristallprisma reflektiert. So still. So kalt.

»Du kannst jetzt gehen«, sagte er.

Er sah sie nicht an, hörte nur, wie die Decke zur Seite geschlagen wurde, und spürte das Federn des Bettes. Dann hörte er, wie sie sich anzog. Sie hatte nicht ein einziges Wort gesagt. Nicht, als er sie angefasst hatte, und auch nicht, als er ihr befohlen hatte, ihn anzufassen. Sie hatte nur immer diese großen, offenen schwarzen Augen. Schwarz vor Angst. Oder Hass. Das hatte ihn derart gestört, dass er einfach nicht …

Zuerst hatte er so getan, als sei nichts, und auf das Gefühl gewartet. An andere Frauen gedacht, die er gehabt hatte, an all die Male, da es geklappt hatte. Doch das Gefühl kam nicht, und nach einer Weile hatte er sie aufgefordert, ihn nicht mehr zu berühren; es gab keinen Grund, sich von ihr demütigen zu lassen.

Sie gehorchte wie ein Roboter. Peinlich darauf bedacht, ihren Teil des Abkommens einzuhalten, nicht mehr und nicht weniger. Es war noch ein halbes Jahr, bis der Sorgerechtsstreit in der Sache Oleg verjährte. Er hatte viel Zeit. Es machte keinen Sinn, sich unter Druck zu setzen, es würden andere Tage kommen, andere Nächte.

Er hatte wieder von vorne angefangen, doch er hätte nicht all die Drinks trinken sollen, sie hatten ihn taub und unempfindsam für ihre und auch seine eigenen Liebkosungen werden lassen.

Er hatte sie in die Badewanne kommandiert und einen Drink für sie und sich gemacht. Warmes Wasser, Seife. Er hatte lange Monologe gehalten, wie hübsch sie doch sei, doch sie hatte nicht ein einziges Wort erwidert. So still. So kalt. Schließlich war auch das Wasser kalt geworden und er hatte sie abgetrocknet und wieder mit ins Bett genommen. Ihre Haut danach, grobkörnig wie Gänsehaut, trocken. Sie hatte begonnen zu zittern, und er hatte wahrgenommen, dass er endlich zu reagieren begann. Seine Hände waren nach unten geglitten, hinab. Dann hatte er wieder ihre Augen gesehen. Groß, schwarz, tot. Den Blick irgendwo an die Decke geheftet. Und die Magie war wieder verschwunden. Er hatte Lust, sie zu schlagen, ihr Leben in die toten Augen zu prügeln, mit flacher Hand zuzuschlagen, damit ihre Haut aufloderte, hitzig und rot.

Er hörte, wie sie den Brief vom Tisch nahm, und das Klicken, als sie ihre Tasche öffnete.

»Nächstes Mal sollten wir weniger trinken«, sagte er. »Das gilt auch für dich.«

Sie antwortete nicht.

»Nächste Woche, Rakel, selbe Zeit, selber Ort. Du vergisst das doch nicht?«

»Wie sollte ich das wohl können?«, fragte sie. Die Tür schlug zu und sie war weg.

Er stand auf und mixte sich noch einen Drink. Wasser und Jameson, das einzig Gute, das je … Er trank ihn langsam. Dann legte er sich wieder hin.

Es war bald Mitternacht. Er schloss die Augen, doch der Schlaf wollte nicht kommen. Aus dem Nachbarzimmer hörte er, dass jemand das Pay-TV angeschaltet hatte. Wenn es denn ein Fernseher war. Das Stöhnen klang ziemlich echt. Eine Polizeisirene durchschnitt die Nacht. Verflucht! Er warf sich herum, das weiche Bett hatte seinen Rücken bereits verkrampfen lassen. Er konnte hier nie richtig gut schlafen, nicht nur wegen des Bettes – das gelbe Zimmer war und blieb ein Hotelzimmer, ein fremder Ort.

Ein Treffen in Larvik, hatte er seiner Frau gesagt. Und wie üblich konnte er sich, als sie fragte, nicht an den Namen des Hotels erinnern, in dem sie wohnen sollten. »Ich weiß nicht, ist es Rica?« Er würde sich bei ihr melden, wenn es nicht zu spät wäre, hatte er gesagt. »Aber du weißt ja, wie das mit diesen spät angesetzten Essen ist.«

Nun ja, sie konnte sich wohl nicht beklagen; er hatte ihr zu einem Leben verholfen, das mehr bot, als sie mit ihrem Background hatte hoffen dürfen. Er hatte sie die Welt sehen lassen und ihr ermöglicht, in den schönsten Städten in großen, luxuriösen Botschafterwohnungen mit unzähligen Dienstboten zu leben. Sie hatte Sprachen lernen und interessante Menschen treffen dürfen. Sie hatte sich in ihrem ganzen Leben nicht die Hände schmutzig machen müssen. Was sollte sie tun, wenn sie allein war, sie, die nie eine Arbeit gehabt hatte? Er war ihre Lebensgrundlage, ihre Familie, kurz gesagt, alles, was sie hatte. Nein, er machte sich nicht allzu viele Sorgen darüber, was Elsa denken oder nicht denken mochte.

Dennoch, sie war es, an die er jetzt dachte. Dass er jetzt gerne dort wäre, mit ihr zusammen. Ein warmer, vertrauter Körper an seinem Rücken, ein Arm um sich. Ja, ein bisschen Wärme nach all der Kälte.

Er sah wieder auf die Uhr. Er könnte sagen, das Essen sei früh zu Ende gewesen, so dass er sich entschlossen habe, nach Hause zu fahren. Sie würde sich sogar freuen, sie hasste es ja, nachts in diesem großen Haus allein zu sein.

Er lag noch eine Weile da und lauschte den Geräuschen aus dem Nachbarzimmer.

Dann stand er schnell auf und begann sich anzuziehen.

Der alte Mann ist nicht mehr alt. Und er tanzt. Es ist ein langsamer Walzer und sie hat ihre Wange an seinen Hals gelegt. Sie haben lange getanzt, sind verschwitzt, und ihre Haut ist so warm, dass sie an der seinen brennt. Er kann spüren, dass sie lächelt. Er hat Lust weiterzutanzen, zu tanzen und sie einfach so zu halten, bis das Haus niederbrennt, der Tag kommt und sie die Augen öffnen und sehen können, dass sie an einen anderen Ort gekommen sind.

Sie flüstert etwas, aber die Musik ist zu laut.

»Was?«, fragt er und beugt seinen Kopf. Sie legt ihre Lippen an sein Ohr.

»Du musst aufwachen«, sagt sie.

Er schlug die Augen auf. Blinzelte in das Dunkel, ehe er seinen eigenen Atem steif und weiß in der Luft vor sich erkannte. Er hatte das Auto nicht kommen hören. Er warf sich herum, stöhnte leise und versuchte den Arm unter sich hervorzuziehen. Es war das Geräusch des Garagentores, das ihn geweckt hatte. Er hörte das Auto anfahren und sah noch einen blauen Volvo im Dunkel der Garage verschwinden. Sein rechter Arm war eingeschlafen. In wenigen Sekunden würde der Mann herauskommen, im Licht stehen, das Garagentor schließen und dann … wäre es zu spät.

Verzweifelt fingerte der Alte am Reißverschluss des Schlafsacks herum und bekam seinen linken Arm heraus. Adrenalin strömte in sein Blut, doch der Schlaf lastete noch immer wie eine Schicht Watte auf ihm, die alle Geräusche dämpfte und ihn nicht klar sehen ließ. Er hörte, wie eine Autotür geschlossen wurde.

Er hatte nun beide Arme aus dem Schlafsack bekommen, und der sternenklare Himmel gab glücklicherweise genug Licht, so dass er rasch das Gewehr fand und anlegte. Schnell, schnell! Er presste sein Kinn an den kalten Gewehrkolben und schaute durch das Zielfernrohr. Er blinzelte, er sah nichts. Mit zitternden Fingern löste er den Lappen, den er um den Lauf gewickelt hatte, damit sich kein Reif bildete. So! Er presste das Kinn wieder an den Kolben. Was war jetzt los? Die Garage war nicht mehr deutlich zu erkennen, er musste an die Feinjustierung gekommen sein. Er hörte den klappernden Laut des zufallenden Garagentores. Er drehte am Schärferegler und der Mann dort unten kam in den Fokus. Es war ein großer, breitschultriger Mann in einem schwarzen Wollmantel. Er hatte ihm den Rücken zugewandt. Der Alte kniff zweimal die Augen zu. Der Traum hing noch immer wie ein leichter Nebel vor seinen Augen.

Er wollte warten, bis sich der Mann umgedreht hatte, damit er sich hundertprozentig sicher sein konnte, dass er der Richtige war. Sein Finger krümmte sich um den Abzug, vorsichtig erhöhte er den Druck. Es wäre leichter gewesen, wenn er eine Waffe gehabt hätte, mit der er jahrelang trainiert hatte, dann hätte er den Abzugspunkt im Blut gehabt und alle Bewegungen wären automatisch abgelaufen. Er konzentrierte sich auf seinen Atem. Einen Menschen zu töten ist nicht schwer. Nicht, wenn man es trainiert hat. Zu Beginn der Schlacht bei Gettysburg im Jahre 1863 hatten sich zwei unerfahrene Kompanien in nur fünfzig Metern Entfernung gegenübergestanden und Salve um Salve abgefeuert, ohne dass ein Einziger getroffen worden war – nicht weil sie so schlechte Schützen gewesen wären, sondern weil sie über die Köpfe der anderen hinweggeschossen hatten. Sie hatten es ganz einfach nicht geschafft, diesen letzten Schritt zu

machen und einen anderen Menschen zu töten. Doch als sie es erst
einmal getan hatten ...

Der Mann vor der Garage drehte sich um. Durch das Zielfernrohr
sah es so aus, als blicke er den Alten direkt an. Er war es, da gab es keinen Zweifel. Sein Oberkörper füllte fast das ganze Kreuz des Zielfernrohrs aus. Der Nebel im Kopf des alten Mannes begann sich zu
lichten. Er hörte auf zu atmen und drückte den Abzug langsam und
ruhig zurück. Er musste mit dem ersten Schuss treffen, denn außerhalb des Lichtkegels vor der Garage war es stockdunkel. Die Zeit
stand still. Bernt Brandhaug war ein toter Mann. Das Hirn des Alten
war jetzt vollkommen klar.

Deshalb erreichte ihn das Gefühl, etwas falsch gemacht zu haben,
eine Tausendstelsekunde, ehe er begriff, was es war. Der Abzug
stoppte. Der Alte drückte fester, doch der Abzug wollte nicht weiter.
Die Sicherung. Der Alte wusste, dass es zu spät war. Er fand die Sicherung mit seinem Daumen und schob sie hoch. Dann starrte er
durch das Zielfernrohr auf den leeren, hellen Platz. Brandhaug war
verschwunden, er war auf dem Weg zur Haustür, die auf der anderen
Seite des Hauses an der Straße lag.

Der Alte blinzelte. Sein Herz schlug wie ein Hammer gegen die
Innenseiten seiner Rippen. Dann ließ er die Luft aus seinen schmer-
zenden Lungen. Er blinzelte wieder. Die Umgebung schien jetzt in
einer Art Dunst zu verschwimmen. Er hatte versagt. Mit der bloßen
Faust schlug er auf den Boden. Erst als die erste warme Träne seinen
Handrücken traf, bemerkte er, dass er weinte.

Klippan, Schweden, 11. Mai 2000

73 Harry wachte auf.
Es dauerte eine Sekunde, ehe er begriff, wo er
war. Als er am Nachmittag in die Wohnung gekommen war, hatte
er als Erstes gedacht, dass er hier unmöglich würde schlafen können. Nur eine dünne Wand und eine einfache Glasscheibe trennten
das Schlafzimmer von der stark befahrenen Straße draußen. Doch
kaum hatte der Supermarkt auf der anderen Straßenseite geschlossen, wirkte die Gegend wie tot. Nur wenige Autos waren über die

Straße gefahren und die Menschen waren wie vom Erdboden verschluckt.

Harry hatte sich im ICA-Supermarkt eine Pizza Grandiosa gekauft und im Herd aufgebacken. Schon seltsam, in Schweden zu hocken und italienisches Essen zu essen, das in Norwegen hergestellt worden war. Dann hatte er den verstaubten Fernseher eingeschaltet, der in der Ecke auf einer leeren Bierkiste stand. Irgendetwas konnte mit dieser Kiste nicht stimmen, denn alle Menschen hatten einen merkwürdigen grünlichen Schimmer im Gesicht. Er hatte sich einen Dokumentarfilm über ein Mädchen angeschaut, das eine persönliche Erzählung über ihren Bruder geschrieben hatte. Der war während ihrer ganzen Jugend in den siebziger Jahren in der Welt umhergereist und hatte ihr Briefe geschrieben. Aus dem Milieu der Pariser Clochards, aus einem Kibbuz in Israel, von einer Zugreise in Indien und am Rande der Verzweiflung aus Kopenhagen. Alles war einfach gestrickt. Ein paar Filmschnitte, doch in der Regel Standbilder, Voice-over und eine seltsam melancholische, traurige Erzählung. Er musste davon geträumt haben, denn er war mit den gleichen Personen und Orten auf der Netzhaut aufgewacht.

Das Geräusch, das ihn geweckt hatte, kam aus dem Mantel, den er über den Küchenstuhl gehängt hatte. Der hohe Piepton hallte zwischen den Wänden des nackten Raumes wider. Er hatte den kleinen elektrischen Heizkörper voll aufgedreht, fror aber dennoch unter der dünnen Decke. Er stellte die Füße auf das kalte Linoleum und fischte das Handy aus der Innentasche seines Mantels.

»Hallo?«

Keine Antwort.

»Hallo?«

Bloß ein Atmen war am anderen Ende der Leitung zu hören.

»Bist du das, Søs?« Sie war die Einzige, die ihm in der Schnelle einfiel, die seine Nummer hatte und auf die Idee kommen konnte, ihn mitten in der Nacht anzurufen.

»Stimmt etwas nicht? Mit Helge?«

Er hatte seine Zweifel gehabt, ehe er Søs den Vogel überließ, doch sie hatte sich so gefreut und ihm versprochen, gut auf ihn aufzupassen. Aber das war nicht Søs. Sie atmete nicht so. Und sie hätte ihm geantwortet.

»Wer ist da?«

Noch immer keine Antwort.

Er wollte auflegen, als ein leises Schlucken zu hören war. Der Atem klang zitternd, und es hörte sich an, als wollte die Person am anderen Ende zu weinen beginnen. Harry setzte sich auf das Sofa, das gleichzeitig auch als Bett fungierte. Durch den Spalt der dünnen blauen Gardine konnte er die ICA-Leuchtreklame sehen.

Harry fischte eine Zigarette aus dem Päckchen, das auf dem Couchtisch lag, zündete sie an und legte sich hin. Er nahm einen tiefen Zug und hörte, dass das zitternde Atmen in tiefes Schluchzen überging.

»So, so«, sagte er besänftigend.

Ein Auto fuhr draußen vorbei. Sicher ein Volvo, dachte Harry. Er zog sich die Decke über die Beine. Dann erzählte er die Geschichte von dem Mädchen und ihrem großen Bruder, jedenfalls so, wie er sie in Erinnerung hatte. Als er fertig war, weinte sie nicht mehr, und kurz nachdem er gute Nacht gesagt hatte, wurde die Verbindung abgebrochen.

Als das Handy erneut klingelte, war es schon nach acht. Draußen war es hell. Harry fand es unter der Decke zwischen seinen Beinen. Es war Meirik. Er hörte sich gestresst an.

»Komm sofort nach Oslo«, sagte er. »Es sieht so aus, als wäre deine Märklin-Waffe benutzt worden.«

TEIL VII

SCHWARZER UMHANG

74 Harry erkannte Bernt Brandhaug sofort wieder. Er grinste breit und sah Harry mit weit aufgerissenen Augen an.

»Warum lächelt er?«, fragte Harry.

»Frag mich nicht«, sagte Klementsen. »Die Gesichtsmuskeln werden steif und die Menschen kriegen die seltsamsten Gesichtsausdrücke. Manchmal haben wir Eltern hier, die ihre Kinder nicht wiedererkennen, weil die so verändert sind.«

Der Operationstisch mit dem Leichnam stand mitten in dem weißen Obduktionssaal. Klementsen entfernte das Laken, so dass sie den Rest des Körpers sehen konnten. Halvorsen drehte sich abrupt weg. Er hatte die Riechcreme dankend abgelehnt, die Harry ihm angeboten hatte, bevor sie hineingegangen waren. Doch da es im Obduktionssaal Nummer 4 des Rechtsmedizinischen Instituts im Reichshospital gerade mal zwölf Grad warm war, war der Geruch auch nicht das eigentliche Problem. Halvorsen hustete und hustete.

»Bin ganz Ihrer Meinung«, sagte Knut Klementsen. »Er ist kein schöner Anblick.«

Harry nickte. Klementsen war ein guter Pathologe und ein verständnisvoller Mann. Er erkannte wohl, dass Halvorsen noch neu war, und wollte ihn nicht in Verlegenheit bringen. Denn Brandhaug sah nicht schlimmer aus als die meisten Leichen. Das heißt nicht schlimmer als die Zwillinge, die eine Woche lang unter Wasser gewesen waren, der Achtzehnjährige, der mit zweihundert auf der Flucht vor der Polizei einen Unfall gebaut hatte, oder das Junkiemädchen, das sich nackt in ihrer Daunenjacke angezündet hatte. Harry hatte schon viel gesehen und Brandhaug gehörte sicher nicht zu den Top Ten auf der Liste der übelsten Anblicke. Aber eines war klar: Dafür, dass er bloß von einer Kugel in den Rücken getroffen worden war, sah Bernt Brandhaug katastrophal aus. Die klaffende Austrittswunde in der Brust war so groß, dass Harry seine Faust hätte hineinstecken können.

»Die Kugel hat ihn also in den Rücken getroffen?«, sagte Harry.

»Genau zwischen den Schulterblättern, leicht von oben nach unten. Beim Einschlag hat sie die Wirbelsäule zertrümmert und beim Austritt das Brustbein. Wie du siehst, fehlen Stücke vom Brustbein; etwas davon hat man auf dem Autositz gefunden.«

»Auf dem Autositz?«

»Ja, er hatte gerade das Garagentor geöffnet, wollte wohl zur Arbeit, und die Kugel schlug durch ihn hindurch, durch die Windschutzscheibe des Wagens, dann durch die Heckscheibe und blieb in der hinteren Garagenwand stecken. Das wissen wir bis jetzt.«

»Was für eine Kugel kann das sein?«, fragte Halvorsen, der sich anscheinend wieder gefangen hatte.

»Das müssen uns die Ballistiker sagen«, erwiderte Klementsen. »Aber die hat sich wie ein Mittelding zwischen einem Dumdumgeschoss und einem Tunnelbohrer verhalten. Das einzige Mal, wo ich so etwas wie das hier gesehen habe, war während meines UN-Einsatzes in Kroatien 1991.«

»Eine Singapur-Kugel«, sagte Harry. »Sie haben die Reste einen halben Zentimeter tief in der Wand gefunden. Die Hülsen, die sie im Wald entdeckten, waren von dem gleichen Typ wie die, die ich im letzten Winter in Siljan gefunden habe. Deshalb haben sie mich sofort angerufen. Was können Sie uns sonst noch sagen, Klementsen?«

Es war nicht viel. Er berichtete, dass die Obduktion unter der vorgeschriebenen Anwesenheit der Kripobeamten bereits abgeschlossen sei. Die Todesursache sei offensichtlich, und ansonsten gebe es nur zwei Sachen, die einer Erwähnung wert waren – nämlich, dass Reste von Alkohol in seinem Blut waren und Scheidensekret unter seinem rechten Zeigefingernagel gefunden worden war.

»Von seiner Frau?«, fragte Halvorsen.

»Das sollen sie im Labor herausfinden«, sagte Klementsen und sah den jungen Polizisten über seine Brille hinweg an. »Wenn es sein muss. Wenn das für die Ermittlung keine Rolle spielt, ist es ja vielleicht nicht notwendig, seine Frau danach zu fragen.«

Harry nickte.

Sie fuhren den Sognsvei hinauf und dann weiter über den Peder Ankers Vei, um zu Brandhaugs Haus zu kommen.

»Hässliches Haus«, bemerkte Halvorsen.

Sie klingelten, und es verging eine Weile, ehe eine stark geschminkte Frau von Mitte fünfzig öffnete.

»Elsa Brandhaug?«

»Ich bin die Schwester. Um was geht es?«

Harry zeigte seinen Ausweis.

»Noch mehr Fragen?«, zischte die Schwester mit unterdrücktem Zorn. Harry nickte und wusste, was jetzt kommen würde.

»Ehrlich gesagt! Sie ist vollkommen erschöpft, und es bringt ihr ihren Mann nicht zurück, wenn Sie …«

»Entschuldigen Sie, aber wir denken nicht an ihren Mann«, unterbrach sie Harry höflich. »Der ist tot. Wir denken an das nächste Opfer. Damit es anderen erspart bleibt, das Gleiche zu erleben, was Frau Brandhaug jetzt durchmacht.«

Die Schwester blieb mit offenem Mund stehen und wusste nicht, wie sie ihren Satz zu Ende bringen sollte. Harry half ihr aus der Bredouille, indem er fragte, ob sie ihre Schuhe ausziehen sollten, ehe sie hereinkamen.

Frau Brandhaug wirkte nicht so am Boden zerstört, wie es die Schwester hatte vermuten lassen. Sie saß auf dem Sofa und starrte vor sich hin, doch Harry bemerkte das Strickzeug, das unter dem Sofakissen hervorlugte. Nicht dass es irgendwie falsch gewesen wäre zu stricken, wenn der eigene Mann gerade getötet worden war. Als Harry nachdachte, fand er das sogar fast natürlich. Etwas Bekanntes, das man in den Händen halten konnte, während der Rest der Welt um einen herum einstürzte.

»Ich fahre heute Abend fort«, sagte sie. »Zu meiner Schwester.«

»Wenn ich das richtig sehe, stehen Sie bis auf weiteres unter Polizeischutz«, sagte Harry. »Falls …«

»Falls die es auch auf mich abgesehen haben«, ergänzte sie und nickte.

»Glauben Sie das?«, fragte Halvorsen. »Und wer sollten ›die‹ sein?«

Sie zuckte mit den Schultern und schaute durch das Fenster auf das blasse Tageslicht, das ins Wohnzimmer fiel.

»Ich weiß, die Beamten von der Kripo haben bereits danach gefragt«, sagte Harry. »Aber Sie wissen wirklich nicht, ob Ihr Mann nach dem Artikel gestern im *Dagbladet* irgendwelche Drohungen erhalten hat?«

»Hier hat keiner angerufen«, antwortete sie. »Aber im Telefonbuch steht ja auch nur mein Name. Bernt wollte das so. Sie sollten lieber im Außenministerium fragen, vielleicht hat da wer angerufen.«

»Das haben wir getan«, sagte Halvorsen und warf Harry rasch

einen Blick zu. »Wir sind dabei, alle Telefonate zurückzuverfolgen, die er gestern im Büro erhalten hat.«

Halvorsen erkundigte sich weiter nach möglichen Feinden des Mannes, doch sie konnte nicht viel sagen.

Harry saß eine Weile da und hörte zu, ehe ihm plötzlich etwas in den Sinn kam und er fragte:

»Hat es hier gestern überhaupt keine Anrufe gegeben?«

»Doch, schon«, erwiderte sie. »Ein paar jedenfalls.«

»Wer hat angerufen?«

»Meine Schwester, Bernt und irgend so ein Meinungsforschungs-institut, wenn ich mich recht erinnere.«

»Wonach haben die gefragt?«

»Ich weiß nicht. Nach Bernt. Die haben doch so Namenslisten mit Alter und Geschlecht ...«

»Sie haben nach Bernt Brandhaug gefragt?«

»Ja ...«

»Meinungsforschungsinstitute operieren nicht mit Namen. Haben Sie irgendwelche Hintergrundgeräusche wahrgenommen?«

»Wie meinen Sie das?«

»Die sitzen doch gewöhnlich in Großraumbüros mit zahlreichen Mitarbeitern.«

»Da war was«, sagte sie. »Aber ...«

»Aber?«

»Nicht die Art Geräusch, von dem Sie sprechen. Es war ... anders.«

»Wann haben Sie diesen Anruf erhalten?«

»Gegen zwölf, glaube ich. Ich sagte, er würde am Nachmittag zurückkommen. Ich hatte vergessen, dass Bernt zu diesem Essen mit dem Außenhandelsrat nach Larvik musste.«

»Und Sie sind in Anbetracht der Tatsache, dass Ihr Mann nicht im Telefonbuch steht, nicht auf die Idee gekommen, dass der Anrufer alle Brandhaugs angerufen haben könnte, um herauszufinden, wo Bernt wohnt? Und um zu erfahren, wann er zu Hause sein würde?«

»Jetzt komme ich nicht mit ...«

»Meinungsforschungsinstitute rufen nicht während der Arbeits-zeit an, um nach einem Mann im arbeitsfähigen Alter zu fragen.«

Harry wandte sich an Halvorsen.

»Überprüf bei Telenor, ob die die Nummer herausfinden können, von der aus angerufen wurde.«

»Entschuldigen Sie, Frau Brandhaug«, sagte Halvorsen. »Ich habe bemerkt, dass Sie draußen im Flur ein neues Ascom-ISDN-Telefon haben. Ich habe denselben Apparat. Die letzten zehn Anrufer werden immer mit Nummer und Zeitpunkt des Anrufes gespeichert. Kann ich …«

Harry warf Halvorsen einen anerkennenden Blick zu, ehe dieser aufstand. Frau Brandhaugs Schwester begleitete ihn in den Flur.

»Bernt war in gewisser Weise altmodisch«, sagte Frau Brandhaug mit einem schiefen Lächeln zu Harry. »Doch er kaufte gern moderne Sachen, wenn etwas Neues auf den Markt kam. Telefone und so etwas.«

»Wie altmodisch war er, was Treue angeht, Frau Brandhaug?«

Ihr Kopf schnellte nach oben.

»Ich dachte, wir sollten dieses Thema anschneiden, wenn wir wie jetzt unter vier Augen sprechen«, sagte Harry. »Die Kripo hat Ihre Aussage vom Vormittag überprüft. Ihr Mann war gestern bei keinem Essen des Außenhandelsrates in Larvik. Wussten Sie, dass das Außenministerium über ein Hotelzimmer im Continental verfügt?«

»Nein.«

»Mein Vorgesetzter hat mir heute früh diesen Tipp gegeben. Es stellte sich heraus, dass Ihr Mann gestern Nachmittag dort eingecheckt hat. Wir wissen nicht, ob er allein dort war, aber man macht sich ja gewisse Gedanken, wenn ein Mann seine Frau anlügt und in einem Hotel eincheckt.«

Harry beobachtete sie, während ihr Gesicht eine Metamorphose durchmachte. Erst Wut, dann Verzweiflung, Resignation und schließlich … Lachen. Es klang wie tiefes Schluchzen.

»Ich sollte eigentlich nicht überrascht sein«, sagte sie. »Wenn Sie es absolut wissen müssen, dann will ich Ihnen sagen, dass er auch in dieser Hinsicht … sehr *modern* war. Ohne dass ich allerdings erkennen kann, was das mit der Sache zu tun haben soll.«

»Das kann einem eifersüchtigen Ehemann das Motiv gegeben haben, ihn zu töten«, sagte Harry.

»Das gibt auch mir ein Motiv, Herr Hole. Haben Sie daran gedacht? Als wir in Nigeria wohnten, kostete ein Mordauftrag zweihundert Kronen.« Sie lachte das gleiche gequälte Lachen. »Ich dachte, Sie hielten diesen Artikel im *Dagbladet* für das Motiv.«

»Wir überprüfen alle Möglichkeiten.«

»Durch seine Arbeit hat er vorwiegend Frauen getroffen«, sagte sie. »Ich weiß natürlich nicht alles, aber einmal habe ich ihn auf frischer Tat ertappt. Und da habe ich natürlich ein gewisses Muster erkannt, wie er es früher gemacht hatte. Aber Mord?« Sie schüttelte den Kopf. »Man erschießt heute doch niemanden mehr dafür, oder?«

Sie sah Harry fragend an, der nicht wusste, was er antworten sollte. Durch die gläserne Flurtür hörten sie Halvorsens leise Stimme. Harry räusperte sich.

»Wissen Sie, ob er zurzeit ein Verhältnis zu einer bestimmten Frau hatte?«

Sie schüttelte den Kopf. »Fragen Sie im Außenministerium. Das ist ein seltsames Milieu, wissen Sie. Dort gibt es sicher jemanden, der Ihnen bereitwillig einen Tipp geben wird.«

Sie sagte das ohne Bitterkeit, wie eine sachliche Erklärung.

Beide sahen auf, als Halvorsen wieder hereinkam.

»Merkwürdig«, sagte er. »Sie haben den Anruf um 12 Uhr 24 erhalten, Frau Brandhaug. Aber nicht gestern, sondern vorgestern.«

»O ja, vielleicht habe ich mich vertan«, sagte sie. »Dann hat es sicher nichts mit der Sache zu tun.«

»Vielleicht nicht«, sagte Halvorsen. »Ich habe trotzdem die Nummer über die Auskunft überprüft. Der Anruf kam von einem Münztelefon. Aus dem Restaurant Schröder.«

»Ein Restaurant?«, fragte sie. »Ja, das kann die Hintergrundgeräusche erklären. Glauben Sie …«

»Das muss nichts mit dem Mord an Ihrem Mann zu tun haben«, erklärte Harry und stand auf. »Bei Schrøder verkehren viele merkwürdige Menschen.«

Sie begleitete die beiden Beamten bis zur Außentreppe. Es war ein grauer Nachmittag mit tief hängenden Wolken, die sich über den Bergrücken schoben.

Frau Brandhaug hatte die Arme verschränkt, als friere sie.

»Es ist so dunkel hier«, sagte sie. »Haben Sie das bemerkt?«

Als sich Harry und Halvorsen über die Heide näherten, war die Einsatzgruppe noch immer damit beschäftigt, die Gegend um den Unterschlupf herum abzusuchen, an dem sie die Patronenhülse gefunden hatten.

»He, Sie da!«, hörte Harry eine Stimme rufen, als sie sich duckten, um unter dem gelben Absperrband hindurchzugehen.

»Polizei«, antwortete er.

»Egal!«, rief die gleiche Stimme wieder. »Ihr müsst warten, bis wir fertig sind.«

Es war Weber. Er trug hohe Stiefel und einen merkwürdigen gelben Regenmantel. Harry und Halvorsen traten wieder hinter die Absperrung.

»Hallo Weber«, rief Harry.

»Ich hab keine Zeit«, erwiderte er und winkte abwehrend.

»Nur eine Minute.«

Weber näherte sich mit langen Schritten und offensichtlich verärgert.

»Was willst du?«, rief er schon aus zwanzig Metern Entfernung.

»Wie lange hat er gewartet?«

»Der Kerl hier oben? Keine Ahnung.«

»Los komm, Weber. Ein Tipp.«

»Leitet die Kripo die Ermittlungen oder macht ihr das?«

»Sowohl – als auch. Wir haben uns noch nicht richtig koordiniert.«

»Und du glaubst, du könntest mir einreden, dass das zu euren Gunsten ausgeht?«

Harry lächelte und nahm eine Zigarette aus seinem Päckchen.

»Du liegst doch sonst immer richtig mit deinen Tipps, Weber.«

»Lass diese Schmeicheleien, Hole. Wer ist der Junge?«

»Halvorsen«, sagte Harry, ehe dieser sich selbst vorstellen konnte.

»Hören Sie, Halvorsen«, sagte Weber, während er Harry betrachtete, ohne eine gewisse Abscheu zu verbergen. »Rauchen ist eine Schweinerei und der endgültige Beweis dafür, dass ein Mensch nichts anderes im Sinn hat als … Genuss. Der Kerl, der hier war, hat acht Kippen in einer halb vollen Flasche Solo zurückgelassen. Teddy ohne Filter. Diese Teddy-Kerle rauchen nicht nur zwei am Tag, und wenn ihm die Kippen nicht ausgegangen sind, wird er wohl maximal einen Tag hier gewesen sein. Er hat sich die untersten Zweige abgeschnitten, auf die nie Regen fällt. Trotzdem waren Tropfen auf den Tannenzweigen, die das Dach dieses Loches bildeten. Gestern Nachmittag um drei hat es zum letzten Mal geregnet.«

»Das heißt, er muss etwa von gestern Nachmittag um drei bis heute Morgen um acht hier gewesen sein?«, fragte Halvorsen.

»Ich glaube, Halvorsen kann es weit bringen«, sagte Weber lakonisch, noch immer den Blick auf Harry gerichtet. »Insbesondere, wenn man bedenkt, was für Konkurrenz er haben wird. Es wird wirklich immer schlimmer und schlimmer. Hast du gesehen, was für Leute sie jetzt an der Polizeischule annehmen? Sogar die Lehrerschulen haben wahre Genies im Vergleich zu dem Müll bei uns.«

Weber hatte es plötzlich nicht mehr sonderlich eilig und setzte zu einem längeren Vortrag über die düsteren Aussichten der Polizei an.

»Hat in der Nachbarschaft jemand etwas gesehen?«, erkundigte sich Harry rasch, als Weber Luft holen musste.

»Vier Leute machen die Runde, aber die meisten kommen wohl erst später von den Befragungen zurück. Sie werden nichts finden.«

»Warum nicht?«

»Ich glaube nicht, dass er sich hier unten in der Nachbarschaft gezeigt hat. Wir hatten heute Morgen einen Hund hier, der seine Fußspuren über einen Kilometer weit durch den Wald bis zu einem Wanderweg verfolgt hat. Dort hat er ihn verloren. Ich glaube, er ist den gleichen Weg gekommen und gegangen, über das Netzwerk der Wanderwege zwischen dem Sognsvann und dem Maridalsvann. Er kann seinen Wagen auf gut einem Dutzend Parkplätzen abgestellt haben. Und jeden Tag laufen hier Tausende von Leuten herum, mindestens die Hälfte mit einem Rucksack. Alles klar?«

»Alles klar.«

»Und jetzt willst du mich wohl fragen, ob wir Fingerabdrücke finden werden.«

»Tja …«

»Na los.«

»Wie sieht's mit der Solo-Flasche aus?«

Weber schüttelte den Kopf.

»Keine Abdrücke, nichts. Dafür, dass er so lange hier war, hat er verdammt wenig Spuren hinterlassen. Wir suchen noch weiter, aber ich bin ziemlich sicher, dass die Schuhabdrücke und ein paar Stofffasern alles sind, was wir finden werden.«

»Und die leere Hülse.«

»Die hat er absichtlich hier liegen lassen. Alles andere ist dafür zu sorgfältig entfernt worden.«

»Hm. Eine Warnung, vielleicht. Was meinst du?«

»Was weiß ich? Ich dachte, nur ihr Jungen hättet Grips. Diesen Eindruck wollen sie uns zurzeit doch vermitteln.«

»Tja. Danke für die Hilfe, Weber.«

»Und hör mit dem Rauchen auf, Hole.«

»Unwirscher Kerl«, sagte Halvorsen im Auto auf dem Weg ins Zentrum.

»Weber kann manchmal recht harsch sein«, stimmte ihm Harry zu. »Aber er versteht seinen Job.«

Halvorsen trommelte den Takt zu einem lautlosen Lied auf das Armaturenbrett. »Was jetzt?«, fragte er.

»Zum Continental.«

Als die Kripo im Continental angerufen hatte, war Brandhaugs Zimmer gerade fünfzehn Minuten zuvor gemacht worden. Sie hatten gewischt und das Bettzeug ausgewechselt. Niemand hatte bemerkt, ob Brandhaug Besuch gehabt hatte, lediglich, dass er gegen Mitternacht ausgecheckt hatte.

Harry stand an der Rezeption und zog an seiner letzten Zigarette, während sich der Empfangschef, der in der letzten Nacht Dienst gehabt hatte, die Finger knetete und unglücklich aussah.

»Wir haben doch erst am späten Vormittag erfahren, dass es Herr Brandhaug war, der erschossen worden ist«, sagte er. »Sonst wären wir wohl schlau genug gewesen, sein Zimmer nicht zu betreten.«

Harry nickte und nahm den letzten Zug von der Zigarette. Das Hotelzimmer war schließlich kein Tatort, es wäre bloß interessant gewesen, ob Haare auf dem Kopfkissen lagen, und die Person zu finden, die vielleicht als Letzte mit Brandhaug gesprochen hatte.

»Tja, dann können wir hier wohl nichts mehr machen«, sagte der Empfangschef mit einem Lächeln, als wollte er gleich zu weinen anfangen.

Harry antwortete nicht. Er hatte bemerkt, dass der Empfangschef umso unruhiger wurde, je weniger er und Halvorsen sprachen. Also schwieg er und wartete, während er die Glut seiner Zigarette betrachtete.

»Äh …«, sagte der Empfangschef und fuhr sich mit der Hand über den Jackenkragen.

Harry wartete. Halvorsen sah zu Boden. Der Empfangschef hielt fünfzehn Sekunden durch, ehe es aus ihm herausplatzte.

»Aber es ist natürlich vorgekommen, dass er da oben Besuch bekommen hat.«

»Von wem?«, fragte Harry, ohne von der Glut aufzusehen.

»Von Frauen und Männern …«

»Von wem?«

»Das weiß ich wirklich nicht. Es geht uns nichts an, mit wem der Herr Staatssekretär seine Zeit verbringen möchte.«

»Wirklich?«

Pause.

»Aber wenn hier eine Frau hereinkommt, die ganz sicher kein Gast ist, dann achten wir natürlich schon einmal darauf, in welche Etage sie fährt.«

»Würden Sie sie wiedererkennen?«

»Ja.« Die Antwort kam ohne Zögern. »Sie war sehr schön. Und reichlich angetrunken.«

»Eine Prostituierte?«

»Dann aber Luxusklasse. Und die sind in der Regel nüchtern. Aber was weiß ich davon, dieses Hotel ist ja nicht gerade …«

»Danke«, sagte Harry.

An diesem Nachmittag brachte der Südwind plötzlich warme Luft mit, und als Harry nach der Besprechung mit Meirik und der Polizeipräsidentin nach draußen kam, wusste er instinktiv, dass etwas vorbei war und eine neue Saison begonnen hatte.

Sowohl die Polizeipräsidentin als auch Meirik hatten Brandhaug gekannt. Doch nur beruflich, unterstrichen sie beide. Ganz offensichtlich hatten die beiden Vorgesetzten miteinander gesprochen, und Meirik begann das Treffen, indem er nachdrücklich erklärte, dass dieser Spionageauftrag in Klippan ein für alle Mal erledigt sei. Ja, es kam Harry so vor, als wäre Meirik beinahe erleichtert darüber. Die Polizeipräsidentin unterbreitete dann ihren Vorschlag, und Harry erkannte, dass sein Gepolter in Sydney und Bangkok trotz allem einen gewissen Eindruck bei der Polizeiführung hinterlassen hatte.

»Ein typischer Libero«, hatte die Polizeipräsidentin über Harry gesagt. Und dass er auch jetzt diese Rolle spielen solle.

Eine neue Saison. Der warme Föhnwind machte Harry den Kopf klar, und er gönnte sich ein Taxi, da er noch immer mit der schweren Tasche herumrannte. Kaum hatte er seine Wohnung in der Sofiesgate betreten, warf er einen Blick auf den Anrufbeantworter. Das rote Auge leuchtete. Kein Blinken, keine Nachrichten.

Er hatte Linda dazu gebracht, die ganze Akte zu kopieren, und verbrachte den Rest des Abends damit, all das noch einmal durchzugehen, was sie über die Morde an Hallgrim Dale und Ellen Gjelten hatten. Nicht dass er damit rechnete, etwas Neues zu finden, aber es stützte seine Phantasie. Dazwischen sah er immer wieder zum Telefon und fragte sich, wie lange er durchhalten würde, ehe er sie anrief. Der Brandhaug-Mord dominierte auch die Fernsehnachrichten. Gegen Mitternacht ging er ins Bett. Um eins stand er auf, zog den Telefonstecker heraus und stellte den Apparat in den Kühlschrank. Um drei schlief er ein.

Møllers Büro, 12. Mai 2000

75 »Nun?«, fragte Møller, nachdem Harry und Halvorsen den ersten Schluck Kaffee genommen hatten und Harry mit einer Grimasse zum Ausdruck gebracht hatte, was er davon hielt.

»Ich glaube, die Annahme, dass das Attentat und der Zeitungsartikel etwas miteinander zu tun haben, ist eine Sackgasse«, sagte Harry.

»Warum?« Møller lehnte sich im Stuhl nach hinten.

»Weber meinte, der Attentäter hätte schon früh am Tag im Wald gewartet, also höchstens ein paar Stunden, nachdem diese Ausgabe vom *Dagbladet* erschienen war. Doch das war keine Affekthandlung, das war ein gut geplantes Attentat. Der Betreffende wusste schon eine geraume Weile, dass er Brandhaug töten würde. Er hatte sich umgesehen, herausgefunden, wann Brandhaug kam und ging, von wo aus er am besten schießen konnte, um das geringstmögliche Risiko einzugehen, wie er dorthin und von dort wegkam und Hunderte solcher kleinen Details.«

»Du meinst also, dass sich der Mörder für dieses Attentat die Waffe besorgt hat?«

»Vielleicht, vielleicht auch nicht.«

»Danke, das hat uns jetzt wirklich weitergebracht«, sagte Møller zornig.

»Ich meine bloß, dass das plausibel wäre. Auf der anderen Seite stimmen die Proportionen nicht ganz. Es kommt mir ein bisschen übertrieben vor, der Welt teuerste Attentats-Waffe ins Land zu schmuggeln, um einen hohen, aber dennoch relativ gewöhnlichen Staatsbeamten aus dem Weg zu räumen, der weder einen Leibwächter hat noch sonst irgendwie bewacht wird. Der Mörder hätte ganz einfach an der Haustür klingeln und ihn aus nächster Nähe mit einer Pistole erschießen können. Das ist ein bisschen wie … wie …«

Harry zeichnete Kreise mit der Hand.

»Mit Kanonen auf Spatzen zu schießen«, ergänzte Halvorsen.

»Genau«, sagte Harry.

»Hm.« Møller schloss die Augen. »Und wie siehst du deine Rolle in den weiteren Ermittlungen, Harry?«

»Eine Art Libero«, lächelte Harry. »Ich bin dieser Typ vom PÜD, der solo unterwegs ist, der aber, wenn es nötig wird, von allen Abteilungen Hilfe anfordern kann. Ich bin nur Meirik Rechenschaft schuldig, habe aber Zugang zu allen Akten. Darf Fragen stellen, bin aber keine Antworten schuldig. Und so weiter.«

»Wie ist es mit der Lizenz zum Töten, gab's die auch gleich mit?«, fragte Møller. »Und das ganz schnelle Auto?«

»Das war wirklich nicht meine Idee«, verteidigte sich Harry. »Meirik hat gerade mit der Polizeipräsidentin gesprochen.«

»Der Polizeipräsidentin?«

»Exakt. Du wirst wohl im Laufe des Tages eine E-Mail erhalten. Die Brandhaug-Sache hat von jetzt an oberste Priorität und die Polizeipräsidentin will nichts unversucht lassen. Das ist eine dieser FBI-Methoden, mit mehreren kleineren, sich gegenseitig überlappenden Ermittlungsgruppen, um eine einspurige Stoßrichtung, wie man sie oft in großen Fällen hat, zu vermeiden. Du hast bestimmt davon gelesen.«

»Nein.«

»Der Punkt ist, dass die Vorteile durch die unterschiedlichen Ermittlungsansätze überwiegen, auch wenn man manche Positionen doppelt besetzen muss und vielleicht gewisse Ermittlungsschritte zweimal macht.«

»Danke«, sagte Møller. »Was hat das mit mir zu tun, warum sitzt du jetzt da?«

»Weil ich, wie gesagt, die Unterstützung von anderen …«

»… Abteilungen anfordern darf, wenn das nötig wird. Das habe ich verstanden, red schon, Harry.«

Harry nickte in Richtung Halvorsen, der ein wenig verwirrt Møller anlächelte. Møller stöhnte:

»Bitte, Harry! Wir gehen doch jetzt schon auf dem Zahnfleisch, was das Personal im Dezernat für Gewaltverbrechen angeht.«

»Ich verspreche dir, dass du ihn gut erhalten zurückbekommst.«

»Nein, sage ich.«

Harry erwiderte nichts. Wartete bloß, während er mit seinen Fingern spielte und die etwas schräge Reproduktion eines Märchenschlosses, die an der Wand über dem Bücherregal hing, studierte.

»Wann kriege ich ihn zurück?«

»Sobald die Sache aufgeklärt ist.«

»Sobald … He, so eine Antwort gibt ein Abteilungsleiter seinen Kommissionsleitern und nicht umgekehrt, Harry.«

Harry zuckte mit den Schultern.

»Tut mir Leid, Chef.«

Irisveien, 12. Mai 2000

76 Ihr Herz hämmerte bereits wie eine Nähmaschine, als sie den Hörer abhob.

»Hei, Signe«, sagte die Stimme. »Ich bin's.«

Sofort spürte sie, wie ihr die Tränen in die Augen traten.

»Hör auf«, flüsterte sie. »Bitte.«

»Bis in den Tod, Signe, das waren deine Worte.«

»Ich hole meinen Mann.«

Die Stimme lachte leise.

»Der ist nur nicht zu Hause, oder?«

Sie umklammerte den Hörer so fest, dass es schmerzte. Wie konnte er wissen, dass Even nicht da war? Und wie ging das an, dass er immer dann anrief, wenn Even fort war?

Der nächste Gedanke schnürte ihr die Luft ab, sie konnte nicht mehr atmen und wurde beinahe ohnmächtig. Rief er von einem Ort aus an, von dem aus er ihr Haus sehen konnte, von wo aus er beobachten konnte, wann Even ging? Nein, nein, nein. Mit äußerster Kraft riss sie sich zusammen und konzentrierte sich auf ihren Atem. Nicht zu schnell, tief und ruhig, sagte sie es sich selbst. Wie sie es den verwundeten Soldaten gesagt hatte, wenn sie von den Schützengräben zu ihnen gebracht wurden: weinend, panisch und hyperventilierend. Sie brachte die Angst unter Kontrolle. Und entnahm den Hintergrundgeräuschen, dass er sich an einem Ort mit vielen Menschen befand. Hier in der Nachbarschaft gab es bloß Wohnhäuser.

»Du warst so schön in deiner Schwesternuniform, Signe«, sagte die Stimme. »So leuchtend rein und weiß. So weiß wie Olaf Lindvig in seinem weißen Waffenrock, erinnerst du dich an ihn? Du warst so rein, dass ich gar nicht auf die Idee kam, du könntest es übers Herz bringen, uns zu verraten. Ich dachte, du wärst wie Olaf Lindvig. Ich hab gesehen, wie du ihn berührt hast, Signe, seine Haare. Einmal nachts im Mondlicht. Du und er, ihr saht wie Engel aus, wie vom Himmel geschickt. Aber ich habe mich getäuscht. Es gibt übrigens Engel, die nicht vom Himmel geschickt worden sind, wusstest du das, Signe?«

Sie antwortete nicht. Ihre Gedanken zermarterten ihren Schädel. Etwas von dem, was er gesagt hatte, hatte das in Gang gesetzt. Die Stimme. Sie hörte das jetzt. Er verstellte seine Stimme.

»Nein«, zwang sie sich zu antworten.

»Nein? Das solltest du aber. Ich bin so ein Engel.«

»Daniel ist tot«, sagte sie.

Es wurde still am anderen Ende. Nur der Atem hauchte gegen die Membran. Dann sprach die Stimme weiter:

»Ich bin gekommen, um zu richten. Die Lebenden und die Toten.«

Dann legte er auf.

Signe schloss die Augen. Sie stand auf und ging ins Schlafzimmer. Hinter zugezogenen Gardinen blieb sie stehen und betrachtete sich selbst im Spiegel. Sie zitterte, als hätte sie hohes Fieber.

77 Harry brauchte zwanzig Minuten, um wieder in seinem alten Büro einzuziehen. Die Sachen, die er benutzte, fanden in einer 7-Eleven-Tüte Platz. Als Erstes schnitt er das Bild von Bernt Brandhaug aus dem *Dagbladet* aus. Dann steckte er es neben den Archivbildern von Ellen, Sverre Olsen und Hallgrim Dale an die Tafel. Vier Stichworte. Er hatte Halvorsen ins Außenministerium geschickt; er sollte Fragen stellen und wenn möglich herausfinden, wer die Frau im Continental gewesen sein konnte. Vier Personen. Vier Leben. Vier Geschichten. Er setzte sich auf seinen kaputten Stuhl und betrachtete sie, doch sie glotzten nur dumpf an ihm vorbei.

Er rief Søs an. Sie wollte Helge sehr gerne behalten, auf jeden Fall noch ein bisschen. Sie seien so gute Freunde geworden, beteuerte sie. Harry sagte, dass das in Ordnung sei, solange sie daran dächte, ihm Futter zu geben.

»Das ist eine Sie«, sagte Søs.

»Ach ja? Woher weißt du das denn?«

»Henrik und ich haben das überprüft.«

Er wollte gerade fragen, wie sie das überprüft hätten, als er spürte, dass es ihm eigentlich lieber war, es nicht zu wissen.

»Hast du mit Vater gesprochen?«

Das hatte sie. Sie fragte, ob Harry dieses Mädchen wiedersehen würde.

»Welches Mädchen?«

»Du hast gesagt, du wärst mit jemandem spazieren gegangen. Die mit dem Kind.«

»Ach die. Nein, ich glaube nicht.«

»Wie schade.«

»Schade? Du hast sie doch nie getroffen, Søs.«

»Ich finde das schade, weil du in sie verliebt bist.«

Manchmal sagte Søs Sachen, die Harry einfach die Sprache verschlugen. Sie vereinbarten, an einem der nächsten Tage ins Kino zu gehen. Harry fragte, ob Henrik dann auch mitkommen würde, und Søs antwortete ihm, dass er natürlich dabei sein würde; so wäre das halt, wenn man einen Geliebten hätte.

Sie legten auf und Harry blieb nachdenklich sitzen. Rakel und er waren sich auf dem Flur noch nicht begegnet, doch er wusste, wo ihr Büro war. Er fasste einen Entschluss und stand auf – er musste jetzt mit ihr sprechen, er konnte nicht mehr länger warten.

Linda lächelte ihn an, als er die Tür des PÜD öffnete.

»Schon wieder zurück, Süßer?«

»Ich muss nur kurz zu Rakel.«

»Kurz oder nicht, Harry, ich hab euch auf dem Abteilungsfest gesehen.«

Harry spürte zu seiner Irritation, dass er bei ihrem schelmischen Lächeln rote Ohren bekam und dass sein trockenes Lachen nicht ganz so klang, wie es hätte klingen sollen.

»Aber den Weg kannst du dir sparen, Harry. Rakel ist heute zu Hause. Krank. Moment mal, Harry.« Sie nahm das Telefon ab. »PÜD, was kann ich für Sie tun?«

Harry war auf dem Weg durch die Tür, als Linda ihm nachrief.

»Für dich! Nimmst du den Anruf hier entgegen?« Sie reichte ihm den Hörer.

»Spreche ich mit Harry Hole?« Es war eine Frauenstimme. Sie hörte sich atemlos an. Oder ängstlich.

»Ja, am Apparat.«

»Hier ist Signe Juul. Sie müssen mir helfen, Herr Hole. Er wird mich töten.«

Harry hörte ein Bellen im Hintergrund.

»Wer wird Sie töten, Frau Juul?«

»Er ist jetzt auf dem Weg hierher. Ich weiß, dass er es ist. Er … er …«

»Versuchen Sie, sich zu beruhigen, Frau Juul. Wovon reden Sie?«

»Er hat seine Stimme verstellt, aber dieses Mal habe ich ihn wiedererkannt. Er wusste, dass ich Olaf Lindvig im Lazarett über die Haare gestrichen habe. Da ist es mir klar geworden. Mein Gott, was soll ich nur tun?«

»Sind Sie alleine?«

»Ja«, sagte sie. »Ich bin alleine. Ich bin ganz, ganz alleine, verstehen Sie?«

Das Bellen im Hintergrund klang jetzt richtiggehend frenetisch.

»Können Sie nicht zu Ihrem Nachbarn hinüberlaufen und dort auf uns warten? Wer ist es …«

»Er wird mich finden! Er findet mich überall!«

Sie war hysterisch. Harry legte seine Hand auf die Sprechmuschel und sagte zu Linda, sie solle die Einsatzzentrale anrufen und einen Streifenwagen zu den Juuls im Irisvei beordern. Dann sprach er zu Frau Juul und hoffte, dass sie seine eigene Aufregung nicht heraushörte:

»Frau Juul, schließen Sie wenigstens die Türen ab, wenn Sie nicht aus dem Haus gehen wollen. Wer …«

»Sie verstehen nicht«, stammelte sie. »Er … er …« Ein Piepen war zu hören. Das Besetztzeichen. Die Verbindung war unterbrochen.

»Verdammt! Entschuldigung, Linda. Sagen Sie, dass es mit dieser Streife wirklich eilt. Und dass sie vorsichtig sein sollen, es kann sich um einen bewaffneten Einbrecher handeln.«

Harry rief die Auskunft an, bekam Juuls Nummer und wählte sie. Es war noch immer besetzt. Harry warf Linda den Hörer zu.

»Wenn Meirik nach mir fragt, ich bin auf dem Weg zu Even Juuls Haus.«

Irisvei, 12. Mai 2000

78 Als Harry in den Irisvei einbog, sah er sofort den Polizeiwagen vor Juuls Haus. Die leere Straße mit den Holzhäusern, die Schmelzwasserpfützen, das sich langsam auf dem Wagendach drehende Blaulicht, die zwei neugierigen Kinder auf den Fahrrädern – das alles sah aus wie eine Wiederholung der Szenerie vor dem Haus von Sverre Olsen. Harry hoffte nur, dass es nicht noch mehr Parallelen gab.

Er parkte, stieg aus dem Escort und ging langsam auf das Gartentor zu. Als er es hinter sich schloss, hörte er jemanden auf die Treppe treten.

»Weber«, sagte Harry überrascht. »Unsere Wege kreuzen sich aber oft.«

»Scheint so.«

»Ich wusste nicht, dass du auch Streife fährst.«

»Du weißt ganz genau, dass ich das nicht tue. Aber Brandhaug wohnt ja in der Nähe, und wir hatten uns gerade in den Wagen gesetzt, als die Meldung über Funk kam.«

»Was ist passiert?«

»Was fragst du mich? Es ist niemand zu Hause. Aber die Tür stand auf.«

»Habt ihr euch umgesehen?«

»Vom Keller bis zum Dachboden.«

»Merkwürdig. Der Hund ist anscheinend auch nicht hier.«

»Menschen und Hunde, alle weg. Aber es scheint jemand im Keller gewesen zu sein, ein Kellerfenster ist eingeschlagen worden.«

»Aha«, sagte Harry und sah über den Irisvei. Zwischen den Häusern erkannte er einen Tennisplatz.

»Sie kann zu einem der Nachbarn gegangen sein«, meinte Harry. »Ich habe sie darum gebeten.«

Weber begleitete Harry in den Flur. Ein junger Beamter stand vor dem Spiegel, der über dem Telefontischchen stand.

»Nun, Moen, irgendwelche Anzeichen für die Anwesenheit einer höheren Intelligenz?«, fragte Weber brummig.

Moen drehte sich um und nickte Harry kurz zu.

»Tja«, sagte Moen. »Ich weiß nicht, ob das intelligent oder bloß merkwürdig ist.«

Er zeigte auf den Spiegel. Die beiden anderen traten näher.

»Hm«, sagte Weber.

Es sah aus, als wären die großen roten Buchstaben mit Lippenstift auf den Spiegel geschmiert worden:

GOTT IST MEIN RICHTER

Harrys Mund fühlte sich wie die Innenseite einer Apfelsinenschale an.

Das Glas der Haustür klirrte, als diese aufgerissen wurde.

»Was tun Sie hier?«, fragte die Gestalt, die vor ihnen im Gegenlicht stand. »Und wo ist Burre?«

Es war Even Juul.

Harry saß mit einem offensichtlich besorgten Even Juul am Küchentisch. Moen machte die Runde in der Nachbarschaft, um nach Signe Juul zu suchen und zu fragen, ob jemand etwas gesehen hatte. Weber hatte dringende Sachen im Fall Brandhaug zu erledigen und musste mit dem Streifenwagen los, und Harry versprach, Moen später mitzunehmen.

»Für gewöhnlich hat sie Bescheid gesagt, wenn sie weggegangen ist«, sagte Even Juul. »Sagt sie Bescheid, meine ich.«

»Ist das ihre Schrift da auf dem Spiegel?«

»Nein«, erwiderte er. »Das glaube ich nicht.«

»Ist es ihr Lippenstift?«

Juul sah Harry an, ohne zu antworten.

»Sie hatte Angst, als sie mich anrief«, sagte Harry. »Sie behauptete, jemand wolle sie töten. Haben Sie eine Idee, wer das sein könnte?«

»Töten?«

»Das hat sie gesagt.«

»Es gibt doch niemanden, der Signe töten will.«

»Ach nein?«

»Sind Sie verrückt?«

»Nun, dann verstehen Sie wohl, dass ich Sie fragen muss, ob Ihre Frau manchmal psychisch instabil ist, ob sie zur Hysterie neigt.«

Harry war sich nicht sicher, ob Juul seine Frage verstanden hatte, denn der schüttelte bloß den Kopf.

»Gut«, sagte Harry und stand auf. »Überlegen Sie noch mal, ob Sie nicht doch etwas wissen, was uns weiterhelfen könnte. Und Sie sollten alle Freunde und Verwandten anrufen, bei denen sie Zuflucht gesucht haben könnte. Ich habe sie zur Fahndung ausgeschrieben und Moen und ich werden in der Nachbarschaft herumfragen. Vorläufig können wir sonst nicht viel tun.«

Als Harry das Tor hinter sich schloss, kam Moen auf ihn zu. Er schüttelte den Kopf.

»Haben die Leute nicht mal ein Auto gesehen?«, fragte Harry.

»Zu dieser Tageszeit sind nur Rentner und junge Mütter mit Säuglingen zu Hause.«

»Rentner beobachten aber doch gerne das eine oder andere.«

»Diese hier anscheinend nicht. Falls überhaupt etwas passiert ist, das es wert war, beobachtet zu werden.«

Wert war, beobachtet zu werden. Harry wusste nicht, warum, aber etwas an dem Wortlaut hallte ganz hinten in seinem Hirn wider. Die Kinder auf den Fahrrädern waren verschwunden. Er seufzte.

»Lass uns gehen.«

Polizeipräsidium, 12. Mai 2000

79 Halvorsen hing am Telefon, als Harry ins Büro kam. Er gab ihm zu verstehen, dass er mit einem Informanten redete. Harry rechnete damit, dass er noch immer versuchte, die Frau aus dem Continental aufzuspüren, was nur bedeuten konnte, dass er im Außenministerium keinen Erfolg gehabt hatte. Abgesehen von ein paar Archivkopien auf Halvorsens Schreibtisch war das Büro von allem, außer der Märklin-Sache, befreit worden.

»Na dann«, sagte Halvorsen. »Melde dich, wenn du was hörst, ja?«

Er legte auf.

»Hast du Aune erreicht?«, fragte Harry und ließ sich auf seinen Stuhl fallen.

Halvorsen nickte und streckte zwei Finger in die Höhe. Zwei Uhr. Harry sah auf die Uhr. Aune würde in zwanzig Minuten da sein.

»Besorg mir ein Foto von Edvard Mosken«, sagte Harry und nahm den Hörer ab. Er wählte Sindre Faukes Nummer, der sich bereit erklärte, ihn um drei zu treffen. Dann informierte er Halvorsen über das Verschwinden von Signe Juul.

»Glaubst du, das hat etwas mit der Brandhaug-Sache zu tun?«, fragte Halvorsen.

»Ich weiß nicht, aber deshalb ist es umso wichtiger, mit Aune zu reden.«

»Warum?«

»Weil das immer mehr wie das Werk eines kranken Mannes aussieht. Und deshalb brauchen wir einen Guide.«

Aune war in vielerlei Hinsicht ein großer Mann. Übergewichtig, fast zwei Meter groß und in seinem Fachgebiet einer der besten Psychologen des Landes. Psychopathen gehörten nicht direkt zu seinem Fachgebiet, doch Aune war ein kluger Mann und hatte Harry schon bei anderen Anlässen geholfen.

Er hatte ein freundliches, offenes Gesicht, und Harry hatte sich mehr als einmal gesagt, dass Aune eigentlich zu menschlich wirkte, zu verletzbar, zu normal, um auf diesem Schlachtfeld der menschlichen Seelen zu operieren, ohne selbst dabei Schaden zu nehmen. Als er ihn daraufhin ansprach, hatte Aune geantwortet, dass das natürlich nicht spurlos an ihm vorübergehe, doch bei wem sei das schon anders?

Jetzt hörte er interessiert und konzentriert zu, während Harry erzählte: über den Mord an Hallgrim Dale, dem die Kehle durchgeschnitten worden war, den Mord an Ellen Gjelten und über das Attentat, dem Bernt Brandhaug zum Opfer gefallen war. Harry berichtete von Even Juul, der der Ansicht sei, sie sollten in Frontkämpferkreisen suchen, eine Theorie, die unter Umständen dadurch gestützt wurde, dass der Mord an Brandhaug einen Tag nach dessen Verlautbarungen im *Dagbladet* geschehen war. Zu guter Letzt kam er auf das Verschwinden von Signe Juul zu sprechen.

Aune blieb nach Harrys Erläuterungen still sitzen und dachte nach. Er grunzte, während er abwechselnd nickte und den Kopf schüttelte.

»Ich weiß leider nicht, ob ich euch groß helfen kann«, bekannte er. »Das Einzige, wozu mir etwas einfällt, ist diese Nachricht auf dem Spiegel. Das sieht aus wie eine Visitenkarte und ist ziemlich üblich für Serienmörder, insbesondere nach mehreren Morden, wenn sie beginnen, sich sicher zu fühlen und die Spannung steigern wollen, indem sie die Polizei herausfordern.«

»Ist das ein kranker Mann, Aune?«

»Krank ist ein relativer Begriff. Wir sind alle krank. Die Frage ist bloß, wie gut wir in Bezug auf die Regeln funktionieren, die uns die Gesellschaft als gewünscht auferlegt. Es gibt keine Handlungen, die in sich Symptome für eine Krankheit darstellen; man muss den Kontext betrachten, in dem die Handlungen ausgeführt worden sind. Die meisten Menschen sind mit einer Art Affektkontrolle im Mittelhirn ausgestattet, die uns davon abhalten soll, unsere Mitmenschen zu töten. Das ist nur eine dieser evolutionsbedingten Eigenschaften, mit denen wir ausgestattet sind, um unsere eigene Rasse zu schützen. Wenn man lange genug trainiert, diese Hemmschwelle zu überwinden, wird sie geschwächt. Wie zum Beispiel bei Soldaten. Gesetzt den Fall, du oder ich würden plötzlich anfangen, Menschen zu töten, stünden die Chancen gut, dass wir krank geworden sind. Aber das ist keine Vorbedingung, wenn du zum Beispiel ein Killer bist oder ein … ja, meinetwegen auch ein Polizist, dann …«

»Falls wir also von einem Soldaten sprechen, der während des Krieges auf der einen oder anderen Seite gekämpft hat, ist die

Schwelle, einen Mord zu begehen, viel niedriger als bei einer anderen Person, vorausgesetzt, beide sind psychisch gesund?«

»Ja und nein. Ein Soldat ist dazu ausgebildet, in Kriegssituationen zu töten, und damit diese Hemmung nicht besteht, muss er sich sicher sein, dass seine mörderischen Handlungen wirklich in diesem Kontext geschehen.«

»Er muss also das Gefühl haben, noch immer im Krieg zu sein?«

»Einfach gesagt – ja. Doch wenn man diese Situation voraussetzt, kann er einen Mord nach dem anderen begehen, ohne im medizinischen Sinne krank zu sein. Jedenfalls nicht mehr als ein gewöhnlicher Soldat. Da kann allenfalls noch von einem divergierenden Wirklichkeitsbild die Rede sein und da bewegen wir uns alle auf verdammt dünnem Eis.«

»Wieso das denn?«, fragte Halvorsen.

»Wer entscheidet denn, was wahr und wirklich ist, was moralisch und was unmoralisch? Die Psychologen? Die Gerichte? Die Politiker?«

»Nun«, meinte Harry. »Die Letzten haben wohl damit zu tun.«

»Genau«, sagte Aune. »Wenn du aber das Gefühl hast, dass dich diejenigen, die die Entscheidungen treffen, willkürlich oder ungerecht verurteilen, verlieren sie in deinen Augen ihre moralische Autorität. Wird man zum Beispiel dafür eingesperrt, Mitglied einer vollständig legalen Partei zu sein, legt man Berufung ein. Man beauftragt eine höhere Instanz, sozusagen.«

»Gott ist mein Richter.«

Aune nickte.

»Was, glaubst du, hat das zu sagen?«

»Das kann bedeuten, dass er seine Handlungen erklären will. Dass er trotz allem das Bedürfnis hat, verstanden zu werden. Den meisten Menschen geht das so, weißt du.«

Auf dem Weg zu Sindre Fauke fuhr Harry bei Schrøder vorbei. Es war morgendlich still und Maja saß an dem Tisch unter dem Fernseher und las Zeitung. Harry zeigte ihr das Bild von Edvard Mosken, das ihm Halvorsen in beeindruckend kurzer Zeit verschafft hatte. Vermutlich hatte er bei der Behörde angefragt, die Mosken vor zwei Jahren einen internationalen Führerschein ausgestellt hatte.

»Dieses Faltengesicht meine ich schon einmal gesehen zu haben, ja«, sagte sie. »Aber wann und wo? Er muss schon ein paarmal hier gewesen sein, wenn ich mich an ihn erinnere. Aber einer von den Stammgästen ist das sicher nicht.«

»Kann irgendjemand sonst hier mit ihm geredet haben?«

»Eine schwierige Frage, Harry.«

»Jemand hat am Mittwoch gegen halb eins von hier aus telefoniert. Ich weiß, dass du dich nicht daran erinnern wirst, aber kann das der da gewesen sein?«

Maja zuckte mit den Schultern.

»Natürlich. Aber es kann auch der Weihnachtsmann gewesen sein. Du weißt, wie das ist, Harry.«

Auf dem Weg in die Vibesgate rief Harry Halvorsen an und bat ihn, Edvard Mosken aufzusuchen.

»Soll ich ihn festnehmen?«

»Nein, nein. Überprüf nur seine Alibis für den Brandhaug-Mord und das Verschwinden von Signe Juul heute Morgen.«

Sindre Fauke war ganz grau im Gesicht, als er Harry öffnete.

»Gestern ist ein Freund mit einer Flasche Whiskey aufgetaucht«, erklärte er und schnitt eine Grimasse. »Ich habe nicht mehr die Kondition dafür. Wenn man doch noch einmal sechzig sein könnte …«

Er lachte und ging, um den pfeifenden Kaffeekessel vom Herd zu nehmen.

»Ich hab von dem Mord an diesem Staatssekretär des Außenministeriums gelesen«, rief er aus der Küche. »Da stand, die Polizei könne nicht ausschließen, dass das etwas mit seinen Äußerungen über die Frontkämpfer zu tun hat. Die *VG* schreibt, die Neonazis ständen dahinter. Glaubt ihr das wirklich?«

»Diese Zeitung glaubt das vielleicht. Wir glauben nichts und deshalb schließen wir auch nichts aus. Wie läuft's mit Ihrem Buch?«

»Ein bisschen zäh im Moment. Aber wenn ich damit fertig bin, wird es ein paar Leuten die Augen öffnen. Das versuche ich mir jedenfalls selbst einzureden, um an Tagen wie heute in Schwung zu kommen.«

Fauke stellte den Kessel auf den Wohnzimmertisch zwischen ihnen und ließ sich in den Sessel fallen. Er hatte einen kalten Lappen über den Topf gelegt; das sei ein alter Trick aus dem Krieg, erklärte er mit verschmitztem Lächeln. Er hoffte vermutlich darauf, dass Harry nach dem Sinn des Ganzen fragte, doch Harry hatte wenig Zeit.

»Die Frau von Even Juul ist verschwunden«, sagte er.

»Oje, weggelaufen?«

»Das glaube ich nicht. Kennen Sie sie?«

»Ich bin ihr nie richtig begegnet, aber ich erinnere mich noch gut an die Kontroversen, als Juul sie heiraten wollte. Weil sie Frontschwester war und so weiter. Was ist passiert?«

Harry erzählte von dem Anruf und dem Verschwinden.

»Mehr wissen wir nicht. Ich hatte gehofft, Sie würden sie kennen und könnten mich auf eine Idee bringen.«

»Tut mir Leid, aber …«

Fauke hielt inne, um einen Schluck Kaffee zu nehmen. Er sah nachdenklich aus.

»Was, sagten Sie, stand auf dem Spiegel?«

»Gott ist mein Richter«, erwiderte Harry.

»Hm.«

»Woran denken Sie?«

»Das weiß ich selbst nicht so genau«, antwortete Fauke und strich sich über sein unrasiertes Kinn.

»Los, sagen Sie's schon.«

»Sie meinten, es könne sein, dass er eine Erklärung abgeben wollte, dass er Verständnis suchte.«

»Ja?«

Fauke ging zum Regal hinüber, zog ein dickes Buch heraus und begann zu blättern.

»Genau«, sagte er. »Wie ich mir dachte.«

Er reichte Harry das Buch. Es war ein Bibellexikon.

»Schauen Sie unter Daniel nach.«

Harrys Augen glitten über die Seite nach unten, bis er den Namen fand: »*Daniel. Hebräisch. Gott (EL) ist mein Richter.*«

Er sah zu Fauke auf, der den Kaffeekessel angehoben hatte, um einzuschenken.

»Sie suchen nach einem Geist, Herr Hole.«

80 Johan Krohn empfing Harry in seinem Büro. Die Regale hinter ihm waren voll gestopft mit verschiedenen Jahrgängen juristischer Publikationen, die in braunes Leder eingebunden waren. Sie bildeten einen seltsamen Kontrast zu dem kindlichen Gesicht des Anwalts.

»Es ist schon eine Weile her, dass wir uns das letzte Mal gesehen haben«, sagte Krohn und bat Harry mit einer Handbewegung, sich zu setzen.

»Sie haben ein gutes Erinnerungsvermögen«, stellte Harry fest.

»Ja, mit meinem Gedächtnis ist alles in Ordnung. Sverre Olsen. Ihr hattet eine heftige Sache da. Schade, dass sich das Gericht nicht ans Regelbuch gehalten hat.«

»Deshalb bin ich nicht gekommen«, sagte Harry. »Ich möchte Sie um einen Gefallen bitten.«

»Bitten ist gratis«, antwortete Krohn und legte die Fingerkuppen aneinander. Er erinnerte Harry an einen Kinderschauspieler, der einen Erwachsenen spielte.

»Ich suche nach einer Waffe, die illegal importiert worden ist, und ich habe Grund zu der Annahme, dass Sverre Olsen irgendetwas damit zu tun hatte. Da Ihr Klient nicht mehr am Leben ist, hindert Sie die Schweigepflicht nicht mehr daran, uns ein paar Informationen zu geben. Es kann uns helfen, den Mord an Bernt Brandhaug aufzuklären, der, wie wir ziemlich sicher sind, mit genau dieser Waffe erschossen worden ist.«

Krohn lächelte säuerlich.

»Ich würde es vorziehen, wenn Sie es mir überließen zu entscheiden, wie weit meine Schweigepflicht geht. Die hört nicht automatisch auf, wenn ein Klient stirbt. Und Sie haben wohl auch nicht daran gedacht, dass es reichlich frech ist, hierher zu kommen und mich um Informationen zu bitten, nachdem Sie meinen Klienten erschossen haben?«

»Ich versuche, Gefühle außer Acht zu lassen und mich professionell zu verhalten«, erwiderte Harry.

»Dann geben Sie sich gefälligst ein bisschen mehr Mühe!« Krohns Stimme klang noch piepsiger, wenn er sie anhob. »Das ist nämlich nicht sonderlich professionell. Genauso unprofessionell, wie den Mann in seinem eigenen Haus zu erschießen.«

»Es war Notwehr«, sagte Harry.

»Formalien«, sagte Krohn. »Es war ein erfahrener Polizist, er hätte wissen müssen, dass Olsen sehr labil ist, und nicht einfach so herein-platzen dürfen. Der Polizist hätte wirklich angeklagt werden müs-sen.«

Harry konnte es nicht lassen:

»Ich bin ganz Ihrer Meinung, dass es immer traurig ist, wenn Ver-brecher aufgrund von Formalien auf freiem Fuß sind.«

Krohn klimperte zweimal mit den Augen, ehe er begriff, was Harry meinte.

»Juristische Formalitäten sind etwas anderes, Konstabel«, sagte er. »Einen Eid im Gerichtssaal abzulegen ist vielleicht ein Detail, aber ohne Rechtssicherheit …«

»Mein Dienstgrad ist Kommissionsleiter.« Harry gab sich Mühe, langsam und leise zu sprechen. »Und die Rechtssicherheit, von der Sie reden, hat meiner Kollegin das Leben gekostet. Ellen Gjelten. Erzählen Sie das Ihrem Gedächtnis, auf das Sie so stolz sind. Ellen Gjelten. Achtundzwanzig Jahre. Das größte Ermittlungstalent der Osloer Polizei. Zertrümmerter Schädel. Schrecklicher Tod.«

Harry stand auf und beugte seine einhundertneunzig Zentimeter über Krohns Schreibtisch. Er konnte sehen, wie der Adamsapfel in Krohns dünnem Geierhals auf- und abhüpfte, und zwei lange Sekunden hindurch leistete sich Harry den Luxus, die Angst in den Augen des jungen Anwalts zu genießen. Dann ließ Harry seine Visitenkarte auf den Schreibtisch fallen.

»Rufen Sie mich an, wenn Sie sich entschieden haben, wie weit Ih-re Schweigepflicht reicht«, sagte er.

Harry war halb durch die Tür, als Krohns Stimme ihn zurück-hielt.

»Er hat mich unmittelbar vor seinem Tod angerufen.«

Harry drehte sich um. Krohn seufzte.

»Er hatte Angst vor jemandem. Er hatte immer Angst, dieser Sverre Olsen. War einsam und voller Todesangst.«

»Wer ist das nicht?«, murmelte Harry. Und dann: »Hat er gesagt, vor wem er Angst hatte?«

»Vor einem Prinzen. Er nannte ihn so: Prinz.«

»Hat Olsen gesagt, warum er Angst hatte?«

»Nein. Er sagte bloß, dieser Prinz sei eine Art Übergeordneter und er habe ihm den Befehl zu einem Verbrechen gegeben. Dann wollte er wissen, ob es strafbar ist, wenn man bloß einen Befehl ausgeführt hat. Armer Idiot.«

»Was für einen Befehl?«

»Das hat er nicht gesagt.«

»Hat er sonst noch was gesagt?«

Krohn schüttelte den Kopf.

»Sie können jederzeit anrufen, wenn Ihnen noch etwas einfällt«, sagte Harry.

»Noch eine Sache, Herr Kommissionsleiter. Wenn Sie glauben, dass ich ruhig schlafen kann, obgleich ich den Mann freigeboxt habe, der Ihre Kollegin auf dem Gewissen hat, dann täuschen Sie sich.«

Doch Harry war bereits gegangen.

Herbert's Pizza, 12. Mai 2000

81 Harry rief Halvorsen an und bat ihn, in Herbert's Pizza zu kommen. Sie hatten das Lokal fast für sich und wählten einen Tisch am Fenster. Hinten in der Ecke saß ein Kerl in einer langen Uniformjacke. Er trug einen Bart wie Adolf Hitler und hatte seine Beine mitsamt den Stiefeln auf einen anderen Stuhl gelegt. Er sah aus, als wollte er einen neuen Weltrekord im Sichlangweilen aufstellen.

Halvorsen hatte Edvard Mosken gefunden, doch nicht in Drammen. »Er hat nicht abgenommen, als ich ihn in Drammen angerufen habe, und deshalb habe ich mir über die Auskunft seine Handynummer besorgt. Es stellte sich heraus, dass er in Oslo war. Er hat eine Wohnung in der Tromsøgate im Stadtteil Rodeløkka. Er wohnt dort, wenn er in Bjerke ist.«

»Bjerke?«

»Auf der Trabrennbahn. Er scheint jeden Freitag und Samstag da zu sein. Spielt ein bisschen und lässt es sich gut gehen, so hat er das jedenfalls ausgedrückt. Er besitzt gemeinsam mit drei anderen ein Pferd. Ich habe ihn im Stall hinter der Rennbahn getroffen.«

»Was hat er sonst noch gesagt?«

»Dass er manchmal, wenn er in Oslo ist, vormittags ins Schrøder geht. Dass er keine Ahnung hat, wer Bernt Brandhaug ist, und dass er ihn ganz sicher nicht zu Hause angerufen hat. Er wusste, wer Signe Juul ist, und sagte, er könne sich noch von der Front an sie erinnern.«

»Wie sieht's mit seinem Alibi aus?«

Halvorsen bestellte eine Hawaii Tropic mit Peperoni und Ananas.

»Mosken behauptet, dass er die ganze Woche über allein in seiner Wohnung in der Tromsøgate war, abgesehen von seinen Besuchen auf der Rennbahn. Er war angeblich auch an dem Morgen da, an dem Brandhaug erschossen worden ist. Und heute früh.«

»Tja dann. Wie hat er bei seinen Antworten auf dich gewirkt?«

»Wie meinst du das?«

»Hast du ihm geglaubt?«

»Ja und nein ...«

»Denk nach, Halvorsen, los, hab keine Angst. Und dann sag mir einfach, was du denkst. Ich werde das nicht gegen dich verwenden.«

Halvorsen senkte seinen Blick und spielte mit der Pizzakarte herum.

»Wenn Mosken lügt, ist er wirklich ein eiskalter Fisch, so viel ist sicher.«

»Sorgst du dafür, dass Mosken überwacht wird? Ich will zwei Männer vor seiner Haustür haben, Tag und Nacht.«

Halvorsen nickte und wählte eine Nummer mit seinem Mobiltelefon. Harry konnte Møllers Stimme hören, während er zu dem Neonazi in der Ecke hinübersah – oder wie auch immer die sich nannten. Nationalsozialisten. Nationaldemokraten. Er hatte gerade erst die Kopie einer Soziologie-Diplomarbeit bekommen, in der der Autor zu dem Schluss gekommen war, dass es siebenundfünfzig Neonazis in Norwegen gab.

Die Pizza kam und Halvorsen blickte Harry fragend an.

»Bitte«, sagte Harry. »Pizza ist nichts für mich.«

Die Uniform in der Ecke hatte Gesellschaft von einer kurzen grünen Combatjacke bekommen. Sie steckten ihre Köpfe zusammen und sahen zu den beiden Polizisten hinüber.

»Eine Sache noch«, sagte Harry. »Linda vom PÜD hat mir gesagt, dass es in Köln ein SS-Archiv gibt, das in den siebziger Jahren zwar teilweise abgebrannt ist, in dem es aber dennoch ein paar Hinweise auf Norweger geben soll, die auf Seiten der Deutschen gekämpft haben. Marschbefehle, Auszeichnungen, Dienstgrade und so etwas. Ich möchte, dass du dort anrufst und etwas über einen Daniel Gudeson herauszufinden versuchst. Und über Gudbrand Johansen.«

»Jess, Boss«, sagte Halvorsen, den Mund voller Pizza. »Wenn ich mit dem Rest hiervon fertig bin.«

»Ich unterhalte mich derweil mit den Jungs dort drüben«, sagte Harry und stand auf.

In seinem Job hatte Harry noch nie Skrupel gehabt, seine Körpergröße einzusetzen, um sich einen psychologischen Vorteil zu verschaffen. Und obgleich der Adolfschnäuzer zu ihm aufsah, als würde ihn das all seine Kraft kosten, wusste Harry, dass sich hinter diesem kalten Blick die gleiche Furcht versteckte, die er auch bei Krohn bemerkt hatte. Dieser Kerl hatte nur mehr Training hinter sich, um das zu verbergen. Harry zog den Stuhl weg, auf den der Adolfschnäuzer seine Beine gelegt hatte, die daraufhin mit einem Knallen zu Boden krachten.

»Entschuldigung«, sagte Harry, »ich dachte, der Stuhl wäre frei.«

»Scheißbulle«, brummte der Adolfschnäuzer. Der kahle Schädel oberhalb der Combatjacke drehte sich um.

»Richtig«, sagte Harry. »Oder Schnüffler, Spitzel, Onkel. Nein, das ist vielleicht zu freundlich. Wie wär's mit *The Man*, ist das international genug?«

»Hast du was gegen uns, he?«, fragte die Uniform.

»Ja, ich hab was gegen euch«, erwiderte Harry. »Schon lange. Sag dem Prinzen einen schönen Gruß von mir. Dass Hole gekommen ist, um den Spieß ein bisschen umzudrehen. Von Hole an den Prinzen, ist das klar?«

Die Combatjacke glotzte ihn an. Dann öffnete die Uniform einen Mund mit wild durcheinander stehenden Zähnen und lachte, dass ihm der Speichel über die Lippen rann.

»Sprichst du von Haakon Magnus, oder was?«, fragte er, und die Combatjacke begriff die Pointe und lachte mit.

»Nun«, sagte Harry, »wenn ihr bloß einfaches Fußvolk seid, wisst ihr natürlich nicht, wer der Prinz ist. Dann gebt den Bescheid an euren nächsten Vorgesetzten weiter. Hoffentlich schmeckt euch die Pizza, Jungs.«

Harry ging zu Halvorsen zurück, während er ihre Blicke im Rücken spürte.

»Iss auf«, sagte er zu Halvorsen, der ein gewaltiges Stück Pizza in der Hand hielt. »Wir müssen hier raus, ehe es einen Aktenvermerk mehr über mich gibt.«

Holmenkollåsen, 12. Mai 2000

82 Es war der bislang wärmste Frühlingsabend. Harry fuhr mit geöffneten Fenstern und der milde Wind blies ihm ins Gesicht und über die Haare. Vom Holmenkollås konnte er den Oslofjord erkennen, in dem die Inseln wie graubraune Muscheln ausgestreut waren und die ersten weißen Segel der Saison in Richtung Land steuerten. Ein paar frisch gebackene Abiturienten standen in ihrer traditionellen roten Bekleidung neben einem roten Bus und pinkelten an den Straßenrand, während die Musik aus den Lautsprechern auf dem Dach dröhnte: »*Won't – you – be my lover …*«

Eine ältere Frau in Bundhosen und mit einem um die Hüften gebundenen Anorak schlenderte mit einem müden Lächeln die Straße hinunter.

Harry parkte unterhalb ihres Hauses. Er wollte nicht in die Einfahrt fahren, er wusste nicht, warum – vielleicht hielt er es für weniger aufdringlich, seinen Wagen hier unten abzustellen. Lächerlich, natürlich, nachdem er ja ohnehin unangemeldet und ungebeten kam.

Er war halb in der Einfahrt, als sein Handy klingelte. Es war Halvorsen, der ihn aus dem Landesverräterarchiv anrief.

»Nichts«, meldete er. »Wenn Daniel Gudeson wirklich am Leben ist, wurde er auf jeden Fall nie wegen Landesverrats angeklagt.«

»Und Signe Juul?«

»Sie wurde zu einem Jahr verurteilt.«

»Doch das Gefängnis blieb ihr ja erspart. Sonst noch was Interessantes?«

»Nee – und jetzt fangen die hier langsam an, mich rauszuschmeißen, sie wollen zumachen.«

»Geh nach Hause und schlaf dich aus. Vielleicht stoßen wir morgen auf etwas.«

Harry stand am Fuß der Treppe und wollte eben die Stufen in einem
Satz hochspringen, als die Tür aufging. Er blieb stehen. Rakel trug
einen Wollpullover und Jeans, ihre Haare waren verstrubbelt und ihr
Gesicht noch blasser als sonst. Er suchte in ihren Augen nach einem
Funken Wiedersehensfreude, fand aber nichts. Aber auch nicht diese neutrale Höflichkeit, vor der ihm am meisten graute. Ihre Augen
drückten eigentlich gar nichts aus, was auch immer das bedeuten sollte.

»Ich habe draußen jemanden sprechen hören«, sagte sie. »Komm
rein.«

Im Wohnzimmer hockte Oleg in einem Pyjama und sah fern.

»Hei, du Verlierer«, begrüßte ihn Harry. »Solltest du nicht besser
Tetris üben?«

Oleg brummte etwas, ohne aufzusehen.

»Ich vergesse immer, dass Kinder nicht mit Ironie umgehen können«, sagte Harry zu Rakel.

»Wo bist du gewesen?«, fragte Oleg.

»Gewesen?« Harry war ein bisschen verwirrt, als er Olegs ankla-
genden Gesichtsausdruck wahrnahm. »Wie meinst du das?«

Oleg zuckte mit den Schultern.

»Kaffee?«, fragte Rakel. Harry nickte. Oleg und Harry saßen still
da und beobachteten die endlos lange Wanderung der Gnus durch
die Wüste Kalahari, während Rakel in der Küche herumhantierte. Es
dauerte, die Wanderung ebenso wie der Kaffee.

»Sechsundfünfzigtausend«, sagte Oleg schließlich.

»Glaub ich dir nicht«, sagte Harry.

»Ich bin ganz oben auf der All-Time-High-Liste!«

»Zeig mal, hol mir das her!«

Oleg stürmte aus der Stube, als Rakel mit dem Kaffee hereinkam
und ihm gegenüber Platz nahm. Harry nahm die Fernbedienung
und drosselte die Lautstärke der donnernden Hufe. Es war Rakel, die
schließlich das Schweigen brach.

»Und, was machst du dieses Jahr am Nationalfeiertag?«

»Arbeiten. Aber wenn du irgendwie eine Einladung andeuten
willst, werde ich Himmel und Erde …«

Sie lachte und winkte ab.

»Entschuldigung, ich wollte nur Konversation betreiben. Lass uns über etwas anderes sprechen.«

»Du bist also krank?«, fragte Harry.

»Das ist eine lange Geschichte.«

»Ein bisschen Zeit solltest du doch haben.«

»Warum bist du zurück, Harry?«

»Wegen Brandhaug. Mit dem ich merkwürdigerweise hier bei dir gesprochen habe.«

»Ja, das Leben ist voller absurder Zusammentreffen«, sagte Rakel.

»Jedenfalls so absurd, dass man damit in einem Roman sicher nicht durchkommen würde.«

»Du kennst ja nicht einmal die halbe Wahrheit, Harry.«

»Wie meinst du das denn?«

Sie seufzte bloß und rührte in ihrem Tee.

»Was soll das?«, fragte Harry. »Gibt die ganze Familie heute Abend nur verschlüsselte Andeutungen von sich?«

Sie versuchte zu lachen, doch es wurde eher ein Schnauben. Frühlingserkältung, dachte Harry.

»Ich … das …«

Sie versuchte noch ein paarmal, den Satz zu beginnen, doch es gelang ihr nicht. Der Teelöffel kreiste unablässig durch den Tee. Über ihrer Schulter erblickte Harry ein Gnu, das langsam und ohne jede Gnade von einem Krokodil in den Fluss gezogen wurde.

»Ich hatte eine schreckliche Zeit«, sagte sie schließlich. »Und ich habe mich nach dir gesehnt.«

Sie wandte sich Harry zu, und erst jetzt sah er, dass sie weinte. Die Tränen rannen über ihre Wangen und sammelten sich unter dem Kinn. Sie unternahm keinen Versuch, sie zurückzuhalten.

»Ja …«, begann Harry, und mehr brachte er nicht über die Lippen, ehe sie sich in den Armen lagen. Sie klammerten sich aneinander wie Schiffbrüchige an eine Rettungsboje. Harry zitterte. Nur das, dachte er. Das reicht mir schon. Sie so zu halten.

»Mama!«, ertönte es von oben. »Wo ist mein Gameboy?«

»In einer der Kommodenschubladen«, rief Rakel mit zitternder Stimme. »Fang oben an!«

»Küss mich«, flüsterte sie Harry zu.

»Aber Oleg kann …«

»Der ist nicht in der Kommode.«

Als Oleg mit seinem Gameboy, den er zu guter Letzt in der Spielzeugkiste gefunden hatte, die Treppe herunterkam, nahm er die Stimmung im Wohnzimmer nicht gleich wahr und lachte über Harrys bekümmertes Brummen, als dieser die hohe Punktzahl sah. Aber gerade als Harry den Versuch gestartet hatte, den Rekord zu brechen, hörte er Olegs Stimme:

»Warum guckt ihr so komisch?«

Harry sah zu Rakel, der es kaum gelang, ernst zu bleiben.

»Weil wir uns so gern haben«, sagte Harry und beseitigte drei Linien mit einem langen, dünnen Balken ganz rechts außen. »Und deinem Rekord geht's jetzt bald an den Kragen, du Verlierer.«

Oleg lachte und schlug Harry auf die Schulter.

»Keine Chance, diesmal verlierst du.«

Harrys Wohnung, 12. Mai 2000

83 Harry fühlte sich nicht wie ein Verlierer, als er kurz vor Mitternacht in seine Wohnung kam und das rote Auge des Anrufbeantworters blinken sah. Er hatte Oleg ins Bett getragen und dann mit Rakel Tee getrunken. Sie hatte gesagt, dass sie ihm irgendwann einmal eine lange Geschichte erzählen werde. Wenn sie nicht so müde sei. Harry hatte gemeint, sie brauche Ferien, womit sie einverstanden war.

»Wir können alle drei zusammen fahren«, hatte er vorgeschlagen. »Wenn diese Sache vorüber ist.«

Sie hatte ihm über den Kopf gestreichelt.

»Du darfst über so etwas keine Scherze machen, Hole.«

»Wer spricht hier von Scherzen?«

»Ich will jetzt aber nicht darüber reden, geh nach Hause, Hole.«

Sie hatten sich im Flur noch einmal geküsst und Harry hatte noch immer ihren Geschmack auf den Lippen.

Auf Socken schlich er sich im Dunkeln ins Wohnzimmer und drückte auf den Play-Knopf des Anrufbeantworters. Sindre Faukes Stimme erfüllte das Dunkel:

»Hier ist Fauke. Ich hab mir ein paar Gedanken gemacht. Wenn Daniel Gudeson mehr als ein Gespenst ist, gibt es nur eine Person hier auf der Welt, die dieses Rätsel lösen kann. Und das ist der Mann, der gemeinsam mit ihm Wache hatte, als Daniel an diesem Silvesterabend angeblich erschossen worden ist: Gudbrand Johansen. Sie müssen Gudbrand Johansen finden, Hole.«

Dann kam das Geräusch, das entsteht, wenn der Hörer aufgelegt wird, und ein Piepen. Als Harry auf das anschließende Klicken wartete, kam eine zweite Nachricht:

»Halvorsen hier. Es ist jetzt halb zwölf. Ich habe gerade einen Anruf von einem der beiden Beamten erhalten, die Mosken observieren sollen. Sie haben vor Moskens Wohnung gewartet, doch er ist nicht nach Hause gekommen. Dann haben sie ihn in Drammen zu erreichen versucht, nur um zu sehen, ob er das Telefon abnimmt. Aber er hat sich nicht gemeldet. Einer der Jungs ist nach Bjerke hochgefahren, doch da war alles verschlossen und dunkel. Ich habe sie dann gebeten, Geduld zu bewahren, und Moskens Auto zur Fahndung ausgeschrieben. Nur dass du das weißt. Wir sehen uns morgen.«

Noch ein Piepen, noch eine Nachricht. Ein neuer Rekord auf Harrys Anrufbeantworter.

»Hier ist noch mal Halvorsen. Ich werde wohl langsam senil, jetzt hab ich die andere Sache ganz vergessen. Es sieht nämlich so aus, als hätten wir endlich einmal Glück gehabt. Das SS-Archiv hatte nichts über Gudeson oder Johansen. Sie rieten mir aber, das zentrale Wehrmachtsarchiv in Berlin anzurufen. Dort hatte ich einen ziemlichen Griesgram am Telefon, der meinte, nur ganz wenige Norweger seien im regulären deutschen Heer gewesen. Doch als ich ihm die Sache erklärte, willigte er ein, trotzdem einmal nachzusehen. Nach einer Weile rief er mich zurück und sagte, er hätte wie erwartet nichts über einen Daniel Gudeson. Doch er hat Kopien von Papieren über einen Gudbrand Johansen gefunden, tatsächlich einem Norweger. Aus diesen geht hervor, dass Johansen 1944 von der Waffen-SS an die Wehrmacht überstellt worden ist. Und auf der Kopie steht der Vermerk, dass die Originalpapiere im Sommer 1944 nach Oslo geschickt worden seien, was nach Aussage unseres Mannes in Berlin nur bedeuten kann, dass Johansen dorthin beordert worden ist. Er fand auch Korrespondenz von einem Arzt, der Johansens Krankmeldung unterschrieben hat. In Wien.«

Harry setzte sich auf den einzigen Stuhl im Wohnzimmer.

»Der Name des Arztes war Christopher Brockhard vom Rudolph II. Hospital. Ich hab das über die Polizei in Wien überprüft, und es stellte sich heraus, dass dieses Krankenhaus noch immer in Betrieb ist. Sie haben mir sogar gut zwanzig Namen von noch heute lebenden Personen besorgt, die während des Krieges dort arbeiteten.«

Die Teutonen kennen sich mit Archivierung aus, dachte Harry.

»Dann habe ich zu telefonieren begonnen. Leider ist mein Deutsch so verdammt schlecht!«

Halvorsens Lachen knackte im Lautsprecher.

»Ich hatte acht davon angerufen, ehe ich eine Krankenschwester an der Strippe hatte, die sich an Gudbrand Johansen erinnerte. Es ist eine Frau von fünfundsiebzig Jahren. Sie sagte, sie erinnere sich sehr gut an ihn. Morgen kriegst du ihre Nummer und die Adresse. Sie heißt übrigens Mayer. Helena Mayer.«

Die knisternde Stille wurden von einem Piepen und dem Klicken des stoppenden Kassettenrecorders abgelöst.

Harry träumte von Rakel, von ihrem Gesicht, das sich an seinem Hals vergrub, von ihren starken Händen und den fallenden Tetris-Steinen. Doch es war Sindre Faukes Stimme, die ihn mitten in der Nacht weckte und ihn in der Dunkelheit nach den Konturen eines Menschen suchen ließ:

»Sie müssen Gudbrand Johansen finden!«

Akershus-Festung, 13. Mai 2000

84 Es war halb drei in der Nacht und der alte Mann hatte seinen Wagen neben einem niedrigen Warenlager auf einer Straße namens Akershusstranda geparkt. Die Straße war früher eine pulsierende Verkehrsader in Oslo gewesen, doch als der Fjellinje-Tunnel eröffnet worden war, war die Akershusstranda auf der einen Seite abgeriegelt worden. Heute wurde sie tagsüber nur noch von denjenigen benutzt, die am Hafen arbeiteten. Und den Freiern, die ein ruhiges Plätzchen für ihre Tour suchten. Zwischen der Straße und dem Wasser lagen nämlich nur ein paar Lagergebäude und auf der anderen Seite war die Westfassade der Festung Akershus. Hätte sich jedoch jemand mit einem lichtstarken Fernglas in Aker Brygge postiert, hätte er das Gleiche gesehen wie der Alte: den Rücken eines grauen Mantels, der hochzuckte, wenn der Mann darin seine Hüften nach vorne stieß, und das Gesicht einer stark geschminkten und nicht weniger stark berauschten Frau, die sich, unmittelbar unter den Kanonen an die Westwand der Festung gelehnt, durchficken ließ. Auf beiden Seiten des Pärchens standen große Scheinwerfer, die die Felswand und die Mauer darüber erhellten.

Kriegswehrmachtsgefängnis Akershus. Der innere Teil der Festungsanlage war nachts geschlossen, und obgleich es ihm einmal gelungen war, dort hineinzukommen, war das Risiko, am eigentlichen Richtplatz entdeckt zu werden, zu groß. Niemand wusste genau, wie viele Menschen dort während des Krieges erschossen worden waren, doch es gab eine Gedenktafel für die gefallenen norwegischen Widerstandskämpfer. Der Alte wusste mit Sicherheit, dass einer davon ein simpler Verbrecher gewesen war, der die Strafe verdient hatte, egal, von welcher Seite man das betrachtete. Und dort hatten sie auch Vidkun Quisling erschossen und all die anderen, die nach dem Krieg zum Tode verurteilt worden waren. Quisling hatte im Pulverturm eingesessen. Der Alte hatte sich oft gefragt, ob das diesem Buch über die Hinrichtungsformen der letzten Jahrhunderte den Namen gegeben hatte. War die Beschreibung der Hinrichtung durch Erschießen, also durch ein Erschießungskommando, in Wahrheit die Schilderung der Hinrichtung von Vidkun Quisling an jenem Oktobertag 1945, als sie den Verräter auf den Platz hinausführten, um seinen Körper mit Gewehrkugeln zu durchbohren? Hatten sie ihm, wie es der Verfasser beschrieb, eine Haube über den Kopf gezogen und einen weißen Lappen als Ziel auf seinem Herzen befestigt? Hatten sie vier Kommandoworte gerufen, ehe die Schüsse fielen? Und hatten die geübten Schützen ihn so schlecht getroffen, dass der Arzt mit dem Stethoskop feststellte, dass der zum Tode Verurteilte erneut hingerichtet werden musste – bis sie vier- oder fünfmal geschossen hatten und der Tod durch den Blutverlust aus den zahlreichen Wunden eintrat?

Der Alte hatte die Beschreibung aus dem Buch ausgeschnitten.

Der Mann in dem grauen Mantel war fertig und stieg die Böschung zu seinem Auto hinunter. Die Frau stand noch immer oben an der Mauer. Sie hatte den Rock hinuntergezogen und sich eine Zigarette angezündet, die im Dunkeln aufglühte, wenn sie daran zog. Der Alte wartete. Dann drückte sie die Zigarette mit ihrem Absatz aus und ging über den schlammigen Weg um die Festung herum zurück zu ihrem Revier auf den Straßen um die Norges Bank.

Der alte Mann drehte sich um und sah auf den Rücksitz, von wo aus ihn die geknebelte Frau mit diesem panischen, vor Schreck starren Blick ansah. So hatte sie jedes Mal geschaut, wenn sie aus dem Diethylätherrausch aufgewacht war. Er konnte sehen, wie sich ihr Mund hinter dem Knebel bewegte.

»Hab keine Angst, Signe«, sagte er, beugte sich über sie und befestigte vorne an ihrem Mantel etwas. Sie versuchte den Kopf zu senken, um zu erkennen, was es war, doch er zwang ihren Kopf nach oben.

»Lass uns ein paar Schritte gehen«, sagte er. »Wie früher.«

Er stieg aus dem Auto, öffnete die hintere Tür, zog sie heraus und stieß sie vor sich her. Sie stolperte und fiel neben dem Weg mit den Knien auf den Kies, doch er zerrte an dem Tau, mit dem er ihre Hände auf dem Rücken zusammengebunden hatte, und brachte sie wieder auf die Beine. Er platzierte sie direkt vor einem der Scheinwerfer, mit den Augen zum Licht.

»Bleib hier ganz ruhig stehen, ich habe den Wein vergessen«, sagte er. »Roter Ribeiros, du erinnerst dich doch daran, nicht wahr? Ganz still, sonst ...«

Das Licht blendete sie, und er musste ihr die Klinge des Messers unmittelbar vor die Augen halten, damit sie sie sah. Trotz des blendenden Lichts waren ihre Pupillen vollständig geweitet, so dass ihre Augen beinahe schwarz aussahen. Er ging zum Auto zurück und sah sich um. Es war kein Mensch zu sehen. Er lauschte und hörte bloß das gleichmäßige Rauschen der Stadt. Dann öffnete er den Kofferraum. Er schob den schwarzen Müllsack zur Seite und spürte, dass die Hundeleiche darin bereits zu erstarren begann. Es glitzerte matt auf dem Stahl der Märklin-Waffe. Er nahm sie heraus und setzte sich auf den Fahrersitz. Dann kurbelte er die Scheibe halb nach unten und legte die Waffe an. Als er nach oben blickte, konnte er ihren gigantischen Schatten über die graubraunen Wände aus dem sechzehnten Jahrhundert tanzen sehen. Der Schatten musste noch von Nesodden aus sichtbar sein. Sehr schön.

Er startete den Motor mit der rechten Hand und gab Gas. Dann sah er sich noch einmal um, ehe er durch das Zielfernrohr blickte. Der Abstand betrug kaum fünfzig Meter und ihr Mantel erfüllte den gesamten Sichtkreis des Fernrohrs. Er zielte ein klein wenig mehr nach rechts, und das schwarze Kreuz fand, was es suchte – den weißen Zettel. Dann atmete er tief aus und krümmte seinen Finger um den Abzug.

»Herzlich willkommen«, flüsterte er.

TEIL VIII

OFFENBARUNG

85 Harry gönnte sich noch drei Extrasekunden, um einfach das kühle Leder der Tyrolean-Air-Sitze im Nacken und an den Unterarmen zu spüren. Dann begann er wieder zu denken.

Unter ihnen lag die Landschaft wie ein zusammenhängender Flickenteppich aus Grün und Gelb. In der Mitte lag die Donau, die wie eine braune eiternde Wunde in der Sonne glitzerte. Die Stewardess hatte gerade angekündigt, dass sie nun den Landeanflug auf Schwechat begännen, und Harry bereitete sich vor.

Er war nie sonderlich gern geflogen, doch in den letzten Jahren hatte er eine richtiggehende Flugangst entwickelt. Ellen hatte ihn einmal gefragt, wovor er Angst habe. »Davor, runterzufallen und zu sterben – wovor sollte man sich sonst fürchten?«, hatte er geantwortet. Sie hatte ihm erzählt, dass die Wahrscheinlichkeit, bei einem einfachen Flug umzukommen, eins zu dreißig Millionen war. Er hatte ihr für diese Information gedankt und gesagt, jetzt habe er keine Angst mehr.

Harry atmete ein und aus und versuchte, nicht auf die wechselnden Motorengeräusche zu hören. Warum wurde die Angst vor dem Tod mit dem Alter schlimmer? Sollte das nicht umgekehrt sein? Signe Juul war neunundsiebzig Jahre alt geworden und hatte vor Angst vermutlich beinahe die Besinnung verloren. Eine der Wachen der Festung Akershus hatte sie gefunden. Sie hatten einen Anruf von einem schlaflosen Bürger aus Aker Brygge erhalten, der ihnen mitteilte, dass einer der Scheinwerfer durchgebrannt sei, und der Wachhabende hatte einen der jungen Kollegen rausgeschickt, das zu überprüfen. Harry hatte ihn zwei Stunden später verhört, und er hatte Harry erzählt, dass er, als er näher gekommen sei, eine leblose Frau auf einem der Scheinwerfer liegen gesehen habe, deren Körper das Licht abschirmte. Zuerst habe er geglaubt, es sei eine Drogensüchtige, doch dann habe er die grauen Haare und die altmodischen Kleider wahrgenommen und erkannt, dass es eine alte Frau war. Sein nächster Gedanke sei gewesen, dass sie vielleicht ohnmächtig geworden war, doch dann hätte er die auf dem Rücken gefesselten Hände bemerkt. Und erst als er direkt bei ihr gewesen sei, habe er das klaffende Loch in ihrem Mantel gesehen.

»Ich konnte die zerfetzte Wirbelsäule sehen«, hatte er Harry berichtet. »Ich konnte das wirklich *sehen*.«

Dann hatte er Harry erzählt, dass er sich mit einer Hand an der
Felswand abgestützt und sich erbrochen habe und dass er erst später,
als die Polizei gekommen war und die Frau vom Scheinwerfer her-
untergenommen hatte, so dass wieder Licht an die Wand fiel, begriffen habe, was das Klebrige an seiner Hand war. Er hatte Harry seine
Hand gezeigt, als ob das wichtig wäre.

Die Spurensicherung war gekommen, und Weber war zu Harry
hinübergegangen, während er Signe Juul mit schlaftrunkenen Augen
betrachtet und gesagt hatte, dass hier verdammt noch mal nicht Gott
der Richter gewesen sei, sondern der Kerl in der Etage darunter.

Der einzige Zeuge war ein Wachmann, der eines der Lagerhäuser
überprüft hatte. Er hatte ein Auto gesehen, das um Viertel vor drei in
Richtung Osten über die Akershusstranda gefahren war. Doch weil es
ihn mit Fernlicht geblendet hatte, hatte er weder Farbe noch Typ
erkennen können.

Es fühlte sich so an, als gebe der Pilot Gas. Harry stellte sich vor,
dass sie versuchten, Höhe zu gewinnen, weil der Pilot gerade die Al-
pen vor dem Cockpit entdeckt hatte. Dann schien die Tyrolean Air
jegliche Luft unter den Tragflächen verloren zu haben, und Harry
spürte, wie sich sein Magen hob. Er stöhnte unfreiwillig, als sie schon
im nächsten Augenblick wieder wie ein Gummiball nach oben geschleudert wurden. Der Pilot meldete sich über den Lautsprecher
und sagte etwas auf Deutsch und Englisch über Turbulenzen.

Aune hatte gesagt, dass ein Mensch, dem die Fähigkeit, Angst zu
empfinden, fehlt, vermutlich nicht einen Tag überleben würde.
Harry umklammerte seine Armlehne und versuchte sich mit diesem
Gedanken zu trösten.

Es war übrigens Aune gewesen, der Harry indirekt dazu verleitet
hatte, sich ins erste Flugzeug nach Wien zu setzen. Als er alle Fakten
auf dem Tisch hatte, hatte er sofort gesagt, der Zeitfaktor sei von
größter Bedeutung.

»Wenn das ein Serienmörder ist, beginnt er, die Kontrolle zu verlieren«, hatte Aune gemeint. »Nicht wie der klassische Serienmörder
mit sexuellen Motiven, der auf der Suche nach Befriedigung ist, aber
jedes Mal gleich enttäuscht ist und die Frequenz aus reiner Frustra-
tion erhöht. Dieser Mörder hat eindeutig keine sexuellen Motive; er

hat irgendeinen kranken Plan, den er ausführen muss, und bis jetzt ist er vorsichtig und rational vorgegangen. Dass die Morde so schnell hintereinander kommen und dass er ein derart hohes Risiko eingeht, um das Symbolische in seiner Handlung zu unterstreichen – wie diese Hinrichtung an der Festung Akershus –, deutet darauf hin, dass er sich entweder unüberwindlich vorkommt oder dass er im Begriff ist, die Kontrolle zu verlieren und vielleicht in eine Psychose abzudriften.«

»Vielleicht hat er aber auch noch alles unter Kontrolle«, hatte Halvorsen zu bedenken gegeben. »Er hat keine Fehler gemacht. Wir stehen ohne jede Spur da.«

Und damit hatte Halvorsen verflucht Recht. Keine Spur.

Mosken hatte alles erklären können. Er war in Drammen ans Telefon gegangen, als Halvorsen dort versuchsweise am Morgen angerufen hatte, nachdem er in Oslo nirgendwo gesichtet worden war. Sie konnten natürlich nicht wissen, ob es stimmte, was er sagte, dass er nämlich nach Betriebsschluss in Bjerke um halb elf direkt nach Drammen gefahren wäre, wo er um halb zwölf angekommen sei. Oder ob er erst um halb vier in der Nacht dort eingetroffen war und somit Signe Juul erschossen haben konnte.

Harry hatte Halvorsen darum gebeten, die Nachbarn anzurufen und sie zu fragen, ob sie gesehen oder gehört hätten, wann Mosken nach Hause gekommen sei; aber er machte sich keine großen Hoffnungen. Und er hatte Møller gebeten, mit dem Staatsanwalt über einen Durchsuchungsbefehl für beide Wohnungen von Mosken zu sprechen. Harry wusste, dass ihre Argumente nur schwach waren, und folglich hatte der Staatsanwalt geantwortet, dass er wenigstens den Ansatz eines Indizes brauchte, ehe er einwilligen konnte.

Keine Spur. Es war zum Verrücktwerden.

Harry schloss die Augen. Sofort sah er Even Juuls Gesicht vor sich, grau, verschlossen. Er hatte zusammengesunken im Sessel im Irisvei gesessen, das Hundehalsband in der Hand.

Dann setzten die Räder auf dem Asphalt auf, und Harry konstatierte, dass er wieder einmal zu den dreißig Millionen Glücklichen gehörte.

Der Polizist, den der Wiener Polizeichef bereitwillig für Harry als Chauffeur, Stadtführer und Übersetzer abgestellt hatte, stand mit einem dunklen Anzug, Sonnenbrille und Stiernacken in der Ankunftshalle. Er hielt ein Stück Pappe in den Händen, auf dem mit dickem schwarzem Stift *Mr Hole* geschrieben war.

Der Stiernacken stellte sich als »Fritz« vor (irgendeiner muss ja so heißen, dachte Harry) und führte Harry zu einem marineblauen BMW, der kurz darauf in Richtung Nordwesten über die Autobahn auf das Zentrum zuraste, vorbei an Fabrikschornsteinen, die weißen Rauch ausspuckten, und vorbildlichen Verkehrsteilnehmern, die brav auf die rechte Spur auswichen, wenn Fritz Gas gab.

»Sie haben ein Zimmer im Hotel der Spione«, sagte Fritz.

»Hotel der Spione?«

»Das alte, ehrwürdige Imperial. Dort stiegen während des Kalten Krieges sowohl die russischen als auch die westlichen Agenten ab. Ihr Polizeichef muss reichlich Geld haben.«

Sie kamen zum Kärntner Ring und Fritz zeigte nach vorn.

»Das ist der Turm vom Stephansdom, da rechts über den Hausdächern«, sagte er. »Schön, nicht? Hier ist das Hotel. Ich warte hier, während Sie einchecken.«

Der Portier im Imperial lächelte, als er sah, wie sich Harry mit großen Augen in der Eingangshalle umsah.

»Wir haben hier für vierzig Millionen Schilling renoviert, damit es genauso aussieht wie vor dem Krieg. Das Hotel wurde bei den Bombenangriffen 1944 beinahe zerstört und war bis vor kurzem ziemlich heruntergekommen.«

Als Harry im dritten Stock aus dem Fahrstuhl trat, hatte er das Gefühl, über schwingenden Moorboden zu gehen, so dick und weich waren die Teppiche. Das Zimmer war nicht sonderlich groß, hatte aber ein breites Himmelbett, das mindestens hundert Jahre alt zu sein schien. Als er das Fenster öffnete, roch er den Duft von frischen Backwaren aus der Konditorei auf der anderen Straßenseite.

»Helena Mayer wohnt in der Lazarettgasse«, unterrichtete ihn Fritz, als er sich wieder ins Auto setzte. Er hupte ein Auto an, das die Spur wechselte, ohne zu blinken.

»Sie ist Witwe und hat zwei erwachsene Kinder. Sie hat nach dem Krieg bis zu ihrer Pensionierung als Lehrerin gearbeitet.«

»Haben Sie mit ihr gesprochen?«

»Nein, aber ich habe ihre Akte gelesen.«

Die Wohnung in der Lazarettgasse lag in einem Gebäude, das frü her vermutlich einmal vornehm gewesen war. Jetzt blätterte der Putz im Treppenaufgang von den Wänden und das Echo ihrer schlurfenden Schritte vermischte sich mit dem Tropfen von Wasser.

Helena Mayer wohnte in der vierten Etage. Sie stand lächelnd in der Tür. Mit lebhaften braunen Augen bat sie die Besucher, die vielen Treppen zu entschuldigen.

Das Zimmer, in das sie geführt wurden, war leicht übermöbliert und voll mit all den Nippesfiguren, die sich in einem langen Leben ansammeln.

»Setzen Sie sich«, bat sie. »Ich werde deutsch mit Ihnen sprechen, aber Sie dürfen gerne englisch mit mir reden, verstehen tue ich das«, sagte sie an Harry gerichtet.

Sie holte ein Kuchentablett. »Strudel«, erklärte sie und deutete auf den Kuchen.

»Lecker«, sagte Fritz und bediente sich.

»Sie kannten also Gudbrand Johansen«, begann Harry.

»Ja, das heißt, wir nannten ihn Urias, er bestand darauf. Zuerst dachten wir, er sei geistig verwirrt, als Folge der Verletzungen.«

»Was waren das für Verletzungen?«

»Kopfverletzungen. Und am Bein natürlich, Doktor Brockhard hätte es beinahe amputieren müssen.«

»Doch er wurde wieder gesund und im Sommer 1944 nach Oslo beordert, nicht wahr?«

»Ja, da hätte er hinsollen.«

»Wie meinen Sie das, *hätte hinsollen?*«

»Er verschwand. Jedenfalls tauchte er nicht in Oslo auf, oder?«

»Nicht, soweit wir wissen, nein. Sagen Sie mir, wie gut kannten Sie Gudbrand Johansen?«

»Recht gut, er war ein extrovertierter Mensch und ein guter Erzähler. Ich glaube, alle Krankenschwestern haben sich der Reihe nach in ihn verliebt.«

»Sie auch?«

Sie lachte ein trillerndes, helles Lachen. »Ich auch, aber er wollte mich nicht.«

»Nein?«

»Oh, ich war hübsch, das kann ich Ihnen versichern – daran lag es nicht. Aber es gab eine andere Frau, die Urias haben wollte.«

»Ach ja?«

»Ja, sie hieß auch Helena.«

»Welche Helena war das?«

Die alte Frau runzelte die Stirn.

»Helena Lang, glaube ich. Dass sich die beiden so liebten, war ja der Grund für diese Tragödie.«

»Welche Tragödie?«

Sie sah verwundert von Harry zu Fritz und wieder zurück.

»Sind Sie denn nicht deshalb gekommen?«, fragte sie. »Wegen des Mordes?«

Schlosspark, 14. Mai 2000

86 Es war Sonntag. Die Menschen gingen langsamer als sonst, so dass der alte Mann auf dem Weg durch den Schlosspark mit ihnen Schritt halten konnte. Am Wachhäuschen blieb er stehen. Die Bäume hatten diese helle grüne Farbe, die er am liebsten mochte. Alle, bis auf einen. Die große Eiche in der Mitte des Parks würde nie mehr grüner werden, als sie es jetzt war. Man konnte den Unterschied bereits erkennen. Nachdem das Holz aus der Winterruhe erwacht war, hatte auch der lebenswichtige Saft im Stamm zu zirkulieren begonnen und das Gift im Adernetz verbreitet. Es war in jedes Blatt vorgedrungen und hatte ein hektisches Wachstum hervorgerufen. Im Laufe von ein oder zwei Wochen würden die Blätter vertrocknen, braun werden und abfallen, und zu guter Letzt würde der Baum sterben.

Doch sie hatten noch nichts begriffen. Sie begriffen vermutlich überhaupt nichts. Bernt Brandhaug war anfänglich kein Bestandteil seines Plans gewesen, und der Alte konnte verstehen, dass das Attentat die Polizei verwirrt hatte. Brandhaugs Äußerung im *Dagbladet* war nur wieder einer dieser merkwürdigen Zufälle gewesen, und er hatte laut gelacht, als er sie gelesen hatte. Mein Gott, er war sogar gleicher Meinung gewesen. Die Verlierer mussten hängen, das war das Gesetz des Krieges.

Doch was war mit all den anderen Spuren, die er ihnen hinterlassen hatte? Nicht einmal die Hinrichtung an der Festung Akershus hatten sie mit dem großen Verrat in Verbindung gebracht. Vielleicht würde ihnen ein Licht aufgehen, wenn das nächste Mal die Kanonen auf der Wallanlage abgefeuert wurden.

Er hielt nach einer Bank Ausschau. Die Schmerzen kamen jetzt immer häufiger. Er musste nicht zu Buer gehen, um zu wissen, dass sich die Krankheit mittlerweile im ganzen Körper ausgebreitet hatte, das spürte er selbst. Es war nun bald so weit.

Er stützte sich an einen Baum. Die Königsbirke. Regierung und König waren nach England geflüchtet. »Deutsche Bomber über uns.« Das Gedicht von Nordahl Grieg verursachte ihm Übelkeit. Es stellte den königlichen Verrat als ehrenvollen Rückzug dar, als ob es eine moralische Handlung gewesen wäre, sein Volk in der Not zu verlassen. Und in der Londoner Sicherheit war der König nur eine dieser Exilmajestäten gewesen, die bei repräsentativen Essen anrührende Reden für sympathisierende Oberschichtfrauen hielten, während sie sich an die Hoffnung klammerten, dass ihr kleines Königreich sie eines Tages wiederhaben wollte. Und nachdem alles vorbei war, folgte der Empfang, als das Schiff mit dem Kronprinzen am Kai festmachte und sich all die Menschen, die herbeigelaufen waren, heiser schrien, um die Beschämung zu übertönen – ihre eigene und die über ihren König. Der Alte schloss die Augen und drehte den Kopf zur Sonne.

Kommandorufe, Stiefel und AG3-Gewehre knallten in den Kies. Abmeldung. Wachablösung.

Wien, 14. Mai 2000

87 »Das wussten Sie nicht?«, fragte Helena Mayer. Sie schüttelten den Kopf, und Fritz hing bereits am Telefon, um jemanden ins Archiv zu schicken, der nach verjährten Mordfällen suchen sollte.

»Wir finden das ganz sicher«, flüsterte er. Harry zweifelte nicht daran.

»Die Polizei war sich also sicher, dass Gudbrand Johansen seinen eigenen Arzt tötete?«, fragte Harry, an die alte Dame gerichtet.

»Ja, ja. Christopher Brockhard wohnte alleine in einer Wohnung auf dem Krankenhausgelände. Die Polizei sagte, Johansen habe das

Glas der Eingangstüre eingeschlagen und ihn dann im Schlaf im Bett getötet.«

»Wie?«

Frau Mayer fuhr sich mit dem Zeigefinger dramatisch über die Kehle.

»Ich habe das später selbst gesehen«, sagte sie. »Man hätte meinen können, der Doktor hätte es selber gemacht, so sauber war der Schnitt.«

»Hm. Und warum war sich die Polizei so sicher, dass es Johansen war?«

Sie lachte.

»Das kann ich Ihnen sagen – weil Johansen den Pförtner gefragt hat, in welcher Wohnung Brockhard wohnte, und dann vor dem Haus geparkt hat und hineingegangen ist. Danach ist er schnell rausgelaufen, hat das Auto angelassen und ist mit Vollgas in Richtung Wien gefahren. Am nächsten Tag war er verschwunden, und niemand hatte eine Ahnung, wohin; nur, dass er sich drei Tage später in Oslo hätte melden sollen, wusste man. Die norwegische Polizei wartete auf ihn, aber dort ist er ja nie angekommen.«

»Wissen Sie noch, ob die Polizei außer dieser Zeugenaussage noch andere Beweise gefunden hat?«

»Ob ich das noch weiß? Dieser Mord war lange Zeit das Gesprächsthema Nummer eins! Das Blut auf dem Glas der Wohnungstür war Gudbrands Blut. Und die Polizei fand in Brockhards Schlafzimmer die gleichen Fingerabdrücke wie auf Urias' Nachtschränkchen und seinem Bett im Hospital. Und dann gab es ja auch noch das Motiv ...«

»Ja?«

»Sie liebten einander, Gudbrand und Helena. Doch Christopher sollte sie bekommen.«

»Waren sie verlobt?«

»Nein, nein, aber Christopher war verrückt nach Helena, das wussten alle. Helena stammte aus einer einstmals reichen Familie, die ruiniert war, nachdem ihr Vater ins Gefängnis musste. In die Familie Brockhard einzuheiraten war die einzige Möglichkeit für sie und ihre Mutter, wieder Boden unter die Füße zu bekommen. Und Sie wissen ja, wie das ist. Eine junge Frau hat gewisse Verpflichtungen ihrer Familie gegenüber. Auf jeden Fall war das früher so.«

»Wissen Sie, wo Helena Lang heute ist?«

»Aber Sie haben den Strudel ja nicht einmal angerührt«, unterbrach ihn die Witwe.

Harry nahm einen großen Bissen, kaute und nickte Frau Mayer aufmunternd zu.

»Nein«, sagte sie, »das weiß ich nicht. Als bekannt wurde, dass sie in der Mordnacht mit Johansen zusammen gewesen war, wurde auch gegen sie ermittelt. Doch man hat nichts gefunden. Sie gab ihre Arbeit im Hospital auf und zog nach Wien. Sie eröffnete eine eigene Schneiderei. Ja, sie war eine starke und tatkräftige Frau, ich hab sie hier auf der Straße hin und wieder gesehen. Sie war immer in Bewegung. Doch Mitte der fünfziger Jahre verkaufte sie den Laden und danach habe ich sie nie mehr gesehen. Einige sagen, sie sei ins Ausland gegangen. Aber ich weiß, wen Sie fragen können. Falls sie noch am Leben ist, natürlich: Beatrice Hoffmann. Sie war die Haushälterin der Familie Lang. Nach dem Mord konnte die Familie sie nicht mehr bezahlen und daraufhin arbeitete sie eine Zeit lang im Rudolph II. Hospital.«

Fritz hatte bereits zum Telefon gegriffen.

Am Fensterrahmen brummte eine verzweifelte Fliege. Sie folgte ihrem eigenen mikroskopischen Verstand und flog unablässig gegen die Scheibe. Harry stand auf.

»Noch etwas Strudel …?«

»Beim nächsten Mal, Frau Mayer. Jetzt haben wir leider wenig Zeit.«

»Warum?«, fragte sie. »Das ist doch vor mehr als einem halben Jahrhundert geschehen, das läuft Ihnen doch nicht weg.«

»Tja …«, sagte Harry, während er die schwarze Fliege in der Sonne unter der Spitzengardine betrachtete.

Fritz erhielt einen Anruf, während sie auf dem Weg ins Polizeipräsidium waren, und machte bald darauf eine höchst gesetzeswidrige Wendung, so dass die Autofahrer hinter ihnen wie wild hupten.

»Beatrice Hoffmann lebt noch«, verkündete er und beschleunigte an einer Ampelkreuzung. »Sie wohnt in einem Altersheim in der Mauerbachstraße. Das ist oben im Wienerwald.«

Der BMW-Turbo lief auf vollen Touren. Die großen Mietshäuser machten Fachwerkhäusern und Weingütern Platz, und schließlich kam der grüne Laubwald zum Vorschein. Die Nachmittagssonne spielte in den Blättern und ließ eine zauberhafte, beinahe mystische Stimmung entstehen, während sie über Buchen- und Kastanienalleen brausten.

Ein Krankenpfleger führte sie in den großen Garten.

Beatrice Hoffmann saß auf einer Bank im Schatten unter einer mächtigen knorrigen Eiche. Ein Strohhut umrahmte das kleine, faltige Gesicht. Fritz erklärte ihr den Grund ihres Kommens. Die alte Frau nickte und lächelte.

»Ich bin neunzig Jahre alt«, sagte sie mit zitternder Stimme. »Aber ich muss noch immer weinen, wenn ich an Fräulein Helena denke.«

»Lebt sie noch?«, fragte Harry in seinem Schuldeutsch. »Wissen Sie, wo sie ist?«

»Was hat er gesagt?«, fragte sie, wobei sie eine Hand hinter das Ohr legte. Fritz wiederholte es.

»Ja«, sagte sie. »Ja, ich weiß, wo Helena ist. Sie sitzt da oben.«

Sie deutete in die Baumkrone.

Das war's, dachte Harry. Senil. Aber die Alte hatte noch nicht alles gesagt.

»Beim Heiligen Petrus ist sie. Gute Katholiken waren das, die Langs, doch Helena war der eigentliche Engel der Familie. Wie gesagt, ich muss immer weinen, wenn ich daran denke.«

»Erinnern Sie sich an Gudbrand Johansen?«, fragte Harry.

»Urias«, sagte Beatrice. »Ich bin ihm nur einmal begegnet. Ein hübscher, charmanter junger Mann, aber leider krank. Wer hätte geglaubt, dass ein derart höflicher, lieber Junge imstande sein würde zu töten? Die Gefühle haben sie überwältigt, ja, Helena auch, sie ist niemals darüber hinweggekommen, die Arme. Die Polizei hat ihn ja nie gefunden, und obgleich Helena nicht angeklagt wurde, brachte André Brockhard die Krankenhausleitung dazu, sie zu entlassen. Sie zog in die Stadt und leistete ehrenamtliche Arbeit für das erzbischöfliche Ordinariat, bis die finanzielle Not der Familie sie zwang, eine bezahlte Arbeit anzunehmen. So begann sie mit der Schneiderei. Innerhalb von zwei Jahren hatte sie bereits vierzehn Frauen angestellt, die den ganzen Tag für sie nähten. Ihr Vater war wieder auf freiem Fuß, doch nach dem Skandal mit den jüdischen Bankiers fand er keine Arbeit. Frau Lang verkraftete den Niedergang der Familie am schlechtesten. Sie starb nach längerer Krankheit 1953 und Herr Lang im gleichen Herbst durch einen Autounfall. 1955 verkaufte Helena die Schneiderei und verließ dann, ohne sich vorher zu verabschieden, das Land. Ich erinnere mich noch an den Tag, es war der 15. Mai, Österreichs Befreiungstag.«

Fritz bemerkte Harrys fragenden Gesichtsausdruck und erklärte:

»Österreich ist etwas eigen. Hier feiern wir nicht Hitlers Kapitulation, sondern den Tag, an dem die Alliierten das Land verlassen haben.«

Dann erzählte Beatrice, wie sie von Helenas Tod erfahren hatte.

»Wir hatten mehr als zwanzig Jahre nichts von ihr gehört, als ich eines Tages einen in Paris abgestempelten Brief erhielt. Sie sei dort mit ihrem Mann und ihrer Tochter in den Ferien, schrieb sie. Ich begriff bald, dass es eine Art letzte Reise sein musste. Sie erzählte nicht, wo sie wohnte, mit wem sie verheiratet war oder an welcher Krankheit sie litt. Nur, dass sie nicht mehr viel Zeit habe. Und dann bat sie mich, eine Kerze im Stephansdom für sie anzuzünden. Sie war ein außergewöhnlicher Mensch, diese Helena. Mit sieben Jahren kam sie mal zu mir in die Küche, sah mich mit ernsten Augen an und sagte, dass die Menschen von Gott erschaffen worden seien, um zu lieben.«

Eine Träne rann über die faltige Wange der Alten.

»Ich werde das nie vergessen. Mit sieben Jahren. Ich glaube, sie hatte sich damals entschlossen, wie sie ihr Leben leben wollte. Und obgleich es ganz sicher nicht so wurde, wie sie es sich vorgestellt hatte, und sie viele und harte Prüfungen überstehen musste, bin ich überzeugt davon, dass sie ihr ganzes Leben daran festgehalten hat – dass die Menschen von Gott geschaffen sind, um zu lieben. Sie war einfach so.«

»Haben Sie diesen Brief noch?«, fragte Harry.

Sie trocknete sich die Wange und nickte.

»Ich habe ihn in meinem Zimmer. Aber lassen sie mich noch einen Moment hier mit meinen Erinnerungen sitzen, wir können später hineingehen. Es wird übrigens die erste warme Nacht des Jahres geben.«

Sie saßen still da und lauschten dem Rauschen der Zweige und dem Gesang der Vögel, die den Untergang der Sonne begleiteten, die sich hinter der Sophienalp dem Horizont näherte. Jeder von ihnen dachte an seine Toten. Insekten hüpften und tanzten in den letzten Sonnenstrahlen unter den Bäumen. Harry dachte an Ellen. Er hatte einen Vogel entdeckt und war sich sicher, dass es sich dabei um diesen Fliegenschnäpper handeln musste, von dem er ein Bild im Vogelbuch gesehen hatte.

»Lassen Sie uns gehen«, sagte Beatrice.

Ihr Zimmer war klein und einfach, doch hell und gemütlich. An der Längsseite stand ein Bett, die Wand darüber war mit kleinen und großen Bildern übersät. Beatrice blätterte durch die Papiere, die sie in der Kommodenschublade hatte.

»Ich habe ein System, ich werde ihn gleich finden«, sagte sie. Hoffentlich, dachte Harry.

Im selben Augenblick fiel sein Blick auf ein Bild in einem silbernen Rahmen.

»Hier ist der Brief«, sagte Beatrice.

Harry antwortete nicht. Er starrte das Bild an und reagierte erst, als er ihre Stimme unmittelbar hinter sich hörte.

»Die Fotografie ist gemacht worden, als Helena im Krankenhaus arbeitete. Sie war schön, nicht wahr?«

»Ja«, sagte Harry, »sie kommt mir so seltsam bekannt vor.«

»Das ist nicht so erstaunlich«, sagte Beatrice. »Man malt sie seit bald zweitausend Jahren auf Ikonen.«

Es wurde eine heiße Nacht. Heiß und schwül. Harry wälzte sich in seinem Himmelbett hin und her, warf die Decke zu Boden und zerrte die Laken unter der Matratze hervor, während er versuchte, die Gedanken fern zu halten und endlich zu schlafen. Einen Augenblick lang hatte er an die Minibar gedacht, doch dann war ihm eingefallen, dass er den Schlüssel dazu vom Schlüsselbund genommen und an der Rezeption zurückgelassen hatte. Draußen auf dem Flur hörte er Stimmen. Er hörte, dass jemand an seine Klinke fasste, und fuhr im Bett auf, doch es kam niemand herein. Dann waren die Stimmen bei ihm, ihr Atem lag heiß auf seiner Haut und es krachte von zerreißendem Stoff, doch als er die Augen öffnete, sah er das Licht und erkannte, dass es Blitze waren.

Es donnerte wieder, es klang wie entfernte Explosionen, erst in dem einen Stadtteil, dann in einem anderen. Danach schlief er wieder und küsste sie, zog ihr das Nachthemd aus, und ihre Haut war weiß und kalt. Sie bekam eine Gänsehaut vor Schweiß und Angst, und er legte seine Arme um sie, lange, lange, bis ihr warm wurde und sie in seinen Armen zu neuem Leben erwachte, wie eine Blume, die man das ganze Frühjahr über gefilmt hat und deren Film man nun mit wahnwitzigem Tempo abspielt.

Er küsste sie weiter, auf den Nacken, auf die Innenseite ihrer Arme, auf den Bauch, ohne etwas zu verlangen, ja nicht einmal herausfordernd, sondern bloß halb tröstend, halb schläfrig, als könne er jeden Augenblick verschwinden. Und als sie ihm zögernd folgte, weil sie glaubte, dass es dort, wohin sie wollten, sicher war, ging er weiter vor ihr her, bis sie in eine Landschaft kamen, die auch sie nicht kannte. Als er sich umdrehte, war es zu spät, und sie warf sich in seine Arme, während sie ihn verfluchte und beschimpfte und ihn mit ihren starken Händen bis aufs Blut kratzte.

Er wachte von seinem eigenen keuchenden Atem auf und musste sich im Bett umdrehen, um sich zu vergewissern, dass er allein war. Anschließend vermischte sich alles zu einem Mahlstrom aus Donner, Schlaf und Träumen. Er wachte erneut auf, diesmal von dem Regen, der gegen sein Fenster prasselte, erhob sich und schaute auf die Straßen hinunter, auf denen das Wasser über die Bordsteinkanten spülte und einen einsamen, herrenlosen Hut mit sich riss.

Als Harry vom telefonischen Weckdienst aus dem Schlaf gerissen wurde, war es hell. Die Straßen waren getrocknet.

Er sah auf die Uhr auf seinem Nachtschränkchen. In zwei Stunden ging sein Flug nach Oslo.

Theresesgate, 15. Mai 2000

88 Ståle Aunes Büro hatte gelbe Wände, die mit überfüllten Regalen voller Fachliteratur zugestellt waren, an den wenigen freien Plätzen hingen Zeichnungen von Aukrust.

»Setz dich, Harry«, sagte Doktor Aune. »Stuhl oder Sofa?«

Das war seine übliche Begrüßung und Harry zog den linken Mundwinkel zu seinem ebenso üblichen Guter-Witz-aber-den-kenn-ich-schon-Lächeln hoch. Harry hatte vom Flughafen Gardermoen aus angerufen, und Aune hatte ihm versichert, er dürfe gerne kommen, wenn er auch wenig Zeit habe, da er nach Hamar auf ein Fachseminar müsse, wo er die Eröffnungsrede halten sollte.

»Es trägt den Titel: Postdiagnostische Probleme im Zusammenhang mit Alkoholismus«, sagte Aune. »Ich werde deinen Namen nicht nennen.«

»Hast du dich deshalb so fein angezogen?«, fragte Harry.

»Die Bekleidung ist einer unserer stärksten Signalgeber«, antwortete Aune und fuhr sich mit der Hand über den Jackenkragen. »Tweed steht für Maskulinität und Selbstsicherheit.«

»Und eine Fliege?«, fragte Harry, während er sein Notizbuch und einen Stift aus der Tasche zog.

»Für intellektuelle Verspieltheit und Arroganz. Seriosität, wenn auch gekoppelt mit einem Anflug von Selbstironie, wenn du so willst. Genug, um meinen Hinterbänkler-Kollegen zu imponieren, denke ich.«

Aune lehnte sich zufrieden zurück und faltete die Hände über seinem ausgestreckten Bauch.

»Erzähl mir lieber etwas über Persönlichkeitsspaltung«, sagte Harry. »Oder Schizophrenie.«

»In fünf Minuten?« Aune stöhnte.

»Dann gib mir eine kurze Zusammenfassung.«

»Erstens – du nennst Schizophrenie und Persönlichkeitsspaltung in einem Atemzug, das ist schon eines dieser Missverständnisse, das sich aus irgendeinem Grund in allen Köpfen festgesetzt hat. Schizophrenie bezeichnet eine ganze Gruppe äußerst unterschiedlicher psychischer Erkrankungen und hat nichts, aber auch gar nichts mit Persönlichkeitsspaltung zu tun. *Schizo* kommt zwar aus dem Griechischen und heißt gespalten, doch was Eugen Bleuler damit meinte, ist, dass die psychologischen Funktionen im Hirn eines Schizophrenen gespalten sind. Und wenn ... «

Harry zeigte auf die Uhr.

»Genau«, sagte Aune. »Persönlichkeitsspaltung, wie du das meinst, nennt man auf Amerikanisch MPD. Eine multiple Persönlichkeit ist so definiert, dass sich zwei oder mehrere Persönlichkeiten in einem Individuum befinden, die sich in ihrer Dominanz abwechseln. Wie bei Dr. Jekyll und Mr Hyde.«

»Das gibt es also?«

»Aber selten, viel seltener, als es uns manche Hollywood-Filme glauben lassen wollen. Im Laufe meiner fünfundzwanzig Jahre als Psychologe hatte ich nie das Glück, auch nur einen einzigen MPD-Fall mitzuerleben. Aber ich habe davon gehört.«

»Was zum Beispiel?«

»Zum Beispiel, dass es meistens mit einem Gedächtnisverlust einhergeht. Das heißt, bei einem Patienten mit Multipler Persönlichkeitsstörung kann eine der Personen mit einem Kater aufwachen, ohne zu wissen, dass es eine andere Person gibt, die ein Trunkenbold ist. Ja, die eine Persönlichkeitshälfte kann wirklich Alkoholiker sein und die andere Abstinenzler.«

»Das meinst du aber wohl nicht wortwörtlich, oder?«

»Doch.«

»Aber Alkoholismus ist doch auch ein physisches Leiden.«

»Ja, und genau dies macht MPD so faszinierend. Ich habe einen Bericht über einen MPD-Patienten gelesen, dessen eine Persönlichkeit Kettenraucher war, während die andere niemals eine Zigarette anrührte. Und bei der rauchenden Persönlichkeit lag der Blutdruck um zwanzig Prozent höher als bei der anderen. Und Frauen mit MPD berichten, dass sie mehrmals im Monat ihre Menstruation bekommen, weil jede Persönlichkeit ihren eigenen Zyklus hat.«

»Diese Menschen können ihre eigene Physis ändern?«

»Bis zu einem gewissen Grade, ja. Die Geschichte über Dr. Jekyll und Mr Hyde ist gar nicht so weit von der Wirklichkeit entfernt, wie man vielleicht glauben mag. In einem bekannten Fall, der von Dr. Osherson beschrieben wurde, war die eine Persönlichkeit heterosexuell, die andere aber homosexuell.«

»Können die Persönlichkeiten unterschiedliche Stimmen haben?«

»Ja, durch die verschiedenen Stimmen kann man die Übergänge zwischen den einzelnen Persönlichkeiten mit am einfachsten observieren.«

»So unterschiedlich, dass jemand, der diese Person gut kennt, sie nicht an der Stimme erkennen würde? Am Telefon, zum Beispiel?«

»Wenn der Betreffende nichts von der zweiten Persönlichkeit weiß, ja. Bei Personen, die den MPD-Patienten nur flüchtig kennen, kann die andere Mimik und Körpersprache schon ausreichen, damit sie die Person nicht erkennen, selbst wenn sie im gleichen Raum ist.«

»Ist es denkbar, dass eine Person mit Multipler Persönlichkeits-störung das vor seinen nächsten Angehörigen geheim halten kann?«

»Das ist möglich. Wie häufig die andere oder die anderen Persönlichkeiten auftreten, ist individuell sehr unterschiedlich. Manche Patienten können das auch teilweise selber kontrollieren.«

»Aber dann müssen die verschiedenen Persönlichkeiten ja über-einander Bescheid wissen.«

»Aber ja. Das ist gar nicht ungewöhnlich. Und genau wie in Stevensons Roman über Dr. Jekyll und Mr Hyde kann es zwischen den Persönlichkeiten zu einem erbitterten Streit kommen, weil sie nicht die gleichen Ziele verfolgen, divergierende Moralvorstellungen haben und unterschiedliche Menschen mögen oder nicht mögen.«

»Wie sieht es mit der Handschrift aus, können sie die auch verstellen?«

»Von Verstellen ist nicht die Rede, Harry! Du bist auch nicht immer exakt der gleiche Mensch. Wenn du von der Arbeit nach Hause kommst, geschehen auch bei dir eine ganze Menge kaum merkbarer Veränderungen, in der Stimme, der Körpersprache und so weiter. Und es ist interessant, dass du die Handschrift erwähnst, denn ich habe hier irgendwo ein Buch mit der Abbildung eines Briefes, den ein Patient mit siebzehn verschiedenen Persönlichkeiten und entsprechenden Handschriften geschrieben hat. Ich kann versuchen, es zu finden, wenn ich etwas mehr Zeit habe.«

Harry notierte sich ein paar Stichworte auf seinem Block.

»Verschiedene Menstruationszeitpunkte, verschiedene Handschriften, das ist ja vollkommen verrückt«, murmelte er.

»Wahre Worte, Harry. Ich hoffe, ich konnte dir helfen, denn jetzt muss ich wirklich los.«

Aune bestellte ein Taxi und sie gingen gemeinsam auf die Straße hinaus. Während sie auf dem Bürgersteig standen, fragte Aune, ob Harry am 17. Mai, dem Nationalfeiertag, schon etwas vorhabe. »Wir haben ein paar Freunde zum Frühstück eingeladen, du bist herzlich willkommen.«

»Danke, nett von dir, aber die Neonazis haben irgendetwas mit den Muslimen vor, die an diesem Tag Maulud feiern. Und ich habe den Auftrag, den Wachdienst an der Moschee in Grønland zu koordinieren«, sagte Harry, der über die unerwartete Einladung gleichermaßen froh und verlegen war. »Sie bitten immer uns Singles, solche Jobs an den wichtigen Familienfeiertagen zu übernehmen, weißt du.«

»Vielleicht kannst du einfach so mal kurz vorbeischauen. Die meisten Gäste, die kommen, haben im Laufe des Tages auch noch etwas anderes auf dem Programm.«

»Danke, ich werd sehen, was ich machen kann, und ruf dich dann an. Was für Freunde hast du eigentlich?«

Aune überprüfte, ob seine Fliege richtig saß.

»Ich habe nur solche wie dich«, sagte er. »Aber meine Frau kennt ein paar anständige Menschen.«

In diesem Moment kam das Taxi vor ihnen zum Stehen. Harry hielt die Tür auf, während Aune einstieg, doch als er sie schließen wollte, fiel Harry noch etwas ein.

»Was ist eigentlich der Grund für so eine Multiple Persönlichkeitsstörung?«

Aune beugte sich im Sitz vor und sah zu Harry auf.

»Um was geht es hier eigentlich, Harry?«

»Ich bin mir nicht ganz sicher, aber es kann wichtig sein.«

»Nun denn. MPD-Patienten sind oftmals in ihrer Kindheit missbraucht worden. Aber auch starke traumatische Erlebnisse im späteren Leben können die Ursache sein. Man erschafft sich eine andere Person, um vor den Problemen zu fliehen.«

»Was für traumatische Erlebnisse können das sein, wenn wir von einem erwachsenen Mann ausgehen?«

»Benutz deine Phantasie. Er kann eine Naturkatastrophe erlebt haben, eine geliebte Person verloren haben, Opfer einer Gewalttat geworden sein oder lange Zeit in Angst gelebt haben.«

»Wie zum Beispiel als Soldat in einem Krieg?«

»Krieg kann ohne Zweifel ein auslösender Faktor sein, ja.«

»Oder in einer Guerilla.«

Das Letzte sagte Harry zu sich selbst, denn das Taxi mit Aune fuhr bereits die Theresesgate hinunter.

»*Scotsman*«, sagte Halvorsen.

»Du willst den 17. Mai im Pub feiern?«, fragte Harry, schnitt eine Grimasse und stellte seine Tasche hinter dem Garderobenständer ab.

Halvorsen zuckte mit den Schultern. »Hast du eine bessere Idee?«

»Wenn es schon ein Pub sein muss, dann such dir wenigstens einen mit ein bisschen mehr Stil. Oder noch besser, entlaste einen der Familienväter hier und übernimm eine Wache beim Kinderumzug. Eine fette Feiertagszulage und garantiert kein Kater.«

»Ich werd darüber nachdenken.«

Harry ließ sich auf seinen Stuhl fallen.

»Willst du den nicht bald mal reparieren, der hört sich verdammt kaputt an.«

»Der lässt sich nicht mehr reparieren«, erwiderte Harry mit einem Schulterzucken.

»Sorry. Hast du in Wien etwas erreicht?«

»Das sag ich später, du zuerst.«

»Ich habe versucht, Even Juuls Alibi zu überprüfen für den Zeitpunkt, an dem seine Frau verschwand. Er behauptet, im Zentrum spazieren gegangen und in einem Café im Ullevålsveien gewesen zu sein, dort aber niemanden getroffen zu haben, der das bestätigen könnte. Die Bedienung im Café sagte, es sei zu voll gewesen, um irgendetwas zu bestätigen.«

»Das Café liegt schräg gegenüber von Schrøder«, bemerkte Harry.

»Ja, und?«

»Ich meine ja nur. Was sagt Weber?«

»Sie finden nichts. Weber meinte, dass sie irgendetwas an ihren Kleidern hätten finden müssen, wenn Signe Juul mit diesem Auto zur Festung gebracht worden wäre, das dieser Wachmann gesehen hat. Stofffasern von einem Rücksitz, Erde oder Öl aus dem Kofferraum, irgendetwas.«

»Er hat Müllsäcke in seinem Auto ausgelegt«, gab Harry zu bedenken.

»Das hat Weber auch gesagt.«

»Hast du die trockenen Halme überprüfen lassen, die an ihrem Mantel hingen?«

»Ja. Die *können* aus Moskens Stall stammen. Oder von einer Million anderer Orte.«

»Heu, kein Stroh.«

»Diese Halme haben nichts Besonderes, Harry, das ist bloß … Heu.«

»Scheiße.« Harry blickte sich ärgerlich um.

»Und Wien?«

»Auch nur Heu. Kennst du dich mit Kaffee aus, Halvorsen?«

»Hä?«

»Ellen hat immer anständigen Kaffee gekocht. Sie hat ihn in irgendeinem Laden hier in Grønland gekauft. Vielleicht ...«

»Nein!«, sagte Halvorsen. »Ich koche keinen Kaffee für dich!«

»Einen Versuch war's wert«, sagte Harry und stand wieder auf. »Ich bin ein paar Stunden draußen.«

»War das alles, was du über Wien zu sagen hattest? Heu? Nicht einmal ein Strohhalm?«

Harry schüttelte den Kopf. »Sorry, auch nur eine Sackgasse. Du wirst dich daran gewöhnen.«

Etwas war geschehen. Harry ging über die Grønlandsleiret, während er zu ergründen versuchte, was es war. Es hatte mit den Menschen auf der Straße zu tun, etwas war mit ihnen geschehen, während er in Wien gewesen war. Er befand sich bereits eine ganze Weile auf der Karl Johans Gate, als ihm bewusst wurde, was es war: Es war Sommer geworden. Zum ersten Mal im Jahr konnte Harry den Asphalt riechen, die Menschen, die an ihm vorbeigingen, und den Blumenladen in Grensen. Und als er durch den Schlosspark ging, war der Geruch des frisch geschnittenen Grases so stark, dass er lächeln musste. Ein Mann und ein Mädchen in den Arbeitskleidern der Parkpfleger sahen in eine Baumkrone hinauf, diskutierten und schüttelten die Köpfe. Das Mädchen hatte sich das Oberteil des Arbeitsanzugs ausgezogen und um die Hüften gebunden, und Harry bemerkte, dass ihr Kollege verstohlene Blicke auf ihr stramm sitzendes T-Shirt warf, als sie den Kopf in den Nacken legte und nach oben deutete.

Im Hegdehaugsveien unternahmen die modernen und auch die nicht mehr ganz so modernen Modeboutiquen ihre letzten Anstrengungen, um die Menschen für den bevorstehenden Nationalfeiertag einzukleiden. An den Kiosken wurden Schleifen und Flaggen verkauft, und etwas entfernt hörte er ein Orchester, das einem alten Jägermarsch den letzten Feinschliff verlieh. Es waren Regenschauer gemeldet worden, aber es sollte warm bleiben.

Harry schwitzte, als er Sindre Fauke anrief und um ein Gespräch bat. Aber Fauke erklärte sich sogleich bereit, ihn zu empfangen. Er freute sich nicht sonderlich auf diesen 17. Mai.

»Zu viel Tamtam. Zu viele Flaggen. Kein Wunder, dass Hitler eine Seelenverwandtschaft mit diesen Nordmännern verspürte, unsere Volksseele ist wirklich ungeheuer nationalistisch. Wir wagen das nur nicht zuzugeben.«

Er goss Kaffee ein.

»Gudbrand Johansen war im Lazarett in Wien«, sagte Harry. »In der Nacht bevor er zurück nach Norwegen sollte, tötete er einen Arzt. Danach hat ihn niemand mehr gesehen.«

»So etwas«, sagte Fauke und schlürfte hörbar seinen glühend heißen Kaffee. »Ich wusste, dass mit diesem Jungen etwas nicht stimmte.«

»Was können Sie mir über Even Juul sagen?«

»Viel, wenn es sein muss.«

»Das muss es wohl.«

Fauke zog seine Augenbrauen hoch.

»Sind Sie sicher, dass das keine falsche Fährte ist, Hole?«

»Ich bin mir über gar nichts sicher.«

Fauke blies nachdenklich in seinen Kaffee.

»Nun gut, wenn es wirklich notwendig ist. Juul und ich hatten eine Beziehung zueinander, die in vielerlei Hinsicht ähnlich war wie die von Gudbrand Johansen und Daniel Gudeson. Ich war Evens Ersatzvater. Das hängt wohl auch damit zusammen, dass er selbst keine Eltern hatte.«

Harrys Kaffeetasse blieb auf dem Weg zum Mund plötzlich stehen.

»Das wussten nicht so viele, denn Even erschaffte sich ja seine eigenen Geschichten. Seine erdichtete Kindheit umfasste mehr Personen, Details, Orte und Daten als die tatsächlichen Geschichten der meisten von uns. Die offizielle Version war, dass er in der Juul-Familie auf einem Hof in Grini aufgewachsen war. Doch in Wahrheit hatte er bei verschiedenen Pflegeeltern gelebt und in diversen Heimen im ganzen Land, ehe er schließlich als Zwölfjähriger bei der kinderlosen Juul-Familie landete.«

»Woher wissen Sie das, wenn er immer die Unwahrheit gesagt hat?«

»Das ist eine etwas seltsame Geschichte, doch einmal, als Even und ich gemeinsam ein Lager bewachten, das wir im Wald nördlich von Harestua eingerichtet hatten, schien plötzlich etwas mit ihm geschehen zu sein. Even und ich standen uns zu diesem Zeitpunkt nicht sonderlich nahe, und ich war wirklich überrascht, als er mir plötzlich zu erzählen begann, wie er als kleines Kind misshandelt worden ist und dass ihn keiner jemals haben wollte. Er erzählte mir sehr persönliche Details aus seinem Leben und einiges davon war beinahe peinlich. Einige der Erwachsenen, bei denen er gewesen war, hätte man ...« Fauke schauderte.

»Lassen Sie uns ein paar Schritte gehen«, schlug er vor. »Draußen soll ein schöner Tag sein, heißt es.«

Sie gingen über die Vibesgate in den Stenspark, wo sich die ersten Bikinis zur Schau stellten. Ein Sniffer hatte sich aus seinem üblichen Aufenthaltsort oben auf dem Hügel gewagt und sah aus, als hätte er soeben den Planeten Erde entdeckt.

»Ich weiß nicht, weshalb, aber irgendwie schien Even Juul in dieser Nacht eine andere Person geworden zu sein«, sagte Fauke. »Merkwürdig. Aber noch merkwürdiger war es, dass er am nächsten Tag so tat, als sei nichts geschehen, als hätte er unser Gespräch vergessen.«

»Sie sagten, Sie hätten einander nicht sonderlich nahe gestanden, aber haben Sie ihm etwas über Ihre Erlebnisse an der Ostfront erzählt?«

»Ja, natürlich. Es passierte ja nicht so viel, da im Wald, wir haben uns immer wieder zurückgezogen und die Deutschen belauscht. Und während wir warteten, hatten wir viel Zeit für lange Geschichten.«

»Haben Sie viel von Daniel Gudeson erzählt?«

Fauke sah Harry lange an.

»Sie haben entdeckt, dass sich Even Juul für Daniel Gudeson interessiert?«

»Vorläufig rate ich nur«, antwortete Harry.

»Ja, ich habe viel von Daniel erzählt«, sagte Fauke. »Daniel Gudeson war ja so etwas wie eine Legende. Eine derart freie, starke und glückliche Seele wie ihn trifft man nur selten. Und Even war fasziniert von diesen Geschichten. Ich musste sie wieder und wieder erzählen, insbesondere die von dem Russen, zu dem sich Daniel hinauswagte und den er dann begrub.«

»Wusste er, dass Daniel während des Krieges in Sennheim gewesen war?«

»Natürlich. Even erinnerte mich immer an alle Details über Daniel, die ich selbst mit der Zeit vergaß. Even erinnerte sich daran. Aus

irgendeinem Grund schien sich Even vollständig mit Daniel zu identifizieren, auch wenn ich mir kaum zwei unterschiedlichere Menschen vorstellen kann. Einmal, als Even betrunken war, schlug er mir
vor, ihn doch Urias zu nennen. Genau, wie Daniel das gewollt hatte.
Und wenn Sie mich fragen, war es auch kein Zufall, dass er in Anbetracht des Prozesses ein Auge auf Signe Ålsaker warf.«

»Ach nein?«

»Als er erfuhr, dass über Daniel Gudesons Verlobte geurteilt werden sollte, kam er in den Gerichtssaal und saß dort den ganzen Tag,
bloß um sie zu sehen. Es sah wirklich so aus, als hätte er sich bereits
vorher entschlossen, sie haben zu wollen.«

»Weil sie Daniels Frau war?«

»Sind Sie sicher, dass das wichtig ist?«, fragte Fauke und ging so
schnell den Pfad zum Hügel hinauf, dass Harry lange Schritte machen musste, um ihm zu folgen.

»Ziemlich«, sagte Harry.

»Ich weiß trotzdem nicht, ob ich das sagen sollte, doch persönlich
glaube ich, dass Even Juul den Mythos Daniel Gudeson viel stärker
liebte, als er seine Frau jemals geliebt hat. Ich bin mir sicher, dass die
Bewunderung für Gudeson mit eine Ursache dafür war, dass er sein
Medizinstudium nach dem Krieg nie wieder aufgenommen hat,
sondern stattdessen Geschichte studierte. Und natürlich wurden die
Okkupation und die Frontkämpfer sein Spezialgebiet.«

Sie erreichten die Anhöhe im Park und Harry wischte sich den
Schweiß von der Stirn. Fauke atmete kaum schneller.

»Einer der Gründe, warum Even Juul so schnell eine wichtige
Position als Historiker bekam, war die Tatsache, dass er als Widerstandskämpfer ein perfektes Instrument für *die* Geschichtsschrei-
bung war, die die Regierung als dienlich für das Nachkriegsnorwegen
erachtete. Und zwar, weil er die ausgedehnte Kollaboration mit den
Deutschen verschwieg und sich auf das bisschen Widerstand konzentrierte, das es gegeben hat. So werden dem Versenken der *Blücher*
in der Nacht zum 9. April fünf Seiten in Juuls Geschichtsbuch ge-
widmet, während er still und leise ignoriert, dass man nach dem
Krieg beinahe hunderttausend Norweger vor Gericht stellen wollte.
Und das hat funktioniert, der Mythos von einem geeinten Volk gegen
die Nazis existiert noch heute.«

»Wird Ihr Buch davon handeln, Herr Fauke?«

»Ich versuche nur, die Wahrheit zu sagen. Even wusste, dass das, was er geschrieben hatte, wenn nicht Lüge, so doch eine Verdrehung der Wahrheit war. Ich habe einmal mit ihm darüber gesprochen. Er verteidigte sich damit, dass es zur damaligen Zeit dazu diente, das Volk zusammenzuhalten. Das Einzige, das er nicht in der gewünschten heldenmutigen Form hatte darstellen können, war die Flucht des Königs. Er war nicht der einzige Widerstandskämpfer, der sich 1940 hintergangen fühlte, doch ich habe sonst niemanden getroffen, dessen Wut sich so einseitig darauf richtete, nicht einmal an der Front. Sie müssen sich vorstellen, dass er sein ganzes Leben lang immer von den Menschen verlassen worden ist, die er geliebt hat und denen er vertraute. Ich glaube, er hat jeden Einzelnen gehasst, der nach London gegangen ist. Von ganzem Herzen. Wirklich.«

Sie setzten sich auf eine Bank und sahen auf die Kirche in Fagerborg herab, die Hausdächer in den Pilestræde, die sich in Richtung Oslofjord aufreihten, der weit unten blau blinkte.

»Das ist schön«, sagte Fauke. »So schön, dass man manchmal dafür sterben könnte.«

Harry versuchte, all das Neue zu verarbeiten, es zusammenzusetzen. Doch es fehlte noch immer ein kleines Detail.

»Even hat vor dem Krieg in Deutschland begonnen, Medizin zu studieren. Wissen Sie, warum in Deutschland?«

»Nein«, antwortete Fauke.

»Wissen Sie, ob er vorhatte, sich zu spezialisieren?«

»Ja, er erzählte mir, dass er damals gerne seinem berühmten Pflegevater und dessen Vater nachgeeifert hätte.«

»Was waren die?«

»Haben Sie noch nichts von den Oberärzten Juul gehört? Sie waren Chirurgen.«

Grønlandsleiret, 16. Mai 2000

89 Bjarne Møller, Halvorsen und Harry gingen Seite an Seite die Motzfeldtsgate hinunter. Sie waren mitten in *Klein Karachi,* und die Gerüche, Kleider und Menschen, die ihnen entgegenströmten, erinnerten ebenso wenig an Norwegen wie

der Geschmack des Kebabs, den jeder von ihnen in den Händen hielt. Ein kleiner Junge, auf pakistanische Weise für das bevorstehende Fest eingekleidet, jedoch mit einer Schleife in den norwegischen Nationalfarben auf dem vergoldeten Kragen, tanzte ihnen auf dem Bürgersteig entgegen. Er hatte eine merkwürdige Stupsnase und hielt eine norwegische Flagge in den Händen. Harry hatte in der Zeitung gelesen, dass die muslimischen Eltern an diesem Tag eine Art Siebzehnte-Mai-Feier für die Kinder arrangierten, damit sie sich morgen auf Maulud konzentrieren konnten.

»Hurra!«

Der Junge lächelte sie strahlend an und hastete vorbei.

»Even Juul ist nicht irgendjemand«, sagte Møller. »Er ist vielleicht sogar unser angesehenster Kriegshistoriker. Wenn das stimmt, werden die Zeitungen einen gewaltigen Lärm machen. Gar nicht davon zu reden, wenn wir uns irren sollten. Wenn *du* dich irren solltest, Harry!«

»Alles, was ich will, ist doch bloß, ihn gemeinsam mit einem Psychologen zu einem Verhör vorzuladen. Und einen Durchsuchungsbefehl für sein Haus.«

»Und alles, was ich will, ist ein winziges Indiz oder ein Zeuge«, sagte Møller wild gestikulierend. »Juul ist eine bekannte Persönlichkeit und niemand hat ihn in der Nähe der Tatorte gesehen. Nicht ein Mal. Und was ist, zum Beispiel, mit diesem Anruf, den Brandhaugs Frau aus deiner Stammkneipe erhalten hat?«

»Ich hab der Bedienung bei Schrøder Even Juuls Bild gezeigt«, sagte Halvorsen.

»Maja«, präzisierte Harry.

»Sie konnte sich nicht daran erinnern, ihn gesehen zu haben«, sagte Halvorsen.

»Das meine ich ja gerade«, stöhnte Møller und wischte sich die Sauce vom Mund.

»Ja, aber ich hab das Bild auch einigen gezeigt, die dort hockten«, fuhr Halvorsen fort und nickte kurz zu Harry hinüber. »Unter anderem einem alten Kerl in einem Mantel. Der hat genickt und gesagt, wir sollten ihn uns schnappen!«

»In einem Mantel?«, fragte Harry. »Das ist der Mohikaner. Konrad Åsnes, der war früher auf einem Kriegsschiff. Ein seltsamer Kauz, doch ich fürchte, er ist kein zuverlässiger Zeuge. Aber egal, Juul hat zugegeben, in dem Café auf der anderen Straßenseite gesessen zu haben. Dort gibt es kein öffentliches Telefon. Wenn er also irgendwo anrufen wollte, wäre es ganz natürlich gewesen, hinüber zu Schrøder zu gehen.«

Møller schnitt eine Grimasse und sah nachdenklich auf seinen Kebab. Nur widerstrebend hatte er eingewilligt, einen dieser Börek-kebabs zu probieren, die Harry mit den Worten *Türkei trifft Bosnien und Pakistan am Grønlandsleiret* empfohlen hatte.

»Und, Harry, du glaubst wirklich an diesen Kram mit der Persönlichkeitsspaltung?«

»Für mich hört sich das genauso seltsam an wie für dich, Chef, aber Aune sagt, das sei eine Möglichkeit. Und er ist bereit, uns zu helfen.«

»Und du glaubst wirklich, dass Aune Juul hypnotisieren und diesen Daniel Gudeson, den er in sich haben soll, zum Vorschein bringen und ein Geständnis herauskitzeln kann?«

»Es ist nicht einmal sicher, dass Even Juul weiß, was Daniel Gudeson getan hat. Deshalb ist es ja so notwendig, mit ihm zu reden«, sagte Harry. »Laut Aune sind Menschen mit MPD glücklicherweise sehr empfänglich für Hypnose, da sie das ja auch die ganze Zeit über mit sich selbst machen – Selbsthypnose.«

»Wunderbar«, brummte Møller und verdrehte die Augen. »Und was willst du mit einem Durchsuchungsbefehl?«

»Wie du selbst sagst, haben wir keine Indizien, keine Zeugen, und bei diesen psychologischen Methoden kann man sich ja nie sicher sein, ob das Gericht die anerkennt. Wenn wir aber die Märklin-Waffe finden, sind wir am Ziel. Dann brauchen wir all das andere nicht.«

»Hm.« Møller blieb auf dem Bürgersteig stehen. »Und das Motiv?«

Harry sah Møller fragend an.

»Meiner Erfahrung nach haben selbst verwirrte Personen in all ihrem Wahn noch ein Motiv und bei Juul kann ich keines erkennen.«

»Nicht bei Juul, Chef«, sagte Harry. »Bei Daniel Gudeson. Dass Signe Juul, wenn man es genau nimmt, zum Feind übergelaufen ist, kann Gudeson auf jeden Fall ein Rachemotiv gegeben haben. Was er auf den Spiegel geschrieben hat – *Gott ist mein Richter* –, deutet auf jeden Fall darauf hin, dass er die Morde als einen einsamen Kreuzzug auffasst und dass er für eine gerechte Sache kämpft, auch wenn ihn die anderen Menschen verurteilen werden.«

»Wie sieht es mit den anderen Morden aus? Bernt Brandhaug und – wenn es, wie du meinst, wirklich der gleiche Mörder sein sollte – Hallgrim Dale?«

»Ich habe keine Ahnung, was sein Motiv ist. Aber bei Brandhaug wissen wir, dass er mit einem Märklin-Gewehr erschossen wurde, und Dale kannte Daniel Gudeson. Laut Obduktionsbericht ist Dales Kehle auf eine Art und Weise durchtrennt worden, die auch eines Chirurgen würdig gewesen wäre. Nun, Juul hat anfänglich mal Medizin studiert und davon geträumt, Chirurg zu werden. Vielleicht musste Dale sterben, weil er entlarvt hatte, dass sich Juul als Daniel Gudeson ausgab.«

Halvorsen räusperte sich.

»Ja?«, fragte Harry unwillig. Er kannte Halvorsen mittlerweile lange genug, um zu wissen, dass ein Einwand kommen würde. Und mit aller Wahrscheinlichkeit ein begründeter.

»Nach allem, was du über MPD erzählt hast, muss er während des Mordes an Hallgrim Dale Even Juul gewesen sein. Daniel Gudeson war kein Chirurg.«

Harry schluckte den letzten Bissen Kebab hinunter, wischte sich mit der Serviette über den Mund und sah sich nach einem Mülleimer um.

»Nun«, sagte er, »ich könnte auch sagen, lasst uns warten, bis wir Antworten auf alle Fragen haben. Und ich weiß auch, dass der Staatsanwalt unsere Beweisführung nicht fundiert genug findet. Aber weder er noch wir können ignorieren, dass wir einen Verdächtigen haben, der jederzeit wieder zuschlagen könnte. Du hast Angst vor dem Presserummel, wenn wir Even Juul verdächtigen, Chef, aber stell dir mal den Rummel vor, den wir kriegen, wenn er noch weitere Morde begeht und dann herauskommt, dass wir ihn schon länger im Verdacht hatten, ohne ihn aber zu stoppen ...«

»Ja, ja, ja, ich weiß das ja alles«, unterbrach Møller ihn. »Du glaubst also, er wird wieder töten?«

»Ich bin mir bei vielem in dieser Sache nicht sicher«, sagte Harry, »aber ich zweifle nicht eine Sekunde daran, dass er sein Projekt noch nicht vollendet hat.«

»Und was lässt dich so sicher sein?«

Harry klopfte sich auf den Bauch und grinste schief.

»Hier drinnen sitzt einer und morst mir das zu, Chef. Dass es einen Grund gibt, warum er sich die teuerste und beste Attentatswaffe der Welt besorgt hat. Daniel Gudeson wurde auch deshalb zur Legende, weil er ein fantastischer Schütze war. Und jetzt morst hier unten einer, dass er seinem Kreuzzug einen logischen Abschluss geben wird. Er wird seinem Werk die Krone aufsetzen, etwas, das die Legende von Daniel Gudeson unsterblich werden lässt.«

Die Sommerwärme verschwand für einen Augenblick, als ein letzter Hauch von Winter über die Motzfeldtsgate fegte und Staub und Papier aufwirbelte. Møller schloss die Augen, schlug den Mantel enger um sich und schauderte. Bergen, dachte er. Bergen.

»Ich werde sehen, was ich machen kann«, sagte er. »Haltet euch bereit.«

Polizeipräsidium, 16. Mai 2000

90 Harry und Halvorsen hielten sich bereit. Dermaßen bereit, dass beide aufsprangen, als Harrys Telefon klingelte. Harry schnappte sich den Hörer: »Hole!«

»Du brauchst nicht zu schreien«, sagte Rakel. »Dafür hat man ja gerade das Telefon erfunden. Was hast du neulich über den 17. Mai gesagt?«

»Was?« Harry brauchte ein paar Sekunden, um sich zurechtzufinden. »Dass ich Dienst habe.«

»Das andere«, sagte Rakel. »Dass du Himmel und Erde in Bewegung setzen würdest ...«

»Ist das dein Ernst?« Harry bekam ein seltsam warmes Gefühl im Bauch. »Ihr wollt mit mir zusammen sein, wenn ich jemanden finde, der meinen Dienst übernimmt?«

Rakel lachte.

»Das hat sich süß angehört. Ich sollte wohl erwähnen, dass du nicht die erste Wahl warst, aber da mein Vater sich entschlossen hat, dieses Jahr alleine zu sein, heißt die Antwort *ja*. Wir wollen mit dir zusammen sein.«

»Und was sagt Oleg dazu?«

»Es war seine Idee.«

»Echt? Kluger Junge, dieser Oleg.«

Harry war glücklich. So glücklich, dass es ihm kaum möglich war, mit normaler Stimme zu sprechen. Und es war ihm scheißegal, dass Halvorsen ihn von der anderen Seite des Schreibtisches aus schief angrinste.

»Können wir auf dich zählen?«, kitzelte ihn Rakels Stimme im Ohr.

»Wenn ich das hinkriege, ja. Ich ruf dich später an.«

»Ja, oder komm doch heute Abend zum Essen. Wenn du Zeit hast, und Lust.«

Die Worte kamen derart übertrieben lässig, dass Harry das Gefühl hatte, sie müsse sie vorher eingeübt haben. Ein Lachen brodelte in ihm, und sein Kopf war so leicht, als hätte er irgendwelche Drogen genommen. Er wollte *ja* sagen, als ihm einfiel, was sie in diesem Restaurant gesagt hatte: *Ich weiß, dass es nicht bei diesem einen Mal bleiben wird.* Es ging ihr nicht um das Essen.

Wenn du Zeit hast, und Lust.

Wenn er Panik kriegen sollte, dann jetzt.

Seine Gedanken wurden von einem Blinken am Telefon abgelenkt.

»Du, ich hab ein Gespräch auf der anderen Leitung, das ich unbedingt annehmen muss. Kannst du einen Moment warten, Rakel?«

»Na klar.«

Harry drückte auf den viereckigen Knopf und hörte Møllers Stimme:

»Der Haftbefehl geht klar und der Durchsuchungsbefehl ist unterwegs. Tom Waaler steht mit vier bewaffneten Leuten und zwei Einsatzwagen bereit. Ich hoffe nur inständig, dass dein Morseknilch im Bauch auch wirklich eine ruhige Hand hatte, Harry.«

»Er sendet immer mal wieder einen Buchstaben, nie aber eine ganze Nachricht«, sagte Harry, während er Halvorsen signalisierte, sich die Jacke anzuziehen. »Ich melde mich.« Harry warf den Hörer auf die Gabel.

Sie fuhren im Aufzug nach unten, als Harry einfiel, dass Rakel noch immer auf der anderen Leitung wartete. Er versuchte nicht einmal herauszufinden, was das bewies.

91 Der erste Sommertag des Jahres wurde langsam kühler, als der Polizeiwagen in das stille Villenviertel rollte. Harry fühlte sich schlecht. Nicht nur, weil er unter der schusssicheren Weste schwitzte, sondern weil es *zu* still war. Er starrte auf die Gardinen hinter den gestutzten Hecken, doch nichts rührte sich. Er hatte das Gefühl, in einem Western zu sein und in einen Hinterhalt zu reiten.

Zuerst hatte Harry es abgelehnt, eine schusssichere Weste anzuziehen, doch Tom Waaler, der die Verantwortung für diesen Einsatz trug, hatte ihm ein einfaches Ultimatum gestellt: Weste anziehen oder zu Hause bleiben. Das Argument, dass eine Kugel aus einer Märklin-Waffe durch die Weste gehen würde wie das berühmte Messer durch warme Butter, hatte nur ein gleichgültiges Schulterzucken bei Waaler bewirkt.

Sie fuhren mit zwei Wagen. Der andere, in dem Waaler saß, war über den Sognsvei und von dort durch die Kleingartenanlage in Ullevål gefahren, so dass er sich aus der anderen Richtung von Westen her über den Irisvei näherte. Er hörte Waalers Stimme im Walkie-Talkie knacken. Ruhig und sicher. Sie bat um die Position, wiederholte die Vorgehensweise und was im Notfall zu tun wäre. Dann bat sie jeden einzelnen Beamten, seine Aufgabe zu wiederholen.

»Wenn er sehr gewieft ist, ist das Gartentor mit einem Alarm gekoppelt, wir steigen also *über* das Tor.«

Er verstand seine Arbeit, das musste auch Harry eingestehen, und ganz offensichtlich wurde Waaler auch von den anderen im Auto respektiert.

Harry deutete auf das rote Holzhaus.

»Da ist es.«

»Alfa«, sagte die Polizistin auf dem Vordersitz ins Walkie-Talkie. »Wir sehen dich nicht.«

Waaler: »Wir sind gleich um die Ecke, haltet euch außer Sichtweite des Hauses, bis ihr uns seht, over.«

»Zu spät, wir sind schon da, over.«

»Okay, aber bleibt im Wagen sitzen, bis wir da sind, over und Ende.«

Eine Sekunde später sahen sie den Kühler des anderen Polizeiwagens um die Ecke biegen. Sie fuhren die letzten fünfzig Meter bis zum Haus und parkten so, dass die Autos die Garagenausfahrt blockierten. Das andere Auto hielt unmittelbar vor dem Gartentor an.

Als sie aus den Wagen stiegen, hörte Harry das leise, dumpfe Echo eines Tennisballs, der von einem nicht allzu hart bespannten Schläger getroffen wurde. Die Sonne schob sich langsam hinter den Ullernås und aus einem Fenster drang der Geruch von gebratenen Schweinekoteletts.

Dann begann die Show. Zwei Beamte sprangen mit entsicherten MP5-Maschinengewehren über das Gartentor und spurteten links und rechts um das Haus herum.

Die Polizeibeamtin in Harrys Auto blieb sitzen, ihre Aufgabe war es, den Funkkontakt zur Einsatzzentrale zu halten und eventuelle Zuschauer abzuwehren. Waaler und der letzte Beamte warteten, bis die zwei anderen an ihren Plätzen waren, befestigten die Funkgeräte in der Brusttasche und sprangen mit gezückten Dienstwaffen über das Gartentor. Harry und Halvorsen standen hinter dem Polizeiwagen und sahen sich das Ganze an.

»Eine Zigarette?«, fragte Harry die Polizistin.

»Nein, danke«, sagte sie lächelnd.

»Ich wollte wissen, ob *Sie mir* eine geben könnten.«

Sie hörte auf zu lächeln. Typisch Nichtraucher, dachte Harry.

Waaler und der Beamte hatten auf der Treppe neben der Tür Stellung bezogen, als Harrys Handy klingelte.

Harry sah, wie die Beamtin die Augen verdrehte. Typischer Amateur, dachte sie wohl.

Harry wollte das Telefon ausschalten, überprüfte aber erst einmal, ob es nicht vielleicht Rakels Nummer war, die auf dem Display stand. Er kannte die Nummer, doch es war nicht ihre. Waaler hatte bereits seine Hand gehoben, um das Signal zu geben, als Harry bewusst wurde, wer da anrief. Er schnappte sich das Funkgerät der überraschten Polizistin.

»Alfa! Stopp! Der Verdächtige ruft mich in diesem Moment über das Handy an. Hörst du!«

Harry sah zur Treppe hinüber, Waaler nickte. Dann nahm er das Gespräch entgegen.

»Hole!«

»Hallo.« Zu seiner Verblüffung hörte er, dass es nicht Even Juuls Stimme war. »Hier ist Sindre Fauke. Entschuldigen Sie, dass ich Sie stören muss, aber ich stehe im Haus von Even Juul, und ich glaube, ich muss Sie bitten zu kommen.«

»Warum das denn? Und was tun Sie da?«

»Ich glaube, er könnte eine Dummheit begangen haben. Er hat mich vor einer Stunde angerufen und mich gebeten zu kommen; er sei in Lebensgefahr. Ich bin zu ihm hochgefahren und die Tür stand offen, aber Even war nirgends zu sehen. Und jetzt befürchte ich, dass er sich im Schlafzimmer eingeschlossen hat.«

»Warum glauben Sie das?«

»Die Schlafzimmertür ist abgeschlossen, und als ich versucht habe, durch das Schlüsselloch zu schauen, habe ich bemerkt, dass der Schlüssel von innen steckt.«

»Okay«, sagte Harry und ging um das Auto herum und durch das Gartentor. »Hören Sie gut zu. Bleiben Sie dort stehen, wo Sie jetzt sind. Sollten Sie etwas in den Händen haben, legen Sie es weg und halten Sie die Hände so, dass wir sie sehen können. Wir sind in zwei Sekunden da.«

Harry ging unter den erstaunten Blicken von Waaler und dem anderen Polizisten die Treppe hinauf, drückte die Klinke der Haustür nach unten und trat ins Haus.

Fauke stand, den Hörer noch in der Hand, auf dem Flur und starrte sie entgeistert an.

»Mein Gott«, sagte er bloß, als er Waaler mit gezückter Waffe erblickte. »Das ging aber schnell …«

»Wo ist das Schlafzimmer?«, fragte Harry.

Fauke deutete stumm die Treppe hinauf nach oben.

»Zeigen Sie es uns«, sagte Harry.

Fauke ging, gefolgt von den drei Polizisten, nach oben.

»Hier.«

Harry versuchte, die Tür zu öffnen, doch sie war, wie angekündigt, verschlossen. Es steckte ein Schlüssel im Schloss, der sich allerdings nicht umdrehen ließ.

»Ich bin nicht mehr dazu gekommen, das zu sagen, aber ich habe versucht, die Tür mit einem der anderen Zimmerschlüssel hier zu öffnen. Manchmal passen die ja.«

Harry zog den Schlüssel ab und sah durch das Schlüsselloch. Drinnen konnte er ein Bett und ein Nachtschränkchen erkennen. Auf dem Bett lag etwas, was wie eine demontierte Deckenlampe aussah. Waaler sprach leise ins Funkgerät. Harry spürte, wie der Schweiß auf der Innenseite seiner Weste hinabzurinnen begann. Diese Deckenlampe gefiel ihm gar nicht.

»Hatten Sie nicht gesagt, der Schlüssel würde von innen stecken?«

»Das tat er auch«, sagte Fauke, »Bis ich ihn aus dem Schloss geschoben habe, als ich es mit dem anderen probiert habe.«

»Wie kommen wir also rein?«, fragte Harry.

»Ist bereits in die Wege geleitet«, sagte Waaler, und im gleichen Moment hörten sie schwere Stiefel auf der Treppe. Es war einer der Beamten, der hinter dem Haus Stellung bezogen hatte. Er hielt ein rotes Brecheisen in der Hand.

»Die hier«, sagte Waaler und deutete auf die Tür.

Holzsplitter knickten heraus und die Tür sprang auf.

Harry ging ins Zimmer und hörte, dass Waaler Fauke bat, draußen zu warten.

Das Erste, was Harry bemerkte, war das Hundehalsband. Dass Even Juul sich damit erhängt hatte. Er war in einem weißen Hemd gestorben, die obersten Knöpfe waren geöffnet und er trug dazu eine schwarze Hose und karierte Strümpfe. Ein umgekippter Stuhl lag hinter ihm vor dem Kleiderschrank. Die Schuhe standen ordentlich neben dem Stuhl. Harry sah zur Decke auf. Das Hundehalsband war wie erwartet am Deckenhaken befestigt. Harry versuchte es nicht zu tun, doch sein Blick huschte unwillkürlich über Even Juuls Gesicht. Ein Auge starrte ins Zimmer, das andere auf Harry. Wie bei einem Troll mit zwei Köpfen, dachte Harry. Er trat ans Fenster, das nach Osten zeigte, und sah einige Jungen auf dem Irisvei über die Straße herbeiradeln. Das Gerücht über die Anwesenheit von Polizeiautos hatte sich wie immer in einer solchen Nachbarschaft unerklärlich schnell verbreitet.

Harry schloss die Augen und dachte nach. *Der erste Eindruck ist wichtig; der erste Gedanke, den man hat, wenn man in eine neue Situation kommt, ist oft der richtigste.* Das wusste er von Ellen. Seine Schülerin hatte ihm beigebracht, sich auf das erste Gefühl zu konzentrieren, das er wahrnahm, wenn er an einen Tatort kam. Deshalb musste sich Harry nicht umdrehen, um sich zu vergewissern, dass der

Schlüssel hinter ihm auf dem Boden lag; und er war sich auch sicher, dass sie nur Even Juuls Fingerabdrücke im Raum finden würden und dass niemand eingebrochen hatte. Ganz einfach, weil sowohl der Mörder als auch das Opfer an der Decke hingen. Der zweiköpfige Troll war entzweit.

»Ruf Weber an«, sagte Harry zu Halvorsen, der dazugekommen war, in der Türöffnung stand und den Toten anstarrte.

»Er hatte sich vielleicht eine andere Einleitung des morgigen Feiertags gedacht, aber tröste ihn damit, dass er hier einen einfachen Job haben wird. Even Juul hat den Mörder entlarvt und musste das mit seinem Leben büßen.«

»Und wer ist es?«, fragte Waaler.

»Frag besser: Wer war es? Der ist auch tot. Er nannte sich Daniel Gudeson und befand sich in Juuls eigenem Kopf.«

Auf dem Weg nach draußen bat Harry Halvorsen, Weber zu instruieren, ihn selbst zu benachrichtigen, falls er die Märklin-Waffe fand.

Auf der Außentreppe blieb Harry stehen und sah sich um. Plötzlich hatten auffällig viele Nachbarn in ihren Gärten zu tun und liefen auf Zehenspitzen umher, um über ihre Hecken zu schauen. Auch Waaler trat nach draußen und blieb neben Harry stehen.

»Ich hab nicht ganz verstanden, was du da drinnen gesagt hast«, bekannte er. »Meinst du, der Kerl da drinnen hat wegen seiner Schuldgefühle Selbstmord begangen?«

Harry schüttelte den Kopf.

»Nein, ich habe das so gemeint, wie ich es gesagt habe. Sie haben einander getötet. Even tötete Daniel, um ihn zu stoppen. Und Daniel tötete Even, damit er ihn nicht entlarvte. Endlich hatten sie einmal gleiche Interessen.«

Waaler nickte, sah aber nicht so aus, als hätte er jetzt mehr verstanden.

»Der Alte kommt mir irgendwie bekannt vor«, sagte er. »Der, der noch am Leben ist.«

»Tja, das ist der Vater von Rakel Fauke, falls du …«

»Na klar, diese attraktive Biene da oben vom PÜD.«

»Hast du 'ne Zigarette?«, fragte Harry.

»Nee«, sagte Waaler. »Der Rest hier ist dein Job, Hole. Ich dachte, ich fahr jetzt, oder brauchst du noch irgendwie Hilfe?«

Harry schüttelte den Kopf und Waaler ging in Richtung Gartentor.

»Doch, ja, da ist noch was«, rief Harry ihm hinterher. »Wenn du morgen nichts Spezielles vorhast, könntest du vielleicht meinen Dienst übernehmen? Ich brauch noch einen erfahrenen Polizisten.«

Waaler lachte und ging weiter.

»Es dreht sich nur darum, den morgigen Gottesdienst in der Moschee in Grønland zu bewachen«, fuhr Harry fort. »Ich sehe ja, dass du ein gewisses Talent für so etwas hast. Wir müssen bloß aufpassen, dass diese Glatzköpfe nicht die Muslime verprügeln, weil sie *Maulud* feiern.«

Waaler war bis zum Gartentor gekommen, blieb dann aber abrupt stehen.

»Und dafür hast du die Verantwortung?«, fragte er über die Schulter.

»Das ist nur eine Kleinigkeit«, sagte Harry. »Zwei Autos, vier Mann.«

»Wie lange?«

»Von acht bis drei.«

Waaler drehte sich mit einem breiten Lächeln um.

»Weißt du was?«, sagte er. »Wenn ich es mir recht überlege, dann schulde ich dir das irgendwie. Ist in Ordnung, ich übernehm deinen Dienst.«

Waaler hob die Hand zum Gruß an die Mütze, setzte sich ins Auto, startete den Motor und verschwand.

Mir etwas schulden. Wofür denn, dachte Harry und lauschte den dumpfen Klatschlauten vom Tennisplatz. Doch schon im nächsten Augenblick dachte er nicht mehr daran, denn sein Handy klingelte wieder und dieses Mal war Rakels Nummer auf dem Display.

Holmenkollveien, 16. Mai 2000

92 »Ist der für mich?«
Rakel klatschte die Hände zusammen und nahm den Strauß Margeriten entgegen.

»Ich hab's nicht mehr in den Blumenladen geschafft, die sind aus deinem eigenen Garten«, sagte Harry und trat ein. »Hmm, es riecht nach Kokosmilch, kochst du thailändisch?«

»Ja, und Glückwunsch zu deinem neuen Anzug.«

»Sieht man das so deutlich?«

Rakel lachte und fuhr ihm mit der Hand über den Kragen.

»Gute Wollqualität.«

»Super 110.«

Harry hatte keine Ahnung, was Super 110 bedeutete. In einem Anfall von Übermut war er kurz vor Ladenschluss in eine der Trendboutiquen im Hegdehaugsveien marschiert und hatte die Bedienung dazu gebracht, ihm den einzigen Anzug herauszusuchen, in den sein langer Körper passte. Siebentausend Kronen war natürlich weit mehr, als er sich vorgestellt hatte, doch die Alternative war, wieder seinen alten Anzug herauszukramen und erneut wie eine schlechte Revuenummer auszusehen. So hatte er schließlich die Augen geschlossen, die Kreditkarte durch die Maschine gezogen und versucht, nicht daran zu denken.

Sie gingen ins Esszimmer, wo für zwei gedeckt war.

»Oleg schläft«, sagte sie, noch ehe Harry fragen konnte. Es entstand eine Pause.

»Ich will damit nicht ...«, begann sie.

»Nicht?«, fragte Harry und lächelte. Er hatte sie zuvor noch nie rot werden sehen. Er zog sie an sich, sog den Duft ihrer frisch gewaschenen Haare ein und spürte, dass sie ein wenig zitterte.

»Das Essen ...«, flüsterte sie.

Er ließ sie los und sie verschwand in die Küche. Das Fenster zum Garten stand auf, und weiße Schmetterlinge, die gestern noch nicht dort gewesen waren, flatterten wie Konfetti durch den Sonnenuntergang. Im Raum roch es nach Neutralseife und feuchtem Holzboden. Harry schloss die Augen. Er wusste, dass es vieler solcher Tage bedurfte, bis das Bild von Even Juul am Hundehalsband vollständig ausgewischt sein würde, doch es verblasste bereits. Weber und seine Männer hatten keine Märklin-Waffe gefunden, dafür aber Burre, den Hund. Er lag mit durchschnittener Kehle in einem Müllsack in der Tiefkühltruhe. Und im Werkzeugkasten waren sie auf drei Messer gestoßen, alle mit Blutresten. Harry tippte darauf, dass an einem das Blut von Hallgrim Dale war.

Rakel rief ihm aus der Küche zu, er solle tragen helfen. Es verblasste bereits.

93 Die Janitscharenmusik kam und ging mit dem Wind. Harry öffnete die Augen. Alles war weiß. Weißes Sonnenlicht, das durch die flatternden weißen Gardinen morste und blinkte, weiße Wände, weiße Decke und weißes Bettzeug, das weich und kühl auf der warmen Haut lag. Er drehte sich um. Auf dem Kopfkissen war noch immer der Abdruck ihres Kopfes zu erkennen, doch das Bett war leer. Er warf einen Blick auf die Armbanduhr. Fünf nach acht. Rakel und Oleg waren auf dem Weg zum Festungsplatz, von wo aus der Kinderumzug starten sollte. Für elf Uhr hatten sie sich am Wachhäuschen vor dem Schloss verabredet.

Er schloss die Augen und ließ die Nacht noch einmal Revue passieren. Dann stand er auf und schlurfte ins Bad. Auch hier war alles hell, weiße Fliesen, weißes Porzellan. Er duschte eiskalt, und noch ehe es ihm bewusst wurde, hörte er sich selbst einen alten The-The-Song singen:

»... *a perfect day!*«

Rakel hatte ihm ein Handtuch bereitgelegt, weiß, und er rieb sich mit der dicken gewebten Baumwolle kräftig ab, damit sein Kreislauf in Gang kam, und betrachtete dabei sein Gesicht im Spiegel. Jetzt war er glücklich, nicht wahr? Genau in diesem Moment. Er lächelte dem Gesicht im Spiegel zu. Es lächelte zurück. Ekman und Friesen. Ein Lächeln für die Welt ...

Er lachte laut, knotete sich das Handtuch um die Hüften und tastete sich auf nassen Fußsohlen über den Flur zur Schlafzimmertür. Es dauerte eine Sekunde, ehe er bemerkte, dass er im falschen Zimmer war, denn auch hier war alles weiß: die Wände, die Decke, eine Kommode mit Familienfotos und ein sorgsam gemachtes Doppelbett mit einer altmodischen gehäkelten Überdecke.

Er drehte sich um, wollte hinausgehen und war bereits bei der Tür, als er plötzlich erstarrte. Er blieb stehen, als ob ihm ein Teil seines Hirnes befahl, weiterzugehen und zu vergessen, und ein anderer ihn aufforderte zurückzugehen, um zu überprüfen, ob das, was er gesehen hatte, wirklich das war, wofür er es hielt. Oder genauer gesagt: was er befürchtete. Warum und wieso es ihm Angst einjagte, wusste er nicht genau; er wusste bloß, dass es nicht besser werden konnte, wenn alles so perfekt war, dass man nichts ändern wollte. Doch es war zu spät. Natürlich war es zu spät.

Er hielt die Luft an, drehte sich um und ging zurück.

Das Schwarzweißbild hatte einen einfachen Goldrahmen. Die Frau auf dem Foto hatte ein schmales Gesicht, hohe, markante Wangenknochen und ruhige, lachende Augen, die ein wenig über die Kamera hinwegblickten, vermutlich zum Fotografen. Sie sah stark aus. Sie trug eine einfache Bluse und auf dieser Bluse hing das silberne Kreuz.

Sie malen sie seit bald zweitausend Jahren auf Ikonen.

Nicht deshalb war sie ihm so bekannt vorgekommen, als er zum ersten Mal ein Bild von ihr gesehen hatte.

Es gab keinen Zweifel. Das war die gleiche Frau, die er auf dem Foto in Beatrice Hoffmanns Zimmer gesehen hatte.

TEIL IX

DER JÜNGSTE TAG

94 *Ich schreibe dies nieder, damit derjenige, der diese Zeilen findet, ein wenig besser versteht, warum ich getan habe, was ich getan habe. Ich habe mich in meinem Leben oft zwischen mehreren Übeln entscheiden müssen, und das muss man berücksichtigen, wenn man mich aburteilen will. Doch ebenso muss man berücksichtigen, dass ich diesen Entscheidungen niemals ausgewichen bin, dass ich mich meinen moralischen Pflichten nie entzogen habe, sondern lieber das Risiko eingegangen bin, falsche Entschlüsse zu fassen, als eines dieser feigen Leben der stillen Mehrheit zu leben, die ihr Heil in der Menge suchen und diese für sich entscheiden lassen. Die letzte Wahl, die ich getroffen habe, traf ich, um vorbereitet zu sein, wenn ich jetzt dem Herrn und Helena wieder entgegentrete.*

»Scheiße!«

Harry stieg auf die Bremse, als sich die Menschenmenge in ihren Anzügen und Trachten an der Majorstukreuzung auf den Fußgängerüberweg schob. Die ganze Stadt schien bereits auf den Beinen zu sein. Die Ampel wollte ganz einfach nicht wieder grün werden. Dann konnte Harry endlich die Kupplung treten und Gas geben. In der Vibesgate parkte er in der zweiten Reihe, fand Faukes Klingelknopf und schellte. Ein kleiner Knirps rannte auf den lauten Sohlen seiner Sonntagsschuhe an ihm vorbei und der durchdringende, meckernde Laut der Spielzeugtrompete ließ Harry zusammenzucken.

Fauke antwortete nicht. Harry ging zurück zum Auto und holte das Brecheisen, das er immer hinter dem Fahrersitz liegen hatte, falls das Schloss des Kofferraums mal wieder klemmen sollte. Er ging zurück und legte seine Hand auf alle Klingelknöpfe. Nach ein paar Sekunden erklang eine Kakophonie aufgeregter Stimmen; vermutlich waren alle gestresst und hatten ein Bügeleisen oder Schuhcreme in den Händen. Er sagte, er sei von der Polizei, und der eine oder andere musste ihm geglaubt haben, denn plötzlich summte es energisch, so dass er die Tür aufdrücken konnte. Er nahm vier Stufen auf einmal und hastete die Treppe empor. Dann stand er in der vierten Etage, und sein Herz schlug noch schneller, als es ohnehin schon geschlagen hatte, seit er vor einer Viertelstunde das Bild im Schlafzimmer gesehen hatte.

Die Aufgabe, die ich mir gestellt habe, hat bereits Unschuldigen das Leben gekostet, und natürlich besteht das Risiko, dass es noch mehr werden können. So wird es immer sein im Krieg. Betrachte mich also als Soldaten, dem nicht so viele Wahlmöglichkeiten bleiben. Das ist mein Wunsch. Doch denk daran, dass auch du nur ein fehlbarer Mensch bist, wenn du ein hartes Urteil über mich sprichst, denn für dich wie für mich wird immer gelten, dass wir zu guter Letzt nur einen Richter haben: Gott. Hier sind meine Memoiren.

Harry schlug zweimal mit der Faust gegen Faukes Tür und schrie seinen Namen. Als keine Antwort kam, klemmte er das Brecheisen unter das Schloss zwischen Tür und Rahmen und stemmte sich dagegen. Beim dritten Versuch gab die Tür mit einem Krachen nach. Er trat über die Türschwelle. In der Wohnung war es still und dunkel. Sie erinnerte ihn irgendwie an das Schlafzimmer, in dem er gerade erst gewesen war; sie wirkte so leer, so unendlich verlassen. Warum, begriff er, als er ins Wohnzimmer kam. Sie war verlassen. Alle die Dokumente, die auf dem Boden gelegen hatten, die Bücher in den schiefen Regalen und die halb leeren Kaffeetassen waren verschwunden. Die Möbel waren in eine Ecke geschoben und mit weißen Laken abgedeckt worden. Ein Sonnenstrahl fiel durch das Fenster auf einen Stapel Blätter, die, zusammengehalten von einer Schnur, in der Mitte des leeren Zimmers auf dem Boden lagen.

Wenn du diese Zeilen liest, bin ich hoffentlich tot. Hoffentlich sind wir dann alle tot.

Harry hockte sich neben dem Stapel hin.

Der große Verrat, stand in Maschinenschrift auf dem obersten Blatt. *Die Memoiren eines Soldaten.*

Harry löste die Schnur.

Nächste Seite: *Ich schreibe dies nieder, damit derjenige, der diese Zeilen findet, ein wenig besser versteht, warum ich getan habe, was ich getan habe.* Harry blätterte durch den Stapel. Es waren viele hundert Seiten, alle dicht beschrieben. Er sah auf die Uhr. Halb neun. Er suchte Fritz' Nummer in Wien in seinem Adressbuch, holte das Handy heraus und erwischte ihn auf dem Rückweg vom Nachtdienst. Nachdem er eine Minute mit Fritz telefoniert hatte, rief Harry die Auskunft an und ließ sich weitervermitteln.

»Weber.«

»Hole. Einen schönen Feiertag, oder was sagt man heute?«

»Zum Henker mit dir, was willst du?«

»Nun, du hast dir heute ja wahrscheinlich etwas vorgenommen ...«

»Ja, ich wollte Tür und Fenster geschlossen lassen und Zeitung lesen. Rück schon raus damit.«

»Ich brauche jemanden, der ein paar Fingerabdrücke nehmen kann.«

»Okay, wann?«

»Sofort. Nimm deinen Koffer mit, damit wir von hier aus alles weiterleiten können. Und ich brauche eine Dienstpistole.«

Harry gab ihm die Adresse. Dann nahm er den Stapel Papiere mit zu einem der wie ein Leichnam verhüllten Stühle, setzte sich und begann zu lesen.

Leningrad, 12. Dezember 1942

95 *Feuerschein erleuchtete den grauen Nachthimmel. So sah er aus wie eine schmutzige Zeltplane, die über die trostlose, nackte Landschaft gespannt worden war, die sie von allen Seiten umgab. Vielleicht hatten die Russen eine Offensive gestartet, vielleicht taten sie auch nur so, das wusste man immer erst hinterher. Daniel erwies sich wieder einmal als fantastischer Schütze. Wenn er nicht schon eine Legende gewesen wäre, hätte er sich heute wahre Unsterblichkeit gesichert. Er traf einen Russen, verletzte ihn tödlich aus mehr als einem halben Kilometer Abstand. Dann ging er allein ins Niemandsland hinaus und gab dem Toten eine christliche Beerdigung. So etwas habe ich noch von niemand anderem gehört. Als Trophäe brachte er die Mütze des Russen mit zurück. Danach war er wie gewohnt in seinem Element und sang und unterhielt alle (von ein paar Griesgramen einmal abgesehen). Ich bin sehr stolz darauf, einen derart* *außergewöhnlichen, mutigen Menschen als meinen Freund bezeichnen zu dürfen. Auch wenn es manchmal so wirkt, als ob dieser Krieg nie ein Ende nehmen würde und die Opfer für das Land dort zu Hause groß sind, gibt uns ein Mann wie Daniel Gudeson die Hoffnung, die Bolschewiken stoppen zu können und in ein sicheres, freies Norwegen zurückkehren zu dürfen.*

Harry sah auf die Uhr und blätterte weiter.

Leningrad, in der Nacht zum 1. Januar 1943

96 *Als ich bemerkte, wie ängstlich Sindre Fauke aussah, musste ich ihm ein paar beruhigende Worte zuraunen, damit er nicht so wachsam war. Nur wir zwei waren dort draußen auf dem Maschinengewehrposten; die anderen hatten sich schlafen gelegt und Daniels Leiche lag steif auf den Munitionskisten. Dann knibbelte ich weiter Daniels Blut vom Patronengurt. Der Mond schien, doch dabei schneite es, eine wundersame Nacht, und ich dachte, jetzt sammle ich Daniels Reste ein und setze ihn wieder zusammen, damit er wieder auferstehen und uns anführen kann. Sindre Fauke verstand das nicht, er war ein Mitläufer, ein Opportunist und Angeber, der nur dem folgte, den er für den Sieger hielt. Und an diesem Tag, an dem es so schlecht für mich aussah, für uns, für Daniel, wollte er uns auch noch hintergehen. Ich trat rasch einen Schritt hinter ihn, packte ihn leicht an der Stirn und schwang das Bajonett über seinen Hals. Man muss das mit einem gewissen Tempo machen, um einen glatten, sauberen Schnitt zu bekommen. Ich ließ ihn los, sobald ich geschnitten hatte, denn ich wusste, dass ich mein Werk vollbracht hatte. Er drehte sich langsam um, starrte mich mit kleinen Schweinsaugen an und sah aus, als versuchte er zu schreien; doch das Bajonett hatte die Luftröhre durchtrennt, so dass nur ein zischender Laut entstand, als die Luft durch die klaffende Wunde strömte. Und Blut. Er fasste sich mit beiden Händen an den Hals, um sein Leben festzuhalten, doch das führte nur dazu, dass das Blut in feinen Strahlen durch seine Finger spritzte. Ich ließ mich fallen und rollte mich nach hinten, damit es nicht auf meine Uniform kam. Frische Blutflecke wären ver-*

dächtig, falls sie auf die Idee kommen sollten, Sindre Faukes »Desertion« zu untersuchen.

Als er sich nicht mehr rührte, drehte ich ihn auf den Rücken und zog ihn zu den Munitionskisten, auf denen Daniel lag. Glücklicherweise hatten die beiden einen recht ähnlichen Körperbau. Ich suchte Sindre Faukes Ausweispapiere heraus. Die haben wir immer bei uns, Tag und Nacht, denn wenn man ohne Papiere angehalten wird, aus denen hervorgeht, wer man ist und unter wessen Befehl man steht (Infanterist, Frontabschnitt Nord, Datum, Stempel und so weiter), riskiert man, auf der Stelle als Deserteur erschossen zu werden. Ich rollte Sindres Papiere zusammen und schob sie in die Feldflasche, die ich am Koppel befestigt hatte. Dann zog ich den Sack von Daniels Kopf und band ihn Sindre um. Danach schleppte ich Daniel auf dem Rücken ins Niemandsland. Und dort begrub ich ihn im Schnee, wie Daniel den Russen Urias begraben hatte. Ich behielt Daniels russische Uniformmütze und sang den Psalm »Ein feste Burg ist unser Gott« und dann »Tritt ans Feuer in den Kreis der Kameraden«.

Leningrad, 3. Januar 1943

97 Ein milder Winter. Alles ist nach Plan gelaufen. Früh am Morgen des 1. Januar sind die Leichenträger gekommen und haben, wie befohlen, den Leichnam auf den Munitionskisten abgeholt. Natürlich glaubten sie, es sei Daniel Gudeson, den sie da mit ihrem Schlitten in Richtung Norden abtransportierten. Mir ist noch immer zum Lachen zumute, wenn ich daran denke. Ob sie ihm den Sack abnahmen, ehe sie ihn ins Massengrab legten, weiß ich nicht; das konnte mir aber auch egal sein, die Leichenträger wussten weder, wer Daniel noch wer Sindre Fauke war.

Das Einzige, was mir Sorgen macht, ist, dass Edvard Mosken irgendwie daran zu zweifeln scheint, dass Fauke desertiert ist, sondern eher glaubt, dass ich ihn getötet haben könnte. Er kann aber nicht viel machen, Sindre Faukes Körper liegt verbrannt und unkenntlich (möge seine Seele ewig brennen) unter Hunderten von anderen.

Doch heute Nacht, während der Wache, musste ich den bisher

dreistesten Schachzug machen. Mir war klar geworden, dass ich Daniel nicht da draußen im Schnee liegen lassen konnte. Bei dem milden Winter war es durchaus möglich, dass die Leiche wieder aus dem Schnee auftauchte und der Austausch entlarvt wurde. Und als ich nachts davon zu träumen begann, was Füchse und Iltisse mit Daniels Leichnam anstellen würden, wenn es Frühling wurde, entschloss ich mich, ihn wieder auszugraben und in eines der Massengräber zu schaffen – diese Erde ist wenigstens vom Feldpriester geweiht worden.

Ich hatte natürlich mehr Angst vor unseren eigenen Wachposten als vor den Russen; aber glücklicherweise saß Hallgrim Dale, Faukes müder Kumpan, am Maschinengewehr. Außerdem war es in dieser Nacht bewölkt, und – was noch wichtiger war – ich fühlte, dass Daniel irgendwie bei mir war, ja, dass er in mir war. Und als ich den Leichnam endlich auf die Munitionskisten bugsiert hatte und ihm den Sack um den Kopf binden wollte, lächelte er. Ich weiß, dass fehlender Schlaf und Hunger dem Bewusstsein Streiche spielen können, doch ich hatte sein steifes, totes Gesicht unmittelbar vor mir. Und statt dass es mir Angst einjagte, gab es mir Ruhe, es ließ mich heiter werden. Dann schlich ich mich in den Bunker, wo ich wie ein Kind einschlief.

Als mich Edvard Mosken eine knappe Stunde später weckte, kam es mir vor, als hätte ich das alles nur geträumt, und ich glaube, es gelang mir, aufrichtig überrascht darüber auszusehen, dass Daniels Leiche wieder aufgetaucht war. Doch das reichte nicht, um Mosken zu überzeugen. Er war sich sicher, dass es Fauke war, der dort lag, und dass ich ihn getötet und in der Hoffnung dorthin gelegt hatte, die Leichenträger könnten glauben, sie hätten ihn beim ersten Mal einfach vergessen, und ihn deshalb stillschweigend mitnehmen würden. Als Dale den Sack entfernte und Mosken sah, dass es doch Daniel war, glotzten sie alle beide nur starr vor sich hin, und ich musste mich beherrschen, damit mich dieser neuerliche Grund zum Lachen nicht losprusten ließ und uns entlarvte, Daniel und mich.

98 *Die Handgranate, die aus dem russischen Flugzeug abgeworfen worden war, traf Dales Helm und drehte sich vor uns auf dem Eis im Kreis, während wir versuchten wegzukommen. Ich lag am nächsten und war sicher, dass wir alle drei sterben würden: ich selbst, Mosken und Dale.*

Es ist merkwürdig, aber mein letzter Gedanke war, dass es schon eine Ironie des Schicksals war, dass ich Edvard Mosken eben erst davor gerettet hatte, von dem bedauernswerten Hallgrim Dale erschossen zu werden, doch dass ich damit das Leben unseres Anführers nur um gerade einmal zwei Minuten verlängert hatte. Aber die Russen bauen glücklicherweise elende Handgranaten, so dass wir alle drei überlebten. Ich persönlich mit einem verwundeten Bein und einem Granatsplitter in der Stirn, der meinen Helm durchschlagen hatte.

Durch einen merkwürdigen Zufall landete ich in dem Lazarettbereich von Schwester Signe Ålsaker, Daniels Verlobter. Sie erkannte mich zuerst nicht wieder, doch am Nachmittag kam sie an mein Bett und sprach mich auf Norwegisch an. Sie ist sehr hübsch, und ich spürte sofort, dass ich mich mit ihr verloben wollte.

Auch Olaf Lindvig liegt in diesem Saal. Sein weißer Waffenrock hängt an einem Haken neben dem Bett; ich weiß nicht, warum, vielleicht, damit er gleich wieder an die Front gehen und seine Pflicht erfüllen kann, sobald seine Wunden geheilt sind. Männer seines Schlages werden jetzt gebraucht, denn ich kann hören, wie sich das russische Artilleriefeuer nähert. Einmal nachts glaubte ich, er hätte schlecht geträumt, denn er schrie, und daraufhin kam Schwester Signe. Sie gab ihm eine Spritze, vielleicht Morphium. Als er wieder einschlief, sah ich, wie sie ihm über die Haare strich. Sie war so hübsch, dass ich sie am liebsten zu mir ans Bett gerufen hätte, um ihr zu sagen, wer ich war; doch ich wollte sie nicht erschrecken.

Heute sagten sie, sie müssten mich nach Westen schicken, denn die Medikamente kämen nicht durch. Niemand sagte das konkret, aber mein Bein eitert, die Russen nähern sich und ich weiß, dass das die einzig mögliche Rettung ist.

99 *... schönste und klügste Frau, die ich je in meinem Leben getroffen habe. Kann man zwei Frauen auf einmal lieben? Ja, das kann man bestimmt.*

Gudbrand hat sich verändert. Deshalb habe ich Daniels Spitznamen – Urias – angenommen. Helena gefällt er besser; Gudbrand, meint sie, sei ein merkwürdiger Name.

Ich schreibe Gedichte, wenn die anderen eingeschlafen sind, doch ich bin sicher kein großer Poet. Mein Herz schlägt wild, kaum dass sie sich in der Tür zeigt, doch Daniel sagt, man solle sich ruhig verhalten, ja, beinahe kühl, wenn man das Herz einer Frau gewinnen will, dass es so ist wie Fliegen fangen. Man muss ganz still sitzen und am besten in eine andere Richtung sehen. Und dann, wenn die Fliege beginnt, dir Vertrauen zu schenken, wenn sie vor dir auf dem Tisch landet und sich nähert und dich schließlich beinahe anfleht, sie zu fangen – dann musst du rasch wie ein Blitz zuschlagen, sicher und mit festem Glauben. Das ist das Wichtigste. Denn es ist nicht die Geschwindigkeit, sondern der Glaube, mit dem du Fliegen fängst. Du hast nur einen Versuch – und dann muss alles dafür bereit sein. Sagt Daniel.

100 *... schlief wie ein Kind, als ich mich aus den Armen meiner geliebten Helena befreite. Draußen war der Bombenangriff längst vorüber, doch es war noch mitten in der Nacht, so dass die Straßen menschenleer waren. Ich fand das Auto, wo wir es abgestellt hatten. Neben dem Restaurant »Zu den drei Husaren«. Das Heckfenster war zerborsten und ein Ziegel hatte eine große Delle in das Dach geschlagen, aber ansonsten war es glücklicherweise unversehrt. Ich fuhr so schnell es ging zum Hospital zurück.*

Ich wusste, dass es zu spät war, etwas für Helena und mich zu tun; wir waren bloß zwei Menschen inmitten eines Mahlstromes aus Geschehnissen, die wir nicht beeinflussen konnten. Ihre Sorge um ihre Familie verurteilte sie dazu, sich mit diesem Arzt zu vermählen, Christopher Brockhard, diesem korrupten Menschen, der in seiner grenzen-

losen Ich-Bezogenheit (die er selbst Liebe nannte!) das wahre ICH einer jeden Liebe verletzte. Sah er denn nicht, dass die Liebe, die ihn antrieb, das genaue Gegenteil ihrer Liebe war? Jetzt war es an mir, den Traum, mein Leben gemeinsam mit ihr zu verbringen, zu opfern, um Helena ein Leben zu geben, wenn schon nicht im Glück, so wenigstens im Anstand, frei von der Erniedrigung, zu der Brockhard sie genötigt hätte.

Die Gedanken rasten durch meinen Kopf, während ich durch diese Straßen rollte, die mit ihren Windungen und Kurven ebenso verworren waren wie das Leben selbst. Doch Daniel lenkte meine Hand und meinen Fuß.

… bemerkte er, dass ich auf seiner Bettkante saß, und sah mich mit ungläubigem Blick an.

»Was tun Sie hier?«, fragte er.

»Christopher Brockhard, Sie sind ein Verräter und ich verurteile Sie zum Tode. Sind Sie bereit?«

Ich glaube, er war es nicht. Die Menschen sind nie bereit zu sterben; sie glauben, sie würden ewig leben. Ich hoffe, er hat noch die Blutfontäne gesehen, die zur Decke spritzte, und gehört, wie sie wieder aufs Bett herunterklatschte. Doch am meisten hoffe ich, dass es ihm bewusst war, dass er sterben würde.

Im Kleiderschrank fand ich einen Anzug, ein Paar Schuhe und ein Hemd. Ich rollte alles eilig zusammen und klemmte es unter den Arm. Dann rannte ich zum Auto, startete …

… schlief noch immer. Ich war nass und durchgefroren von dem plötzlichen Regen und kroch unter das Laken zu ihr. Sie war warm wie ein Ofen und stöhnte leise, als ich mich an sie presste. Ich versuchte, jeden Zentimeter ihrer Haut mit der meinen zu bedecken, versuchte mir einzubilden, dass dieser Moment ewig währen würde, und tat alles, um nicht auf die Uhr zu sehen. In wenigen Stunden sollte mein Zug abfahren. Und es würde auch nur Stunden dauern, bis man mich in ganz Österreich wegen Mordes suchen würde. Sie wussten nicht, wann ich abreisen wollte oder welche Route ich zu nehmen gedachte, aber sie wussten, wohin ich musste – und sie würden auf mich warten, wenn ich nach Oslo kam. Ich versuchte, Helena fest genug zu halten, damit es ein ganzes Leben vorhielt.

Harry hörte die Klingel. Hatte sie schon öfter geklingelt? Er fand den Drücker und öffnete Weber die Tür.

»Es gibt nichts, was ich mehr hasse, von den Sportsendungen im Fernsehen mal abgesehen«, fluchte Weber, als er schlecht gelaunt ins Zimmer stampfte und einen Flightcase in der Größe eines Reisekoffers auf den Boden stellte. »17. Mai, das Land im Nationalrausch, verstopfte Straßen, so dass man ums ganze Zentrum herumfahren muss, um irgendwohin zu kommen. Mein Gott! Wo soll ich anfangen?«

»Ganz sicher findest du ein paar gute Abdrücke auf der Kaffeekanne in der Küche«, sagte Harry. »Ich habe mit einem Kollegen in Wien gesprochen, der in aller Eile versucht, einen Satz Fingerabdrücke von 1944 zu finden. Hast du den Scanner und den PC mit?«

Weber klopfte auf seinen Flightcase.

»Gut. Wenn du die Fingerabdrücke eingescannt hast, kannst du mein Handy an den Computer anschließen und sie an die E-Mail-Adresse in Wien schicken, die unter Fritz steht. Er wartet darauf, sie mit den alten Fingerabdrücken zu vergleichen, und wird uns sofort Rückmeldung geben. Das ist im Grunde alles, ich muss noch einige Papiere im Wohnzimmer durchgehen.«

»Um was geht es …?«

»PÜD-Sachen«, sagte Harry. »*Need-to-know-only.*«

»Ach ja?« Weber biss sich auf die Lippen und sah Harry forschend an. Harry blickte ihm direkt in die Augen und wartete.

»Weißt du was, Hole?«, sagte er schließlich. »Gut, dass wenigstens noch ein paar bei uns im Haus professionell auftreten.«

Hamburg, 30. Juni 1944

101 *Nachdem ich den Brief an Helena geschrieben hatte, öffnete ich die Feldflasche, schüttelte die zusammengerollten Papiere von Sindre Fauke heraus und ersetzte sie durch den Brief. Dann ritzte ich mit dem Bajonett ihren Namen und ihre Adresse in die Flasche und ging hinaus in die Nacht. Kaum dass ich vor der Tür war, spürte ich die Hitze. Der Wind zerrte an meiner Uni-*

form, der Himmel über mir war eine schmutzig gelbe Kuppel, und das Einzige, was ich hörte, war das entfernte Brüllen der Flammen, das zersplitternde Glas und die Schreie der Menschen, die keinen Zufluchtsort mehr fanden. Etwa so hatte ich mir die Hölle vorgestellt. Es fielen keine Bomben mehr. Ich ging über eine Straße, die keine Straße mehr war, sondern nur noch ein Streifen Asphalt, der über einen offenen Platz, umsäumt von Bergen von Ruinen, führte. Einzig ein verkohlter Baum stand noch an dieser »Straße« und zeigte mit seinen Hexenfingern in den Himmel. Und ein brennendes Haus. Von dort kamen die Schreie. Als ich so nah war, dass die Hitze in meinen Lungen brannte, wenn ich atmete, wandte ich mich um und ging in Richtung Hafen. Dort fand ich es, das kleine Mädchen mit den schwarzen verängstigten Augen. Sie zerrte an meiner Uniformjacke und schrie und schrie aus Leibeskräften.

»Meine Mutter! Meine Mutter!«

Ich ging weiter, es gab nichts, was ich hätte tun können, ich hatte bereits das Skelett eines Menschen gesehen, der lichterloh brennend in der obersten Etage an einem Fensterrahmen hing. Doch das Mädchen folgte mir immer weiter und flehte mich unablässig an, ich solle ihrer Mutter helfen. Ich versuchte, schneller zu gehen, doch sie umklammerte mich mit ihren Kinderarmen und wollte nicht mehr loslassen, so dass ich sie schließlich mitschleppte in Richtung des großen Flammenmeeres dort unten. Und so gingen wir, ein seltsames Paar, zwei Menschen, verbunden auf dem Weg der Vernichtung.

Ich weinte, ja, ich weinte, doch die Tränen verdampften ebenso schnell, wie sie kamen. Ich weiß nicht, wer von uns es war, der anhielt und sie auf den Arm nahm, aber ich drehte mich um, trug sie in den Schlafsaal und breitete meine Decke über sie. Dann nahm ich eine Matratze von einem der anderen Betten und legte mich neben sie.

Ich erfuhr niemals, wie sie hieß oder was mit ihr geschah, denn im Laufe der Nacht verschwand sie. Aber ich weiß, dass sie mir das Leben rettete. Denn ich entschloss mich zu hoffen.

Ich erwachte in einer sterbenden Stadt. Viele Brände loderten noch hell, der Hafen war vollständig zerstört, und die Versorgungsschiffe sowie diejenigen, die die Verwundeten evakuieren wollten, blieben in der Außenalster liegen, da es keine Stelle gab, an der sie hätten festmachen können.

Erst gegen Abend hatten die Rettungsmannschaften einen Platz freigeräumt, an der die Schiffe geladen oder gelöscht werden konnten. In aller Eile lief ich hin. Ich ging von Schiff zu Schiff, bis ich fand, was ich suchte – ein Schiff nach Norwegen. Es hieß *Anna* und sollte mit Zement nach Trondheim fahren. Der Bestimmungshafen passte mir gut, denn ich ging davon aus, dass die Fahndungsunterlagen nicht auch dorthin gesandt worden waren. Chaos war an die Stelle der üblichen deutschen Ordnung getreten und die Kommandolinie war, vorsichtig ausgedrückt, unklar. Das SS-Zeichen auf meinem Uniformkragen schien einen gewissen Eindruck zu machen, und ich hatte keine Probleme, an Bord zu kommen und den Kapitän davon zu überzeugen, dass der Marschbefehl, den ich ihm zeigte, verlangte, mich auf schnellstem Weg nach Oslo zu begeben, und dass das unter den gegebenen Umständen eben bedeutete, mit der *Anna* nach Trondheim und von dort weiter mit dem Zug zu fahren.

Die Fahrt dauerte drei Tage, und ich ging an Land, zeigte meine Papiere und wurde sogleich weiterdirigiert. Dann setzte ich mich in den Zug nach Oslo. Die ganze Reise dauerte vier Tage. Ehe ich ausstieg, ging ich auf die Toilette und zog die Sachen an, die ich bei Christopher Brockhard gefunden hatte. Dann war ich bereit für den ersten Test. Ich ging über die Karl Johans Gate, feiner Nieselregen fiel und es war warm. Zwei junge Mädchen kamen mir Arm in Arm entgegen und kicherten, als ich an ihnen vorbeiging. Das Inferno in Hamburg schien mit einem Mal Lichtjahre entfernt zu sein. Mein Herz jubelte. Ich war zurück in meinem geliebten Land, zum zweiten Mal wiedergeboren.

Der Portier im Continental Hotel studierte die Papiere, die ich ihm gegeben hatte, genau, ehe er mich über seine Brille hinweg ansah: »Willkommen bei uns, Herr Fauke.«

Und als ich in dem gelben Hotelzimmer auf dem Bett lag und an die Decke starrte, während ich den Geräuschen der Stadt dort draußen lauschte, ließ ich mir unseren neuen Namen auf der Zunge zergehen: Sindre Fauke. Er war ungewohnt, aber mir wurde klar, dass es funktionieren könnte, funktionieren würde.

102 *... ein Mann mit Namen Even Juul. Wie auch die anderen Heimatfront-Leute scheint er meine Geschichte ganz einfach geschluckt zu haben. Warum sollten sie auch nicht? Die Wahrheit, dass ich nämlich ein wegen Mordes gesuchter Frontkämpfer bin, ist wohl schwerer zu begreifen als die Geschichte des Deserteurs, der via Schweden nach Norwegen gekommen ist. Außerdem haben ihre Informanten meine Aussagen geprüft und bestätigt, dass eine Person mit Namen Sindre Fauke als abgängig gemeldet worden ist und vermutet wird, dass diese Person zu den Russen übergelaufen ist. Die Deutschen haben Ordnung in ihren Sachen!*

Ich spreche keinen sonderlich ausgeprägten Dialekt, wohl eine Folge meiner zeitweiligen Erziehung in Amerika, doch es scheint niemandem aufzufallen, dass ich als Sindre Fauke so schnell meinen Gudbrandsdaldialekt abgelegt habe. Ich stamme aus einem winzigen Nest in Norwegen, doch auch wenn jemand aus meiner Jugend auftauchen sollte (Jugend, mein Gott, das ist doch gerade erst drei Jahre her ...), bin ich überzeugt davon, dass sie mich nicht wiedererkennen würden, so anders, wie ich mich jetzt fühle.

Ich habe mehr Angst davor, dass plötzlich jemand auftauchen könnte, der den wirklichen Sindre Fauke kannte. Glücklicherweise stammt er aus einem ähnlich kleinen, wenn nicht noch kleineren Dorf, doch er hat Verwandte, die ihn identifizieren könnten.

Ich machte mir genau darüber Gedanken und war deshalb nicht wenig verwundert, als sie mir den Befehl gaben, einen meiner (Faukes) NS-Brüder zu liquidieren. Es sollte wohl ein Test sein, ob ich wirklich die Seite gewechselt hatte und nicht etwa ein Spitzel bin. Daniel und ich wären beinahe vor Lachen geplatzt – es ist fast so, als wenn wir selbst auf diese Idee gekommen wären. Sie baten mich doch wirklich, die Personen aus dem Weg zu räumen, die mich entlarven könnten! Ich verstehe wohl, dass diese Möchtegernsoldaten der Meinung sind, Brudermord sei ein gewaltiger Schritt, so unerfahren, wie sie sind, und so wenig, wie sie hier im sicheren Wald über die Brutalität des Krieges wissen. Doch ich habe mich entschlossen, sie beim Wort zu nehmen, ehe sie es sich anders überlegen. Sobald es dunkel wird, werde ich in die Stadt gehen, meine Dienstpistole holen, die zusammen mit der Uniform in einem Schließfach im

Bahnhof liegt, und dann den gleichen Nachtzug zurück nehmen, mit dem ich gekommen bin. Ich kenne ja den Namen der Siedlung, die in der Nähe von Faukes Hof liegt, so dass ich mich wohl durchfragen kann.

Oslo, 13. Mai 1945

103 *Noch so ein merkwürdiger Tag. Das Land ist noch immer im Freiheitsrausch und heute kam Kronprinz Olaf gemeinsam mit einer Regierungsdelegation nach Oslo. Ich konnte einfach nicht zum Hafen hinuntergehen und mir das ansehen, doch ich hörte, dass sich halb Oslo dort versammelt haben sollte. Ich ging heute in Zivil die Karl Johans Gate hoch, und meine »soldatischen« Freunde können nicht verstehen, warum ich nicht wie sie in der »Uniform« der Heimatfront umherstolziere und mich als Held feiern lasse. Das scheint zurzeit ein richtiger Magnet für junge Damen zu sein. Frauen und Uniformen – wenn ich mich recht erinnere, rannten sie 1940 den grünen Uniformen ebenso gern hinterher.*

Ich ging zum Schloss hoch, um zu sehen, ob der Kronprinz auf den Balkon trat und eine Ansprache hielt. Viele hatten sich dort versammelt. Vor dem Schloss ging gerade, als ich kam, der Wachwechsel vonstatten. Wieder so ein jämmerliches Schauspiel nach deutschem Vorbild, doch die Menschen jubelten.

Ich habe die Hoffnung, dass der Kronprinz all die guten Norweger wieder auf den Boden zurückholt, die fünf lange Jahre still und ohne einen Finger zu rühren in ihrem Kämmerlein gesessen und zugesehen haben, jetzt aber lauthals nach Rache und Strafe für die Landesverräter schreien. Ich glaube nämlich, dass uns Kronprinz Olaf verstehen kann, denn wenn die Gerüchte stimmen, war er der Einzige des Königshauses und der Regierung, der während der Kapitulation eine gewisse Stärke zeigte, indem er sich erbot, in seinem Land zu bleiben und das Schicksal seines Volkes zu teilen. Doch die Regierung riet ihm ab; sie erkannte wohl, dass es sie selbst und den König in ein merkwürdiges Licht stellen würde, wenn sie ihn hier zurückließe, selbst aber das Weite suchte.

Ja, ich habe die Hoffnung, dass der junge Kronprinz (der im Gegensatz zu den *Heiligen der letzten Tage* weiß, wie man eine Uniform trägt!) der Nation erklären kann, welchen Einsatz die Frontkämpfer geleistet haben, da er ja selbst erkannt hat, welche Gefahr die Bolschewiken im Osten für unser Land darstellten und noch immer darstellen. Bereits zu Beginn des Jahres 1942, während wir Frontkämpfer uns auf unseren Einsatz an der Ostfront vorbereiteten, soll der Kronprinz Gespräche mit Präsident Roosevelt geführt und Besorgnis über die russischen Pläne bezüglich Norwegens geäußert haben.

Es wurden Fahnen geschwenkt, manche sangen und nie zuvor sind mir die alten Bäume im Schlosspark grüner vorgekommen. Doch der Kronprinz trat an diesem Tag nicht auf den Balkon hinaus. Ich muss mich also in Geduld üben.

»Die haben gerade aus Wien angerufen. Die Abdrücke sind identisch.«

Weber stand in der Wohnzimmertür.

»Gut«, sagte Harry und nickte zerstreut, während er weiterlas.

»Jemand hat in den Mülleimer gekotzt«, verkündete Weber. »Jemand, der sehr krank ist, das ist mehr Blut als alles andere.«

Harry befeuchtete seinen Daumen und blätterte um. »Soso.«

Pause.

»Wenn du sonst noch Hilfe brauchst …«

»Ich dank dir Weber, aber das war's.«

Weber nickte, blieb aber stehen.

»Willst du denn keine Fahndung herausgeben?«, fragte er schließlich.

Harry hob seinen Kopf und sah abwesend in Webers Richtung.

»Warum?«

»Tja, das weiß ich verflucht noch mal auch nicht«, sagte Weber. »Aber *I-don't-need-to-know!*«

Harry lächelte, möglicherweise über den Kommentar des älteren Polizisten. »Richtig.«

Weber wartete auf mehr, doch es kam nichts.

»Wie du willst, Hole. Ich hab eine Smith & Wesson mitgebracht. Sie ist geladen und hat ein zweites Magazin. Fang!«

Harry blickte gerade noch rechtzeitig auf, um den schwarzen Gurt zu fangen, den Weber ihm zuwarf. Er öffnete den Gurt und nahm den Revolver heraus. Er war geölt und das Licht wurde von dem frisch geputzten Stahl matt reflektiert. Natürlich. Das war Webers eigene Waffe.

»Danke für die Hilfe, Weber«, sagte Harry.

»Mach keinen Unsinn.«

»Ich werd's versuchen. Dir noch einen schönen Tag.«

Weber schnaubte angesichts dieses Wunsches. Als er aus der Wohnung stampfte, hatte sich Harry bereits wieder in seine Lektüre vertieft.

Oslo, 27. August 1945

104 *»Verrat, Verrat, Verrat! Wie versteinert saß ich in der letzten Reihe, als meine Frau hereingeführt und auf die Anklagebank gesetzt wurde und Even Juul ein rasches, unzweideutiges Lächeln zuwarf. Dieses kleine Lächeln war genug, um mir alles zu sagen, doch ich saß wie angewurzelt da, außerstande, etwas anderes zu tun, als zu sehen und zu hören. Und zu leiden. Dieser Lügner! Even Juul weiß nur zu gut, wer Signe Ålsaker ist, ich habe ihn über sie aufgeklärt. Ihn trifft kaum eine Schuld, er glaubt ja, dass Daniel Gudeson tot ist; doch sie, sie hat ihm Treue bis in den Tod geschworen! Ja, ich sage es noch einmal: Verrat! Und der Kronprinz hat nicht ein Wort gesagt. Keiner hat etwas gesagt. Auf der Festung Akershus erschießen sie Männer, die ihr Leben für Norwegen riskiert haben. Das Echo der Schüsse hängt eine Sekunde in der Luft über der Stadt, ehe es verklingt und eine noch größere Stille als zuvor zurücklässt. Als ob nichts geschehen wäre.*

Letzte Woche erhielt ich den Bescheid, dass mein Fall zu den Akten gelegt worden ist; meine Heldentaten haben größeres Gewicht als die Verbrechen, die ich begangen habe. Beim Lesen des Briefes musste ich derart lachen, dass mir die Tränen kamen. Sie halten also die Liquidierung von vier unbewaffneten Bauern im Gudbrandsdal für eine derartige Heldentat, dass sie die verbrecherische Verteidigung meines Vaterlandes bei Leningrad aufwiegt! Ich schleuderte einen Stuhl an die Wand, und die Vermieterin kam, so dass ich mich entschuldigen musste. Es ist zum Verrücktwerden.

Nachts träume ich von Helena. Nur von Helena. Ich muss versuchen zu vergessen. Und der Kronprinz hat nicht ein Wort gesagt. Es ist nicht zum Aushalten, ich glaube…

Harry blickte wieder auf die Uhr. Er blätterte schnell durch eine ganze Reihe Zettel, ehe sein Blick auf einen bekannten Namen fiel.

Schrøder's Restaurant, 23. September 1948

105 *… Geschäftstätigkeit mit guten Zukunftsaussichten. Doch heute geschah, wovor ich mich lange gefürchtet hatte.*

Ich las Zeitung, als ich plötzlich bemerkte, dass jemand an meinem Tisch stand und mich betrachtete. Ich hob meinen Blick und das Blut gefror in meinen Adern! Er sah ein bisschen verwahrlost aus. Trug abgenutzte Kleider. Er hatte nicht mehr die gerade, aufrechte Haltung wie früher, als wäre er nicht mehr ganz er selbst. Aber ich erkannte unseren alten Lagerführer sogleich wieder, den Mann mit dem Zyklopenauge.

»Gudbrand Johansen«, sagte Edvard Mosken. »Es heißt, du seist umgekommen. Den Gerüchten nach in Hamburg.«

Ich wusste nicht, was ich sagen oder tun sollte. Ich wusste nur, dass mir der Mann, der sich an meinen Tisch setzte, ein Urteil als Landesverräter einbringen konnte, ja sogar, im schlimmsten Fall, als Mörder!

Mein Mund war ganz trocken, als ich schließlich die Sprache wiederfand. Ich sagte, dass ich sehr wohl am Leben sei, und um Zeit zu gewinnen, berichtete ich ihm, dass ich mit einer Kopfverletzung und einem verwundeten Bein in Wien im Lazarett gelegen hatte. Dann fragte ich, was mit ihm geschehen war. Er erzählte mir, dass man ihn nach Hause geschickt hatte, so dass er ins Lazarett in Sinsen gekommen sei, erstaunlicherweise also der gleiche Ort, an den man mich kommandiert hatte. Wie die meisten anderen war er wegen Landesverrats zu drei Jahren Gefängnis verurteilt worden, dann aber, wie üblich, nach zweieinhalb Jahren entlassen worden.

Wir sprachen über dieses und jenes und nach einer Weile entspannte ich mich ein wenig. Ich lud ihn auf ein Bier ein, und wir redeten über die Baubranche, in der ich arbeitete. Ich sagte, was ich dachte: dass es das Beste für Leute wie uns war, etwas Eigenes zu beginnen, da sich die meisten Betriebe ja ohnehin weigerten, frühere Frontkämpfer einzustellen (vor allem die Betriebe, die während des Krieges mit den Deutschen zusammengearbeitet hatten).

»Du auch?«, fragte er.

Ich musste ihm also gestehen, dass es mir auch nicht groß geholfen hatte, später zur »richtigen« Seite übergelaufen zu sein; auch ich hatte eine deutsche Uniform getragen.

Mosken saß die ganze Zeit mit der Andeutung eines Lächelns auf den Lippen da und schließlich konnte er sich nicht mehr beherrschen. Er erzählte, dass er alles unternommen hätte, um mich aufzuspüren, aber dass alle Spuren in Hamburg geendet hätten. Er wollte schon aufgeben, als er eines Tages den Namen Sindre Fauke in einem Artikel über Widerstandskämpfer las. Das hatte sein Interesse aufs Neue geweckt; er hatte herausgefunden, wo Fauke arbeitete, und angerufen. Und dort hatte man ihm den Tipp gegeben, dass er vielleicht bei Schrøder zu finden sei.

Ich erstarrte wieder und dachte, jetzt kommt es. Doch was er sagte, war ganz anders als das, was ich mir vorgestellt hatte.

»Ich konnte dir nie richtig dafür danken, dass du Hallgrim Dale daran gehindert hast, mich damals zu erschießen. Du hast mir das Leben gerettet, Johansen.«

Ich zuckte, dumpf vor mich hinglotzend, mit den Schultern. Zu mehr war ich einfach nicht in der Lage.

Mosken meinte, ich hätte mich als moralischer Mensch erwiesen, als ich ihn rettete. Schließlich hätte ich durchaus Gründe haben können, ihm den Tod zu wünschen. Wenn die Leiche von Sindre Fauke gefunden worden wäre, hätte er bezeugen können, dass ich vermutlich der Mörder war! Ich konnte dazu nur nicken. Dann sah er mich an und fragte, ob ich Angst vor ihm hätte. Ich wusste, dass ich nichts zu verlieren hatte, und erzählte ihm die ganze Geschichte, wie sie war.

Mosken hörte zu, heftete ein paarmal sein Zyklopenauge auf mich, um sicherzugehen, dass ich nicht log, und manchmal schüttelte er den Kopf, doch er erkannte wohl, dass ich größtenteils die Wahrheit sagte.

Als ich geendet hatte, bestellte ich noch mehr Bier für uns, und er erzählte von sich, dass sich seine Frau, während er im Gefängnis saß, einen neuen Mann gesucht habe, der sie und den Jungen versorge. Er könne das ja nachvollziehen, es sei sicherlich auch das Beste für Edvard junior, nicht mit einem Landesverräter als Vater aufzuwachsen. Mosken machte einen resignierten Eindruck. Er sagte, er wolle es in der Transportbranche versuchen, habe aber noch keinen der Jobs als Fahrer bekommen, um die er sich beworben hatte.

»Kauf dir einen eigenen Lastwagen«, riet ich ihm. »Du solltest auch versuchen, dich selbständig zu machen.«

»Dafür fehlt mir das Geld«, sagte er und warf einen raschen Blick auf mich. Es begann mir zu dämmern. »Und auch die Banken haben nicht sonderlich viel für frühere Frontkämpfer übrig. Für die sind wir doch alle nur Banditen.«

»Ich habe ein bisschen Geld gespart«, sagte ich. »Du kannst dir von mir etwas leihen.«

Er lehnte ab, doch ich wusste, dass die Sache klar war.

»Natürlich musst du mir auch Zinsen zahlen!«, sagte ich, und seine Miene hellte sich auf. Doch dann wurde er wieder ernst und meinte, es werde schwer für ihn werden, da es sicher eine geraume Zeit dauern werde, ehe er richtig Fuß fassen würde. Und so musste ich ihm erklären, dass diese Zinsen nicht hoch sein würden, eher symbolisch. Ich bestellte noch mehr Bier, und als wir ausgetrunken hatten und gehen wollten, gaben wir einander die Hand. Wir hatten ein Abkommen getroffen.

Oslo, 3. August 1950

106 *… in Wien abgestempelten Brief im Kasten. Ich legte ihn auf den Küchentisch und sah ihn einfach nur an. Ihr Name und Absender standen auf der Rückseite. Im Mai hatte ich einen Brief an das Rudolph II. Hospital geschrieben, in der Hoffnung, dass jemand wusste, wo sich Helena befand, und den Brief weiterschicken würde. Für den Fall, dass irgendjemand den Brief öffnete, hatte ich nichts geschrieben, was uns in Gefahr bringen konnte, und natürlich hatte ich nicht meinen richtigen Namen genannt. Den-*

noch hatte ich nicht gewagt, auf eine Antwort zu hoffen. Ja, ich weiß nicht einmal, ob ich mir tief in meinem Innern wirklich eine Antwort erhoffte, nicht, wenn es eine Antwort war, mit der ich wohl rechnen musste: dass sie verheiratet und Mutter von Kindern sei. Nein, das wollte ich nicht. Obgleich es ja das war, was ich ihr gewünscht hatte, was ich ihr hatte ermöglichen wollen.

Mein Gott! Wir waren damals so jung. Sie erst neunzehn! Und jetzt, da ich den Brief in der Hand hielt, war das Ganze plötzlich so unwirklich, als ob die zierliche Handschrift auf dem Briefumschlag nichts mit der Helena zu tun haben könnte, von der ich sechs Jahre lang geträumt hatte. Ich öffnete den Brief mit zitternden Fingern und zwang mich selbst, das Schlimmste zu erwarten. Es war ein langer Brief, und es ist kaum ein paar Stunden her, dass ich ihn zum ersten Mal gelesen habe, doch ich kann ihn bereits auswendig.

Lieber Urias,

ich liebe dich und ich werde dich immer lieben. Doch das Seltsame ist, dass ich das Gefühl habe, dich bereits mein ganzes Leben zu lieben. Ich musste vor Glück weinen, als ich deinen Brief erhielt, das …

Harry ging mit den Zetteln in der Hand in die Küche, fand den Instantkaffee im Schrank über dem Spülbecken und setzte Wasser für eine Tasse auf, während er weiterlas. Über die glückliche, doch auch schwierige und schmerzliche Wiedervereinigung in einem Pariser Hotel. Am nächsten Tag verlobten sie sich.

Nach diesem Tag schrieb Gudbrand immer weniger von Daniel und schließlich schien dieser ganz verschwunden zu sein.

Stattdessen schrieb er über ein verliebtes Pärchen, das wegen des Mordes an Christoph Brockhard noch immer den Atem seiner Verfolger im Nacken spürte. Die beiden hatten heimliche Stelldicheins in Kopenhagen, Amsterdam und Hamburg. Helena kannte Gudbrands neue Identität, doch kannte sie die ganze Wahrheit? Wusste sie etwas von dem Mord an der Front und den Liquidierungen auf dem Fauke-Hof? Es sah nicht so aus.

Sie verlobten sich nach dem Rückzug der Alliierten aus Österreich, und 1955 kehrte sie ihrem Land den Rücken, das, wie sie glaubte, bald wieder von »Kriegsverbrechern, Antisemiten und Fanatikern regiert werden wird, die aus ihren Fehlern nichts gelernt haben«. Sie ließen sich in Oslo nieder, wo Gudbrand, noch immer unter Faukes Namen, sein kleines Geschäft weiterführte. Noch im gleichen Jahr wurden sie von einem katholischen Priester bei einer privaten Feier im Garten im Holmenkollveien getraut. Sie hatten sich dort gerade eine große Villa von dem Geld gekauft, das Helena durch den Verkauf ihrer Wiener Näherei bekommen hatte. Sie waren glücklich.

Harry hörte das Wasser brodeln, ging in die Küche zurück und goss es in die Tasse.

Reichshospital, 1956

107 *Helena verlor so viel Blut, dass ihr Leben einen Moment lang in Gefahr war, doch glücklicherweise griffen sie schnell genug ein. Wir haben das Kind verloren. Helena war natürlich untröstlich, obgleich ich immerfort wiederholte, dass sie doch noch so jung sei und wir noch viele Chancen haben würden. Doch der Arzt war leider nicht so optimistisch, die Gebärmutter …*

Reichshospital, 12. März 1967

108 *Eine Tochter. Sie soll Rakel heißen. Ich weinte und weinte, und Helena strich mir über die Wange und sagte, Gottes Wege seien …*

Harry saß wieder im Wohnzimmer und fuhr sich mit der Hand über die Augen. Warum war er nicht gleich darauf gekommen, als er das Bild von Helena in Beatrice' Zimmer gesehen hatte? Mutter und Tochter. Er konnte nicht richtig bei der Sache gewesen sein. Vermutlich war es genau das – er war nicht bei der Sache. Er sah Rakel überall: auf der Straße in den Gesichtern der entgegenkommenden Frauen, in zehn Fernsehsendern, wenn er sich durch die Kanäle zappte, und hinter dem Tresen eines Cafés. Warum sollte er also be-

sonders aufmerksam werden, wenn er ihr Gesicht auch in dem Ant-
litz einer schönen Frau auf einer alten Fotografie erkannte?

Sollte er Mosken anrufen, um bestätigt zu bekommen, was Gudbrand Johansen alias Sindre Fauke geschrieben hatte? Nicht jetzt.

Er sah noch einmal auf die Uhr. Warum tat er das? Was trieb ihn
anderes als seine Verabredung mit Rakel um elf Uhr? Ellen hätte darauf sicher eine Antwort gewusst, doch sie war nicht da, und er hatte
jetzt keine Zeit, sich selbst eine Antwort auszudenken. Genau, nicht
die Zeit.

Er blätterte weiter, bis er das Jahr 1999 erreichte. 7. Oktober.
Danach folgten nur noch wenige Manuskriptseiten. Harry spürte,
dass er feuchte Handflächen bekommen hatte. Er hatte in etwa die
gleichen Gefühle, die Rakels Vater in Anbetracht des Briefes von
Helena beschrieben hatte – eine Art Widerwillen, mit dem Unver-
meidlichen konfrontiert zu werden.

Oslo, 7. Oktober 1999

109 *Ich werde sterben. Nach allem, was ich durchgemacht habe, erscheint es mir merkwürdig zu
wissen, dass ich, wie die meisten Menschen, meinen Gnadenstoß durch
eine normale Krankheit erhalten werde. Wie soll ich das Rakel und Oleg
erzählen? Ich ging über die Karl Johans Gate und spürte, dass mir dieses Leben, das mir seit Helenas Tod so wertlos vorgekommen war, plötzlich wieder sehr viel bedeutete. Nicht etwa, weil ich mich nicht danach
sehne, dich wiederzusehen, Helena, sondern weil ich meine Aufgabe
hier auf der Erde so lange versäumt habe, dass mir jetzt kaum mehr Zeit
bleibt. Ich ging über den gleichen Kies die Steigung hinauf wie am
13. Mai 1945. Der Kronprinz ist noch immer nicht auf den Balkon hin-
ausgetreten, um sein Verständnis zu bekunden. Er versteht bloß all die
anderen, die es nicht leicht haben. Ich glaube nicht, dass er kommt; ich
glaube, er ist ein Verräter.*

Anschließend schlief ich an einem Baum ein und träumte einen
langen seltsamen Traum, wie eine Offenbarung. Und als ich aufwachte, war auch mein alter Begleiter wieder da. Daniel ist zurück.
Und ich weiß, was er will.

Der Escort stöhnte auf, als Harry brutal herunterschaltete, zweiter Gang, erster Gang. Und er brüllte wie ein verwundetes Tier, als er dann das Gaspedal im Leerlauf durchtrat. Ein Mann in feierlicher Østerdalstracht hastete an der Ecke Vibesgate/Bogstadveien über einen Zebrastreifen und entging nur knapp einem beinahe profillosen Reifenabdruck auf seinen bestrumpften Waden. Im Hegdehaugsvei staute es sich in Richtung Stadt, und Harry fuhr auf die linke Spur hinüber, legte sich auf die Hupe und hoffte, die entgegenkommenden Fahrer würden geistesgegenwärtig genug sein, ihm auszuweichen. Er hatte sich gerade links an den Rabatten am Lorry Café vorbeigemogelt, als plötzlich eine hellblaue Wand sein Blickfeld versperrte. Die Straßenbahn!

Es war zu spät, um zu halten, und Harry schlug das Lenkrad ein und gab dem Bremspedal einen kurzen Tritt, so dass das hintere Ende des Autos herumschleuderte, der Wagen seitlich über den Bürgersteig rutschte und mit der linken Längsseite gegen die linke Seite der Straßenbahn rammte. Der Seitenspiegel verschwand mit einem kurzen Knall, und der Türgriff, der an der Straßenbahnseite entlanggezogen wurde, kreischte laut und lang anhaltend.

»Scheiße! Scheiße!«

Dann war er wieder Herr der Lage, die Räder befreiten sich von den Straßenbahnschienen, bekamen Haftung auf dem Asphalt und das Auto raste zur nächsten Ampel weiter.

Grün, grün, gelb.

Er gab Vollgas, drückte noch immer mit einer Hand auf die Mitte des Lenkrads und hoffte vergeblich, dass das Quäken der Hupe an diesem 17. Mai, Viertel nach zehn im Zentrum von Oslo, ein bisschen Aufmerksamkeit erzeugen würde. Dann schrie er, trat das Bremspedal durch, und während der Escort verzweifelt versuchte, dem Haltebefehl nachzukommen, schossen leere Kassettenhüllen, Zigarettenkippen und Harry Hole nach vorne. Er schlug mit dem Kopf gegen die Windschutzscheibe, als das Auto wieder still stand. Eine jubelnde Kinderschar hatte sich mit wehenden Flaggen auf den Zebrastreifen vor ihm gewälzt. Harry rieb sich die Stirn. Der Schlosspark lag unmittelbar vor ihm und der Weg zum Schloss war schwarz von Menschen. Aus einem offenen Cabriolet auf der Spur neben ihm hörte er das Radio mit der üblichen, jedes Jahr gleichen Liveübertragung:

»Und jetzt winkt die Königsfamilie vom Balkon des Schlosses dem Kinderumzug und der Menschenmenge zu, die sich im Schlosspark versammelt haben. Ganz besonders jubeln die Menschen dem populären Kronprinzen zu, der soeben aus Amerika zurückgekommen ist, er ist schließlich ...«

Harry drückte die Kupplung, gab Gas und zielte auf die Bürgersteigkante vor dem Weg durch den Schlosspark.

Oslo, 16. Oktober 1999

110 *Ich habe wieder begonnen zu lachen. Es ist natürlich Daniel, der da lacht. Ich habe nicht erzählt, dass es eine seiner ersten Handlungen nach dem Erwachen war, Signe anzurufen. Wir benutzten das Münztelefon bei Schrøder. Das Ganze war so herzzerreißend komisch, dass mir die Tränen kamen.*

Heute Nacht habe ich weitere Pläne gesponnen. Mein Problem ist noch immer, wie ich mir die Waffe besorge, die ich brauchen werde.

Oslo, 15. November 1999

111 *... das Problem endlich gelöst zu sein schien, tauchte er auf: Hallgrim Dale. Er war – was nicht sonderlich überrascht – völlig heruntergekommen. Ich hoffte noch einen Moment lang, er würde mich nicht wiedererkennen. Er hatte anscheinend die Gerüchte aufgeschnappt, dass ich während des Bombenangriffs auf Hamburg ums Leben gekommen sei, denn er hielt mich für einen Geist. Er begriff aber, dass irgendetwas im Gange war, und wollte Geld – Schweigegeld. Doch der Dale, den ich kannte, konnte nicht für alles Geld der Welt ein Geheimnis für sich behalten. So habe ich denn dafür gesorgt, dass ich der letzte Mensch war, mit dem er sprach. Es hat mir keine Freude bereitet, doch ich muss einräumen, dass mich die Tatsache, dass meine alten Künste nicht ganz vergessen zu sein schienen, irgendwie befriedigte.*

Oslo, 6. Februar 2000

112 *Seit über fünfzig Jahren treffen sich Edvard und ich sechsmal im Jahr im Restaurant Schrøder. Alle zwei Monate, jeden ersten Dienstagnachmittag. Wir nennen das noch immer Stabstreffen, wie damals, als das Restaurant noch am Youngstorget lag. Ich habe mich oft gefragt, was es ist, das Edvard und mich verbindet, so unterschiedlich, wie wir sind. Vielleicht ist es nur unser gemeinsames Schicksal. Dass wir von den gleichen Geschehnissen geprägt wurden. Wir waren beide an der Ostfront, wir haben beide unsere Frauen verloren und unsere Kinder sind erwachsen geworden. Für mich ist das Wichtigste, zu wissen, dass ich Edvards volle Loyalität habe. Er vergisst natürlich nie, dass ich ihm nach dem Krieg geholfen habe; und auch später habe ich ihn noch das eine oder andere Mal unterstützt. So wie Ende der sechziger Jahre, als es mit seinem Trinken und den Pferdewetten so schlimm wurde und er beinahe seine ganze Spedition verloren hätte, wenn ich mich nicht um seine Spielschulden gekümmert hätte.*

Nein, es ist nicht mehr viel von dem aufrechten Soldaten übrig, der er in Leningrad war, doch mit der Zeit hat sich Edvard damit abgefunden, dass sein Leben nicht so verlaufen ist, wie er sich das vorgestellt hatte, und versucht, das Beste daraus zu machen. Er konzentriert sich auf sein Pferd und hat sowohl mit dem Trinken als auch dem Wetten aufgehört. Er begnügt sich jetzt damit, mir hin und wieder ein paar Insidertipps zu geben.

Er war es übrigens, der mir erzählte, dass Even Juul ihn gefragt hatte, ob es sein könne, dass Daniel Gudeson noch am Leben sei. Noch am gleichen Abend rief ich Even an und fragte ihn, ob er langsam senil werde. Doch Even berichtete mir, dass er vor ein paar Tagen den Hörer seines Zweittelefons im Schlafzimmer abgenommen und dabei ein Gespräch mit angehört habe, in dem sich ein Mann als Daniel ausgab und seiner Frau einen entsetzlichen Schrecken eingejagt hätte. Der Mann am Telefon hätte gesagt, sie würde an einem anderen Dienstag wieder von ihm hören. Even meinte, er habe Geräusche gehört, die an ein Café erinnerten, und sich deshalb entschlossen, immer dienstags durch die Cafés zu ziehen, bis er den Telefonterroristen gefunden habe. Er wusste, dass sich die Polizei nicht um eine solche Bagatelle kümmern würde, und hatte auch

Signe nichts gesagt, damit sie ihn nicht aufhalten konnte. Ich musste mir in den Handballen beißen, um nicht laut zu lachen, und wünschte ihm Glück, diesem alten Idioten.

Seit ich die Wohnung in Majorstua bezogen habe, habe ich Rakel nicht mehr gesehen, doch wir haben miteinander telefoniert. Es scheint, als seien wir den Krieg beide leid. Ich versuche nicht mehr, ihr begreiflich zu machen, was sie mir und ihrer Mutter durch diese Heirat mit dem Russen aus einer alten bolschewistischen Familie angetan hat.

»Ich weiß, dass du das als einen Verrat empfunden hast«, sagt sie. »Aber das liegt inzwischen so lange zurück. Lass uns nicht mehr darüber reden.«

Es liegt nicht lange zurück. Nichts liegt mehr lange zurück.

Oleg hat nach mir gefragt. Oleg ist ein guter Junge. Ich hoffe nur, dass er nicht ebenso eigensinnig und dickköpfig wie seine Mutter wird. Das hat sie von Helena. Sie sind sich so ähnlich, dass mir die Tränen kommen, während ich diese Zeilen schreibe.

Nächste Woche kann ich mir Edvards Hütte leihen. Da werde ich dieses Gewehr testen. Daniel freut sich darauf.

Es wurde grün und Harry gab Gas. Ein Ruck ging durch das Auto, als sich die Bürgersteigkante in die Vorderräder grub. Der Escort machte einen uneleganten Hopser und befand sich plötzlich auf der Wiese. Der Weg war zu stark bevölkert, so dass Harry über die Wiese weiterfuhr. Er rutschte zwischen dem Teich und vier Jugendlichen hindurch, die auf einer Decke im Park frühstückten. Schon beim Wachhäuschen standen die Menschen eng zusammengedrängt, und Harry hielt an, sprang aus dem Auto und rannte auf die Absperrungen auf dem Schlossplatz zu.

»Polizei!«, brüllte er und kämpfte sich durch die Menschenmenge. Diejenigen, die ganz vorne standen, waren bereits im Morgengrauen aufgestanden, um sich diesen Logenplatz zu sichern, und wichen nur widerwillig zur Seite. Als er über die Absperrung sprang, versuchte ihn ein Wachsoldat aufzuhalten, doch Harry schlug seinen Arm zur Seite, zückte seinen Ausweis und taumelte weiter über den Platz. Unter seinen Sohlen knirschte der Kies. Er drehte dem Kinderumzug den Rücken zu; soeben defilierten die Slemdaler Grundschule und das Vålerenger Jugendorchester zu den Klängen von »I'm

just a gigolo« unter dem Schlossbalkon mit der winkenden Königsfamilie vorbei. Er starrte auf eine Wand blanker, lächelnder Gesichter und rot-weiß-blauer Flaggen. Seine Augen suchten die Reihen
der Menschen ab: Rentner, fotografierende Onkel, Familienväter mit
kleinen Knirpsen auf den Schultern, doch kein Sindre Fauke. Gudbrand Johansen. Daniel Gudeson.

»Scheiße, Scheiße!«

Er schrie mehr aus Panik als aus sonst irgendeinem Grund.

Doch wenigstens dort vor der Absperrung sah er ein bekanntes
Gesicht. In Zivil und mit Walkie-Talkie und verspiegelter Sonnenbrille. Er hatte also Harrys Rat befolgt und auf Kosten von Scotsman
die Familienväter der Abteilung entlastet.

»Halvorsen!«

Oslo, 17. Mai 2000

113 *Signe ist tot. Sie wurde vor drei Tagen wie eine
Verräterin mit einer Kugel durch ihr falsches
Herz hingerichtet. Nach all der langen Zeit, in der Daniel und ich verbunden waren, verließ er mich, nachdem der Schuss gefallen war. Er
ließ mich einsam und verwirrt zurück. Zweifel stiegen in mir auf und
ich hatte eine schreckliche Nacht. Die Krankheit machte es auch nicht
besser. Ich nahm drei von den Pillen, von denen ich laut Dr. Buer bloß
eine nehmen darf, aber trotzdem waren die Schmerzen unerträglich.
Doch schließlich schlief ich ein, und als ich tags darauf aufwachte, war
Daniel wieder an seinem Platz. Ich hatte neuen Mut. Das war die vorletzte Etappe und jetzt stapfen wir mutig weiter.*

Tritt ans Feuer in den Kreis der Kameraden,
Sieh in die Flammen, so golden und rot,
Wollen wir weiter mit Siegen uns laden,
Braucht es Treue auf Leben und Tod.

Er nähert sich, der Tag, an dem der Große Betrug gerächt werden
soll. Ich habe keine Angst.

Das Wichtigste ist natürlich, dass der Verrat an die Öffentlichkeit kommt. Wenn diese Memoiren von der falschen Person gefunden werden, besteht die Gefahr, dass man sie vernichtet oder aus Rücksicht auf die öffentliche Reaktion geheim hält. Sicherheitshalber habe ich die nötigen Spuren aber auch an einen jungen Polizisten aus dem Überwachungsdienst weitergegeben. Es bleibt abzuwarten, wie intelligent er ist, aber ich habe ein sicheres Gefühl im Bauch, dass er eine integre Persönlichkeit ist.

Die letzten Tage waren dramatisch.

Es begann an dem Tag, an dem ich mich entschloss, mit Signe abzurechnen. Ich hatte sie gerade angerufen und ihr mitgeteilt, dass ich kommen wollte, um sie zu holen, und trat aus dem Restaurant Schrøder, als ich Even Juuls Gesicht durch die Fensterfront des gegenüberliegenden Cafés erblickte. Ich tat so, als hätte ich ihn nicht gesehen und ging weiter, aber ich wusste in diesem Moment, dass er mir auf die Schliche kommen würde, wenn er nur richtig nachdachte.

Gestern besuchte mich der Polizist. Ich hatte gedacht, dass die Spuren, die ich ihm gegeben hatte, nicht deutlich genug wären, um den Zusammenhang vor der Vollendung meiner Aufgabe zu erkennen. Doch es stellte sich heraus, dass er in Wien auf die Fährte von Gudbrand Johansen gekommen war. Ich erkannte, dass ich Zeit gewinnen musste, auf jeden Fall achtundvierzig Stunden. Also erzählte ich ihm die Geschichte über Even Juul, die ich mir für den Fall, dass eine solche Situation entstehen würde, ausgedacht hatte. Ich sagte, Even sei eine arme, kranke Seele und dass Daniel in ihm Platz genommen hätte. Zum einen sollte durch die Geschichte der Eindruck entstehen, dass Even Juul hinter allem stand, auch hinter dem Mord an Signe. Zum anderen würde es den arrangierten Selbstmord, den ich mir in der Zwischenzeit für Juul ausgedacht hatte, glaubhafter aussehen lassen.

Als der Polizist ging, machte ich mich gleich ans Werk. Even Juul schien nicht sonderlich verwundert, als er heute die Tür öffnete und mich draußen auf der Treppe sah. Ich weiß nicht, ob er nachgedacht hatte oder ob er gar nicht mehr in der Lage war, sich zu wundern. Er sah nämlich bereits tot aus. Ich hielt ihm ein Messer an die Kehle und versicherte ihm, dass ich ihn ebenso leicht aufschlitzen konnte wie seinen Köter, falls er sich bewegen sollte. Um sicherzugehen, dass er verstand, was ich meinte, öffnete ich den Müllsack, den ich mithatte, und zeigte ihm das Tier. Wir gingen nach oben ins Schlafzimmer, und er ließ sich willig auf einen Stuhl dirigieren und band das Hundehalsband an den Lampenhaken.

»Ich will nicht, dass die Polizei noch mehr Indizien bekommt, ehe das Ganze vorüber ist. Wir müssen es also wie einen Selbstmord aussehen lassen«, sagte ich. Doch er reagierte nicht, ihm schien alles egal zu sein. Wer weiß, vielleicht habe ich ihm bloß einen Gefallen getan?

Anschließend habe ich die Fingerabdrücke abgewischt, den Müllsack mit dem Köter in die Tiefkühltruhe gestopft und die Messer im Keller verstaut. Alles hatte geklappt und war erledigt und ich warf nur noch einmal einen letzten Blick ins Schlafzimmer, als ich plötzlich den Kies knirschen hörte und einen Polizeiwagen auf der Straße sah. Er hatte angehalten, als warte er auf etwas, doch ich erkannte, dass ich jetzt wirklich in der Klemme saß. Gudbrand wurde natürlich panisch, doch Daniel übernahm die Leitung und reagierte rasch.

Ich holte die Schlüssel der beiden anderen Zimmer und einer von ihnen passte zu der Tür des Schlafzimmers, in dem Even hing. Ich legte ihn auf den Boden hinter der Tür, nahm den Originalschlüssel aus dem Schloss und verriegelte die Tür. Dann tauschte ich den passenden Schlüssel durch den Schlüssel aus, der nicht passte, und ließ ihn außen im Schloss stecken. Zu guter Letzt steckte ich den Originalschlüssel in eine der anderen Türen. Das Ganze dauerte nur ein paar Sekunden, dann ging ich ruhig nach unten und wählte die Nummer von Harry Holes Handy.

Und im nächsten Augenblick kam er durch die Tür herein.

Obgleich ich vor Lachen fast geplatzt wäre, gelang es mir, glaube ich, eine überraschte Miene zu machen. Vielleicht, weil ich wirklich ein wenig überrascht war. Einen der anderen Polizisten hatte ich nämlich schon einmal gesehen. In jener Nacht im Schlosspark. Aber ich glaube nicht, dass er mich erkannte. Vielleicht, weil es heute Daniel war, den er sah. Und, JA, ich habe daran gedacht, die Fingerabdrücke auf den Schlüsseln zu verwischen.

»Harry! Was machst du hier? Stimmt etwas nicht?«

»Hör zu, gib über dein Walkie-Talkie Bescheid, dass ...«

Das Schulorchester von Bolteløkka marschierte mit Pauken vorbei, die die Luft zu punktieren schienen.

»Ich habe gesagt …«

»Hä?«, rief Halvorsen.

Harry schnappte sich das Walkie-Talkie.

»An alle, hört gut zu. Haltet Ausschau nach einem Mann, neunundsiebzig Jahre alt, einssiebzig groß, blaue Augen, weiße Haare. Er ist
vermutlich bewaffnet, ich wiederhole: bewaffnet, und äußerst gefährlich. Es besteht der Verdacht, dass er ein Attentat plant. Achtet auf
offene Fenster und die Dächer in der Gegend. Ich wiederhole …«

Harry machte die Durchsage noch einmal, während ihn Halvorsen mit halb geöffnetem Mund anstarrte. Als Harry fertig war, warf
er ihm das Funkgerät wieder zu.

»Jetzt ist es dein Job, diesem 17. Mai hier ein Ende zu bereiten,
Halvorsen.«

»Was redest du da?«

»Du bist im Dienst, ich sehe aus, als … als ob ich betrunken wäre. Die werden nicht auf mich hören.«

Halvorsens Blick glitt über Harrys unrasiertes Kinn, das zerknit-
terte, schief geknöpfte Hemd und die Schuhe, in denen nackte Füße
steckten.

»Wer sind ›die‹?«

»Hast du wirklich noch immer nicht begriffen, wovon ich rede?«,
brüllte Harry und deutete mit zitternden Fingern nach vorn.

Oslo, 17. Mai 2000

114 *Morgen. Vierhundert Meter Entfernung. Das*
habe ich früher schon fertig gebracht. Der Park
wird in frischem Grün erstrahlen, so voller Leben, so fern des Todes.
Doch ich habe meiner Kugel einen Weg freigeräumt. Ein toter Baum
ohne Laub. Die Kugel wird aus dem Himmel kommen, wie ein Finger
Gottes wird sie auf den Nachkommen des Verräters deuten, und alle
werden sehen, was ER mit denen tut, die nicht reinen Herzens sind. Der
Verräter sagte, er liebe sein Land, doch er verließ es; er bat uns, es vor
den Eindringlingen zu retten, vor der Gefahr aus dem Osten, stempelte
uns danach aber als Landesverräter ab.

Halvorsen rannte auf den Eingang des Schlosses zu, während Harry auf dem offenen Platz stehen blieb und wie ein Betrunkener im Kreis herumlief. Es würde ein paar Minuten dauern, bis der Balkon des Schlosses geräumt war; wichtige Männer mussten erst Entscheidungen treffen und Verantwortung übernehmen. Man sagte nicht einfach einen Nationalfeiertag ab, weil ein Lehnsmanngehilfe mit einem zweifelhaften Kollegen gesprochen hatte. Harrys Blick glitt über die Menschenmenge, hin und her, ohne recht zu wissen, wonach er suchte.

Sie wird aus dem Himmel kommen.

Er hob seinen Blick. Die grünen Bäume. So fern des Todes. Sie waren so hoch und das Laubdach so dicht, dass es selbst mit einem guten Zielfernrohr nicht möglich war, aus einem der umliegenden Häuser zu schießen.

Harry schloss die Augen. Seine Lippen bewegten sich. Hilf mir jetzt, Ellen.

Ich habe den Weg freigeräumt.

Warum hatten die zwei von der Parkpflege gestern so verwundert ausgesehen? Der Baum. Er hatte keine Blätter. Er öffnete die Augen wieder, sein Blick huschte über die Baumwipfel, und dann sah er es: die braune, tote Eiche. Harry spürte, wie sein Herz kräftig zu hämmern begann. Er wendete sich um, stieß fast mit einem Tambourmajor zusammen und rannte auf das Schloss zu. Als er zwischen Balkon und Baum war, blieb er stehen. Er blickte in Richtung Baum. Hinter den nackten Zweigen reckte sich ein blau gefrorener Glaskoloss in die Höhe. Das SAS-Hotel. Natürlich. So leicht. Eine Kugel. Niemand reagiert am 17. Mai auf einen Knall. Und anschließend kann er seelenruhig durch eine hektische Rezeption auf die überfüllte Straße gehen und verschwinden. Und dann? Was dann?

Er durfte jetzt nicht daran denken, er musste handeln. Musste handeln. Doch er war so müde. Statt aufgeregt zu sein, spürte Harry plötzlich einen unbändigen Drang fortzugehen, nach Hause, sich schlafen zu legen und an einem neuen Tag aufzuwachen, an dem nichts von alledem geschehen war, sondern sich das alles nur als böser Traum entpuppte. Die Sirenen eines über den Drammensvei davonrasenden Krankenwagens weckten ihn auf. Der Laut schnitt durch die alles überdeckende Blasmusik.

»Scheiße! Scheiße!«

Dann begann er zu laufen.

Radisson SAS, 17. Mai 2000

115 Der alte Mann lehnte sich mit angezogenen Beinen an das Fenster, hielt das Gewehr mit beiden Händen fest und lauschte der sich langsam entfernenden Krankenwagensirene. Zu spät, dachte er. Alle werden sterben.

Er hatte sich wieder erbrochen. Fast nur Blut. Die Schmerzen hatten ihm beinahe das Bewusstsein geraubt, und anschließend hatte er zusammengekrümmt auf dem Badezimmerboden gelegen und darauf gewartet, dass die Pillen endlich wirkten. Vier Stück. Die Schmerzen hatten von ihm abgelassen, doch nicht, ohne ihm noch einen letzten Dolchstoß zu versetzen, als wollten sie ihn daran erinnern, dass sie bald wiederkommen würden. Dann hatte das Badezimmer wieder seine normale Form angenommen. Das eine der beiden Badezimmer. Mit Whirlpool. Oder war das ein Dampfbad? Auf jeden Fall gab es einen Fernseher, den er angestellt hatte. Auf allen Kanälen wurden patriotische Lieder und Königsballaden gesendet und festlich gekleidete Reporter berichteten über den Kinderumzug.

Jetzt hockte er im Zimmer und die Sonne hing wie eine gewaltige Explosion am Himmel und beleuchtete alles. Er wusste, dass er nicht direkt in die Explosionen schauen durfte, denn dann wurde er nachtblind und konnte die russischen Heckenschützen nicht mehr sehen, die dort vor ihm im Niemandsland durch den Schnee robbten.

»Ich sehe ihn«, flüsterte Daniel. »Ein Uhr, auf dem Balkon gleich hinter dem toten Baum.«

Baum? Es gab in dieser zerbombten Landschaft doch keine Bäume mehr.

»Er kommt davon!«, rief eine Stimme, sie hörte sich wie die von Sindre an.

»Nicht doch«, sagte Daniel. »Keiner dieser Scheißbolschewiken wird davonkommen.«

»Er merkt, dass wir ihn gesehen haben, und duckt sich gleich in sein Loch!«

»Nicht doch«, sagte Daniel.

Der alte Mann legte das Gewehr am Fensterrahmen auf. Mit einem Schraubenzieher hatte er die Verriegelung des Fensters abgeschraubt, das sich eigentlich nur einen Spaltbreit öffnen sollte. Was hatte ihm dieses Mädchen von der Rezeption damals gesagt? Damit die Gäste nicht »auf dumme Ideen kommen«? Er blickte durch das Zielfernrohr. Die Menschen dort unten waren klein. Er stellte die Entfernung ein. Vierhundert Meter. Wenn man von oben nach unten schießt, muss man die Schwerkraft berücksichtigen; dann bekommt die Kugel eine andere Flugbahn, als wenn man in der Ebene schießt. Aber Daniel wusste das, Daniel wusste alles.

Der Alte sah auf die Uhr. Viertel vor elf. Zeit, es geschehen zu lassen. Er legte seine Wange an den schweren, kalten Gewehrkolben und umklammerte den Schaft etwas weiter vorne mit der linken Hand. Das linke Auge kniff er ein wenig zu. Das Geländer des Balkons füllte das Zielfernrohr aus. Dann schwarze Anzüge und Zylinder. Er fand das Gesicht, nach dem er suchte. Natürlich sah er ihm ähnlich. Das gleiche junge Gesicht wie 1945.

Daniel war noch stiller geworden und zielte und zielte. Er schien kaum noch zu atmen.

Vor dem Balkon, nicht im Fokus, deutete die tote Eiche mit Hexenfingern in den Himmel. Ein Vogel saß auf einem der Zweige. Mitten in der Schusslinie. Der alte Mann bewegte sich unruhig. Der war vorher doch nicht da gewesen. Sicher würde er bald wegfliegen. Er ließ das Gewehr sinken und sog Luft in seine schmerzenden Lungen.

Oink-Oink.

Harry schlug auf das Lenkrad und drehte den Autoschlüssel noch einmal um.

Oink-Oink.

»Jetzt spring schon an, du Scheißkarre! Sonst bring ich dich morgen auf den Schrottplatz!«

Der Escort kam mit einem Brüllen in Gang und schoss in einer Wolke aus Gras und Erde davon. Am Teich machte er eine scharfe Rechtskurve. Die Jugendlichen auf der Decke reckten ihre Bierflaschen in die Höhe und grölten: »Heia! Heia!«, während Harry in Richtung SAS-Hotel raste. Das Heulen des ersten Ganges und die Hand auf der Hupe halfen, den bevölkerten Weg zu räumen, doch in Höhe des Kindergartens ganz unten im Park tauchte plötzlich ein Kinderwagen hinter einem Baum auf, und Harry riss den Wagen nach links, schlug das Lenkrad in die andere Richtung ein und schleuderte nur knapp am Zaun der Treibhäuser vorbei. Das Auto rutschte vor einem hektisch bremsenden Taxi mit norwegischer Flagge und Birkengrün am Kühler seitlich auf den Wergelandsvei, doch Harry gelang es, Gas zu geben und seinen Wagen an den entgegenkommenden Pkws vorbei in die Holbergsgate zu manövrieren.

Er hielt vor den Schwingtüren des Hotels an und sprang nach draußen. Als er in die belebte Rezeption stürmte, entstand diese eine Sekunde Stille, in der sich alle fragten, ob sie etwas Einmaliges erleben würden. Doch dann war es nur ein reichlich angetrunkener Mann am 17. Mai – das hatte man zuvor schon einmal erlebt – und die Lautstärke wurde wieder hochgedreht. Harry hastete zu einer dieser idiotischen »Multifunktionsinseln«.

»Guten Morgen«, sagte eine Stimme. Ein paar hochgezogene Augenbrauen unter hellen, lockigen Haaren, die fast wie eine Perücke aussahen, maßen ihn von Kopf bis Fuß. Harry warf einen Blick auf ihr Namensschild.

»Betty Andresen, was ich jetzt sage, ist kein schlechter Scherz, also hören Sie gut zu. Ich bin Polizist und hier im Hotel hat sich ein Attentäter einquartiert.«

Betty Andresen betrachtete den großen, nur halb angezogenen Mann mit den blutunterlaufenen Augen, den sie tatsächlich bereits in die Kategorie »betrunken« oder »verrückt« oder beides eingeordnet hatte. Sie betrachtete den Ausweis, den er ihr entgegenstreckte. Dann sah sie ihn lange an. Lange.

»Der Name?«, fragte sie.

»Er heißt Sindre Fauke.«

Ihre Finger huschten über die Tastatur.

»Tut mir Leid, unter diesem Namen hat sich niemand eingetragen.«

»Scheiße! Versuchen Sie Gudbrand Johansen.«

»Auch kein Gudbrand Johansen, Herr Hole. Vielleicht haben Sie sich im Hotel geirrt?«

»Nein! Er ist hier, er ist jetzt in seinem Zimmer.«

»Sie haben also mit ihm gesprochen?«

»Nein, nein, ich … ach, das dauert zu lang, wenn ich Ihnen das erklären soll.«

Harry legte sich die Hand über die Augen.

»Moment, ich muss nachdenken. Er muss weit oben wohnen. Wie viele Etagen gibt es hier?«

»Zweiundzwanzig.«

»Und wie viele wohnen über der zehnten Etage, haben aber ihre Schlüssel nicht abgeliefert?«

»Das sind einige, fürchte ich.«

Harry hob plötzlich beide Hände und starrte sie an.

»Natürlich«, flüsterte er. »Das hier ist Daniels Job.«

»Wie bitte?«

»Versuchen Sie Daniel Gudeson.«

Was würde anschließend geschehen? Der alte Mann wusste es nicht. Es gab kein anschließend, jedenfalls hatte es das bis jetzt nicht gegeben. Er hatte vier Patronen auf den Fenstersims gestellt. Die goldbraunen matten Metallhülsen reflektierten die Sonnenstrahlen.

Dann blickte er wieder durch das Zielfernrohr. Der Vogel saß noch immer dort. Er erkannte ihn wieder. Sie trugen den gleichen Namen. Er richtete das Zielfernrohr auf die Menschenmenge und betrachtete die Leute an der Absperrung. Bis sein Blick an etwas Bekanntem verharrte. Konnte das denn sein …? Er stellte scharf. Doch, es gab keinen Zweifel, das war Rakel. Was tat sie da auf dem Schlossplatz? Und da war auch Oleg. Es sah aus, als käme er aus dem Kinderumzug angelaufen. Rakel hob ihn mit kräftigen Armen über die Absperrung. Ja, sie war stark, hatte starke Hände. Wie ihre Mutter. Jetzt gingen sie gemeinsam zum Wachhäuschen. Rakel blickte auf die Uhr, es sah aus, als wartete sie auf jemanden. Oleg trug die Jacke, die er ihm zu Weihnachten geschenkt hatte. Die »Opajacke«, wie Rakel und der Kleine sie nannten. Sie schien tatsächlich bald schon wieder zu klein zu sein.

Der Alte schmunzelte. Er würde ihm im Herbst eben eine neue kaufen.

Die Schmerzen kamen dieses Mal ohne jede Vorwarnung und er rang hilflos nach Atem.

Der Lichtschein der Explosionen sank am Himmel herab und ließ die gebeugten Schatten an der Wand des Schützengrabens auf ihn zukriechen.

Es wurde dunkel, doch gerade, als er glaubte, in all dem Schwarz zu versinken, ließen ihn die Schmerzen wieder los. Das Gewehr war zu Boden geglitten und sein Schweiß klebte das Hemd an seinen Körper.

Er richtete sich auf und legte den Lauf des Gewehres wieder auf den Fensterrahmen. Der Vogel war fortgeflogen. Er hatte freie Schussbahn.

Das reine, junge Gesicht füllte wieder das Sichtfeld des Zielfernrohrs. Der Junge hatte studiert. Auch Oleg sollte studieren. Das war das Letzte, was er Rakel gesagt hatte. Das war das Letzte, was er sich selbst gesagt hatte, ehe er Brandhaug erschoss. Rakel war nicht da gewesen, als er an jenem Tag nach Hause in den Holmenkollvei gekommen war, um ein paar Bücher zu holen. Er hatte sich also selber die Tür aufgeschlossen und war ganz zufällig auf den Briefumschlag gestoßen, der auf dem Schreibtisch lag. Mit dem Briefkopf der russischen Botschaft. Er hatte ihn gelesen, wieder zurückgelegt und durch das Fenster in den Garten gestarrt, auf die Schneereste, die Relikte der letzten krampfhaften Attacke des Winters. Anschließend hatte er die Schubladen des Schreibtisches durchsucht. Und die anderen Briefe gefunden, die mit dem Briefkopf der norwegischen Botschaft, und auch die Mitteilungen ohne Briefkopf, die auf Servietten oder abgerissene Notizzettel geschmiert und von Bernt Brandhaug unterschrieben worden waren. Und er hatte an Christopher Brockhard gedacht.

Kein Scheißrusse wird heute Abend unsere Späher erschießen.

Der alte Mann entsicherte die Waffe. Er spürte eine seltsame Ruhe. Gerade eben war ihm wieder bewusst geworden, wie leicht es gewesen war, Christopher Brockhard die Kehle durchzuschneiden. Und dann Brandhaug zu erschießen. Opajacke, eine neue Opajacke. Er blies die Luft aus seinen Lungen und legte den Finger an den Abzug.

Mit einer Universal-Keycard für alle Hotelzimmer stürzte Harry zum Aufzug und schob seinen Fuß zwischen die sich schließenden Türen. Sie öffneten sich wieder. Gesichter glotzten ihn an.

»Polizei!«, schrie Harry. »Alle raus.«

Es sah fast aus, als hätte eine Schulglocke zur großen Pause geläutet, doch ein etwa fünfzigjähriger Mann mit Ziegenbart, blau gestreiftem Anzug, einer gewaltigen Schleife in den Nationalfarben auf der Brust und einer dünnen Schicht Schuppen auf den Schultern blieb stehen.

»Guter Mann, wir sind norwegische Staatsbürger und unser Land ist nun wirklich kein Polizeistaat!«

Harry ging um den Mann herum, trat in den Aufzug und drückte auf den Knopf mit der Zweiundzwanzig. Doch der Ziegenbart war noch nicht fertig.

»Sagen Sie mir ein Argument, warum ich als Steuerzahler akzeptieren …«

Harry zog Webers Dienstwaffe aus dem Schulterhalfter.

»Ich habe hier sechs Argumente, Steuerzahler. Raus!«

Die Zeit vergeht im Flug und bald kommt auch schon der nächste Tag. Im Morgenlicht werden wir besser erkennen können, ob es ein Freund oder ein Feind ist.

Feind, Feind. Früh oder nicht früh, ich kriege ihn so oder so.

Opajacke.

Halt's Maul, es gibt kein Danach!

Das Gesicht im Zielfernrohr sah ernst aus. Lächle, Junge!

Verrat, Verrat, Verrat.

Der Abzug war jetzt so weit gedrückt, dass er keinen Widerstand mehr hatte, ein Niemandsland, in dem sich irgendwo der Druckpunkt befindet. Nur nicht an den Knall und den Rückschlag denken, einfach weiterdrücken, es kommen lassen, wenn es kommen will.

Der dröhnende Knall überraschte ihn vollständig. Für den Bruchteil einer Sekunde war es ganz, ganz still. Dann kam das Echo, und die Schallwelle breitete sich über der Stadt und dem plötzlichen Schweigen von Tausenden von Kehlen aus, die im gleichen Moment verstummt waren.

Harry rannte über den Flur der zweiundzwanzigsten Etage, als er den Knall hörte.

»Scheiße!«, fauchte er.

Die Wände, die ihm entgegenkamen und an beiden Seiten hinter ihm verschwanden, gaben ihm das Gefühl, sich in einem Trichter zu befinden. Türen. Bilder, blaue Würfelmotive. Seine Schritte machten fast kein Geräusch auf den weichen Teppichen. Gut. Gute Hotels denken an den Lärmschutz. Und gute Polizisten denken darüber nach, was sie tun sollen. Scheiße, Scheiße, Milchsäure im Hirn. Eine Eismaschine. Zimmer 2254, Zimmer 2256. Wieder ein Knall. Palace-Suite.

Sein Herz schlug im Trommelwirbel gegen die Innenseite seiner Rippen. Harry stellte sich neben die Tür und schob die Universalkarte in das Türschloss. Es summte leise. Dann war ein glattes Klicken zu hören und die Schlossanzeige leuchtete grün. Vorsichtig drückte Harry die Klinke nach unten.

Die Polizei hatte feste Verhaltensmuster für Situationen wie diese. Harry hatte Kurse besucht und sein Verhalten trainiert. Er hatte nicht vor, auch nur einem dieser Muster zu folgen.

Er riss die Tür auf, stürmte, die Pistole mit beiden Händen umklammert, nach vorn und warf sich im Zimmereingang auf die Knie. Das Licht ergoss sich in das Zimmer, blendete und stach ihm in die Augen. Ein offenes Fenster. Die Sonne hing wie ein Glorienschein hinter dem Glas über dem Kopf der weißhaarigen Person, die sich langsam umdrehte.

»Polizei! Lassen Sie die Waffe fallen!«, schrie Harry.

Seine Pupillen zogen sich zusammen und aus dem Licht kroch die Silhouette des auf ihn gerichteten Gewehres.

»Lassen Sie die Waffe fallen«, wiederholte er. »Sie haben getan, wofür Sie gekommen sind, Fauke. Den Auftrag ausgeführt. Es ist jetzt vorbei.«

Es war seltsam, aber die Orchester dort draußen spielten noch immer, als ob nichts geschehen wäre. Der alte Mann hob das Gewehr an und legte seine Wange an den Kolben. Harrys Augen hatten sich jetzt an das Licht gewöhnt und starrten in den Lauf der Waffe, von der er bislang nur Bilder gesehen hatte.

Fauke murmelte etwas, doch es wurde von einem erneuten Knallen übertönt, dieses Mal schärfer und klarer als zuvor.

»Zum T…«, flüsterte Harry.

Draußen, hinter Fauke, sah er eine Rauchwolke wie eine weiße Sprechblase vom Kanonenplatz der Festung Akershus zum Himmel steigen. Die Salutschüsse zum 17. Mai. Es waren die Salutschüsse zum 17. Mai gewesen, die er gehört hatte! Harry hörte die Hurrarufe. Er sog die Luft durch die Nase ein. Im Zimmer roch es nicht nach verbranntem Pulver, und ihm wurde bewusst, dass Fauke nicht geschossen hatte. Noch nicht. Er umklammerte den Schaft des Revolvers und betrachtete das faltige Gesicht, das ihn ausdruckslos über das Korn hinweg ansah. Es ging nicht bloß um sein Leben oder das des Alten. Die Spielregeln waren klar.

»Ich komme aus der Vibesgate, ich habe Ihr Tagebuch gelesen«, sagte Harry. »Gudbrand Johansen. Oder spreche ich jetzt mit Daniel?«

Harry biss die Zähne zusammen und versuchte, seinen Finger um den Abzug zu krümmen.

Der Alte murmelte wieder etwas.

»Was sagen Sie?«

»Passwort?«, sagte der Alte. Die Stimme klang heiser und vollkommen anders, als Harry sie in Erinnerung hatte.

»Tun Sie das nicht«, sagte Harry. »Zwingen Sie mich nicht.«

Ein Tropfen Schweiß rann über Harrys Stirn und weiter über seinen Nasenrücken, bis er schließlich an seiner Nasenspitze hängen blieb, wo er sich anscheinend nicht recht zu entscheiden wusste. Harry versuchte, den Revolver sicherer festzuhalten.

»Passwort«, wiederholte der Alte.

Harry konnte sehen, wie sich der Finger des Mannes um den Abzug krümmte, und spürte, wie die Todesangst sein Herz umklammerte.

»Nein«, sagte Harry. »Es ist noch nicht zu spät.«

Doch er wusste, dass das nicht stimmte. Es war zu spät. Der Alte war jenseits aller Vernunft, jenseits dieser Welt, dieses Lebens.

»Passwort.«

Bald würde für sie beide Schluss sein, nur noch ein wenig langsame Zeit, wie die Zeit am Weihnachtsabend, ehe …

»Oleg«, sagte Harry.

Der Lauf des Gewehres zeigte noch immer auf seinen Kopf. Eine Autohupe ertönte in der Ferne. Ein Zucken hastete über das Gesicht des Alten.

»Das Passwort ist Oleg«, sagte Harry.

Der Finger am Abzug hatte gestoppt.

Der Alte öffnete den Mund, um etwas zu sagen.

Harry hielt den Atem an.

»Oleg«, sagte der Alte. Es klang wie Wind auf seinen trockenen Lippen.

Harry konnte es später nicht richtig erklären, aber er sah es: Der Alte starb in dieser Sekunde. Und im nächsten Augenblick war es das Gesicht eines Kindes, das Harry durch die Falten ansah. Das Gewehr deutete nicht mehr auf ihn und Harry ließ den Revolver sinken. Dann streckte er vorsichtig seine Hand aus und legte sie dem Alten auf die Schulter.

»Versprechen Sie es mir?« Die Stimme des Alten war kaum hörbar. »Dass Sie nicht …«

»Ich verspreche es«, sagte Harry. »Ich werde persönlich dafür sorgen, dass keine Namen genannt werden. Oleg und Rakel werden keinen Schaden erleiden.«

Der Alte starrte Harry lange an. Das Gewehr fiel mit einem Knall zu Boden und dann kippte er zur Seite.

Harry nahm das Magazin aus der Waffe und legte es auf das Sofa, ehe er die Nummer der Rezeption wählte und Betty bat, einen Krankenwagen zu rufen. Anschließend wählte er Halvorsens Handynummer und sagte ihm, dass die Gefahr vorüber war, ehe er den Alten aufs Sofa legte, sich auf einen Stuhl setzte und wartete.

»Zu guter Letzt habe ich ihn doch gekriegt«, flüsterte der Alte. »Er wollte sich gerade wieder verkriechen, in seinem Loch, weißt du.«

»Wen haben Sie gekriegt?«, fragte Harry und inhalierte den Rauch seiner Zigarette.

»Na, Daniel. Ich habe ihn doch noch gekriegt, Helena hatte Recht. Ich war die ganze Zeit über der Stärkere.«

Harry drückte seine Zigarette aus und stellte sich ans Fenster.

»Ich sterbe«, flüsterte der Alte.

»Ich weiß«, erwiderte Harry.

»Er steht auf meiner Brust. Können Sie ihn sehen?«

»Wen sehen?«

»Den Iltis!«

Doch Harry sah keinen Iltis. Er sah eine weiße Wolke wie einen vorüberziehenden Zweifel am Himmel, er sah die norwegischen Flaggen an jeder Fahnenstange im Sonnenschein flattern und er sah einen grauen Vogel am Fenster vorbeifliegen. Aber keinen Iltis.

TEIL X

WIEDER AUFERSTANDEN

116 Bjarne Møller fand Harry im Warteraum der onkologischen Abteilung. Er setzte sich neben ihn und zwinkerte einem jungen Mädchen zu, das die Augenbrauen runzelte und wegsah.

»Es ist vorbei, habe ich gehört?«, sagte er.

Harry nickte. »Heute Nacht um vier. Rakel war die ganze Zeit hier. Oleg ist jetzt drin. Was machst du hier?«

»Ich will nur kurz mit dir sprechen.«

»Ich brauche eine Zigarette«, sagte Harry. »Lass uns nach draußen gehen.«

Sie setzten sich unter einem Baum auf eine Bank. Dünne Wolken hasteten am Himmel über ihnen vorbei. Es würde ein warmer Tag werden.

»Rakel weiß also nichts?«, fragte Møller.

»Nichts.«

»Die Einzigen, die Bescheid wissen, sind demnach also ich, Meirik, die Polizeipräsidentin, der Justizminister und der Ministerpräsident. Und du natürlich.«

»Du weißt besser als ich, wer was weiß, Chef.«

»Ja, natürlich, ich denke bloß laut.«

»Also, was wolltest du mir sagen?«

»Weißt du was, Harry? Manchmal wünschte ich mir, an einem anderen Ort zu arbeiten. Einem Ort, an dem es weniger Politik und mehr Polizeiarbeit gibt. In Bergen, zum Beispiel. Doch dann gibt es wieder Tage wie heute, da stehst du auf, stellst dich ans Schlafzimmerfenster, blickst über den Fjord und die Inseln, hörst das Vogelgezwitscher und … verstehst du? Und plötzlich willst du überhaupt nirgendwo mehr hin.«

Møller beobachtete einen Marienkäfer, der über seinen Oberschenkel krabbelte.

»Was ich sagen will, ist, dass ich gerne alle Dinge so lassen würde, wie sie jetzt sind, Harry.«

»Von welchen *Dingen* redest du?«

»Wusstest du, dass kein amerikanischer Präsident in den letzten zwanzig Jahren seine Amtszeit überstanden hat, ohne dass nicht mindestens zehn Attentate aufgedeckt wurden? Und dass die Täter ohne Ausnahme geschnappt wurden, ohne dass die Medien davon etwas erfahren hätten? Niemandem ist gedient, wenn etwas über ein geplantes Attentat auf ein Staatsoberhaupt herauskommt, Harry. Ganz besonders dann nicht, wenn es theoretisch erfolgreich hätte sein können.«

»*Theoretisch*, Chef?«

»Die Formulierung stammt nicht von mir. Aber die Konsequenz ist in jedem Fall, alles unter Verschluss zu halten. Um keine Unsicherheit zu verbreiten. Und keine Lücken im Sicherheitsapparat aufzuzeigen. Ein Attentat ist so ansteckend wie ...«

»Ich weiß, was du meinst«, unterbrach ihn Harry und blies den Rauch durch die Nase aus. »Aber in erster Linie tun wir das doch für die Verantwortlichen, oder? Diejenigen, die früher Alarm hätten schlagen können und müssen.«

»Wie gesagt«, brummte Møller, »an manchen Tagen ist Bergen eine echte Alternative.«

Sie schwiegen eine Weile. Ein Vogel trippelte vor ihnen her, wippte mit dem Schwanz, hackte mit dem Schnabel ins Gras und sah sich aufmerksam um.

»Eine Bachstelze«, sagte Harry. »*Motacilla alba*. Ein vorsichtiges Kerlchen.«

»Was?«

»Laut *Handbuch der Vogelkunde*. Was machen wir mit den Morden, die Gudbrand Johansen begangen hat?«

»Die waren doch vorher schon hinreichend aufgeklärt, oder?«

»Wie meinst du das?«

Møller druckste herum.

»Wenn wir damit jetzt wieder anfangen, reißen wir doch nur alte Wunden bei den Betroffenen auf und riskieren, dass sich irgendjemand für die ganze Geschichte interessiert. Die Fälle waren doch gelöst.«

»Soso. Even Juul. Und Sverre Olsen. Wie steht es mit dem Mord an Hallgrim Dale?«

»Niemand wird sich dafür interessieren. Dale war doch nur, äh ...«

»Nur ein alter Säufer, um den sich keiner kümmerte?«

»Bitte, Harry. Mach es nicht schwieriger, als es ist. Du weißt gut, dass mir die Sache auch nicht gefällt.«

Harry drückte die Zigarette auf der Armlehne der Bank aus und steckte die Kippe zurück in das Päckchen.

»Ich muss wieder rein, Chef.«

»Wir können also damit rechnen, dass du die Sache für dich behältst?«

Harry lächelte lakonisch.

»Stimmt es, was ich darüber gehört habe, wer meinen Job im PÜD übernehmen wird?«

»Ja, sicher«, antwortete Møller. »Tom Waaler hat gesagt, er wolle sich bewerben. Meirik hat ja angedeutet, dass er dieser Position die ganze Neonaziabteilung unterordnen will, und dann wird das vielleicht wirklich so etwas wie ein Sprungbrett zu den Topstellungen. Ich werde ihn im Übrigen empfehlen. Dir ist es doch sicher mehr als recht, wenn er verschwindet, jetzt, wo du ins Dezernat für Gewaltverbrechen zurückkehrst? Jetzt wird ja diese Kommissionsleiterstelle bei uns frei.«

»Das ist also die Belohnung dafür, die Klappe zu halten?«

»Aber wie kommst du denn darauf, Harry? Das ist, weil du der Beste bist. Das hast du doch wieder bewiesen. Ich frage mich bloß, ob wir dir vertrauen können.«

»Du weißt, woran ich arbeiten will?«

Møller zuckte mit den Schultern.

»Der Mord an Ellen ist aufgeklärt.«

»Nicht ganz«, wandte Harry ein. »Es gibt ein paar Sachen, die wir noch nicht wissen. Unter anderem, wo die zweihunderttausend Kronen des Waffenhandels abgeblieben sind. Vielleicht gab es ja noch mehr Mittelsmänner?«

Møller nickte.

»Okay. Du und Halvorsen – ihr bekommt noch zwei Monate. Wenn ihr bis dahin nichts findet, wird die Sache abgeschlossen.«

»Okay, das ist fair.«

Møller stand auf, um zu gehen.

»Eine Sache ist mir noch nicht ganz klar, Harry. Wie bist du darauf gekommen, dass das Passwort ›Oleg‹ war?«

»Nun. Ellen hat mir immer eingebläut, dass das Erste, was ihr bei einer Sache einfiel, fast immer das Richtige wäre.«

»Beeindruckend.« Møller nickte stumm. »Und das Erste, was dir einfiel, war also der Name von seinem Enkel?«

»Nein.«

»Nein?«

»Ich bin nicht Ellen. Ich musste nachdenken.«

Møller sah ihn scharf an.

»Willst du mich jetzt verarschen, Hole?«

Harry lächelte. Dann nickte er in Richtung der Bachstelze.

»Ich habe in diesem Vogelbuch gelesen, dass niemand weiß, warum die Bachstelze mit dem Schwanz wippt, wenn sie still steht. Das ist ein Rätsel. Man weiß bloß, dass sie es nicht lassen kann …«

Polizeipräsidium, 19. Mai 2000

117 Harry hatte es sich gerade bequem gemacht, die perfekte Sitzhaltung gefunden und die Füße auf den Schreibtisch gelegt, als das Telefon klingelte. Um die angenehme Haltung nicht zu verlieren, beugte er sich vor und spannte die Gesäßmuskeln an, um den neuen Bürostuhl mit den verräterisch gut geölten Rollen unter Kontrolle zu halten. Er erreichte den Hörer gerade eben mit den Fingerspitzen.

»Hole.«

»*Harry? Esaias Burne speaking. How are you?*«

»*Esaias? This is a surprise.*«

»Wirklich? Ich melde mich bloß, um dir zu danken, Harry.«

»Für was denn?«

»Dafür, dass du nichts in Gang gesetzt hast.«

»Was in Gang gesetzt?«

»Du weißt, wovon ich spreche, Harry. Dass es keine diplomatischen Verwicklungen um eine Begnadigung oder so etwas gegeben hat.«

Harry antwortete nicht. Er hatte diesen Anruf eine Zeit lang fast erwartet. Die Sitzhaltung war nicht mehr bequem. Andreas Hochners bittender Blick war mit einem Mal da. Und Constance Hochners flehende Stimme: *Versprechen Sie mir, alles zu tun, was Sie können, Mister Hole?*

»Harry?«

»Ich bin noch da.«

»Das Urteil wurde gestern verkündet.«

Harry starrte auf das Bild von Søs, das an der Wand hing. Dieser Sommer war ganz außergewöhnlich warm gewesen, oder? Sie hatten sogar bei Regen gebadet. Er spürte, wie eine unsägliche Traurigkeit über ihm zusammenschlug.

»Todesstrafe?«, hörte er sich selbst fragen.

»Ohne Möglichkeit der Berufung.«

Schrøder's Restaurant, 1. Juni 2000

118 »Was machst du im Sommer, Harry?«
Maja zählte das Wechselgeld nach.

»Ich weiß nicht. Wir haben uns überlegt, irgendwo hier im Land eine Hütte zu mieten. Dem Kleinen Schwimmen beibringen und so.«

»Ich wusste nicht, dass du ein Kind hast.«

»Nein. Das ist eine lange Geschichte.«

»Ach ja? Erzählst du sie mir mal?«

»Wir werden sehen, Maja, behalt das Wechselgeld.«

Maja verbeugte sich tief und verschwand mit einem schiefen Lächeln. Für einen Freitagnachmittag war das Lokal nur spärlich besetzt. Die Wärme jagte wohl die meisten in den Biergarten am St. Hanshaugen.

»Nun?«, fragte Harry.

Der alte Mann starrte wortlos in sein Bierglas und antwortete nicht.

»Er ist tot, freust du dich nicht, Åsnes?«

Der Mohikaner hob den Kopf und sah Harry an.

»Wer ist tot?«, fragte er. »Keiner ist tot. Nur ich. Ich bin der Letzte der Toten.«

Harry seufzte, steckte die Zeitung unter den Arm und trat in die flimmernde Nachmittagshitze hinaus.

Sind Sie auch zum Nesbø-Fan geworden?
Dann registrieren Sie sich einfach
unter *www.nesbo.de* oder schreiben Sie
eine E-Mail an *info@nesbo.de* und wir
informieren Sie automatisch, wenn der nächste
Thriller mit Harry Hole erscheint.

Lesen Sie hier, wie es mit Harry Holes nächstem Fall weitergeht:

Jo Nesbø

Die Fährte

Kriminalroman
Aus dem Norwegischen von Günther Frauenlob

Zwei ungewöhnliche Mordfälle setzen Harry Hole unter Druck: Bei einem Bankraub in Oslo wird eine junge Angestellte von dem maskierten Täter kaltblütig und grundlos erschossen. Harry fällt es schwer zu begreifen, dass ein offensichtlicher Profiverbrecher sich plötzlich von sadistischen Emotionen leiten lassen soll. Die Ermittlungen gestalten sich ausgesprochen schwierig und werden jäh unterbrochen, als Harry selbst in einen Mord verwickelt wird: Er trifft seine alte Liebe Anna wieder, die ihn zu sich einlädt. Am nächsten Tag wacht er in seiner eigenen Wohnung auf und kann sich an nichts erinnern. Als Harry erfährt, dass Anna tot ist, wird ihm klar, dass er sie wohl als Letzter lebend gesehen hat. Bevor er sich's versieht, gerät er unter Mordverdacht und muss untertauchen, um auf eigene Faust weiterermitteln zu können. Eine heiße Fährte führt ihn schließlich bis nach Südamerika.

Lesen Sie auf den nächsten Seiten, wie der Roman beginnt.

KAPITEL 1

Der Plan

Ich muss sterben. Aber das macht keinen Sinn. So war das doch nicht geplant, jedenfalls nicht von mir. Kann sein, dass ich schon die ganze Zeit auf diesem Weg war – ohne es zu wissen. Aber mein Plan war das nicht. Mein Plan war besser. Mein Plan hatte einen Sinn.

Ich starre in die Mündung der Waffe und weiß, dass er von dort kommen wird. Der Bote des Todes. Der Fährmann. Zeit für ein letztes Lachen. Wenn du Licht am Ende des Tunnels siehst, kann das durchaus auch eine Stichflamme sein. Zeit für eine letzte Träne. Wir hätten etwas aus diesem Leben machen können, du und ich. Wenn wir uns an den Plan gehalten hätten. Ein letzter Gedanke. Alle fragen, was der Sinn des Lebens ist, aber niemand schert sich um den Sinn des Todes.

KAPITEL 2

Der Astronaut

Der alte Mann ließ Harry an einen Astronauten denken. Die komischen kurzen Schritte, die steifen Bewegungen, der schwarze, tote Blick und die unablässig über das Parkett schleifenden Schuhsohlen. Als habe er Angst, den Bodenkontakt zu verlieren und zu entschweben, in die Weite des Weltraums.

Harry warf einen Blick auf die Uhr an der weißen Wand über der Ausgangstür. 15.16 Uhr. Vor dem Fenster, auf dem Bogstadvei, hasteten die Menschen in ihrer Freitagshektik vorbei. Die tiefstehende Oktobersonne wurde vom Außenspiegel eines Autos reflektiert, das sich in der Schlange der Autos vorwärts bewegte.

Harry hatte sich auf den alten Mann konzentriert. Hut und grauer, eleganter Mantel, der allerdings mal wieder gereinigt werden könnte. Darunter eine Tweedjacke, Schlips und abgetragene, graue Hosen mit messerscharfer Bügelfalte. Blank gewienerte Schuhe mit abgelaufenen Sohlen. Einer dieser Rentner, von denen der Stadtteil Majorstua anscheinend so dicht bevölkert war. Das war keine Vermutung. Harry wusste, dass August Schultz 81 Jahre alt war, früher in einer Herrenkonfektion gearbeitet hatte und sein ganzes Leben in Majorstua gelebt hatte, außer im Krieg, den er in einer Baracke in Auschwitz überlebt hatte. Die steifen Knie rührten von einem Sturz auf der Fußgängerüberführung über die Ringstraße, die er bei seinen täglichen Besuchen bei seiner Tochter überqueren musste. Der Eindruck einer mechanischen Puppe wurde durch die Haltung der Arme verstärkt. Er hielt sie angewinkelt und die Unterarme ragten waagerecht nach vorn. Über dem rechten Unterarm hing ein brauner Spazierstock, und die linke Hand umklammerte einen Überweisungsvordruck, den er bereits dem jungen, kurzhaarigen Angestellten hinter dem Schalter 2 entgegenstreckte. Harry konnte das Gesicht des Bankangestellten nicht sehen, wusste aber, dass er den alten Mann mit einer Mischung aus Mitleid und Verärgerung anstarrte.

Es war 15.17 Uhr, als August Schultz endlich an der Reihe war. Harry seufzte.

An Schalter 1 saß Stine Grette und zählte 730 Kronen für einen Jungen mit Zipfelmütze ab, der ihr soeben eine Zahlungsanweisung gegeben hatte. Der Diamant an ihrem linken Ringfinger blitzte mit jedem Schein, den sie auf den Tisch legte.

Obgleich sie nicht in seinem Blickfeld war, wusste Harry, dass sich rechts neben dem Jungen vor Schalter 3 eine Frau mit einem Kinderwagen befand, den sie, vermutlich in Gedanken, hin und her bewegte, denn das Kind schlief. Die Frau wartete darauf, von Frau Brænne bedient zu werden, die ihrerseits mit lauter Stimme einem Mann am Telefon erklärte, dass er nicht per Bankeinzug bezahlen könne, ohne dass der Empfänger das bestätigt habe, und dass schließlich sie es sei, die in der Bank arbeite und nicht er, und sie deshalb vielleicht jetzt endlich diese Diskussion beenden könnten?

Im gleichen Augenblick ging die Tür der Bankfiliale auf und zwei Männer, ein großer und ein kleiner, bekleidet mit identischen, dunklen Overalls, betraten rasch den Raum. Stine Grette blickte auf. Harry sah auf seine Uhr und begann zu zählen. Die Männer hasteten zu dem Schalter, an dem Stine Grette saß. Der Große bewegte sich so, als steige er über Pfützen, während der Kleine den schaukelnden Gang eines Mannes hatte, der sich mehr Muskeln antrainiert hatte, als sein Körper tragen konnte. Der Junge mit der blauen Zipfelmütze drehte sich langsam um und ging auf den Ausgang zu. Er war so beschäftigt damit, sein Geld zu zählen, dass er die zwei gar nicht bemerkte.

»Hallo«, sagte der Große an Stine gerichtet, trat vor und knallte einen schwarzen Koffer vor ihr auf den Tresen. Der Kleine schob sich seine verspiegelte Sonnenbrille auf der Nase zurecht, ging vor und stellte einen identischen Koffer daneben. »Geld!«, piepste er mit hoher Stimme. »Mach die Tür auf!«

Es war, als hätte jemand auf einen Pausenknopf gedrückt: Alle Bewegungen in der Bankfiliale erstarrten. Einzig der Verkehr draußen vor der Tür verriet, dass die Zeit nicht stillstand. Und der Sekundenzeiger auf Harrys Uhr, der jetzt anzeigte, dass zehn Sekunden vergangen waren. Stine drückte auf einen Knopf unter ihrem Schalter. Ein elektronisches Summen ertönte und der Kleine schob die niedrige Schwingtür ganz am Rand der Filiale mit dem Knie auf.

»Wer hat die Schlüssel?«, fragte er. »Schnell, wir haben nicht den ganzen Tag Zeit!«

»Helge!«, rief Stine über ihre Schulter.

»Was?« Die Stimme drang aus dem einzigen Büro-
raum der Filiale, dessen Tür offenstand.

»Wir haben Besuch, Helge!«

Ein Mann mit Fliege und Lesebrille kam zum Vorschein.

»Du sollst den Geldautomaten öffnen, Helge!«,
sagte Stine.

Helge Klementsen starrte dumpf auf die beiden
Männer mit den Overalls, die jetzt beide auf der Innenseite der Schalter waren. Der Große sah nervös
zur Eingangstür, während der Kleine den Filialleiter
anstarrte.

»Ja, ja, natürlich«, stammelte Klementsen, als erinnere er sich plötzlich an eine alte Abmachung, und
brach in lautes, hektisches Lachen aus.

Harry rührte sich nicht, nur seine Augen sogen
jedes Detail von Bewegung und Mimik ein. Fünfundzwanzig Sekunden. Er blickte noch immer auf die
Uhr über der Tür, doch aus den Augenwinkeln konnte er sehen, wie der Filialleiter den Geldautomaten
von innen öffnete, zwei längliche Metallkassetten mit
Geldscheinen herauszog und sie den zwei Männern
übergab. Das Ganze lief schnell und leise ab. Fünfzig
Sekunden.

»Die sind für dich, Vater!« Der Kleine hatte zwei
identische Metallkassetten aus dem Koffer gezogen,
die er Helge Klementsen entgegenstreckte. Der Filialleiter schluckte, nickte und schob sie in den Geldautomaten.

»Ein schönes Wochenende!«, sagte der Kleine,
richtete sich auf und ergriff den Koffer. Anderthalb
Minuten.

»Nicht so schnell«, sagte Helge.

Der Kleine erstarrte.

Harry sog die Wangen ein und versuchte, sich zu konzentrieren.

»Die Quittung …«, sagte Helge.

Einen langen Augenblick starrten die beiden Männer auf den kleinen, grauhaarigen Filialleiter. Dann begann der Kleine zu lachen. Ein hohes, dünnes Lachen mit schrillem, hysterischem Oberton, als wäre er auf Speed. »Du glaubst doch nicht, dass wir ohne Unterschrift gegangen wären? Wer gibt schon zwei Millionen ab, ohne sich das bestätigen zu lassen!«

»Nun«, sagte Helge Klementsen. »Einer von euch hätte das letzte Woche fast vergessen.«

»Es sind zurzeit so viele Frischlinge auf den Geldtransportern«, sagte der Kleine, während er und Klementsen unterschrieben und gelbe und rosa Formulare austauschten.

Harry wartete, bis sich die Tür hinter ihnen geschlossen hatte, ehe er wieder auf die Uhr blickte. Zwei Minuten und zehn Sekunden.

Durch das Glas in der Tür konnte er den weißen Kastenwagen mit dem Emblem der Nordea-Bank wegfahren sehen.

In der Bank wurden die Gespräche wieder aufgenommen. Harry brauchte nicht zu zählen, tat es aber dennoch. Sieben. Drei hinter den Schaltern und drei davor, wobei er das Baby und den Typ in den Zimmermannshosen mitgerechnet hatte, der soeben in die Bank gekommen und an den Tisch in der Mitte der Bank getreten war, um seine Kontonummer auf einen Einzahlungsschein zu schreiben, der, wie Harry erkannt hatte, von der Firma Saga Sonnenreisen stammte.

»Wiedersehen«, sagte August Schultz und begann seine Füße in Richtung Ausgangstür zu schieben.

Es war jetzt genau 15.21 Uhr und zehn Sekunden, und erst jetzt fing alles richtig an.

Als sich die Tür öffnete, sah Harry Stine Grettes Kopf kurz nach oben wippen, ehe sie sich wieder auf die Papiere vor sich konzentrierte. Dann hob sie ihren Kopf wieder, dieses Mal langsamer. Harry blickte zur Eingangstür. Der Mann, der in die Bank gekommen war, hatte bereits den Reißverschluss seines Overalls geöffnet und ein schwarz-olivgrünes G3-Gewehr gezückt. Eine marineblaue Sturmhaube verdeckte mit Ausnahme der Augen sein ganzes Gesicht. Harry begann erneut von Null zu zählen.

Wie bei einer Muppets-Puppe begann sich die Sturmhaube dort zu bewegen, wo sich der Mund befinden musste: »This is a robbery. Nobody moves.«

Er hatte nicht laut gesprochen, doch wie nach einem donnernden Kanonenschlag waren alle Geräusche in der kleinen Bankfiliale verstummt. Harry blickte zu Stine. Durch das ferne Rauschen der Autos war das glatte Klicken geölter Waffenteile zu hören, als der Mann den Ladegriff betätigte. Ihre linke Schulter sank kaum merkbar nach unten.

Mutiges Mädchen, dachte Harry. Oder einfach nur zu Tode erschrocken. Aune, der Psychologieprofessor an der Polizeischule, hatte gesagt, dass die Menschen zu denken aufhören und beinahe wie vorprogrammiert handeln, wenn die Angst nur groß genug ist. Die meisten Bankangestellten lösen den stillen Alarm wie im Schock aus, hatte Aune behauptet und seine Aussage damit belegt, dass sie sich hinterher bei den Befragungen nicht mehr erinnern konnten, ob sie den Alarm ausgelöst hatten oder nicht. Sie liefen auf Autopilot. Genau wie ein Bankräuber, der sich vorher eingebläut hat, alle zu erschießen, die ihn aufzuhalten versuchen, sagte Aune. Je ängstlicher ein Bankräuber ist, desto unwahrscheinlicher ist es, dass er sich von seinem Vorhaben abbringen lässt. Harry bewegte sich nicht. Er versuchte nur, die Augen des Bankräubers zu erkennen. Blau.

Der Mann nahm seinen schwarzen Rucksack ab und warf ihn zwischen dem Geldautomaten und dem Mann mit den Zimmererhosen auf den Boden. Die Spitze des Kugelschreibers ruhte noch immer auf dem letzten Bogen der Acht. Der schwarz gekleidete Mann ging die sechs Schritte zu der niedrigen Schaltertür, setzte sich auf den Rand und schwang seine Beine hinüber. Dann stellte er sich hinter Stine, die still dasaß und den Blick nach vorne gerichtet hatte. Gut, dachte Harry. Sie hält sich an die Anweisungen und provoziert keine Reaktion, indem sie den Räuber anstarrt.

Der Mann richtete den Lauf des Gewehres auf Stines Nacken, beugte sich vor und flüsterte ihr etwas ins Ohr.

Noch hatte sie keine Panik, doch Harry konnte erkennen, wie sich ihre Brust hob und senkte. Ihr dünner Körper schien unter der weißen und mit einem Mal engen Bluse nicht genug Luft zu bekommen. Fünfzehn Sekunden.

Sie räusperte sich. Einmal. Zweimal. Dann brachten ihre Stimmbänder endlich Töne hervor:

»Helge. Die Schlüssel für den Geldautomaten.« Die Stimme war leise und heiser, sie hatte nichts mehr mit der Stimme zu tun, die noch vor drei

Minuten die beinahe gleichen Worte gesprochen hatte.

Harry sah ihn nicht, wusste aber, dass Helge Klementsen die ersten Worte des Bankräubers gehört hatte und bereits in der Bürotür stand.

»Schnell, sonst …« Ihre Stimme war kaum hörbar, und in der Pause, die folgte, war das Schleifen von August Schultz' Schuhsohlen auf dem Parkett das einzige, hörbare Geräusch – wie ein paar Jazzbesen, die in einem unglaublich langsamen Shuffle über die Haut der Trommel geführt wurden.

»… erschießt er mich.«

Harry sah aus dem Fenster. Vermutlich stand irgendwo dort draußen ein Auto mit laufendem Motor, doch von dort, wo er stand, konnte er nichts sehen. Nur Autos und Menschen, die mehr oder weniger unbekümmert vorbeigingen.

»Helge …« Ihre Stimme klang flehend.

Los, Helge, dachte Harry. Harry wusste auch einiges über den alternden Filialleiter. Er wusste, dass er zwei Königspudel hatte, eine Frau und eine kürzlich erst sitzengelassene schwangere Tochter, die zu Hause auf ihn warteten. Dass sie gepackt hatten und nur darauf warteten, in ihre Hütte in den Bergen zu fahren, sobald Helge Klementsen nach Hause kam. Dass Klementsen sich jetzt aber wie in einem Traum unter Wasser fühlte, in dem alle Bewegungen unendlich verlangsamt werden, so sehr man sich auch beeilte. Dann tauchte er in Harrys Blickfeld auf. Der Bankräuber hatte Stines Stuhl herumgedreht, so dass er hinter ihr stand, den Blick auf Helge Klementsen gerichtet. Wie ein ängstliches Kind, das ein Pferd füttern soll, stand Klementsen nach hinten gebeugt da, wobei er die Hand mit dem Schlüsselbund so weit wie nur möglich nach vorne streckte. Es waren vier Schlüssel daran. Der Bankräuber flüsterte Stine ins Ohr, während er die Waffe auf Klementsen richtete, der zwei unsichere Schritte nach hinten taumelte.

Stine räusperte sich: »Er sagt, dass du den Geldautomaten öffnen und die neuen Scheine in den schwarzen Rucksack packen sollst.«

Helge Klementsen starrte wie hypnotisiert auf das auf ihn gerichtete Gewehr.

»Du hast fünfundzwanzig Sekunden. Dann schießt er. Auf mich, nicht dich.«

Klementsens Mund öffnete und schloss sich, als wollte er etwas sagen.

»Los, Helge«, rief Stine. Der Türöffner summte und Helge Klementsen trat in den Tresorraum.

Dreißig Sekunden waren vergangen, seit der Bankräuber die Filiale betreten hatte. August Schultz hatte die Ausgangstür jetzt fast erreicht. Der Filialleiter kniete sich vor dem Geldautomaten hin und starrte auf den Schlüsselbund. Es waren vier Schlüssel daran.

»Noch zwanzig Sekunden«, ertönte Stines Stimme.

Die Polizeiwache von Majorstua, dachte Harry. Jetzt waren sie auf dem Weg zu den Autos. Acht Blöcke. Rushhour.

Mit zitternden Fingern suchte Helge Klementsen einen Schlüssel aus und steckte ihn ins Schlüsselloch. Auf halbem Weg blieb er stecken. Helge Klementsen drückte fester.

»Siebzehn.«

»Aber …«, begann er.

»Fünfzehn.«

Helge Klementsen zog den Schlüssel wieder heraus und versuchte einen anderen. Dieser ließ sich ins Schloss stecken, doch er konnte ihn nicht drehen.

»Herrgott nochmal …«

»Dreizehn. Der mit dem grünen Kleber, Helge!«

Helge Klementsen starrte auf den Schlüsselbund, als hätte er ihn noch niemals zuvor gesehen.

»Elf.«

Der dritte Schlüssel passte. Helge Klementsen öffnete die Tür und drehte sich zu Stine und dem Räuber um.

»Ich muss noch ein Schloss öffnen, um die Kassette herauszu…«

»Neun!«, rief Stine.

Ein Schluchzen entwich Klementsen, der jetzt wie ein Blinder mit den Fingern über die Zacken der Schlüssel fuhr, als könnten ihm diese wie Blindenschrift verraten, welcher Schlüssel der richtige war.

»Sieben.«

Harry lauschte angespannt. Noch keine Polizeisirenen. August Schultz fasste nach dem Griff der Ausgangstür.

Metall klirrte, als der Schlüsselbund zu Boden fiel.

»Fünf«, flüsterte Stine.

Die Tür ging auf und der Lärm der Straße drang herein. In der Ferne glaubte Harry einen vertrauten, klagenden Ton zu hören. Er fiel ab und stieg gleich darauf wieder an. Polizeisirenen. Dann schloss sich die Tür wieder.

»Zwei. Helge!«

Harry schloss die Augen und zählte bis zwei.

»Ich bin so weit!« Helge Klementsen hatte gerufen. Er hatte das zweite Schloss aufbekommen und kämpfte jetzt damit, die Kassetten herauszubekommen, die sich offensichtlich verkeilt hatten. »Ich muss nur erst das Geld herausbekommen. Ich …«

In diesem Moment wurde er von einem schrillen Heulen unterbrochen. Harry blickte zum anderen Ende der Schalter hinüber, wo die junge Frau erschrocken den Bankräuber anstarrte, der noch immer reglos dastand und die Waffe auf Stines Nacken richtete. Die Frau blinzelte zweimal und nickte stumm in Richtung Kinderwagen, während sich das Gebrüll des Säuglings in die Höhe arbeitete.

Helge Klementsen wäre beinahe nach hinten gestürzt, als sich die erste Kassette löste. Er zog den schwarzen Rucksack zu sich und im Laufe von sechs Sekunden waren alle Kassetten im Rucksack verstaut. Auf Kommando zog Klementsen den Reißverschluss zu und stellte sich an den Tisch. Alle Befehle wurden ihm von Stine gegeben, deren Stimme jetzt überraschend fest und ruhig klang.

Eine Minute und drei Sekunden. Der Bankraub war vorüber. Das Geld lag in einem Rucksack in der Mitte der Bank. In wenigen Sekunden würde der erste Polizeiwagen ankommen. In vier Minuten würden die anderen Polizeiwagen die nächsten Fluchtwege abgeriegelt haben. Jede Faser im Körper des Räubers musste schreien, dass es höchste Zeit war, sich jetzt abzusetzen. Und dann geschah das, was Harry nicht verstand. Es hatte ganz einfach keinen Sinn. Statt abzuhauen drehte der Bankräuber Stines Stuhl herum, so dass sie sich von Angesicht zu Angesicht gegenüberstanden. Er beugte sich vor und flüsterte ihr etwas ins Ohr. Harry blinzelte. Er sollte irgendwann einmal sein Sehvermögen überprüfen lassen. Aber er sah, was er sah. Dass sie den gesichtslosen Bankräuber anstarrte, während ihr eigenes Gesicht eine langsame Veränderung erfuhr, je mehr ihr die Bedeutung der Worte, die er ihr ins Ohr geflüstert hatte, bewusst wurden. Die schmalen, gepflegten Augenbrauen zeichneten zwei S-Bögen über die Augen, die ihr aus dem Kopf zu quellen schienen, ihre Oberlippe rollte sich nach oben, während sich ihre Mundwinkel zu einem grotesken Grinsen nach unten zogen. Das Kind hörte ebenso plötzlich zu weinen auf, wie es begonnen hatte. Harry holte tief Luft. Denn er wusste es. Das Ganze war wie ein Standbild, ein Meisterfoto. Zwei Menschen, gefangen in dem Augenblick, in dem der eine dem anderen sein Todesurteil mitgeteilt hat, das maskierte Gesicht zwei Handbreit vor dem unmaskierten. Der Henker und sein Opfer. Der Gewehrlauf zeigt auf die Halsgrube und ein kleines, goldenes Herz an einer dünnen Kette. Harry sieht ihren Puls nicht, spürt ihn aber dennoch unter ihrer dünnen Haut.

Ein gedämpftes, klagendes Geräusch. Harry spitzt die Ohren. Doch das ist keine Polizeisirene, sondern bloß das Klingeln eines Telefons im Nebenraum.

Der Bankräuber dreht sich um und sieht zur Überwachungskamera an der Decke hinter dem Schalter. Er streckt eine Hand hoch und zeigt seine fünf Finger in den schwarzen Handschuhen. Dann schließt er die Hand und streckt nur seinen Zeigefinger in die Höhe. Sechs Finger. Sechs Sekunden über der Zeit. Er dreht sich wieder zu Stine, ergreift das Gewehr mit beiden Händen, hält es an der Hüfte, hebt die Gewehrmündung, bis sie auf ihren Kopf zeigt, und spreizt die Beine, um den Rückstoß abzufangen. Das

Telefon klingelt und klingelt. Eine Minuten und zwölf Sekunden. Der Diamantring blinkt auf, als Stine die Hand ein wenig hebt, als wolle sie jemandem zum Abschied zuwinken.

Es ist exakt 15.22 Uhr und 22 Sekunden, als er abdrückt. Der Knall ist kurz und dumpf. Stines Stuhl wird nach hinten geworfen, während ihr Kopf wie bei einer kaputten Puppe auf dem Hals tanzt. Dann kippt der Stuhl nach hinten. Ein Schlag ist zu hören, als ihr Kopf auf der Kante des Schreibtisches aufschlägt, dann kann Harry sie nicht mehr sehen. Auch die Reklame für Nordeas neuen Rentensparplan, die an der Außenseite der Scheibe über dem Schalter klebt, hat plötzlich einen roten Hintergrund bekommen und ist nicht mehr zu erkennen. Er hört bloß das Klingeln des Telefons, wütend und eindringlich. Der Bankräuber schwingt sich über die Tür und rennt zu dem Rucksack in der Mitte des Raumes. Harry muss sich jetzt entscheiden. Der Bankräuber ergreift den Rucksack. Harry entschließt sich. Mit einem Ruck ist er aus dem Stuhl. Sechs lange Schritte. Dann ist er da. Und hebt den Hörer des Telefons ab.

»Ja.«

In der darauf folgenden Pause hört er das Geräusch der Polizeisirenen aus den Fernsehlautsprechern im Wohnzimmer, einen pakistanischen Hit aus der Nachbarwohnung und schwere Schritte draußen auf der Treppe, die auf Frau Madsen schließen lassen. Dann lacht es weich am anderen Ende. Ein Lachen aus einer fernen Vergangenheit. Nicht was die Zeit angeht, aber dennoch fern. Wie siebzig Prozent von Harrys Vergangenheit, die in unregelmäßigen Abständen als vages Gerücht oder wildeste Erfindung wie aus dem Nichts auftaucht. Aber diese Geschichte konnte er bestätigen.

»Fährst du noch immer auf dieser Macho-Schiene, Harry?«

»Anna?«

»Aber hallo, du beeindruckst mich.«

Harry spürte eine süße Wärme in seinem Inneren, fast wie Whisky. Fast. Im Spiegel sah er ein Bild, das er an die gegenüberliegende Wand geheftet hatte. Von ihm und Søs aus einem lange vergangenen Sommerurlaub in Hvitsten, als sie klein waren. Sie lächelten, wie Kinder lächeln, die noch immer glauben, dass ihnen nichts Schlimmes zustoßen kann.

»Und was machst du so an einem Sonntagabend, Harry?«

»Nun.« Harry hörte, wie seine eigene Stimme automatisch die ihre imitierte. Ein bisschen zu tief und zu zögerlich. Aber das war es nicht, was er wollte. Nicht jetzt. Er räusperte sich und fand eine etwas neutralere Klangfarbe. »Was wohl die meisten Menschen machen.«

»Und das wäre?«

»Videos gucken.«

© für die deutsche Ausgabe
Ullstein Buchverlage GmbH, Berlin 2004
© 2002 by Jo Nesbø and H. Aschehoug & Co.

Sind Sie auch zum Nesbø-Fan geworden?
Dann registrieren Sie sich einfach unter *www.nesbo.de*
oder schreiben Sie eine E-Mail an *info@nesbo.de* und
wir informieren Sie automatisch, wenn der
nächste Thriller mit Harry Hole erscheint.